결정판
아르센 뤼팽
전집

4

Arsène Lupin gentleman-cambrioleur
reviendra quand les meubles seront
authentique.

괴도신사 아르센 뤼팽,
"진품이 제대로 갖춰지면
다시 방문하겠음."

결정판
아르센 뤼팽 전집

모리스 르블랑 지음 | 성귀수 옮김

4

호랑이 이빨

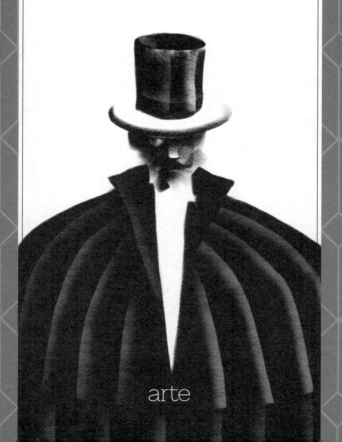

arte

ARSÈNE LUPIN

Contents

【 일러두기 】

1. 번역에 사용한 저본은 다음과 같다.
   - 『모리스 르블랑(Maurice Leblanc)』 I-IV, 르 마스크(Le Mask) 출판사, 1998~1999년
   - 「이 여자는 내꺼야(Cette femme est à moi)」, 1930년 타자원고
   - 「아르센 뤼팽, 4막극(Arsène Lupin, 4 actes)」, 피에르 라피트(Pierre Lafitte) 출판사, 1931년
   - 「아르센 뤼팽과 함께한 15분(Un quart d'heure avec Arsène Lupin)」, 1932년 타자원고
   - 『아르센 뤼팽의 마지막 사랑(Le Dernier Amour d'Arsène Lupin)』, 1937년 타자원고
   - 『아르센 뤼팽의 수십억 달러(Les Milliards d'Arsène Lupin)』, 아셰트(Hachette) 출판사 1941년 판본과 거기서 누락된 에피소드의 1939년『로토』연재원고 편집본
   - 「아르센 뤼팽의 귀환(Le Retour d'Arsène Lupin)」, 로베르 라퐁(Robert Laffont) 출판사의 1986년 판본 '아르센 뤼팽 전집' 제1권 수록
   - 「아르센 뤼팽의 외투(Le Paredessus d'Arsène Lupin)」, 마누치우스(MANUCIUS) 출판사, 2016년
   - 「부서진 다리(The Bridge that Broke)」, 인디펜던틀리 퍼블리쉬드(Independently published) 출판사, 2017년
2. 고유명사의 한글 표기는 국립국어원 외래어표기법을 따르는 것을 원칙으로 하되, 몇몇 예외를 두었다.
3. 모든 주석은 옮긴이의 것이다.

ARSÈNE LUPIN

호랑이 이빨

Les Dents du Tigre/The Teeth of the Tiger

1914년

작품 정보

『호랑이 이빨(Les Dents du Tigre/The Teeth of the Tiger)』이 처음 집필 된 시점은 늦어도 1914년 이전으로 잡아야 한다. 이 작품이 세상에 첫 선을 보인 것이, 알렉산더 테이셰이라 데 마토스가 번역해 뉴욕 '그로 셋 앤 던랩(Grosset & Dunlap)' 출판사에서 단행본으로 출간한 『호랑이 이빨(The Teeth of the Tiger)』을 통해서기 때문이다. 다시 말해 「암염소 가죽옷을 입은 사나이」, 「아르센 뤼팽의 외투」, 「부서진 다리」 그리고 『아르센 뤼팽의 고백』에 포함된 몇몇 단편들과 마찬가지로 영역본을 먼 저 선보이고 나서 프랑스어 원작이 고국에 발표되는 과정(1920. 8~1920. 10 연재)을 거쳤다는 뜻이다. 『호랑이 이빨』은 『813』과 더불어 가장 분 량이 많은 대작일 뿐 아니라, 내용이 전개되는 시점 또한 『813』에 뒤이 은 기간에 해당한다는 점에서 이채롭다. 정신없이 거듭되는 반전(反轉) 은 물론, 정교하게 맞물려 돌아가는 논리와 영화화되어도 손색없을 극 적(劇的) 장면전개가 압권이다. 이 작품 역시 프랑스보다 영국과 미국에

"DON LUIS HAD TIME ONLY TO CATCH SIGHT OF HIM STAND-
ING ON THE WINDOW LEDGE AND LEAPING INTO SPACE"

테이셰이라 데 마토스가 영역한 1914년 판 『호랑이 이빨(The Teeth of Tiger)』에서 '흑단 지팡이를 가진 사나이'의 삽화

서 먼저 번역 소개되어 원작자 모리스 르블랑에게 연극화를 위한 각색 허락 요청이 쇄도했으며, 1919년에는 미국 파라마운트사에서 만든 영화가 대박을 터뜨리기도 했다.

전쟁 중에 쓰였음에도 불구하고 전후의 상황을 무대로 한 점이 이채롭고, 『813』에서부터 『황금삼각형』, 『서른 개의 관』에 이르는 뤼팽의 행보가 수시로 환기되어, 일관된 삶의 궤적을 되짚어볼 수 있다는 점도 이 작품의 매력이다. 엄청난 유산상속권을 둘러싸고 복잡하게 얽히고 설킨 음모의 회오리에 휩쓸리면서도 끝끝내 대의(大義)와 진실을 향한 큰 시야를 포기하지 않는 뤼팽의 모습 속에서, 어느덧 40대로 훌쩍 들

결정판 아르센 뤼팽 전집

1919년 파라마운트사 제작 「호랑이 이빨」 영화광고. 데이비드 파웰 주연

어선 대협객(大俠客)의 완숙한 경지를 한껏 음미할 수 있다. 무엇보다도 이 작품의 가장 중요한 특징은, 도둑, 즉 사회의 아웃사이더로 시작한 아르센 뤼팽의 경력이 『813』과 『포탄 파편』, 『황금삼각형』, 『서른 개의 관』을 거치면서 점차 공익(公益)과 질서의 수호자적 이미지로 옮겨가는 경향의 정점(頂點)을 보여준다는 사실일 것이다. 1920년 8월 31일부터 이 소설을 연재하기로 한 『르 주르날』은 하루 전인 8월 30일, '아르센 뤼팽의 도덕성(La moralité d'Arsène Lupin)'이라는 제목으로 모리스 르블랑의 글을 게재하는데, 그중 특히 의미심장하게 읽어야 할 대목을 옮겨 본다.

그(아르센 뤼팽)는 여전히 사회의 변방에서 법질서에 저항하며 살아가고 있다. 하지만 그가 법질서를 위반하는 경우란 오로지 사회를 이롭게 하고자 할 때뿐이다. 그는 또한 열렬한 애국자이기도 하다. 그는 자기나름의 독특한 방식으로 조국에 봉사하고 그 영광을 위해 헌신하므로, 원칙대로라면 범법자를 잡아들여야 할 조국이 어쩔 수 없이 그 노고에 고마움을 표해야 할 처지가 되고 만다. 근본적으로 그는 무공훈장이랄지 군모(軍帽)의 화려한 깃털장식 따위에 열광하는 국수주의적(國粹主義的) 측면이 많고, 지독한 반동세력에 속하면서 부르주아적이고, 자본주의적이며, 보수주의자다운 데가 있다.

요컨대, 사회의 아웃사이더이자 그 사회의 수호자라는 모순된 정체성이야말로 현대적인 시각에서 우리 모두 진지하게 조명해볼 가치가 있는 아르센 뤼팽의 본령(本領)이라 할 수 있겠다. 사실 이런 정체성은 멀리 로빈 후드에서 가깝게는 배트맨에 이르기까지 제법 역사가 유구한 영웅계보에 속한다. 때로는 법이라든가 사회체제를 유린하는 것 같지만 실은 그보다 더 넓고 높은 차원의 도덕성을 추구하며, 테두리 내에 속박되지는 않되 궁극적으로는 그 테두리 안에 속한 가치를 보호하는 영웅의 모습. 소위 '(고독한) 정의의 사도' 범주에 드는 이 같은 모습은 『괴도신사 아르센 뤼팽』 때부터 잠재해온 것이나, 세계대전을 거치면서 점점 더 구체적이고 노골적으로 부각되어, 『호랑이 이빨』에 와서는 언뜻 제도권 내에 편입되는 듯한 인상마저 풍긴다. 하지만 보다 일관된 심리학적 관점에서 볼 때, 이런 뤼팽의 행보는 단순히 '범법자'에서 '정의의 사도'로 개과천선(改過遷善)하는 흐름이기보다는 복잡한 내면의 갈등구조가 적나라하게 드러난 것으로 파악할 문제다. 스스로의 한계에 끊임없이 도전하고 초극하려는 변신의 몸부림이라고나 할까.

『호랑이 이빨』 1921년 6월 초판

　이 소설은 일단 연재가 끝난 다음, 1921년 앞선 두 작품과 마찬가지로 로제 브로데르스의 표지와 모리스 투생의 삽화를 곁들여 두 권으로 나뉘어 출간되었다. 그리고 1932년에는 마지막에 가서 뤼팽이 은둔생활을 청산하는 것으로 수정되어 다시 출간되기도 하는데, '결정판'은 초판본을 텍스트로 삼았다.

제1부

돈 루이스 페레나

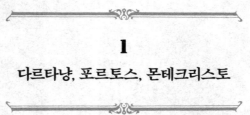

1
다르타냥, 포르토스, 몬테크리스토

오후 4시 반, 파리 경시청장인 데말리옹 씨가 돌아오지 않자, 전담 비서는 검토가 끝난 보고서들과 편지들을 책상 위에 가지런히 정돈한 뒤, 호출 벨을 울렸고, 정문으로 막 들어서는 경비원을 향해 말했다.

"청장님께서는 오후 5시에 여기 이름이 적힌 사람들을 소환해놓은 바 있습니다. 일단 그들이 도착하면 서로 얘기를 나누지 못하도록 따로따로 기다리게 한 뒤, 저에게 그들의 명함을 모두 가지고 오세요."

수위가 나가고 나서 비서는 자기 사무실로 통하는 쪽문을 향해 몇 걸음 옮겼는데, 때마침 정문이 다시 열리면서 웬 사내 하나가 불쑥 들이닥치더니 안락의자 등받이에 비틀비틀 기대서는 것이었다.

비서는 깜짝 놀라 외쳤다.

"아니, 당신 베로 아니시오? 어떻게 된 겁니까? 대체 무슨 일이에요?"

베로 형사는 원기 왕성해 뵈는 혈색에 떡 벌어진 어깨, 당당한 체격을 한 사내였다. 보통은 가느다란 혈관들로 늘 벌겋게 상기되기 일쑤인

얼굴이 백지장처럼 하얗게 질린 것으로 봐서, 필시 극심한 흥분 상태에 사로잡힌 것이 분명했다.

"아, 아무것도 아닙니다, 비서관님."

"저런, 그게 아닌데요. 몸이 많이 안 좋은 것 같아요. 얼굴이 몹시 창백합니다. 게다가 진땀 흘리는 것 좀 봐요."

베로 형사는 얼른 이마의 땀을 훔친 뒤, 정신을 가다듬고 말했다.

"약간 피곤할 따름입니다. 요즘 들어 격무에 좀 시달리느라……. 청장님이 맡기신 사건 처리에 만사 제쳐두고 골몰했거든요. 하긴 지금 기분이 영 개운치가 않습니다."

"강심제라도 드릴까요?"

"아, 아닙니다. 그보다는 목이 좀 타는군요."

"그럼 물 한 잔?"

"아니, 그게 아니고."

"그럼 뭡니까?"

"실은 저……."

목소리가 사정없이 떨리고 있었다. 문득 더는 말할 수 없다는 눈빛으로 안절부절못하는가 싶더니, 급기야 간신히 입을 연다는 것이 이랬다.

"청장님은 안 계십니까?"

"안 계십니다. 이따 5시경이나 되어서야 중요한 모임 때문에 들어오실 겁니다."

"그렇군요. 알겠습니다. 아주 중요한 모임이겠죠. 하지만 그 전에 좀 뵈었으면 하는데요. 정말이지 꼭 그러고 싶습니다!"

비서는 베로를 찬찬히 뜯어보며 말했다.

"여간 안달이 나신 게 아니로군요? 그토록 중요한 용무가 있습니까?"

"너무도 중대한 용무입니다. 정확히 한 달 전 오늘 발생한 살인 사건에 관한 문제입니다. 더구나 그 사건 때문에 바로 오늘 밤을 기해 일어날 또 다른 두 건의 살인을 막기 위한 일이기도 하고요. 그래요, 바로 오늘 밤. 사전에 우리가 적절한 조치를 취하지 않는다면 반드시 일어나고야 말 치명적인 사건이 있단 말입니다!"

"자, 일단 거기 앉으시죠, 베로."

"아! 정말이지 어찌나 지독한 방법으로 이 모든 일이 꾸며졌는지! 오, 아마 상상도 할 수 없을 겁니다."

"하지만 베로 당신이 모르고 있는 일도 아니고, 청장님께서도 보나마나 당신에게 전권(全權)을 위임하실 테니……."

"그래요, 그건 그렇겠죠. 그야 물론입니다. 하지만 그 전에 청장님과 면담을 못할지도 모른다는 생각을 하니 얼마나 끔찍한지! 그 때문에 사건에 관해 내가 알고 있는 모든 것을 편지로나마 적어 전달해야겠다는 생각까지 한걸요. 그러는 게 좀 더 신중할 것 같아서요."

그는 큼직한 누런 봉투를 비서에게 건네며 덧붙였다.

"그리고 여기 탁자 위에 작은 상자도 하나 놔두겠습니다. 편지 내용을 보충 설명해줄 물건이 안에 들어 있어요."

"아니, 왜 직접 가지고 있다가 전하지 그럽니까?"

"아, 두려워서요. 누군가 날 감시하고 있단 말입니다. 나를 완전히 제거하려고 노리고 있어요. 비밀을 나 혼자만 알고 있는 한, 한시도 맘 편할 때가 없답니다."

"너무 걱정 마세요, 베로. 청장님은 머지않아 도착하실 겁니다. 그때까지라도 의무실에 가서 강심제라도 먹어보지 그러세요."

베로 형사는 잠시 우물쭈물하더니, 또다시 줄줄 흘러내리는 이마의 땀을 쓱 훔치고는 더없이 경직된 자세로 자리를 떴다.

다시 혼자가 된 비서는 전해 받은 편지를 수북한 서류 더미 속에 밀어 넣고는 자기 사무실로 통하는 문으로 빠져나갔다.

한데 거의 문을 닫자마자, 또다시 정문이 활짝 열리면서 베로 형사가 허겁지겁 들어오는 것이 아닌가!

"안 되겠습니다, 비서관님. 아무래도 당신께 이걸 보여드리는 게……."

이제는 아주 이까지 덜덜거리며 안타까울 정도로 질려 있는 표정이었다. 게다가 이미 집무실이 텅 빈 것을 깨닫자마자, 거칠 것 없다는 듯 내처 비서실로 걸음을 옮길 태세였다. 하지만 갑작스럽게 기운이 빠지는지, 안락의자에 털썩 주저앉아 완전히 멍한 표정으로 이렇게 헐떡거렸다.

"휴우, 내가 이거 어떻게 된 거지? 나 역시 독살(毒殺)을? 아, 두려워. 두렵다고."

가만히 보니 청장의 사무용 책상이 손만 뻗으면 닿을 만한 거리에 있었다. 그는 간신히 연필하고 메모철을 붙들고 무엇을 끼적이기 시작했

결정판 아르센 뤼팽 전집

는데, 그것도 잠시, 곧장 이렇게 더듬거렸다.

"아니야, 이래봤자라고. 청장님이 메모를 읽을 때쯤이면……. 아, 대체 내가 뭘 삼킨 거야? 아, 무섭구나."

그러더니 느닷없이 벌떡 일어나 내뱉는 것이었다.

"이봐요, 비서관님! 바로 오늘 밤이란 말입니다. 반드시, 반드시! 아, 이러다가는 도저히 막을 수가 없을 거예요."

악착같은 의지력 하나로 버티느라, 그는 마치 꼭두각시처럼 뻣뻣한 채로 주춤주춤 비서실을 향해 걸음을 떼어놓았다. 하지만 다시 온몸이 휘청거리면서 또 한 번 주저앉지 않을 수가 없었다.

미칠 듯한 공포가 전신을 휩쓸고 지나가는 듯했고 얼떨결에 비명까지 질렀지만, 아뿔싸! 워낙 맥없이 새어나온 목소리를 들을 만한 사람은 어디에도 없었다. 즉시 역부족임을 파악한 그는, 이제 호출 벨의 위치를 눈으로 더듬었지만, 그마저 당최 보이지가 않았다. 시야 전체가 어둠침침한 베일로 가려진 듯했다.

그는 무릎을 털썩 꿇은 채, 장님처럼 허공으로 내뻗은 손을 휘저으며 벽을 향해 바닥을 기기 시작했고, 마침내 웬 판자에 손이 닿게 되었다. 보아하니 이웃 사무실과 접한 벽이었다. 그는 덮어놓고 그것을 따라 더듬대며 나아갔다. 하지만 안타깝게도 몽롱해진 그의 머릿속엔 잘못된 방의 구조가 자리 잡고 있었고, 그 바람에 당연히 좌측으로 방향을 틀어야 함에도 불구하고 우측으로 더듬어가던 끝에, 작은 문을 가리고 있는 칸막이용 병풍 뒤쪽으로 접근하고 있었다.

간신히 문손잡이를 더듬어 부여잡고 빼꼼히 문을 연 그는 "살려줘. 살려줘요"라고 더듬거린 후, 그대로 쓰러지고 말았다. 거기는 경시청장이 전용 화장실로 사용하는 후미진 방이었다.

자신이 비서실 바닥에 누군가 보는 앞에서 쓰러져 있다고 생각하는 그는 계속해서 이렇게 헐떡이고 있었다.

"오늘 밤이오! 오늘 밤! 오늘 밤 터질 거란 말입니다. 두고 보세요.
이빨 자국이……. 아, 무서워라! 아, 고통스러워요! 제발 살려주세요!
독(毒)입니다, 독! 날 좀 살려주세요!"

그는 점점 잦아드는 목소리를 쥐어짜며 연신 무슨 악몽 속에서 잠꼬
대를 하듯 중얼거리고 있었다.

"이빨…… 희디흰 이빨들…… 이빨을 악물어요!"

목소리는 이내 시들시들해지면서 퍼렇게 질린 입술 사이로 맥없이
흘러나오고 있었다. 그 입술은 마치 끊임없이 새김질이나 하고 있는 늙
은이의 말라비틀어진 입처럼 속절없이 우물거리고 있었다. 그뿐만 아
니라 고개가 천천히 가슴 위로 숙여지면서, 두세 번 크게 한숨을 내쉬
는가 싶더니, 한 차례 심한 경련을 일으킨 다음 그대로 축 늘어졌다.

그때부터 규칙적으로 단말마의 헐떡거림이 이어지기 시작했는데, 간
혹가다 그마저 뚝뚝 끊기는 가운데, 얼마 남지 않은 생존의 본능이 가
물대는 정신에 숨결을 불어넣고, 생기를 잃은 눈동자 속에는 의식의 빛
을 지피려고 최후의 발버둥을 쳐대는 것이었다.

오후 5시 10분 전, 이윽고 경시청장이 집무실로 들어섰다.

수년 전부터 모든 사람이 우러르는 권위를 두르고 막중한 직무를 맡
게 된 데말리옹 씨는 다소 둔중해 보이는 체구에 얼굴 표정만은 지적이
고 섬세하기가 그지없는 50대 남자였다. 회색 저고리와 바지, 흰색 각
반, 그리고 헐렁한 넥타이로 차려입은 그의 복장은 전혀 공무원답지 않
은 구석이 있었고, 거리낌 없는 태도는 단순 명쾌하면서도 둥글둥글 모
난 데가 없이 원만한 편이었다.

호출 벨을 울리자마자 집무실로 대령한 비서에게 그가 물었다.

결정판 아르센 뤼팽 전집

"내가 소환한 사람들 와 있습니까?"

"네, 청장님. 각자 별개의 방에서 대기하도록 조치를 취해놓았습니다."

"오, 뭐 그들끼리 서로 의사소통을 한다고 해서 별 큰 지장이 있는 건 아니었지만……. 그래도 조심하는 편이 나을 것 같아서 그런 거였소. 미국 대사는 직접 거동하지 않아도 되는데, 어떻소?"

"네, 오시지 않았습니다, 청장님."

"자, 그럼 어디 명함들 좀 볼까요?"

"여기 있습니다."

경시청장은 비서가 내민 명함 다섯 장을 받아 들고 천천히 읽어보았다.

아치볼드 브라이트, 미합중국 대사 제1서기관

르페르튀, 공중인

후안 카세레스, 페루 공사관 관원

다스트리냑 백작, 퇴역 장군

그리고 다섯 번째 명함에는 주소도 어떤 직함도 없이 이름만 달랑 적혀 있었다.

돈 루이스 페레나

데말리옹 씨는 곧장 이렇게 말했다.

"바로 이자, 정말 빨리 만나보고 싶군! 엄청나게 흥미를 끄는 인물이오! 외국 공사관에서 보내온 보고서는 당신도 물론 읽어보았겠죠?"

"물론입니다, 청장님. 저 역시 대단히 흥미로운 인물이라 생각하고 있었습니다."

"그렇죠? 정말이지 대단한 용기란 말이야! 정말 황당무계할 정도로 영웅적인 데가 넘치는 일종의 괴짜라고나 할까? 게다가 친구들이 그에게 아르센 뤼팽이라는 별명을 붙여줄 정도로 영향력이 대단하다고 하니……. 그나저나 그 아르센 뤼팽은 죽은 지 얼마쯤 된 거죠?"

"전쟁이 터지기 두 해 전에 죽었습니다, 청장님. 그의 시체와 마담 케셀바흐의 시체가 룩셈부르크 국경 근처의 어느 불에 탄 오두막 안에서 발견되었지요(『813』 참조―옮긴이). 당시 조사 결과로는, 여러 가지 살인 사건을 저지른 걸로 추후에 밝혀진 끔찍한 마담 케셀바흐를 먼저 그자가 목 졸라 살해한 다음, 자신도 집 안에 불을 지르고는 목매달아 자살한 걸로 되어 있습니다."

데말리옹 씨는 잠시 생각에 잠긴 표정으로 중얼거렸다.

"아무튼 그 지독한 작자에게는 어울리는 말로(末路)로군. 솔직히 그런 친구와 맞부딪칠 일이 없는 게 얼마나 다행인지 모르지. 가만있자, 그건 그렇고……. 어디까지 왔더라? 옳지! 모닝턴가(家) 상속에 관련된 서류는 준비되었겠죠?"

"책상 위에 있습니다, 청장님."

"좋아요. 아차, 깜박하고 있었군. 베로 형사는 도착했습니까?"

"네, 청장님. 지금쯤 아마 의무실에서 쉬고 있을 겁니다."

"아니, 무슨 일이 있었답니까?"

"글쎄요, 어디가 아픈 듯 보이는 게 영 심상치 않은 얼굴이었습니다."

"그게 무슨 소리요? 어디 자세히 좀 들어봅시다."

비서는 베로 형사와 마주친 일을 상세하게 털어놓았다.

"편지를 남겨놓았다고요? 그래, 어디 있습니까?"

데말리옹 씨는 근심스러운 표정으로 다그쳐 물었다.

"서류철에 꽂아두었습니다, 청장님."

"거참 이상하군. 얘길 듣고 보니 모든 게 이상해. 베로는 침착하기 그지없는 일급 형사요. 그가 안절부절못했다면 필시 가벼운 일은 아닐 텐데. 일단 그를 이리 좀 데리고 와주시오. 그동안 나는 편지를 살펴보고 있겠소."

비서는 부리나케 의무실로 향했다. 5분 후, 헐레벌떡 달려 들어온 비서는 의무실에 베로 형사가 없다고 알렸다.

"청장님, 근데 더욱 이상한 건, 그가 여기서 나가는 걸 목격한 경비원 얘기가, 글쎄 나가다 말고 그가 다시 안으로 들어가더라는 겁니다. 그 다음에 다시 나오는 것은 보지 못했고 말입니다."

"그럼 아마 당신 일하는 방으로 건너간 거겠지요."

"제 방으로요? 하지만 전 줄곧 방에서 꼼짝 않고 일했는걸요, 청장님!"

"그것참, 알 수 없는 일이로군."

"그러게 말입니다. 하긴 베로가 여기도 건넌방에도 없는 걸 보면, 필시 경비원이 잠시 한눈을 팔았을 수도 있지요."

"그렇겠군요. 그사이에 아마 잠시 바람이라도 쐬러 나갔는지 모르지. 뭐 조만간 돌아오겠지요. 하긴 처음부터 그가 여기 있을 필요는 없으니까."

경시청장은 시계를 들여다보았다.

"5시 10분이로군. 자, 경비원더러 이제 슬슬 신사분들을 들이라고 해주시오. 아차, 잠깐만."

데말리옹 씨는 잠시 멈칫했다. 서류철을 뒤지다가 마침내 베로의 편지를 발견한 것이다. 큼직한 누런 봉투였는데 한쪽 귀퉁이에 이렇게 적혀 있었다.

카페 퐁뇌프

비서가 은근히 끼어들었다.

"베로가 제게 한 말이나 지금 자리에 없는 걸로 보면, 분명 급한 일 같습니다, 청장님. 어서 편지를 확인해보시는 게……."

데말리옹 씨는 잠자코 생각에 잠기다가, 불쑥 내뱉었다.

"그렇소. 당신 말이 맞아요."

그는 얼른 가느다란 칼을 봉투 상단에 밀어 넣고 잽싸게 뜯었다. 그리고 바로 다음 순간, 허탈해하는 탄식을 토하는 것이었다.

"어라, 이게 대체 어찌 된 거야?"

"무슨 일입니까, 청장님?"

"이것 좀 보시오. 그냥 백지(白紙)만 달랑 있질 않소. 봉투 안에 백지 한 장만 있단 말이오!"

"그럴 리가!"

"잘 봐요. 그냥 4등분해서 접은 종이뿐이란 말이오. 글자라고는 단 하나도 적혀 있지 않아요."

"하지만 베로 형사 말로는 분명 그 안에 자신이 아는 사건의 전모를 기록해놓았다고 했습니다."

"그랬다고는 하지만, 이걸 똑똑히 보면 알 것 아니오. 베로 형사가 어떤 사람인지 내가 잘 알아 망정이지, 아니었다면 무슨 싱거운 장난인가 하겠어요."

"뭔가 착오가 있었던 모양입니다, 청장님."

"그래요, 뭔가 착오가 있었겠죠. 하지만 왠지 그와는 어울리지 않는

결정판 아르센 뤼팽 전집

걸. 두 사람의 목숨이 걸린 문제라며 착오를 범할 사람이 아닌데 말이야. 분명 오늘 밤 안에 두 건의 살인이 예정되어 있다고 한 거 맞죠?"

"네, 틀림없이 그랬습니다. 오늘 밤, 무척이나 끔찍하게 일어날 살인이라고 했습니다. 맞아요, '지독한 방법'으로 꾸며진 계획이라고 그가 직접 말했거든요."

데말리옹 씨는 뒷짐을 진 채 방 안을 이리저리 서성거렸다. 그러다가 작은 탁자 앞에서 갑자기 걸음을 멈추는 것이었다.

"여기 이 꾸러미는 또 뭐죠? 내 앞으로 수신이 되어 있는데. 가만있자, '경시청장 귀하. 유사시 개봉해보시오.'"

그제야 비서는 허겁지겁 말했다.

"아차, 제가 그만 깜박 잊고 있었군요. 그것 역시 베로 형사가 전해달라며 남긴 것입니다. 아주 중요한 거라는데, 편지 내용에 관한 보충 설명이 거기 들어 있다고 하더군요."

데말리옹 씨는 저도 모르게 얼굴이 환해지며 호들갑을 떨었다.

"맙소사! 그럼 그렇지. 편지에 설명이 따로 필요한 거로군! 뭐 그다지 '유사시'는 아니지만, 굳이 망설일 필요도 없겠지!"

그렇게 중얼거리면서 데말리옹 씨는 끈을 끊어버리고 포장을 풀었다. 안에는 마치 약국에서 주로 사용하는 것과 유사한 판지 상자가 있었는데, 이미 사용한 적이 있었던 듯, 많이 지저분하고 찌그러진 상태였다.

데말리옹 씨는 천천히 뚜껑을 열었다.

상자 안에는 마찬가지로 지저분한 솜이 가득 채워져 있었고 그 한가운데 납작하게 생긴 초콜릿이 반쪽 들어 있었다.

"아니, 이건 또 뭐야?"

경시청장은 어안이 벙벙한 표정으로 중얼거렸다.

하지만 초콜릿을 집어 들고 한참을 이리저리 살펴보던 그의 뇌리에 뭔가 퍼뜩 스치는 것이 있었다. 즉, 약간은 말랑말랑한 그 물건에 어딘지 심상치 않은 구석이 있음을 눈치챘는데, 베로 형사가 왜 이토록 소중히 싸놓았는지를 말해주는 이유처럼 느껴지는 것이었다. 납작하게 생긴 초콜릿의 위와 아래 면에 각각 이빨 자국이 선명히 새겨져 있고, 2~3밀리미터쯤 파인 그 자국 하나하나가 제각각 특이한 크기와 모양의 이빨 모습을 그대로 담은 채, 각기 불규칙한 간격을 두고 성글게 배열되어 있었다. 보아하니 초콜릿을 씹어 먹은 장본인의 윗니 네 개와 아랫니 다섯 개의 자국이 남은 듯했다.

데말리옹 씨는 잠시 깊은 생각에 잠겼다가, 고개를 푹 숙인 채, 또다시 몇 분 동안 중얼중얼하면서 방 안을 서성거리기 시작했다.

"이상한 일이야! 뭔가 흥미 만점의 수수께끼가 있는 게 분명해. 난데없는 백지에 이빨 자국에……. 대체 이게 모두가 무슨 뜻이란 말인가?"

하지만 베로 형사가 아주 사라진 것도 아니고, 조만간 나타나 모든 것을 해명해줄 마당에, 골치 아픈 수수께끼를 가지고 굳이 끙끙대며 씨름할 마음은 추호도 없었다. 데말리옹 씨는 비서에게 내뱉듯 말했다.

"신사분들을 더 이상 오래 기다리게 할 순 없소이다. 이제 그만 들어오도록 해주시오. 그리고 보나 마나 베로 형사가 중간에 나타날 텐데, 회합 중간이라도 그 즉시 내게 알리도록 하시오. 한시라도 빨리 만나봐야지, 이거야 원! 다른 용무로는 절대로 회합을 방해해선 안 됩니다. 알겠죠?"

그로부터 2분 후, 경비원은 연달아 세 사람을 우선 들여보냈는데, 안경을 착용하고 구레나룻을 기른, 혈색 발그스레한 르페르튀 선생과 대사 서기관인 아치볼드 브라이트, 그리고 페루 공사관원인 카세레스가 그들이었다. 세 사람 모두를 잘 알고 있는 데말리옹 씨는 일단 그들과 담소를 나누다가, 잠시 양해를 구한 뒤 뒤늦게 들어선 다스트리냑 백작을 맞이하러 앞으로 나섰다. 샤우이아(1907~1908년 치열한 전쟁터로 유명한 모로코의 지명—옮긴이)의 영웅이며 거기서 얻은 명예로운 상처로 조기 퇴역할 수밖에 없었던 전직 사령관을 향해, 데말리옹 씨는 모로코에서의 화려한 무용담에 대한 열정적인 찬사의 말을 몇 마디 건넸다.

그때 다시 한번 문이 열렸다.

"돈 루이스 페레나, 맞습니까?"

경시청장이 악수를 청한 남자는 중키에다 날씬한 몸매에, 레지옹 도뇌르를 비롯한 전공(戰功) 훈장을 달고 있었다. 전체적인 인상이랄지, 눈빛, 몸가짐과 활달한 걸음걸이 등등, 많아야 한 40대쯤 되어 보이는 사내였는데, 자세히 보면 눈가와 이마의 주름들이 그보다는 약간 더 많은 나이를 짐작하게 했다.

그쪽에서도 서슴없이 인사를 받았다.

"그렇습니다, 청장님."

순간 다스트리냑 장군이 커다랗게 외쳤다.

"아, 페레나, 당신이군요! 아직 버젓이 이 세상에 살아 있었단 말이오?"

"아, 사령관님! 여기서 다시 뵙게 되다니 정말 반갑습니다!"

"페레나가 살아 있다니! 내가 모로코에서 떠날 즈음, 당신 소식을 아는 사람이 하나도 없더이다! 그래서 다들 당신이 죽은 줄 알았지."

"단지 감옥에 갇혀 있었는걸요."

"부족에게 붙잡혀 있었다면, 죽은 거와 별로 다를 바도 없지요."

"꼭 그렇지만은 않습니다, 사령관님. 어디든 탈출할 가능성은 열려 있는 법이죠. 그 증거로 지금 이렇게……."

그렇게 잠시 덕담이 오가는 동안, 경시청장은 이 마지막으로 등장한 사내의 혈기 넘치는 얼굴을, 그 여유 있는 미소와 결의에 찬 맑은 눈빛, 작열하는 태양 아래서 단단하게 단련된 구릿빛 피부 등등을 찬찬히 뜯어 살피고 있었다.

그는 모두 책상 주위에 둘러앉도록 자리를 권한 뒤, 자신도 자리를 잡고 앉아 또박또박 천천히 얘기를 풀어가기 시작했다.

"여러분을 소환한 것에 대해, 아마도 너무 뜻밖이라고 생각하실지 모르겠습니다. 아울러 얘기를 풀어나가는 태도 역시 어리둥절하기는 마찬가지일 겁니다. 하지만 저라는 사람에게 약간의 신뢰만 허락하신다면, 이 모든 절차가 결코 부자연스럽지 않고 간단명료하다는 점을 곧 이해하실 겁니다. 저 역시 최대한 간명하게 얘기를 풀어나가겠습니다."

그는 비서가 정리한 서류를 앞에 펼쳐놓고, 하나하나 조회해가면서 입을 열었다.

"1870년 전쟁이 발발하기 수년 전, 각각 스물두 살, 스무 살, 그리고 열여덟 살 먹은 에르믈린, 엘리자베트, 아르망드 루셀이라는 세 명의 고아 자매가 생테티엔에서 그보다 몇 살 아래인 사촌 동생 빅토르와 함께 살고 있었습니다. 그중 제일 맏이인 에르믈린은 모닝턴이라는 이름의 영국인을 쫓아 제일 먼저 생테티엔을 떠났고, 결국 그 남자와 결혼해서 코스모라는 이름의 아들을 하나 낳았습니다. 하지만 궁핍한 생활은 말이 아니었고, 몇 차례의 힘든 시련도 견디기 쉬운 게 결코 아니었지요. 에르믈린은 참다 못해 도움을 바라는 편지를 동생들에게 여러 번 보내기도 했답니다. 하지만 전혀 답장을 받지 못하던 가운데, 결국은 더 이상 편지도 쓰지 않게 되었죠. 1875년 모닝턴 부부는 함께 아메리카로 떠나게 됩니다. 그리고 5년 만에 부자가 되었지요. 1883년 모닝턴 씨가 세상을 떠난 이후에도, 미망인은 계속해서 재산을 불려나갔는데, 워낙 투기와 사업에 수완이 있었던지라, 기존의 재산을 어마어마한 규

모로 불리는 데 성공했습니다. 그렇게 해서 1905년 그녀는 임종의 자리에서 아들에게 총 4억 프랑에 달하는 엄청난 유산을 물려주기에 이릅니다."

어마어마한 숫자에 놀라서 그런지, 일순 좌중의 분위기가 어수선해졌다. 특히 전직 사령관과 돈 루이스 페레나가 서로 교환하는 심상치 않은 눈빛을 보고 경시청장은 그들에게 대뜸 물었다.

"코스모 모닝턴에 대해 아십니까?

"그렇습니다, 청장님. 페레나와 내가 모로코에서 한창 전투 중일 때, 그곳에 잠시 와서 머문 적이 있었지요."

대답을 한 것은 다스트리냑 장군이었다.

"아무튼 코스모 모닝턴은 곧장 여행을 떠났습니다. 들리는 바로는 의학을 전공했다는데, 기회가 생길 때마다 물론 무료로 주변에 의료 활동을 벌이기도 했다고 합니다. 그는 이집트와 알제리, 모로코를 떠돌며 살다가 급기야 1914년 말 연합국의 명분을 지지하기 위해 신대륙으로 건너갔지요. 그리고 작년, 휴전이 성립된 직후 파리로 와서 정착했답니다. 한데 불과 4주 전에 정말이지 어처구니없는 사고로 그만 세상을 떠난 것입니다."

"주사를 잘못 놓았다죠, 청장님?"

미국 대사 서기관이 불쑥 끼어들었다.

"신문에서 한참 떠들어대는 걸 우리 대사관 안에서도 죄다 보아 알고 있습니다."

데말리옹 씨가 고개를 끄덕이며 부연 설명을 해주었다.

"그렇습니다. 겨울 내내 인플루엔자로 앓아누워 있다가 의사의 지시로 글리세로인산 소다액 주사를 스스로에게 놓게 되었지요. 몇 차례에 걸쳐 주사를 놓던 중, 단 한 번의 실수로 그만 지켜야 할 소독 절차를 마치지 않은 주사가 섞이는 바람에, 걷잡을 수 없는 감염이 일어나게 된 것입니다. 결국 엄청난 속도로 악화된 환자가 사망에 이르는 데에는 불과 수 시간밖에 걸리지 않았지요."

경시청장은 공증인 쪽을 돌아보며 말했다.

"어떤가요, 르페르튀 선생? 지금까지 요약한 내용이 사실에 정확히 부합하는지요?"

"정확히 일치합니다, 청장님."

데말리옹 씨는 그제야 이렇게 덧붙였다.

"사고가 있고 난 다음 날 아침, 여기 계신 르페르튀 선생께서 이제 여러분께 읽어드릴 문서에 나타난 이유 때문에 이곳에 출두해, 코스모 모닝턴이 직접 건넨 유언장을 제게 보여주셨지요."

경시청장이 서류를 뒤적이는 동안, 르페르튀 선생이 얼른 얘기를 이어받았다.

"괜찮다면, 임종의 자리에 불려가기 전, 제가 고객과 마주한 적은 딱 한 번뿐이었다는 사실을 분명히 하고 싶군요. 자기가 사는 호텔로 직접 불러서 방금 작성한 유언장을 제게 맡겼던 날이었는데, 그때만 해도 병세(病勢) 초기였습니다. 그때 제게 그러더군요. 실은 모친 쪽 가족을 찾으려는 작업을 벌이는 중인데, 병이 완쾌되면 정말 진지하게 그 작업에 매달릴 생각이라고요. 물론 상황은 여의치 않게 돌아갔지만요."

이윽고 경시청장은 서류철 속에서 봉투 하나를 끄집어내더니, 그 속에서 종이 두 장을 꺼냈다. 그중 좀 더 큼직한 것을 펼쳐 들고 그가 말했다.

"이게 바로 유언장입니다. 지금부터 내용을 읽어드릴 테니, 주의 깊게 잘 들어보시길 부탁합니다. 나머지 한 장의 내용도 마찬가지고요."

결정판 아르센 뤼팽 전집

아래 나, 코스모 모닝턴은 위베르 모닝턴과 에르믈린 루셀의 적자(嫡子)이자 귀화한 미국 시민으로서, 내가 선택한 이 나라에 전 재산의 절반을 유증하는 바이다. 이것은 내가 직접 작성한 지침서에 의거한 복지 사업을 위해 사용될 것이며, 르페르튀 선생의 손에 의해 그 지침서는 미국 대사관에 별도로 전달될 것이다.

르페르튀 선생 사무실에 보관 중인 예금 장부에 따라, 파리와 런던의 여러 은행 잔고를 모두 합한 총 2억 프랑가량의 재산은, 내 사랑하는 어머니를 기억하는 뜻에서, 우선 그녀의 동생인 엘리자베트 루셀이나 직계 상속자들에게, 그게 아니면 그 아래 동생인 아르망드 루셀이나 그 직계 상속자들에게, 그것도 안 되면 사촌 형제인 빅토르와 그 직계 상속자들에게 유증한다.

만약에 내가 죽기 전까지 루셀가(家)의 생존자들이나 그 사촌 형제를 찾아내지 못할 경우에는, 내 친구 돈 루이스 페레나가 계속해서 필요한 모든 조치를 취해 꼭 찾아주길 바란다. 그러기 위해 나는 그를 유럽 쪽 내 전 재산에 관한 유언집행자로 지명하는 바이다. 아울러 내가 죽은 뒤에 발생할지도 모를 모든 사태를 그가 도맡아 처리해주길 바라며, 나의 대리자로서 부디 유지(遺志)를 받들어 모든 행동을 추진해줄 것을 간곡히 바라 마지않는 바이다. 이와 같은 모든 도움과 더불어, 이미 두 번씩이나 내 목숨을 구해준 데 대한 감사의 뜻으로, 부족하지만 100만 프랑이 그의 몫으로 돌아가도록 한다.

그쯤에서 경시청장이 잠시 멈추는 사이, 돈 루이스가 중얼거렸다.

"가엾은 코스모. 가는 길에 마지막 소원을 들어주기로서니, 그런 배려 따위 필요도 없는 것을!"

데말리옹 씨는 다시 읽기 시작했다.

만에 하나 내가 죽은 뒤 석 달이 지나도록 돈 루이스 페레나와 르페르
튀 선생의 활동에도 불구하고 루셀가의 생존자가 전혀 나타나지 않아,
유산상속이 미뤄지기만 할 경우엔, 2억 프랑의 전 은행 잔고는 어떤 이
의가 제기된다 해도 결정적으로 돈 루이스 페레나의 몫으로 돌려지도록
한다. 내가 아는 바로는 그 사람이야말로, 언젠가 모로코의 야영 텐트
안에서 내게 열정적으로 이야기한 것처럼, 위대하고 고결한 계획에 부
합하게 그 재산을 사용해줄 것으로 믿어 의심치 않는다.

데말리옹 씨는 다시금 읽기를 멈추고 눈을 들어 돈 루이스의 표정을
살폈다. 사내의 얼굴은 일말의 흔들림도 없이 무척 고요하기만 했다.
다만 반짝거리는 눈물 한 방울만이 눈썹 끝에 대롱대롱 매달려 있을 뿐
이었다. 다스트리냑 백작이 불쑥 말을 건넸다.

"축하합니다, 페레나."

"사령관님, 유산상속에는 어디까지나 하나의 엄밀한 조건이 따른다
는 사실을 잊지 마십시오. 그리고 장담하건대, 일이 내 손안에 떨어진
이상, 루셀가(家)의 생존자들은 반드시 찾아낼 것입니다."

그가 금세 대답하자, 장교도 얼른 맞장구를 쳤다.

"그야 물론 그렇겠죠. 나 역시 그런 면에서는 당신을 잘 압니다."

그러자 이번엔 경시청장이 돈 루이스에게 질문을 던졌다.

"어쨌든, 비록 조건부이긴 하지만, 유산상속을 거부하시진 않겠죠?"

"그야 물론입니다! 도저히 거부할 수 없는 일들도 있는 법이죠."

페레나가 빙그레 웃으며 대답하자, 데말리옹 씨가 덧붙였다.

"사실 방금 질문은 여기 이 유언장의 마지막 단락 때문에 드려본 것
입니다."

만약에 이런저런 이유로 인해서 내 친구 페레나가 유상상속을 거부한다거나, 상속 날짜 이전에 불상사라도 생겨 상속 자체가 불가능하게 될경우에는, 미국 대사님과 파리 경시청장님이 서로 합의하에 이곳 파리에 미국 국적의 예술가와 학생을 위한 전용 대학을 세우고 운영하는 방안을 모색해주길 바라는 바이다. 아울러 경시청장님에게는 30만 프랑을 따로 떼어서 부하 직원들을 위해 유용하게 사용해주기를 바라 마지않는다.

데말리옹 씨는 종이를 접고 다른 종이를 펼치며 말했다.
"유언장과 더불어 일종의 유언 추가서가 첨가되어 있는데, 추후에 므슈 모닝턴이 르페르튀 선생에게 따로 편지를 써서 몇 가지 사항을 좀더 명확히 규정한 내용이랍니다."

나는 르페르튀 선생에게 내가 죽은 다음 날 파리 경시청장님의 입회하에 유언장을 개봉할 것을 부탁한다. 그리고 한 달 동안은 모든 것을철저하게 비밀에 부쳐줄 것 또한 당부드리는 바이다. 그렇게 해서 정확히 한 달이 지난 같은 날, 경시청장님이 집무실로 미국 대사관의 영향력있는 고위 인사 한 분과 르페르튀 선생, 그리고 돈 루이스 페레나를 불러들여 유언장을 읽어준 뒤, 내 수유자(受遺者)이자 친구인 돈 루이스 페레나에게 즉석에서 100만 프랑의 수표 한 장을 전달하도록 한다. 이를집행하기에 앞서 단지 필요한 절차는 그의 신분증을 검사해 본인 확인이 이루어지는 것만으로 족하다. 다만 가급적 직접 그를 아는 사람으로서, 모로코에 있을 때 그의 상관이셨으며, 현재는 불행히도 조기 퇴역하신 다스트리냑 백작에 의해 본인 확인이 이루어졌으면 하는 바람이다.아울러 페루 공사관 소속 사무관으로 하여금 그의 출신지 확인 절차를 보증하도록 하면 더더욱 좋을 것이다. 왜냐면 돈 루이스 페레나는 에스파냐 국적을 가지고 있지만 태어난 곳은 페루이기 때문이다.

그리고 루셀가(家)의 상속자에게는 이틀이 더 지난 다음에 르페르튀 선생의 사무실 안에서 유언장이 전달되기를 바란다.

마지막으로 내 유산의 상속과 관련해 바라고 싶은 것은, 경시청장님께서 첫 번째 모임에 참석한 모든 사람을, 그날 이후 60일에서 90일째 사이 아무 날이나 정한 날짜에 다시 한번 집무실에 모이도록 해주었으면 한다는 점이다. 바로 그때, 비로소 최종적인 유산상속자가 정해지고 공포될 것이다. 어쨌든 그 회합에 참석하지 않는 사람은 누구도 유산에 손댈 수 없으며, 아까 얘기한 바대로 루셀가와 사촌 형제 빅토르 쪽 가계의 상속자가 나타나지 않을 경우에는 돈 루이스 페레나가 최종 수유자로 정해질 것이다.

"이것이 바로 므슈 코스모 모닝턴의 유언장 내용입니다. 아울러 여러분 모두를 이렇게 와주십사 한 이유이기도 하지요. 마지막 올 사람이 한 명 더 있긴 한데, 루셀가(家)에 대한 조사를 맡은 우리 형사들 중 한 명입니다. 이제 곧 나타나서 조사 결과를 보고할 예정입니다. 일단 그 친구를 기다리는 동안, 우리끼리 유언자의 지시를 수행하기로 할까 합니다만. 2주 전 제 요청으로 여기 돈 루이스 페레나께서 보내주신 신분 증명 서류들은 일단 완벽한 것으로 보입니다. 또한 출생지 조사 결과에 대해서도 페루 공사관 측에 정확한 자료 수집을 요청한 바 있지요."

페루 공사관원이 기다렸다는 듯 즉각 말을 받았다.

"청장님, 페루 국무총리께서 저에게 직접 그와 관련한 임무를 맡기셨습니다. 그리 어려운 일은 아니었지요. 돈 루이스 페레나는 유럽 본토에도 부동산을 그대로 유지한 채, 30년 전 페루로 이주해온 유서 깊은 에스파냐 가문 출신입니다. 돈 루이스의 부친 되시는 분은 살아생전 저도 미국에서 잠깐 뵌 적이 있는데, 외아들 자랑을 무척 많이 하셨답니다. 5년 전 부친의 사망 소식을 그 아드님에게 통보한 것도 저희 공사관이었지요. 여기 이게 그 당시 모로코로 우리가 작성해서 보낸 편지 사본입니다."

"그리고 이건 돈 루이스 페레나가 제출한 바로 그 편지 원본이지요."

경시청장이 말을 가로막다시피 내뱉었다.

"어떻습니까, 장군님. 그 당시 장군님 지휘하에 전투에 임했던 페레나 외인부대 용사를 알아보시겠습니까?"

"그야 물론 알아보지요."

다스트리냑 백작의 말이었다.

"틀림없겠지요?"

"틀림없을 뿐 아니라, 척 보니까 알겠더군요."

경시청장은 갑자기 웃음을 터뜨리며 은근히 떠보았다.

"허허허, 그러니까 그의 무용담에 취한 동료들이 모두들 서슴없이 아르센 뤼팽이라고 부르는 페레나 용사를 잘 알아보신다 이 말씀이군요?"

"그렇습니다, 청장님. 동료들은 아르센 뤼팽이라고 부를지 모르나, 우리 상관들은 그를 그냥 '영웅'이라고 부르지요. 마치 다르타냥만큼 용맹하고, 포르토스처럼 강인하며……."

"몬테크리스토처럼 신비스럽겠지요."

백작의 발끈하는 대꾸를 경시청장은 히죽 웃으면서 재치 있게 받아넘겼다.

"모든 사실이 외인부대 제4연대로부터 입수한 보고서에 상세히 기록되어 있더군요. 뭐 이 자리에서 그 내용을 깡그리 소개할 필요까진 없으나, 불과 2년 사이에 전공 훈장과 레지옹 도뇌르까지 수여받고, 전군

(全軍)을 앞에 둔 일일명령 시 도합 일곱 번이나 모범 용사로 지목될 만큼 미증유(未曾有)의 혁혁한 공을 세웠다는 사실이 특기할 만했습니다. 그리고 또 우연히 주목하게 된 사실은…….”

"여보세요, 청장님. 제발 부탁인데, 그런 것들은 별로 중요하지가 않습니다만. 그리 흥미롭지도 않고 말입니……."

돈 루이스가 난색을 표하자, 데말리옹 씨는 더욱 확고부동한 태도로 말을 막았다.

"아뇨, 대단히 흥미롭지요! 오늘 여기 모인 이분들은 단지 유언장 낭독을 듣기 위해서뿐만 아니라, 그 조항들 중 즉각적인 이행이 가능한 단 하나의 사항, 즉 100만 프랑에 이르는 유산 양도를 보증하기 위해 어려운 걸음을 한 것이기도 합니다. 따라서 일단 유산상속자에 관한 이분들의 궁금증부터 말끔히 해소해주는 게 반드시 필요하지요. 고로 계속 말씀을 드리자면……."

"정 그러시다면, 전 이만 실례를."

질세라 자리에서 일어나 문 쪽으로 다가가는 페레나.

바로 그때였다.

"뒤로 돌아! 정지! 주목!"

다스트리냑 장군의 장난기 어린 호령이 우렁차게 터져나오는 것이었다.

그는 싱글벙글 웃으면서 돈 루이스를 다시 데려와 방 한가운데에 앉히며 말했다.

"이보시오, 경시청장 나리, 나의 옛 전우의 무례함을 용서해주시구려. 워낙 겸손함이 지나친 친구라, 누가 앞에서 자신의 무용담을 줄줄이 늘어놓는 것을 차마 견디지 못한답니다. 게다가 보고서가 바로 코앞에 있으니 누구든 흥미가 있으면 얼마든지 개인적으로 읽어볼 수 있지 않겠소? 우선 나부터 무조건 그 속에 담긴 찬사에 동의하는 바입니다. 나는 비교적 다사다난하다면 다사다난한 군 경력을 거친 몸이지만, 여기 이 페레나 용사만 한 군인을 여태껏 본 적이 없소이다. 물론 외인부대라는 곳이 원래 별의별 거친 사내들이 득실대는 곳이라, 소위 심심풀이로 사람 목숨을 빼앗고 그걸 자랑 삼아 떠벌리는 친구들은 부지기수로 많은 편이죠. 하지만 그중 어느 누구도 페레나의 발목에조차 미치지 못할 겁니다. 우리가 그동안 다르타냥이라든가, 포르토스, 뷔시 당부아즈(이 역시 뒤마의 작품 『몽소로 부인』에 나오는 인물로, 사실은 16세기에 실존했던 용맹한 장수이기도 함―옮긴이)라고 즐겨 부르던 이자는 가히 현실과 전설 모두를 통틀어 가장 놀라운 영웅들과 어깨를 나란히 할 만한 인물이지요. 그가 수행한 업적을 내 이 두 눈으로 똑똑히 목격하고도 실은 사기꾼 취급을 당할까 봐 쉽사리 입 밖으로 떠들지 못하는 게 한두 가지가 아닙니다. 그 대부분이 어찌나 상상을 초월하는지, 이제 와서 냉정한 정신 상태로 돌이켜보건대, 과연 내가 진짜 그런 일들을 목격하긴 한 건지 의아할 정도랍니다. 한번은 세타(모로코의 한 마을 이름―옮긴이)에서 우리가 적의 추격을 당하고 있었을 때……."

순간 돈 루이스가 쾌활하게 외쳤다.

"한마디만 더 하시면 정말로 이번엔 나갑니다! 정말이지, 사령관님, 제 절제심을 슬그머니 비켜가시는 것도 참 고단수이십니다."

"이봐요, 페레나, 내가 누차 얘기했지만, 당신한텐 모든 자질이 갖춰져 있는데, 오직 딱 하나 모자라는 점이 있어요. 바로 프랑스인(人)이 아니라는 점이지."

백작의 말에 돈 루이스 페레나가 대뜸 대꾸했다.

"사령관님, 저 역시 늘 말씀드렸다시피, 어머니 쪽으로 보자면 저는 프랑스인입니다. 또한 가슴과 기질로도 영락없는 프랑스인이지요. 제가 이룬 일들 중에 많은 것이 프랑스인이 아니었다면 불가능했을 것들입니다."

두 사람은 다시 한번 굳게 두 손을 마주 잡았다.

마침내 데말리옹 씨가 점잖게 끼어들었다.

"자, 그러고 보니 선생의 무용담과 이 보고서 내용 모두 결코 이론의 여지는 없는 것 같습니다. 다만 한 가지 짚고 넘어가고 싶은 것은, 1915년 여름, 40여 명에 이르는 베르베르족(族)(북아프리카 지중해 연안에 분포한 토착 부족―옮긴이) 복병에게 걸려들어 포로가 된 뒤, 계속 행방이 묘연하다가, 지난달에야 불쑥 외인부대에 귀환한 걸로 되어 있던데요."

"그렇습니다. 청장님. 그런 식으로 무장해제 된 상태에서 보낸 기간이 5년간의 군 복무 기간보다 훨씬 더 되는 셈이죠."

"그렇다면 므슈 코스모 모닝턴이 어떻게 하필 4년 전부터 행방불명된 당신을 수유자(受遺者)로 해서 유언장을 작성할 수 있었을까요?"

"코스모와 저는 서로 편지를 교환하고 있었습니다."

"뭐라고요?"

"그렇다니까요. 탈출이 임박한 데다 조만간 파리로 돌아갈 거라 편지로 미리 알렸던 것이죠."

"하지만 어떻게 말입니까? 그동안 그래 어디 있었나요? 어떻게 그런 일이 가능했단 말입니까?"

돈 루이스는 대답 대신 묘한 미소를 지어 보였다.

"하여튼 이럴 때 바로 몬테크리스토라고 하는 모양이오. 어딘지 비밀스러운 몬테크리스토!"

"원하신다면 몬테크리스토라고 부르십시오, 청장님. 포로가 되었던 일이나 탈출에 성공한 일, 아니 전쟁 중에 내 인생 전체가 실제로 매우 이상할 것입니다. 언젠가 그것을 낱낱이 밝혀내는 일도 꽤나 흥미로울

결정판 아르센 뤼팽 전집

수 있을 거예요. 하나 지금은 그냥 나를 좀 믿어주시기 바랍니다."

잠시 침묵이 흘렀다. 데말리옹 씨는 다시 한번 이 묘한 사내를 찬찬히 살펴보고 있었다. 마치 자신도 이해할 수 없는 일련의 연상(聯想)에 어쩔 수 없이 휩쓸리듯 그가 중얼거렸다.

"한마디만 더 물읍시다. 이번이 마지막이오. 당신의 동료들이 왜 하필 아르센 뤼팽이라는 얄궂은 별명을 붙인 겁니까? 그저 당신이 남달리 대담하고 완력이 출중해서 그런 겁니까?"

"오, 그런 것 말고 또 다른 게 있지요. 언젠가 지극히 흥미로운 도난 사건 하나를 해결한 적이 있는데, 도저히 풀릴 것 같지 않아 보이던 그 일의 사소한 부분들만 보고도 대번에 누가 저지른 것인지 알아냈지요."

"그럼, 그런 쪽 일에도 일가견이 있으시단 말인가요?"

"그런 셈이죠, 청장님. 아프리카에 있을 때 그런 능력을 일부 활용할 기회가 있었지요. 아마 그때부터 아르센 뤼팽이라는 별명이 붙은 걸 겁니다. 정작 임자는 죽었는데도 이 시대에 끊임없이 회자되고 있는 그 이름을 말이지요."

"그때 그 도난 사건은 심각한 것이었나요?"

"그럼요! 당시 오랑(알제리의 항구도시―옮긴이)에 살고 있던 코스모 모닝턴을 상대로 자행된 사건이었지요. 그때부터 우리 둘의 관계도 시작된 것이고 말입니다."

또다시 침묵이 자리 잡았고, 그 가운데 돈 루이스가 덧붙였다.

"가엾은 코스모! 오로지 그 사건으로 인해, 나의 이 보잘것없는 탐정 재주에 대한 굳건한 신뢰를 품게 된 겁니다. 언제나 내게 이러곤 했지요. '여보게 페레나, 만약에 내가 살해당한다면(그런 식으로 흉한 죽음을 맞게 될 거라는 게 그에게는 일종의 강박관념이었습니다), 만약 살해당해서 죽는다면 말일세, 반드시 범인을 잡겠다고 약속해주게나.'"

"다행히 그런 불길한 강박관념은 부질없는 것이 되었군요. 코스모 모닝턴은 살해당한 게 아니니까 말입니다."

데말리옹 씨의 말에 돈 루이스가 불쑥 내뱉은 한마디는 무척이나 의외였다.

"바로 그 점에서 착각을 하고 계신 겁니다. 청장님!"

데말리옹 씨가 펄쩍 뛴 것은 당연했다.

"뭐요? 지금 무슨 말씀을 하는 거요? 코스모 모닝턴이……."

"코스모 모닝턴은 사람들이 생각하듯 주사를 잘못 놓아 숨진 게 아니라, 스스로 우려했던 것처럼, 험한 꼴로 죽임을 당한 거라고 했습니다."

"하지만 그런 말은 별로 근거 있어 보이지가 않는군요."

"엄연한 사실에 근거한 얘깁니다, 청장님."

"아니 그럼 현장에 있기라도 했단 말입니까? 뭔가 아는 거라도 있나요?"

"지난달에는 물론 없었지요. 솔직히 말해, 파리에 도착했을 당시만 해도, 신문을 규칙적으로 보지 못했기에, 코스모의 죽음에 대해선 까마득히 모르고 있었답니다. 방금 청장님이 하신 말씀을 듣고 비로소 안 것이죠."

"듣고 보니 내가 아는 것 이상으로 아는 것도 아니로군요. 그렇다면 더군다나 의사의 소견에 따르는 게 순리라고 보입니다."

"하지만 유감스럽게도 내가 보기엔 그 의사의 소견이라는 게 별로 흡족하진 못한 것 같습니다."

"아니 이보시오, 대체 무슨 권리로 그런 말씀을 하시는 거요? 무슨 근거라도 있습니까?"

"있지요."

"뭡니까?"

"청장님이 직접 하신 말씀이 바로 근거입니다."

"내가 한 말이라니?"

"바로 이겁니다. 청장님은 처음에 코스모 모닝턴이 의학을 전공했고 실제로 의료 활동까지 활발히 했다고 말씀하셨습니다. 그러다가 그만 주사를 잘못 놓아 인플루엔자가 치명적으로 악화되는 바람에 불과 몇 시간 안에 사망했다고 하셨지요."

"그렇소이다."

"그래서 말씀입니다만, 청장님, 자고로 코스모 모닝턴처럼 의학을 전공해 상당한 실력을 갖춘 데다 실제로 환자를 돌보기까지 해본 사람이라면, 필수적인 소독 처리를 모두 거친 주사 외에는 쉽사리 자신의 몸을 허락하지 않는 법입니다. 전에도 코스모가 일하는 것을 몇 번 봐서, 어떤 식으로 처신하는지 잘 압니다."

"그래서요?"

"의사가 그런 소견서를 작성한 건, 일반적으로 별다르게 의심을 부를 만한 단서가 눈에 띄지 않을 때 보통 의사들이 다 그렇듯, 건성으로 판단을 내린 것에 불과하다는 얘기지요."

"그럼 결국 당신 의견은?"

그쯤에서 페레나는 공증인을 슬쩍 돌아보며 물었다.

"르페르튀 선생, 므슈 모닝턴의 임종 자리에 불려가셨을 때, 혹시 뭔가 이상한 점이 눈에 띄진 않던가요?"

"아뇨, 전혀 그런 건 없었습니다. 므슈 모닝턴은 곧장 혼수상태에 빠졌지요."

"아무리 주사가 부실했다 해도 그처럼 빠르게 상황이 악화되다니, 그것부터가 벌써 수상쩍은 겁니다. 괴로워하진 않던가요?"

"아뇨. 가만, 글쎄요. 그렇다고도 볼 수 있겠군요. 얼굴에 갈색 반점이 돋기 시작했던 게 기억납니다. 처음 보았을 땐 없었거든요."

"갈색 반점이라고요? 내 가설과 정확히 부합하는군요! 코스모 모닝턴은 독살된 겁니다!"

"하, 하지만 어떻게 말이오?"

경시청장이 당혹한 목소리로 외쳤다.

"글리세로인산 앰풀이나 환자가 사용하는 주사기 자체에 뭔가 이물질을 주입했겠죠."

"하지만 의사도 있었지 않습니까?"

데말리옹 씨는 여전히 이해되지 않는다는 표정이었고, 페레나는 다시금 공증인을 향해 질문을 던졌다.

"르페르튀 선생, 의사한테는 갈색 반점 얘기를 했나요?"

"네, 하지만 별로 중요시하는 눈치는 아니었습니다."

"주치의였나요?"

"아뇨. 그의 주치의는 퓌졸 박사인데, 정확히 말해 내 친구이자 고객이기도 하지요. 한데 그 당시 병석에 누워 있었습니다. 내가 므슈 모닝턴의 임종 자리에서 본 의사는 그저 동네 의원인 듯했습니다."

한편 서류철 속에서 문제의 소견서를 찾던 경시청장이 불쑥 말했다.

"여기 그 의사 이름과 주소가 있군요. 벨라부안 박사, 아스토르그 가(街) 14번지!"

"혹시 연간 의원 명부를 가지고 계십니까, 청장님?"

데말리옹 씨는 즉시 명부를 펼쳐 뒤지기 시작했고, 잠시 후 이렇게 소리쳤다.

"벨라부안 박사라는 의사도 없고, 아스토르그 가 14번지에 사는 의사도 없군요!"

이번에는 꽤 오랜 침묵이 무겁게 자리 잡았다. 대사 서기관과 페루 공사관원은 서로 질세라 대단한 흥미를 보이며 지금까지의 대화 내용을 되짚고 있었고, 다스트리냑 백작도 동의한다는 듯 고개를 연신 끄덕이고 있었다. 적어도 그에게는 페레나라는 인물이 무엇이든 잘못 짚을 리가 없었던 것이다.

이윽고 경시청장이 인정을 하고 들어왔다.

"그렇군요. 그래요. 보아하니 어딘지 애매한 상황들이 한데 뭉뚱그려진 것 같군요. 그 갈색 반점에 그 의사에……. 아무튼 연구해볼 과제입니다."

그는 자기도 모르게 돈 루이스 페레나를 염두에 둔 질문을 내뱉었다.

"그렇다면 당신 생각에는……. 어쩜 벌어졌을지도 모르는 그 살인과 므슈 모닝턴의 유언장이 서로 관계있다는 말씀이겠군요?"

"그거야 모르는 일이지요. 하긴 누군가 유언장의 존재를 벌써부터 알고 있었다는 가정도 가능하지요. 어떻습니까. 당신이 보기엔 그렇지 않나요, 르페르튀 선생?"

"그렇게는 생각지 않습니다. 므슈 모닝턴은 대단히 조심스럽게 일을 추진했던 것 같거든요."

"설마 당신 사무실에 유언장을 보관하는 가운데, 누군가 슬쩍 엿보았을 리는 없겠지요?"

"누가 말입니까? 그 유언장은 항상 나 혼자서만 관리한 데다, 그 정도 중요한 서류들은 항상 나 혼자만 열쇠를 가지고 있는 금고 안에 매일 밤 차곡차곡 정리해 넣는걸요."

"그 금고는 단 한 번도 절도의 대상이 되어본 적이 없겠지요? 당신 사무실도 마찬가지고요?"

"물론입니다."

"코스모 모닝턴과 면담한 게 아침이었습니까?"

"금요일 아침이었습니다."

"그럼 저녁때까지는 유언장을 어떻게 하셨나요? 금고 안에 보관하기 직전까지 말입니다."

"아마도 사무실 책상 서랍 속에 넣어두었을 겁니다."

"혹시 그 서랍에 억지로 열린 흔적 같은 건 없던가요?"

르페르튀 선생은 갑자기 당혹스러운 표정으로 대답을 못하고 있었다.

"어땠습니까?"

페레나는 추궁하듯 재차 물었다.

"그게 그러니까…… 그래요, 기억납니다. 뭔가 있긴 있었어요. 그날, 바로 금요일 당일이었어요."

"확실합니까?"

"네. 점심 식사를 한 후 사무실로 돌아와 보니, 서랍이 잠겨 있지 않더군요. 하지만 틀림없이 나는 서랍을 열쇠로 잠가두거든요. 당시에는 별로 대수롭지 않게 생각했는데, 이제 생각해보니 정말 문제가 있었던 것 같습니다. 이제 알겠어요."

그렇게 해서 돈 루이스 페레나가 상상해낸 가설들이 속속 현실로 증명되는 상황이 되고 있었다. 물론 몇 가지 근거가 없는 것은 아니었지만, 무엇보다 순수한 직관력과 추측에 기대어 그런 사항들에까지 가 닿았다는 사실이 정말 놀라웠다. 더구나 실제 사건들이 일어나는 상황에는 단 한 번도 접근해보지 못한 사람이 그 사건들을 능란하게 서로 연결하여 이처럼 일목요연하게 추론할 수 있다니 더더욱 기막힌 조화로 느껴지는 것이었다.

마침내 경시청장이 정리하고 나섰다.

"아직 약간은 임의적인 당신의 의견에 대해 이제 좀 더 확실한 증거가 제시될 수 있을 것입니다. 이번 일을 맡긴 우리 형사 한 명이 곧 당도할 거거든요. 그나저나 벌써 와 있어야 하는 건데."

"혹시 코스모 모닝턴의 상속자들에 관한 정보입니까?"

공증인이 물었다.

"아마 일단은 그 얘기부터 있을 겁니다. 그저께 내게 전화를 해서 필요한 모든 정보를 취합했다고 알려왔거든요. 그리고 또……. 가만있자, 그러고 보니, 그가 내 비서에게 했다는 말이 생각나는군요! 한 달 전 바로 오늘 일어난 살인 사건 운운했다던데. 한 달 전 오늘이라면 바로 므슈 코스모 모닝턴이……."

데말리옹 씨는 부리나케 호출 벨을 울렸고, 전담 비서관이 후닥닥 달려 들어왔다.

"베로 형사는 아직 안 나타났소?"

"아직 돌아오지 않았습니다."

"빨리 찾아봐요! 당장 데려오란 말이오! 지체 없이 그를 만나봐야 한단 말입니다!"

그러고는 돈 루이스 페레나를 홱 돌아보며 말했다.

"한 시간 전에 베로 형사가 무척이나 흥분하고 괴로워하는 기색을 보이며 이곳에 들이닥쳤다고 합니다. 한데 연신 자신이 미행과 감시를 당해왔다고 하더랍니다. 그리고 모닝턴 사건에 대한 아주 중대한 제보를 전달할 게 있다며, 코스모 모닝턴 살해 사건에 이어서 오늘 밤 벌어질 두 건의 추가 살인 사건을 방비할 경찰력 투입이 절실하다고 했다는데……."

"방금 괴로워했다고 했습니까?"

"글쎄, 그랬다는군요. 아주 불편해하고 괴이하게 보일 정도의 안색에다, 뭔가 엄청 충격을 받은 분위기였답니다. 그러면서도 사건에 관한 세부 자료라며 보고서를 놓아두었다는데, 그게 글쎄 그냥 텅 빈 백지 아니겠습니까? 이게 바로 그 종이이고 봉투입니다. 그리고 이것 역시 그가 놔두고 갔다는 판지 상자입니다. 안에 이빨 자국이 나 있는 초콜릿이 들어 있지요."

"어디 좀 볼 수 있을까요?"

"물론입니다. 하지만 뭐 별로 도움은 안 될 겁니다, 아마……."

"글쎄요."

돈 루이스는 판지 상자와 '카페 퐁뇌프'라는 글자가 적힌 누런 봉투를 오랫동안 관찰했다. 나머지 사람들은 마치 신기한 빛이 비치기를 기대하듯 그의 입에서 떨어질 말만 기다리고 있었다. 마침내 돈 루이스는 간단히 내뱉었다.

"봉투에 적힌 필체와 상자의 필체가 같지 않군요. 봉투의 글씨체는 덜 분명하고 다소 손을 떤 기색도 있는 게, 누가 봐도 위조를 한 흔적이 뚜렷합니다."

"그렇다면?"

"결국 이 누런 봉투는 당신 부하 형사의 손에서 나온 게 아니라는 말씀이죠. 추측하건대 형사 양반이 퐁뇌프 카페의 테이블에 앉아 보고서를 작성한 후 그곳 봉투에 넣어 봉한 다음, 잠시 한눈을 팔고 있었던 것 같습니다. 바로 그때를 틈타 누군가 똑같은 주소를 적은 봉투, 즉 백지만 달랑 넣어둔 다른 봉투와 슬쩍 바꿔치기를 했다는 얘기지요."

"하지만 가정일 뿐입니다!"

경시청장은 자못 난감한 표정으로 외쳤다.

"그럴지도 모르지요. 하지만 그럼에도 불구하고 확실한 건, 형사 양반의 불길한 예감에는 필시 그럴 만한 이유가 있었을 거라는 점입니다. 누구에게 감시를 당하고 있으며, 모닝턴 유산상속에 관해 끌어모은 정보가 일련의 살인 행각에 걸림돌이 될 거라는 점, 그래서 결국 자기 자신이 끔찍한 위협에 시달리고 있다는 사실, 모두 말입니다."

"허허, 그것참."

"지금 당장 그 형사분을 도와야 합니다, 청장님. 사실 이 회합에 처음 자리하면서부터 이미 일련의 엄청난 음모에 우리 모두가 직면해 있다는 확신이 강하게 들었습니다. 제발 너무 늦지나 않았으면 좋겠습니다. 자칫 당신 부하가 첫 번째 희생자가 될 수도 있어요!"

하지만 경시청장은 오히려 발끈했다.

"이보시오! 당신이 그토록 확신을 갖고 말씀하시는 건 좋지만, 그래 봤자 당신의 우려가 정당하다는 사실이 입증되기에는 아직 소원한 면이 많은 것 같소이다. 무엇보다 베로 형사가 돌아오면 모든 게 명확히 규명될 일이오!"

"베로 형사는 아마 돌아오지 않을 겁니다!"

"아니, 왜 그렇게 생각하는 거죠?"

"정확히 말하자면, 이미 돌아와 있기 때문이죠. 경비원이 봤다고 합디다."

"그건 경비원이 착각을 했을 겁니다, 단지 그 이유 때문에 그렇게 생각하시는 거라면."

"천만에요, 다른 증거도 있습니다. 베로 형사는 이곳에 자신이 와 있다는 흔적을 용케 남겼더군요. 여기 메모철에 이 알아보기 힘든 글자들을 보십시오. 필시 형사 양반이 끄적여놨을 텐데 당신 비서가 그걸 보지 못했다면, 비서와 얘기를 나누고 나간 이후에 다시 이곳에 들어와 끄적여놓았다는 얘기 아니겠습니까? 신통하게도 아까부터 그 글자들이 내 눈에 확 띄더군요. 바로 이거 말입니다. 이만하면 그가 돌아와 있다는 충분한 증거가 되지 않을까요? 지극히 확고부동한 증거이지요!"

경시청장은 도저히 당혹감을 감출 수가 없었고, 나머지 사람들도 마찬가지였다. 비서가 다시 들어와 상황을 되짚어봤지만, 사람들의 당혹 감만 더욱 커질 뿐이었다. 어쨌든 베로 형사의 모습은 도무지 온데간데 없는 것이 아닌가!

마침내 돈 루이스가 말했다.

"청장님, 일단 경비원을 신문해볼 필요가 있다고 주장하는 바입니다."

즉시 경비원이 호출되어 들어왔고, 돈 루이스는 데말리옹 씨가 나서 기도 전에 대뜸 질문을 퍼붓기 시작했다.

"베로 형사가 분명히 이 방 안에 두 번째로 들어선 게 확실합니까?"

"확실히 봤습니다."

"그러고는 다시 밖으로 나오지 않았다고요?"

"틀림없습니다."

"조금이라도 한눈을 팔거나 하지는 않았습니까?"

"전혀요!"

이때 경시청장이 불쑥 끼어들었다.

"이보시오, 므슈! 어찌 됐든 베로 형사가 이곳에 돌아와 있다면 우리 가 모를 리 없질 않소이까?"

"그는 이곳에 있습니다, 청장님."

"뭐라고요?"

"고집부리는 것 같아 죄송하지만, 자고로 누군가 어떤 방 안에 들어 온 다음 밖으로 빠져나가지 않으면, 반드시 방 안에 있을 수밖에 없다 는 분명한 이치를 지금 말씀드리고 있는 겁니다."

"그럼 혹시 어딘가 숨어 있기라도 할 거란 얘기요?"

점점 더 안달이 난 데말리옹 씨가 던지듯 물었다.

"아뇨. 단지 기절을 해서 어디 쓰러져 있거나, 혹시 죽어 있을지 도……."

"맙소사! 대체 어디 말이오, 어디?"

"저 칸막이용 병풍 뒤쪽……."

"저 뒤에는 아무것도 없어요. 그냥 문 하나만 덩그러니 있습니다."

"그 문 뒤에는요?"

"화장실입니다."

"그렇다면 문제는 간단하군요. 베로 형사는 정신이 혼미해진 상태에서 비틀거리며 이곳에서 비서실로 건너가려다가, 그만 엉뚱하게 반대쪽 화장실 문을 열고 들어간 겁니다."

순간 후닥닥 문 쪽으로 내달려 손잡이를 움켜쥐는 데말리옹 씨. 그런데 문을 열려다 말고 갑자기 멈칫 뒷걸음질을 치는 것이었다. 단지 두려워서일까? 아니면 주인이라도 된 것처럼 이런저런 생각을 강요하며 제멋대로 사람을 호리는 이 기이한 인물한테 놀아나는 기분이 갑자기 맘에 안 들어서일까? 하지만 정작 돈 루이스 본인은 전혀 동요하지 않고, 오히려 무척이나 겸손한 자세를 유지하고 있었다.

"도저히 믿을 수가 없어."

데말리옹 씨가 더듬거렸다.

"청장님, 베로 형사가 어디 있는지 찾아내는 일은 오늘 밤 내로 살해당할지 모르는 두 사람의 목숨을 구하는 일과 같다는 사실을 상기시켜드립니다. 일분일초가 다급한 상황이지요."

결국 데말리옹 씨는 어깨를 으쓱했다. 상대의 확고부동한 신념에 고개를 숙이고 들어갈 수밖에 없다는 생각이 들었던 것이다. 그는 조용히 문을 열었다.

약간의 움직임도 없었고 단 한 마디 비명도 지르지 않았다. 다만 이렇게 중얼거릴 뿐.

"오! 이럴 수가!"

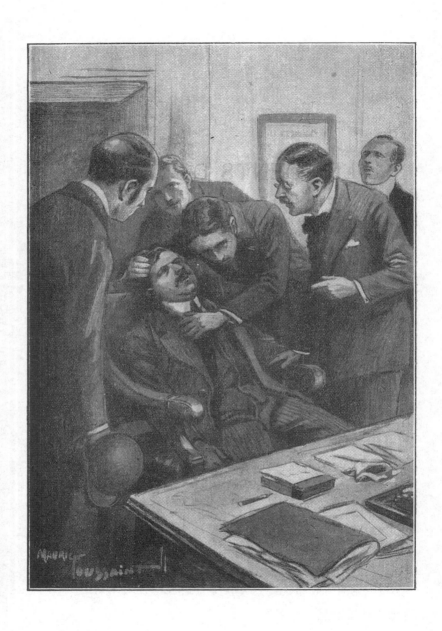

결정판 아르센 뤼팽 전집

반투명 유리창을 통해 비쳐 들어오는 창백한 햇살 속에서 바닥에 뻗어 있는 남자의 몸뚱어리가 희끄무레하게 드러나고 있었다.

"베로, 베로 형사님……."

뒤늦게 달려간 경비원도 차마 말을 잊지 못하고 있었다.

결국 비서관까지 동원한 끝에 몸뚱어리를 일으켜 세워 안락의자에 되는대로 앉혔다.

아직 살아 있었지만, 심장박동마저 극히 미약하게 들릴 정도로 위독한 상태였다. 입가로는 끈적한 침이 줄줄 흘러내리고 있었고, 눈동자의 초점은 완전히 풀려 있었다. 다만 얼굴의 근육 일부만은, 이를테면 목숨을 초월한 것 같은 의지력으로, 간신히 꾸물대는 것이었다.

잠시 후, 돈 루이스가 중얼거렸다.

"보십시오, 청장님. 여기도 갈색 반점이 있습니다."

순간, 모두들 기겁을 한 채 호출 벨을 울리거나 문을 열고 고함을 내지르면서 닥치는 대로 도움을 요청하기 시작했다.

"의사를 부르시오! 아무 의사든 데려오라고! 신부도 데려오고! 이대로 놔둘 수는 없어."

데말리옹 씨가 호들갑을 떠는 가운데, 돈 루이스는 손을 번쩍 치켜들고 조용히 하라는 신호를 보냈다.

"더 이상 해볼 도리가 없습니다. 그보다는 차라리 얼마 남지 않은 최후의 시간을 값지게 활용해야죠. 제게 좀 기회를 주시겠습니까, 청장님?"

그는 죽어가는 사람에게 잔뜩 몸을 숙여, 축 늘어진 머리를 등받이에 기대게 한 뒤, 부드러운 목소리로 속삭였다.

"베로, 지금 경시청장이 말하는 것이오. 오늘 밤 무슨 일이 벌어질 건지 정보를 원하고 있소. 내 말 잘 들리지요, 베로? 내 말이 들리거든 눈꺼풀을 내려보시오."

베로 형사의 눈꺼풀이 스르르 내려갔다. 하지만 우연의 일치일 수도 있었다. 돈 루이스는 계속했다.

"당신이 루셸 자매의 상속자들을 찾은 건 우리도 알겠소이다. 그중 두 명이 죽음의 위협에 시달리는 중인 것도. 그래서 오늘 밤 두 건의 살인 사건이 저질러질 거라는 것 다 압니다. 하지만 루셸은 아닐 그 두 명의 이름을 당최 모르겠어요. 그걸 우리에게 말해줘야만 합니다. 자, 내 말 잘 들어요. 당신이 저기 메모철에 끄적이다 만 세 글자는 아마도 'Fau'일 겁니다. 내가 틀렸나요? 혹시 어떤 이름의 첫머리입니까? 그다음으로는 어떤 글자들이 따라나오지요? 'B'? 아니면 'C'?"

하지만 형사의 창백한 얼굴에는 더 이상 어떤 움직임도 찾아볼 수 없었다. 등받이에 기대듯 젖혀놓은 고개는 다시금 가슴께로 푹 떨구어졌다. 그러더니 두세 번 깊은 한숨을 내쉬면서 한 차례 부르르 경련을 일으키고는 그대로 꼼짝하지 않았다.

그는 죽어 있었다.

2
죽어야 할 자

눈 깜짝할 사이에 엄청난 상황이 벌어진 터라, 벌벌 떨며 현장을 지켜보던 사람들 모두가 일순 넋이 나간 듯 멍하니 서 있었다. 그중에서도 공증인은 얼른 성호를 긋고 무릎을 꿇었다. 마침내 경시청장이 중얼거렸다.

"가엾은 베로. 그저 자기 맡은 바 임무에만 항상 골몰하던 정직한 친구였는데. 덮어놓고 자기 몸부터 돌봤으면, 혹시 누가 알아? 목숨만은 구할 수 있었을지도. 근데 이렇게 다시 돌아와 비밀을 공개하려고 하다니. 아, 가엾은 베로!"

"부인과 아이들은 있습니까?"

돈 루이스가 걱정스러운 표정으로 물었다.

"아이 셋하고 부인과 함께 살고 있었지요."

경시청장의 대답에 돈 루이스는 아무렇지도 않게 툭 내뱉었다.

"그들은 내가 맡지요."

잠시 후 의사가 당도했고 데말리옹 씨는 시체를 옆방으로 옮기도록 지시했다. 돈 루이스는 의사를 따로 불러 이렇게 말했다.

"베로 형사는 독살당한 게 틀림없습니다. 그의 손목을 잘 보십시오. 둥그렇게 염증이 일어난 자리 한복판에 바늘로 찌른 자국을 확인할 수 있을 겁니다."

"그럼 누군가 의도적으로?"

"그렇소이다. 아마도 핀이라든지 펜촉 끄트머리 따위로 찔렀을 겁니다. 생각보다 그리 격하게 찌른 것 같지는 않고요. 왜냐면 몇 시간이 흐른 뒤에야 죽음이 엄습했으니까요."

몰려든 경비원들이 시체를 옮겨가자, 이제 경시청장의 집무실에는 소환된 다섯 사람만 덩그러니 남게 되었다.

미국 대사 서기관과 페루 공사관원은 더 이상 있을 필요가 없다고 판단했는지, 돈 루이스 페레나의 혜안을 뜨겁게 칭찬하며 자리를 떴다.

그다음은 다스트리냑 장군 차례로, 유별난 애정을 듬뿍 담은 얼굴로 옛 부하의 손을 덥석 붙든 채 뜨거운 악수를 나누었다. 마지막으로 르페르튀 선생과 페레나가 유산 양도를 위한 약속을 잡은 후 막 헤어지려는 순간, 데말리옹 씨가 헐레벌떡 방 안으로 들어오며 말했다.

"아, 아직 계셨군요, 돈 루이스 페레나. 다행입니다! 갑자기 어떤 생각 하나가 떠올라서……. 아까 메모철에서 당신이 해독했다고 생각한 그 세 글자 말입니다. 틀림없이 그게 'Fau'라는 글자라고 확신하시는지요?"

"글쎄요, 내가 보기엔 그런 것 같습니다만. 분명 F와 A와 U 아니었던가요? 거기다 맨 처음 F는 분명 대문자였습니다. 그래서 어떤 고유명사의 첫머리가 아닐까 하는 생각을 하게 된 거죠."

"그렇군요. 그래요. 그래서 말씀인데, 정말이지 이상한 일도 다 보겠습니다. 그 'Fau'라는 음절 말입니다. 하여튼 어디 한번 보기로 하죠."

데말리옹 씨는 자신이 도착하자마자 비서에게서 건네받은 우편물을 끌어다가 부랴부랴 뒤적이기 시작했다.

마침내 그중 편지 한 장을 뽑아 든 그가 서명을 들여다보며 외쳤다.

"아, 드디어 찾았네! 여기, 바로 이거예요. 내가 짐작했던 그대로야! 포빌(Fauville)! 처음 음절이 같지요. 자, 보세요. 다른 것 없이 그냥 포빌입니다. 분명 순간적으로 열에 받혀 휘갈겨 쓴 티가 나지요. 날짜도 주소도 없습니다. 필체도 떨리는 손으로 쓴 듯, 영 엉망이고요."

데말리옹 씨는 소리 높여 편지를 읽기 시작했다.

경시청장님

엄청난 위험이 지금 저와 제 아들의 머리 위에 드리워져 있답니다. 죽음이 성큼성큼 다가오고 있어요. 아마도 오늘 밤이나 늦어도 내일 아침이면 우리를 위협하는 끔찍한 음모의 증거를 손에 넣을 수 있을 것입니다. 부탁드리건대 날이 밝자마자 그걸 청장님께 보내드리는 걸 허락해주시기 바랍니다. 제겐 든든한 보호가 절실합니다. 제발 좀 도와주십시오.

그럼 이만, 안녕히 계십시오.

포빌

"뭐 다른 표시나 발신인 주소 같은 건 없습니까?"

페레나도 잔뜩 긴장한 표정으로 물었다.

"없어요. 하지만 틀림없이 이 편지가 맞을 겁니다. 이만하면 베로 형사의 진술에 확실히 부합하는 구조 요청 아니겠습니까? 분명히 므슈 포빌이라는 자와 그의 아들이 오늘 밤 살해당하기로 되어 있는 바로 그 두 사람일 겁니다! 끔찍한 건, 포빌이라는 성(姓)은 너무 흔해서 우리가 아무리 찾아 나선다 해도 제시간 안에 장본인을 색출하기란 불가능하다는 사실입니다."

"저런! 경시청장님, 하지만 무슨 수를 써서라도 반드시……."

"물론 최선은 다해야겠지요! 당연히 전 인원을 이 일에 투입할 생각입니다. 하지만 최소한의 단서조차 없이 시작하는 일이라는 점만은 명심해야 할 거외다."

돈 루이스는 깊은 탄식을 내뱉었다.

"아! 정말 무서운 일입니다! 두 사람이 죽을 운명에 처했는데 이토록 속수무책이라니! 경시청장님, 제발 부탁입니다. 이번 사건을 손수 챙겨주십시오. 어차피 처음부터 코스모 모닝턴의 뜻대로 이 일에 휘말린 건 사실이지 않습니까? 그러니 이왕이면 경륜과 능력을 다 동원해서 좀 더 강력하게 밀어붙여 주십시오."

하지만 데말리옹 씨의 생각은 그것이 아니었다.

"이런 일은 아무래도 치안국이나 검찰청에서……."

"그야 물론 그렇겠죠! 하지만 경우에 따라서는 대장이 나서야 얘기가 될 만한 상황도 있는 것 아닐까요? 부디 진지하게 고려해주시기 바랍니다."

돈 루이스의 말이 끝나기가 무섭게, 경시청장 전담 비서가 명함 한 장을 가지고 황급히 들어왔다.

"청장님, 이 사람이 하도 막무가내로 고집을 부리기에 그만……. 어찌해야 좋을지……."

명함을 받아 든 데말리옹 씨는 금세 얼굴이 환해지며 탄성을 내질렀다.

"이것 좀 보시오, 므슈!"

이폴리트 포빌

엔지니어

쉬세 대로, 2구역, 14번지

데말리옹 씨는 신기하다는 듯 연신 흥분을 감추지 못했다.

"이봐요, 아무래도 이번 사건의 길 잃은 양들이 모두 내 이 손안에 저절로 몰려들 모양입니다그려! 당신이 바라던 대로 어쩔 수 없이 내가 직접 관리해야만 하게 생겼어요! 그뿐만 아니라 상황이 우리에게 유리하게 돌아갈 것 같습니다. 만약 이 포빌이라는 사람이 루셀가(家)의 상속자 중 한 명이라면 의외로 일이 쉽게 풀려나가는 셈입니다!"

하지만 공증인이 가로막고 나섰다.

"경시청장님, 아무튼 48시간 이후에야 유언장의 내용을 밝힐 수 있다는 규정만은 명심하십시오. 따라서 설사 므슈 포빌이 상속 당사자라고 해도 지금 당장은 그 사실을 알아선 안 됩니다."

그때 집무실 문이 반쯤 열리는가 싶더니, 한 사내가 경비원과 실랑이를 벌이면서 불쑥 안으로 들이닥쳤다.

그는 알아듣기 힘들 만큼 빠르게 말을 토해냈다.

"베로 형사, 베로 형사는 어디 있습니까? 혹시 죽은 건 아닙니까?"

"네, 맞습니다. 그는 죽었습니다."

"아뿔싸! 너무 늦었구나! 내가 너무 늦게 도착했어!"

사내는 별안간 두 손을 모은 채 그 자리에 털썩 주저앉으며 마구 흐느끼기 시작했다.

"아! 나쁜 놈들! 나쁜 놈들 같으니라고!"

주름이 깊게 팬 이마 위로 훤하게 벗어진 대머리가 유난한 데다, 가끔씩 신경 경련이 턱 부위에 일어나 귓불까지 움직거리는 것이 독특한 인상이었다. 나이는 한 50대쯤, 무척이나 창백한 안색에 푹 꺼진 양 볼하며, 병색마저 감도는 얼굴에는 그렁그렁하던 눈물이 마구 흘러내리고 있었다.

경시청장이 슬며시 말을 건넸다.

"여보시오, 대체 누가 나쁜 놈이라는 겁니까? 베로 형사를 죽인 사람들 말입니까? 그들이 누군지 알려주실 수 있겠습니까? 저희 수사에 도움을 주실 수 있겠느냐고요?"

이폴리트 포빌은 고개를 설레설레 저으며 중얼거렸다.

"안 돼요. 안 됩니다. 지금 당장은 그래봤자 소용도 없어요. 제가 아무리 증거를 들이대도 어쩔 수 없을 겁니다. 어림없죠. 암요, 어림없고 말고."

그는 어느새 몸을 일으키더니 깍듯하게 말했다.

"경시청장님, 공연히 소란만 피운 꼴이 되었군요. 하지만 확인하고 싶었습니다. 베로 형사가 모면하기를 바랐고요. 그의 증언과 제가 할 증언을 종합하면 그야말로 소중한 결과가 나올 수 있었을 것을. 그래도 혹시 청장님께는 알렸겠죠?"

"아닙니다. 그저 오늘 밤, 오늘 밤 무슨 일이 일어날 거라고만 얘기했을 뿐입니다."

이폴리트 포빌은 펄쩍 뛰었다.

"오늘 밤이라고 했습니까? 그럼 벌써 때가 되었다는 얘긴데. 아니야, 그럴 리가 없어. 아직은 그들이 내게 대들 수는 없는 일이야. 아직은 준비가 되지 않았을 거라고."

"하지만 베로 형사는 틀림없이 오늘 밤 두 건의 살인 사건이 일어날 거라고 장담했습니다."

"아닙니다, 청장님. 그건 그 사람이 잘못 알고 있는 거예요. 내가 잘

결정판 아르센 뤼팽 전집

압니다. 빨라야 내일 밤일 거예요! 그래서 놈들을 함정으로 끌어들일 거란 말입니다. 아! 나쁜 놈들."

드디어 돈 루이스가 가까이 다가가 말했다.

"당신 어머님 성함이 에르믈린 루셀 맞습니까?"

"그렇습니다. 에르믈린 루셀이에요. 지금은 세상에 안 계시지만 말이오."

"살아생전에는 생테티엔에 계셨죠?"

"그렇습니다만. 한데 왜 그런 질문을 하는 거죠?"

"그건 내일 경시청장님께서 직접 설명해주실 겁니다. 한 가지만 더 묻죠."

돈 루이스는 베로 형사가 가지고 온 판지 상자를 열었다.

"이 납작한 초콜릿에 대해 하실 말씀은 없습니까? 이 이빨 자국 말입니다."

엔지니어는 목이 멘 소리로 외쳤다.

"아! 이런 가증스러운! 대체 베로 형사는 이걸 어디서 발견했답니까?"

그러고는 또다시 정신이 아득한 듯 휘청하는가 싶더니, 금세 몸을 추스르며 부랴부랴 문 쪽으로 다가가는 것이었다.

"전 이만 가보겠습니다, 경시청장님. 이만 가봐야 할 것 같아요. 내일 아침 말씀드리도록 하지요. 그때 가서 모든 증거를 내놓겠습니다. 그러면 법이 저를 보호해줄 겁니다. 비록 보시다시피 몸은 말이 아니지만, 그래도 아직은 살고 싶어요! 살 권리가 있단 말입니다. 내 아들도 마찬가지고요. 우린 살아날 겁니다. 오! 지독한 놈들 같으니라고."

말을 마치기가 무섭게 사내는 마치 술 취한 사람처럼 위태롭게 밖으로 달려나갔다.

데말리옹 씨도 앉아 있던 의자에서 벌떡 일어섰다.

"아무래도 저자의 주변 사정에 대해 정보를 입수하라고 지시를 내려야겠소. 그의 거처도 감시하고. 이미 치안국에다가는 전화를 해두었습니다. 그나저나 완전히 신뢰할 만한 사람이 있어야 할 텐데."

순간 돈 루이스가 버럭 소리를 질렀다.

"경시청장님, 제발 부탁입니다만, 청장님의 지휘하에 이번 사건을 조사할 권한을 제게 위임해주시기 바랍니다. 코스모 모닝턴의 유언장이 이미 제게 그럴 의무를 부여한 거나 마찬가지이며, 감히 말하건대, 그럴 권한마저 쥐여준 것이나 다름없다고 생각합니다. 보아하니 므슈 포빌을 노리는 세력은 대단히 능수능란하고 엄청 대담한 존재인 듯합니다. 따라서 오늘 밤 그의 곁을 지키는 걸 저 자신의 영광으로 알고 뛰어들까 합니다!"

경시청장은 머뭇거리는 눈치였다. 하긴 모닝턴의 유산상속자가 나타나지 않거나, 적어도 정상적으로 상속할 수 없는 처지가 될 때, 돈 루이스 페레나에게 돌아갈 엄청난 이득에 대해 생각하지 않을 수가 없었다. 과연 그런 마당에, 이폴리트 포빌을 죽음의 위협에서 보호하겠다는 이 엉뚱한 포부를 정녕 신성한 의무감과 고귀한 우정, 감사하는 마음의 발로(發露)로만 인정해주어야 할까?

잠시 동안 데말리옹 씨는 이자의 영리한 눈빛과 결연한 얼굴 표정을 가만히 들여다보았다. 성실하면서도 약간은 세상을 비틀어 보는 듯한 저 눈매, 진중하면서도 빙그레 웃는 듯한 저 입술, 더없이 솔직하고 담백한 표정으로 상대를 바라보고는 있지만, 그 너머의 깊은 비밀은 도저히 꿰뚫어 들여다볼 수 없을 것만 같은 묘한 분위기의 얼굴이었다. 데말리옹 씨는 문득 비서를 불렀다.

"치안국에서는 사람이 왔나요?"

"네, 청장님, 마즈루 반장이 와 있습니다."

"들어오라고 해주시오."

그는 곧장 페레나를 돌아보며 말했다.

"마즈루 반장은 우리 정예 형사들 중에서도 으뜸입니다. 뭐든 약삭빠르고 활동적인 사람이 필요할 경우에는 베로 형사와 번갈아 등용하는 사람이지요. 아마 당신한테도 많은 도움이 될 겁니다."

말하는 사이, 어느새 마즈루 반장이 들어왔다. 키는 작은 편이었고, 깡마른 듯하면서도 단단한 체구의 소유자였다. 그런가 하면, 덥수룩한 콧수염에다 두툼한 눈꺼풀, 촉촉하게 빛나는 눈동자와 납작하고 길게 달라붙은 머리카락이 어딘지 우수에 젖어 보이는 분위기를 갖추고 있었다.

"이보시오, 마즈루, 당신 동료인 베로 형사의 죽음과 그에 얽힌 처참한 사정은 이미 들어서 알고 있으리라 생각하오. 앞으로 할 일은 동료의 복수를 하는 것이자, 또 다른 범행을 예방하는 것이기도 하오. 여기 사건을 속속들이 꿰뚫고 있는 이 신사분이 모든 필요한 설명을 해줄 것이오. 그와 보조를 철저히 맞추도록 하고, 내일 아침 나에게 상황 보고를 하도록 하시오."

결국 돈 루이스 페레나에게 전권(全權)을 일임하고, 그의 혜안(慧眼)과 추진력을 신뢰한다는 뜻이나 다름없었다.

돈 루이스는 깍듯하게 고개를 숙여 고마움을 표했다.

"감사합니다, 경시청장님. 제게 주신 신뢰를 저버리는 일은 결코 없을 겁니다."

그는 데말리옹 씨와 르페르튀 선생에게 동시에 작별을 고한 다음, 마즈루 반장과 함께 방을 나왔다.

돈 루이스는 곧장 자신이 알고 있는 바를 일목요연하게 풀어냈고, 마즈루는 함께 일하게 된 상대의 전문적인 식견에 속으로 혀를 내두르면서, 그의 지시에 따를 만반의 마음 자세를 다지는 것이었다.

　두 사람은 일단 퐁뇌프 카페로 행선지를 정했다.

　거기서 얻어들은 바로는, 그곳 단골인 베로 형사가 과연 아침나절 한 테이블에 진을 친 채, 기나긴 편지를 쓰고 있었다고 했다. 아울러 그 테이블을 맡았던 가르송이 다행히도 아주 또렷이 기억하고 있었는데, 형사와 거의 동시에 카페로 들어온 어떤 사람이 바로 옆 테이블에 앉더니 마찬가지로 편지지를 부탁했다는 것이다. 그뿐만 아니라 누런 봉투를 두 번씩이나 귀찮게 부탁을 하기에, 당시에도 이상한 생각이 들었다고 했다.

　마즈루는 돈 루이스에게 슬쩍 말을 건넸다.

　"바로 이겁니다. 당신 생각대로 편지가 바꿔치기된 거예요."

　가르송이 제시한 그 사람의 인상착의는 매우 명료한 편이었다. 우선 훤칠한 체격에 약간 구부정한 자세였고, 밤색 턱수염을 뾰족하게 다듬은 데다, 검은색 비단 끈이 달린 거북 등 껍데기로 만든 코안경을 걸친 채, 백조 머리 모양의 은제(銀製) 손잡이가 달린 흑단(黑檀) 재질의 지팡이를 소지했다는 것이었다.

　"그 정도라면 경찰이 충분히 추적해낼 수 있을 겁니다."

　마즈루의 말이었다.

　그런데 카페를 나오다 말고 돈 루이스가 문득 동료의 팔을 붙들었다.

　"잠깐만!"

　"무슨 일입니까?"

　"지금 우린 미행당하고 있소."

　"미행이라니! 이럴 수가! 대체 누굽니까?"

　"뭐 별로 심각한 건 아니오. 내가 아는 사람이오. 간단히 처리할 테니 크게 신경 쓸 건 없어요. 잠시 기다리시오. 곧 돌아오리다. 전혀 걱정할 필요 없소이다. 내가 약속하죠. 조금 있으면 아주 괜찮은 친구 한 명을 만나게 될 것이오."

실제로 잠시 후, 돌아온 돈 루이스는 깡마르고 키가 큰 데다 양쪽으로 구레나룻을 잔뜩 기른 남자를 대동하고 있었다.

그는 유쾌한 표정으로 남자를 소개했다.

"므슈 마즈루, 여긴 내 친구, 므슈 카세레스요! 페루 공사관원이자 좀 전에 경시청장 집무실 회합에 동참했던 친구이지. 페루 국무총리의 명을 받아 나에 관한 신원 조회 자료 수집을 도맡아 처리해준 이도 바로 므슈 카세레스였소. 그래, 나를 찾아다니셨던 거요, 므슈 카세레스? 솔직히 우리가 경시청사를 나오면서부터 내 생각에는……."

페루 공사관원은 얼른 돈 루이스의 입을 막으며, 눈짓으로 마즈루 반장을 가리켰다. 페레나는 빙그레 웃으며 말했다.

"오, 부탁인데, 므슈 마즈루에 대해선 걱정하지 않아도 됩니다! 그의 앞에서 죄다 얘기해도 상관없어요. 아주 입이 무거운 사람이라오. 게다가 그 역시 문제를 어느 정도는 파악하고 있어요."

그럼에도 불구하고 공사관원은 꿀 먹은 벙어리처럼 입을 다물고 있었다. 페레나는 맞은편 자리에 그를 앉힌 뒤, 얘기를 시작했다.

"여보세요, 므슈 카세레스, 돌리지 말고 말씀해주십시오. 이건 어디까지나 솔직하고 담백하게 다루어져야 할 문제입니다. 아무리 노골적인 말투로 얘기해도 상관 안 해요! 그렇게 해서 시간을 절약하는 게 훨씬 낫지요! 그러니 어디 툭 터놓고 얘기해봅시다. 자, 돈이 필요한 거죠? 얼마면 되겠습니까?"

페루 공사관원은 마지막으로 잠시 머뭇거리는 듯하더니, 돈 루이스의 일행을 다시 한번 힐끗 곁눈질한 뒤, 결심한 듯 탁한 소리로 내뱉었다.

"5만 프랑이오!"

"저런, 저런! 정말 욕심쟁이시로군!"

돈 루이스는 버럭 소리를 질렀다.

"당신 생각은 어떠시오, 므슈 마즈루? 5만 프랑이라면 대단한 액수인
데. 더군다나……. 이봐요, 카세레스, 우리 다시 얘기를 짚어봅시다. 지
금으로부터 몇 년 전, 당신이 어쩌다 들른 알제리에서 우리가 서로 알
게 된 이후, 나는 당신이 무얼 하는 사람인지 파악하고는 3년 안에 내
게 페레나라는 이름의 에스파냐계(系) 페루인 신원 증명에 필요한 모든
것을 갖춰줄 수 있느냐고 물었지요. 게다가 매우 존경할 만한 혈통으로
말입니다. 그때 당신 대답은 '오케이'였습니다. 그때 가격까지 정해졌
죠. 2만 프랑! 그리고 지난주, 파리 경시청장이 내게 연락을 해와 신분
증명 서류 일체를 보내달라고 요청했을 때, 나는 다시 당신을 찾았습
니다. 당신은 그렇지 않아도 내 출신지 증명에 필요한 조사 일체를 최
근에 위임받았노라고 알려주었지요. 모든 게 착착 맞아떨어져, 제대로
준비된 상태였습니다. 에스파냐계(系) 페루 귀족 가문의 고(故) 페레나
를 위해 유효적절하게 마련된 서류들을 가지고 당신은 내게 일급 호적
을 발부해준 셈이었습니다. 마지막으로 경시청장 앞에서 어떻게 얘기
를 해야 할지에 대해 사전 모의를 충분히 한 뒤, 나는 당신에게 2만 프
랑의 현금을 지불했지요. 그럼으로써 우리의 거래는 끝난 거였습니다.
자, 그런데 또 뭐가 필요한 거죠?"

얘기를 가만히 듣고 있던 페루 공사관원은 어느새 주춤대는 기색일
랑은 죄다 떨어버린 듯했다. 그는 양쪽 팔꿈치를 테이블에 척 괴고는
조용히, 또박또박 입을 열었다.

"이보시오, 일찌감치 당신이라는 사람을 대해오면서 나는 생각했다
오. 어떤 사연인지는 모르나 프랑스 외인부대 제복으로 자신의 정체를

감추던 한 사내가 뒤늦게나마 그저 제대로 된 인생 한번 영위해보고자 하는 거라고. 한데 이제는 그게 코스모 모닝턴의 포괄 유산상속자가 되느냐 마느냐의 문제가 되어 있소. 만약 아무 탈이 없을 경우, 유산상속자는 바로 내일 가짜 이름을 달고 100만 프랑이라는 거금을 손에 쥐게 되오. 더구나 몇 달 후에는 어쩌면 2억 프랑까지 손에 넣을지도 모를 상황이란 말이오. 이건 완전히 다른 문제이지."

사실 돈 루이스로서도 갑작스러운 상황이었다. 하지만 시큰둥한 표정으로 툭 받아쳤다.

"흥, 무슨 소린지 모르겠다면?"

"정 그렇다면 하는 수 없이 공증인과 경시청장에게 내 조사에 오류가 있었으며, 돈 루이스 페레나의 신분에 문제가 있다고 알릴 수밖에. 그렇게 되면 한 푼도 못 건지는 건 물론, 아마도 당장 체포될 지경에 빠질걸."

"그야 당신 처지도 마찬가지가 되겠지, 친구."

"내가?"

"당연하지! 호적 위조라면 가벼운 범법 행위라곤 볼 수 없으니까. 나 역시 진상을 밝힐라치면 못 밝힐 것도 없다는 것쯤 당신도 모를 리 없겠지."

공사관원은 대답을 하지 못했다. 그의 두드러진 콧날이 양쪽의 기다란 구레나룻과 어울려 유난히 길쭉하게 늘어져 보이는 것이, 여간 처량한 표정이 아니었다.

돈 루이스는 마침내 웃음을 터뜨렸다.

"우하하하하. 이봐요, 므슈 카세레스. 제발 그런 얼굴은 하지 마쇼! 당신한테 해가 갈 일은 없을 테니까. 다만 나를 엿 먹일 생각일랑은 꿈도 꾸지 않는 게 좋을 거요. 당신보다 훨씬 약삭빠른 치들이 숱하게 시도했지만, 그때마다 자기들만 파멸의 구렁텅이로 곤두박질치고 말았다오. 그리고 솔직히 말해서 당신은 누굴 골탕 먹이는 데엔 별로 소질이 없는 것 같아. 오히려 약간은 얼간이다운 데가 있다고나 할까? 카세레스 선생, 얼간이 말이오, 얼간이. 자, 이제 천지 분간이 좀 되시는가? 이만하면 기(氣)가 좀 꺾이시느냐고? 더 이상은 이 훌륭하신 페레나를 상대로 엉큼한 마음 품으면 못씁니다! 좋아요, 므슈 카세레스! 당연히 그래야지! 나도 알고 보면 털털하고 좋은 사람이외다. 자 그럼, 과연 얼마나 괜찮은 사람인지 한번 보여주지."

그러고는 호주머니에서 크레디 리요네 은행 소인이 찍힌 수표책을 꺼내는 것이었다.

"자, 친구! 여기 코스모 모닝턴의 유산상속자가 당신한테 주는 2만 프랑이 있소. 얼른 챙기고 활짝 웃어보시구려. 이처럼 좋은 사람한테 고맙다는 말 한마디쯤 해주겠지. 그리고 어서 썩 꺼지시오, 롯의 아녀자들같이 고개 돌릴 생각일랑은 아예 말고(뒤를 돌아보았다가 소금 기둥이 된 롯의 아내 이야기. 「창세기」 19장 17~26절―옮긴이). 자, 어서어서!"

어쩌나 당당하고도 위압적으로 얘기를 하는지, 공사관원은 돈 루이스 페레나가 시키는 곧이곧대로 따라 하기 시작했다. 그는 슬그머니 웃으면서 수표를 챙겼고, 두 번씩이나 감사하다는 말을 반복했으며, 뒤도 안 돌아보고 밖으로 횡하니 빠져나가는 것이었다.

"비겁한 놈!"

돈 루이스는 나지막이 중얼거렸다.

"어떻게 생각하시오, 반장?"

마즈루 반장은 아까부터 두 눈이 휘둥그레진 채, 상대를 멀뚱하니 바라보고 있었다.

"아, 글쎄요."

결정판 아르센 뤼팽 전집

"어서 말해보시구려, 반장!"

"아, 저, 근데 대체 당신은 누구십니까?"

"내가 누구냐고?"

"네."

"이미 얘기하지 않았던가요? 고귀한 페루인이자 고결한 에스파냐인이기도 하다고 말이오. 나도 실은 잘 모르지요. 간단히 말해 돈 루이스 페레나라고 하오!"

"그런 말이 아니라, 방금 내가 본 건……."

"전직(前職) 외인부대 용사인 돈 루이스 페레나라니까."

"이봐요, 그만 좀 합시다."

"여러모로 봐서 각종 훈장과 표창을 받아왔으며……."

"제발 그만하라니까요! 경고하건대 계속 이러면 나와 함께 경시청장님 앞으로 가주셔야겠소이다!"

"저런 성급하긴! 하지만 나는 좀 계속해야 되겠는걸? 자, 그러니까 전직 외인부대 용사에다, 왕년의 영웅이었고, 소싯적엔 상테 교도소 수감자이기도 했다가, 러시아 귀족이었고, 전직 치안국장이기도 했으며, 또 전직……."

마침내 반장은 노골적으로 악을 썼다.

"당신 정말 미쳤군! 대체 무슨 허튼소릴 지껄이는 거야!"

"허허 이런. 내가 누구냐고 묻지 않았소? 난 정말 솔직한 얘기를 하고 있는 건데. 좀 길어서 그렇지만. 좀 더 옛날로 거슬러 올라가 볼까요? 아직 몇 가지 직함 내밀 것들이 쌓여 있는데. 후작(侯爵)에다 남작(男爵)에다 공작(公爵)에다 대공(大公)에다 '꼬맹이 공작'에다 '거꾸로 공작'에다, 고타 연감(1763년부터 독일 고타에서 발행되기 시작한 귀족 연감—옮긴이)의 모든 귀족을 다 끌어다 대볼까? 혹자는 나를 왕이었던 자라고 말하기도 하지! 제기랄, 나 역시 굳이 부인은 하지 않겠어!"

마즈루 반장은 이런 일에는 이력이 난 거친 두 손을 불쑥 내밀어, 언뜻 가냘프게만 보이는 상대의 손목을 와락 움켜잡고 내뱉었다.

"피차 쓸데없는 소동을 벌이지 맙시다! 대체 누구신진 모르겠으나 절대로 놔주진 않을 거요. 모든 건 경시청사로 가서 해결을 보십시다."

그러나 눈 깜짝할 사이란 이런 것을 두고 하는 말일까?

"너무 큰 소리로 떠들면 곤란하지, 알렉상드르!"

약해 보이던 두 손목은 웃기지도 않게 후딱 풀려나는가 싶더니, 이번에는 반장의 통통하고 거친 손이 덥석 붙들려 꼼짝 못하는 것이었다. 돈 루이스는 어렴풋한 미소를 띤 채, 빈정거리고 있었다.

"날 못 알아보겠나, 멍청한 친구야?"

순간, 마즈루 반장은 숨이 턱 막히는 것 같았다. 눈은 아까보다 훨씬 더 휘둥그레진 채, 열심히 머리를 굴렸고, 그럴수록 가슴은 더욱 철렁 내려앉기만 하는 것이었다. 저 목소리, 저 빈정대는 말투, 도발적이면서도 유쾌한 저 태도, 흘겨보는 듯한 저 눈초리, 그리고 무엇보다 알렉상드르라는 이름. 원래는 아무 상관 없는 그 이름으로 옛날에 자신을 부르던 사람은 단 한 명! 아니, 그럴 리가!

반장은 더듬더듬 간신히 입을 열었다.

"두, 두목……."

"왜 아니겠어?"

"아니야. 아니라고. 왜냐면……."

"뭐가 '왜냐면'이야?"

"당신은 죽었지 않습니까?"

"그래서? 그럼 내가 한 번 죽는다고 해서 다시 살아나는 게 어렵다고 생각하는 건가?"

점점 더 어안이 벙벙해지는 마즈루의 어깨 위에 손을 얹고, 돈 루이스는 차분한 목소리로 말했다.

"자네를 누가 파리 경시청에 집어넣어 주었지?"

"치안국장인 므슈 르노르망이지요."

"그 므슈 르노르망이 누구지?"

"그야 두목이지요."

"그럼 결국 아르센 뤼팽이라 이거지?"

"네, 그렇습니다!"

"자 그렇다면 알렉상드르, 한번 생각해보게나. 아르센 뤼팽의 입장에서 볼 때, 돈 루이스 페레나가 되고, 외인부대 용사가 되어 숱한 훈장을 수여받고, 한마디로 전쟁 영웅이 되고, 심지어는 죽었으면서도 버젓이 살아 있는 것보다, 이른바 치안국장 르노르망이 되는 게 훨씬 어려운 일임에도 불구하고 멋들어지게 되어 보였다는 사실을 자넨 벌써 잊었는가?"

마즈루 반장은 잠자코 상대를 요모조모 뜯어보았다. 그러더니 문득 그 우수에 찬 눈빛에 번쩍 불꽃이 일고 침울한 낯빛도 화끈 달아오르면서, 느닷없이 주먹으로 테이블을 쿵 내리치며 대뜸 이러는 것이었다.

"좋아요! 그렇다고 치자고요! 하지만 미리 얘기해두건대 저를 너무 신뢰하지는 마세요! 전 지금 엄연히 사회의 지팡이 노릇을 하는 데다 앞으로도 그럴 겁니다. 더 이상 과거와는 볼일이 없단 말입니다. 이제 막 정직한 생활에 맛이 들어 있다고요. 다른 데엔 일절 관심이 없습니다. 아, 안 돼요, 안 돼! 더는 어리석은 짓에 물들 수가 없단 말입니다, 절대로!"

페레나는 그저 어깨를 으쓱하며 대꾸했다.

"알렉상드르, 이 멍청한 녀석! 과연 그 정직한 빵이 아직도 네 머

릿속을 채우지는 못한 모양이로구나! 누가 자네더러 다시 시작하자고
했나?"

"하지만⋯⋯."

"하지만 뭐?"

"두목이 꾸미고 있는 이번 일이⋯⋯."

"꾸미다니? 그럼 내가 이번 일에 무슨 꿍꿍이속이라도 있어서 뛰어
든 줄 아는가?"

"이봐요, 두목⋯⋯."

"천만의 말씀이네, 이 친구야! 이번 일에 관해서는 자네보다 기껏해
야 두 시간쯤 전에야 뭐가 뭔지 파악을 한 처지라네. 난데없이 나를 유
산상속자로 만든 것도 순전히 하늘의 뜻이란 말일세. 그런 하늘의 뜻을
올바로 세우는 일이 과연 무엇이겠는가?"

"그렇다면⋯⋯."

"당연히 억울하게 죽은 코스모 모닝턴의 복수를 해주고, 정상적인 원
래 상속자들을 찾아서 안전하게 보호해주는 것이지. 물론 2억 프랑 역
시 본래 유지(遺志)대로 그들에게 공평히 나누어 주어야 하는 거고. 그
게 다란 말일세! 어때, 이만하면 꽤 정직한 임무가 아닌가?"

"그, 그건 그러네요. 하지만⋯⋯."

"하지만 나 또한 정직한 신분으로 일에 뛰어들지 않는다면 문제가 되
겠다, 이 말을 하고 싶은 거지? 안 그래?"

"두목⋯⋯."

"이것 보게, 친구. 만약 자네가 돋보기를 들이대고서라도 내 행동에
일말의 껄끄러운 부분이 눈에 띄거나, 이 돈 루이스 페레나의 양심에
눈곱만치라도 검은 점이 발견된다면, 조금도 지체 말고 이 멱살을 단단
히 틀어쥐게! 내가 허락하지! 아니 그렇게 하라고 명령하겠네! 어떤가,

그 정도면 되겠지?"

"저만 된다고 다 되는 게 아니지 않습니까, 두목?"

"무슨 소리야?"

"다른 사람들도 고려해야죠."

"자세히 얘기해보게."

"만에 하나 모든 게 들통나 두목이 체포라도 된다면요?"

"어떻게 말인가?"

"글쎄요, 배신을 당할지도 모르죠."

"누가 날 배신해?"

"우리의 옛 동료들 말입니다."

"그들은 지금 여기 없어. 내가 죄다 프랑스 밖으로 파견해둔 상태이네."

"어디로 말입니까?"

"그건 비밀이야. 오로지 자네 하나만 경시청에 놔둔 거야. 혹시 나중에라도 자네 도움이 필요할지 모르니까. 결국 내 생각이 옳다는 게 증명된 셈이지."

"그래도 만약 누군가 두목의 정체를 밝혀내면 어쩌고요?"

"글쎄, 어떻게 될까?"

"당연히 체포해야겠죠."

"그건 불가능해."

"왜요?"

"누구든 날 붙잡아 가둘 수 없기 때문이지."

"글쎄, 그렇게 말씀하시는 근거가 뭐냔 말입니다!"

"무엇보다 확고부동한 근거가 엄연히 버티고 있지. 자네 입으로도 의기양양하게 장담하지 않았는가?"

"그게 뭔데요?"

"나는 죽었기 때문일세."

마즈루는 한동안 아연실색한 표정이었다. 얘기를 듣고 보니, 아니나 다를까 그 여전한 장난기와 혈기가 확 불어닥치는 듯싶어, 정신이 다 번쩍 드는 기분이었다. 그는 느닷없이 포복절도하듯 웃음을 터뜨리기 시작했는데, 항상 어딘지 그늘져 있던 얼굴이 마구 뒤틀릴 정도로 웃어 대는 것이었다.

"아하하하하. 두목, 정말이지 여전하시군요! 하느님 맙소사! 어쩜 그렇게 재미있으십니까! 저더러 어떡할 거냐고요? 아무래도 넘어가 드려야겠습니다! 암요, 두 번, 세 번이라도 넘어가 드려야죠! 두목은 죽었으니까요! 죽어서 묻히셨으니까요! 완전히 세상에서 지워진 거 아닙니까? 아하하하. 정말 재미있어! 재미있다고!"

엔지니어인 이폴리트 포빌은 파리의 옛 성벽을 따라 길게 뻗은 쉬셰 대로변 널찍한 호텔에 살고 있었다. 건물 왼편으로 정원이 딸려 있었는데, 그곳에 역시 넉넉한 별채를 하나 만들어 작업실로 사용하고 있었다. 그 바람에 쉬셰 대로에 면한 실제 정원은, 송악으로 뒤덮이다시피한 철책을 따라 약간의 잔디밭과 몇 그루의 잡목이 자리를 차지한 것이 고작이었다.

돈 루이스 페레나는 마즈루와 함께 일단 그 구역 경찰서를 방문했다. 거기서 마즈루는 자신을 소개한 뒤, 엔지니어 포빌이 사는 호텔 주변에 경찰 두 명으로 하여금 야간 경비를 서도록 해서, 누구든 무단으로 침입하려는 사람을 잡아들이도록 요청했다.

경찰서장은 흔쾌히 협조를 수락했다.

돈 루이스와 마즈루는 함께 그 주변에서 저녁 식사를 했고, 밤 9시쯤

결정판 아르센 뤼팽 전집

호텔의 정문 앞에 도착했다.

"이보게, 알렉상드르."

"왜 그러십니까, 두목?"

"두렵지는 않은가?"

"전혀요, 두목. 왜 그런 질문을 하십니까?"

"왜라니? 포빌 기사(技師)와 그의 자식을 보호한다는 건 곧 그를 제거함으로써 엄청난 이득을 얻게 될 자들을 상대한다는 뜻이네. 놈들은 아무래도 눈에 보이는 게 없는 처지가 아니겠는가? 자네 목숨이나 내 목숨이나 자칫 눈 깜짝할 사이에 끝장날 수도 있어. 그러니까 묻는 것이네, 두렵지 않느냐고 말이야."

마즈루는 단호한 어투로 대답했다.

"두목. 솔직히 언제 두려움이라는 감정이 제 마음속을 비집고 들어올지 저도 잘 모릅니다. 다만 확실한 건 이 세상에 딱 한 가지 경우에서만은 결코 두려움을 모를 거라고 확신할 수 있지요."

"어떤 경우 말인가?"

"두목 곁에 이렇게 붙어 있는 경우 말입니다!"

그러고는 결연한 동작으로 초인종을 울리는 마즈루.

문이 열리고 하인이 나타났다. 마즈루는 지체 없이 명함부터 건넸다.

이폴리트 포빌은 두 사람 다 작업실에서 맞이했다. 탁자 위에는 이런저런 책들과 팸플릿, 서류들로 수북했고, 높다란 받침대로 괸 두 개의 제도대(製圖臺)에는 잡다한 설계 도면과 데생들이 어질러져 있는가 하면, 마찬가지 두 개의 유리 진열장 안에는 스스로 설계하고 고안한 장치들을 상아와 철제로 축소한 모형들이 빼곡히 들어차 있었다. 한쪽 벽으로는 넉넉한 디방이 자리하고 있었고, 그 맞은편에는 좁다란 원형 회랑으로 오르는 원형 계단이 위치해 있었다. 천장의 전등불이 눈부신 빛을 쏟아붓는 가운데, 벽에 설치된 전화기가 반짝거렸다.

마즈루는 곧장 자신의 직책을 밝히고 페레나 역시 경시청장이 함께 파견한 동료로 소개한 뒤, 본론으로 들어갔다. 즉, 방금 입수한 무척 심각한 단서들로 인해 데말리옹 씨는 현재 적잖은 우려를 품게 되었으며, 내일 면담까지 기다리는 동안 파견된 형사들의 조언에 적극적으로 협조해서 만반의 안전 조치를 취해주기를 포빌 씨에게 바라고 있다는 내용이었다.

일단 포빌의 반응은 다소 껄끄러운 편이었다.

"이미 갖춰야 할 안전 조치는 다 갖춘 상태입니다. 오히려 당신들이 개입함으로 해서 불필요하게 손해만 보게 되는 건 아닌가 싶군요."

"아니, 어떤 점에서 말입니까?"

"공연히 적(敵)들의 경계심만 불러일으켜서, 결국 그들을 꼼짝없이 엮어 넣을 일련의 증거들을 수집하려는 내 계획이 좌절될지 모르니까 하는 말입니다."

"어떤 증거들을 생각하시는 건지 자세히 말씀해주시겠습니까?"

"안 됩니다. 그럴 순 없어요. 내일, 모든 건 내일 아침에 밝히도록 하죠. 그 전에는 안 돼요."

"그러다 너무 늦으면 어쩔 셈입니까?"

돈 루이스 페레나가 툭 끼어들었다.

"너무 늦다니요? 바로 내일이 말입니까?"

"베로 형사가 므슈 데말리옹의 비서에게 한 얘기가 있잖습니까? '오늘 밤 내로 두 차례의 살인이 일어납니다! 치명적이에요! 돌이킬 수 없다고요!' 이렇게 말했지요."

"오늘 밤이라……."

포빌의 목소리엔 얼마간 분노가 스며 있었다.

"그래도 안 돼요! 분명, 안 된다고 했습니다! 확신하건대 오늘 밤은 아닙니다. 당신들은 모르겠지만, 나만 아는 일들이 있어요."

돈 루이스도 질세라 발끈했다.

"그야 그렇겠죠. 하지만 당신은 모르고 베로 형사만 아는 일들도 있을 겁니다. 아마도 당신 적들에 관해서는 누구보다 베로 형사가 많은 걸 꿰뚫고 있을 거예요. 그가 누군가의 감시를 죽 받아온 것만 해도 그렇습니다. 흑단 지팡이를 소지한 누가 그를 미행했단 말입니다. 그리고 결국 그렇게 살해당했다는 것만 봐도, 베로 형사가 많은 걸 알고 있다는 증거란 말입니다!"

이폴리트 포빌의 고집이 점차 누그러지는 듯했다. 페레나는 그 틈을 놓치지 않고 파고들었는데, 어찌나 거세게 몰아붙이는지, 포빌은 주춤주춤하면서도 자신보다 강력하게 쇄도해오는 기세에 점점 마음을 여는 눈치가 역력했다.

"그래서 이제 어쩌자는 겁니까? 설마하니 이곳에서 그대로 밤을 지새우겠다는 얘긴 아니겠죠?"

"유감이지만, 바로 그렇습니다."

"나 참, 말도 안 돼! 그래봤자 시간만 낭비하는 건데! 공연히 상황만 악화시킬 테고. 하여튼 그래서요? 그래서 어쩌자는 겁니까?"

"호텔 안에는 누가 살고 있습니까?"

"누구라니요? 우선 내 아내가 살죠. 2층에 있습니다."

"마담 포빌께선 위험하지 않을 겁니다."

"당연하죠. 위협을 당하고 있는 건, 나와 내 아들, 에드몽이니까요. 실은 일주일 전부터 나는 평상시처럼 내 방에서 자는 대신, 이곳에 칩거하다시피 하고 있답니다. 마누라한테는, 밤늦게까지 일을 하려면 하는 수 없다고 핑계를 대고 있지요. 또한 일을 돕기 위해 아들도 필요하

호랑이 이빨

77

다고 말입니다."

"그럼 아드님도 이곳에서 잔다는 말입니까?"

"지금 있는 이 위로 자그마한 방이 하나 있는데, 거길 쓰도록 했지요. 이쪽 내부 계단을 통해 오르내릴 수밖에 없도록 되어 있지요."

"지금 그곳에 있습니까?"

"네, 자고 있을 겁니다."

"몇 살이죠?"

"열여섯이에요."

"그렇게 방까지 바꾼 걸 보면 누군가 불시에 습격할까 봐 걱정을 했다는 얘긴데, 누구 짚이는 사람이라도 있나요? 호텔 내부에 적이 있어요? 하인들 중 한 명? 아니면 외부 인사? 어떻게 안으로 침입할 것 같은가요? 사실 모든 문제는 바로 그 점에 있습니다."

"내일요, 내일. 내일 모든 걸 설명하리다."

포빌의 고집에는 흔들림이 없었지만, 페레나도 결코 만만치는 않았다.

"왜 오늘 밤은 안 된다는 말입니까?"

"확실한 증거가 필요하다고 내가 얘기했지 않소! 증거 없이 섣부르게 토해내다가는 자칫 엄청난 파국을 불러올지도 모른단 말이오. 그렇게 되면 정말 두려운 지경이 벌어집니다. 네, 정말 무서운 일이 일어나요."

실제로 그는 온몸을 사시나무 떨듯 떨고 있었다. 어찌나 겁에 질리고 비참한 몰골이었는지, 돈 루이스도 더는 강요할 수가 없었다.

"알겠습니다! 그럼 나와 내 동료를 위해서 딱 한 가지만 부탁을 하죠. 당신이 부르면 금세 손 닿을 만한 곳에서 우리가 밤을 지낼 수 있도록 해주십시오."

"그건 좋으실 대로 하십시오. 하긴 아무래도 그렇게 하는 게 조금은

결정판 아르센 뤼팽 전집

낫겠죠."

바로 그때였다. 하인 중 한 명이 문을 노크하면서, 마님이 외출하기 전에 좀 뵙고 싶어 한다고 알려왔다. 곧이어 마담 포빌이 안으로 들어섰다.

여자는 우아한 고갯짓 한 번으로 페레나와 마즈루를 향해 인사를 보냈다. 한 서른에서 서른다섯 정도 되어 보였는데, 살짝살짝 눈웃음을 치는 예쁘장한 얼굴과 푸르스름한 눈망울, 웨이브 진 머리카락으로 미루어, 다소 경박하면서도 매력적이고 사랑스럽기 그지없는 여자였다. 언뜻 보니 수를 놓은 큼직한 비단 망토 아래로 어깨가 환히 드러나는 야회복 차림이었다.

남편은 다소 놀란 듯 더듬대며 물었다.

"아니, 이 밤에 외출하는 건가?"

"어머, 벌써 잊으셨어요? 오브라르네가 오페라극장 자기들 박스 좌석에 일부러 자리 하나를 마련해주었잖아요! 그러고 나서는 마담 데르생제 댁 연회에 잠시라도 가서 즐기다 오라고 한 게 바로 당신이면서."

"아차, 그랬지. 맞아, 그랬어. 내가 그만 깜박했군. 너무 일에만 몰두하다 보니!"

여자는 기다란 장갑의 단추를 일일이 채우면서 덧붙였다.

"마담 데르생제 댁에 저 데리러 오시진 않을 거죠?"

"꼭 그래야 하나?"

"모두들 보고 싶어 하니까 그렇죠."

"난 전혀 그렇지 않은걸. 게다가 요즘 몸도 좋지 않아."

"알겠어요. 그럼 이만 갈게요."

"그래, 그렇게 하구려."

마침내 여자는 앙증맞은 동작으로 망토 깃을 여미더니, 나가지는 않고 잠시 그 자리에 멈춰 서 있었다. 마치 그러면서 뭔가 좀 더 그럴듯한 이별의 인사라도 찾는 것 같았다. 그러나 이윽고 여자 입에서 튀어나온 말은 이런 것이었다.

"에드몽은 없나요? 당신과 함께 일하는 줄 알았는데."

"응, 지금은 피곤해하고 있어서."

"자나요?"

"응."

"잘 자라고 포옹이라도 해주어야 할 텐데."

"아니야. 그러다 깨울 뿐이라고. 벌써 자동차가 기다리고 있잖소. 어서 가보시오. 재미있게 놀다 오라고."

"세상에, 재미있게 놀다 오라니! 오페라극장이나 저녁 연회가 재미있으면 얼마나 재미있다고……."

"그래도 방에 틀어박혀 있는 것보단 낫지."

다소 서먹한 분위기였다. 누가 봐도 다소 삐걱거리는 부부 생활이 느껴졌다. 건강이 안 좋아 세상 즐거움에 지극히 적대적이어서 항상 집에만 틀어박혀 있는 남편과 그 나이와 관습에 의당 따라오는 여흥거리를 찾아 밖으로만 나도는 아내, 그렇게 겉돌기만 하는 부부의 초상이랄까.

더 이상 남자가 아무 말도 건네지 않자, 여자는 허리를 숙여 그의 이마에 가볍게 입을 맞추었다.

그런 다음 두 방문객에게 또다시 목례를 하고는 횅하니 자리를 벗어났다.

잠시 후, 멀어져 가는 자동차 엔진 소리가 어렴풋이 들려왔다.

이폴리트 포빌은 즉시 자리에서 일어나 호출 벨을 울리며 중얼거렸다.

"이곳에 사는 그 누구도 내 머리 위를 배회하는 위험에 대해 짐작도 못하고 있지요. 심지어는 내 개인 시종인 실베스트르한테도 그 점에 관해서는 입 한번 뻥긋하지 않았으니까. 지난 수년간 그야말로 성실 그 자체로 날 시중들어 온 친구인데 말이오."

하인이 들어왔고 포빌 씨는 대뜸 말했다.

"그만 자야겠네, 실베스트르. 자리 좀 만들어주게."

실베스트르가 큼직한 디방의 등받이를 젖히자, 제법 안락한 침대가 만들어졌다. 그는 능숙한 솜씨로 담요와 이불을 펼쳐서 잠자리를 정돈해놓았다. 또한 역시 주인의 지시에 따라, 물병과 잔, 마른 과자 접시와 과일 정과 그릇을 일사불란하게 갖다 놓는 것이었다. 포빌 씨는 과자를 바스락거리며 입에 물고는, 작은 능금을 집어 들어 갈라보았다. 아직 설익은 상태였다. 그는 더듬더듬 또 다른 두 개를 더 집어 들었고, 그것마저 알맞게 익지 않았다고 판단했는지 금세 도로 내려놓았다. 그러더니 이번에는 배를 하나 집어 들고 껍질을 까서 맛나게 먹기 시작했다.

"정과 그릇은 놔두고 가게. 오늘 밤 배가 고프면 기꺼이……. 아차, 깜박할 뻔했군. 여기 이 두 신사분도 오늘 이곳에 머물 것이네. 아무에게도 얘기하진 말게나. 내일 아침 벨을 울리기 전엔 오지 말도록."

하인은 시키는 대로 정과 그릇을 탁자 위에 놔두고 물러났다. 한편 그날 밤의 모든 일을 차후에 일일이 떠올릴 수 있어야만 하는 페레나는, 거의 기계적인 방식으로 자질구레한 사항들까지 정확히 머릿속에 입력시키기에 바빴다. 정과 그릇 속에 배가 세 개, 작은 능금이 네 개 들어 있다는 사실을 주시한 것도 바로 그런 이유에서였다.

포빌은 원형 계단을 올라가 회랑을 거쳐 아들이 자는 방으로 가보았다.

"녀석, 두 주먹을 꼭 쥔 채 자고 있군요."

뒤따라 올라온 페레나에게 포빌이 나직이 속삭였다.

방은 아담한 크기였다. 완전히 밀폐된 덧문으로 채광창이 치밀하게 차단되어 있는 것을 보면, 뭔가 특수한 환기장치를 통해 공기가 들고 나는 모양이었다.

아니나 다를까, 이폴리트 포빌의 설명이 곁들여졌다.

"만사 불여튼튼, 작년에 마련한 조치였죠. 사실 이 방에서 주로 전기 실험을 했기 때문에, 누가 염탐을 할까 봐 무척 조심하지 않을 수 없었답니다. 그래서 아예 채광창까지 막아버린 것이죠."

그는 좀 더 나지막한 목소리로 덧붙였다.

"누가 내 주변을 어슬렁댄 건 꽤 오래되었답니다."

둘은 함께 계단을 내려왔다.

포빌은 문득 시계를 보더니 말했다.

"10시 15분이라……. 이제 좀 쉴 시간이로군요. 무척 피곤합니다. 그만 실례할까 합니다."

페레나와 마즈루는 호텔 현관과 작업실을 연결하는 복도로 안락의자 두 개를 옮겨와 자리를 잡기로 했다.

그런데 방금 전까지만 해도 다소 불안한 듯 보이기는 했지만 버젓이 잘만 일어서서 돌아다니던 이폴리트 포빌이 느닷없이 휘청거리며 가녀린 신음을 내뱉는 것이 아닌가! 방을 나오다 말고 황급히 돌아다본 돈 루이스의 시야에 얼굴이며 목이며 할 것 없이, 비 오듯 땀을 흘리면서 부들부들 경련을 일으키는 포빌의 모습이 들어왔다.

"대체 무슨 일입니까?"

"아, 무서워요. 무서워."

돈 루이스는 버럭 소리를 쳤다.

"바보 같은 소리! 우리 둘이 밤새 버티고 있겠다지 않습니까! 필요하면 침대 머리맡을 밤새도록 지킬 수도 있습니다!"

하지만 엔지니어는 페레나의 어깨를 거칠게 흔들어대며 일그러진 얼굴로 더듬댈 뿐이었다.

"설사 열 명, 아니 스무 명이 내 곁을 지킨다 해도 그들이 눈 하나 꿈쩍할 것 같소? 그들은 모든 걸 할 수 있어요, 알겠습니까? 이미 베로 형사를 저세상으로 보내버렸어요. 이제 나를 죽일 거라고요. 내 아들도 마찬가지입니다. 아, 끔찍한 놈들! 오, 하느님, 저를 불쌍히 여기소서! 아, 너무도 무서워! 정말이지 끔찍해 죽겠다니까!"

그는 아예 무릎을 털썩 꿇은 채, 가슴을 두드리며 되풀이해 중얼대기 시작했다.

"하느님, 저를 불쌍히 여기소서! 죽고 싶지 않습니다. 제 아들이 죽는 건 원치 않습니다. 저를 불쌍히 여기소서. 제발 부탁입니다."

그런가 하면 별안간 벌떡 일어나더니, 페레나를 이끌고 진열장 앞으로 다가섰다. 그리고 다짜고짜 진열장을 한쪽으로 밀치자, 밑에 달린 구리 바퀴로 인해 어렵지 않게 스르르 밀려나면서, 벽 속에 얌전히 자리를 틀고 있는 자그마한 금고가 하나 나타나는 것이었다.

"지난 3년 동안 밤낮을 가리지 않고 적어 내려간 나의 내력이 이 안에 다 들어 있습니다. 아마 내게 여하한 불상사가 벌어지고 나더라도, 복수를 하기는 그리 어렵지 않을 것입니다."

그는 허겁지겁 금고 다이얼을 돌렸고, 호주머니에서 꺼낸 열쇠로 마지막 잠금장치를 풀어 문을 열었다.

금고 내부는 4분의 3이 빈 공간이었고, 여러 선반 중 한 곳만이 뭔가로 채워져 있었다. 그중에서도 잡다한 종잇장들 가운데 붉은 고무 띠로 둘둘 묶은 회색 공책 한 권이 눈에 들어왔다.

포빌은 얼른 그것을 집어 들고 또박또박 말했다.

"바로 이겁니다. 모든 것이 이 안에 들어 있어요. 이걸로 가증스러운 사건의 전모를 재구성할 수가 있습니다. 우선 나의 모든 의혹이 있을 테고, 또 나만의 확신이 담겨 있을 겁니다. 모두 다 이 안에 있어요. 그들을 무엇으로 엮어 넣을지, 어떻게 섬멸할지. 자, 어때요, 기억할 수 있겠죠? 회색 공책입니다. 금고 안에 다시 놓아두겠습니다."

그제야 차츰차츰 안정을 되찾기 시작하는 이폴리트 포빌. 그는 다시 진열장을 원상태로 밀어놓고 몇 가지 서류들을 마저 정돈한 다음, 침대 머리맡의 전구를 켜는 대신 방 한가운데를 밝히던 화려한 전등불을 껐다. 마지막으로 돈 루이스와 마즈루에게 나가달라고 부탁했다.

돈 루이스는 방을 한 바퀴 둘러보면서 두 개의 창문을 가리고 있는 철제 덧문을 검사했다. 그런데 문득 방의 입구 맞은편, 또 다른 문이 하나 나 있는 것이 새삼 눈에 들어와 엔지니어에게 묻지 않을 수가 없었다.

"항상 들락거리는 손님들을 위해 사용하는 문입니다. 가끔은 나 역시 저리로 드나들기도 하고요."

포빌은 나른한 목소리로 대답했다.

"정원 쪽으로 통해 있습니까?"

"네."

"물론 지금은 잠겨 있겠죠?"

"보시면 알 겁니다. 열쇠는 물론 안전 빗장으로 철저하게 잠가놓았죠. 여기 이 꾸러미에 정원 열쇠와 함께 있는 두 개의 열쇠입니다."

그러면서 포빌은 열쇠 꾸러미를 지갑과 함께 탁자 위에 꺼내놓았다. 아울러 시계도 꺼내 태엽을 감은 다음, 함께 놓아두었다.

돈 루이스는 아무 거리낌 없이 꾸러미를 집어 들고 문의 자물쇠와 빗장에 두 개의 열쇠를 각각 꽂아보았다. 문을 열고 보니 곧바로 나타난 세 개의 계단이 정원으로 이어져 있었다. 그는 계속해서 발걸음을 옮겨 좁다란 화단을 한 바퀴 둘러보았다. 송악으로 뒤덮인 철책 너머로 대로

변을 어슬렁거리고 있는 경찰관 두 명의 인기척을 감지할 수 있었다. 철책 문 자물쇠를 점검해보았고, 단단히 잠겨 있음을 확인했다.

그제야 다시 방으로 돌아온 돈 루이스가 중얼거렸다.

"모든 게 다 괜찮습니다. 이젠 안심하셔도 될 듯합니다. 그럼 내일 보죠."

"내일 봅시다."

페레나와 마즈루를 배웅하며 엔지니어가 대꾸했다.

작업실과 바깥 복도 사이에 위치한 문은 모조 가죽으로 덮어씌우고 속에는 솜을 채워 넣은 이중문이었다. 그런가 하면 복도 반대편으로는 묵직한 태피스트리가 현관 방향을 가리고 있었다.

페레나가 마즈루 반장에게 말했다.

"자넨 눈 좀 붙이고 있게. 내가 밤을 새우도록 하지."

"두목, 설마 무슨 일이 일어나지는 않겠죠?"

"글쎄, 이 정도로 조심을 하는데 별일이야 있을라고. 다만……. 자네도 베로 형사를 잘 알겠지만, 그가 어디 엉뚱한 망상을 할 사람 같아 보이나?"

"그건 아니죠."

"한데 무슨 말을 했는지 한번 생각해보게. 분명 그럴 만한 이유가 있었을 거야. 그러니 눈을 부릅뜨고 지킬 수밖에."

"정 그렇다면 서로 돌아가면서 지키도록 하죠. 제가 보초 설 시간이 되면 깨워주세요, 두목."

두 사람은 꼼짝 않고 몇 마디 얘기를 더 나누었고, 얼마 지나지 않아 마즈루가 잠에 곯아떨어졌다. 돈 루이스는 안락의자에 푹 들어앉아 청각을 있는 대로 곤두세우고 있었다. 호텔 쪽은 쥐 죽은 듯 잠잠했다. 철책 밖으로는 승합마차나 자동차 굴러다니는 소리가 간간이 들려오고 있었고, 오퇴이유 노선을 달리는 마지막 열차 소리도 불쑥 들려왔다.

그러는 가운데 돈 루이스는 몇 차례 의자에서 일어나 작업실 문으로 다가가 보았다. 아무런 소리도 들리지 않았다. 이폴리트 포빌은 깊은 잠에 곯아떨어진 것이 분명했다.

페레나는 속으로 중얼거렸다.

"좋아! 대로 쪽에서도 지키고 있으니, 이쪽 말고는 방 안으로 침투할 통로는 없는 거나 같아. 결국 걱정할 일은 없다는 얘기지."

새벽 2시쯤 되었을까, 자동차가 한 대 호텔 앞에 멈춰 섰고, 부엌 쪽에서 안 자고 기다리고 있었을 하인이 정문 쪽으로 득달같이 달려나왔다. 페레나는 얼른 복도 쪽 전등부터 끈 뒤, 태피스트리를 살짝 들춰서 내다보았고, 늦은 시각 귀가하는 마담 포빌과 그 뒤를 따르는 실베스트르를 지켜보았다.

여자가 2층으로 통하는 계단을 다 올라가고 나서야 층계 전체가 다시 어두워졌다. 그러고도 약 30분가량, 2층 쪽으로부터 의자 움직거리는 소리와 뭔가 수군거리는 소리가 어렴풋이 들리더니, 급기야 적막이 자리 잡았다.

그 적막 속에서 문득 페레나는 이루 말로 표현할 수 없는 불안감을 느꼈다. 도대체 이유가 뭘까? 알 수 없었다. 하지만 분명 격렬하고도 예리한 불안감이 들쑤시듯 몰아쳐 저도 모르게 중얼거렸다.

"아무래도 안 되겠어. 잘 자고 있는지 내 눈으로 직접 확인하는 수밖에. 설마 안에서 빗장을 질러놓지는 않았겠지."

실제로 슬쩍 밀치자 문은 쉽게 열렸다. 그는 손전등을 움켜쥐고 침대 쪽으로 서서히 다가갔다.

이폴리트 포빌은 벽 쪽으로 고개를 돌린 채, 자고 있었다.

페레나는 순간 안도의 한숨을 내쉬었다. 그는 복도로 나와 마즈루를 흔들어 깨웠다.

"이제 자네 차례네, 알렉상드르."

"별일 없었죠, 두목?"

"음, 아무 일도 없었어. 그는 자고 있네."

"그걸 어떻게 아세요?"

"방금 직접 확인하고 오는 길이네."

"맙소사, 전 그런 줄도 모르고. 아주 짐승처럼 곯아떨어졌던 모양이 군요!"

페레나는 마즈루를 방 안으로 데리고 들어간 뒤, 단단히 일러두었다.

"여기 앉게. 절대로 저 사람 깨우지는 말고. 나는 잠깐 눈 좀 붙이 겠네."

말은 그렇게 했지만 꾸벅꾸벅 조는 가운데에도 그의 의식은 주변에 서 일어나는 모든 상황에 민감하게 열려 있었다.

추시계가 나지막이 시각을 알리고 있었고, 그것을 반수(半睡) 상태의 페레나는 일일이 세고 있었다. 제일 먼저 삶이 기지개를 켠 곳은 단연 바깥세상부터였다. 우유 배달 마차들이 딸랑거리며 돌아다녔고, 교외 노선의 첫 열차들은 기적 소리를 내며 달리기 시작했다.

조금 있자니, 호텔 안에서도 부산하게 움직이는 소리가 들려왔다.

덧문 사이로 햇살이 스며 들어와 방 안이 차츰차츰 빛으로 차오르고 있었다.

마침내 마즈루 반장이 말했다.

"이제 나가 있죠. 우리가 안에 들어와 있는 걸 저자가 봐서 좋을 건 없잖습니까?"

"쉿, 조용!"

돈 루이스는 다짜고짜 손을 저으며 속삭였다.

"왜 그러세요?"

"그러다 사람 깨우겠어!"

"보세요. 전혀 깰 생각이 없는 것 같은데요!"

마즈루는 목소리를 낮추지 않고 대꾸했다.

"그러게. 정말이네."

돈 루이스는 이런 정도의 목소리에도 잠자는 사람이 전혀 꿈틀댈 눈치를 보이지 않자, 의외라는 듯 중얼거렸다.

그는 한밤중 난데없이 엄습했던 똑같은 불안감이 울컥 밀려드는 것을 느꼈다. 아니 그보다 훨씬 선명하게 다가드는 불안감이었는데, 도저히 그 원인을 캐고 들 엄두도 욕망도 일지 않았다.

"대체 왜 그러세요, 두목? 넋이 나간 표정이에요! 무슨 일입니까?"

"아, 아닐세. 아니야. 그냥, 좀 두렵군."

그 말에 마즈루도 몸서리를 쳤다.

"뭐가 두렵다는 말씀이세요? 어젯밤에 꼭 저자가 얘기한 것처럼 말씀하시네요."

"그래. 그러게 말이야. 어쩜 같은 두려움일지도 몰라."

"무슨 말씀이세요?"

"자넨 모르겠나? 내가 뭘 걱정하는지 정말 모르겠어?"

"대체 뭔데요?"

"혹시 그가 이미 죽은 건 아닐까 해서 말이야!"

"세상에, 두목, 제정신이세요?"

"그게 아니야. 나도 모르겠네. 다만, 다만 말일세, 왠지 죽음의 기운이 느껴져."

손에는 손전등을 움켜쥐고 침대 앞에 선 채, 그는 마치 마비라도 된 듯 꼼짝 않고 있었다. 세상, 두려움이라고는 모르던 그였지만, 이폴리

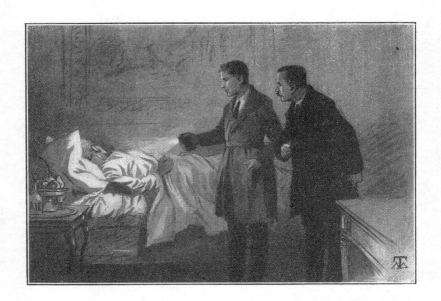

트 포빌의 얼굴에다 손전등 불빛을 비춰볼 용기만은 도저히 나지를 않
는 것이었다. 무시무시한 적막이 방 안 가득 켜켜이 쌓여가고 있었다.

"오, 두목! 이 사람 꿈쩍도 하지 않네요."

"알아. 안다고. 그러고 보니 어젯밤 내내 단 한 번도 꼼지락거린 적이
없었던 것 같아. 그래서 두렵다는 거야."

이러고 있을 수만은 없었다. 뭔가 걸음을 내디뎌 가까이 다가가 보아
야 할 것 아닌가! 마침내 돈 루이스는 거의 침대에 닿을 정도까지 다가
갔다.

엔지니어는 숨조차 쉬는 것 같지 않았다.

돈 루이스는 그의 손을 덥석 붙잡았다.

얼음장처럼 차가운 손이었다.

페레나는 순간적으로 냉정을 되찾았다.

"창문! 창문을 열어라!"

그는 버럭 소리쳤다.

빛이 방 안으로 홍수처럼 밀려들자, 잔뜩 부풀어 오르고 갈색 반점이 드문드문 난 이폴리트 포빌의 얼굴이 적나라하게 드러났다.

"아, 죽었어!"

돈 루이스가 나지막이 내뱉자, 반장도 더듬댔다.

"맙소사! 오, 맙소사!"

한 2~3분 동안, 두 사람은 더없이 황당무계하고 기상천외한 현상 앞에서 넋을 잃은 채 멍하니 서 있었다. 그러다가 별안간 어떤 생각이 뇌리를 스쳤는지 경중경중 원형 계단을 달려 올라가는 페레나. 쏜살같이 회랑을 지나쳐 지붕 바로 밑 방으로 곧장 들이닥쳤다.

아니나 다를까, 이폴리트 포빌의 아들인 에드몽 역시 침대에 뻣뻣이 누운 채, 흙빛의 얼굴을 하고 죽어 있는 것이었다.

"맙소사! 맙소사!"

마즈루가 또 연거푸 신음을 토해냈다.

페레나가 거쳐온 파란만장한 인생 경험 중에서도 아마 이런 충격은 처음이 아닌가 싶었다. 별안간 엄청난 피로감이 전신을 내리눌렀고, 손가락 하나 까딱할 힘도, 입 한번 뻥끗할 기운도 없는 것 같았다. 아버지와 아들이 한날 밤 동시에 죽음을 맞이하다니! 모두 다 지난밤에 누군가의 손에 살해당한 것이다! 기껏해야 몇 시간 전, 집 전체에 경비를 세우고 모든 출입구가 철저하게 차단된 상태에서, 미국인 코스모 모닝턴에게 한 것과 똑같이, 끔찍한 바늘로 두 사람을 한꺼번에 독살시키다니!

"맙소사! 딱한 사람들 같으니라고. 우리가 그토록 신경 쓰고, 구해주겠다며 경계심을 북돋웠는데도 이 지경이라니!"

마즈루는 안타까운 듯 발을 동동 굴렀다.

그 말 속에는 어딘지 비난의 투가 묻어 있었고, 그것을 간파하지 못할 페레나가 아니었다.

"자네 말이 맞네, 마즈루. 아무래도 내겐 벅찬 일이었던 것 같으이."

"그건 저도 마찬가집니다, 두목."

"자네야 뭐……. 자네는 겨우 어젯밤부터 이 일에 뛰어든 입장 아닌가."

"그건 두목도 별다를 바 없지요."

"그래, 알고 있네. 놈들은 벌써 수 주 전부터 암중모색을 해온 데 비해, 우리는 고작 어젯밤부터 난리를 떤 것이지. 하지만 이 사람들은 죽었고, 난 현장에 속수무책으로 있었네! 나, 이 뤼팽이 말이야. 바로 눈앞에서 일이 진행되었는데도 나는 아무것도 보지 못했어. 아무것도. 어떻게 이럴 수가 있단 말인가?"

그는 죽은 소년의 어깨를 들춰보았고, 역시 팔 꼭대기에서 매서운 침 자국을 확인했다.

"같은 자국이야. 아버지에게서 발견된 것과 아주 똑같아. 아이는 별로 고통도 느끼지 못했던 것 같아. 아직 어린 나인데, 가엾은 것! 원래 그리 튼튼한 편은 아니었던 것 같은데. 하긴 이제 와 무슨 상관인가. 아, 이 귀여운 얼굴. 제 어미는 또 얼마나 슬퍼할까!"

반장은 울분과 동정심이 한데 뒤섞여 치미는지 마구 울먹이기까지 하고 있었다.

"맙소사! 으, 으……. 빌어먹을!"

"복수를 해야겠지, 마즈루?"

"그걸 말씀이라고 하십니까, 두목? 두 번, 세 번이라도 하고 또

해야죠!"

"한 번이면 족할 걸세, 마즈루. 하지만 아주 확실히 해야겠지."

"아, 맹세합니다."

"그래, 맹세하자고. 이 두 사람의 죽음을 반드시 갚아주겠다고 맹세하는 거야. 이폴리트 포빌과 그의 아들을 살해한 놈들이 응분의 죗값을 치르기 전까지는 결코 무기를 내려놓지 않겠다고 우리 맹세하세!"

"제 영생(永生)을 걸고 맹세합니다, 두목!"

"좋아! 자, 이제부터네. 자넨 지금 즉시 경시청에 전화를 넣게. 데말리옹 씨도 자네가 신속히 연락을 취하는 걸 고마워할 것이네. 이번 사건에 대해 지대한 관심을 가지고 있으니까."

"하인들이나 마담 포빌이 들이닥치면 어떡하죠?"

"우리가 문을 열어주기 전까지는 아무도 들어오지 않을 것이네. 우린 경시청장이 오면 그때 문을 열어주면 돼. 마담 포빌에게 비보(悲報)를 전해주는 일은 그가 맡아 할 거야. 자, 어서 서두르게나!"

"잠깐만요, 두목. 아주 중요한 단서가 될 물건을 잊고 있어요."

"뭔데?"

"금고 속에 보관 중인 회색 공책 말이에요. 므슈 포빌이 자기를 겨냥한 음모의 모든 것을 적어놓았다는 그 공책요."

"아차! 자네 아니었더라면 깜빡할 뻔했군. 그나저나 금고 번호도 흐트러뜨리지 않았고, 열쇠도 꾸러미와 함께 탁자 위에 그대로일 텐데."

둘은 득달같이 계단을 달려 내려갔다.

"제가 할게요. 두목은 금고에 손 안 대시는 게 여러모로 나을 겁니다."

마즈루는 자신이 알아서 열쇠 꾸러미를 집어 들고 진열장을 밀쳐낸 다음, 열쇠를 꽂았다. 아슬아슬한 조바심이 온몸을 훑고 지나갔는데, 옆에서 지켜보는 돈 루이스의 마음은 그보다 훨씬 더했다. 드디어 은밀한 내력이 눈앞에 좌르륵 펼쳐지려는 순간이 아닌가! 이제 죽은 자가 살인마의 정체를 까발리려고 하는 것이다!

"젠장! 왜 이리 오래 걸리는가?"

돈 루이스는 안달이 나는지 연신 투덜댔다.

마즈루는 선반 위 수북한 종잇장들 속에 손을 쑤셔 넣고 이리저리 뒤적이는 중이었다.

"자, 어서, 마즈루! 어서 이리 내게!"

"뭘 말이죠?"

"뭐긴 뭐야! 회색 공책 말이네!"

"아무래도 곤란하게 된 것 같은데요, 두목."

"무슨 소린가?"

"사라지고 없다고요!"

돈 루이스는 숨이 턱 막히는 기분이었다. 엔지니어가 분명 두 사람 앞에서 보란 듯이 금고 안에 넣어두었던 공책이 감쪽같이 사라지고 없다니!

마즈루는 고개를 설레설레 저으며 중얼거렸다.

"맙소사! 그럼 놈들도 공책의 존재를 알고 있었다는 얘긴가?"

"제기랄! 그것 말고도 여러 가지를 꿰뚫고 있었던 것 같네. 도저히 더는 할 말이 없군. 아울러 털끝만큼도 이젠 더 이상 낭비할 시간이 없게 됐네. 어서, 전화부터!"

마즈루는 즉시 전화기로 달려갔다. 교환은 신속한 태도로, 곧 데말리옹 씨에게 통화가 연결될 거라고 알려왔다.

마즈루는 초조한 마음으로 기다렸다.

그동안 방 안을 부산하게 서성대면서 이런저런 물건들을 살펴보던 페레나가 마침내 곁에 털썩 주저앉았다. 언뜻 봐도 보통 수심에 찬 얼굴이 아니었다. 꽤나 오랫동안 꼼짝 않고 무언가 골똘히 생각하면서 정과 그릇을 뚫어져라 바라보던 그가 갑자기 중얼거렸다.

"저것 좀 보게나. 능금이 네 개였는데, 지금은 세 개뿐이지 않은가! 그럼 하나를 먹어버렸다는 얘긴가?"

"그러네요. 하나를 먹은 모양이에요."

마즈루도 더듬더듬 대답하자, 페레나는 더욱더 알 수 없는 표정으로 중얼거렸다.

"이상해. 분명 익지 않았을 걸 알고 있었거든."

그는 또다시 침묵 속에 빠져들면서 양 팔꿈치를 탁자 위에 괸 채, 이젠 아주 노골적으로 과일들을 바라보기 시작했다. 그러다가 어느 한순간 고개를 쳐들더니 툭 내뱉었다.

"범행은 우리가 이 방에 들어오기 전에 저질러졌어! 정확히 자정에서 30분 지났을 때!"

"아니, 그걸 어떻게 압니까, 두목?"

"한 명인지 여러 명인지는 모르나 므슈 포빌을 살해한 장본인은 여기 이 탁자 위의 물건들을 잘못 건드리다가 그만 시계를 떨어뜨렸다네. 지난밤에 므슈 포빌이 태엽을 감아두었던 바로 그 시계지. 도로 제자리에 놓아두긴 했는데, 떨어진 충격으로 그만 시계가 멈춰 섰어. 바로 자정에서 30분 지난 시각에 말이야."

"그렇다면 새벽 2시경, 우리가 이곳에 자리를 잡았을 때 바로 곁에 누워 있던 건 다름 아닌 시체였다 이 말입니까? 우리 머리 위에도요?"

"그렇지."

"하지만 놈들이 대체 어디로 들어왔단 말입니까?"

"정원으로 통하는 저 문이지. 쉬셰 대로에 면한 철책 문하고 말이야."

"그럼 자물쇠하고 빗장 열쇠를 모두 가지고 있었단 말인가요?"

"미리 위조를 해놓았겠지, 아마."

"하지만 밖에서 경비를 맡고 있던 경찰관들은 어떻게 하고요?"

"그들이야 으레 하듯 이쪽 끝에서 저쪽 끝까지 그저 어슬렁거린 거밖에 안 돼. 자신들이 등을 돌리고 있는 틈을 타, 정원으로 잠입해 들어오리라고는 전혀 생각지도 않고 말이야. 들어올 때나 나갈 때나 모두 그런 식으로 해치운 거지."

마즈루 반장은 어이가 없다는 표정이었다. 범인의 대담성과 능란함, 행동의 정확성 모두가 넋을 빼놓기에 충분했던 것이다.

"보통 놈들이 아닐세."

그렇게 잇새로 중얼거리는 반장을 향해 페레나가 말했다.

"그 말이 맞네. 보통 놈들이 아니지. 역시 예견했던 대로 엄청난 싸움이 될 것 같아. 제기랄! 처음부터 아주 된통 당한 셈이라고!"

전화벨 소리가 요란하게 울린 것은 바로 그때였다. 돈 루이스는 마즈루에게 아까 신청한 통화를 마저 하도록 맡긴 채, 열쇠 꾸러미를 들고 자물쇠와 빗장을 차례로 연 뒤, 정원으로 나섰다. 뭔가 희미한 단서라도 발견되어 조사가 수월히 풀리기를 은근히 바라는 마음이었다.

전날과 다름없이 송악 잔가지들 틈으로 이쪽 가스등에서 저쪽 가스등으로 경찰관 두 명이 왔다 갔다 하는 것이 눈에 들어왔다. 그들은 정원 안쪽으론 눈길 한번 주지 않고 있었다. 아예 호텔 속의 움직임에는 철저하게 무관심한 듯 보였다.

'내가 아주 큰 실수를 한 거야. 애당초 임무의 중요성을 파악하지 못한 경찰관들에게 일을 맡기는 게 아니었는데.'

페레나는 속으로 가슴을 쳤다.

어느 정도 주변을 조사하자 하필 자갈밭 위에 사람 지나다닌 흔적이 드러났다. 당연히 너무 흐트러진 상태라 이렇다 할 발자국이 떠오르는 것은 아니었지만, 적어도 페레나의 추측을 정당화할 만큼 확실한 흔적이긴 했다. 즉, 누군가 이쪽으로 드나들었다는 가설 말이다.

그런데 별안간 돈 루이스의 얼굴이 환하게 밝아지는 것이었다. 오솔길 주변으로 아담하게 우거진 만병초 덤불 속, 뭔가 빨간 것이 반짝하고 눈에 띄는 것이 아닌가!

그는 얼른 몸을 숙여 살펴보았다.

다름 아닌 능금이었다. 아까 정과 그릇에서 달아나고 없던 바로 그 능금이 분명했다.

'그럼 그렇지. 이폴리트 포빌은 이걸 먹은 게 아니었어. 아마도 범인들 중 한 명이 슬쩍 집어 들고 내뺀 거겠지. 그저 장난기가 발동했거나, 혹시 갑작스러운 허기가 당겼을지도 몰라. 그러다가 그만 손에서 흘린 걸 다시 찾아 주워 담을 시간까진 없었을 거야.'

그렇게 생각하며 그는 얼른 집어 들고 면밀히 관찰했다.

한데 얼마 안 있어 곧장 몸서리를 치며 이러는 것이었다.

"아뿔싸! 이럴 수가 있나!"

페레나는 머리 가죽이 곤두서는 것을 느끼며 아무 말도 못하고 뻣뻣이 서 있었다. 눈앞에 엄연한 현실로 나타난 광경임에도 페레나는 도저히 그것을 받아들일 수가 없었다. 제대로 먹기에는 너무도 신맛인 능금 한쪽에 누군가 덥석 물었던 흔적이 또렷하게 나 있는 것이었다. 선명한 이빨 자국이 남아 있었다!

"이럴 수가! 어느 놈인지 몰라도, 이런 칠칠치 못한 짓을 저지르다니! 정말 자기도 모르는 사이에 능금을 떨어뜨린 모양이야. 아니면 너무 캄캄해서 찾는 데 실패했거나."

그는 점점 더 어리둥절해지는 정신을 부여잡고 해명의 실마리를 찾아 골몰했다. 일단 무엇보다 명확한 사실이 눈앞에 적나라하게 드러나 있는 상황! 붉은 껍질을 반구 형태로 뚫고 들어간 두 줄의 이빨 자국은 과육 속에까지 산뜻하고 가지런한 흔적을 남기고 있었다. 위쪽에는 여섯 개의 이빨 자국 각각이 선명한 데 반해, 아래쪽에는 그냥 둥그스름한 곡선으로 딱 한 줄 뭉뚱그려져 있었다.

페레나는 그 두 줄의 자국으로부터 눈길을 떼지 못한 채, 자기도 모르게 중얼거리기 시작했다.

"그야말로 호랑이 이빨이로군! 호랑이 이빨이라고! 베로 형사가 가지고 온 초콜릿에 찍혔던 것과 똑같은 자국이야! 우연의 일치치고는 정말 희한한 일이군그래! 정말로 우연일까? 베로 형사가 움직일 수 없는 증거라며 경시청으로 가져온 그 초콜릿의 이빨 자국과 이 능금에 찍힌 이빨 자국이 과연 동일인의 것이라고 믿어도 될까?"

그쯤에서 페레나는 잠시 망설이지 않을 수 없었다. 개인적으로 조사를 강행하기 위해 이 증거물을 남몰래 간직하고 있어야 할까? 아니면 사법당국에 얌전히 인도해야 할까? 어떻게 해야 할지 몰라 망설이던 중 갑자기 손에 닿는 과육의 감촉 자체가 너무도 끔찍하고 거부감이 치밀어 올라, 거의 반사적으로 원래 있던 덤불 속에다 훌쩍 내던지고 말았다.

그는 연신 속으로 중얼거렸다.

'호랑이 이빨이야! 야수(野獸)의 이빨이라고!'

다시 방으로 돌아와 문을 닫은 페레나는, 빗장까지 걸어 잠그고 열쇠꾸러미를 탁자에 내려놓으며, 마즈루를 향해 던지듯 말했다.

"그래, 경시청장과는 통화를 해봤나?"

"네."

"온다던가?"

"네."

"경찰서에 신고하라고는 지시하지 않던가?"

"그런 지시는 없었습니다."

"음, 자신의 눈으로 모든 걸 직접 확인하고 싶다는 뜻이야. 잘된 일이로군! 치안국은 어떻게 한다던가? 검찰청에서는?"

"청장님이 죄다 연락한답니다."

"이보게, 알렉상드르, 자네 대체 어떻게 된 건가? 지금이 그렇게 건성으로 대답할 때인가? 그리고 또 그 눈초리는 뭐야? 날 이상하게 힐끔거리잖아? 대체 무슨 일인가?"

"아무것도 아닙니다."

"오호라! 이제 알겠네. 결국 그래서 자네가 그렇게 멍해 있는 거로군! 하긴 그럴 만도 해. 경시청장도 뭐 기분 좋아할 일은 아니겠지. 나한테 이 일을 맡긴 게 다소 경솔해진 셈이 된 데다가, 내가 이곳에 있는 걸 두고도 사람들이 경시청장에게 이런저런 해명을 요구할 테니까. 그러고 보니 우리가 행한 일들에 대해 자네 혼자 모든 책임을 뒤집어쓰는 게 훨씬 나을 것 같군그래! 그렇지 않은가? 그게 자네한테도 오히려 더 홀가분하겠지. 그냥 고집스럽게 밀고 나가야 할 것이네. 가능한 한 나라는 존재는 깨끗이 지워버리고 말이야. 특히 간밤에 복도에서 한시도 눈을 붙였다는 말을 해서는 안 되네. 물론 처음에는 자네한테 약간의 곤욕이 따르겠지. 그러나 나중엔, 나중엔 말이야……. 아무튼 동의한 거지? 자, 그럼 이제 남은 건 빨리 사라져주는 것뿐이로군. 만약 경시청장이 나를 찾거든, 아마 그럴 것이네만, 전화를 주라고 하게나. 팔레 부르봉 광장에 있는 내 집으로 말이야. 거기 있을 것이네. 잘 있게. 굳이 경찰 조사에 내가 입회해 있을 필요는 없을 거야. 어차피 있고 싶어도 밀려나 버릴 테니까. 잘 있게, 친구."

그러면서 서둘러 복도 쪽 문으로 다가가는 돈 루이스 페레나.

"잠깐만요!"

순간 마즈루의 외침 소리가 목덜미를 붙들었다.

"엉? 잠깐이라니?"

반장은 후닥닥 문 앞을 가로막으며 말했다.

"네, 잠깐만요. 제 의견은 좀 다릅니다. 아무래도 경시청장님이 도착할 때까진 참고 기다리는 게 나을 것 같아요."

"그런다고 내가 자네 의견으로 이랬다저랬다 하진 않아."

"그렇겠죠. 하지만 일단 가실 수는 없습니다."

"뭐야? 이런! 이봐, 알렉상드르, 자네 어디 아픈가?"

마즈루는 다소 기가 꺾인 듯, 애원조로 말했다.

"이보세요, 두목. 뭐가 어떻다고 그러세요? 어차피 경시청장이 두목과 얘기하고 싶어 할 건 당연한 것 아닌가요?"

"아! 경시청장께서 원하신다 이건가? 그럼 자네가 똑똑히 일러주게나! 난 그의 지시에 따를 일이 없으며, 그 누구의 지시도 아랑곳하지 않는다고. 공화국 대통령이든 나폴레옹 1세든 내 앞길을 얼마든지 가로막아 보라고 해! 제기랄! 또 너무 떠들었군. 이만 가겠네!"

"안 됩니다!"

마즈루는 아예 두 팔을 떡 벌리고 단호한 목소리로 가로막았다.

"이건 또 무슨 익살맞은 짓인가?"

"아무튼 못 지나가십니다!"

"알렉상드르, 지금부터 열을 센다."

"100까지 세보십시오. 아무리 그래도……."

"아! 정말 답답하게 구는군! 저리 비키지 못할까!"

그는 마즈루의 양 어깻죽지를 움켜잡더니 그대로 한 바퀴 핑그르르 돌리면서 냅다 디방 쪽으로 밀어버렸다.

이어서 문을 홱 열어젖히는 찰나!

"멈춰라! 아니면 쏜다!"

어느새 몸을 일으킨 마즈루가 권총을 손에 쥔 채, 결연한 표정을 짓고 있었다.

아연실색한 돈 루이스는 제자리에 멈칫할 수밖에 없었다. 그렇다고 겁이 나서 그런 것은 아니었다. 그따위 위협이라고 해봐야 안중에도 없었으며, 똑바로 이쪽을 겨눈 총구조차도 더없이 냉정한 그의 정신 상태를 조금도 흔들지 못하는 것이었다. 다만 마즈루의 저 태도……. 왕년에 함께 일한 동료였으며, 열성적인 추종자이자 헌신적인 부하였던 그가 어느 안전(案前)이라고 감히 저런 태도를 들이댈 수 있단 말인가?

그는 천천히 상대에게 다가가 쭉 내뻗은 팔에 지그시 손을 얹고 말했다.

"물론 경시청장의 지시이겠지?"

"네."

반장은 어쩔 줄 몰라 하며 중얼거렸다.

"자기가 도착할 때까지 나를 잡아두라고 말이지?"

"그렇습니다."

"그래도 내가 굳이 나가겠다고 할 경우엔, 단호히 막아서라고?"

"네."

"수단과 방법을 가리지 말고?"

"네."

"내 몸속에 총알을 쑤셔 박는 한이 있더라도 말이지?"

"네."

페레나는 잠시 생각을 정리한 뒤, 진지한 목소리로 말했다.

결정판 아르센 뤼팽 전집

"그래 쏠 텐가, 마즈루?"

반장은 고개를 떨구며 희미하게 중얼거렸다.

"네, 두목……."

페레나는 전혀 분노하지 않고 오히려 애정이 듬뿍 담긴 시선으로 상대를 바라보았다. 그 대상이 누가 되었든, 이처럼 절도와 의무감에 투철한 자세를 갖추고 있는 옛날의 동지(同志)가 그에게는 차라리 감동적인 모습으로 다가왔던 것이다. 자신의 옛 주인을 향한 거의 동물적인 애정과 무모할 정도의 존경심조차도 지금 마즈루 반장의 철두철미한 정신 자세를 쓰러뜨리기엔 역부족인 듯했다.

"마즈루, 자네에게 앙심은 없네. 아니, 자네 입장을 충분히 이해하고 말고. 다만 경시청장이 나를 붙잡아두려는 이유에 대해서 자네가 좀 설명해주길 바라네."

반장은 아무 대답도 못하고 그저 난감한 표정을 짓고 있었다. 한데 그 괴로워하는 눈빛을 읽는 순간, 돈 루이스는 갑자기 스치는 생각에 소스라치며 외쳤다.

"아니야. 그럴 리가 없어! 말도 안 돼! 그런 생각을 하다니! 설마, 마즈루, 자네도 내게 혐의가 있다고 보는 건가?"

"오, 두목! 저로 말하자면, 두목에 대한 신뢰나 저 자신에 대한 믿음이나 어찌 다를 바가 있겠습니까! 두목이 죽었을 리는 없지요! 하지만, 하지만 상황이 그렇잖습니까? 우연의 일치치고는 너무도……."

"상황이 그렇다……. 우연의 일치라……."

돈 루이스는 상대의 말꼬리를 천천히 되풀이해 중얼거렸다.

그리고 또다시 깊은 생각에 잠기는가 싶더니, 아주 나지막한 소리로 또박또박 끊어 말했다.

"그래, 따지고 보면……. 자네 얘기에도 일리가 없는 건 아니지. 모든 게 정말 우연찮게 맞물리고 있으니까. 나라고 그런 것쯤 생각 못했겠나? 코스모 모닝턴과 나의 관계라든지, 유언장을 개봉할 즈음에 맞춘 듯한 나의 파리 입성(入城)하며, 굳이 나 스스로 이곳에서 밤을 지새우겠다고 주장한 것, 그리고 무엇보다 포빌 부자(父子)의 죽음으로 내게 수억의 돈이 굴러 들어온다는 사실. 그래, 자네의 상관이 충분히 그런 생각을 할 만하지! 그보다 더한 생각을 하면 했지 결코 쉽게 보아 넘길 리는 없어. 결국……. 쳇, 난 이걸로 끝장난 셈이로군그래."

"이봐요, 두목!"

"끝장난 거라고! 하지만 친구, 자네 대가리 속에 반드시 새겨두어야 할 얘기가 있네. 끝장이 났다 해도, 왕년의 도형수이자 괴도(怪盜)로서의 이 아르센 뤼팽이 끝장난 건 결코 아니네. 그 방면으로는 난 아직 끄떡없어. 다만 정직하게 살아가는 포괄 유산상속자인 돈 루이스 페레나로서 끝장이 났을 뿐이야. 정말이지 어처구니없게 일이 되어가는 거야. 나를 감옥에 처넣고 나서, 코스모와 베로, 그리고 포빌 부자(父子)의 살인범은 누가 붙잡는단 말인가?"

"두목!"

"쉿, 저 소리!"

자동차가 한 대 대로변에 멈춰 섰고, 뒤이어 또 다른 자동차가 도착했다. 분명 파리 경시청장이 검찰청 나리들을 대동한 채 납신 모양이었다.

돈 루이스는 마즈루의 팔을 붙들고 말했다.

"이것만은 명심하게, 알렉상드르. 절대로 자네가 잠을 잤다는 얘길 해선 안 돼!"

"그럴 순 없습니다, 두목."

"이런 멍청한 자식! 어찌 이다지도 아둔할 수가 있단 말인가! 자네 같아서야 원 선량한 사람 되기도 지겹겠어! 대체 왜 그런가?"

"두목, 범인을 밝혀주십시오."

"뭐? 그건 또 무슨 헛소리야?"

이번에는 마즈루가 상대의 팔을 바꿔 붙잡고는 거의 처절할 정도로 매달리며 울먹이기 시작했다.

"범인을 밝혀주십시오, 두목. 그렇지 않으면 두목은 정말 큰일 납니다. 이건 확실해요. 경시청장 본인이 제게 그랬단 말입니다. 어찌 됐든 범인을 만들어서라도 법의 심판대에 올려놓아야 한다고요. 당장 오늘 밤 내로, 누구든 범인이 되어야 합니다. 그러니 두목이 나서서 진범을 밝혀내야만 해요."

"자네, 거 말 한번 본때 있게 하는군그래, 알렉상드르."

"두목으로선 식은 죽 먹기 아닙니까? 하려고만 하면 되잖아요?"

"하지만 최소한의 단서도 없단 말일세, 이 답답한 친구야!"

"곧 발견할 수 있을 겁니다. 그래야만 하고요. 제발 부탁인데, 누구든 잡아 넘기세요. 두목이 체포되면 난 아마 미쳐버릴 겁니다. 더구나 살인죄로 기소되다니! 안 돼요. 그럴 순 없습니다. 제발 범인을 색출해서 여봐란듯이 넘기세요. 한나절 기회를 드리겠습니다. 이미 그 정도 시간에 뤼팽은 숱한 과업을 일궈왔지 않습니까!"

그는 우스꽝스러울 정도로 얼굴을 찡그리고 두 손을 비틀면서 고통에 찬 목소리로 애원하고 있었다. 과연 주인을 위협하며 한발 한발 다가드는 위험 앞에서 저토록 괴로워하고 발을 동동 구르는 부하의 모습은 감동 그 자체가 아닐 수 없었다.

어느덧 데말리옹 씨의 목소리가 복도와 현관을 나누고 있는 태피스트리를 통해 어렴풋이 들려왔다. 이어서 세 번째, 네 번째 자동차가, 필시 경찰들을 가득 싣고 다급하게 당도하고 있었다.

이제 호텔은 완전히 포위된 상태.

페레나는 묵묵히 서 있었다.

그런 그의 곁에서 온통 일그러진 표정의 마즈루가 애원의 눈길을 보내고 있었다.

그렇게 몇 초가 더 흘렀다.

마침내 페레나의 묵직한 목소리가 던져졌다.

"그만하면 알겠네, 알렉상드르. 자네의 상황 보는 눈이 정확한 것, 내가 인정하지. 자네의 그 우려, 충분히 근거가 있어. 이제부터 몇 시간 안에 이폴리트 포빌과 그 아들의 살해범을 법의 심판대에 세우지 못할 경우, 4월 첫째 날, 목요일, 바로 오늘 밤, 축축한 감방 짚 더미 위에 드러누울 사람은 나 돈 루이스 페레나가 될 것이네."

3
무광(無光) 터키석

수수께끼 같은 이중의 살인 사건이 일어난 작업실로 경시청장이 들이닥친 것은 대략 아침 9시경이었다.

그는 돈 루이스를 거들떠보지도 않았는데, 만약 치안국장이 세심하게 소개해주지 않았더라면 뒤이어 들이닥친 사법관들은 돈 루이스를 그저 마즈루 반장의 조수 정도로 생각했을 것이었다.

데말리옹 씨는 신속하게 두 구의 시체를 살펴보았고, 마즈루를 통해 간략한 설명을 들었다.

그런 다음, 그는 다시 현관 쪽으로 나가 2층 거실로 올라갔고, 미리 경시청장의 내방을 통보받은 포빌 부인의 마중을 받았다.

복도에서 꼼짝 않고 있던 페레나는 그제야 자신도 현관 쪽으로 발길을 옮겼는데, 벌써 사건 소식을 접한 하인들이 사방으로 왔다 갔다 부산을 떨고 있었다. 그는 아무 말 없이 건물 정문으로 향한 계단을 몇 발짝 걸어 내려갔다.

두 사내가 버티고 서 있었는데, 그중 한 명이 말했다.

"못 지나가십니다."

"하지만……."

"못 지나가십니다. 공식 지시가 내려졌어요."

"공식 지시라? 누구의 지시란 말이오?"

"파리 경시청장님의 지시입니다."

"쳇, 이거 재수 옴 붙었군!"

페레나는 히죽 웃으며 내뱉었다.

"이보시오, 나는 밤을 꼴딱 새운 몸이오. 지금 배고파 죽을 지경이란 말이오. 입안에 뭐든 채워 넣을 방도가 어떻게 좀 없겠소?"

두 경찰관은 서로 멀뚱하니 마주 보더니 그중 한 명이 지나가던 실베스트르에게 신호를 보냈고, 득달같이 달려온 그와 몇 마디 얘기를 나누었다. 곧장 식당 쪽으로 달려간 실베스트르가 잠시 후 크루아상 하나를 가져왔다.

돈 루이스는 고맙다는 인사를 한 뒤, 속으로 중얼거렸다.

'좋아, 이로써 증명된 셈이로군! 내가 여지없이 코가 꿰인 거야. 아까부터 알고 싶었던 게 바로 이거라고. 하지만 므슈 데말리옹이란 친구, 생각보단 명민하지 못하군! 만약 이곳에서 아르센 뤼팽을 덮치려는 계산이라면 이 인원 가지고는 어림없을 테고, 그게 아니라 돈 루이스 페레나를 노리는 거라면 이 정도 인원까지도 필요 없을 텐데 말이야. 왜냐면 돈 루이스 페레나가 도망을 친다면 저 코스모가 던져준 과자에 손을 댈 행운도 스스로 내치는 셈인데, 절대로 그럴 리는 없을 거거든. 따라서 이 몸은 그저 얌전히 앉아 있을 수밖에.'

실제로 그는 복도의 원래 있던 자리로 돌아와 사태의 추이를 관망하기 시작했다.

결정판 아르센 뤼팽 전집

열린 문을 통해 작업실에서 조사를 진행하는 사법관들이 들여다보였다. 제일 먼저 법의학자가 두 구의 시체를 살펴보았고, 전날 저녁 베로 형사의 사체에서 발견된 것과 똑같은 독살 흔적을 확인했다. 그런 다음, 경찰관들이 나서서, 예전에 두 부자(父子)가 사용했던 호텔 내 인접한 3층 방들로 시체를 옮겨갔다.

잠시 후 경시청장이 내려왔고, 이내 사법관들에게 뭔가 쑥덕거리는 말소리가 돈 루이스의 예민한 귀에 스며 들어왔다.

"여자가 가엾게 되었소! 도무지 받아들이려는 기색이 아니더군. 그러다 결국 상황을 깨닫고는 그대로 바닥에 쓰러져 기절을 하는 거야. 생각 좀 해봐요! 남편과 아들이 동시에 비명횡사해버렸으니……. 정말이지 불쌍한 여자야!"

그 순간부터 그는 아무것도 볼 수도, 들을 수도 없었다. 일단 문이 닫혔는데, 두 명의 경찰관이 즉각 현관으로 달려와 복도로 통하는 태피스트리 좌우측에 자리를 잡는 것으로 봐서, 경시청장이 아예 정원에서 정문 사이를 오고 가며 이런저런 지시를 내리는 것이 틀림없었다.

페레나는 속으로 연신 중얼거렸다.

'이건 분명 내 주가(株價)가 아직은 그리 올라 있지 않다는 증거야! 지금쯤 알렉상드르는 얼마나 조마조마해하고 있을까?'

정오가 되자, 실베스트르가 쟁반에 몇 가지 먹을 것을 담아왔다.

그러고는 또다시 따분하고 답답하기만 한 기다림.

오찬 때문에 잠시 중단되었던 조사 활동이 호텔 쪽과 작업실 쪽에서 동시에 재개되었다. 사방에서 사람들이 분주히 오가는 소리와 웅성웅성 떠들어대는 소리가 어지러이 뒤섞여 들려왔다. 마침내 지루하다 못해 피로까지 겹친 돈 루이스 페레나는 안락의자 등받이에 느긋하게 기댄 채, 곧장 잠에 곯아떨어졌다.

마즈루 반장이 흔들어 깨웠을 때는 이미 오후 4시가 되어 있었다. 그는 작업실 쪽으로 페레나의 손을 잡아 이끌며 다급하게 속삭였다.

"그래, 알아내셨습니까?"

"뭘 말인가?"

"범인 말입니다."

"아하, 그거! 그야 엎드려 헤엄치기였지!"

명쾌한 페레나의 목소리에 마즈루는 농담을 전혀 이해하지 못한 듯 환한 표정으로 말했다.

"아, 다행이군요! 자칫했다가는, 아까 말했다시피, 두목이 큰일 날 뻔했습니다!"

돈 루이스는 작업실 안으로 들어섰다. 검사와 수사판사, 치안국장, 현지 경찰서장, 그리고 형사 두 명과 제복 입은 경찰관 세 명이 한데 모여 있었다.

문득 바깥쪽 쉬셰 대로에서 소란이 일었다. 아울러 경시청장의 지시로 현지 경찰서장과 경찰관 셋이 군중을 해산시키기 위해 문을 열고 밖으로 뛰쳐나가려는 순간, 한 신문팔이 소년의 고래고래 악을 써대는 외침 소리가 안까지 파고들었다.

"쉬셰 대로에서 이중의 살인 사건이오! 베로 형사의 죽음을 둘러싼 의문의 수수께끼 전격 공개! 경찰들 일대 혼란에 빠지다!"

문이 닫히자, 실내는 다시 침묵이 점령했다.

돈 루이스는 생각했다.

'마즈루의 생각이 옳았어. 어쩐지 나 아니면 다른 누구로 아예 결정된 분위기로군. 만약 이제부터 진행될 신문 과정 속에서 내가 그 수수께끼 같은 누구를 저들에게 명쾌히 제시하지 못한다면, 아무래도 저 굶주린 대중 앞에 이 몸을 던져줄 속셈인 모양이야. 그러니 정신 바짝 차려야

겠어, 뤼팽!'

크나큰 싸움을 목전에 둔 전사(戰士)처럼, 돈 루이스 페레나의 몸에 일종의 짜릿한 흥분이 훑고 지나갔다. 사실 지금 그가 직면해야 할 상황은 여태껏 버텨온 온갖 치열한 대결 중에서도 손가락 안에 꼽을 만한 것이었다. 유능하기 그지없는 경시청장의 드높은 명성, 그 도저한 경륜과 끈기, 중요한 예심에 몰두할 때마다 그가 얼마나 강렬한 희열을 느끼는지, 그리고 판사의 소관으로 넘기기에 앞서 그 자신 얼마나 적극적으로 사건을 파헤치는지, 돈 루이스도 익히 아는 터였다. 그뿐만 아니라 치안국장의 나무랄 데 없는 전문적 식견과 더불어, 수사판사의 예리하고도 섬세한 논리성 또한 모르는 바가 아니었다.

공격을 주도하는 것은 역시 경시청장이었다. 그는 전혀 돌리는 법 없이 단도직입적으로 신문을 진행해갔는데, 그 목소리에는 돈 루이스를 향한 더 이상의 호의적인 감정이라곤 눈곱만큼도 찾아볼 수 없었다. 물론 그 태도 역시 더없이 뻣뻣할 뿐, 바로 전날 돈 루이스에게 깊은 인상을 심어준 털털한 여유라고는 눈을 씻고 봐도 찾을 수가 없었다.

"므슈, 현재 상황으로 볼 때, 므슈 코스모 모닝턴의 대리인이자 포괄 유산상속인인 당신은 이번 이중 살인이 벌어지는 내내 같은 장소에서 밤을 지새운 것으로 되어 있습니다. 따라서 우리는 간밤에 일어난 여러 정황에 관해 당신의 자세한 증언을 청취하길 바라는 바입니다."

경시청장의 딱딱한 말투에 페레나는 조금도 틈을 주지 않고 정면으로 받아쳤다.

"좀 달리 얘기를 해볼까요? 현재 상황으로 볼 때, 나를 이곳에서 밤새 지키도록 허락한 게 바로 당신이기에, 그런 나의 증언과 마즈루 반장의 증언 내용이 서로 일치하는지를 우선 알고 싶어 할 거라고 생각됩니다만."

"바로 맞혔소."

경시청장은 짧게 대답했다.

"결국 내 입장이 심히 의심스럽다는 거지요?"

데말리옹 씨는 잠시 멈칫했다. 그러면서도 시선은 돈 루이스를 똑바로 응시하고 있었다. 분명 너무도 태연한 상대의 눈빛에 당혹감을 느끼는 모양이었다. 하지만 입에서 튀어나오는 대답만큼은 단호하고 간명하기 이를 데 없었다.

"당신은 내게 질문할 처지에 있지 않소."

돈 루이스는 깍듯하게 고개를 숙이며 대꾸했다.

"분부대로 할 따름입니다. 경시청장님."

"자, 그럼 당신이 알고 있는 걸 말씀해주시지요."

돈 루이스는 일련의 상황을 세밀하게 연관시켜가며 얘기를 진행했고, 잠자코 듣고 있던 데말리옹 씨는 잠시 생각하는 듯하더니 이렇게 말했다.

"한 가지 명확히 해두어야 할 점이 있군요. 오늘 새벽 2시 반, 당신이 이곳에 들어와서 므슈 포빌의 침대 옆에 자리를 잡았을 때, 그가 이미 죽어 있다는 어떤 단서도 눈치채지 못한 겁니까?"

"전혀요, 경시청장님. 만약 뭔가 감지했다면 그 즉시 마즈루 반장이나 나나 경보 벨을 울렸을 겁니다."

"정원 쪽 문은 닫혀 있었나요?"

"단단히 잠겨 있었습니다. 아침 7시가 되어서야 우리 손으로 직접 열었고요."

"무엇으로 열었나요?"

"그야, 당연히 열쇠로 열었죠."

"그렇다면 살인범들은 바깥에서 어떻게 문을 열었을까요?"

결정판 아르센 뤼팽 전집

"아마 위조 열쇠로 열었을 겁니다."

"위조 열쇠로 문을 땄다고 말할 만한 증거라도 있습니까?"

"그렇진 않습니다."

"그렇다면 적당한 증거가 나타날 때까진, 문이 바깥쪽에서 열린 게 아니고, 범인은 내부에 있었다고 생각할 수밖에 없습니다."

"하지만 경시청장님, 안에는 나와 마즈루 반장밖에 없었습니다!"

한동안 침묵이 흘렀다. 정말이지 속이 훤히 들여다보이는 침묵이었는데, 뒤이어 데말리옹 씨의 입에서 튀어나온 말은 그 침묵을 둘러싼 사람들의 분위기를 좀 더 노골적으로 드러냈다.

"당신은 밤새 잠을 안 잤지요?"

"아뇨, 마지막엔 잠시 눈을 붙였습니다."

"그러니까 그 전, 복도에 있었을 때는 잠을 안 잔 거지요?"

"그렇습니다."

"마즈루 반장은 어땠나요?"

돈 루이스는 잠시 머뭇거렸다. 하지만 정직하고 올곧은 성격의 마즈루가 양심에 찔릴 말을 했을 리는 만무하다는 생각이 들었다.

"마즈루 반장은 안락의자에서 자고 있었으며, 두 시간 정도 지나 마담 포빌이 귀가했을 때 깨어났습니다."

또다시 침묵이 흘렀고, 이번에는 좀 더 노골적인 분위기가 결국 다음과 같은 추궁으로 이어졌다.

"그렇다면 마즈루 반장이 잠을 자고 있던 그 두 시간 동안, 당신은 문을 열고 들어와 포빌 부자(父子)를 충분히 살해할 수도 있었겠군요?"

아니나 다를까, 신문은 예상했던 그대로 진행되었고, 페레나 자신을 중심으로 포위망은 서서히 죄어들고 있었다. 상대는 감탄할 수밖에 없을 만한 논리성과 엄정함을 내세우며 전체 싸움을 용의주도하게 이끌고 있었다.

'빌어먹을! 이처럼 무고(無辜)할 때 스스로를 방어하는 것도 결코 쉬운 일이 아니로군! 이처럼 좌우 날개가 모두 뭉개진 상태에서 과연 저 정면공격을 무사히 버텨낼 수 있을까?'

그렇게 속으로 중얼거리는 동안 데말리옹 씨는 수사판사와 뭔가 의논하더니 이렇게 말했다.

"어젯밤, 므슈 포빌이 당신과 반장 앞에서 금고를 열었을 때, 그 안에 무엇이 있었나요?"

"잡다한 서류들이 선반 위에 어질러져 있었고, 그 가운데 회색 공책이 있었는데 나중에 보니 사라지고 없더군요."

"그 서류들에 손을 댄 적이 있습니까?"

"서류는커녕 금고에도 손댄 적이 없습니다. 아마 본인한테 직접 들어서 알고 계시겠지만, 마즈루 반장은, 수사 원칙상, 오늘 아침까지도 그곳에 내가 손대는 걸 일절 금지했습니다."

"그럼 당신과 금고 사이에 어떤 접촉도 없었다는 말인가요?"

"전혀요!"

데말리옹 씨는 어쩐 일인지 의미심장한 표정으로 고개를 끄덕이며 수사판사 쪽을 바라보았다. 페레나로서는 과연 함정에 걸려든 것인지 알기 위해 마즈루 쪽을 힐끔 곁눈질해보기만 하면 되었는데, 아니나 다를까 그의 얼굴이 창백하게 굳어 있었다.

일단 데말리옹 씨는 아무렇지도 않은 듯 신문을 계속 진행했다.

"사실 당신은 이번 경찰 수사 활동의 일익을 담당하고 있었습니다. 따라서 지금 이 질문에 대해서는 한 사람의 탐정으로서 스스로의 역량을 실컷 발휘한다는 기분으로 대답해주시기 바랍니다."

"최선을 다해보겠습니다, 경시청장님."

"예를 들어 여기 금고 안에서 어떤 보석 같은 것, 이를테면 넥타이핀에서 떨어져 나온 다이아몬드 알이 발견되었다고 칩시다. 한데 그 보석 알이 실은 이곳에서 밤을 지새운, 우리 모두가 다 잘 알고 있는 사람의 넥타이핀에 달려 있던 보석 알과 영락없이 일치하는 거라면, 당신은 이 우연의 일치에 대해 뭐라고 말씀하시겠습니까?"

순간 페레나는 아차 하는 생각이 들었다.

'그래, 바로 이거였어! 이게 바로 함정이로구나. 틀림없이 금고 안에서 뭔가 심상치 않은 걸 발견한 거야. 그리고 그게 내 물건이라고 추측하는 거겠지. 좋아. 만약 그게 사실이라면, 금고 근처에도 간 적이 없는 나에게서 누가 무엇을 훔쳐 일부러 그 안에 떨구어놓았다고 생각할 수밖에 없겠지. 하지만 그런 일은 불가능해. 고작 어젯밤부터 이 일에 관여한 데다 간밤에 내게 접근해 그런 짓을 저질렀을 만한 사람은 전혀 없었으니까! 그렇다면……'

돈 루이스의 생각은 경시청장의 다그치는 목소리로 거칠게 중단되었다.

"당신 의견을 물었소이다!"

"아, 만약 그렇다면 밤새 호텔에 있던 그 사람과 두 건의 범행에는 모종의 관계가 있다고 당연히 보아야겠죠."

"그럼 결국 그 사람을 의심할 만한 충분한 권리가 우리에게 있다는 얘기가 되겠군요?"

"물론입니다."

"그게 분명 당신 의견이라 이거지요?"

"두말하면 잔소립니다."

데말리옹 씨는 즉각 호주머니 속에서 꼬깃꼬깃 접은 비단 종이를 꺼내 펼치더니, 파란색의 자그마한 돌 조각을 두 손가락으로 집어 들며 말했다.

"이건 금고 안에서 우리가 발견한 터키석입니다. 의심의 여지 없이 당신의 검지에 끼여 있는 반지에서 떨어져 나온 것이죠."

돈 루이스는 별안간 온몸이 후끈 달아오르는 것을 느꼈고, 이를 악다문 사이로 탄식이 신음처럼 새어나왔다.

"으, 이놈들! 제법 대단한걸! 도저히 믿을 수가 없군."

그는 얼른 반지를 살펴보았다. 일단 무광(無光) 터키석이 큼직하게 박혀 있는 주위로, 마찬가지 희미한 청색의 작은 터키석들이 마치 띠를 두른 듯 돌아가며 촘촘히 박혀 있는데, 아니나 다를까 그중 한 알이 빠져 달아나고 없는 것이었다. 물론 데말리옹 씨가 건네준 알을 갖다 대니 정확히 들어맞았다.

데말리옹 씨가 묘한 어투로 물었다.

"어떻게 생각하십니까?"

"이 터키석은 내가 처음 코스모 모닝턴의 목숨을 구해주었을 때 그에게서 감사의 표시로 받은 반지에 박혀 있던 것이 분명합니다."

"그럼 수긍하신다는 말씀인가요?"

"그렇소이다. 수긍하오."

대답을 던지듯 내뱉자마자, 돈 루이스 페레나는 깊은 생각에 잠긴 채, 방 안을 이리저리 서성대기 시작했다. 치안국 소속 형사들이 양쪽 출입구로 슬그머니 이동하는 것만 봐도, 이제 결정적인 체포가 임박한 것을 알 수 있었다. 언제든 데말리옹 씨의 말 한마디만 떨어지면, 마즈루 반장은 자신의 옛 주인을 꼼짝 못하게 옭아맬 수밖에 없는 상황이었다.

돈 루이스는 다시 한번 왕년의 동료를 힐끗 바라보았다. 마즈루는 뭔가 애원하는 제스처를 남몰래 취해 보였는데, 필시 이렇게 얘기하는 듯

했다. '두목, 대체 뭘 망설이는 겁니까? 어서 진범을 공개하세요! 지금이 기회입니다!'

돈 루이스는 조용히 미소를 지었다.

"지금 뭐하는 거요?"

경시청장의 앙칼진 다그침 속에는, 예심을 시작할 때부터 의례적으로 갖추어오던 예의라고는 이미 찾아볼 수 없었다.

"가만있자, 그게 그러니까, 뭘 하느냐 하면……."

페레나는 걸상의 등받이를 붙잡고 한 바퀴 빙그르르 돌려 털썩 주저앉더니 툭 내뱉었다.

"어디 얘기나 해봅시다!"

워낙 단호하고 당당한 태도라 경시청장은 일순 당혹감을 감추지 못하며 더듬댈 뿐이었다.

"무, 무슨 뜻인지 영……."

"얘기하다 보면 곧 알게 될 것이오, 경시청장 나리."

돈 루이스 페레나는 말 한마디 한마디를 천천히 끊어가며 또박또박 얘기를 시작했다.

"이것 보세요, 경시청장님. 상황은 아주 명쾌합니다. 당신은 어제, 결국에는 당신의 막중한 위험부담이 요구될 사명을 나에게 맡겼습니다. 따라서 당신은 무슨 수를 써서라도 지금 당장 범인을 잡아들여야 하는 처지입니다. 그리고 이제 곧 내가 그 범인이 되어야 할 형편이고요. 당신은 그 증거로 내가 범행 현장에 있었다는 것, 문이 안으로 잠겨 있었고, 마즈루 반장은 범행이 일어나는 시간에 잠을 자고 있었으며, 금고 안에서 그 얄궂은 터키석이 발견되었다는 사실들을 내세우고 있습니다. 솔직히 말해 압도적인 증거들이라고 할 수 있습니다. 게다가 포빌 부자(父子)가 사라지면 내게 엄청난 이득이 돌아올 거라는 예상도 한몫 단단히 하고 있지요. 코스모 모닝턴의 법적 상속자가 존재하지 않으면 내 손에 당장 2억 프랑이라는 거금이 들어오게 되어 있다는 사실 말입니다. 아주 완벽해요! 이제 나로서는 당신이 이끄는 대로 파리 경시청 유치장으로 직행하는 길밖에 없겠죠. 아니면……."

"'아니면'이라니?"

"그게 아니면 당신 손에 진짜 범인을 척 선사하는 수도 있겠지."

경시청장은 곧장 아니꼽다는 듯한 미소로 시계를 힐끗 내려다보며 내뱉었다.

"오, 얼마든지 기다려주지."

페레나는 아랑곳하지 않고 태연하게 덧붙였다.

"나를 자유롭게만 놔둔다면 기껏해야 한 시간도 걸리지 않을 거요. 적어도 내가 보기엔 진실을 추구하는 일에 약간의 인내심은 필수라고 할 수 있으니까."

"글쎄, 이렇게 기다린다잖소."

데말리옹 씨는 여전히 느긋하게 중얼거렸다.

"이봐요 마즈루 반장, 실베스트르 씨에게 경시청장님께서 좀 보고 싶어 한다고 전해주시겠소?"

데말리옹 씨가 고개를 끄덕였고, 마즈루는 총알같이 튀어나갔다.

그제야 돈 루이스는 본격적인 해명에 들어갔다.

"경시청장님, 그 터키석이야말로 당신 눈에는 더할 나위 없이 심각한 증거로 보이겠지만, 그건 내 입장에서도 마찬가지랍니다. 이유는 바로 이렇습니다. 문제의 터키석은 분명 어젯밤 내 반지에서 떨어져 나와 양탄자 위를 굴러다녔을 겁니다. 한데 그게 떨어지는 것을 목격하고 기회를 틈타 그걸 주워 금고 안에 슬쩍 밀어 넣었을 만한 사람은 단 네 명뿐입니다. 물론 목적은 새로운 적으로 등장한 나를 꼼짝 못하게 엮어 넣기 위해서이지요. 우선 첫째로 당신네 형사인 마즈루 반장을 들 수 있겠지요. 물론 논외(論外)로 칩니다. 다음은 므슈 포빌. 그러나 이미 죽었으니 그 역시 논외로 쳐야겠죠. 세 번째론 이 집 하인인 실베스트르가 있습니다. 해서 그와 더불어 몇 마디 말을 나눌까 합니다. 오, 그리 길지는 않을 거예요."

실제로 실베스트르와의 면담은 금세 끝났다. 그는 문을 따주어야 하는 포빌 부인이 귀가할 때까지, 다른 하인 한 명과 하녀, 그렇게 셋이서 카드를 치느라 부엌을 한 발짝도 떠나지 않았다는 사실을 어렵지 않게 증명했다.

페레나가 말했다.

"알겠소. 한마디만 더 물읍시다. 오늘 아침 신문에서 베로 형사의 사망 소식과 그의 얼굴 초상을 당신도 아마 보았겠죠?"

"네."

"베로 형사를 압니까?"

"아뇨."

"하지만 그가 이곳에 온 적이 있었을 텐데요?"

"그건 제가 알 바 아닙니다. 므슈 포빌은 손님들을 정원 쪽 출입구를 통해 맞이한 적이 종종 있거든요. 그럴 경우, 예외 없이 직접 문을 따주시죠."

"뭐 달리 진술할 내용은 없습니까?"

"없습니다."

"그럼, 마담 포빌에게 경시청장께서 좀 뵙고 말씀을 나눴으면 한다고 전해주시겠습니까?"

실베스트르는 깍듯하게 물러났다.

한편 수사판사와 검사는 서로 얼굴을 들이댄 채 어리둥절한 표정으로 수군덕거렸다.

경시청장도 이것만은 의외라는 듯 버럭 소리쳤다.

"아니, 이보시오! 설마하니 마담 포빌을 끌어들이려는 건 아니겠……."

"경시청장님, 마담 포빌은 내 터키석이 굴러떨어지는 걸 보았을지 모를 네 번째 사람입니다."

"그래 어쩌겠다는 거요? 세상에 이렇다 할 단서도 없이, 한 사람의 아내가 남편을, 그리고 어미가 제 자식을 죽였을지 모른다고 추측해도 되는 겁니까?"

"난 아무것도 추측한 바 없습니다."

"그럼 대체 뭐요?"

돈 루이스는 아무 대답도 하지 않았다. 데말리옹 씨는 초조함을 감추지 못하며 말했다.

"좋소이다! 이왕 이렇게 된 거, 당신한테 딱 한 가지만 절대적으로 지킬 것을 당부하겠소. 이따 부인이 오면 당신은 입도 뻥긋하지 마시오. 자, 마담 포빌에게 내가 무슨 질문을 하면 됩니까?"

"간단합니다. 혹시 마담 포빌이 남편 몰래, 루셀 자매들의 자손 중 한 명을 알고 있는지 알아봐 주십시오."

"그건 알아서 뭐하게요?"

"만약 그런 자손이 존재한다면 정작 유산을 상속받을 자는 내가 아닌 바로 그 사람이 될 터이고, 결국 므슈 포빌과 그 친자식이 사라짐으로써 이득을 챙길 사람도 내가 아닌 그자일 테니까 말입니다."

"그건 그렇군. 음, 그건 그래. 하면 이제 또 새로운 실마리가 생긴 셈이로……."

순간, 포빌 부인이 불쑥 들어와 말이 끊겼다. 울고불고하느라 눈꺼풀

결정판 아르센 뤼팽 전집

도 벌게지고 산뜻하던 양 볼도 푸석해졌지만, 그래도 우아하고 그윽한 매력이 여전한 얼굴이었다. 다만 눈빛만은 잔뜩 겁에 질린 기색이 역력했고, 처참한 비극에 대한 생각이 어여쁜 몸가짐 구석구석, 부자연스럽고 위태로운 분위기를 보일 듯 말 듯 심어놓고 있었다.

경시청장은 가능한 한 정중한 말투로 얘기를 시작했다.

"여기 앉으시죠, 마담. 공연히 또 심기를 불편하게 해드리는 점을 부디 용서하시기 바랍니다. 하지만 이 아까운 시간을 쪼개서라도, 부인께 슬픔을 안겨준 두 희생자의 복수에 매진해야만 한다는 생각이랍니다."

아름다운 눈동자에 다시금 눈물이 그렁그렁 맺히면서, 여자는 또다시 흐느끼기 시작했다.

"경시청장님, 법이 저를 필요로 한다면야……."

"일이 그렇게 됐습니다. 그저 뭐 좀 여쭤볼 게 있어서요. 부군(夫君) 되시는 분의 모친은 돌아가신 상태이죠?"

"네."

"물론 생테티엔 출신이시며, 성(姓)은 처녀 적 그대로 루셀을 사용하셨고요?"

"네."

"그러니까 엘리자베트 루셀이셨죠?"

"그래요."

"부군께서는 다른 형제나 남매지간이 없었습니까?"

"없었어요."

"그럼 결국 부군 외에 엘리자베트 루셀의 다른 자손은 없다는 말씀이로군요?"

"전혀 없지요."

"알겠습니다. 그렇지만 엘리자베트 루셀에겐 두 명의 자매가 따로 있지요?"

"네."

"언니인 에르믈린 루셀은 일찍이 망명을 해서, 더 이상 연락이 불가
능한 상태였고, 동생인⋯⋯."

"자매 중 또 한 분은 아르망드 루셀이라는 이름이셨는데, 바로 제 어
머니 되십니다."

"네? 뭐라고요?"

"처녀 적 성(姓)을 그대로 따서 아르망드 루셀이라는 이름의 부인이
바로 제 어머니라고 했습니다. 그러니까 결국 전 엘리자베트 루셀의 아
들, 즉 제 사촌과 결혼을 했다는 얘기이죠."

이거야말로 놀라 뒤로 나자빠질 일이었다.

요컨대, 언니 엘리자베트 루셀의 직계 자손인 이폴리트 포빌과 그의
아들 에드몽이 사망함으로 해서 코스모 모닝턴의 유산상속은 또 다른
방계(傍系)인 아르망드 루셀 쪽으로 옮겨가게 되고, 이제 그 직계 자손
으로서 나타난 인물이 포빌 부인이라는 얘기였다.

경시청장과 수사판사는 서로 황망한 눈빛을 교환하더니, 마치 약속
이라도 한 듯 돈 루이스 페레나 쪽을 바라보았다. 하지만 그는 굳게 입
을 다물고 있었다.

경시청장이 물었다.

"혹시 다른 형제나 자매는 있으신지요?"

"아뇨, 저 혼자입니다."

혼자라! 그렇다면 이제 남편과 아들이 사망함으로 해서 코스모 모
닝턴의 막대한 유산은 오로지 그녀 혼자 독차지하게 된다는 얘기가
아닌가!

정말이지 끔찍한 생각, 악몽과도 같은 그림이 그곳에 모인 사법관들

의 머릿속에 선명하게 그려졌고, 그로부터 고개를 돌리려고 해봐도 도저히 외면할 수가 없었다. 지금 눈앞에 있는 저 여자가 누구인가? 다름 아닌 죽은 에드몽 포빌의 엄마가 아니던가! 데말리옹 씨는 노골적으로 돈 루이스 페레나의 얼굴만 바라보고 있었고, 잠시 후, 페레나는 수첩에 몇 글자 끄적이더니 자기만 바라보고 있는 데말리옹 씨에게 건넸다.

전날 돈 루이스에게 보였던 서글서글한 태도를 슬슬 되찾기 시작한 경시청장은 얌전히 수첩을 훑어보며 생각에 잠기더니, 포빌 부인을 향해 물었다.

"아드님인 에드몽이 몇 살이죠?"

"열일곱이에요."

"실례지만 부인은 굉장히 젊어 보이시는데."

"에드몽은 제 친자식이 아니라 의붓아들이랍니다. 지금은 죽었지만, 남편의 전처(前妻) 소생이지요."

"아, 에드몽 포빌이! 그렇게 된 거로군요."

적잖이 놀란 경시청장은 차마 말을 잇지 못하고 있었다.

그러고 보니 불과 2분 만에 완전히 상황이 뒤바뀐 형국이었다. 사법관들의 눈에 이제 포빌 부인은 가엾은 미망인이라든가 신성불가침의 슬픈 어머니가 아닌 것이었다. 그 대신 상황에 따라 얼마든지 신문 대상이 될 수 있는 일개 여성 용의자가 별안간 되어버렸다. 아무리 여인의 아름다움에 끌리고 별의별 호의(好意)를 선입관으로 품었다 해도, 어마어마한 재산 앞에 눈이 멀었든지 어찌했든지 간에, 자기 남편과 남편의 자식일 뿐인 아이를 없앨 수도 있다는 생각을 도저히 안 해볼 도리가 없어진 셈이다. 바야흐로 하나의 피해갈 수 없는 의혹이 앞을 가린 것인데, 그것을 해결하지 않고는 한 발짝도 더 나아갈 수 없는 상황이었다.

호랑이 이빨

경시청장의 질문이 이어졌다.

"혹시 이 터키석을 아십니까?"

여자는 돌을 건네받아 별달리 동요하는 기색 하나 없이 찬찬히 들여다보았다.

"아뇨, 터키석 목걸이가 하나 있긴 있는데 전혀 걸고 다니지 않지요. 그나마 알들이 이것보단 다 크고 모양도 이렇게 울퉁불퉁하지 않아요."

"그건 바로 금고 안에서 발견한 겁니다. 우리가 아는 어떤 사람의 반지에서 떨어져 나온 것이죠."

"그래요? 그럼 바로 그 장본인을 불러다 대야겠군요!"

여자가 다소 흥분한 듯 외치자 경시청장은, 지금까지 약간 떨어져서 있어서 포빌 부인의 눈에 띄지 않고 있던 돈 루이스를 가리키며 말했다.

"그러지 않아도 여기 대령해 있습니다."

여자는 페레나를 보더니 그만 소스라치듯 놀라며 호들갑을 떨었다.

"저분은 어젯밤에 이곳에 있었어요! 내 남편과 얘기를 나누고 있었죠. 맞아요, 저기 저 또 다른 신사분과 함께 말이에요."

여자는 마즈루 반장도 손가락으로 가리켰다.

"저 사람들을 조사해보아야 해요. 무슨 이유로 이곳에 온 건지 알아내야 한다고요! 만약 이 터키석이 그들 중 누구의 것이라면 당연히……."

무슨 말을 하려는 것인지는 듣지 않아도 명확했다. 하지만 그 태도가 얼마나 어색한지! 그리고 저 유난을 떠는 폼이 수첩에 적힌 다음과 같은 페레나의 추론에 얼마나 그럴듯한 무게를 실어주고 있는지!

그 터키석은 어젯밤에 내가 이곳에 와 있는 것을 보고 누명을 씌울 의도를 품은 누가 바닥에서 주웠을 겁니다. 한데 므슈 포빌과 마즈루 반장

결정판 아르센 뤼팽 전집

을 제하고 나면 나를 본 사람이 단 두 명 남지요. 즉, 하인 실베스트르와 마담 포빌 말입니다. 그런데 하인 실베스트르는 논외로 쳐야 할 것 같으니, 이제 남은 사람은 마담 포빌! 나는 터키석을 금고 안에 넣어둔 장본인으로 그녀를 지목하는 바입니다!

데말리옹 씨는 진득하게 질문을 계속했다.

"죄송하지만 말씀하신 그 목걸이를 볼 수 있을까요?"

"물론이죠. 제 거울장에 다른 보석들과 같이 넣어두었어요. 당장 가서 가지고 오죠."

"오, 일부러 그러실 필요는 없습니다. 하녀가 장소를 알고 있을 것 아닙니까?"

"당연히 잘 알지요."

"그럼 마즈루 반장이 하녀한테 가서 처리하고 올 겁니다."

그렇게 해서 마즈루가 자리를 비운 몇 분 동안, 누구도 입을 여는 사람이 없었다. 포빌 부인은 여전히 애도의 감정에 깊이 침윤된 모습이었고, 그런 여자에게서 데말리옹 씨는 단 한순간도 눈을 떼지 않고 있었다.

마침내 반장이 돌아왔다. 손에는 많은 보석과 장신구가 들어 있는 큼직한 상자가 들려 있었다.

데말리옹 씨는 그중 목걸이를 골라내 찬찬히 살펴보았고, 이내 거기에 꿰인 터키석들이 문제의 증거물과는 판이하게 다르며, 어디에도 빠져 달아난 부분이 없다는 것을 확인했다.

그런데 장신구들 사이로 마찬가지 푸르스름한 보석으로 만든 관(冠)이 눈에 띄어, 이리저리 헤집으며 살펴보던 중 갑자기 소스라쳐 묻는 것이었다.

"아니, 이 두 개의 열쇠는 어떻게 된 겁니까?"

그의 손에는 정원 쪽 출입구의 자물쇠와 빗장에 각각 해당하는 열쇠와 똑같은 모양의 열쇠 두 개가 쥐어져 있었다.

그러나 포빌 부인의 태도는 더없이 침착했다. 얼굴의 표정 하나 달라지지 않았고, 열쇠가 발견된 것으로 심정의 동요가 일어났다고 볼 수 있는 그 어떤 징후도 확인할 수 없었다. 여자는 그저 이렇게 말했다.

"어떻게 되다니요? 그거 아주 오래전부터 거기 있던 건데요."

데말리옹 씨는 신속하게 지시했다.

"이보시오, 마즈루, 이 열쇠들을 저 문에 실험해보시오."

마즈루는 즉각 행동에 들어갔고, 문은 단번에 열렸다!

"아, 그러고 보니까 남편이 열쇠 원본들을 내게 맡긴 게 기억나네요. 그래서 하나씩 여분으로 만들어두었죠."

이 말이 어찌나 자연스럽게 나오는지, 자신을 향해 고개를 들려 하는 무시무시한 혐의의 기운을 도무지 감지하지 못하는 듯했다.

지금으로선 그런 태연자약함만큼 사람들을 고민스럽게 만드는 것이 없었다. 저것이 도대체 완전히 결백하다는 표시일까? 아니면 웬만한 것엔 눈 하나 깜짝 않는 파렴치한 범죄자의 지독한 기만술일까? 과연 이 여자는 자신도 모르게 주인공으로 끌어올려진 이 위험한 각본을 눈치채지 못하고 있단 말인가? 아니면 사방에서 자신을 차츰차츰 조여오면서 사정없이 위협하고 있는 의혹의 시선을 어렴풋이나마 감지하고 있는 것일까? 만약 그런 거라면, 어찌 두 열쇠를 고이 보관하는 우(愚)를 범하고도 저렇게 태연할 수 있단 말인가?

일련의 유사한 질문들이 그곳에 모인 모두의 머릿속을 동시에 짓누르고 있었다. 역시 선봉(先鋒)에 나선 것은 경시청장이었다.

"범행이 저질러지는 동안 당신은 집에 없었던 것 맞죠?"

결정판 아르센 뤼팽 전집

"네."

"오페라극장에 있었고요?"

"네, 그러고 나서는 제 친구인 마담 데르생제 댁의 연회에 참석했죠."

"운전기사도 함께 갔습니까?"

"오페라극장까지는 함께 갔죠. 거기서 다시 차고로 돌려보냈어요. 나중에 연회장으로 데리러 오라고 했지요."

데말리옹 씨는 의미심장한 표정으로 탄성을 내질렀다.

"아하! 그렇다면 오페라극장에서 마담 데르생제의 집까지는 어떻게 갔습니까?"

그제야 처음으로 포빌 부인은 자신이 본격적인 신문의 도마 위에 올라 있다는 것을 깨달았고, 약간의 불편한 심기를 눈빛과 태도를 통해서 드러냈다. 그녀는 던지듯 대꾸했다.

"자동차를 탔습니다."

"거리에서 잡아탔습니까?"

"오페라극장 앞 광장에서요."

"자정쯤에 그랬겠군요?"

"아뇨, 11시 30분쯤 되었어요. 마지막 장면이 공연되기 직전에 극장에서 나왔거든요."

"무척이나 서둘러 친구분 댁으로 향하신 거로군요?"

"네. 아니, 뭐 꼭 그렇다기보다는……."

여자는 문득 말을 멈추었는데, 얼굴이 벌겋게 달아올랐고, 입술과 턱 주변이 미세하게 떨리고 있었다.

마침내 되쏘듯 반문하는 마담 포빌.

"왜 그런 걸 물으시는 거죠?"

"필요한 질문들입니다. 그래야 상황이 분명해져요. 그러니 힘들더라도 답변을 충실히 해주시기 바랍니다. 친구분 댁에는 몇 시쯤 도착했습니까?"

"잘은 모르겠어요. 뭐, 그런 걸 일일이 신경 쓰지는 않으니까요."

"곧장 그리로 직행하신 거겠죠?"

"거의 그런 셈이에요."

"'거의'라니요?"

"그렇게 됐어요. 약간 머리가 아프기에 운전기사더러 샹젤리제 대로를 따라 차를 몰아 불로뉴 숲 가도(街道) 쪽으로······. 좀 천천히 서행하라고 했거든요. 그래서 다시 샹젤리제로 내려와서······."

여자는 목소리가 아까와는 판이하게 달라진 것이 점점 불안에 떠는 눈치였다. 그러더니 결국에는 고개를 떨구고 아무 말도 않는 것이었다.

그렇다고 뭔가 다른 뜻이 엿보이는 침묵은 아닌 듯했다. 잔뜩 풀이 죽은 그 모습에서, 그저 갑작스러운 불행에 대한 아픔 이외의 다른 수상쩍은 사연을 짐작하게 할 만한 징후는 아무것도 없었다. 오히려 가족을 잃었다는 상실감에 너무 기진맥진해서, 자신에게 쏟아지는 억울한 의혹에 일일이 항거하기를 포기한다는 인상만 읽을 수 있을 뿐이었다. 그러니 갑작스레 모든 상황이 등을 돌린 이 여자에게 동정심이 먼저 이는 것은 당연했고, 자신을 이처럼 어설프게 방어할 수밖에 없는 여자를 더 이상 몰아치기가 자못 주저될 따름이었다.

실제로 데말리옹 씨는 여간 망설이고 있는 것이 아니었다. 승리가 너무 손쉽게 손에 들어오는 느낌이었고, 차마 그것을 거머쥘 마음이 선뜻 일지 않는 모양이었다.

그는 기계적으로 페레나 쪽을 바라보았다.

페레나는 또 다른 종이쪽지를 슬쩍 건네며 말했다.

"마담 데르생제의 전화번호입니다."

데말리옹 씨는 얼떨떨한 표정으로 우물거렸다.

"네, 그래요. 그럼 알 수 있겠죠."

그는 천천히 수화기를 들고 통화를 신청했다.

"여보세요, 루브르 25-04 부탁합니다."

전화가 비교적 신속히 연결되자 그가 대뜸 말했다.

"지금 전화받는 분은 누구십니까? 아, 급사장요. 알겠습니다. 마담 데르생제께선 댁에 계신지요? 아, 네. 그럼 혹시 부군께서는? 아, 안 계세요. 그럼 말이죠, 혹시 질문에 직접 답변을 해주실 수 있는지 모르겠군요. 나는 파리 경시청장으로 있는 므슈 데말리옹이라고 합니다만, 뭐 좀 알아볼 일이 있습니다. 간밤에 마담 포빌께서 그곳에 몇 시쯤 도착했는지요? 뭐라고요? 아, 확실합니까? 새벽 2시예요? 그 전이 아니고요? 그리고 다시 출발한 건? 한 10여 분 있다가요? 알겠습니다. 도착 시간이 그런 건 확실한 거죠? 다른 건 몰라도 그 점에 관해서는 확고부동해야만 합니다! 그러니까 분명 새벽 2시였단 말이죠? 새벽 2시. 알겠소이다. 협조 감사합니다."

수화기를 내려놓고 몸을 홱 돌리자, 극도의 고뇌 어린 눈빛으로 자신을 빤히 바라보며 서 있는 포빌 부인이 바로 코앞에 있었다. 그것을 함께 지켜본 모든 사람의 머릿속엔 똑같은 생각이 불쑥 솟아올랐다. 즉, 지금 눈앞의 저 여인은 완전히 결백한 피해자이거나, 적어도 완벽한 결백을 표정만으로 기막히게 가장할 줄 아는 대단한 여배우이거나 둘 중 하나라는 생각 말이다.

"대체 어쩌자는 겁니까?"

여자는 더듬더듬 말했다.

"대체 원하는 게 뭐냐고요? 속 시원히 털어놓아 주십시오!"

하지만 데말리옹 씨는 대답 대신 툭 던지듯 반문할 뿐이었다.

"간밤 11시 반부터 새벽 2시까지 무얼 하셨습니까?"

그야말로 지금까지의 신문이 절정에 달한 듯한 질문이었다. 말만 다르지, 이런 뜻을 담은 치명적인 질문이 아닌가 말이다!

'만약 범행이 일어나던 동안 당신이 어디서 무얼 하며 시간을 보냈는지 정확한 해명을 제시하지 못할 경우, 우린 당신을 부군과 자식의 살인 사건에 연루된 것으로 결론을 내릴 수도 있습니다.'

그것을 모를 리 없는 여자는 가녀린 신음을 흘리면서 비틀거리기 시작했다.

"세상에, 세상에……."

경시청장은 매섭게 다그쳤다.

"무엇을 하셨습니까? 대답이 그리 어렵지는 않을 텐데?"

여자는 예의 그 처량하기만 한 목소리로 더듬거렸다.

"오, 어떻게 그런 생각을 하실 수 있나요? 오, 안 돼요. 그럴 순 없어요. 어떻게 그런 식으로?"

"아직 아무것도 단정 지은 건 없습니다. 한마디만 하시면 진실은 싫어도 밝혀질 겁니다."

여자의 입술 움직임과 뭔가 결심한 듯한 제스처로 봐서는 당장이라도 그 '한마디'를 입 밖에 뱉어낼 태세였다. 그러나 다음 순간, 갑작스레 혼비백산한 듯 어쩔 줄 몰라 하더니, 미처 알아들을 수 없는 말을 중얼거리면서 그만 안락의자에 쓰러져 발작적으로 흐느껴 우는 것이었다.

이것은 거의 자백하는 것이나 다름없었다. 적어도 이런 아슬아슬한 공방전(攻防戰)을 마무리할 만큼 그럴듯한 해명을 도저히 할 수 없다는 고백인 것만은 분명했다.

경시청장은 여자를 따로 떨어뜨려놓고, 수사판사와 검사와 더불어

결정판 아르센 뤼팽 전집

나지막한 소리로 뭔가 수군거렸다.

그러는 동안 페레나와 마즈루는 서로 나란히 잠자코 있었다.

어느 순간 마즈루가 중얼거렸다.

"제가 뭐랬습니까? 진범을 밝혀내실 줄 알았어요! 와! 정말 대단하십니다! 결국은 해내고야 말았어요!"

우선은 두목이 곤경에서 벗어난 데다, 두목이나 마찬가지로 존경해 마지않는 상관(上官)과도 사이가 틀어질 일이 없어졌다는 생각에, 마즈루의 얼굴은 온통 환해져 있었다. 이제 모두가 같은 생각을 가지고 있는 상황, 모두가 친구가 된 기분. 마즈루는 기쁨으로 덩실덩실 춤이라도 추고 싶었다.

"당장 저 여자를 가둬야겠죠?"

하지만 페레나의 반응은 달랐다.

"아니, 아직 체포 영장을 발부하기엔 '근거'가 충분치 않아."

마즈루는 심통이 난 듯 대번에 투덜댔다.

"아니, 근거가 부족하다니요? 제발 여자라고 또 그냥 봐줄 생각은 마세요! 그래봤자, 다시 전열(戰列)을 가다듬어 두목을 해치려고 들 거란 말이에요! 제발, 두목, 여기서 끝내버려요. 저런 지독한 년은 그저……"

돈 루이스는 입을 다물고 깊은 생각에 잠겨 들었다. 사방에서 포빌 부인을 몰아세우고 있는 사실들, 그 절묘하게 맞아떨어지는 우연의 일치들이 머릿속에서 어지러이 맴돌았다. 그 모든 접점(接點)을 수미일관 하나로 연결하여 아직 애매하기만 한 혐의의 근거를 보란 듯이 갖춰줄 탄탄한 증거, 이제 그것을 제공할 사람은 오로지 돈 루이스 페레나 자신뿐이었다. 즉, 아까 무심코 정원 덤불숲에 버린 능금, 그 속에 또렷이 남아 있는 이빨 자국 말이다! 법적인 용어로 말하자면 그것은 일종의 지문(指紋)과도 같은 효력을 가진 것이었다. 더구나 문제의 초콜릿에 남은 이빨 자국과도 대조를 해본다면, 그보다 더 명명백백한 증거가 없을 터였다.

하지만 돈 루이스는 왠지 망설이고 있었다. 모든 상황의 추이로 볼 때 자기 남편과 자식을 죽인 것으로 추정되는 저 여인! 그는 거부감과 동정심이 뒤섞인 시선으로 불안스레 그녀를 지켜보고 있었다. 과연 치명타를 가해야 할까? 판결을 내리는 준엄한 법의 역할을 굳이 이 손으로 담당해야만 하는 걸까? 그러다 만약 잘못 짚기라도 한다면?

어느새 곁에 바싹 다가온 데말리옹 씨가 마즈루에게 말하는 척하면서 실은 페레나를 상대로 이렇게 속삭였다.

"그래, 어떻게 생각하시오?"

어리둥절한 마즈루가 멈칫하는 사이, 돈 루이스가 대꾸했다.

"경시청장님, 내가 보기에, 만약 저 여자가 범인이라면 어쭙잖게라도 악착같이 스스로를 변호했을 겁니다."

"무슨 뜻이오?"

"다시 말해서, 여자는 분명 다른 공범의 손에 놀아난 도구에 불과하다는 얘기이지요."

"공범이라?"

"기억 안 나십니까? 어제 경시청사에서 저 여자 남편이 '나쁜 놈들! 나쁜 놈들!' 하지 않았습니까? 그러니 적어도 한 명의 공범이 더 있다는 얘기이지요. 마즈루 반장이 차차 말씀드리겠지만, 그자는 아마도 베로 형사와 동시에 퐁뇌프 카페에 들어섰다는, 밤색 턱수염에 은제(銀製) 손잡이가 달린 흑단 지팡이의 사나이일 겁니다! 그러니……."

데말리옹 씨는 얼른 상대의 말을 받아 되물었다.

"그러니까 일단은 추측뿐이지만, 오늘 마담 포빌을 체포함으로써 결국에는 그 공범에게까지 손을 뻗칠 수 있을 거라 이 말씀이겠죠?"

페레나가 묵묵히 있자, 같이 생각에 잠기면서 경시청장은 혼잣말처럼 중얼거렸다.

"체포라…… 체포라…… 아직은 증거가 필요한데. 그래 전혀 이렇다 할 단서가 없단 말이오?"

"전혀 없습니다. 물론 약식(略式) 수준의 조사에 불과했지만요."

"하지만 우리가 오고 나서는 지극히 세밀하게 조사를 해보았소. 이 방만큼은 아주 샅샅이 뒤져보았다고요."

"정원은 어땠습니까, 경시청장님?"

"거기도 마찬가지요."

"이 방처럼 샅샅이 살펴보셨는지요?"

"글쎄요, 그 정도까진 아니겠지요. 하지만 내가 보기에 그쪽은 별로……."

"아니요, 내 생각에는 범인들이 정원 쪽으로 드나들었다면 필시 그쪽에서 뭔가……."

데말리옹 씨는 즉각 마즈루를 향해 지시를 내렸다.

"이봐요, 마즈루! 그쪽을 좀 더 자세하게 살펴보도록 하시오!"

반장은 잽싸게 달려나갔다. 경시청장이 수사판사 쪽으로 다가가는 바람에, 다시 혼자가 된 페레나의 귓가에 두 사람이 쑥덕거리는 소리가 흘러들었다.

"아! 제발 괜찮은 증거가 딱 하나만 수중에 떨어져도! 저 여자가 범인인 게 분명한데! 단순한 의혹으로 치부하기엔 그럴듯한 혐의점이 너무 많잖소! 일단 코스모 모닝턴의 그 어마어마한 유산을 생각해보자고요. 하지만 또 저런 모습을 보고 있자니……. 한번 보세요, 저 어여쁜 얼굴에 묻어나는 정직함과 진지한 미망인의 고통을 말입니다."

여자는 온몸을 들썩거리고 주먹마저 부들부들 떨어가면서 하염없이 흐느껴 울고 있었다. 그러다가 어느 순간 눈물로 축축해진 손수건을 움켜잡고 이로 덥석 물더니, 마치 여배우가 무대 위에서 으레 그러듯이, 부욱 찢는 것이었다. 바로 그때였다. 희고 시원스럽게 돋아난 축축하고 생기 있는 여자의 치아(齒牙)가 고운 삼베 손수건을 물고 늘어지는 것이 페레나의 시야에 포착되었다. 자연스레, 능금에 찍혀 있던 이빨 자국이 생각났다. 아울러 진실을 확인하고 싶은 열화와 같은 호기심이 온몸을 훑고 지나가는 것이었다. 과육에 그 형체를 남긴 치아가 바로 저것일까?

어느새 마즈루가 돌아와 있었다. 아니나 다를까, 반장은 송악 덤불 속에서 주워 온 능금을 데말리옹 씨에게 내밀었다. 페레나가 보기에도, 경시청장은 마즈루의 예상치 못한 발견과 정황 설명을 몹시도 중대하게 여기는 눈치였다.

사법관들 사이에 꽤 장시간 토론이 이어졌고, 마침내 돈 루이스가 예상한 결론이 도출되었다.

데말리옹 씨는 포빌 부인 쪽으로 천천히 다가왔다.

드디어 결말이 나려는 참이었다.

마지막 전투를 어떻게 시작해야 할지 잠시 고민하던 경시청장이 입을 열었다.

"간밤에 어떻게 시간을 보냈는지 여전히 해명하실 수 없다 이겁니까?"

여자가 가까스로 중얼거렸다.

"아뇨, 할 수 있어요. 자동차에 타고 있었죠. 이리저리 산책도 좀 하고."

"그거야 자동차 운전기사를 찾아 신문해보면 금세 확인되는 사실이

결정판 아르센 뤼팽 전집

겠죠. 그건 그렇고, 일단 당신이 입을 다물고 있어서 초래된, 약간은 뭐랄까, 불미스러운 인상을 말끔히 해소할 기회를 이제부터 부여해드릴까 하는데요."

"네, 준비됐습니다."

"범행에 가담한 일행 중 한 명이 깨물다가 버린 듯한 능금 한 알을 방금 정원에서 찾아냈습니다. 해서 말씀인데, 당신과 관련한 모든 혐의점을 일거에 해소하기 위해서라도, 여기 이 능금 중 하나에다 한번 같은 동작을 취해주셨으면 합니다만."

여자는 갑자기 생기가 도는 듯 외쳤다.

"오, 물론이죠! 그렇게 함으로써 여러분을 확신시킬 수만 있다면."

여자는 데말리옹 씨가 내민 정과 그릇 속에서 능금 하나를 집어다 입에 갖다 댔다.

그야말로 결정적인 행위가 막 일어날 참이었다. 그렇게 해서 얻어지는 이빨 자국이 기존의 것과 일치한다면 돌이킬 수 없을 명확한 증거가 존재하는 셈이다.

한데 완전히 깨물기도 전에 여자는 갑작스레 동작을 멈추고, 심상치 않게 겁에 질린 표정을 짓는 것이었다. 무슨 함정이라도 쳐 있을까 봐 겁을 내는 걸까? 재수 없는 우연의 일치로 어이없이 걸려들 것을 걱정하는 걸까? 이러다간 스스로 적에게 더없이 효과적인 무기를 건네주는 셈이 될까 봐? 어쨌든 그녀의 이 같은 망설임이야말로 가장 치명적인 자백이나 다름없을 터! 죄가 없다면 도무지 이해가 가지 않을 것이며, 죄가 있다면 그 의미야 굳이 따져볼 것도 없는 망설임이 아니던가!

"무얼 그리 걱정하시는 겁니까, 마담?"

데말리옹의 은근한 추궁에 여자는 부들부들 떨면서 대답했다.

"아, 아무것도 아니에요. 그냥 모르겠어요. 모든 게……. 이 모든 끔

결정판 아르센 뤼팽 전집

찍한 상황이 두려워요."

"저런, 우리가 확신하기로는, 지금 부탁드리는 게 그 정도까지 끔찍한 일은 아니리라고 보는데요. 오히려 당신한테는 다행스러운 결말을 가져다줄 과정이 아닐까 합니다만."

여자는 불안감이 물씬 묻어나는 우유부단한 동작으로 천천히 팔을 들어 올렸다. 그야말로 사태가 전개되는 분위기로 봐서, 가슴을 옥죄는 것만 같은 엄숙하고 비정한 장면이 아닐 수 없었다.

"만약 싫다면요?"

난데없이 여자가 불쑥 내뱉었다.

"그야 물론 당신의 권리이지요. 하지만 굳이 그럴 필요가 있을까요? 당신의 변호사라도 아마 무조건 그렇게 하라고 권할 일일 텐데요."

"내 변호사……."

여자는 그 대답이 포괄하는 살벌한 의미에 움찔해서인지, 차마 말을 잇지 못하고 우물거렸다.

시시각각 조여드는 위협에 얼굴마저 찡그려진 채, 그녀는 어딘지 과격하고 절박해 보이는 동작으로 자신에게 부과된 숙제를 감행하기 시작했다. 우선 입부터 열고 눈부시게 하얀 치아를 드러내는가 싶더니, 한순간 덥석! 하고 과일에 이를 박아 넣었다!

"다 됐습니다."

여자가 떨구듯 내뱉었다.

데말리옹 씨는 수사판사를 돌아보며 말했다.

"정원에서 발견된 능금 가지고 있지요?"

"네, 경시청장님."

데말리옹 씨는 두 개의 과일을 가까이 가져다 대보았다.

불안한 눈빛을 번득이며 주위로 웅성웅성 몰려든 사람들 사이에서 똑같은 탄성이 내질러진 것은 바로 다음 순간이었다.

두 개의 자국이 정확히 일치하는 것이 아닌가!

확실했다! 물론 세부적인 면들을 일일이 확인하고 각 이빨 자국 간의 정교한 일치를 단정 지으려면, 공식적인 전문가의 감정 결과를 기다려야만 할 것이다. 하지만 그 전에 너무도 뻔해 보이는 것은, 자국으로 드러난 두 치열(齒列) 간의 전체적인 유사성이었다. 두 개의 과육 모두 동일한 굴곡을 이룬 아치형 이빨 자국을 담고 있는 것이었다. 둘 다 아주 좁다란 편인 타원형으로 각각 반원을 그리고 있는 형상이, 서로 혼동이 일 정도로 비슷한 치아 구조를 반영하고 있었다.

남자들이 아무 말도 하지 않는 가운데, 데말리옹 씨만 고개를 천천히 들었다. 포빌 부인은 두려움에 질린 듯한 창백한 얼굴로 꼼짝 않고 있었다. 이제는 제아무리 기막힌 연기력을 동원하고 표정을 변화시켜 억울함이랄지 순진한 두려움을 가장한다 해도, 항변의 여지 없이 모두의 눈앞에 제시된 증거의 위력을 능가할 순 없었다.

두 개의 이빨 자국은 동일했다! 두 개의 능금을 물었던 입은 동일 인물의 입이었던 것이다!

"마담……."

얘기를 시작하려는 경시청장을 갑자기 울컥하며 분개하는 여자의 절규가 가로막았다.

"아니에요! 아니라고요! 그건 사실이 아닙니다. 이 모든 게 그저 악몽일 뿐이에요. 설마하니 나를 체포하려는 건 아니겠죠? 아, 감옥에 가다니! 이런 끔찍한 일이……. 내가 뭘 어떻게 했다고? 아, 장담하건대 지금 모두 실수하시는 겁니다."

여자는 머리를 두 손으로 감싸며 연신 소리를 쳐댔다.

"아, 머리가 터질 것 같아. 대체 이게 다 뭐람? 난 죽이지 않았어요.

난 아무것도 모른다고요. 오늘 아침에 당신들이 얘기해줘서 비로소 알게 된 거라고요. 그렇지 않았다면 감히 상상조차 할 수 있는 일이겠어요? 내 가엾은 남편, 나를 그토록 따르던 에드몽, 나도 얼마나 애지중지했는데……. 내가 왜 그들을 죽이겠어요? 어서 말씀 좀 해보세요. 네, 어서 뭐라고 말 좀 해보라고요! 아무 이유도 없이 사람을 죽이는 법은 없습니다. 그런데, 그런데 내가 왜……. 대답 좀 해보세요!"

그녀는 새롭게 울분이 치솟는지, 남자들을 향해 주먹을 내뻗은 채 소리쳤다.

"당신들은 모두 살인마야. 연약한 여자를 이런 식으로 괴롭힐 수는 없어! 아, 끔찍해라! 어떻게 나를 범인으로 몰 수가 있단 말인가. 어떻게 나를 체포해. 아, 이건 말도 안 돼! 아, 가증스러워라. 이 사람들 모두가 사형을 집행하러 온 형리(刑吏)들이라고! 그리고 누구보다 당신!(그녀는 페레나를 손가락질하며 고래고래 고함을 쳐댔다.) 그래, 당신 말이야. 그만하면 알겠어. 바로 당신이 꾸민 짓이었어. 아! 이제 알겠다고. 당신 말이 맞아. 간밤에 당신이 이곳에 있었지. 근데 왜 사람들이 당신을 잡아가지 않는 걸까? 현장에 있었던 당신은 왜 아니냐고! 난 있지도 않았는데, 무슨 일이 벌어졌는지 나는 전혀 알지도 못하는데 말이야. 왜 당신이 아니고 나인 거냐고!"

마지막 말은 거의 알아들을 수 없게 흐지부지 새어나왔다. 더 이상 떠들 힘도 없어 보였다. 다시 의자에 주저앉아야만 했고, 얼굴을 무릎에 닿도록 완전히 떨군 채, 그야말로 대성통곡을 하기 시작했다.

페레나는 천천히 여자에게 다가가 이마를 들어 올려 눈물로 엉망이 된 얼굴을 가만히 내려다보며 말했다.

"두 개의 능금에 찍힌 이빨 자국은 정확히 일치합니다. 따라서 첫 번째 것 역시 두 번째 것과 마찬가지로 당신 입이 만들어 낸 자국이 분명한 겁니다."

"아니에요!"

여자의 앙칼진 절규가 튀어나왔다.

"도저히 부인할 수 없는 사실입니다. 다만 첫 번째 과일에 새겨진 이빨 자국이 어젯밤 이전, 이를테면 어제 아침이나 낮에 깨물어서 생긴 자국일지는 모르죠."

그제야 여자는 눈을 끔벅이며 더듬거렸다.

"그렇죠? 그래, 어쩌면…… 맞아요, 이제 기억나는 것 같아. 어제 아침이었어."

그러나 순간, 경시청장이 끼어들었다.

"그래봤자 소용없습니다. 내가 방금 하인 실베스트르에게 물어본 상태예요. 과일들은 그가 직접 어제저녁 8시쯤에 사온 거라고 하더군요. 므슈 포빌이 잠자리에 들었을 때 정과 그릇에는 네 개의 능금이 있었습니다. 한데 오늘 아침, 8시에 보니 그중 세 개만 남아 있는 겁니다. 따라서 정원에서 발견된 능금은 말할 것도 없이, 사라진 네 번째 능금인 셈이지요. 바로 거기에 지난밤 이빨 자국이 난 것이고요. 물론 그 이빨 자국은 당신 것입니다."

여자는 입을 차마 다물지 못하고 더듬거렸다.

"내, 내가 아니에요. 내가 아닙니다. 그 자국은 내가 만든 게 아니라고요."

"하지만……."

"그 자국은 나 때문에 생긴 게 아닙니다. 목숨을 걸고 맹세해요. 그리고 분명히 말하지만 나는 차라리 죽을 거예요. 네, 죽을 겁니다. 감옥에 가느니 차라리 죽을 거란 말이에요. 자살할 겁니다. 나 스스로 목숨을 끊을 거란 말입니다."

여자는 두 눈을 허공에 고정시킨 채, 자리에서 일어나려고 안간힘을 썼다. 하지만 가까스로 일어서자마자 그 자리에서 핑그르르 돌며 그만 기절해 쓰러지는 것이었다.

사람들이 여자를 돌보느라 경황이 없는 틈을 타서, 마즈루는 돈 루이스에게 눈짓을 하고는 나지막하게 속삭였다.

"어서 여길 나가세요, 두목."

"아! 지시가 떨어진 모양이로군. 그럼 난 풀려난 건가?"

"두목, 저기 저 사람을 좀 보세요. 이곳에 도착한 지 한 10여 분 되었는데……. 지금 경시청장과 얘기를 나누고 있는 저 사람 말이에요. 아시는 사람 아닙니까?"

"이, 이런 제기랄!"

페레나는 자신을 뚫어져라 바라보고 있는 통통한 체격에 불그스레한 혈색의 사내를 힐끗 보고는 탄식을 내뱉었다.

"이런 맙소사! 부국장 베베르가 아닌가!"

"저자도 두목을 알아본 것 같아요! 첫눈에 뤼팽을 알아봤단 말입니다! 그한테는 변장이 잘 먹혀들지가 않잖아요! 그쪽 방면으로는 눈썰미가 보통이 아니지요. 게다가 두목이 그를 보통 애먹였나요(『813』 참조—옮긴이)! 그걸 다 앙갚음하기 위해선 아마 못할 짓이 없을 겁니다."

"경시청장한테 벌써 귀띔이라도 한 걸까?"

"당연하죠! 경시청장은 이미 두목을 감시하라는 지시를 내려놓은 상태예요. 그들을 섣불리 따돌리려는 눈치만 보였다 하면 아마 당장 덮칠 겁니다."

"그렇다면 도저히 어쩔 도리가 없겠군."

"어쩔 도리가 없다니, 그게 무슨 말씀이세요? 어떻게든 저들을 떼어내야죠!"

"그래봤자 무슨 소용이겠나? 난 내 집에 돌아갈 테고, 저들은 이미 그곳까지 죄다 파악해놓았을 텐데."

"아니, 이런 일을 겪고도 집으로 얌전히 귀가하실 거란 말입니까?"

"그럼 내가 어디서 이 한 몸 편히 뉘어 쉴 수 있을 것 같은가? 다리 밑에라도 신세를 질까?"

"나 참, 이거야 원! 일이 이 지경까지 되어버린 마당에, 조만간 지독한 소동이 일 거라는 걸 모르세요? 두목은 이미 걸려들 대로 걸려든 상태란 말입니다! 모두가 두목을 가만두려 하지 않을 거라고요!"

"그래서 어쩌라고?"

"어쩌다니요? 아예 이 일에서 완전히 손이라도 떼야죠."

"그럼 코스모 모닝턴과 포빌의 살해범은 어쩌고?"

"경찰이 알아서 할 겁니다."

"어리석은 소리, 알렉상드르."

"정 그러면 다시 뤼팽이 되세요! 보이지 않고 신출귀몰한 뤼팽 말입니다! 그런 다음에 옛날 방식대로 그들과 맞서 싸우세요! 제발이지 더 이상 페레나로 머물러 있지만 마세요! 그건 너무 위험한 일입니다! 별로 상관도 없는 일에 공식적으로 관여하지 마시란 말입니다!"

"자네 말 한번 잘했군, 알렉상드르! 나야말로 2억 프랑이 걸려 있는 이 일에 관여하지 않을 수 없는 입장이라네. 만약 이제 와서 돈 루이스 페레나가 자기 자리를 굳건히 지키고 있지 않으면, 자그마치 2억이라는 돈이 눈앞에서 떠내려가 버릴 거란 말일세. 단 한 번이라도 정직하고 정정당당하게 푼돈이라도 취할 수 있는 마당에, 만약 이번에도 그러지 못한다면 정말 울화통 터질 거야."

"그러다 붙잡히면 어떡하게요?"

결정판 아르센 뤼팽 전집

"어쩔 도리 없는 거지. 어차피 죽은 목숨인걸."

"뤼팽은 죽었을지 모르나, 페레나는 살아 있잖아요!"

"지금까지도 나를 체포하지 않는 걸 보면 괜찮을 거야."

"그래봤자 잠시 미루고 있는 것뿐이에요. 결정적인 시기가 무르익을 때까지 공식적인 지시는 이미 내려진 상태일 거고요. 당장 두목의 거처부터 포위할 것이고, 밤낮으로 감시를 하게 될 겁니다."

"그거 듣던 중 반가운 소리로군! 그렇지 않아도 요즘 밤에 혼자 있기가 좀 무서웠는데 말이야."

"이런 젠장! 대체 뭘 믿고 이러시는 거예요?"

"믿는 건 없네, 알렉상드르. 그냥 확신이 들어. 지금 당장은 감히 내게 손대지 못하리라는 확신!"

"베베르가 결코 가만히 있지는 않을 거예요!"

"난 베베르 따윈 안중에도 없네. 윗선의 지시가 없으면 베베르는 아무것도 못해."

"하지만 지시가 막상 떨어지면요?"

"날 꾸준하게 감시하라는 지시야 떨어지겠지. 하지만 나를 체포하라는 지시는 아닐 거야. 현 경시청장은 나한테 상당히 의존하는 부분이 커서, 싫어도 날 지켜주지 않을 수 없을 거야. 그리고 또 이런 점이 있지. 이번 일은 너무도 괴이하고 복잡해서 자네들 실력으로는 도저히 해결할 수가 없을 것이네. 결국 언젠가는 도움을 받기 위해 나를 찾게 될 거야. 나 말고는 어느 누구도 지금의 상대와 대적해 싸울 만한 존재가 없을 테니까. 자네는 물론 베베르가 덤벼도 안 될 것이고, 베베르는커녕 치안국의 모든 형사가 달라붙어도 어림없을 거야. 그러니 난 이제부터 얌전히 집에 틀어박혀서 자네의 방문을 기다리고 있을 수밖에, 알렉상드르."

다음 날 합법적인 감식 결과, 두 개의 능금에 찍힌 이빨 자국은 서로 정확히 일치하며, 초콜릿에 찍힌 이빨 자국 역시 다른 두 경우와 유사하다는 사실이 공식 확인되었다.

또한 한 택시 운전사가 출두해서, 웬 귀부인이 오페라극장을 나오다가 자기 차를 불러 세우더니 곧장 앙리마르탱 가도(街道) 끄트머리까지 몰게 하고는 거기서 내렸다고 증언해주었다.

그런데 앙리마르탱 가도 끄트머리라면 므슈 포빌의 저택까지 불과 5분 거리인 지점이었다.

물론 포빌 부인과의 대질에서 택시 운전사는 대번에 여자의 얼굴을 알아보았다.

과연 그녀는 그 부근에서 한 시간 이상을 무얼 하며 보낸 것일까?

어쨌든 마리안 포빌은 파리 경시청 유치장에 수감되고야 말았다.

그리고 바로 당일 밤, 생라자르 교도소에서 잠을 청해야 했다.

누구의 소행인지는 전혀 모른 채, 기자들이 난데없는 이빨 자국을 들먹이며 살인 사건의 자질구레한 부분까지 있는 대로 퍼질러대기 시작한 바로 그날, 주요 일간지 두 군데에선 특종기사 제목으로, 돈 루이스 페레나가 능금에 새겨진 이빨 자국을 지칭하려고 무심코 갖다 붙인 바로 그 표현이 올라 있었다.

호랑이 이빨.

거칠고 참혹하며 어딘지 야수적인 면마저 느껴지는 이번 모험의 특징을 가장 적나라하게 드러낸 것 같은 그 불길한 표현을 말이다.

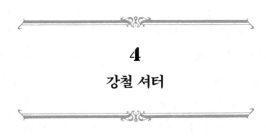

4
강철 셔터

　아르센 뤼팽의 삶을 이야기하려는 노력은 종종 힘만 들었지 별 실속 없는 일이 되어버리기 일쑤이다. 그 이유는, 일단 그의 모험들이 부분적으로는 일반 대중에게도 널리 알려져 있으며, 그것이 일어날 당시 이미 공개적으로 열띤 논평의 대상이 되어왔기 때문이다. 그러다 보니 결국, 어둠에 가려진 부분들에 대해 정작 뭔가 새롭게 밝히려고 할 때조차도, 적나라하게 알려진 기지(旣知)의 사실들을 꼬치꼬치 다시 논하지 않을 수가 없는 것이다.

　이 일련의 가증스러운 만행이 프랑스와 유럽, 아니 전 세계를 통해 얼마나 엄청난 경악을 불러일으켰는지를 이야기하려는 바로 이 자리에서도, 역시 같은 뜻에서 어쩔 수 없는 과정을 밟아야 할 것 같다. 사건 발생 이틀 뒤, 코스모 모닝턴의 유언장에 얽힌 사건이 만천하에 공개되었기에, 갑자기 대중은 네 개의 살인 사건을 한꺼번에 맞닥뜨리게 된 셈이었다. 코스모 모닝턴과 베로 형사, 포빌 기사와 그의 아들 에드몽,

이렇게 네 사람은 틀림없이 동일 인물에 의해 살해당한 것으로 알려졌다. 아울러 바로 그 동일 인물은 마치 자신에 대한 운명의 복수이기나한 듯, 역겨운 이빨 자국 몇 개를 가장 확실하고 충격적인 범행 물증처럼 흘린 것으로 되어 있다. 무시무시한 전율과도 같이 대중을 충격 속으로 몰고 간 호랑이 이빨 자국을 말이다!

한데 그 학살극의 중심, 그 암울한 비극의 가장 처절한 정점(頂點)에서 갑작스레 수수께끼처럼 어둠을 헤치고 떠오른 인물이 있었으니, 기발한 지성과 혜안의 소유자인 이 영웅적인 모험가는 단 몇 시간 만에사건의 얽힌 실타래를 보란 듯이 풀어버렸을 뿐만 아니라, 코스모 모닝턴의 살해를 미리 내다보았으며, 베로 형사의 죽음을 예고했는가 하면, 경찰의 수사를 한 손에 쥐고 이끌면서, 결국에는, 보석 틀 속에 보석이들어맞듯, 의문의 이빨 자국에 딱 들어맞는 하얀 치아의 소유자를 마침내 법의 심판대에 세우기에 이르렀던 것이다! 그리고 무엇보다도 이제그는 100만 프랑에 달하는 수표 한 장을 차지함은 물론, 상상을 초월하는 엄청난 유산의 가장 유망한 수혜자로 부상한 처지였다.

바야흐로 아르센 뤼팽이 부활한 것!

이런 종류 사건이라면 결코 틀리는 법이 없는 대중의 동물적인 직관력은, 자세한 사건 검토를 통해 옛 영웅의 부활이라는 일견 터무니없는가설이 현실성을 획득하기에 한참 앞서, 공공연히 이렇게 선언하고 나서기 시작했다.

돈 루이스 페레나, 그가 바로 아르센 뤼팽이래!

물론 의심이 많은 사람들은 이에 대해 발끈했다.

"하지만 그는 벌써 죽었잖아!"

그러면 뤼팽의 신봉자들은 침을 튀겨가며 줄줄이 반론을 늘어놓는 것이었다.

"그래, 물론 룩셈부르크 국경 근처의 한 불탄 오두막의 잔해 더미에서 돌로레스 케셀바흐의 시신과 함께 어떤 남자의 시체가 발견되었고, 경찰이 그것을 아르센 뤼팽의 시신이라고 발표하기는 했지(『813』 참조―옮긴이). 하지만 모든 정황으로 미루어볼 때, 뭔가 비밀스러운 이유 때문에 자신이 죽은 것으로 사람들이 믿어주기를 바란 아르센 뤼팽이 자살극을 연출했다는 게 이제는 공공연한 비밀이거든. 아울러 경찰이 이 죽음을 서둘러 기정사실화하고 법적으로 마무리 지은 것도, 실은 지긋지긋한 적(敵)을 하루빨리 과거로 묻어버리기 위해서였다는 게 정설이라고. 실제로 그 당시 국무총리로 있었던 발랑글레의 고백도 그런 쪽으로 해석될 만한 증언이었고, 카프리 섬에서의 수수께끼 같은 사건에서도 그 증거를 짐작할 수가 있다는 거야. 즉, 그때 독일 황제가 바윗덩어리 밑에 깔릴 뻔한 걸 한 수도승에 의해 목숨을 건졌는데, 그 후 독일 쪽에서 떠도는 얘기로는 그게 다름 아닌 아르센 뤼팽이었더라 이거지!"

하지만 반론도 만만치 않았다.

"좋아, 그건 그렇다고 치자고. 하지만 그때 신문을 한번 읽어봐. 사건 직후, 한 10여 분 만에 바로 그 수도승이 티베리우스의 절벽 꼭대기에서 몸을 날렸다고 되어 있다네."

그럼 또다시 해명이 쇄도했다.

"그건 맞아. 하지만 사체가 발견되지 않았다는 걸 알아야지. 더군다나 그곳 인근 해역을 지나던 알제리행 선박 하나가 구조 요청을 하는 어떤 사내를 건져 올렸다는 일화는 알 만한 사람은 다 아는 사실이지. 그리고 일단 날짜를 비교해보고, 얼마나 희한하게 우연의 일치가 발생했는지 주의해보자고. 그 알제리행 선박이 목적지에 도착한 며칠 후,

지금 우리 앞에 나타난 이 돈 루이스 페레나라는 이름의 사내가 시디 벨 아베(알제리의 도시—옮긴이)라는 곳에서 외인부대에 자원입대하지 않았는가 말이야."

물론 이 문제와 관련한 신문들의 논쟁은 자못 조심스러운 편이었다. 일단 섣부르게 왈가왈부할 수 없는 인물이기도 하거니와, 신문기자들은 페레나의 가면 뒤에 있을 법한 뤼팽의 그림자를 지나치게 단정적으로 공론화하는 것을 되도록 자제하면서, 기사 작성에 최대한 신중을 다하는 것이었다. 그러면서도 외인부대에서의 활약상과 모로코 체류 기간에 관해서는 있는 대로 실컷 까발리기 일쑤였다.

우선 다스트리냑 장군이 한마디 했다. 그리고 페레나를 아는 다른 동료들, 상관들도 자신들의 목격담을 무수히 제공해주었다. 그와 관련된 보고서들과 일일명령서들이 무절제하게 공개되었고, 소위 '영웅신화'라고 사람들이 부르는 것이 일종의 기념 문집(記念文集)을 통해 구체화되어, 온갖 기상천외하고 황당무계한 무용담을 세상에 풀어 내놓는 것이었다.

예컨대 이런 식으로 말이다.

메디우나(북아프리카의 도시—옮긴이), 3월 24일, 특무상사 폴렉스가 외인부대 용사 페레나에게 나흘간의 외출 금지 처분을 내린 바 있다. 이유는 '일석점호가 끝난 뒤, 수칙을 어기고 초소 두 군데를 그대로 통과해 병영을 이탈했으며, 익일 정오가 되어서야 귀대했음. 이때 매복 중이미 사망한 하사의 시신을 업고 있었음'이었다.

단, 그 여백에는 '외인부대 용사 페레나의 징계를 가중시킬 것이며, 이와 아울러 일일명령 시 그의 수훈에 대한 치하의 연설을 할 예정'이라는 연대장의 언급이 부기(附記)되어 있었다.

베르 레시드(모로코의 도시—옮긴이)의 전투 이후, 400여 명에 달하는 무어인(人) 회교도군 앞에서 파르데 분견대가 어쩔 수 없이 후퇴를 해야만 했을 때, 외인부대 용사 페레나는 한 카스바(북아프리카 등지에서 볼 수 있는 중세 및 근세에 만들어진 성채—옮긴이)에 진을 친 채, 아군의 퇴각을 엄호하겠다고 나섰다.

"그래 병력은 한 얼마 정도면 되겠나, 페레나?"

"전혀 필요 없습니다, 중위님!"

"뭐라고! 설마 혼자의 몸으로 퇴각을 엄호하겠다는 건 아니겠지?"

"다른 전우(戰友)들이 살아날 수 있다면 이 몸 하나 버리는 건 오히려 즐거운 일이 될 겁니다, 중위님."

그의 요청에 의해 10여 자루의 장총과 남은 탄약통 일부를 남겨놓아, 모두 합해 일흔다섯 통의 탄약이 확보되었다.

덕분에 분견대는 뒤를 걱정하지 않고 퇴각에 임할 수가 있었다. 다음 날 지원 병력과 더불어 다시 그 장소로 돌아온 아군은 적군이 카스바 주변에서 아직도 매복 중이라는 사실을 발견했다. 그들은 감히 접근할 엄두를 내지 못하고 있는가 하면, 바닥에는 일흔다섯 구의 사체가 나뒹굴어 있었다.

아군은 적에게 맹공격을 퍼부어 모두 퇴각시켰다.

카스바로 진입해 살펴보니 페레나는 얌전히 뻗어 있었다.

사람들은 정녕 그가 죽은 줄로만 알았다. 하지만 그는 잠을 자고 있었다!

총알 일흔다섯 발을 깡그리 써버린 상태로!

하지만 이상의 이야기보다 더욱 일반 대중의 상상력을 깜짝 놀라게 만든 사례는 다르 드비바르에서 벌어진 전투에 관한 다스트리냑 백작의 진술에서 나왔다. 백작이 증언하기로는, 모두가 패한 전투라고 생각할 즈음, 일대 소탕 작전이 감행된 페스(모로코의 도시—옮긴이) 전투는, 당시 프랑스 국내에서도 대단한 반향을 불러일으킨 그대로, 오로지 페레나 본인 한 명에 의해서 승리를 거둔 것이나 다름없었다!

동틀 무렵, 모로코 부족이 공격을 준비하고 있을 즈음, 외인부대 용사 페레나는 들판을 자유로이 달리는 아랍 말 한 마리에게 올가미를 던져 붙잡은 뒤, 안장도 고삐도 없이 훌쩍 올라탔다. 그는 윗도리도, 모자도, 무기도 없는 상태에서 허연 셔츠를 바람에 휘날리며 입에는 담배를 꼬나물고, 손은 주머니에 찔러 넣은 채, 필마단기(匹馬單騎)로 기습을 감행했다!

곧장 적진을 향해 말을 달려 무작정 진지를 가르고 침투해 들어가던 그. 한복판에서 갑자기 말을 돌리더니 처음 침투했던 지점으로 되돌아왔다.

이와 같이 상상을 초월하는 죽음의 질주(疾走)는 적군에게 엄청난 당혹감과 공포심을 불어넣기에 충분했고, 마침내 저들의 공격 의지에 찬물을 끼얹은 결과를 가져와, 결국 별다른 저항 없이 전투를 승리로 이끌 수 있게 해주었다.

바로 이런 식으로—하긴 그 밖에도 얼마나 많은 무용담이 있었던 가!—페레나를 둘러싼 영웅신화는 그 위용을 차근차근 갖추어왔던 것이다. 그 속에는 초인적인 에너지와 기적 같은 담력, 황당무계한 상상력과 기발한 모험심, 그리고 강인한 완력과 냉철한 정신력 등등, 도저히 아르센 뤼팽을 떠올리지 않을 수 없는 신비스러운 인물의 모든 특징이 고스란히 담겨 있었다. 그것은 이를테면, 좀 더 이상화된 업적으로 더욱 위대하게 승화된 아르센 뤼팽의 새로운 모습이었다!

쉬셰 대로에서의 이중 살인이 벌어진 지 보름째 되던 어느 날 아침, 마치 이 속세의 존재가 아닌 것처럼 세간의 열광과 호기심을 한창 끓어오르게 하고 있는 이 비범한 사나이, 돈 루이스 페레나는 옷을 갖춰 입고, 자신이 거하는 호텔을 이리저리 둘러보고 있었다.

팔레 부르봉 소(小)광장, 포부르 생제르맹 입구에 위치한 이 널찍하고 안락하기 그지없는 18세기풍 건물을 그는 부유한 루마니아 갑부 말로네스코 백작에게서 가구 일체가 딸린 조건으로 구입했다. 아울러 원래부터 건물에 속해 있던 말들과 마차, 자동차들, 그리고 하인 여덟 명을 그대로 인계했고, 심지어 백작의 개인 비서였던 르바쉐르 양(孃)까지 자신의 전담 비서로 유임시켜, 이 호화로운 건물과 새로운 주인의 놀랄 만한 명성에 매료되어 덮어놓고 찾아드는 골동품 상인과 신문기자들, 그 밖의 여러 귀찮은 방문객을 일일이 안내하고 관리하도록 조치했다.

마사(馬舍)와 차고까지 꼼꼼히 순시를 마친 뒤, 그는 앞뜰을 가로질러 자신의 서재로 곧장 올라와 창문들 중 하나를 반쯤 열고 고개를 쳐들었다. 머리 위에는 거울이 하나 비스듬히 달려 있었는데, 정원과 그를 둘러싼 담, 더 나아가 팔레 부르봉 광장의 전 구역을 굽어보듯 반영하고 있었다.

"젠장! 저 망할 놈의 경찰관 나리들 아직도 저기서 진을 치고 있네! 벌써 2주나 저러고 있어! 이거 슬슬 지겨워지기 시작하는걸."

그렇게 중얼거리며 남자는 상한 기분을 떨어버리려는 듯, 우편물 더미를 하나하나 훑어보기 시작했다. 개인적인 내용의 은밀한 편지들은 읽는 즉시 찢어버리고, 누가 도움을 요청한다든가 면담을 애원하는 그 밖의 편지들에는 일일이 메모를 해두면서.

그 일이 다 끝나갈 즈음, 그는 호출 벨을 울렸다.

"마드무아젤 르바쉐르에게 이리 신문 좀 갖다달라고 해주시오."

예전부터 루마니아 백작의 편지 대필과 문서 낭독을 도맡아 처리해오던 그녀에게 페레나는 자신과 관계된 신문 기사를 매일 읽어주는 임무를 맡겼고, 특히 아침마다 포빌 부인과 관련한 예심 진행 사항을 간추려서 보고하도록 시켰다.

항상 검은 옷을 입고, 매우 우아한 몸매와 거동을 갖춘 이 여자는 새로운 주인에게 성심을 다했다. 외모를 좀 더 살펴보자면, 지극히 엄숙한 품위와 사려 깊고 진지한 인상이 두드러져서, 그 외곽을 뚫고 저 깊은 곳에 숨은 영혼의 비밀까지는 도저히 가 닿을 수 없을 것 같은 여인이다. 그나마 지나치게 준엄해 보인다고까지 할 수 없는 것은, 도무지 얌전하게 다스려질 것 같지 않은 구불구불한 금발 머리 타래가 마치 후광처럼 동그스름하게 얼굴을 감싸고 있어, 어딘지 환하고 명랑한 분위기를 연출하기 때문이었다. 페레나는 그녀의 부드럽고 음악적인 음성을 좋아했다. 하지만 여자 쪽에서는 조심하느라 약간씩 수줍음이 묻어나는 경우가 있었고, 그럴 때마다 페레나는 자기라는 존재에 대해서, 그 비밀스러운 내력에 관해 신문 지상에서 마구잡이로 떠들어대는 모든 것에 대해서, 그녀가 어떻게 생각하고 있는지 궁금해지기도 하는 것이었다.

"새로운 일이 있습니까?"

「헝가리의 과격주의」,「독일의 야심」등등의 기사 제목들을 이리저리 훑어보며 남자는 툭 던지듯 물었다.

여자는 곧장 포빌 부인에 관련한 기사들을 읽어주기 시작했고, 돈 루이스는 예심이 거의 진전을 보지 못하고 있음을 깨달았다. 울고불고 난리를 쳐가면서, 자신을 겨냥하는 일체의 혐의점에 대해 완전 무고(無辜)만을 고집하는 작전에서 마리안 포빌은 한 발짝도 움직이지 않는 모양이었다.

남자는 버럭 소리를 쳤다.

"참 이상한 일이야! 여태껏 그렇게 어리숙하고 서툰 방식으로 자신

을 변호하는 사람은 본 적이 없거든!"

"정말로 결백한 거면 어쩌죠?"

돈 루이스는 깜짝 놀라 여자를 빤히 바라보았다.

르바쉐르 양이 이 사건에 관해 자신의 소견을 피력한 것은 지금이 처음 있는 일이었던 것이다.

"그 여자가 결백하다고 보는 거요, 마드무아젤?"

보아하니 갑작스레 끼어들어 자신의 의견을 내민 데 대해 충분히 설명할 의향이 있는 눈치였다. 심지어 지금까지의 진지하고 엄숙하기만 하던 표정을 완전히 청산하고, 자기 내부의 감정을 있는 그대로 따르려는 듯 보였다. 그녀의 얼굴은 어느새 활짝 핀 것처럼 생기를 드러냈는데, 그럼에도 불구하고 억지로 자신을 다스리며 중얼거리는 투가 역력했다.

"저는 잘 모르겠어요. 제가 뭘 알아야 하죠?"

남자는 호기심 어린 눈빛으로 여자를 살펴보며 말했다.

"글쎄요, 당신이 품고 있는 의혹은 아마 마담 포빌이 남긴 이빨 자국만 아니면 충분히 고려될 수 있었을 것이오. 하지만 지금 경찰에 의해 확보된 이빨 자국들은 이를테면 서명을 한 것보다, 그리고 죄를 직접 자백한 것 이상으로 중요한 증거란 말이오. 따라서 그에 대해 충분한 해명을 하지 못하는 한……."

사실이 그랬다. 그에 대해서뿐만 아니라 그 밖의 어떤 사항에 대해서도 마리안 포빌은 조금도 이렇다 할 해명을 하지 않고 있었다. 말하자면 도저히 소통이 안 되는 답답함 그 자체로 일관했다. 그런가 하면 경찰 역시 그녀의 공범을 찾는 데는 번번이 실패하고 있었다. 특히 그 역할이 수상쩍어 보이는 강력한 용의자로, 퐁뇌프 카페의 가르송이 마즈루 반장에게 인상착의를 제보했던 그 거북 등 껍데기 재질의 코안경과 흑단 지팡이의 사내는 도대체 종적이 묘연하기만 했다. 한마디로 빛줄기 하나 없는 캄캄한 어둠뿐이었다. 그런가 하면 직계 상속인이 없을 시 모닝턴 유산의 실질적인 수혜자가 되는 루셀 자매의 사촌인 빅토르의 행적도 한참을 찾아다녔지만, 완전히 오리무중이었다.

"그게 답니까?"

페레나의 질문에 르바쉐르 양이 대답했다.

"아뇨, 『에코 드 프랑스』지에 이런 기사가 실렸네요."

"물론 나와 관련된 거겠죠?"

"일단 제목만 봐서는 그런 것 같은데요.「왜 그를 체포하지 않는가?」"

"허허, 영락없는 내 얘기로군."

남자는 히죽 웃으며 신문을 받아 들고 읽기 시작했다.

왜 그를 체포하지 않는가? 왜 모든 논리성을 외면하면서까지, 점잖은 시민들에게 황당함을 불어넣어 주는 이처럼 비정상적인 상황을 연장하려는 것인가? 모두가 그러한 의문을 품고 있으며, 우리의 조사 활동 중에 그에 대한 정확한 대답이 아래와 같이 도출되었음을 알린다.

아르센 뤼팽의 위장된 사망이 있은 지 1년 후, 우리의 사법당국은 다음과 같은 사실을 확인했거나, 혹은 확인했다고 믿은 바 있다. 즉, 아르센 뤼팽은 블루아에서 태어나 행방불명된 것으로 알려진 플로리아니 경(卿)에 다름 아니라는 사실이다. 그리하여 신속한 행정적 후속 조치가 따랐는데, 플로리아니 경에 관계된 모든 호적 서류에다 '사망'이라는 표시와 함께, '가명(假名)은 아르센 뤼팽'이라는 단서를 달아놓는 것이었다.

따라서 이제 와 아르센 뤼팽을 되살리기 위해서는 그의 현존에 관한 확고한 물증이 있어야 함은 물론—이는 별로 불가능해 보이지는 않는다—지극히 복잡한 행정 기구를 여럿 가동시키고, 궁극적으로는 정부의 공식적인 시행령을 다시 이끌어내야만 하게 생긴 것이다.

이런 상황에서 내각의 총리인 므슈 발랑글레는 파리 경시청장과 합의하에, 상부에서 곤혹스러워할 일대 소란이 일 만한 모든 세밀한 조사 활동을 지나친 행정적 낭비라며 반대하고 있다. 아르센 뤼팽을 되살린다니! 그 지독한 인물과 또다시 지긋지긋한 싸움을 재개해야만 한다니! 또다시 처참한 패배나 맛보고, 대중의 웃음거리가 되어야 한다니! 아니다. 그건 아니다. 절대로 그럴 수는 없는 것이다.

결국 이렇게 해서 도저히 상상할 수도, 용납할 수도 없는, 듣지도 보지도 못한 상황이 벌어지고 있으니, 왕년의 도둑이면서 뻔뻔스러운 상습범이고 협잡과 절도의 제왕이신 아르센 뤼팽께서는 오늘날 아주 만천하에 드러내놓고, 자신의 경력으로 봐도 더없이 어마어마한 사업을 차근차근 추진하고 있는 중이시다. 그는 전혀 엉뚱하지만 감히 누구도 이의를 제기하지 못할 이름 하나를 제멋대로 달고 다니며 여봐란듯이 살면서, 이미 방해가 되는 네 사람을 깨끗하게 제거했고, 무고한 한 여인을 온갖 말도 안 되는 증거를 갖다 붙여 차가운 감방으로 동댕이치는 데 성공했다. 그리고 결국에는 모든 양식 있는 세력의 반발에도 불구하고, 차마 밝힐 수 없는 파렴치한 공모 관계에 힘입어, 마침내 2억 프랑 상당의 모닝턴가(家) 유산을 상속받기에 이른 것이다.

이상이 수치스러운 작금의 현실이다. 이제 진실의 모습은 당당하게 공개되는 것이 좋다. 일단 이런 식으로나마 공개했으니, 차후의 상황 전개에 의미 있는 영향을 미치기를 모두 함께 바라보자.

"이따위 기사를 끼적거린 멍청이한테나 그럴듯한 영향을 미치겠지."

돈 루이스는 대수롭지 않다는 듯 빈정거렸다.

그는 르바쉐르 양을 물러가게 한 뒤, 곧장 다스트리냑 장군에게 전화를 신청했다.

"여보세요? 사령관님이십니까? 『에코 드 프랑스』지 읽어보셨나요?"

"그렇소이다."

"이 작자한테 무력을 통한 명예 회복을 신청해주시면 안 될까요?"

"허허, 결투 말이오?"

"그래야만 할 것 같아서요, 사령관님. 하여튼 별 볼 일 없는 놈들이 나서서 엉터리 같은 글발로 귀찮게 굴고 있질 않습니까! 아무래도 주둥아리들에 재갈을 좀 물려놓을 필요가 있을 것 같습니다. 일단 지금 이놈을 본보기로 삼아볼까 해요."

"저런, 뭐 그 정도까지 절실하다면……"

"네, 아주 심각합니다."

결투 신청은 즉각 이루어졌다.

『에코 드 프랑스』의 사주(社主)는 비록 무기명, 타자 상태 그대로 제출된 기사인 데다, 사주도 모르게 게재(揭載)되긴 했지만, 자기 회사 신문인 한, 모든 책임은 자기가 질 것이라며 당당히 선언했다.

바로 당일 오후 3시, 돈 루이스 페레나는 다스트리냑 장군과 또 다른 장교, 의사를 대동하고, 감시 임무를 맡은 치안국 소속 형사들이 택시로 따라붙는 가운데, 팔레 부르봉 광장의 호텔을 떠나 데프랭스 공원(불로뉴 숲 남쪽에 1897년 조성된 공원으로, 경륜이나 럭비 등 각종 스포츠 경기가 열리는 장소로 활용되었고, 벨에포크 시대의 결투 장소로도 유명했음—옮긴이)으로 향했다.

상대가 오기를 기다리는 동안, 다스트리냑 백작은 돈 루이스를 한쪽으로 데리고 가 말했다.

"이보시오, 돈 루이스, 난 당신한테 아무것도 묻지 않겠소. 당신에 관한 모든 기사가 사실인지 아닌지도, 당신의 진짜 이름이 무엇인지도 말이오. 그런 건 아무래도 내겐 상관없소이다. 나에게 당신은 오로지 외인부대 용사 페레나이고, 그걸로 족하오. 당신의 과거는 모로코에서 시작된 것이오. 그리고 미래에 대해서라면, 어떤 일이 일어나고 무슨 유혹이 가로막아도, 코스모 모닝턴의 죽음을 복수하고 그 합법적 유산 상속자들의 안전을 책임지려는 것만이 당신의 목표라는 것을 나는 믿어 의심치 않소이다. 다만 지금 이 순간, 마음에 걸리는 일이 딱 하나 있어요."

"말씀하십시오, 사령관님."

"상대를 죽이지 않겠다고 내게 약속해주시오."

"알겠습니다. 전치 두 달 정도면 어떻겠습니까?"

"그것도 너무하오! 보름으로 낮춰주시구려."

"낙찰됐습니다!"

그렇게 해서 결국 두 결투 당사자는 일직선 상에 마주 섰다. 그리고 두 번째 시도에서 『에코 드 프랑스』의 사주는 가슴에 한 방을 맞고 쓰러졌다.

"아! 저런! 약속하지 않았소, 페레나?"

다스트리냑 백작이 사납게 투덜대자, 페레나는 태연하게 대꾸했다.

"약속은 지켰습니다. 사령관님."

양편에 대동한 의사가 각각 몸을 숙여 부상자의 상태를 살피고는, 그중 한 명이 일어서서 말했다.

"괜찮아질 겁니다. 기껏해야 한 3주 정도 휴식을 취하면 회복될 거예요. 다만 1센티미터만 더 파고들었다면 그대로 끝장날 수도 있었습니다."

페레나는 시큰둥한 표정으로 대뜸 중얼거렸다.

"어쨌든 덜 파고든 건 확실해."

여전히 경찰들이 탄 차량의 추적을 받으며, 돈 루이스는 포부르 생제르맹으로 유유히 돌아왔다. 그런데 바로 그때, 어떤 우연찮은 사건 하나가 발생했고, 매우 강력한 호기심을 불러일으키는 가운데, 문제의 『에코 드 프랑스』지 기사를 정말이지 묘한 눈으로 다시 바라보게 만드는 것이었다. 호텔 마당으로 들어서는데, 마차꾼이 기르는 암캐 두 마리가 평상시와는 달리 마사(馬舍)를 벗어나 이리저리 돌아다니는 광경이 페레나의 눈에 띄었다. 녀석들은 붉고 동그란 실꾸리를 이리저리 굴리며 놀고 있었는데, 그것이 현관 계단이든 화분이든 닥치는 대로 이리 붙고 저리 걸리는 가운데, 마침내 실타래가 돌돌 감싸고 있었던 종이 다발이 언뜻 나타나는 것이었다. 마침 그 옆을 지나치던 돈 루이스는 종이 위에 어렴풋한 글자 흔적을 잽싸게 눈치채고는 얼른 집어 들어 펼쳐보았다.

　다음 순간, 화들짝 놀라지 않을 수 없었다. 『에코 드 프랑스』지에 게재된 기사의 제일 첫 대목이 눈에 들어오는 것이었다. 실제로 문제의 기사가 통째로 모눈종이 위에 베껴져 있었는데, 펜으로 직접 쓰인 데다 가필하고 수정한 자국이 여기저기 지저분하게 남아 있었다.

　페레나는 마차꾼을 불러 물었다.

　"이 실꾸리 어서 난 겁니까?"

　"글쎄요? 마구(馬具) 놓아두는 곳에 있었던 것 같은데. 에잇, 저 미르자(암캐의 이름―옮긴이) 녀석이 또!"

　"이 종이 다발에다 실은 언제 감은 건가요?"

　"어젯밤에 감아둔 건데요."

　"아, 어젯밤이라……. 종이 다발은 어디서 났습니까?"

　"글쎄요, 그건 저도 잘……. 뭐 신경도 쓰지 않고 그저 굴러다니기에……. 실 감을 만한 게 필요했거든요. 아마 헛간 뒤편에서 주웠을 겁니다. 저녁때 거리에서 수거해갈 때까지 집에서 나온 온갖 넝마며 종이 쓰레기들 재어두는 데 있지 않습니까?"

　돈 루이스는 집 안 전체를 대상으로 내처 이런저런 조사를 계속해나갔다. 자신이 직접 나서기도 했고, 르바쉐르 양에게 시켜서 하인들을 추궁해보기도 했다. 그렇다고 이렇다 할 성과가 있는 것은 아니었지만, 일단 한 가지 사실만은 분명하다고 볼 수 있었다. 즉, 문제의 『에코 드 프랑스』지 기사는―우연히 주운 초고(草稿)가 증명하듯―이 집 안에 기거하는 누구의 손으로 작성된 것이거나, 집 안 사람과 내통하고 있는 외부의 누구에 의해 쓰였다는 사실 말이다!

　말하자면 내부에 적(敵)을 두고 있었던 셈.

　대체 어느 놈이란 말인가? 뭘 노리고 있는 걸까? 단순히 페레나를 체포하는 것?

그날 오후가 저무는 동안, 돈 루이스는 불안할 것까진 없지만, 거동의 제약을 초래하는 체포 위협 때문에 몹시 답답한 상태에서 괴로워하고 있었다. 더욱이 갑작스레 주변을 에워싸 버린 이 수수께끼 같은 분위기가 여간 곤혹스러운 것이 아니었다.

그러다가 밤 10시가 다 되었을 무렵, 알렉상드르라는 이가 한사코 주인을 뵙고 싶다며 고집을 부린다는 보고가 들어왔고, 이윽고 낡은 망토 자락에 얼굴을 깊숙이 파묻어 뭇사람들의 시선을 한껏 차단한 마즈루가 방 안에 들어섰다. 페레나는 마치 먹잇감에 대들듯, 느닷없이 상대에게 달려들어 어깨를 붙들고 마구 흔들어대며 말했다.

"결국에는 자네가 왔군! 그래, 내가 뭐랬나? 경시청에는 그대로 속해 있는 거겠지? 한데 날 부르러 온 거야? 어서 털어놔 보라고, 이 멍청한 친구야! 그래, 알아. 안다고. 나를 부르러 왔어. 그나저나 그 여자 정말 웃기는 여자야. 빌어먹을! 하긴 그쪽 사람들 날 체포할 만큼 뱃심도 없는 데다, 경시청장도 그 망할 놈의 베베르의 성급한 열정을 기꺼이 다독일 거라는 건 나도 알고 있었지. 무엇보다 정작 필요로 할 만한 인물을 감히 잡아 가둘 수는 없는 일 아니겠어? 자, 어서 뭐라고 말 좀 해보라고! 이런, 왜 갑자기 넋 나간 표정인가? 어서 대답 좀 해보란 말일세! 그래, 어디까지 진행 중인 거야? 어서, 말해보라고! 내가 순식간에 해결해주지. 그쪽의 수사 진도에 대해 몇 마디만 내뱉어보라고! 내가 눈 깜짝할 사이에 해답을 내려줄 테니까. 어디 슬쩍 한번 보자니까, 엉?"

"두, 두목…… 저……."

페레나의 갑작스러운 호들갑에 마즈루는 얼떨떨해하며 말을 잇지 못하고 있었다.

"뭐야? 말을 해야 알 것 아냐, 말을! 알았어, 내가 대신해 얘기해보지. 분명, 그 흑단 지팡이를 든 사내 얘기지? 베로 형사가 살해당한 그 날, 퐁뇌프 카페에서 봤다던 그 사람 말이야."

"네, 맞습니다."

"그자의 흔적을 찾은 거지?"

"네."

"자, 이제 어서 털어놔 봐, 어서!"

"그게 이렇게 된 겁니다, 두목. 그때 그자를 목격한 사람이 가르송만 있는 게 아니었어요. 그를 본 기억이 있다는 다른 손님 한 사람을 제가 만나봤거든요. 거의 동시에 카페를 나왔다는데, 그자가 지나가는 행인한테 뇌일리행 지하철을 탈 수 있는 가장 가까운 역이 어디냐고 묻는 소리를 똑똑히 들었답니다."

"훌륭해! 그럼 곧장 뇌일리로 가서 이리저리 쑤신 결과 놈의 꼬리를 밟을 수가 있었겠군?"

"그자의 이름도 알게 되었지요. 위베르 로티에라는 자인데, 룰 가도(街道)에 머물렀답니다. 그나마 한 6개월 전쯤에 그곳에서도 철수한 모양인데, 가구는 다 그대로 놔두고, 여행용 가방만 달랑 두 개 들고 떠났다는군요."

"우체국 쪽은 알아보았나?"

"물론이죠. 거기 직원 한 명이 그자의 인상착의를 기억하고 있더라고요. 매주 아니면 열흘 만에 한 번씩 우편물을 찾으러 들렀답니다. 우편물이라고 해봤자 그리 중요해 보이지는 않았고, 기껏 하나나 둘 정도에 불과했다고 하더군요. 언제부터인가 통 모습을 볼 수가 없고 말이죠."

"그래, 우편물은 그자의 이름으로 왔다던가?"

"이니셜로 되어 있었답니다."

"기억은 하던가?"

"네. B. R. W. 8. 이렇게 되어 있었다네요."

"그게 다야?"

"제가 조사한 내용은 그게 답니다. 하지만 제 동료 중 하나가 경찰관 두 명을 풀어 알아낸 사실이 하나 더 있습니다. 은제 손잡이가 달린 흑단 지팡이와 거북 등 껍데기 코안경을 걸친 신사가, 이중의 살인이 있던 날 밤, 약 11시 45분경, 오퇴이유 역(驛)을 빠져나와, 라넬라그 방향으로 가더라는 겁니다. 기억하시죠? 그 시간대면 마담 포빌 역시 같은 구역에 있었을 때입니다. 아시다시피 범행이 일어난 시각은 자정 조금 못 미쳐서이고요. 결론적으로 말해서……."

"이제 됐네. 그만 가보게."

"네? 하지만……."

"어서!"

"언제 또 봐야 할 것 아닌가요?"

"당연하지. 30분 후에 그자의 집 앞에서 보는 거야."

"그자라니요?"

"그야 마리안 포빌의 공범이지."

"하지만 두목은 모르지 않습니까?"

"뭐 말인가? 그자의 집 주소? 그거야 자네가 말해주었지 않은가! 리샤르발라스 대로, 8번지 말이네. 자, 어서 뛰라고, 제발 정신 좀 바짝 차리고!"

페레나는 어리둥절 멍하니 서 있는 마즈루를 핑그르르 돌려세운 뒤, 문에까지 떠밀다시피 해서, 곧장 하인의 손에 맡겨버렸다.

그리고 몇 분이 지나고 나서, 자신도 집을 나섰는데, 역시 재깍 따라 붙는 경찰관들을 줄줄이 이끌고 이리저리 다니다가, 이중 출입구가 설치된 어느 건물 앞에 멀뚱하니 기다리고 서 있게 만든 뒤, 잽싸게 자동차를 타고 뇌일리로 향하는 것이었다.

마드리드 가도(街道)부터는 걸어서 접근하기 시작했고, 마침내 불로뉴 숲이 훤히 바라보이는 리샤르발라스 대로로 접어들었다.

그곳, 이웃 소유지의 높다란 담벼락들로 둘러싸인 채, 마당 깊숙이 자리 잡은 3층짜리 아담한 건물 앞에는 벌써 도착한 마즈루가 기다리고 있었다.

"8번지 맞는가?"

"네, 두목. 근데 도대체 어찌 된 영문인지 좀 설명을……."

"잠깐만, 이 친구야! 우선 숨 좀 돌리세!"

그는 실제로 몇 차례 크게 심호흡을 했다.

"세상에! 움직이니까 이렇게 좋은걸! 정말이지 그동안 온몸 가득 녹이 스는 느낌이었다니까! 오랜만에 쫓고 쫓기는 놀이를 하니, 기분이 다 상쾌하군그래! 아차, 설명을 해달라고 했지?"

그는 반장의 팔짱을 척 끼고는 얘기를 시작했다.

"잘 듣게, 알렉상드르. 그리고 좀 배워. 누구든 국유치(局留置) 우편물을 수신하기 위한 주소로 이니셜을 사용할 경우, 결코 임의로 아무렇게나 글자들을 택하는 법이 없다는 걸 명심하게. 거의 언제나 교신 상대방에게 분명한 의미를 환기할 수 있는 글자들, 즉 주소지를 정확히 떠올릴 수 있을 만한 방식의 이니셜로 정하기 마련이지."

"그럼, 이번 경우는?"

"이번 경우는, 나처럼 뇌일리와 불로뉴 숲 근방을 훤히 아는 사람이 볼 때, 이 B R W라는 세 글자가 대번에 의아스럽게 다가오더군. 특히 왠지 외국어의 일부일 것 같은 이 W라는 글자 말이야. 분명 영어일 거라는 생각이 들었지. 그러고는 순간적으로 내 시야와 정신에 어떤 글자들의 영상이 좌르륵 펼쳐지더니, 거기서 예의 그 세 글자가 자신들을 필요로 하는 각 단어의 첫머리에 논리적으로 철커덕철커덕 자리를 차지하지 않겠나! 그러더니 슬슬 보이더군. '대로(大路, boulevard)'의 B, 그리고 둘 다 영어인 '리샤르(Richard)'의 R와 '발라스(Wallace)'의 W 말이네(리샤르 발라스, 즉 리처드 윌러스(1818~1890)는 영국인 자선사업가로, 프랑스를 흠모하여 파리 시가지에 50개의 분수식 수도를 기증한 바 있음. 하지만 리샤르발라스 대로라는 이름은 뤼팽 시리즈에 등장하는 대부분의 거리들과는 달리, 실재하지는 않음—옮긴이). 결국 나는 조금도 주저하지 않고 이렇게 리샤르발라스 대로로 달려온 것이라네. 그래서 그대가 그토록 어리둥절해 있는 것이고 말이야!"

하지만 마즈루는 은근히 미심쩍다는 표정이었다.

"정말 그게 맞는다고 믿으십니까, 두목?"

"난 아무것도 믿지 않아. 다만 끊임없이 탐구할 뿐이네. 무엇이든 최초로 마련되는 기반 위에다 하나의 가설을 세울 뿐이지. 가장 그럴듯한 가설을 말이야. 그리고 생각하는 거지. 생각하고, 또 생각하고. 이보게, 마즈루, 지금도 생각하고 있어. 이 초라한 구석이 어딘지 수상쩍은 데가 있다고 말이야. 이 집 어딘가……. 쉿! 들어보게."

페레나는 느닷없이 어두운 그늘 속으로 마즈루를 떠다밀었다. 뭔가 소음이 들리면서 딸까닥 문 열리는 소리가 났던 것이다.

아닌 게 아니라 발소리가 집 앞마당을 가로지르고 있었고, 곧장 바깥쪽 철책 문 자물쇠가 삐거덕했다. 누군가 나타났는데, 마침 가로등 불빛이 그의 얼굴을 환하게 비췄다.

"맙소사! 바로 그잡니다!"

마즈루가 중얼거렸다.

"그래, 그런 것 같군."

"맞아요, 그자예요, 두목! 저 검은색 지팡이와 반짝거리는 손잡이를 보세요. 코안경도 꼈고 수염도⋯⋯. 히야! 두목, 정말이지 대단하세요!"

"진정하고 날 따라오게."

문제의 사내는 리샤르발라스 대로를 건너가자마자 곧장 마이요 대로로 접어들었다. 걸음걸이가 상당히 빨랐는데, 고개를 반듯하게 곧추세우고 지팡이를 휘휘 돌리는 폼이 무척 경쾌해 보였다. 사내는 문득 담뱃불을 붙여 물었다.

마이요 대로가 끝나갈 무렵, 사내는 입시 세관을 그대로 통과해 파리 시내로 들어섰다. 보아하니 파리 순환 철도역이 그리 멀지 않았다. 사내는 계속해서 그쪽을 향해 가더니, 결국 오퇴이유행 기차에 몸을 실었다.

미행하던 마즈루가 고개를 갸우뚱했다.

"거참 이상하군요! 보름 전에 밟았던 길을 그대로 되풀이하고 있어요. 그때 목격됐던 상황과 똑같아요."

기차에서 내린 사내는 그대로 성벽 잔해를 따라 걸어갔다. 한 15분 정도 걷자, 쉬세 대로가 나왔고, 거의 동시에 포빌 기사와 그의 아들이 끔찍한 죽음을 맞이했던 건물이 보였다.

이윽고 건물 맞은편에 다다르자, 사내는 성벽 잔해에 기어올라, 그곳에서 건물 정면을 바라보며 몇 분 동안 꼼짝 않고 있었다. 그리고 다시 걷기 시작해, 뮈에트를 거쳐, 어두컴컴한 불로뉴 숲 속으로 들어갔다.

"지금이다!"

갑자기 걸음을 빨리하며 돈 루이스가 내뱉자, 마즈루가 덥석 붙들며 말했다.

"아니, 뭐하시게요, 두목?"

"그야 덮치려는 거지! 우린 둘이야. 지금처럼 좋은 기회도 없을 거라고!"

"그건 안 돼요!"

"안 되다니? 왜 두려운가? 그럼 좋아, 나 혼자 하지 뭐."

"이봐요, 두목. 설마 진담은 아니시겠죠?"

"왜 아닐 거라고 생각하는 건데?"

"그야 아무 이유도 없이 사람을 체포할 순 없으니까 그렇죠."

"아무 이유가 없다니? 저런 악당 녀석이 말인가? 살인자한테 아무 이유가 없다고? 대체 자넨 어떤 이유가 필요한 건데?"

"어쩔 수 없는 불가항력적 상황이라거나 현행범일 경우가 아닌 상황에서 체포가 가능하려면 반드시 필요한 게 하나 있습니다."

"그게 뭔데?"

"바로 영장(令狀)이지요. 현재 영장이 없질 않습니까!"

그렇게 말하는 마즈루의 억양이나 태도가 어찌나 고지식하고 우습게 보이는지, 돈 루이스 페레나는 덮어놓고 웃음이 터져나왔다.

"우하하하, 영장이 없다? 딱한 친구 같으니라고. 어디 나한테도 그런 게 필요한지 두고만 보고 있게!"

"아뇨! 두고 보지 않을 겁니다!"

마즈루는 상대의 팔을 와락 움켜쥔 채 외쳤다.

"저자한테 손끝 하나라도 대선 안 됩니다!"

"뭐야, 저치가 자네 엄마라도 되나?"

"이봐요, 두목."

돈 루이스는 안달이 나는지 다급한 목소리로 내뱉었다.

"이봐요, 정직하신 꽁생원 선생, 지금 저자를 이대로 놓쳐버리면, 다시 이 같은 기회가 올 거라고 생각하는가?"

"그건 어렵지 않을 겁니다. 저자는 어차피 귀가할 것이고 저는 저대로 경찰서장에게 먼저 신고한 뒤, 경시청에 연락을 취하고…… . 그러면 내일 아침쯤에는……."

"그러다 새가 훌쩍 날아가 버리면?"

"하여튼 영장이 없습니다."

"멍청이, 내가 한 장 써주랴?"

속은 부글거렸지만, 돈 루이스는 가까스로 울화통을 다스렸다. 마즈루의 얼굴을 보아하니 그 고집 앞에선 속수무책일 것 같았고, 필요하면 옛 두목에게 대항해 저 악당을 보호하기까지 할 태세였던 것이다. 돈 루이스는 그저 꾸짖는 듯한 어투로 한마디 하고 치울 수밖에 없었다.

"세상 한심한 천치와 하나 다를 게 없군, 자네. 하긴 별의별 휴지 조각 같은 영장이다 서류다 서명이다, 쓸데없는 잡소리나 늘어놓으면서 경찰 도움에 의존하는 바보들이 이 세상에 어디 한둘이냐마는……. 이보게 친구, 경찰이란 결국 이 주먹만 못한 거야. 적이 눈앞에 있으면 우선은 부딪치고 보는 게 장땡이지. 그러지 않고 어영부영하다가는 자칫 헛손질하기가 쉬워. 어쨌든 자네 혼자 잘해보게. 난 잠이나 자러 들어가야겠어. 일이 다 끝나면 전화나 한 통 주게나."

그는 식식거리며 집으로 돌아갔다. 모처럼 모험에 뛰어드나 싶었는데, 운신(運身)이 자유롭지도 못했을 뿐만 아니라, 타인의 의지, 아니 타인의 우유부단함에 온통 끌려다녔다는 생각에 보통 부아가 나는 것이 아니었다.

하지만 다음 날 아침 자리에서 일어나자, 그 흑단 지팡이의 사내를 경찰이 어떻게 처리할지 궁금한 심정과 함께, 특히 자신의 협조가 결코 무위로 끝나진 않으리라는 마음에, 눈 깜짝할 사이 후닥닥 옷부터 차려입지 않을 수가 없었다.

'역시 내가 뛰어들지 않으면 보기 좋게 당하고 말 거야. 저들의 힘만으로는 대적하기 힘든 상대일 테니까.'

호랑이 이빨

그렇게 속으로 중얼거리는데, 마침 마즈루한테서 전화가 왔다. 그는 2층 서재하고만 통하도록 후미진 구석에 전 주인이 특별히 설치해놓은 전화박스로 득달같이 달려갔다.

"알렉상드르, 자넨가?"

"네, 두목. 여긴 리샤르발라스 대로의 어제 그 집 근처에 있는 포도주 가게입니다."

"그자는 어떻게 됐나?"

"지금은 얌전히 집에 있습니다. 하마터면 놓칠 뻔했어요."

"아, 그래."

"네, 여행 가방을 싸놓았더라고요. 오늘 아침에 떠날 모양입니다."

"그걸 어떻게 아나?"

"가정부한테서 들은 얘깁니다. 방금 집으로 들어가더군요. 곧 우리 쪽에 문을 열어줄 겁니다."

"그 친구, 혼자 살던가?"

"네. 가정부가 와서 밥만 해주고, 저녁땐 돌아간다고 합니다. 방문객은 전혀 없는 편이고, 베일로 얼굴을 가린 여인 한 명이 지금까지 세 번 찾아온 게 고작이라는군요. 여자 얼굴은 가정부도 못 알아볼 거랍니다. 가정부 얘기로는, 그 작자 꽤나 유식한 친구랍니다. 하루 종일 책을 읽거나 글을 쓰면서 소일한다더군요."

"그래 영장은 발부받은 건가?"

"네, 이제 슬슬 작전을 개시할까 합니다."

"내가 곧 달려가지."

"아니요! 그러시면 안 됩니다! 부국장인 베베르가 지휘를 할 예정이에요. 아차, 마담 포빌에 관한 소식 모르시죠?"

"마담 포빌?"

"네, 어젯밤에 자살하려고 했답니다!"

"뭐? 자살을 하려고 해?"

페레나는 저도 모르게 비명을 내질렀는데, 거의 동시에 마치 가까운 메아리처럼 다른 누군가의 찢어질 듯한 비명 소리가 바로 가까이서 들리는 바람에 그만 소스라치고 말았다.

수화기는 그대로 손에 쥔 채, 그는 후닥닥 고개를 돌려보았다. 다름 아닌 르바쉐르 양이 몇 발짝 떨어지지 않은 서재에 똑바로 선 채, 창백하게 질린 얼굴을 찡그리고 있는 것이었다.

두 사람의 시선이 동시에 마주쳤다. 남자는 뭐라고 질문하려 했지만, 여자가 슬그머니 자리를 피했다.

'대체 왜 엿듣고 있었던 거지? 그리고 왜 저렇게 놀라는 걸까?'

돈 루이스는 곰곰이 속으로 중얼거렸다.

한편 수화기 너머에서는 계속해서 마즈루가 떠들어대고 있었다.

"그렇지 않아도 자살하겠다고 큰소리쳤잖아요? 하여튼 독한 용기가 필요했을 겁니다."

잠시 후, 페레나는 툭 질문을 던졌다.

"그래 어떤 식으로 자살하려고 하던가?"

"그건 나중에 말씀드릴게요. 지금 가봐야겠습니다. 아무튼 이쪽으로 오진 마세요, 두목!"

하지만 돈 루이스는 단호했다.

"아니, 가야지. 놈의 소재를 밝혀낸 건 나이니까, 최소한 체포 현장에라도 내가 있어야 말이 되지. 뭐, 걱정할 건 없네. 이만큼 물러나서 관망만 할 테니까."

"정 그러시다면, 빨리 서두르세요. 지금 공세에 들어갑니다!"

"곧 가지!"

수화기를 내려놓자마자 잽싸게 몸을 돌려 전화박스를 막 튀어나가려는 찰나!

돈 루이스는 훌쩍 뒤로 몸을 날려 벽에 쾅당 부닥치지 않을 수가 없었다. 문턱을 넘어서려는 바로 그 순간, 뭔가 머리 위에서 덜컹 벗겨지는가 싶더니, 난데없는 강철 셔터가 무서운 기세로 철커덩 내려와 닫히는 것이 아닌가!

조금만 늦었어도 완전히 깔아뭉개졌을 것이다. 아직도 철판이 우르르 떨리는 것이 손바닥에 느껴졌다. 이처럼 끔찍한 위험에 기겁을 한 적도 별로 없는 것 같았다.

그렇게 잠시 동안 혼비백산한 상태로 멍하니 있던 돈 루이스는 이내 냉정을 되찾고 눈앞의 장애물을 몇 차례 들이받기 시작했다.

하지만 도무지 꿈쩍하는 것 같지 않았다. 보아하니 두께라도 얇거나 작은 철판들을 조각조각 이어 붙인 단순한 셔터가 아니라, 아예 한 덩어리의 묵직한 철제(鐵製) 장막이나 마찬가지였으며, 군데군데 녹도 슬고 세월의 때도 제법 반들반들한 것이, 꽤 오래전에 설치해둔 것 같았다. 그런가 하면 상하좌우 각 모서리가 견고한 틀 속에 단단히 끼워져 있어, 전체적으로 미동도 하지 않을 것 같았다.

영락없이 갇힌 꼴이었다. 마침 르바쉐르 양이 서재에 있다는 생각이 떠올라, 돈 루이스는 있는 힘껏 철판을 주먹으로 두드렸다. 아직 그곳에 있기만 하다면,—사실 이런 뚱딴지같은 일이 벌어질 때 서재를 빠져나갔을 가능성은 거의 없다—소리를 들을 수 있을 것이다. 분명 심상치 않은 낌새를 눈치챌 것이고, 그럼 가다가도 다시 돌아올 것이며, 즉시 집 안 전체에 알려 도움을 요청해줄 것이다.

그는 가만히 귀를 기울였다. 아무 소리도 들리지 않았다. 목이 터져라 고함을 질러보았다. 역시 아무 대답도 없었다. 그저 비좁은 박스의 벽과 천장에 부딪친 목소리만 시끄럽게 되돌아올 뿐, 그 많은 거실들이 며 계단들, 방들 모두가 하필 이럴 때, 자신의 목소리에 귀를 닫고 있다는 불길한 예감이 드는 것이었다.

그나저나 르바쉐르는, 마드무아젤 르바쉐르는?

"이게 대체 어찌 된 영문인가? 이 모든 게 무얼 의미하는 거지?"

돈 루이스 페레나는 혼잣말처럼 중얼거리며 깊은 생각에 빠져들었다.

가만히 입을 다물고 생각을 헤집으면서, 그는 문득 휘둥그레진 눈동자에 한껏 당혹스러워하던 여자의 이상한 얼굴과 태도가 머릿속에 떠올랐다. 이런 끔찍한 강철 셔터로 불시에 앞길을 가로막은 어딘가의 숨겨진 장치가 대체 왜 하필 지금 이 순간 작동되었단 말인가?

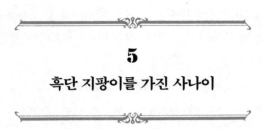

5
흑단 지팡이를 가진 사나이

리샤르발라스 대로 8번지 건물의 철책 앞, 치안부국장 베베르와 앙스니 경감, 그리고 마즈루 반장을 비롯한 경찰관 세 명, 뇌일리 파출소장이 한데 모여 있었다.

마즈루는 아까부터 돈 루이스가 올 것으로 예상되는 마드리드 가도(街道) 쪽을 바라보고 있었다. 하지만 전화 통화를 한 뒤 30분이 지났음에도 두목의 모습이 보이지 않자, 자못 의아해지기 시작하는 것이었다. 하지만 더 이상 작전을 미룰 핑계는 없었다.

베베르 부국장이 입을 열었다.

"때가 되었소. 가정부가 창문에서 신호를 방금 보냈소. 놈이 옷을 입고 있다는군."

그러자 마즈루가 조심스레 의견을 내밀었다.

"나오는 걸 덮치는 게 어떨까요? 단번에 요절을 낼 수 있을 텐데요."

하지만 부국장의 생각은 달랐다.

결정판 아르센 뤼팽 전집

"그러다 만약 우리가 모르는 다른 출구로 내빼면 어쩌게? 저런 놈들은 매사 긴장을 늦춰선 안 되는 법이지. 이대로 보금자리를 급습하는 게 나을 거외다. 그게 아무래도 더 확실하지."

"하지만……."

"아니 왜 그러는 거요, 마즈루?"

마침내 부국장은 마즈루 형사를 한쪽으로 데리고 가 물었다.

"지금도 모두가 신경이 곤두서 있는 거 안 보이시오? 저놈 때문에 하나같이 불안해하고 있단 말이오. 방법은 하나입니다. 짐승을 덮치듯 일거에 들이닥치는 것 말이오. 그래서 경시청장이 도착했을 땐, 모든 게 깔끔히 마무리되어 있어야 할 것이오."

"아, 청장님도 오십니까?"

"그렇소. 이번 일은 직접 챙기려는 게 그분 뜻이니까. 하여튼 이 사건 전반에 걸쳐 관심이 지대하오. 그러니 지체할 여유가 없소. 자, 다들 준비되었소? 내가 벨을 누르리다."

급기야 초인종이 울렸고, 가정부가 부리나케 달려나와 빠끔히 문을 열었다.

원래는 미리 상대를 놀라게 하지 않기 위해 최대한 조용하게 작전을 진행시키라는 지시가 있었지만, 워낙 불안과 두려움이 컸던지라 일행은 그만 허겁지겁 안뜰로 우르르 몰려들었고, 금방이라도 전투에 돌입할 것처럼 호들갑을 떨었다. 그런데 문득 3층 창문 하나가 반짝 열리면서 누군가 소리치는 것이었다.

"무슨 일이야?"

부국장은 물론 아무 대꾸도 하지 않았다. 그는 경찰관 두 명과 경감, 파출소장과 함께 집 안으로 파고들었고, 나머지 두 명은 안뜰에 남아 퇴로를 차단하기로 했다.

격돌은 2층에서 벌어질 운명이었다. 한 사나이가 정장을 차려입고 모자까지 쓴 채 계단을 내려오는 것을 부국장이 가로막고 일갈했다.

"그대로 꼼짝 말고 멈추시오! 당신이 위베르 로티에요?"

사내는 일순 어리둥절한 기색이었다. 그도 그럴 것이 무려 다섯 자루의 권총이 자신을 겨누고 있었던 것이다. 하지만 겁에 질린 표정은 전혀 아니었고, 그저 이렇게 물었다.

"원하는 게 무엇이오? 여기서 무얼 하는 겁니까?"

"우린 법을 집행하러 왔소. 여기 체포 영장을 가지고 왔소이다!"

"체포 영장이라니, 나를 말이오?"

"그렇소! 리샤르발라스 대로, 8번지에 거주하는 위베르 로티에!"

"그럴 리가! 도저히 믿을 수가 없소이다. 이게 무슨 영문인지! 대체 이유가 뭐요?"

결정판 아르센 뤼팽 전집

사내는 난데없는 침입자들이 와락 달려들어 양팔을 붙들고 제법 널찍한 방으로 들이미는 동안 조금도 저항하지 않았다. 안에는 밀짚으로 엮은 의자 세 개와 안락의자 하나, 그리고 두꺼운 책들로 수북한 탁자가 하나 있었다.

부국장이 입을 열었다.

"공연히 꼼짝할 생각일랑 마시오. 서툰 짓을 하면 당신만 손해야."

사내는 여전히 얌전했다. 두 명의 경찰관에게 목덜미가 붙들린 상태에서도 그는 골똘히 뭔가 생각에 잠겨 있었다. 마치 도무지 영문을 모르는 이 체포 소동의 수수께끼 같은 이유를 가늠하려고 이것저것 머릿속에 떠올려보는 중인 듯했다. 약간 붉은빛이 감도는 밤색 턱수염에 코안경 너머로 이따금씩 강인한 안광(眼光)을 번뜩이는 푸르스름한 눈동자가 전체적으로 매우 지적인 분위기를 풍기는 남자였다. 그런가 하면 떡 벌어진 어깨와 두툼한 목덜미까지, 체격도 제법 힘깨나 쓸 것 같은 분위기였다.

"수갑을 채울까요?"

마즈루가 부국장을 보며 물었다.

"잠깐, 지금 경시청장이 도착하는 것 같은데. 호주머니 검사는? 무기는 없습디까?"

"없습니다."

"약병 같은 건? 뭐든 수상쩍은 것은?"

"아무것도 없습니다."

한편 데말리옹 씨는 방 안에 들어서자마자 눈으로는 용의자의 얼굴을 찬찬히 뜯어보면서, 나지막한 목소리로 진행된 작전에 대해 부국장과 함께 얘기를 나누기 시작했다.

"잘하셨소이다. 어차피 필요한 작전이었소. 이제 공범 두 명이 모두

잡혔으니, 조만간 입을 열 테고, 그땐 모든 문제가 밝혀지겠지. 그래, 저항은 없었습니까?"

"전혀 없었습니다. 경시청장님."

"아무튼 경계는 늦추지 마시오!"

사내는 여전히 입도 뻥끗하지 않았고, 도무지 이 모든 사태를 이해 못하겠다는 표정으로 골똘히 생각에 잠겨 있었다. 다만 방금 새로 도착한 인물이 파리 경시청장이라는 사실을 깨닫자 고개를 번쩍 들었는데, 그런 그에게 데말리옹 씨가 한마디 했다.

"왜 당신이 체포되었는지 그 이유는 설명할 필요도 없겠지?"

그러자 사내는 되도록 공손한 말투로 이런 반응을 보이는 것이었다.

"실례합니다만, 경시청장님, 오히려 자세히 설명 좀 해주셨으면 합니다. 도무지 뭐가 뭔지 저는 조금도 모르겠습니다. 여러 경찰관께서 뭔가 큰 착오가 있으신 듯한데, 한 말씀만 해주시면 모든 오해가 풀릴 수 있을 것입니다. 그러니 제발 부탁입니다. 한마디만 해주십시오."

경시청장이 어깨를 으쓱하며 내뱉었다.

"당신은 지금 포빌 기사와 그 아들 에드몽의 살인에 가담한 혐의를 받고 있소이다!"

"아니, 이폴리트가 죽었단 말입니까?"

사내는 화들짝 놀라더니, 파르르 떠는 목소리로 중얼거리기 시작했다.

"이폴리트가 죽다니? 지금 무슨 말씀을 하시는 겁니까? 그가 죽다니, 말이 됩니까? 어떻게 말입니까? 살해당했다고요? 에드몽도 말입니까?"

경시청장은 또다시 어깨를 으쓱했다.

"당신이 므슈 포빌의 이름을 마구 부르는 걸 보니 매우 가까운 사이였다는 게 증명되는군요. 그러니 설사 이번 살인 사건과 아무 관련이 없다고 해도, 지난 보름 동안 신문을 들여다보았다면 그가 비명횡사했다는 사실쯤 익히 알고도 남았을 겁니다."

"나는 신문 안 읽습니다, 경시청장님."

"뭐요? 그럼 기어이 우기겠다는……."

"물론 곧이들리진 않겠지만, 사실입니다. 나는 오로지 공부에만 몰두하며 살아가고 있는 사람입니다. 학문 연구에 모든 걸 바치면서 전문 서적에 대한 입문서를 저술하고 있지요. 그래서 외부 세계에 대해서는 완전히 문을 걸어 잠그다시피 하고 지냅니다. 아마 이 세상 어느 누구도 지난 세월 동안 내가 신문 한 장 읽은 적이 없다는 걸 한 번만 얘기해보면 알 수 있을 겁니다. 이폴리트 포빌이 살해당했다는 걸 모를 수밖에 없는 이유도 바로 그겁니다. 그 친구는 옛날에 알고 지냈는데, 그만 사이가 틀어졌지요."

"이유는요?"

"그저 가족 문제입니다."

"가족 문제라니? 그럼 둘이 인척 사이라도 된다는 말이오?"

"그렇습니다. 이폴리트는 내 6촌 형제이지요."

"6촌 형제라? 므슈 포빌이 당신의 6촌이란 말이오? 하, 이거 참. 어디, 정리 좀 해봅시다. 므슈 포빌과 그의 부인은 서로 자매지간인 엘리자베트와 아르망드 루셀의 자식들입니다. 그 두 자매는 사촌 동생인 빅토르와 함께 자랐고요."

"그렇습니다. 빅토르 소브랑이지요. 그는 외국에서 결혼을 했고, 두 명의 자식을 가졌습니다. 그중 하나는 15년 전에 사망했고, 하나 남은 게 바로 나랍니다."

데말리옹 씨는 소스라치게 놀라는 기색이 역력했다. 만약 이 사내가 하는 얘기가 진실이라면, 그가 정녕 경찰이 아직까지 신원 파악을 정확히 하지 못하고 있는 저 빅토르의 자식이라면, 므슈 포빌 부자(父子)도 죽고 마담 포빌조차 살인 혐의를 받아 실질적인 유산상속권을 박탈당한 지금 이 마당에 기껏 걸려든 상대가 미국인 코스모 모닝턴의 최종 유산상속자란 얘기가 아닌가!

자신에게 이처럼 치명적일 수 있는 진술을 뭐하러 내뱉는 것일까? 어차피 경찰도 까마득히 모르고 있을 터, 엄청난 실언(失言)이 아니고서야 굳이 지금 이 자리에서 밝힐 이유가 없지 않겠는가?

사내는 또 이렇게 말했다.

"내 얘기가 몹시도 놀라운 모양이군요. 이 일에 뭔가 착오가 있었다는 걸 시사(示唆)하기라도 한 겁니까?"

전혀 동요하는 기색 없이 충분한 예의를 갖춘 낭랑한 목소리로 솔직한 생각을 피력하고 있는 듯했다. 다시 말해, 자신이 방금 내뱉은 진술이 오히려 이 체포에 힘을 실어주고 있음을 전혀 눈치채지 못하는 분위기였다.

경시청장은 질문에 대답하는 대신 반문했다.

"그럼 당신의 진짜 이름은?"

"가스통 소브랑입니다."

"그런데 왜 위베르 로티에라는 이름을 쓴 겁니까?"

순간 사내는 희미하게 풀 죽은 기색을 드러냈는데, 물론 데말리옹 씨의 날카로운 관찰력을 벗어나지는 못했다. 사내는 눈을 깜박거리면서 풀썩 주저앉더니 중얼거렸다.

"그건 경찰과는 아무 상관 없는 일입니다. 오로지 나한테만 관계있는 일이에요."

데말리옹 씨는 싸늘하게 웃으며 다그쳤다.

"허허, 그것참 간단하군. 하지만 내가, 왜 그렇게 숨어 살아왔고, 왜 행선지도 밝히지 않고 룰 가도의 집을 떠나왔으며, 우편물은 또 왜 이니셜을 사용해가며 일부러 우체국에 가서 수령해왔는지 물어봐도 그런 식으로 발뺌을 할 거요?"

"네, 경시청장님. 그것들은 엄연히 사적인 영역으로서, 내 개인적인 양심에 속한 문제입니다. 당신들이 그에 대해 일일이 캐물을 권리는 없어요."

"그야말로 당신의 공범이 툭하면 내밀었던 것과 똑같은 대답이로군."

"내 공범이라니요?"

"마담 포빌 말이오!"

"마담 포빌이라고요?"

가스통 소브랑은 친척 엔지니어의 사망 소식을 접했을 때와 똑같이, 아니 그보다 더 아연실색한 표정이 되었고, 급기야 보기 흉할 정도로 얼굴 전체가 일그러지는 지경까지 괴로워했다.

"지금, 뭐라고 했습니까? 마리안이……. 아니야, 그럴 리가 없어! 사실이 아니죠? 그렇죠?"

데말리옹 씨는 그런 연극 같은 반응에 일일이 대꾸할 필요성조차 느끼지 못했다. 그만큼 쉬셰 대로의 참극에 관해 전혀 모르는 척 시치미를 떼는 태도가 아니꼽고 어색하게만 보였던 것이다.

가스통 소브랑은 눈을 휘둥그레 뜬 채, 정신없이 중얼거리고 있었다.

"이게 대체 어찌 된 영문이지? 그녀 역시 나처럼 누명을 쓰고 있단 말인가? 그녀를 체포한 거야? 마리안이 감옥에 갇혀 있단 말이야?"

사내는 벌떡 일어나, 자신을 둘러싼 세상의 낯선 적들, 자신을 괴롭혀왔고, 이폴리트 포빌을 살해한 뒤, 마리안을 경찰에 떠안겨 버린 모든 적을 향해 부들부들 떠는 주먹을 치켜들고 절망적으로 을러대기 시작했다.

마즈루와 앙스니 경감은 그를 거칠게 제지했다. 하지만 사내는 좀처럼 수그러들 기미를 보이지 않았고, 마치 반격이라도 할 것처럼 기승을 부렸다. 하지만 그것도 잠시뿐, 그만 맥없이 주저앉으며 두 손에 얼굴을 파묻는 것이었다.

"세상에 어찌 이런 일이! 도저히 이해가 안 돼. 이해가 안 된다고."

그는 한동안 혼잣말로 중얼대다가, 어느 순간 입을 다물어버렸다.

경시청장은 마즈루를 힐끔 보며 말했다.

"마담 포빌과 마찬가지로 정말 유능한 배우 아닌가? 열정도 연기력도 그만하면 막상막하야. 누가 친척 아니랄까 봐."

"아무튼 바짝 긴장을 늦추지 말아야겠습니다, 경시청장님. 지금 당장은 갑작스레 체포당해서 기가 꺾여 있을지 모르지만, 절대로 방심은 금물이지요!"

한편 그새 잠시 어디론가 나가 있던 베베르 부국장이 돌아오자, 데말리옹 씨가 곧장 말을 건넸다.

"준비는 다 되었나요?"

"네, 경시청장님. 청장님이 타고 오신 차 옆에 택시를 바짝 대기시켜 놓았습니다."

"우리 인원이 전부 몇 명이죠?"

"방금 경찰관 두 명이 더 보강되어서 모두 여덟 명입니다."

"집 안은 샅샅이 수색한 겁니까?"

"네, 워낙 텅텅 비다시피 한 건물입니다. 꼭 필요한 가구 몇 점에다 방마다 있는 거라곤 수북한 종이 뭉치뿐입니다."

"알겠소. 이자를 끌어내고 수색을 가중시키도록 하시오."

가스통 소브랑은 부국장과 마즈루가 이끄는 대로 순순히 따라나섰다.

그렇게 문턱까지 이르렀을 때였다. 갑자기 홱 돌아서며 그가 중얼

결정판 아르센 뤼팽 전집

거렸다.

"경시청장님, 가택수색을 하신다니 말인데, 내 방 탁자 위에 쌓여 있는 종이들은 각별하게 주의해주시길 간청합니다. 숱한 밤을 지새워 작성한 주해(註解)들입니다. 게다가……."

말하다 말고 주저하는 기색이 두드러지자 데말리옹 씨가 얼른 다그쳐 물었다.

"게다가, 뭡니까?"

"경시청장님, 나중에 말씀드리지요. 나중에 뭔가 말씀드릴 게 있을 겁니다."

그는 적절한 표현을 찾는 것 같았는데, 그렇게 더듬대면서도 완전히 털어놓았을 때 결과가 어떠할지 걱정스러운 모양이었다. 하지만 급기야 결심이 섰는지 입을 열었다.

"경시청장님, 이곳 어딘가에 내가 목숨보다 소중히 여기는 편지 묶음이 하나 있습니다. 글쎄요, 혹시 나쁜 의미로 해석할 경우, 그 편지들은 나에게 큰 화를 가져다줄지도 모르겠습니다. 하지만 상관없어요. 우선 중요한 건 그걸 안전하게 보존하는 겁니다. 두고 보면 아시게 될 거예요. 너무도 중요한 자료들입니다. 그걸 경시청장님, 한 분한테 모두 맡기겠습니다."

"대체 그게 어디 있다는 겁니까?"

"놔둔 곳을 찾기는 그리 어렵지 않습니다. 내 방 바로 위 지붕 밑 다락방으로 올라가서 창문 오른쪽의 못을 누르기만 하면 됩니다. 그냥 봐서는 별로 쓸모없을 것 같은 못이지만, 그걸 누르면 바깥쪽으로 빗물받이 홈통을 따라 슬레이트 아래에 위치한 은닉처가 나타날 거예요."

그렇게 말한 뒤, 양쪽에서 겨드랑이가 들리다시피 한 채로 끌려 나가려는 사내를 데말리옹 씨는 덥석 붙잡았다.

호랑이 이빨

"잠깐만. 이보시오, 마즈루, 어서 다락방부터 올라가 보시오. 가서 방금 얘기한 편지 묶음을 가져오도록."

마즈루는 즉시 출발했다가 몇 분 만에 돌아왔다. 사내가 얘기한 장치를 제대로 작동시키지 못한 모양이었다.

경시청장은 앙스니 경감더러 마즈루와 함께 다시금 올라가되, 이번엔 용의자도 같이 데리고 가 설명을 들으라고 지시했다.

그는 베베르 부국장과 함께 방 안에서 결과를 기다리며, 탁자 위에 어지러이 쌓여 있는 책들의 제목을 훑어보기 시작했다.

거의 다가 과학 서적이었는데, 그중에는 특히 『유기화학, 전기와의 관계』 같은 화학 책이 눈에 띄었다. 예외 없이 책의 여백마다 깨알 같은 주석(註釋)들이 빽빽하게 기입되어 있었다. 마침내 그중 한 권을 집어 들고 이리저리 들춰보려 할 때였다. 별안간 요란한 굉음이 솟구치는가 싶더니, 문턱을 넘어 후닥닥 달려나가기가 무섭게 층계 쪽에서 요란한 총성과 찢어질 듯한 비명 소리가 한꺼번에 들려오는 것이었다.

그러고는 곧장 두 발의 총성이 더 들렸다. 이어서 고함 소리와 몸싸움하는 소리, 그리고 또 총소리.

그런 체구에선 쉽게 예상치 못할 만큼 민첩한 동작으로 경시청장은 부국장과 더불어 계단을 네다섯 개씩 한꺼번에 건너뛰어, 2층에서 3층으로, 그리고 좀 더 가파르고 비좁은 4층 계단까지 내처 뛰어 올라갔다.

마침내 다 올라가 막 모퉁이를 돌려는데, 누군가 비틀거리면서 덮어놓고 팔에 턱 안기는 것이었다. 부상당한 마즈루였다.

그러고 보니 계단에 맥없이 뻗어 있던 또 다른 몸뚱어리는 앙스니 경감이었다.

저만치 위, 다락방으로 통하는 비좁은 문틀에는 가스통 소브랑이 사나운 표정을 한 채, 권총 든 팔을 쑥 내밀고 있었다. 그는 되는대로 다

결정판 아르센 뤼팽 전집

섯 번째 총알을 발사했고, 문득 경시청장에게 눈길이 멈추자, 이번엔 제대로 조준을 했다.

데말리옹 씨는 자기 얼굴을 직통으로 노려보는 듯한 시커먼 총구를 대하는 순간, 모든 것이 끝나는가 싶었다. 그러나 눈 깜짝할 찰나, 뒤쪽에서 느닷없는 총성이 울림과 동시에 소브랑이 겨누고 있던 권총이 바닥에 떨어지는 것이 아닌가! 아울러 방금 목숨을 구해준 어떤 남자가 앙스니의 시체를 넘어 쇄도하면서, 마즈루를 벽 쪽으로 아예 밀쳐버리고 경찰관들과 함께 들이닥치는 것이었다.

마치 꿈을 꾸듯 어리둥절한 가운데에도, 이 구세주의 얼굴을 데말리옹 씨는 똑똑히 알아보았다.

돈 루이스 페레나, 바로 그였던 것이다!

조금도 지체하지 않고 소브랑이 숨어든 다락방으로 내처 쳐들어간 돈 루이스의 시야에, 창문 바로 앞, 똑바로 서 있다가 저 아래로 몸을 날리는 상대의 모습이 포착되었다.

"떨어졌소? 죽으면 안 되는데."

뒤따라 달려 들어온 경시청장의 말에 돈 루이스가 대꾸했다.

"산 것도 죽은 것도 아닌 것 같습니다. 저것 보세요. 다시 일어나지 않습니까? 저런 놈들한테는 기적도 참 잘 일어나더군요. 철책 문 쪽으로 내빼고 있습니다. 그저 약간 절룩거릴 뿐이로군요."

"밖에 배치해둔 우리 인원은 다 어디 갔단 말이오?"

"아까 들린 총성 때문에 다들 건물 안 계단쯤에 몰려 있습니다. 부상자들 치료도 하고요."

"아, 이런 제기랄! 놈한테 아주 보기 좋게 당한 셈 아닌가!"

실제로 가스통 소브랑은 누구 한 사람의 제지도 받지 않고 유유히 현장을 벗어나고 말았다.

"놈을 붙잡아라! 놈을 붙잡으라고!"

데말리옹 씨는 발을 동동 구르며 고래고래 악을 써댔다.

한편 보도를 따라 자동차 두 대가 붙어 서 있었는데, 둘 다 이런 곳에선 보기 드물게 크고 넉넉한 차량이었다. 그중 하나는 경시청장이 타고 온 것이고, 나머지 하나는 용의자 호송을 위해 부국장이 특별히 조달한 자동차였다. 운전석에 느긋하게 앉아 기다리고 있던 두 명의 운전기사는 안에서 벌어지는 소동에 대해선 전혀 모르고 있었다. 다만, 바깥으로 뛰어내리는 가스통 소브랑을 목격하자, 경시청장의 운전기사가 좌석에 쌓아두었던 증거품들 중 그나마 무기가 될 만한 흑단 지팡이를 되는대로 움켜잡고는, 도망자가 달려가는 길을 부리나케 앞지르기 시작하는 것이었다.

"놈을 붙잡아라! 놈을 붙잡아!"

데말리옹 씨의 고함이 계속해서 들리고 있었다.

결국 앞뜰 출구 부근에서 격돌이 일어났고, 눈 깜짝할 사이에 승패가 갈렸다. 불현듯 앞길을 가로막은 운전기사에게 무작정 달려든 소브랑은 흑단 지팡이를 거칠게 낚아채, 있는 힘껏 상대의 얼굴을 후려쳤던 것이다. 덕분에 동강 나버린 지팡이를 그대로 손에 쥔 채, 그는 내처 달아났고, 그 뒤로 또 다른 운전기사와 뒤늦게 건물 밖으로 뛰쳐나온 경찰관 셋이 헐레벌떡 쫓아갔다.

하지만 쫓는 자와 쫓기는 자의 거리는 이미 서른 보(步) 이상이 벌어져 있었고, 몇 차례 총을 발사했지만 터무니없이 빗나가기만 할 뿐이었다.

데말리옹 씨와 베베르 부국장은 3층으로 내려와 가스통 소브랑의 방에 창백하게 뻗어 있는 앙스니 경감을 살펴보았다.

머리 부근에 한 방 맞아 거의 단말마의 숨을 몰아쉬고 있었고, 그나마 잠시 후 잠잠해졌다.

옆에서 붕대를 감아주는 동안, 상처가 그리 깊지 않은 마즈루 반장이 상황을 설명하고 있었다. 경감과 자기를 지붕 밑 다락방 앞까지 안내한 소브랑이 하인용 앞치마와 헐어빠진 작업복 사이에 걸려 있는 어느 낡은 가방 속으로 손을 불쑥 집어넣더라는 것이었다. 그러더니 총을 꺼내기가 무섭게 경감에게 발사했고, 치명타를 입은 앙스니 경감은 뒤로 벌렁 나자빠졌다고 했다. 마즈루가 와락 덮쳤지만 상대는 잽싸게 몸을 빼다시 세 발을 발사했는데, 그중 하나가 반장의 어깨를 맞혔던 것이다.

결국 경찰이 정예 요원 일개 부대를 투입했다는 이번 전투는, 도저히 도망칠 가능성이 희박해 보였던 포로가 두 명의 상대를 우선 따로 끌어내 무력화(無力化)시키고, 그로 인해 모든 경찰력을 집 안으로 끌어들인 뒤, 무방비 상태의 탈출로를 확보한다는 기막히게 대담한 전략을 구사한 끝에, 도망자 쪽의 완승으로 막을 내린 셈이었다.

데말리옹 씨는 끓어오르는 분노와 낭패감으로 파랗게 질린 채 길길이 날뛰고 있었다.

"우릴 완전히 농락했어. 편지니, 은닉처니, 움직이는 못이니……. 전부가 속임수였다고. 아, 나쁜 놈!"

그는 1층으로 내려가 곧장 안뜰을 가로질렀다. 대로 쪽으로 나가자, 추격에 동참했던 경찰관 한 명이 숨이 턱에까지 찬 채, 돌아오고 있었다.

"그래, 어찌 됐나?"

데말리옹 씨는 혹시나 하는 표정으로 물었다.

"놈이 옆길로 새버렸습니다. 그곳엔 이미 자동차가 한 대 와서 기다리고 있었고요. 아마도 엔진을 켜놓고 있었던 듯합니다. 차에 오르자마자 쏜살같이 뺑소니를 쳤으니까요."

"그럼 내 차로라도 당장!"

"하지만 그건 좀……. 어차피 시동도 걸고 하려면……."

"놈이 타고 간 차는 택시였나?"

"네."

"그럼 곧 확인이 되겠군. 신문에서 기사를 보고 나면 제 발로 운전기사가 찾아올 테니까 말이야."

그러자 베베르는 고개를 가로저었다.

"운전기사도 한패가 아니라면 그렇겠죠. 그리고 뒤늦게 자동차를 조회할 수 있다 해도, 가스통 소브랑 같은 녀석은 이미 모든 발자취를 말끔하게 지우고 난 다음일 겁니다. 아무래도 골머리 좀 앓게 생겼습니다, 경시청장님."

초동수사를 말없이 지켜보던 돈 루이스는 마즈루와 단둘이 있게 되자 입을 열었다.

"그래, 자네들 그렇게 다 잡은 먹이도 뺑소니치게 놔둔다면 정말이지 앞으로 골치 톡톡히 썩게 될 거야. 마즈루, 이 친구야, 그래 내가 어젯밤에 뭐라 일렀는가? 보아하니 그놈도 어지간한 물건이 아니던데 말이야! 우선 그는 혼자가 아니었네, 알렉상드르. 장담하건대 그에게는 여러 명의 패거리가 있어. 우리 집에서 그리 멀지 않은 곳까지 침투해 있지. 내 말 알아듣겠나, 우리 집 말일세!"

돈 루이스는 그러고도 소브랑이 체포되었을 당시 어땠는지에 대해 이런저런 질문을 한 뒤, 팔레 부르봉 광장의 저택으로 귀가했다.

이제부터 그가 파고들어야 할 문제는 매우 기이한 사건들에 닿아 있는 것이 틀림없었다. 아울러, 코스모 모닝턴의 유산상속을 위해 벌이는 가스통 소브랑의 행적이 흥미로운 만큼, 이제는 르바쉐르 양의 수상쩍

결정판 아르센 뤼팽 전집

은 태도 또한 그의 관심을 예리하게 자극하는 것이었다.

아까 마즈루와 통화를 하던 중 느닷없이 들려왔던 그 여자의 끔찍한 비명 소리라든가, 기겁을 한 얼굴 표정을 돈 루이스는 도저히 잊을 수 없을 것 같았다. 과연 그런 지독한 비명 소리와 황당한 표정을 통화 중에 그가 무심코 내뱉은 몇 마디 말 때문이었다고 생각할 수가 있을까? "무슨 소린가? 마담 포빌이 자살을 하려고 해?" 단지 이 말 때문에? 아무리 생각해도 상황은 명백했다. 마담 포빌의 자살 기도 소식과 르바쉐르 양의 극단적인 감정 상태 사이에는 모종의 관계가 있는 것이 너무나도 뻔해서, 페레나는 도저히 그로부터 어떤 결론이든 도출해내고자 골몰하지 않을 수가 없었다.

그는 집에 들어서자마자 곧장 서재로 향했고, 전화박스의 입구를 찬찬히 살펴보았다. 나지막한 아치형으로 폭이 약 2미터가량 되는 입구를 가리는 것이라곤 벨벳 천으로 된 휘장이 전부였으며, 그나마 대개는 걷혀 있어서 안이 환히 들여다보이도록 되어 있었다. 그런데 자세히 보니, 휘장이 달린 문살 쇠시리에 작은 단추가 하나 있어서 그걸 누르면, 약 두어 시간 전에 난리를 피웠던 그 강철 셔터가 내려와 닫히도록 되어 있는 것이었다.

그는 계속해서 서너 번 그 장치를 작동시켜보았고, 외부로부터 가해지는 작용 없이는 절대로 장치가 작동될 수 없다는 사실을 확인했다. 그렇다면 정녕 그 맹랑한 아가씨가 페레나를 살해할 의도를 품고 그런 짓을 저질렀다는 말인가? 만약 그런 것이라면 대체 이유가 무어란 말인가?

그는 당장이라도 호출 벨을 울려 그녀를 오게 해서, 자초지종을 단단히 따져 물어야겠다고 생각했다. 하지만 잠시 시간이 흐르면서 호출 벨소리는 전혀 울리지 않았다. 그 대신 때마침 뜨락을 가로질러 거니는 그 여자의 모습을 돈 루이스는 창가에 기대선 채 물끄러미 지켜볼 따름이었다. 날씬한 상체를 곧추세우고 우아하게 허리를 움직이며 천천히 걸어가는 여인의 발걸음. 화사한 햇살이 그 눈부신 금발을 빛으로 감싸고 있었다.

오전 내내 남은 시간을 그는 디방에 누운 채 시가를 피워대고 있었다. 심기가 몹시 불편한 상태였으며, 자기 자신이나 진실과는 상관없이 답답하기만 한 사건들 모두가 불만투성이였다. 그저 모든 요인이 지금까지 분투해온 어둠 속에다 오히려 더 많은 그림자만 쏟아붓기 위해 작당(作黨)이라도 한 느낌이었다. 뭔가 행동에 나서고는 싶지만 그럴 때마다 어김없이 앞을 가로막는 새로운 장애물들이 행동하려는 의지 자체를 마비시키고 있었고, 그 장애물들을 아무리 부여잡고 흔들어봐도 싸움의 상대가 어떤 존재인지 일말의 단서도 나오지 않는 것이었다. 어쨌든 정오가 되자 돈 루이스는 점심 식사를 준비하라고 지시했다. 잠시후 급사장이 한 팔에 쟁반을 받쳐 들고 서재로 들어오며 외쳤는데, 호들갑을 떠는 폼이 주인의 애매한 처지를 집 안 하인들도 결코 모르지 않는다는 투였다.

"므슈, 경시청장입니다!"

"뭐요? 어디 계시오?"

"아래층에요. 처음엔 잘 몰라서 마드무아젤 르바쉐르에게 알리려고 했는데…….."

"확실하오?"

"여기 명함입니다."

아니나 다를까, 고급 명함 용지 위에 이렇게 새겨져 있었다.

귀스타브 데말리옹

그는 부리나케 창가로 달려가 위에 달린 거울을 통해 팔레 부르봉 광장 쪽을 훑어보았다. 대여섯 명이 어슬렁거리고 있었는데, 모두 낯익은 얼굴들이었다. 그들은 일상적인 감시 요원들로서, 전날 저녁 돈 루이스의 재치에 보기 좋게 따돌림을 당했다가, 다시금 제 위치로 복귀한 상태였다.

'뭐야 저게 전부야? 그럼 별로 걱정할 일도 아니로군. 역시 경시청장은 내게 호의밖에 가지고 있지 않아. 처음부터 어느 정도 예상은 한 거지만, 이번에 목숨을 구해줘서 더욱 인상이 좋아졌을 거야.'

그렇게 속으로 중얼거리는 동안, 데말리옹 씨는 아무 말 없이 방 안에 들어서고 있었다. 그는 간신히 인사임을 알 수 있을 정도로 살짝 고개를 숙여 보였다. 그런가 하면 함께 들어온 베베르 부국장은 그 표정으로 보건대, 페레나 같은 인물 앞에서 으레 사로잡히기 마련인 불편한 감정 상태를 굳이 숨기지 않겠다는 투였다.

돈 루이스는 뒤에 따라 들어오는 베베르 부국장은 미처 눈치 못 챈 듯, 안락의자 하나만 쓱 권하고 말았다. 하지만 데말리옹 씨는 뒷짐을 지고서 그냥 방 안을 이리저리 서성대기만 할 뿐이었다. 뭔가 입을 열기 전에 좀 더 생각을 하고 싶은 눈치였다.

침묵이 다소 길게 이어졌다. 돈 루이스는 잠자코 기다렸고, 잠시 후 경시청장이 문득 걸음을 멈추고 말문을 열었다.

"리샤르발라스 대로를 떠나자마자 곧장 집으로 돌아온 겁니까?"

다짜고짜 신문하는 투였으나, 돈 루이스는 개의치 않기로 작심한 듯 대꾸했다.

"네, 경시청장님."

"이곳 서재로 말이지요?"

"네, 서재로 곧장……."

데말리옹 씨는 잠깐 뜸을 들인 후, 다시 말했다.

"나로 말하자면, 당신이 떠난 후 한 30~40분 후에 떠났습니다. 자동차로 경시청사까지 직행했지요. 한데 도착해보니 이 기송관(氣送管. 에어슈터라고도 하며 튜브 내의 공기압력을 통한 우편 수송 방법―옮긴이) 속달우편물이 당도해 있더군요. 읽어보면 아시겠지만, 증권거래소에서 아침 9시 반경에 발송한 겁니다."

돈 루이스는 데말리옹 씨가 건네는 편지를 받아 훑어보았다.

가스통 소브랑은 도망친 그 길로 곧장 자신의 공범인 페레나 선생, 즉 아르센 뤼팽을 찾아갔다는 사실을 알려드립니다. 아르센 뤼팽은 소브랑을 제거하고 모닝턴의 유산을 독차지하기 위해서 동료의 주소를 당신에게 제공한 바 있습니다. 하지만 그 둘은 오늘 아침 다시 화해를 한 상태이며, 아르센 뤼팽은 소브랑에게 확실한 피난처를 제공해주었답니다. 그 둘이 서로 공범 관계라는 사실을 증명하는 건 어렵지 않습니다. 소브랑은 자기도 모르게 그냥 가지고 온 동강 난 지팡이를 조심하느라 뤼팽에게 맡겨둔 상태입니다. 아마 페레나 선생의 서재에서 두 개의 창문 사이에 위치한 디방의 화려한 쿠션을 들춰보면 거기서 문제의 증거물을 발견할 수 있을 것입니다.

돈 루이스는 대수롭지 않다는 듯 어깨를 으쓱했다. 하긴 귀가한 이후로 한시도 서재를 떠난 일이 없으니, 편지 내용을 시큰둥하게 생각할 수밖에 없었다. 그는 편지를 얌전히 접어서, 아무 말 없이 경시청장에게 돌려주었다. 결국 데말리옹 씨가 또 얘기를 이끌어갈 수밖에 없었다.

"이런 고발에 대해 뭐라고 할 말은 없소?"

"없습니다, 경시청장님."

"적혀 있는 내용으로 봐선 지극히 확실한 사실 같은데."

"확인하기도 그리 어렵지 않은 것 같군요. 두 개의 창문 사이 디방이라면, 바로 저것입니다."

데말리옹 씨는 잠깐 또 뜸을 들이더니, 천천히 디방으로 다가가 쿠션들을 들추기 시작했다.

그런데 그중 하나 밑에서 정말로 부러진 지팡이 토막이 불쑥 튀어나오는 것이 아닌가!

돈 루이스는 일순 놀라고도 분한 기색을 내보이지 않을 수가 없었다. 그야말로 단 한순간도 가능성을 염두에 두지 않던 중에, 느닷없는 상황이 돌발한 셈이었다. 하지만 이내 냉정을 되찾는 돈 루이스 페레나. 어쨌든 지금 저 반쪽짜리 나무토막이, 가스통 소브랑이 손에 쥐고 설치던 그 지팡이라거나, 그가 무심결에 이곳까지 가지고 온 물건이라는 게 확실히 증명된 것도 아니지 않은가?

경시청장은 언제 제기될지 모를 이의를 경계하듯 말했다.

"내게 나머지 반쪽이 있소이다. 베베르 부국장이 리샤르발라스 대로로 나오면서 직접 주웠지요. 바로 이겁니다."

그는 외투 안쪽 주머니 속에서 나무토막을 꺼내 쿠션 밑에서 발견한 것과 맞춰보았다.

아니나 다를까, 두 개의 동강 난 지팡이는 서로 기막히게 맞아떨어졌다!

또다시 긴장된 침묵이 자리 잡았다. 페레나는 자신이 이런 유의 난처한 상황과 절망적인 처지를 타인들한테 안겨주었을 때, 그들이 느꼈음 직한 기분에 온통 휩싸여 있었다. 이번만큼은 도저히 냉정을 유지할 수가 없었다. 도대체 가스통 소브랑이 어떤 조화를 부렸기에, 불과 20분이라는 짧은 시간 안에 리샤르발라스 대로에서 도망쳐 이 건물로, 그리고 이 방까지 잠입해 들어올 수 있었단 말인가? 그나마 이곳 내부에 그 작자의 공범이 스며들어 있다는 가설만이 이 같은 상황을 가까스로 해명해줄 만했다.

돈 루이스는 곰곰이 생각을 굴리고 있었다.

'이거야말로 내 예상을 완전히 허물어뜨리는군. 아무래도 이번에도 고스란히 치러야 하겠어. 마담 포빌의 수작과 터키석 건(件)은 그런대로 무사히 헤쳐나왔지만, 므슈 데말리옹께서는 오늘 일까지 그런 시도의 일환이라고 보아 넘기지는 않을 것 같아. 마리안 포빌과 마찬가지로 가스통 소브랑도, 누명을 씌워 꼼짝 못하게 엮어 넣는 방식으로 나를 제거하려 한다고는 차마 생각하기가 어려울 거야.'

별안간 경시청장이 더는 참지 못하겠다는 듯 버럭 소리쳤다.

"자, 어서 뭐라고 대답 좀 해보시오! 스스로를 변호해보란 말이오!"

"아닙니다, 경시청장님. 변호할 거리도 없습니다."

데말리옹 씨는 발을 구르며 투덜댔다.

"아니, 정 그런 식으로 나오면……. 정말이지 그런 식이라면……. 당신이 자백을 하는 거나 마찬가지니……."

그러고는 창문 손잡이를 붙잡고 활짝 열 태세를 취했다. 이제 휘파람 한 번만 불면 경찰관들이 들이닥치고, 상황은 종료될 것이었다.

"어떡할까요? 경시청 형사들까지 불러오라고 시킬까요?"

돈 루이스는 한술 더 뜨며 태연하게 물었다.

데말리옹 씨는 아무 대꾸도 하지 않았다. 오히려 창문 손잡이를 놓고는, 다시 방 안을 이리저리 거닐기 시작했다. 마지막으로 뭔가 망설이고 있겠거니 하면서 페레나가 그 동기를 가늠하는 사이, 문득 걸음을 멈춘 경시청장이 다시금 상대를 똑바로 바라보며 말했다.

결정판 아르센 뤼팽 전집

"만약에 말이오, 내가 흑단 지팡이 반 토막이 발견된 사실을 없던 것으로 하거나, 이 모든 것이 당신 집 하인의 농간에 의해 당신한테 억울하게 뒤집어씌워진 누명에 불과하다고 생각한다면 어떻겠소? 당신이 그동안 우리에게 헌신해온 공헌만을 고려한다면 말이오. 한마디로 말해서 당신을 자유롭게 놔준다면 어쩌겠느냔 말입니다."

페레나는 스며 나오는 미소를 감출 수가 없었다. 이 지팡이 사태로 인한 일련의 정황이 불리하게 돌아가 있고, 모든 것이 결딴난 듯 보이는 지금 이 순간에조차, 애당초 예상했던 대로, 그러니까 쉬세 대로에서 수사가 진행되었을 때 마즈루에게 장담했던 그대로, 기본적인 상황의 진전 방향은 여전히 페레나 자신에게 유리하게 전개되어가고 있었다. 다시 말해 경찰이 그를 필요로 하고 있는 것이다!

"자유롭게 놔둔다고요? 더 이상 감시도 하지 않고, 아무도 나를 미행하지 않고 말입니까?"

"바로 그렇소이다."

"만약 언론이 계속해서 내 이름을 둘러싸고 시비를 건다거나, 일련의 뜬소문과 우연의 일치를 빌미로 나에 대한 제재(制裁) 조치를 취하라는 여론이 일기라도 한다면, 어쩔 겁니까?"

"그런 조치는 절대로 취해지지 않을 거요."

"그럼 전혀 걱정할 일이 없단 말입니까?"

"없소이다."

"므슈 베베르도 나에 대한 모든 경계심과 반감을 철회할 것이고요?"

"적어도 겉으로는 그런 것처럼 행동할 겁니다. 안 그렇소, 베베르?"

부국장이 받아들이는 것으로 인정할 만큼만 나지막이 투덜대자 비로소 돈 루이스가 외쳤다.

"정 그렇다면, 이 자리에서 장담하건대, 정의의 이름하에 우리는 결국 승리를 쟁취해내고야 말 것입니다!"

이렇게 해서 일련의 사태 이후 갑작스러운 상황 변화로 인해, 경찰은 돈 루이스 페레나라는 걸출한 인물 앞에 정식으로 고개를 숙이고 들어간 셈이나 다름없었다. 그가 이미 이룬 업적들을 인정하고 앞으로의 역량에 대한 신뢰도 마다하지 않으면서, 궁극적으로 그를 지지하고 그의 협조를 부탁하는 가운데, 경찰의 작전 전반에 걸친 주도권을 위임하게 된 것이었다.

기분이 우쭐하는 것은 당연했다. 과연 돈 루이스 페레나만을 인정하겠다는 것일까? 무시무시하고 결코 다스려지지 않을 뤼팽도 그 한몫쯤 요구하고 나서도 되지 않을까? 데말리옹 씨의 저 마음 깊은 곳에서는 두 사람이 동일 인물이라는 사실이 과연 받아들여지지 않고 있는 것일까?

경시청장의 겉으로 드러나는 태도로만 보기에는 속 깊은 곳에서 무슨 생각을 하는지 도저히 알 수 없었다. 그는 단지 어떤 목적 달성을 위해 경찰에선 공공연하게 이루어지는 관행인 것처럼, 일종의 협상을 돈 루이스 페레나에게 제안했을 뿐이다. 그리고 협상은 순조롭게 체결되었다. 더 이상 그 문제에 대해선 왈가왈부할 일이 없었다.

"나한테 뭐든 물어볼 얘기는 없습니까?"

데말리옹 씨의 말에 돈 루이스가 말했다.

"있습니다, 경시청장님. 신문에 보니까 베로 형사의 호주머니 속에서 나온 비망록 얘기가 있던데, 거기 뭐 그럴듯한 내용이라도 있던가요?"

"전혀요. 그저 사소한 개인적인 메모들하고 지출 내역 정도가 전부였소. 아차, 그러고 보니 웬 여자 사진도 하나 있었소. 한데 아직까지 그 사진에 대해서는 어떤 정보도 들어온 게 없지요. 이번 사건과도 특별한 관계가 있을 것 같잖아, 언론에는 공개하지 않았죠. 바로 이겁니다."

페레나는 무심코 사진을 받아 들었는데, 그 순간 소스라치게 놀라는 표정을 데말리옹 씨는 놓치지 않았다.

"아니, 아는 여자라도 됩니까?"

"아니, 아닙니다. 난 또 혹시……. 아, 아니에요. 그냥 좀 닮았을 뿐이군요. 어쩌면 내가 아는 사람과 인척 관계일지도 모르겠습니다. 오늘 저녁까지 이 사진을 내게 맡겨주신다면, 확인을 해보겠습니다만."

"오늘 저녁까지요? 그러죠, 뭐. 사진은 나중에 마즈루 반장에게 돌려주시면 됩니다. 이번 모닝턴 사건에 관한 모든 일에서 당신을 돕도록 마즈루 반장에게 지시를 내릴 생각입니다."

그렇게 얘기는 일단락되었고, 경시청장은 발길을 돌렸다. 돈 루이스는 현관문 앞까지 손님을 배웅했다.

그런데 문턱에서 갑자기 뒤돌아보며 데말리옹 씨가 말했다.

"오늘 아침 당신 덕분에 나는 목숨을 건졌소. 당신이 아니었다면 그놈의 소브랑이……."

"오! 경시청장님, 그 정도야!"

돈 루이스가 만류하려 들자, 데말리옹 씨도 한사코 사의(謝意)를 표했다.

"아, 물론 당신한테는 그런 일이 늘 익숙한 습관일는지 모릅니다. 하지만 내 마음이 고마운 건 고마운 거지요."

그러면서 경시청장은 인사를 꾸벅했는데, 그야말로 외인부대에서 이름을 날린 영웅이자, 에스파냐의 엄연한 귀족, 돈 루이스 페레나를 향해 깍듯한 인사를 바친다는 투였다. 그런가 하면 베베르는 두 손을 호주머니에 찔러 넣은 채 돈 루이스의 앞을 지나치면서, 마치 부리망을 쓴 집 지키는 개처럼 불만 가득한 표정으로 힐끔 쳐다보는 것이었다.

돈 루이스는 생각했다.

'빌어먹을! 기회만 생기면 결코 날 가만두지 않겠다는 눈치로군그래!'

창문 밖으로 막 출발하는 데말리옹 씨의 자동차가 내려다보였다. 치안국 소속 인원들도 부국장의 뒤를 따라 모두가 팔레 부르봉 광장을 떠나갔다. 약속대로 잠복 경계 근무를 해제한 것이었다.

"자, 이제부터가 시작이다! 운신이 자유로워졌으니, 슬슬 발동을 거는 거야!"

페레나는 그렇게 혼잣말처럼 중얼거리면서 곧장 급사장부터 호출했다.

"식사 좀 준비해줘요. 그리고 마드무아젤 르바쉐르에게 식사가 끝나자마자 곧장 와서 얘기 좀 하자고 전해주고요."

그는 식당으로 가서 식탁에 앉았다. 그리고 데말리옹 씨가 두고 간 사진을 옆에 꺼내놓고 찬찬히 관찰하기 시작했다.

서류 따위에 붙어 있거나 지갑 속을 굴러다녔는지 빛깔도 바래고 낡은 사진이었지만, 비교적 선명한 상태였다. 어깨와 팔뚝이 환히 드러나는 야회복 차림에 머리는 꽃으로 잔뜩 치장한 젊은 여자가 화사한 미소를 띠고 있었다.

"마드무아젤 르바쉐르야. 어떻게 이럴 수가 있지?"

그는 속으로 연신 중얼거렸다.

사진 한쪽 구석에는 보일락 말락 몇몇 글자가 흔적만 남아 있었다. 자세히 보니 여자 이름인 플로랑스가 틀림없었다.

그는 여러 번 되풀이해서 중얼거렸다.

"르바쉐르, 르바쉐르……. 어떻게 그녀의 사진이 베로 형사의 지갑 속에 들어가 있는 거지? 루마니아 백작의 비서였던 여자가 이번 사건과 무슨 관계일까?"

그러면서 문득 떠오른 생각은 그 끔찍한 강철 셔터 사고였다. 그런가 하면 『에코 드 프랑스』지에 자기를 비방했던 기사와 이곳 뜨락에서 무심코 발견한 기사의 초고도 심상치 않았으며, 나아가 서재 안에서 찾아낸 지팡이 토막까지 각별한 의미로 다가왔다.

그 일련의 사태를 되짚으면서 르바쉐르 양이 어떤 의미를 차지하는지 골똘히 캐어 들어가는 가운데, 그의 시선은 사진 속 여인의 우아한 입술과 그윽한 목선, 화사하게 뻗어나간 어깨의 윤곽을 더듬고 있었다.

그때였다. 별안간 문이 활짝 열리며 르바쉐르 양이 들어왔다.

마침 방금 채운 물 잔을 입가로 가져가던 참이었다. 그런데 여자가 와락 달려들더니 잔을 빼앗아 바닥에 내던지는 것이 아닌가!

"마셨어요? 마셨느냐고요?"

여자의 목소리는 잔뜩 갈라져 있었다.

"아니, 아직 마시진 않았소! 대체 왜 그러는 거요?"

여자가 당황하며 더듬거렸다.

"그 물병에 든 물은, 그 물은······."

"어서 말해보시오!"

"물에 독이 들었어요."

순간 의자를 박차고 일어나는 페레나, 여자의 팔뚝을 움켜잡고 사납게 다그쳤다.

"독이 들었다니? 지금 무슨 말을 하는 거요? 말해보시오! 정말 확실한 거요?"

아무리 자제력이 뛰어나다고 해도 갑작스러운 사실 앞에 기겁하지 않을 수 없었다. 지금 상대하고 있는 악당들이 어떤 독을 사용하는지 모르지도 않을뿐더러 그로 인해 희생된 베로 형사와 포빌 부자(父子)의 시체까지 눈으로 직접 확인한 그였다. 웬만한 독극물에 어느 정도 단련된 몸이라고 해도, 그 정도 독성이 치명적일 수밖에 없다는 것은 분명한 사실이었다. 지금 떠돌고 있는 독극물은 그야말로 맹독성이며, 한번 걸리면 죽음 외엔 다른 길이 없었다.

여자는 대답을 못한 채 잠자코 있었고 남자의 거센 다그침만 이어졌다.

"대답을 하란 말이오! 정말 확실한 거요?"

"그건 아니에요. 그냥 그럴지도 모른다는 생각을……. 예감이랄까. 우연의 일치로 일이 그렇게 될지도 몰라서……."

순간 여자의 표정은, 방금 내뱉은 말을 후회하면서 어떻게든 만회하고자 머리를 굴리는 듯 보였다.

"자, 이거 분명히 합시다. 이 물병 안에 든 물에 독이 들어 있다고 확신하지는 않는다 이겁니까?"

"네, 다만 그럴지도 모른다는……."

"하지만 아까 달려들 때는……."

"그땐 정말 그런 줄로만 알았어요! 하지만……. 하지만 아니에요."

"아무튼 확인하는 건 그리 어렵지 않으니까."

페레나는 그렇게 내뱉고는 물병을 집어 들려고 했다.

그런데 여자가 다시금 불쑥 나서면서 물병마저 가로채 그만 탁자 위에다 동댕이치는 것이 아닌가!

"이게 대체 무슨 짓이오?"

남자의 목소리는 몹시 거칠었다.

"어머나, 또 제 실수예요. 이젠 굳이 신경 쓸 필요 없겠어요."

뒤늦게 또다시 얼버무리려는 여자를 사납게 밀치면서, 돈 루이스는 부리나케 식당 밖으로 뛰쳐나갔다. 그의 지시에 따라, 마실 물은 식당에서 주방을 거쳐 찬방에 이르기까지 쭉 뻗어 있는 복도 끄트머리의 정수기에서 받아오도록 되어 있었다.

그는 그곳으로 내처 달려가 선반 위의 그릇에다 정수기 물을 한가득 받았다. 이어서 그쯤 갈라져 나간 복도를 따라 앞마당으로 나가, 마사(馬舍) 근처에서 뛰놀고 있던 미르자를 불렀다.

"자, 이거 마셔보렴."

돈 루이스는 그릇을 내려놓으며 말했고, 암캐는 허겁지겁 물을 들이켜기 시작했다.

그런데 바로 다음 순간 개가 꼼짝 않더니, 다리가 뻣뻣하게 굳으면서 전신이 경직되는 것이었다. 한 차례 거센 경련이 온몸을 훑고 지나갔다. 거친 신음 소리와 함께 녀석은 제자리에서 두세 바퀴 핑그르르 맴돌고는 그 자리에 풀썩 거꾸러지고 말았다.

"죽었군."

그는 짐승을 슬쩍 건드려보고는 내뱉듯 중얼거렸다.

마침 르바쉐르 양이 옆에 다가오자 돈 루이스는 고개를 치켜들고 쏘아붙였다.

"사실이었소. 독이 있었어. 당신은 그걸 알고 있었어. 대체 어떻게 알게 된 거요?"

여자는 심장박동 소리가 새어나가지 않게 하려는 듯, 가쁜 숨을 억지로 죽이면서 말했다.

"다른 개 한 마리가 찬방에서 물을 마시던 걸 우연히 보게 되었는데, 그만 죽어 나자빠지더라고요. 운전기사하고 마차꾼에게는 미리 귀띔을 해놨죠. 그들은 마사에 있을 거예요. 아무튼 그 길로 알려드리려고 식당에 달려갔던 겁니다."

"그 정도라면 더는 의심할 여지가 없겠군. 그나저나 왜 아까는 독이 있는 게 확실하지는 않다고 한 거요? 도대체 왜?"

순간 마사로부터 마차꾼과 운전기사가 걸어나왔고, 페레나는 여자를 데리고 황급히 자리를 피하며 속삭였다.

"아무래도 우리 사이엔 할 얘기가 좀 있을 것 같소. 어서 당신 거처로 갑시다."

둘은 다시 복도 모퉁이를 돌아들었다. 정수기가 설치된 찬방 가까이에 계단 세 개로 끝나는 또 다른 복도 하나가 있었는데, 그 계단 꼭대기에 문이 하나 나 있었다.

페레나는 그 문을 슬며시 열어보았다.

그 너머는 다름 아닌 르바쉐르 양만의 전용 공간이었다. 둘은 거실로 들어섰고, 돈 루이스는 입구의 문과 거실 문을 연거푸 닫아걸었다.

그러고 나서야 단호한 음성으로 그가 말했다.

"자, 이제 어디 얘기 좀 해봅시다."

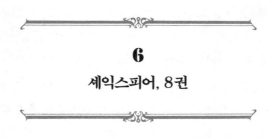

6
셰익스피어, 8권

호텔 건물과 마찬가지로 지어진 지 오래된 고풍스러운 두 개의 별채가, 안뜰과 팔레 부르봉 광장 사이를 가르는 나지막한 담벼락에 각각 좌우로 붙어 있었다. 마당 깊숙이 자리한 본관과 두 개의 별채까지는 부속 건물처럼 사용하는 일련의 건물들이 죽 이어져 있었다.

즉, 한쪽으로는 창고와 마사(馬舍), 차고 등이 이어져 있는 끝에 관리인의 별채가 있었고, 다른 쪽으로는 세탁장과 부엌, 찬방들이 이어진 끄트머리에 바로 르바쉐르 양이 머무는 별채가 붙어 있는 식이었다.

르바쉐르 양이 사용하는 별채는 단층 건물로서, 어둠침침한 현관과 커다란 공간이 전부였는데, 그 대부분이 거실로 사용되고, 나머지 방처럼 구획된 곳은 사실상 벽면을 움푹하게 만들어서 내실처럼 사용하는 별도의 공간이었다. 휘장 하나가 침대와 화장실을 가리고 있을 뿐이었고, 창문 두 개가 팔레 부르봉 광장으로 나 있었다.

돈 루이스가 르바쉐르 양의 거처를 방문해본 것은 지금이 처음이었다. 매우 골똘한 심정으로 들어가 보았으나, 처음 느낀 기분은 차라리 재미있다는 감정이었다. 낡은 안락의자들과 마호가니 걸상들, 장식 없는 제1제정풍의 책상과 육중한 다리가 달린 외발 원형 탁자, 그리고 책선반 등등 가구들은 대부분 단순하고 소박한 편이었다. 그러면서도 밝은 색감의 휘장은 방 전체 분위기를 무척이나 쾌활하게 만들어주고 있었다. 그뿐만 아니라 벽에는 유명 그림들의 복제화가 여럿 있었고, 이탈리아 도시라든가 시칠리아의 신전(神殿) 등등, 햇빛 찬란한 풍경화 몇 점이 두서없이 걸려 있었다.

젊은 여자는 꼿꼿이 서 있었다. 이미 냉정을 되찾은 그녀는 예의 그 알쏭달쏭한 분위기로 돌아가 있었는데, 일부러 침울해하는 듯, 보는 이를 무안하게 할 만큼 무표정한 그 얼굴 속에서 페레나는 절제된 감정과 험난한 인생, 그리고 극도의 주의력으로 간신히 붙들고 있는 격정 어린 감성을 읽는 듯했다. 상대를 바라보는 눈빛에는 두려워하는 빛도, 그렇다고 도발적인 기운도 읽을 수 없었다. 무얼 어떻게 해명하든 스스로 거리낄 것이 하나도 없다는 분위기였다.

돈 루이스는 한참 동안이나 침묵을 유지했다. 이상한 일은, 현재 가장 진지하게 혐의를 두고 있는 이 여자 앞에서 왠지 엄청나게 초조하고 떨리는 기분이 든다는 사실이었다. 속생각을 딱 부러지게 입 밖에 내지도 못한 채 그는 간신히 더듬댈 뿐이었다.

"저, 여기, 이 집 안에서 오늘 아침에 일어난 일에 대해서 아나요?"

"오늘 아침에요?"

"네, 내가 통화를 막 끝냈을 때쯤에 말이오."

"아, 그 일은 나중에 급사장과 하인들 얘기를 듣고서 알았어요."

"그 전에는요?"

"그 전에야 제가 알 턱이 있나요?"

결정판 아르센 뤼팽 전집

거짓말이 분명했다. 거짓말일 수밖에 없었던 것이다. 그럼에도 저처럼 천연덕스럽게 대답을 하다니!

돈 루이스는 다시 말했다.

"무슨 일이 있었는지 간단히 얘기하리다. 전화박스에서 나오려던 찰나, 벽 위쪽에 가려져 있던 강철 셔터가 그만 코앞에서 내려와 닫히고 말았다오. 도저히 안에서는 어찌할 방도가 없다는 걸 깨달은 나는 내 친구에게 전화를 걸어 도움을 요청하기로 했지요. 그래서 다스트리냑 백작에게 즉각 전화를 걸었답니다. 금세 달려온 그는 급사장과 함께 힘을 합해 나를 빼내주었지요. 당신이 들은 얘기도 그 정도이지요?"

"네. 그 당시 저는 이곳에 틀어박혀 있던 중이라 무슨 일이 일어났는지, 누가 어떻게 왔는지 전혀 알 수가 없었지요."

"좋아요. 한데 말이오, 내가 밖으로 나와서 알게 된 일인데, 급사장을 위시해서 이 건물 안의 모든 사람, 즉 당신까지도 그곳에 강철 셔터가 설치되어 있다는 사실을 익히 알고 있다던데."

"그건 그렇지요."

"그걸 어떻게 알게 된 거요?"

"말로네스코 백작이 알려주었지요. 그분의 외가 쪽 증조모께서 이 호텔에 거주하고 계셨는데, 프랑스 대혁명 기간 동안 남편은 기요틴에 희생되고 당신 자신은 바로 그곳에 숨어서 무려 열일곱 달이나 버티셨다고 하더군요. 그때만 해도 셔터가 마치 방의 판자벽처럼 얇은 목재 패널로 덮여 있었다고 했어요."

"그것참, 나한테도 미리 귀띔해주었으면 좋았을걸 그랬군! 자칫 잘못했으면 내 몸이 가루가 될 뻔하지 않았소!"

그렇게 말했는데도 여자는 조금도 당혹해하는 것 같지 않았다. 그저 덤덤하게 말할 뿐이었다.

"아무튼 그 장치를 좀 검사해볼 필요는 있을 겁니다. 왜 그게 작동되었는지 말이죠. 워낙 낡은 장치라 오작동이 일어났을 수가 있거든요."

"장치는 완벽하게 작동되고 있었소. 내가 직접 확인해보았지. 따라서 우연히 그렇게 되었을 가능성은 없소이다."

"우연히 그렇게 된 게 아니라면 누가 그런 짓을?"

"내가 모르는 어떤 나쁜 놈이 그랬겠죠?"

"하지만 누군가의 눈에 띄었을 텐데요."

"누구 목격할 만한 사람이 있었다면 딱 한 사람, 바로 당신이겠죠. 내가 전화하던 바로 그때 서재 앞을 지나고 있었고, 마담 포빌에 관해 얘기할 때 기겁을 하며 비명을 지른 장본인도 바로 당신이니까."

"맞아요. 그 여자가 자살을 시도했다는 소식은 정말 충격이었으니까요. 저는 그녀가 죄가 있든 없든, 너무 가여운 생각뿐이랍니다."

"게다가 그 출입구 바로 가까이, 말하자면 손만 뻗으면 장치를 만질 수 있을 거리에 서 있던 당신의 눈에 문제의 범인이 보이지 않았을 리는 없겠지요."

여자는 눈 하나 내리깔지 않고 돈 루이스를 쳐다보고 있었다. 약간의 홍조가 얼굴을 스쳤을 뿐, 여자는 또박또박 말했다.

"그러고 보니 사고가 일어나기 직전에 그곳을 벗어난 것 같으니, 잘하면 범인과 맞닥뜨렸을지도 모르겠군요."

"물론 그렇겠죠. 하지만 정말 이상한 건 말이오, 정말이지 알 수 없는 건, 셔터가 떨어지고, 내가 마구 그걸 두드리면서 소리를 질러댄 것까지 당신이 전혀 감지하지 못했다는 사실이오."

"그땐 아마도 서재 문을 닫은 뒤였겠지요. 어쨌든 아무 소리도 못 들은 건 사실이니까요."

"그렇다면 바로 그때 내 서재 안에 누군가 숨어 있었고, 그 사람은 필시 쉬셰 대로의 이중 살인을 저지른 도당과 한 패거리임이 틀림없겠군요. 왜냐면 그 안에 있던 디방의 쿠션 밑에서 경시청장이 방금 그 도당 중 한 명이 가지고 있던 지팡이 토막을 발견해냈으니까 말이오!"

여자는 난데없는 얘기에 다소 놀란 눈치였다. 아마도 금시초문인 모양이었다. 돈 루이스는 여자에게 천천히 다가가 두 눈을 똑바로 쏘아보며 말했다.

"최소한 뭔가 이상하다는 것만은 인정하시지."

"이상하다니요? 뭐가 말입니까?"

"나를 해코지하기 위해 벌어진 이 모든 일련의 사태 말이오. 어제는 『에코 드 프랑스』지에 실렸던 그 발칙한 기사의 원고가 우리 집 뜨락에서 발견되지를 않나, 오늘 아침에는 내 코앞에서 강철 셔터가 내려와 닫히지를 않나, 또 지팡이가 난데없이 발견되지를 않나……. 그리고 조금 아까는 독극물이 담긴 물병이 있지를 않나……."

여자는 고개를 끄덕이며 중얼거렸다.

"그래요, 정말 그러고 보니 사건들이 어쩜 그렇게 전부 다……."

남자는 목소리에 잔뜩 힘을 주며 이야기를 마무리 지었다.

"그 사건들이 전부 다 어찌나 의미심장한지, 나로서는 적들의 대담무쌍하고 전격적인 개입이 반드시 있었다고 생각할 수밖에 없는 것이오! 그 사건들 안에서 일일이 적의 존재가 피부로 느껴지지. 항상 초지일관한 적의 행태와 너무도 분명한 목표가 눈에 빤히 드러난다오. 익명의 터무니없는 기사 나부랭이와 지팡이 토막 따위로 내게 누명을 씌워서, 결국 감방에 처넣으려고 혈안이 되어 있단 말이오. 강철 셔터를 내려뜨림으로써 나를 죽이거나, 최소한 몇 시간만이라도 꼼짝 못하게 하려 했고 말이오. 그리고 이제는 독약이오! 비열하고 은밀하게 사람을 죽이는 독약! 오늘은 물 잔에다 넣었으니, 내일은 음식에다 넣겠지. 그것도 안 되면 칼을 들이댈 테고, 그것도 안 되면 권총을, 아니면 노끈으로 목이라도 조르려고 들겠지. 방법이야 무엇이든 상관할 게 뭐겠소? 나만 사라져준다면 그뿐이니까. 원하는 게 바로 그것일 테니까. 나를 제거하는 것! 나야말로 그들의 적수이고, 두려워해야 할 상대일 테니까. 언젠가는 자신들의 비밀을 밝혀내고, 저들이 노리고 있는 수억 프랑의 현금을 독차지할 존재이니까 말이오. 한마디로 난데없이 침입한 훼방꾼인 셈이지. 모닝턴의 유산 앞에서 바로 이 몸이 떡 버티고 서 있는 꼴이거든. 그러니 이번에는 내 차례인 셈이지. 네 명의 희생자가 이미 저세상으로 가버렸으니, 이제 내가 다섯 번째인 셈이라오. 가스통 소브랑이 결정한 게 바로 그거지. 가스통 소브랑이든 누구든 이번 사건을 총지휘하는 자가 이제는 나를 지목하고 있는 거라고. 그리고 그 공범이 바로 이 호텔 한복판, 내 가까운 곳에 똬리를 틀고 있단 말이거든! 나를 항상 감시하고, 내 뒤를 늘 밟고 있지. 내 그림자 속에 웅크린 채 살고 있다고나 할까? 그러면서 호시탐탐 내게 치명타를 가하기에 가장 적당한 때와 장소를 노리고 있지. 한데 말이오, 정말이지 나는 그런 게 이젠 질색이라오! 이젠 나도 좀 알아야겠단 말이오! 아니, 반드시 알아내고야 말 것이오! 대체 이곳까지 파고든 그 몹쓸 공범 녀석이 대체 누구냐 이 말이오?"

여자는 몇 발짝 뒷걸음질을 치는 듯하면서, 원형 탁자에 살며시 기대섰다.

남자는 상대에게서 시선을 떼지 않고 한 발짝 다가섰다. 여자의 무표정한 얼굴 속에서 일말의 동요와 불안의 흔적을 캐내려고 잔뜩 눈알을 부라리며 그는 거칠게 뇌까렸다.

"대체 공범이 누구요? 감히 이곳에서 나의 죽음을 도모한 자가 누구냔 말이오?"

"저, 저는 몰라요. 전 모릅니다. 당신이 생각하듯 이렇다 할 음모까지는 없을지도 모르지요. 다만 우연히 일이 그렇게 꼬인 건지도……."

순간 페레나는, 보통 적(敵)이라고 여겨지는 상대 앞에서 그러하듯, 거친 반말 투로 얘기하고 싶은 마음이 불쑥 일었다.

'오, 어여쁜 아가씨, 거짓말 좀 그만하시지! 공범은 바로 당신이잖아! 당신만이 내가 마즈루와 통화하는 내용을 엿들을 수 있었고, 가스통 소브랑을 도우려고 달려가, 대로변에 자동차를 대기시켜가며 기다릴 수 있었을 뿐 아니라, 작당을 해서 그의 부러진 지팡이를 내 방에다 슬그머니 밀어 넣을 수가 있었잖아! 바로 예쁘장한 당신이야말로, 알 수 없는 이유로 날 살해하려고 기도했을 사람 아닌가? 어둠 속에서 날 후려치는 손이 바로 당신의 그 우아한 손 아니냐고!'

하지만 도저히 여자를 그런 식으로 대할 수는 없었다. 확신은 들지만 대차게 입 밖으로 털어놓을 수 없는 답답한 심정이 어찌나 속을 타들어가게 하는지, 그는 여자의 손가락을 와락 움켜쥐고 두 눈을 이글거리며 쏘아보았다. 그의 그런 태도는, 차라리 신랄한 말로 내뱉는 것보다 더 상대에 대한 비난의 뜻을 적나라하게 표출하고 있었다.

하지만 그것도 잠시뿐. 남자는 속을 다스리며 손가락을 놓아주었다. 여자가 훌쩍 몸을 빼며 뒤로 물러섰는데, 반항과 증오의 감정이 물씬 밴 동작이었다. 돈 루이스는 이렇게 입을 열었다.

"좋소이다. 하인들을 하나하나 신문해보아야겠소. 조금이라도 의심가는 친구들은 모조리 내보낼 것이오."

그러자 여자가 발끈했다.

"안 돼요! 그건 안 됩니다! 여기 하인들은 제가 다 아는 사람들이에요."

이건 또 뭔가? 하인들을 모두 두둔하고 나서겠다는 것일까? 결백하다는 것을 다 아는 하인들이 자신의 위선과 아집으로 희생될 처지에 빠지자 양심이 찔리기라도 하는 걸까?

순간 돈 루이스는 동정심에 호소하려는 여자의 눈빛을 읽을 수 있었다. 문제는 그 동정심이 누구를 위한 것인지, 하인들을 위한 것인지, 자기 자신을 위한 것인지가 미지수였다.

두 사람 다 잠자코 있었다. 여자 앞에 몇 발짝 떨어져 서서 돈 루이스는 새삼 사진 속 얼굴을 떠올렸다. 그러자 여자의 미모가 여태껏 의식하지 못한 뚜렷함으로 성큼 다가드는 것이었다. 그것은 일종의 계시와도 같은 아름다움이었다! 금발에서 뿜어져 나오는 눈부신 빛도 지금까지는 별로 느끼지 못한 것이었다. 입술 윤곽에는 이전보다 다소 불운한, 서글픈 기색이 묻어났지만, 그래도 여전히 미소의 흔적은 간직하고 있었다. V 자(字)형으로 파인 옷깃 너머로 화사하게 드러나는 턱과 목선, 시원스러운 어깨선과 무릎 위에 사뿐히 얹은 손과 팔의 우아한 윤곽. 이 모든 것이 전에는 감지하지 못한 매력과 기품, 심지어는 고귀한 순결을 담은 채 눈앞에 살아 있었다. 세상에 저런 여인이 과연 살인을 하고 독살(毒殺)을 감행할 수 있을까?

그가 말했다.

"당신 이름이 무엇이라고 했는지 지금 기억이 나지 않소. 본명은 아닐 테지만 말이오."

"오, 아니에요! 본명이에요. 마르트라고 해요."

"아니, 당신 이름은 플로랑스, 플로랑스 르바쉐르지."

순간 여자가 펄쩍 뛰었다.

"누가 그러던가요? 플로랑스라니! 그걸 당신이 어떻게 알아요?"

"여기 당신 사진이 있소. 거의 지워지긴 했지만 당신 이름이 적혀 있지."

여자는 넋 나간 표정으로 사진을 들여다보며 더듬거렸다.

"아! 이럴 수가! 그거 어디서 난 거죠? 대체 어디서 났느냔 말이에요?"

그러더니 갑자기 정색을 하며 다그쳤다.

"혹시 경시청장이 당신한테 건넨 거 아닙니까? 아, 맞아. 그자야. 확실해. 이 사진을 통해 인상착의를 추적해서 나를 찾고 있는 게 틀림없어. 이젠 나까지 말이야. 늘 당신이 문제였는데……. 항상 당신만 문제였는데……."

페레나는 얼른 말을 받았다.

"걱정할 필요 없소. 여기 흠집만 조금 내면 당신을 못 알아볼 테니까. 내가 알아서 하리다. 그러니 너무 걱정할 필요 없어요."

하지만 여자는 듣고 있지 않았다. 그저 사진 속 얼굴만 뚫어져라 바라보며 정신없이 중얼거릴 뿐이었다.

"제 나이 스무 살이었어요. 이탈리아에서 살았죠. 오, 하느님, 내가 이 포즈를 취하고 있을 땐 그나마 얼마나 행복했는지! 내 모습을 아무 생각 없이 바라보았던 그때가 얼마나 좋았는지. 그땐 정말 아름다웠는데……. 갑자기 그 시절이 사라져버렸어요. 누가 훔쳐간 거죠. 그 옛날, 내게서 빼앗아간 다른 것들과 마찬가지로 말입니다."

그녀는 마치 자기 자신이 아닌, 다른 불행한 여인의 이름을 부르듯 나지막이 중얼거렸다.

"플로랑스, 플로랑스……."

어느새 양 볼에는 눈물이 하염없이 흘러내리고 있었다.

한편 돈 루이스는 이런 생각을 하고 있었다.

'사람을 죽일 여자는 아니야. 저 여자가 공범이라는 건 말도 안 돼. 하지만……. 하지만 말이야…….'

그는 여자를 놔두고 창문에서 문 앞까지 어슬렁거리기 시작했다. 벽에 걸린 이탈리아 풍경화가 유독 눈길을 끌어당겼다. 그림을 한참 들여다보던 돈 루이스는 서가 쪽으로 다가가 책 제목을 유심히 훑어보기 시작했다. 이런저런 시집과 수필집, 희곡, 소설 등, 프랑스와 외국의 문학 작품들이 즐비했다. 독서자의 다채로운 문학적 소양을 읽을 수 있었다. 이를테면 라신 옆에 단테가, 스탕달 옆에 에드거 포가, 몽테뉴 곁에 괴테와 베르길리우스가 나란히 꽂혀 있는 식이었다. 그러다 문득 숲과 함께 나무를 가늠하는 그만의 특출한 능력이 고개를 들었다. 즉, 나란히 늘어선 셰익스피어 영어판 원본들 가운데 나머지와 다른 모습을 한 책이 유독 눈에 들어오는 것이었다. 붉은색 오톨도톨한 가죽 장정에 뭔가 특별한 점이 눈에 띄었는데, 낡은 정도에 비해 균열이나 주름이 전혀 없을 뿐 아니라 유난히 반들거렸다.

보아하니 8권이었다. 그는 다짜고짜 그것을 빼 들었다.

아니나 다를까, 그것은 틀만 번지르르한 가짜 책이었고 상자처럼 텅 비어서 뭐든 숨길 수 있을 은닉처 구실을 하고 있었다. 안에는 하얀 편지지와 각종 봉투들, 그리고 하나의 메모철에서 한꺼번에 뜯어낸 것처럼 크기가 동일한 모눈종이들이 수북이 들어 있었다.

돈 루이스를 깜짝 놀라게 한 것은 바로 그 모눈종이들이었다. 다름 아닌 『에코 드 프랑스』의 기사 원고와 똑같은 종류의 모눈종이였던 것이다.

이리저리 죽 훑어보던 중, 제일 마지막 바로 전 장에 연필로 급하게 휘갈겨 쓴 듯한 숫자와 글자들이 퍼뜩 눈에 들어왔다.

쉬세 대로 호텔
첫 번째 편지. 4월 15일에서 16일 밤.
두 번째. 25일 밤.

세 번째와 네 번째. 5월 5일 밤과 15일 밤.
　다섯 번째와 폭발. 5월 25일 밤.

　일단 첫날 밤 날짜가 이제 곧 닥칠 날이라는 사실과 그 후의 날짜들이 일관되게 열흘 간격으로 이어져 있다는 점이 눈에 띄었다. 아울러 모든 필체가 기사 원고의 필체와 똑같다는 사실이 확인되었다.
　그는 호주머니 속 수첩 안에 기사 원고를 고이 간직해두고 있었다. 맘만 먹으면 얼마든지 지금 당장 두 종이의 재질과 필체를 비교할 수 있다는 얘기였다.
　페레나는 지체 없이 수첩을 꺼내 펼쳤다.
　그런데 안에 있어야 할 원고가 눈에 보이지 않는 것이었다!
　"아뿔싸! 이런 제기랄!"
　저도 모르게 잇새로 신음이 새어나왔다.
　순간 뇌리를 스치는 기억 하나. 아침에 마즈루와 통화하면서 수첩은 외투 호주머니 속에 있었고 외투는 바로 전화박스 근처의 의자 등받이에 걸쳐져 있었던 것! 아니나 다를까, 하필 그때 르바쉐르 양은 별다른 이유 없이 서재 앞을 서성거렸고 말이다!
　대체 거기서 뭘 하고 있었을까?
　안달이 난 페레나는 속으로 투덜대기 시작했다.
　'아, 요 뜨내기 여배우 같으니라고. 지금도 나를 골탕 먹이는 중인가? 저 눈물하며 저 천진한 태도, 가슴 시린 추억하며 그 모든 어쭙잖은 객설이라니! 역시 마리안 포빌이나 가스통 소브랑과 똑같은 패거리에 불과해! 배우 기질이 물씬 배어 있는 데다, 티 없는 목소리에 동작 하나까지 거짓으로 똘똘 뭉쳐 있단 말이야!'
　그는 당장 상대를 매몰차게 추궁할 참이었다. 이번에야말로 움직일 수 없는 증거가 발견된 것 아닌가! 결국에는 자신에게 수사의 손길이 닿는 것을 두려워한 나머지, 적의 수중에 있는 기사 원고를 어떻게든 빼돌리려고 했을 것이다. 그런 마당에 그녀가 이번 모닝턴 사건을 통해 돈 루이스를 제거하려는 자들의 공범임을 어찌 의심할 수 있겠는가? 아니, 오히려 그녀야말로 음흉한 무리를 배후 조종하면서, 대담성으로나 지략으로나 나머지 패거리를 완전히 압도하는 장본인이라고 해야 옳지 않을까?

무엇보다 일단 그녀는 행동의 자유가 보장되어 있지 않은가 말이다! 팔레 부르봉 대로로 향한 창문을 통해 맘만 먹으면 얼마든지 남의 눈에 띄지 않고 호텔 안팎을 들락거릴 수가 있다. 따라서 이중 살인이 발생했던 그날 밤 역시 살해 현장에 있었을 가능성은 얼마든지 상정해볼 수 있는 것이다. 그러니 살인 행각에 직접적으로 참여했을 가능성 또한 없다고 말 못할 것이며, 두 명의 희생자의 체내에 독극물을 투여한 손이 바로 저 가녀린 손, 눈부신 금발을 나른하게 받치고 있는 저 희고 우아한 손일 수도 충분히 있다는 얘기가 된다.

엄청난 전율이 돈 루이스의 전신을 우르르 훑고 지나갔다. 그는 아무 말 없이 종이를 책 속에 넣고, 책을 제자리에 꽂아두고는, 천천히 여자 쪽으로 다가갔다. 여자의 얼굴을 무심코 살피던 돈 루이스. 어느 한순간, 시선이 그녀의 얼굴 아랫부분, 즉 턱 부위에 멈추면서 저도 모르게 다시 한번 몸서리를 치지 않을 수가 없었다! 그렇다, 바로 저 볼의 굴곡과 입술 너머의 그 무엇을 그는 곰곰이 헤아려보고 있었다. 자기도 모르게 뚫어져라 여자의 입을 쏘아보면서 그는, 답답한 호기심과 야릇한 불안감에 휩싸여 당장이라도 저 굳게 다문 입술을 활짝 벌려 지긋지긋한 문제의 해답을 직접 확인해보고 싶었다. 저 이, 저 앙증맞은 입이 감추고 있을 그 백옥 같은 치아야말로 문제의 과일에 찍힌 자국의 주인공이 아니겠는가? 이름하여 호랑이 이빨, 끔찍한 야수의 이빨이 바로 저 여자의 이일까? 아니면 정녕 다른 여자의 이일까?

물론 이미 그 이빨 자국은 마리안 포빌의 것으로 판명 난 지금으로선 억지스러운 가정일 수도 있다. 하지만 단지 '억지스럽다'는 이유 하나 만으로 일말의 가능성조차 부정해야만 하는 걸까?

일단 생각 자체도 당혹스럽거니와, 혹시나 상대가 그런 속마음을 눈 치챌까 우려한 나머지 남자는 이쯤에서 면담을 중단하기로 했다. 그는 여자 옆을 스치듯 지나치면서 단호하게 뇌까렸다.

"아무래도 이 호텔의 모든 하인을 해고해야 할 것 같소. 지금까지의 급료는 당신이 알아서 계산해주고, 원하는 수당도 다 챙겨주시구려. 여 하튼 오늘 안으로 모두 짐을 싸 떠나도록 하는 겁니다. 오늘 밤 안에 다 른 인원들로 죄다 충당될 계획입니다. 물론 그들 또한 당신이 알아서 맞이해주었으면 하오."

여자는 아무 대답도 하지 않았다. 남자는 플로랑스와의 관계에서 왠 지 불편한 느낌만 확인한 채 면담을 끝내고 자리를 피해 나왔다. 그녀 와의 분위기는 여전히 갑갑하고 어딘지 무겁기만 했다. 서로 내뱉는 말 이라고는 내밀한 생각과는 전혀 무관해 보였고, 드러나는 행동거지 또 한 그 말과 전혀 맞지가 않았다. 그러고 보면 플로랑스 르바쉐르 역시 당장 집 밖으로 내쫓아야 마땅한 대상이 아닐까? 하지만 돈 루이스는 그럴 생각일랑 꿈에도 없었다.

서재로 돌아온 그는 곧장 마즈루에게 전화를 걸어 밖에선 들리지 않 게끔 자그마한 소리로 말했다.

"자넨가, 마즈루?"

"네, 접니다."

"경시청장이 자네더러 내 지시에 응하라고 얘기는 해놨겠지?"

"네."

"좋아, 그럼 이제 이렇게 보고하게. 일단 우리 집 모든 하인을 방금 다 내쫓았는데, 이제부터 자네가 그들을 꼼꼼히 감시하게 될 거라고 말이네. 그로부터 소브랑의 공범을 찾아내자는 것이지. 또 하나. 경시청장께 자네와 나 둘이 포빌 기사네 집에서 밤을 지낼 수 있도록 허가를 내달라고 하게."

"그럼, 쉬셰 대로의 그 집 말입니까?"

"그렇다네. 어떤 사건이 기어코 그 집 안에서 벌어질 거라는 확실한 단서가 있네."

"사건이라니, 무슨 사건 말인가요?"

"아직은 몰라. 하지만 그곳에서 뭔가 일어날 거야. 이건 확실한 예감이네. 내 말 알겠지?"

"알았습니다, 두목. 그럼, 별다른 일이 없으면 오늘 저녁 9시에 쉬셰 대로에서 보기로 하죠."

그날 내내 페레나는 더 이상 르바쉐르 양을 보지 못했다. 그는 오후에 집을 나와 직업소개소에 들렀고, 하인들과 운전기사, 마차꾼, 사환, 요리사 등등을 구했다.

그러고 나서 곧장 사진관으로 향한 그는 르바쉐르 양의 사진을 새롭게 인화하면서 몇 가지 조작을 가하도록 했다. 물론 경시청장이 사진 바뀐 것을 눈치채지 못하게 면밀히 신경 쓰면서 말이다.

저녁은 레스토랑에서 했고, 9시가 되어 마즈루를 만났다.

이중 살인이 일어난 후부터 포빌 호텔은 전적으로 관리인이 맡아보고 있었다. 모든 방, 모든 자물쇠에 아예 봉인이 채워졌고, 오로지 딱 한군데, 작업실의 안쪽 문만이 조사할 필요가 있을 경우 언제든지 드나

결정판 아르센 뤼팽 전집

들 수 있도록 경찰이 따로 열쇠를 보관해둔 상태였다.

널찍한 방의 모습은 예전과 별다를 바 없었다. 다만 서류란 서류들이 몽땅 한데 정리되거나 치워져 있었고, 작업대 위에는 책 한 권, 팸플릿 한 장 남아 있지 않았다. 환한 전등 불빛 아래, 검은 가죽과 마호가니 작업 틀 위로 벌써부터 뽀얀 먼지가 눈에 띄었다.

둘이 안으로 들어서자마자 돈 루이스는 버럭 소리쳤다.

"이것 보게나, 알렉상드르! 자네 생각은 어떤가? 이곳에 다시 와 있는 감회가 각별하지 않은가? 하지만 이번에는 문에 빗장이 채워진 것도 아니고, 어느 하나 잠겨 있는 것도 아니지. 그러니 4월 15일에서 16일 사이의 밤중에 이곳에서 뭔가 일어날 예정이라면 얼마든지 일어나라고 내버려둬 보는 거야. 놈들더러 어디 한번 실컷 놀아보라고 하는 거지!"

비록 그렇게 큰소리는 치면서도 돈 루이스는 적잖이 흥분한 상태였다. 결국에는 막아내는 데 실패했던 두 건의 살인에 대한 끔찍한 기억과 함께, 두 구의 처참한 시체가 자꾸만 머릿속에 떠올라 결코 태연할 수가 없었던 것이다. 그런가 하면 사법관들을 앞에 놓고 포빌 부인과 벌였던 한판 승부, 그 결과 절망의 구렁텅이에 빠져버린 여인의 처지 또한 가슴 한군데를 쑤시면서 눈앞에 가물가물하는 것이었다.

"그 여자 얘기 좀 해보게. 그래, 자살을 하려고 했다지?"

마즈루에게 툭 던지듯 묻자, 옛 부하는 자세한 설명을 늘어놓기 시작했다.

"그렇습니다. 진심에서 우러나온 끔찍한 방법으로 자살을 시도했답니다. 덮으라고 내놓은 담요와 속옷을 갈기갈기 찢어, 그것들을 서로 엮어서 올가미를 만들었다니까요. 인공호흡을 한참 시도한 끝에 겨우 목숨을 건졌답니다. 지금은 고비를 넘겼다고 하지만, 감시가 철저히 따라붙어야만 하는 상황이에요. 여자가 다시 시도할 거라고 장담했다니까 말입니다."

"그럼 아직도 자백할 생각은 전혀 없는 모양이로군?"

"전혀요! 여전히 자신은 결백하다는 얘기뿐입니다."

"검찰이나 경시청의 견해는 어떤가?"

"그 점에선 일반적인 의견이 달라질 리가 없지 않겠습니까, 두목? 이미 예심 과정에서 그녀와 관련한 혐의점들을 조목조목 확인했으니까 말입니다. 특히 능금에 손을 댈 만한 사람은 그녀 혼자뿐이며, 그것도 오로지 밤 11시에서 아침 7시 사이에 그랬을 수 있다는 사실이 이론의 여지 없이 확인되었단 말입니다. 무엇보다 능금에 찍힌 이빨 자국이 여지없는 증거로 확정되었지요. 과연 동일한 이빨 자국을 낼 만한 턱과 치아 구조를 가진 사람이 이 세상에 둘 이상 있을 수 있다고 보십니까?"

퍼뜩 플로랑스 르바쉐르가 생각난 돈 루이스는 허겁지겁 대답했다.

"아니지. 그럴 리는 없지. 그러고 보니 일말의 반론도 허용치 않을 만한 논지(論旨)로군그래. 명약관화(明若觀火)한 사실이야. 과연 그 이빨 자국이야말로 현행범을 목격한 것과 맞먹는 증거 가치가 있는 게 분명해. 그런 걸 도대체 이제 와서 어쩌자는 거냔 말일세?"

"누가 뭘 어쩐단 말입니까, 두목?"

마즈루가 어리둥절한 표정으로 묻자, 돈 루이스는 얼른 얼버무렸다.

"아, 아닐세. 그냥 골치 아픈 생각이 하나 있어서. 실은 말이야, 그동안 너무도 비정상적이고 기이한 일들이 꼬리를 물고 이어지는 데다 지극히 모순된 일들이 우연하게 겹쳐 일어나는 바람에, 나로선 이번 사건에 도저히 확신을 가질 수가 없다네. 아직은 확인된 사실들조차 너무 아슬아슬해."

두 사람은 문제의 모든 양상을 이리저리 가늠해보면서, 나지막한 목

결정판 아르센 뤼팽 전집

소리로 한참 이야기를 나누고 있었다.

그렇게 자정이 왔고, 둘은 등불을 끈 뒤, 서로 돌아가면서 눈을 붙이기로 했다.

시간은 마치 두 사람이 처음 밤샘을 하던 그때처럼 지루하게 흐르고 또 흘렀다. 밤늦게 자동차와 마차 소리도 그때와 똑같았고, 열차의 기적 소리 또한 마찬가지였다. 그리고 역시 변함없이 찾아드는 적막.

밤은 그렇게 지나가고 있었다.

어떤 사건도 없었고 무슨 조짐도 보이지 않았다.

아스라이 동이 트려는 시각, 바깥의 삶은 다시금 기지개를 켜려고 부산을 떨었지만, 보초를 서고 있던 돈 루이스의 귀에는 방 안에서 늘어지게 자고 있는 동료의 코 고는 소리만이 들려올 뿐이었다.

'내가 착각한 걸까? 셰익스피어의 8권 안에서 발견한 단서들에 다른 뜻이 있었다는 말일까? 혹시 작년 이맘때, 같은 날짜에 일어난 일들을 암시한 것이었을까?'

그런 생각과 더불어 반쯤 닫힌 덧문 사이로 새벽빛이 스며드는 가운데, 여전히 불안한 마음만 돈 루이스의 폐부를 비집어 들어오고 있었다. 하긴 보름 전에도 밤새 아무 일 일어나지 않다가 잠에서 깰 무렵이 되어서야 두 구의 시체가 난데없이 그의 옆에 누워 있는 꼴을 당하지 않았던가!

아침 7시, 그는 조심스레 동료를 불렀다.

"알렉상드르?"

"아, 네, 두목?"

"자네 혹시 죽은 건 아니지?"

"무슨 말씀을 하시는 겁니까? 제가 죽다니요? 천만의 말씀입니다, 두목!"

호랑이 이빨

"정말 확실한 거지?"

"나 참, 두목도 어지간하십니다그려! 왜요, 그게 그렇게 미심쩍어요?"

"오! 내 차례도 이제 머지않았다는 느낌일세. 워낙 지독한 놈들이라 조만간 내게 마수(魔手)를 뻗어올 게 분명해."

둘은 지긋하게 눌러앉아 한 시간을 더 버텼다. 그러고 나서 페레나는 창문을 열고 덧문도 활짝 열어젖혔다.

"이것 보게, 알렉상드르! 자넨 죽진 않았을지 모르나, 그 대신……."

"그 대신 뭐가 어때서요?"

"퍼렇게 질려 있어."

마즈루는 억지로 웃으면서 대꾸했다.

"쳇, 하긴 말입니다, 두목, 아까 주무시고 계실 때 나 혼자 보초를 서면서 꽤 으스스하더군요."

"겁이 많이 나던가?"

"머리끝까지 곤두설 정도였습니다. 매 순간 무슨 일이든 벌어질 것 같은 느낌이었습니다. 그런데 가만히 보니 두목도 그리 마음이 편치는 않았던 것 같군요. 혹시 두목도……."

마즈루는 차마 말을 잇지 못했다. 돈 루이스의 얼굴이 갑작스레 기겁을 한 표정으로 돌변한 것이었다.

"무, 무슨 일입니까, 두목?"

"저, 저기를 봐. 탁자 위를. 저 편지!"

실제로 탁자 위에는 점선을 따라 살짝 개봉된 웬 봉함엽서 한 장이 주소와 우표, 우체국 소인까지 고스란히 담긴 채 놓여 있는 것이었다.

"자네가 저걸 여기 놔두었나, 알렉상드르?"

"두목은 참, 농담도. 두목 말고 누가 이런 장난을 하겠습니까."

"그래, 나 말고는 없겠지. 하지만 내가 아니거든."

"아니, 그럼 누가?"

돈 루이스는 얼른 엽서를 집어 들고 찬찬히 살펴보았다. 주소와 우체국 소인이 정교하게 긁혀 있었는데, 수신인의 서명과 사는 곳이 잘 분간되지 않는 반면, 발송지 주소는 발송 날짜와 더불어 지극히 또렷하게 적혀 있었다.

　1919년 1월 4일 파리

"그러니까 석 달 반 정도 전에 부쳤다는 얘기로군."

그렇게 중얼거리면서 돈 루이스는 안쪽을 뒤집어보았다. 한 10여 줄의 글이 쓰여 있었는데, 대충 훑어보는가 싶더니 대번에 버럭 소리를 지르는 것이었다.

"이폴리트 포빌의 서명이야!"

그러자 마즈루도 덩달아 호들갑을 떨었다.

"필체도 그의 것이 틀림없습니다! 대체 이게 무슨 영문일까요? 죽기 석 달 전에 이폴리트 포빌이 쓴 편지라니."

페레나는 큰 소리로 또박또박 편지를 읽기 시작했다.

　친구 보게나.

　불행히도 지난번에 내가 써 보낸 사실을 이젠 아주 확언할 수밖에 없는 상황이 되고 말았네. 즉, 음모가 조여들고 있단 사실 말이야. 아직은 저들의 계획이 어떤 것인지, 또 무슨 방법으로 그걸 실행에 옮기려는지 오리무중이네만, 모든 상황을 보건대 이제 조만간 파국이 닥쳐올 거라는 것만은 확실해. 이미 그녀의 눈빛 속에서 난 그걸 읽고 있다네. 이따금 얼마나 묘한 눈빛으로 날 바라보는지! 아, 정말이지 그런 파렴치한 여자가 또 있을까? 그녀가 감히 그럴 수 있으리라곤 그 누가 상상이나 하겠는가 말이야. 난 정말이지 불행한 사람일세, 친구.

마즈루가 얼른 말을 받았다.

"과연 이폴리트 포빌이라고 서명이 되어 있군요. 그의 손으로 쓰인 편지가 분명해요. 올해 1월 4일에 우리가 모르는 어느 친구한테 쓴 편지인데, 까짓 뭐 조만간 밝혀지겠죠! 일단 정체가 밝혀지면 필요한 모든 단서도 함께 굴러 들어올 겁니다."

마즈루는 저 혼자 흥분을 감추지 못하는 눈치였다.

"따지고 보면 단서랄 것도 필요 없겠어요! 이미 이 편지 안에 다 들어 있는 셈이니까 말입니다! 므슈 포빌이 죄다 적어놓았어요. '파국이 닥쳐올 거라는 것만은 확실해. 이미 그녀의 눈빛 속에서 난 그걸 읽고 있다네'라고 하지 않았어요? 그녀라면 당연히 바로 그 여자, 즉 마리안 포빌 아니겠습니까? 이미 그 여자에 관해 우리가 알고 있는 사실들을 이젠 남편의 입으로 직접 확인하는 셈이네요. 어떻게 생각하세요, 두목?"

하지만 페레나의 대답은 다소 건성이었다.

"자네 말이 맞네. 편지는 결정적인 듯하군. 다만……."

"누가 이걸 여기 가져다 두었느냐 이거죠? 하긴 우리가 이곳에 있던 간밤에 누군가 안에 잠입했다는 얘긴데. 과연 그게 가능할까요? 무슨 소리라도 들렸을 것 아니에요? 그 점은 정말 어리둥절해요."

"그건 그래."

"이미 보름 전에 한 방 먹었을 때도 정말 괴이한 일이었어요! 그래도 그땐 우리가 바깥에 나가 있었고, 일은 여기 이 안에서 치러졌기에 그럴 수 있다 쳐도, 오늘은 우리 둘 다 이 안에, 탁자 바로 곁에 진을 치고 있었잖습니까! 한데 어제는 종잇장 하나 없었던 이 위에 아침이 되자 덩그러니 편지가 나뒹굴어 있다니."

둘이서 탁자 주변을 샅샅이 훑어보았지만, 어떤 실마리도 찾을 수가 없었다. 심지어 호텔 건물을 밑바닥에서 꼭대기까지 파고들어 보았지만, 누구 하나 숨어 있다고 여겨질 만한 곳은 없었다. 하긴 누군가 숨어 있다 치더라도, 어차피 문제의 장소에 쥐도 새도 모르게 잠입할 가능성은 전무한 실정이지 않은가! 아무리 생각해도 모를 일이었다.

마침내 페레나가 잘라 말했다.

"그만두세나. 더 이상 뒤지고 다녀도 소용없을 것 같네. 이런 유의 일일수록 언젠가는 보이지 않는 틈새를 통해 빛이 새어 들게 마련이고, 그러다 보면 어느새 모든 게 서서히 밝혀지는 법이야. 일단 이 편지를 가지고 가서 경시청장에게 보이게. 그리고 지난밤 상황 보고를 드리고, 오는 4월 25일에서 26일 사이의 밤에 또다시 이곳에서 잠복근무를 할 수 있도록 허락을 받아내게. 그날 밤에도 또 한 차례 일이 벌어질 거야. 정말이지 귀신이 곡할 재주가 그 두 번째 편지마저 제대로 우리 손에 떨어지게 해줄지 몹시도 궁금해지는군그래."

둘은 그대로 문을 닫아걸고 호텔을 나섰다.

뉘에트 방향으로 자동차를 잡아타려고 우측으로 붙어 걸어가다가, 어느덧 쉬셰 대로 끄트머리까지 다다랐을 때였다. 돈 루이스가 무심결에 차도 쪽으로 고개를 돌리는데 문득 스쳐 지나가는 것이 있었다.

보아하니 자전거를 탄 어떤 사내였다.

돈 루이스는, 자신을 쏘아보느라 눈빛이 예사롭지 않은 사내의 수염하나 없는 말끔한 얼굴을 순간적으로 힐끗 볼 수 있었다.

"조심하는 게 좋아!"

사내는 난데없이 고함을 지르면서 마즈루를 냅다 밀쳤고, 반장은 그만 균형을 잃고 휘청거렸다.

언뜻 보아도 사내의 쑥 내민 손아귀에 시커먼 권총이 들려 있다는 것을 알 수 있었다. 눈 깜짝할 사이에 불이 뿜어졌다. 총알은 요란하게 바람을 가르면서, 잽싸게 몸을 움츠린 돈 루이스의 귓가를 살짝 스쳤다.

"놈을 쫓아야 한다! 마즈루 자네 괜찮은 거지?"

"네, 괜찮습니다!"

둘은 고래고래 소리쳐 도움을 호소하며 사내의 뒤를 쫓기 시작했다. 하지만 아침 시간, 그 구역 가도의 탁 트인 곳을 지나는 행인이라곤 거의 보기 드물 정도였다. 그런가 하면 줄행랑을 치는 사내는 페달에 박차를 가하는가 싶더니, 멀리 옥타브뛰이예 가(街)로 접어들어 곧장 사라져버리고 말았다.

돈 루이스는 그만 추격을 포기하며 으르렁거렸다.

"젠장! 좋다, 언젠가는 다시 마주치겠지. 그땐 두고 보자!"

"하지만 누군지도 모르지 않습니까, 두목?"

"아니, 알아. 바로 그자일세."

"누구 말입니까?"

"흑단 지팡이의 사내. 수염만 깎았다 뿐이지. 아주 말끔하게 면도를 했더군. 그래봤자 내 눈엔 훤히 알아보겠더라고. 바로 어제 아침, 리샤르발라스 대로변의 자기 집 계단 꼭대기에서 우리에게 총격을 가하고, 급기야 앙스니 경감을 저세상으로 보내버린 그자 말일세! 아, 지독한 녀석! 대체 포빌 호텔에서 내가 밤을 보낼 거라는 걸 어떻게 알아냈을까? 누가 미행이라도 한다는 얘기야? 대체 누가? 무엇 땜에? 무슨 수로?"

마즈루는 잠시 생각에 잠기더니 대답했다.

"생각해봐요, 두목, 어제 오후에 저랑 약속하려고 전화하셨잖아요? 누가 알겠어요? 아무리 소리를 죽여도 집 안에 누군가 맘만 먹으면 얼마든지 엿들을 수가 있겠죠."

돈 루이스는 묵묵부답이었다. 그의 머릿속엔 플로랑스가 오롯이 떠오르고 있었다.

그날 오전, 여느 때와 같이 우편물을 가지고 온 것은 르바쉐르 양이 아니었다. 그런가 하면 돈 루이스 자신도 역시 그녀를 일부러 부르지 않았다. 단지 새로 온 하인들에게 수차례 지시를 내리는 그녀의 모습을 멀찌감치 바라보았을 뿐이다. 그러고 나서 통 눈에 띄지 않는 것을 보면, 아마도 곧장 자기 처소로 들어가 틀어박혀 있는 모양이었다.

오후에 돈 루이스는 자동차를 내서 쉬셰 대로의 호텔로 돌아가 보았다. 경시청장의 지시하에, 여전히 오리무중이기만 한 그곳의 조사 활동을 마즈루와 함께 재개하기로 되어 있었던 것이다.

귀가했을 때는 이미 저녁 6시가 다 되어서였다. 돈 루이스는 반장과 더불어 저녁을 들었고, 이번에는 흑단 지팡이의 사내 집을 한번 조사해 보고 싶은 마음에, 역시 둘이 함께 곧장 리샤르발라스 대로 방향으로 차를 몰게 했다.

자동차는 센 강을 건넌 다음, 계속해서 강줄기를 따라 우안(右岸)을 달렸다.

돈 루이스는 통화관에 대고 새로 고용한 운전기사에게 말했다.

"좀 더 속력을 냅시다! 난 좀 시원시원하게 달리던 버릇이 있어서."

그러자 마즈루가 끼어들었다.

"그러다가 언젠가는 큰일 나시죠."

"걱정도 팔자일세! 자동차 사고는 멍청한 놈들한테서나 일어나는 법이야."

자동차는 마침내 랄마 광장에 다다랐고, 다음 순간 급하게 좌회전했다.

"곧장 앞으로 직행해서, 트로카데로로!"

바로 그때였다. 잔뜩 돌려져 있던 핸들이 제 위치로 빠르게 복귀하면서 차체가 서너 번 기우뚱거리는가 싶더니, 전속력으로 보도(步道) 위로 덜컹하며 뛰어들었다가, 가로수를 세게 들이받고 그대로 뒤집어지고 말았다.

몇 초 만에 행인 10여 명이 주위로 몰려들었다. 누구는 유리창을 깼고, 누구는 문을 뜯다시피 열어주었다. 제일 처음 밖으로 나온 것은 돈 루이스였다.

"나는 괜찮습니다. 알렉상드르, 자넨 어떤가?"

사람들이 반장을 끌어내 주었다. 그는 여기저기 타박상을 입은 데다 통증도 조금은 있었지만, 그리 심하게 여겨지는 상처는 나지 않았다.

단, 운전기사만은 좌석에서 튕겨나가, 저만치 보도블록 위에 머리가 피투성이가 된 채 뻗어 있었다.

사람들이 부랴부랴 근처 약국으로 부상자를 운반했고, 거기서 10여 분 만에 운전기사는 숨을 거두었다.

가엾은 희생자의 곁을 지켰던 마즈루 역시 정신이 가물거리는 바람에 강심제를 먹어야만 했다. 그가 다시 사고 현장으로 돌아왔을 땐, 경찰관 두 명이 사고 당시의 증언을 모으고 있었는데, 두목은 온데간데없었다.

페레나는 곧바로 택시에 뛰어올라 가능한 한 신속하게 집으로 되돌아갔던 것이다. 광장에 도착하자마자 차에서 내린 그는, 헐레벌떡 대문을 지나 안뜰을 그대로 가로질러, 복도를 따라 르바쉐르 양의 처소까지 내처 달려갔다.

계단도 후다닥, 노크를 하긴 했으나 응답도 기다리지 않고 방으로 들이닥치는 돈 루이스.

거실로 사용되는 방의 문이 활짝 열리면서 플로랑스가 모습을 드러 냈다.

남자는 거칠게 여자를 거실 안으로 떠다밀면서 잔뜩 볼멘소리로 소리쳤다.

"이제 됐소! 사고가 일어났단 말이오! 오늘 오후에 내가 차를 끌고 나가 있었던 데다 옛날 하인들은 이미 집을 나가고 한 명도 남아 있지 않은 상태이니, 그들 중 누가 이번 사고를 준비했을 리는 없는 거요! 그 러니 내가 잠깐 집에 들렀던 저녁 6시에서 9시 사이에 누군가 차고로 잠입해 핸들 축을 4분의 3이나 톱질해놓은 게 분명해!"

"무, 무슨 말씀인지……. 도대체 무슨 말씀을 하시는 건지 모르겠 어요."

여자는 몹시 놀란 표정으로 더듬거렸다.

"아니야, 당신은 너무도 완벽하게 이해하고 있어. 새로 고용된 하인 들 중에는 놈들 패거리가 있을 수 없다는 것. 그리고 작전은 성공할 수 밖에 없었고, 결국 멋들어지게 성공했다는 사실을 말이야! 나 대신 목 숨을 잃은 희생자도 생겼어!"

"아니, 도대체 무슨 영문인지 차근차근 말씀해주세요! 자꾸 이러시 면 무섭기만 하잖아요! 대체 무슨 사고가 일어난 겁니까? 무슨 일이 에요?"

"자동차가 뒤집혀서 운전기사가 죽었소."

"아! 세상에나! 그런데 그걸 설마 제가 저질렀다고……. 아, 세상에 그렇게 죽다니! 가엾어라."

여자의 목소리는 형편없이 잦아들고 있었다. 그녀는 페레나와 마주 본 자세로 서 있었는데, 안색이 백지장처럼 창백하게 질리면서 눈을 질 끈 감더니 갑자기 비틀거렸다.

마침내 쓰러지는 여자의 몸뚱어리를 페레나는 얼른 두 팔로 받아 안았다. 여자는 순간적으로 몸부림을 쳤지만, 더 이상 저항할 기력조차 없었고, 상대가 이끄는 대로 안락의자에 축 늘어져 몇 차례 신음처럼 중얼거릴 뿐이었다.

"가엾은 사람, 가엾은 사람 같으니라고."

남자는 한쪽 팔로 여자의 머리를 감싸듯 받쳐 안은 채, 손수건을 꺼내 땀으로 얼룩진 이마와 눈물로 범벅이 된 핼쑥한 볼을 부드럽게 닦아주고 있었다. 조금도 저항하는 기색 없이 페레나의 간호에 완전히 몸을 맡기고 있는 것으로 봐서, 아마도 거의 의식을 잃은 모양이었다. 페레나는 꼼짝 않고 눈앞에 살며시 헤벌어진 여자의 입술을 불안하게 바라보았다. 평소에는 탐스러운 붉은빛을 띠던 입술이 지금은 핏기를 잃은 듯, 투박하기만 해 보였다.

그는 손가락으로 조심스럽게 입술을 더듬으며, 마치 장미 꽃잎을 다루듯 서서히 그 사이를 벌리려고 애썼다. 그러자 마침내 백옥같이 희디희고 가지런한 치열(齒列)이 살며시 얼굴을 내미는 것이었다.

빛깔이든 모양이든 감탄을 불러일으킬 만큼 아름다운 치아는 일견(一見) 포빌 부인의 그것보다 크기는 조금 작아 보였고, 치아 구조가 좀 더 넓은 반원형을 이루고 있었다. 하지만 지금 당장 그것만으로는 알 수 없는 일! 두 여인의 이빨 자국이 서로 정확히 일치하지 않는다고 과연 누가 자신 있게 장담할 수 있겠는가? 물론 그런 가정을 한다는 것이 다소 비현실적이며, 마치 기적을 바라는 것과 진배없다는 것은 그 역시 잘 안다. 하지만 그럼에도 불구하고 얼마나 많은 상황이 이 아가씨를 고발하고 있는가! 얼마나 숱한 정황이 이 여인을 지상 최대의 무지막지한 살인 공범으로 몰아가고 있는가 말이다!

어느덧 여자의 호흡이 정상으로 안정되어가고 있었다. 입을 통해 규

결정판 아르센 뤼팽 전집

칙적으로 새고 드는 숨결에서 그는 하나의 꽃송이에서나 느낄 수 있는 향기롭고 은은하며 신선한 어루만짐을 감지하는 듯했다. 자기도 모르는 사이에 돈 루이스는 점점 더 몸을 수그리면서 그 분위기에 빠져들었다. 결국에는 팔을 풀어서 여자의 머리를 안락의자 등받이에 기대놓고, 그 반쯤 입술을 벌린 아리따운 얼굴로부터 눈길을 돌리기 위해서 엄청난 노력이 필요했다.

　그는 벌떡 자리에서 일어나 밖으로 나갔다.

7
헛간 속의 유골

　아무튼 이상의 모든 사건 가운데서 일반 대중이 알고 있는 것은 마리안 포빌의 자살 소동과 가스통 소브랑의 체포와 탈출, 앙스니 경감의 순직(殉職) 소식, 그리고 이폴리트 포빌의 편지가 발견된 사정뿐이었다. 사실, 이미 모닝턴 사건으로 한 차례 들쑤셔진 데다, 아르센 뤼팽의 이미지와 집요하게 겹쳐지기 일쑤인 돈 루이스 페레나라는 인물의 수수께끼 같은 일거수일투족에 열광하는 대중의 호기심은 그 정도 정보만으로도 다시금 활활 불붙어 오르기에 충분한 것이었다.

　물론 사람들은, 흑단 지팡이의 사내를 일시적이나마 검거하게 된 공(功)을 돈 루이스 페레나에게 전적으로 돌리려고 했다. 게다가 경시청장의 목숨도 구했고, 쉬셰 대로에서 밤샘을 하자는 의견을 내서, 아리송하게나마 포빌 기사의 유명한 편지를 수중에 넣을 수 있게 되었다는 사실도 사람들의 입에 한참 오르내렸다. 결국 이런 모든 상황은 일반 여론을 극도의 열광 상태에 휩싸이도록 만들고야 말았다.

　　　　　　　결정판 아르센 뤼팽 전집

하지만 정작 돈 루이스 페레나 본인에게 닥친 문제들은 심각하고 복잡하기가 이루 말할 수 없었다! 불과 48시간 동안에 무려 네 차례라니! 익명의 기사 때문에 결투까지 감행한 일은 그렇다 치고, 강철 셔터에 깔릴 뻔한 일, 독을 삼킬 뻔한 일, 쉬셰 대로에서 총에 맞을 뻔한 일, 그리고 난데없이 자동차가 뒤집혀 죽을 뻔한 일, 이렇게 모두 네 차례에 걸쳐 누군가 그의 목숨을 노렸다는 사실을 생각해보라! 이 연달아 벌어진 도발에 플로랑스가 개입했다는 것은 도저히 부정할 수가 없다. 아울러 셰익스피어 8권 안에서 발견한 단서로 미루어보아, 이폴리트 포빌의 살해자와 그녀 자신이 모종의 관계를 맺고 있다는 점도 이젠 기정사실처럼 여겨진다. 더구나 이제는 사망 피해자 명단에 앙스니 경감과 자동차 운전기사, 이렇게 새로 두 명이 더 추가된 상태!

도대체 이 모든 끔찍한 재앙의 연속 가운데에서 저 수수께끼 같은 여인이 담당하고 있는 역할이란 과연 어떻게 규정하고 설명할 수 있단 말인가?

묘한 것은, 팔레 부르봉 광장의 호텔에서는, 마치 비정상적인 일이라곤 전혀 일어나지 않았다는 듯, 모든 이가 일상의 안정된 생활을 아무 거리낌 없이 재개하고 있다는 사실이었다. 매일 아침, 플로랑스 르바쉐르는 돈 루이스가 보는 앞에서 우편물을 정리했고, 그와 관련되거나 모닝턴 사건을 다룬 신문 기사들을 발췌해 소리 높여 읽어주는 것이었다.

그런가 하면 돈 루이스도 지난 이틀 동안 그녀에게 거친 태도를 보인 것에 대해 단 한 마디도 내비치지 않았다. 일견 둘 사이에 휴전협정이라도 맺어진 듯했고, 당분간이나마 적 또한 도발을 포기한 듯했다. 위험에서 어느 정도 벗어난 듯한 지금, 천하의 돈 루이스라고 다소간 안정된 기분을 느끼지 말라는 법은 없었다. 그는 여자를 상대로 무심하게 이런저런 이야기를 늘어놓았다. 마치 처음 대하는 상대에게 툭툭 말을 건네듯이 말이다.

하지만 은밀한 내심으로는 그녀를 얼마나 예리하게 관찰하고 있는 지! 언뜻 평온해 보이는 얼굴이지만, 가느다랗게 입술이 떨리거나 콧구멍이 벌름거릴 때마다 느껴지는 고통스러울 정도로 격렬하고 위태위태한 감성, 그 열정과 고요함이 동시에 아찔한 균형을 이루는 수수께끼 같은 표정을 그는 얼마나 집요하게 바라보고 있었던지!

그더러 마음껏 속내를 외쳐보라고 한다면 아마 이렇게 소리쳤을 것이다.

'너는 누구냐? 너는 무엇이냐? 거리마다 시체를 즐비하게 뿌리고 다니려는 게 너의 의도이냐? 네 목적을 이루기 위해서는 내 죽음까지 필요한 것이더냐? 대체 어디까지 가려는 것이냐? 어디서 온 존재란 말이냐?'

곰곰이 생각해보건대, 뜬금없이 머릿속에 떠올라 골치를 썩여오던 한 가지 문제가 갑자기 시원스레 해결되는 것 같기도 했다. 즉, 팔레 부르봉 광장의 호텔에 그가 살게 된 경위와 자신을 증오하면서 끝끝내 따라붙는 것처럼 보이는 이 여성 사이의 수수께끼 같은 관계 말이다. 이제 와 얘기지만, 그는 이 호텔을 구입하게 된 것조차 결코 우연이 아니었음을 깨닫게 되었다. 실은 구입을 결정하기까지 타자로 쳐서 보내온 어느 광고지의 역할이 컸던 것이다. 그 익명의 광고지가 과연 플로랑스가 보낸 것이 아니라면 어디서 갑자기 날아왔단 말인가? 의도적으로 남자를 가까이 끌어들여, 항상 감시하에 두고, 급기야 척결해버리려는 플로랑스의 용의주도한 계략이 아니었던가 말이다!

돈 루이스는 속으로 중얼거렸다.

'그래, 그거야! 진실은 바로 거기 있었던 거라고! 코스모 모닝턴의 잠재적인 유산상속인인 데다, 이번 사건에 직접적으로 관련되어 있는 만큼, 나는 무시 못 할 적이겠지. 다른 자들처럼 제거해야 할 대상이었을 거야. 그래서 플로랑스가 나서게 된 거라고. 살인을 저지른 건 정작 그녀인 셈이지. 아무리 따져봐도 모든 화살은 그녀를 향하고 있어. 변론의 여지가 없단 말이야. 순수한 눈동자? 진지한 목소리? 고결하고 조신한 성격이라고? 그래서? 그래서 뭐가 어쨌다는 거냐고? 그동안 해맑아 보이는 눈빛을 하고도 거의 환희에 사로잡혀 제멋대로 살인을 저지르는 여인네들을 내가 어디 한두 명 보았던가!'

순간 그는 돌로레스 케셀바흐의 얼굴이 갑자기 떠올라 으스스 몸서리를 치는 것이었다(『813』 참조―옮긴이). 언제부터인가 그의 정신 속에서는 매 순간 알 수 없는 어떤 매듭이 이 두 여성을 자꾸만 한꺼번에 묶어서 연상시키고 있었다. 그 돌로레스라는 괴물 같은 여자를 그는 사랑했고, 자신의 손으로 직접 목을 졸라 살해했다. 과연 지금에 와서도 그와 똑같은 운명이 똑같은 사랑, 비슷한 만행으로 그를 이끌어갈 것인가?

맡은 바 일을 마치고 플로랑스가 방을 나가고 나면 그는 일종의 후련함을 느꼈고, 그동안 뭔가에 짓눌려 있던 것을 홀홀 털어버려 호흡하기조차 훨씬 편한 기분이었다. 하지만 그와 동시에 득달같이 창가로 달려가 안뜰을 가로질러 걸어가는 그녀의 자태를 물끄러미 내다보았으며, 아직까지 얼굴에 향긋한 숨결이 어른거리는 듯한 느낌을 그대로 간직한 채, 제발 그녀가 근처 어딘가를 서성거려주었으면 하는 조바심 어린 마음을 남몰래 달래는 것이었다.

하루는 아침에 그녀가 불쑥 말했다.

"신문에 오늘 밤이라고 나와 있네요."

"오늘 밤이라니?"

여자는 기사를 내보이며 말했다.

"네, 여길 보세요. 오늘이 4월 25일이잖아요. 근데 선생님이 경찰 측에 제공한 정보에 의하면, 매 열흘마다 쉬셰 대로의 호텔에 편지가 전달될 것이고, 마지막 다섯 번째 편지가 전달되는 날 밤에는 호텔 전체가 폭파될 거라고 하잖아요."

이것은 또 뭔가? 어디 한번 해보겠다는 뜻인가? 무슨 일이 있더라도, 어떤 장애가 있더라도 편지는 예고된 대로 정해진 장소에 나타날 것이라고 엄포라도 놓겠다는 얘긴가? 셰익스피어 8권에서 발견된 쪽지에 예고된 그대로 말이다!

그는 여자의 눈동자를 똑바로 쏘아보았다. 여자는 미동도 하지 않았다. 마침내 그가 말했다.

"그렇군요. 바로 오늘 밤이오. 당연히 가봐야겠지. 세상 어떤 일이 있어도 반드시 그곳에 나는 가 있을 거요."

여자는 문득 뭔가 대꾸를 하려는 기색이었지만, 속에서 치미는 일련의 감정을 예의 그 아리송한 표정과 더불어 또다시 억지로 자제하고 말았다.

돈 루이스는 그날 특히 긴장을 늦추지 않았다. 점심과 저녁 모두를 레스토랑으로 가서 때웠고, 마즈루와 연락을 취해 팔레 부르봉 광장의 경비를 철저히 했다.

그런가 하면 르바쉐르 양은 오후 내내 호텔을 벗어나지 않고 있었다. 저녁이 되면서 돈 루이스는 마즈루가 보낸 인원들에게 별도의 지시를 내려, 이제부터 누구든 건물을 벗어나는 자가 있으면 즉시 미행하도록 했다.

밤 10시, 반장은 포빌 기사의 작업실에서 돈 루이스와 재회했다. 그런데 이번에는 베베르 부국장과 경찰관 두 명을 대동한 상태였다.

돈 루이스는 마즈루를 따로 끌어내 말했다.

"나를 의심하는 모양이로군."

"아닙니다. 므슈 데말리옹이 있는 한, 아무도 두목을 건드리지 못해요. 다만 베베르를 비롯한 몇몇 사람 생각이, 이번 편지 건은 두목이 뭔가 술책을 부린 결과라는 거예요."

"내가 도대체 뭐하러?"

"마리안 포빌을 결정적으로 몰아세울 증거를 만들어내기 위해서라나요. 그래서 아예 제가 나서서 부국장하고 저 두 사람을 대동한 겁니다. 넷이 현장에 함께해서, 두목의 결백을 똑똑히 목격하는 게 낫다는 생각에서 말입니다."

결국 각자 자리를 잡고 밤샘에 들어갔다.

두 명의 경찰관은 서로 돌아가며 망을 보기로 했다.

이번에는 이폴리트 포빌의 아들이 잠을 자던 쪽방까지 샅샅이 수색을 한 후, 문과 덧문 모두를 빗장까지 걸어 철저히 단속했다.

그러고 나서 밤 11시, 마침내 소등을 했다.

돈 루이스는 거의 잠을 자지 않았다.

밤은 눈곱만큼의 사고도 없이 잘만 흘러갔다.

그런데 아침 7시가 되어 덧문을 열어젖히자, 아니나 다를까 탁자 위에 덩그러니 한 장의 편지가 놓여 있는 것이 아닌가!

잠시 후, 처음의 충격이 가라앉자, 부국장이 얼른 편지를 집어 들었다. 그는 편지를 입수하는 직후부터 자신은 물론 누구도 편지를 먼저 읽게 해선 안 된다는 지시를 받은 몸이었다.

다음은 추후에 신문 지상에 실린 편지의 내용인데, 이와 더불어 편지의 필체가 이폴리트 포빌의 것임을 확인하는 필적 전문가의 소견 또한 첨부되어 있었다.

그를 보았다네! 알겠는가, 친구? 내가 직접 그를 목격했단 말일세! 외투 깃을 잔뜩 추켜세우고 모자를 푹 눌러쓴 채, 불로뉴 숲 산책길을 거닐고 있더군. 혹시 그도 날 본 것은 아닐까? 사실 그럴 것 같지는 않네. 우선 거의 밤이나 다름없었으니까. 하지만 나는 그를 확실히 알아봤어. 그의 흑단 지팡이에 달린 은제 손잡이를 분명히 알아보았거든! 분명 그자였어! 그 파렴치한이었다고!

약속을 어기고 기어이 이곳 파리에 나타난 거야. 가스통 소브랑이 파리에 나타났단 말일세! 이 사실 자체가 얼마나 끔찍한 의미를 지닌 것인지 자네는 이해하나? 그가 파리에 나타났다는 얘기는, 즉 그가 행동에 돌입할 의사를 가지고 있다는 얘기일세! 그가 파리에 나타났다는 얘기는, 곧 나의 죽음이 결정됐다는 뜻이라고! 아, 그야말로 난 임자를 만난 셈일세. 그가 내게 어떤 짓을 저지를지 생각만 해도 끔찍해! 이미 내 행복을 앗아간 데다, 이제는 나의 목숨을 요구하고 있다네! 아, 나는 무서워!

그렇다면 결국 포빌 기사 역시 흑단 지팡이를 가진 사내, 즉 가스통 소브랑이 자신의 죽음을 미리 계획하고 있었다는 사실을 알았다는 얘기가 된다. 그 점을 이폴리트 포빌은 자신의 손으로 직접 쓴 편지를 통해 너무나도 확고하게 증언하고 있는 것이었다. 아울러 두 사람이 옛날로 거슬러 올라가 어떤 관계를 맺고 있는 사이며, 무슨 이유에서건 서로 틀어진 다음, 상대 쪽에서 다시는 파리에 돌아오지 않겠다는 약속을 했다는 등, 가스통 소브랑이 검거 당시 흘렸던 얘기마저 재차 확인해주고 있었다. 바야흐로 모닝턴 유산상속을 둘러싸고 한 치 앞을 분간 못하게 전개되는 모험에 느닷없는 빛줄기가 새어 드는 기분이었다.

그런가 하면 다른 한편으로는, 밀폐된 것이나 다름없는 작업실 탁자

결정판 아르센 뤼팽 전집

위에 편지가 덩그러니 놓여 있다는 것만큼 불가해한 수수께끼 또한 없는 노릇이 아닌가! 무려 다섯 명의, 그것도 정예 요원에 해당하는 장정들이 지키고 있었던 공간이다. 하지만 그날 밤 역시, 지난 4월 15일의 밤과 마찬가지로 미지의 어떤 손이 슬그머니 들어와 편지 한 장을 달랑 남겨놓고 사라진 것이다. 창문이건 문짝이건 철저하게 차단된 장소에 아무 소리도, 어떤 흔적도 남기지 않고 말이다.

즉각 떠오른 가설은 어딘가 비밀 출입구가 있을 가능성이었다. 하지만 사방의 벽체를 면밀히 검사한 데다, 몇 년 전 포빌 기사의 설계에 입각해 이 작업실을 직접 건축한 업자를 소환해 조사해본 뒤로는 신빙성이 없는 가설로 포기해야 했다.

사정이 이러한바, 일반 대중이 얼마나 경악했으리라는 사실을 이 자리에서 굳이 환기할 필요는 없을 것이다. 당시 상황만으로 보자면 무슨 요술을 구경한 것이 아닐까 하는 생각마저 불러일으켰다. 뭔가 알 수 없는 수단을 통해 누군가 심각하게 개입했다기보다는, 차라리 기적 같은 신비의 기술을 휘두르는 마법사가 재미 삼아 한바탕 재주를 부린 것으로 보려는 경향도 없지 않았다.

아무튼 돈 루이스 페레나가 애당초 진술한 바는 이제 엄연한 진실로 받아들여졌고, 25일에도 15일의 경우와 마찬가지로 예견된 그대로의 사태가 벌어진 것으로 정리가 되었다. 이제는 5월 5일에까지 기어코 이 음산한 장난이 계속될 것인지가 문제였다. 일단 돈 루이스가 예견했고, 그에게는 결코 오류가 없을 거라고 모든 이가 기대하는 한, 그것은 거의 기정사실이나 다름없었다. 마침내 5월 5일에서 6일로 이어지는 밤새도록, 쉬셰 대로에는 수많은 군중이 봇물처럼 터져나와 설쳐대고 있었다. 호기심이 많은 사람들, 밤에야 정신이 돌아오는 올빼미족들이 대거 이리저리 몰려다니며 새로운 소식을 기다렸다.

이미 두 차례에 걸친 기적으로 대단히 흥분한 경시청장 역시 세 번째 밤에는 직접 현장에 참여해, 대체 어찌 된 영문인지를 확인하고 싶어 했다. 그는 형사 여럿을 대동하고 와서, 정원과 복도와 위층 다락방에까지 촘촘히 배치한 뒤, 자신은 베베르 부국장과 마즈루, 그리고 돈 루이스 페레나와 더불어 사태를 지켜보기로 했다.

하지만 이번의 기대는 수포로 돌아가고 말았다. 역시 문제는 데말리옹 씨의 과잉 대응에 있었다. 돈 루이스가 엄중히 경고했음에도 불구하고, 그는 빛이 환하게 밝혀진 가운데에도 기적이 일어나는지를 보겠다며, 굳이 전등불을 끄지 않도록 고집했던 것이다. 그런 조건에서는 결코 '기적'이 일어날 것 같지 않았는데, 실제로도 어떤 편지 한 장 솟아나오지 않았다. 역시 마술사의 재주이건 악당의 농간이건, 어둠의 도움이 필요하긴 했던 모양이었다.

결국 열흘이라는 시간만 허비한 꼴이었다. 이제는 이 괴이한 교신자(交信者)께서 다시 한번 수고를 하셔서, 세 번째 수수께끼의 편지를 보내주시길 기대하는 수밖에 없었다.

마침내 5월 15일, 밤샘이 재개되었다. 아울러 바깥에 운집한 수많은 군중은 조그만 소리에도 잔뜩 긴장한 채, 포빌 호텔에 시선을 고정시키고 팽팽한 침묵 속에서 숨을 죽이고 있었다.

물론 이번에는 소등을 했다. 그러면서도 경시청장은 전기 차단기에서 손을 떼지 못하고 있었다. 그렇게 열 번 스무 번을 닥치는 대로 불을 켜댔고, 그때마다 탁자는 텅 비어 있었다. 가구 어딘가가 삐걱댄다든가 일행 중 누가 부스럭 움직이기만 하면 여지없이 사방은 환하게 밝혀지는 것이었다.

그러다 어느 한순간, 모두가 탄성을 내지르고 말았다. 어디선가 종이 스치는 소리가 그야말로 또렷하게 침묵을 가르고 들려왔던 것이다.

데말리옹 씨가 부리나케 차단기를 올렸다.

그러고는 비명.

편지가 있긴 있었는데, 이번엔 탁자 위가 아니라 바닥 양탄자 위에 떨어져 있는 것이 아닌가!

마즈루는 얼른 성호를 그었다.

형사들은 모두 창백하게 질렸다.

데말리옹 씨가 후딱 돌아본 돈 루이스는 말없이 고개를 끄덕이고 있었다.

또다시 자물쇠와 빗장 검사가 호들갑스럽게 이어졌고, 아무 이상 없음이 확인되었다.

그날 역시, 어둠 속에서 신출귀몰하게 나타난 그 기적 같은 방식에 걸맞게 편지의 내용도 가히 충격적이었다. 한마디로 쉬셰 대로에서 벌어진 이중 살인 사건의 베일을 일거에 거두어주는 내용이라고 해도 과언이 아닐 정도였다.

지난 2월 8일에 엔지니어 자신의 친필로 쓰이고 서명이 담긴 편지는, 마찬가지로 수신인 주소는 알아볼 수 없게 된 채, 다음과 같은 이야기를 풀어내고 있었다.

친구 보게나.

아뿔싸! 나는 결코 도살장에 끌려 들어가는 양 새끼처럼 당하고만 있지는 않을 참이네! 나 자신을 방어할 생각이야! 최후의 순간까지 나는 싸울 것이네! 왜냐면 이제는 돌아가는 상황이 예전과 또 달라. 내겐 증거가 있어! 그것도 움직일 수 없는 명백한 증거이지. 그들이 서로 교환해온 편지가 내 수중에 있다네! 그들은 처음부터 줄곧 서로를 사랑해왔으며, 결혼을 하려 하고, 끝내 그 기도(企圖)를 포기하지 않으리라는 것을 나는 알고 있네. 그 편지가 누구의 손으로 작성되었는지 아는가? 바로 마리안일세. 이렇게 쓰고 있더군. '조금만 더 참아요, 나의 사랑하는 가스통. 저에게도 점점 용기가 커지고 있어요. 우리 사이를 갈라놓으려는 자에겐 안된 일이지만 이 세상에서 사라져줘야만 하겠죠.'

이보게 친구, 내가 만약 싸우다가 쓰러진다면, 자그마한 유리 진열장 뒤에 숨겨진 금고 안에서 자네가 이 편지들을(그리고 그 나쁜 년을 혼내기 위해 내가 모아둔 모든 서류를) 거두어주게나. 그래서 내 복수를 해주게. 그럼 잘 있게나. 어쩜 이것이 영원한 작별 인사가 될지도 모르겠군.

이른바 세 번째 메시지인 셈이었다. 무덤에 누워서까지 이폴리트 포빌은 죄지은 아내를 격렬하게 고발하고 있었다. 싸늘한 시체가 되어서야 비로소 그는 범죄가 저질러진 이유, 마리안과 가스통 소브랑이 서로 사랑하는 사이였다는 사실을 밝힘으로써 수수께끼의 해답을 던져주고 있는 것이었다.

그 두 사람이 처음부터 코스모 모닝턴을 제거한 것으로 보자면 분명 유언장의 존재를 알고는 있었을 것이며, 막대한 재산을 앞에 두고 허겁지겁 서두르다 보니 결국 파국을 앞당기게 된 것이리라. 하지만 무엇보다 범죄의 시발점은 해묵은 감정, 즉 마리안과 가스통 소브랑이 서로 연인 관계였다는 사실에서 찾아야 할 상황이 되었다.

다만 남는 문제가 하나 있었는데, 과연 이폴리트 포빌이 자신의 복수를 떠맡긴 이 미지의 교신자는 누구란 말인가? 대체 누구이기에, 단순명쾌하게 그냥 문제의 편지들을 사법당국에 제출하지 않고, 이처럼 극도로 복잡하고 어려운 방법을 통해 은근히 제시하려 드는 것인가 말이다! 스스로를 어둠 속에 감춰두어야 할 무슨 특별한 이유라도 있는 것일까?

한편 이 모든 사안에 대한 마리안 본인의 반응은 놀랄 만큼 단호했을 뿐만 아니라, 자신이 늘 입에 달고 있던 위협을 고스란히 실행해 옮기고 말았다. 즉, 일주일간의 기나긴 신문 과정 동안, 남편 옛 친구의 정체에 대해 끊임없는 추궁을 당하면서도 고집스럽게 입을 다물고, 심지어 일종의 실어증(失語症) 상태로까지 치달았던 그녀가, 밤에 감방 안으로 돌아오자마자 미리 숨겨두었던 병 조각으로 자신의 손목을 그어버린 것이었다.

다음 날 아침, 8시가 못 되어서 들이닥친 마즈루를 통해 그 사실을 전해 들은 돈 루이스는 그만 침대에서 벌떡 일어났다. 반장은 손에 여행 가방을 들고 있었다.

돈 루이스는 충격이 채 가시지 않은 표정으로 더듬더듬 물었다.

"그, 그래, 여자는 죽었나?"

"아닙니다. 이번에도 목숨은 건질 모양이에요. 하긴 그래봤자 무슨 소용이겠어요?"

"그건 또 무슨 소린가?"

"맙소사! 또다시 저지를 게 뻔한데 말입니다. 아예 머릿속엔 그 생각밖에 없다고요. 아마 조만간 또다시 일을 저지를 겁니다."

"물론 이번에도 자백을 하지는 않았겠지?"

"전혀요! 그 대신 종이 위에 몇 글자 적기는 했는데, 곰곰이 생각해보니 그 수수께끼 같은 편지들의 출처를 랑제르노 씨에게서 찾아야 할 거라는 내용이더군요. 남편의 옛 친구라고는 오로지 그자밖에 아는 사람이 없는 데다, 남편이 '이보게 친구' 하며 부를 사람 또한 그가 유일하다고 하네요. 쳇, 보나 마나 뻔하지요. 그 랑제르노라는 사람, 여자가 끔찍한 누명을 쓰고 있고 결코 죄를 저지를 사람이 아니라고 길길이 날뛰기나 하겠죠."

"하지만 누군가 자신의 무죄를 주장해줄 걸 계산해서 그랬다면, 왜 그렇게 덥석 자신의 손목을 그었겠는가?"

"여자가 끄적여놓은 말 그대로, 결국 별로 달라질 것도 없으니까 그랬겠죠. 어차피 만신창이가 된 인생. 원하는 건 오로지 영원한 휴식, 죽음뿐이라더군요."

"휴식이라…… 휴식이라…… 죽음 속에서 그런 걸 찾아서는 안 되겠지. 진실을 밝혀내는 것이 정녕 그녀 자신에게 구원을 의미한다면, 그 진실을 밝혀내기가 그리 불가능하진 않을 것이야."

"아니, 두목, 지금 무슨 말씀을 하시는 겁니까? 그럼 뭔가 짚이는 바라도 있단 얘긴가요? 무슨 낌새라도 눈치채신 겁니까?"

"오, 아직은 막연한 상태야. 하지만 그 편지들 내용이 좀 비정상적일 정도로 딱 떨어지는 걸 보면 뭔가……."

그는 잠시 생각에 골몰하더니, 다시 입을 열었다.

"그 세 장의 편지에서 지워진 주소를 다시 한번 조사해보았는가?"

"네, 실제로 그 결과 랑제르노라는 이름은 확인되었습니다."

"그 랑제르노라는 사람이 사는 곳은?"

"마담 포빌에 의하면, 오른 현(縣), 포르미니라는 마을에 살고 있다고 합니다."

"편지들에서는 그 포르미니라는 마을 이름을 전혀 색출할 수가 없었던가?"

"네, 하지만 바로 근처의 도시 이름이 있긴 하더군요."

"뭔데?"

"알랑송입니다."

"그래, 가볼 생각이겠지?"

"물론이죠. 그렇지 않아도 경시청장께서 저를 급파한 상태입니다. 앵발리드에서 기차를 타기로 되어 있습니다(현재는 종합 전시관으로 유명한 앵발리드 광장 끝에 당시에는 여객 및 화물 터미널이 있었음—옮긴이).”

“혹시 내 차를 함께 타고 갈 생각은 없는가?”

“네?”

“나와 함께 가세나. 나도 몸 좀 움직여야겠어. 이 건물 공기가 나에겐 아주 죽을 지경이라고.”

“죽을 지경이라니요? 말씀이 과하시군요, 두목.”

“그냥 그렇다는 얘기일세.”

그로부터 반 시간 후, 두 사람은 베르사유 도로를 달리고 있었다. 무개(無蓋) 차량이었는데, 페레나가 또 어찌나 난폭하게 운전을 하는지 숨이 컥컥 막힌 마즈루는 이따금 이렇게 더듬거렸다.

“아이고, 맙소사! 이런 제기랄, 두목, 작작 좀 하세요! 이러다 다시 곤두박질이라도 치면 어쩌려고 그러십니까? 지난번 생각을 하셔야죠!”

아무튼 점심때가 되자 이미 알랑송에 도달해 있었다. 식사를 대충 때운 두 사람은 즉시 중앙 우체국으로 가보았다. 유감스럽게도 랑제르노라는 이름은 찾을 수가 없었고, 게다가 포르미니 면(面)마저 별도의 우체국에서 관리하고 있다는 것이었다.

돈 루이스와 마즈루 반장은 곧장 포르니미로 향했다. 한데 그곳 우체국장 얘기가, 포르미니에는 전부 다 해서 천 명의 주민밖에 없지만 랑제르노라는 이름은 처음 들어본다는 것이었다.

“할 수 없군. 면장을 직접 만나봐야겠어.”

페레나가 던지듯 말했다.

면사무소에 들이닥치자마자 마즈루는 자신의 신분을 밝히고 방문 목적을 얘기했다.

면장은 고개를 끄덕이며 말했다.

"랑제르노 이 양반, 내가 알기로는 사람도 괜찮은 데다, 예전에는 수도(首都)에서 장사를 했다고 하던데."

"보통 우편물을 알랑송 우체국에서 직접 가져간다지요, 아마?"

"그거야 매일 산책한다는 핑계로 그런 거지요."

"집은 어디입니까?"

"마을 끄트머리에 있어요. 이미 지나쳐오신 셈일 겁니다."

"집을 좀 가볼 수 있을까요?"

"그야 어려울 것 없지요. 다만……."

"집에 없을까 봐서요?"

"물론 그럴 겁니다. 그 양반, 집을 비운 지 벌써 4년이나 됐지요."

"아니, 왜요?"

"맙소사! 그야 4년 전에 죽었으니까 그렇지요!"

돈 루이스와 마즈루는 어안이 벙벙한 표정으로 마주 보았다.

"아뿔싸, 죽다니!"

마침내 돈 루이스의 입에서 탄식이 새어나왔다.

"그렇습니다. 총에 맞았지요."

"네? 아니 그게 무슨 말씀입니까? 살해당했나요?"

"오, 아니요. 그건 아닙니다. 사실 처음 집 안 바닥에 쓰러져 있는 걸 발견했을 당시만 해도 그런 줄 알았지요. 하지만 조사를 해보니 사고로 그렇게 된 거였습니다. 글쎄, 사냥용 엽총을 손질하다가 그만 자기 배에다 총알을 발사한 거예요. 한동안 온 마을 사람들이 그런 사인(死因)에 대해 왠지 미심쩍어하긴 했죠. 이 지역에서만 해도 랑제르노 영감 하면 전문 사냥꾼으로 알 만한 사람은 다 아는데, 그런 서툰 실수를 할 사람이 아니거든요."

"돈은 좀 있는 사람이었습니까?"

"네, 사실 그 점 때문에 사건이 복잡해진 면도 없지 않았죠. 누구도 그의 재산에 손끝 하나 대지 못했답니다."

돈 루이스는 한참 동안 생각에 잠겨 있다가 다시 입을 열었다.

"혹시 슬하에 자녀라든지, 같은 성(姓)을 쓰는 친척은 있나요?"

"전혀 없어요. 흔한 사촌 하나 없답니다. 그 증거로 그의 부동산(不動産)―폐허가 포함되어 있어서 흔히 **고성**(古城)이라고 부르지요―은 아직 고인의 소유 그대로 남아 있습니다. 다만 공유지(公有地) 행정 당국에서 건물과 영지(領地)의 출입구 모두에 봉인을 해둔 상태이지요. 일정 유예기간만 지나면 국유지로 편입될 예정입니다."

"아무리 차단을 해놓았다고 해도 호기심 많은 사람들이 영지 내로 들락거릴 수 있을 텐데요?"

"천만에요! 일단 그곳 담이 장난이 아닐 만큼 높습니다. 그뿐만 아니라 이 지방에서는 **고성**에 대해 아주 안 좋은 소문이 나돌고 있어요. 소위 유령이 나돈다느니, 온갖 황당무계한 이야기가 그곳을 꽤나 흉흉하게 만들고 있답니다."

돈 루이스는 면사무소를 빠져나오면서 버럭 외쳤다.

"이거 골치 아프게 생겼군! 포빌 기사가 다름 아닌 죽은 자에게 편지질을 하고 있었다니! 그것도 내가 보기엔 살해당한 사람한테 말이야."

"결국 중간에서 그동안 누군가 편지를 가로채 왔다는 얘기가 되는군요."

"그런 셈이지. 어쨌든 죽은 사람한테 그동안 속내 얘기와 자기 아내의 범죄 계획을 낱낱이 일러바쳐 왔던 것만은 사실이야."

마즈루는 잠자코 있었고, 돈 루이스 역시 몹시 혼란스러운 심정으로 입을 다물었다.

나머지 오후 시간은 랑제르노 씨의 일상에 관한 정보를 캐러 여기저기 쑤시고 다녔고, 그러는 가운데 그와 안면이 조금이라도 있는 사람들에 관한 유용한 단서를 얻고자 잔뜩 촉각을 곤두세웠다. 하지만 모든 노력이 말짱 허사였다.

저녁 6시쯤 되어서 떠날 채비를 하는 도중, 자동차에 기름이 떨어져 있는 것을 깨달은 돈 루이스는 마즈루를 이륜마차에 태워 보내 알랑송에서 기름을 구해오게 했다. 그리고 자신은 기다리는 동안, 마을 끄트머리에 위치한 고성을 둘러보기로 했다.

우선 두 줄의 산울타리 사이로 난 길을 따라 보리수가 서 있는 원형의 빈터에까지 다다르자 높다란 담벼락 한복판에 묵직한 나무 문이 버티고 있었다. 문은 물론 잠겨 있었다. 돈 루이스는 담을 따라 한동안 걸었는데, 과연 깎아지른 듯하면서도 비집고 들어설 어떤 틈새 또한 없었다. 하지만 옆에 붙어선 나무를 타고 올라가 어렵지 않게 담을 뛰어넘을 수가 있었다. 영지 안은 마구잡이로 자라난 잔디와 역시 엉망으로 피어난 야생화들이 수북했고, 잡초가 무성한 오솔길들이 우측으로는 멀찌감치 건물의 잔해 더미가 촘촘히 자리 잡은 작은 구릉까지 이어져 있었고, 좌측으로는 덧문들이 죄다 삐걱거릴 정도로 허물어지다 만 작은 가옥으로 뻗어 있었다.

일단 좌측으로 방향을 잡은 돈 루이스는, 최근 내린 비로 촉촉한 화단에 생긴 지 얼마 안 되는 발자국을 보고 깜짝 놀랐다. 더구나 그 발자국이라는 것이, 우아하고 섬세한 여자의 반장화 자국이어서 당혹감은 더욱 컸다.

'어떤 작자가 또 이리로 어슬렁거린 거야?'

그렇게 속으로 중얼대며 더듬어가는데, 좀 더 멀리, 필시 여자가 건너갔을 또 다른 화단에 역시 같은 발자국이 찍혀 있는 것이었다. 그것은 가옥 맞은편, 작은 숲에까지 이어져 있다가 두 차례쯤 더 보이더니 이내 사라지고 없었다.

언뜻 정신을 가다듬고 주위를 살피니 바로 근처에 꽤 가파른 비탈을 등지고 반쯤 허물어진 널찍한 헛간이 자리하고 있었다. 보아하니 벌레 먹어 다 헐어빠진 문짝들이 겨우 균형을 유지한 채 붙어 있는 정도였다.

그는 천천히 다가가 문짝의 갈라진 틈으로 안을 들여다보았다.

창문도 하나 없는 데다 여기저기 짚단으로 막아놓은 구멍 틈새들로 그나마 저물어가기 시작하는 햇살이 어둠침침하게 비쳐 드는 내부에는, 큰 통들과 망가진 압착기들, 낡은 쟁기와 이런저런 고철 더미가 어지러이 쌓여 있었다.

'설마 이런 곳으로 발길을 들여놓았을 리는 없을 테고. 다른 데나 찾아보아야겠군.'

그렇게 생각은 했으나, 돈 루이스는 제자리에서 꼼짝도 하지 않았다. 마침 안쪽에서 무슨 소리가 들렸던 것이다.

다시 정신을 바짝 차리고 귀를 기울였는데, 어쩐 일인지 조용하기만 했다. 이런 상황일수록 피해가는 법이 없는 돈 루이스는 낡은 문짝을 어깨로 들이받으며 안으로 불쑥 들어섰다.

부서진 문짝을 통해 이제는 좀 더 풍부한 빛이 새어 들었고, 그는 두 개의 술통 사이를 지나 유리창 조각을 우지직우지직 밟으며 맞은편 텅 빈 공간까지 파고들었다.

그렇게 걸어 들어갈수록 두 눈은 어둠에 익숙해져 갔다. 하지만 그럼에도 불구하고 미처 보지 못한 무엇에 이마가 냅다 부딪쳤는데, 난데없이 웬 딱딱한 물체가 묘한 소리와 함께 흔들흔들 눈앞에 어른거리는 것이었다.

아닌 게 아니라 너무 깊이 들어왔는지 자세히 사물을 분간하기에는 아직은 어두운 편이었다. 돈 루이스는 얼른 호주머니에서 손전등을 꺼내 스위치를 눌렀다.

"엇! 이런 맙소사!"

순간 그는 뒤로 움찔 물러서며 비명을 지르고 말았다.

황망한 눈길로 올려다본 허공에는 소름 끼치는 유골(遺骨)이 목이 매인 채 대롱대롱 매달려 있는 것이 아닌가!

그리고 바로 다음 순간, 또다시 페레나의 입에서 날카로운 비명이 비어져 나왔다.

방금 맞닥뜨린 유골 바로 옆에 또 다른 유골이 마찬가지로 매달려 있는 것이었다!

보아하니 퉁퉁한 밧줄이 들보에 박힌 하켄에 연결되어 두 유골을 매달고 있었다. 두개골이 매듭에 걸려 덜렁거리고 있는 꼴이 여간 을씨년스러운 것이 아니었고, 페레나가 부딪쳤던 놈은 여전히 흔들리면서 뼈다귀 달그락거리는 소리를 내고 있었다.

페레나는 절름발이 탁자를 하나 가져다가 이럭저럭 밑을 괸 다음, 해골을 좀 더 자세히 살펴볼 요량으로 그 위에 올라섰다.

너덜너덜해진 누더기와 뻣뻣하게 굳어버린 머리카락이 배배 꼬이면서 한데 뒤엉켜 전체 뼈의 관절들을 지탱하고 있었다. 둘 중 하나는 팔 한 짝이 없었고, 다른 하나는 거기다 다리까지 한쪽밖에 없는 상태였다.

이제는 외부로부터 어떤 충격도 가해지지 않았는데도, 헛간 여기저기에서 새어 들어오는 바람결에 두 유골은 서로 접근했다 멀어졌다 하며, 마치 완만한 이인무(二人舞)를 추듯 흔들거리고 있었다.

하지만 이 무시무시한 광경 중에서도 페레나의 가슴에 가장 충격적으로 다가온 것은, 두 유골 모두가 손가락에 똑같은 금반지를 끼고 있다는 사실이었다. 이제는 살이 모두 썩어 문드러져 헐렁한 상태였지만, 그래도 잔뜩 구부리고 있는 지골(指骨)에 단단히 매달려 있는 폼이 도무지 심상치 않은 느낌을 주는 것이었다.

페레나는 부르르 몸서리를 치면서 그 반지들을 빼 들었다.

아니나 다를까, 결혼반지였다.

그는 눈을 가느다랗게 뜨며 주의 깊게 반지를 살펴보았다. 반지 안쪽에는 똑같은 날짜 1892년 8월 12일과 두 이름, 알프레드와 빅토린이 각각 새겨져 있었다.

"둘이 부부였던 모양이로군. 둘 다 자살을 한 걸까? 아니면 살인? 그나저나 이 지경이 되기까지 어떻게 유골이 방치되어 있었던 걸까? 랑제르노 영감이 죽은 다음, 이곳 영지가 행정 당국의 관리에 넘어가서 아무도 출입할 수 없게 된 연후에 일이 벌어진 걸까?"

페레나는 그렇게 중얼거리며 연신 머리를 굴리고 있었다.

"과연 아무도 들어올 수가 없었을까? 아무도? 하지만 아까 본 발자국은? 당장 오늘 어떤 여자가 들어왔다는 증거가 아닐까?"

발자국의 주인인 미지의 여인 생각에 골몰하며 그는 탁자에서 엉거주춤 내려왔다. 순간 어디선가 부스럭대는 소리가 들렸지만, 설마 여자가 이 헛간 안에까지 파고들었다고는 전혀 생각이 안 들었다. 잠시 좀 더 조사를 진행한 후, 막 헛간 밖으로 나서려던 순간이었다. 갑자기 왼쪽 구석에서 우당탕하는 소리와 함께, 그리 멀리 떨어지지 않은 곳으로부터 둥그런 통들 몇 개가 와르르 굴러떨어지는 것이었다.

언뜻 돌아보니, 사닥다리가 기대어진 곳에, 역시 온갖 잡동사니로 그득한 고미다락이 있었는데, 아마 그곳에서 떨어진 모양이었다. 혹시 그 미지의 여자가 낯선 남자의 등장에 놀란 나머지 급한 김에 그곳으로 숨어들다가 자칫 통들을 건드린 것은 아닐까?

돈 루이스는 손전등을 치켜들어 고미다락을 환히 비춰보았다. 낡은 쇠스랑이나 곡괭이, 닳아빠진 낫 등등, 마찬가지로 폐품 더미밖에 별다른 이상한 점이 눈에 띄는 것은 아니었다. 결국 방금 전의 소란은 야생고양이 따위가 난동을 부린 것으로 생각할 수밖에 없었다. 그는 성큼성큼 다가가 기대어진 사다리를 타고 고미다락으로 오르기 시작했다.

그런데 막상 거의 다 올라갈 즈음 되자, 또다시 뭔가 우당탕 굴러떨어지는 소리가 났다. 그뿐만 아니라 저만치 잡동사니들 속에서 웬 그림자가 후다닥 뛰쳐나오는가 싶더니, 무시무시한 기세로 달려드는 것이 아닌가!

마치 전광석화와도 같았다. 거대한 낫의 번쩍이는 날이 휘익 하고 지나가는 것을 돈 루이스는 바로 코앞에서 느꼈다. 지극히 짧은 순간 멈칫하는가 싶더니, 그 무지막지한 무기는 다시금 노골적으로 기승을 부렸다.

돈 루이스는 아슬아슬하게 날을 피해 사다리에 바짝 붙어 섰다. 미친 듯한 낫은 싸늘하게 바람을 가르며 그의 옷깃을 획 스쳐 지나갔다. 마침내 그는 정신없이 미끄러지듯 사다리를 내려왔다.

그러면서 돈 루이스는 상대를 놓치지 않고 꼬나보았다.

우선 가스통 소브랑의 끔찍한 얼굴이 망막을 두드렸고, 그의 등 뒤, 손전등 빛을 받아 희끄무레하게 드러난 곳에는 플로랑스 르바쉐르의 일그러진 얼굴이 유령처럼 드러나 있었다!

8
뤼팽의 분노

돈 루이스는 잠시 동안 꼼짝 않고 서 있었다. 저 위에는 마치 두 사람이 일부러 바리케이드를 치고 있는 것처럼, 온갖 잡동사니가 서로 부딪치며 덜그럭거리고 있었다.

그런가 하면 손전등이 내쏘는 불빛 바로 우측으로 갑자기 생겨난 구멍을 통해 어스름 햇살이 비쳐 들었는데, 그 앞으로 사람 윤곽이 하나둘, 연속적으로 우왕좌왕하는 것이었다. 아마도 지붕 쪽이나 어디로든 달아날 속셈인 듯했다.

그는 권총을 빼 들고 방아쇠를 당겼지만 형편없는 솜씨였다. 원래 사격 실력이 그런 것이 아니라, 격발하는 순간, 플로랑스를 생각하며 손이 부르르 떨렸던 것이다! 어쨌든 세 발의 총성이 울렸고, 모두가 고미다락의 고철 더미에 부딪치며 요란만 떨고 말았다.

마침내 다섯 번째 총성이 울리면서 누군가 고통에 찬 비명 소리를 질렀다. 돈 루이스는 다시금 사다리를 오르기 시작했다.

결정판 아르센 뤼팽 전집

뒤엉킨 잡동사니를 간신히 헤치고 나아가자, 이번엔 바싹 말린 유채 (油菜) 다발이 방책처럼 둘러쳐져 있었다. 이리 긁히고 저리 부대끼면서 그마저 벗어나, 예의 그 구멍까지 넘어섰을 때였다. 먼지 구덩이를 방불케 하는 헛간 너머로 탁 트인 평지가 펼쳐지는 것이 아닌가! 알고 보니, 헛간이 등지고 있는 비탈의 정상으로 이미 나와 있었다.

돈 루이스는 헛간 왼쪽으로 비탈을 돌아 내려와서, 건물 앞을 다시 지나가보았다. 아무도 보이지 않았다. 그는 이제 오른쪽으로 비탈을 거슬러 올라갔고, 별로 넓지는 않은 공간이나마 정상의 평지를 샅샅이 살펴보기 시작했다. 사방이 저녁 어스름에 뒤덮여 어둑해지는 가운데, 혹시나 또 불시의 공격을 당할까 봐 걱정이 되었던 것이다.

그러다 보니 아까는 미처 눈치채지 못한 사실이 새삼 눈에 들어왔다. 비탈과 바로 인접한 이쪽에서부터 약 5미터가량 되는 담 꼭대기가 경사를 이루며 이어져 있는 것이었다. 의심의 여지 없이 가스통 소브랑과 플로랑스는 방금 이 담을 타고 내려가 꽁무니를 뺐을 것이었다.

페레나는 한 사람이 충분히 밟고 걸을 만큼 넉넉한 담 꼭대기를 따라, 일단 좀 낮은 곳까지 걸어 내려갔고, 필시 도망자들이 내뺐음 직한 덤불숲 가장자리쯤의 경작된 흙더미 위로 뛰어내렸다. 말하자면 거기서부터 다시금 추적을 재개하는 셈이었는데, 워낙 빽빽하게 우거진 숲속이라 공연한 시간 낭비만 할 것이 뻔해 보였다.

돈 루이스는 일단 그쯤에서 모든 것을 접고 마을로 돌아왔다. 그러면서 이 새로운 싸움의 면면을 곰곰이 되짚어보는 것이었다. 결국 플로랑스와 그 공범의 인명 제거 시도가 한 차례 더 벌어졌던 셈이다. 다시금 이 수수께끼 같은 살인극의 한복판에 플로랑스의 모습이 드러났다고밖에는……. 랑제르노 영감이 살해당했을지 모른다는 사실을 우연히 감지한 그 순간, 헛간까지 우연한 발걸음을 하던 중 의문의 유골 두 구와 맞닥뜨린 바로 그 수수께끼 같은 순간, 또다시 살인자의 가면을 쓰고 불쑥 나타난 플로랑스. 그야말로 죽음이 지나간 곳, 피와 시체가 나뒹구는 곳이면 어디든 상관없다는 듯 집요하게 모습을 드러내는 그 여자.

"아! 끔찍한 년 같으니라고!"

마침내 그는 심하게 몸서리를 치면서 중얼거렸다. 그런 여자가 어떻게 그다지도 고귀한 표정을 지을 수가 있을까? 아, 눈동자! 진지한 아름다움과 순결한 빛깔을 잃지 않는 그 눈동자!

여관 앞 성당의 광장에는 마즈루가 돌아와 기름을 채워 넣은 뒤, 막 전조등을 켜고 있었다. 돈 루이스는 마침 광장을 가로질러 걷고 있는 포르미니 면장을 얼른 붙들고 한쪽으로 데리고 가 말했다.

"저기 말입니다, 면장님, 혹시 이 지역에서 한 2년 전쯤 40~50대 되는 부부의 실종 사건 얘기 들으신 적 없습니까? 남편 이름은 알프레드……."

"부인 이름은 빅토린 아닙니까?"

면장이 대뜸 가로막았다.

"거 아주 대단한 소동이었죠. 알랑송의 소(小)자산가 부부였는데, 어느 날 갑자기 쥐도 새도 모르게 사라지고 나서는 아무도 행방을 아는 사람이 없었답니다. 아울러 사라지기 바로 전날 살고 있던 집을 처분해서 생긴 2만여 프랑의 재산도 행방이 묘연해졌지요. 가만있어 보자. 흔히들 드데쉬라마르 부부라면 웬만큼 통했지요!"

"감사합니다, 면장님."

페레나는 자못 만족한 듯 고개를 꾸뻑했다.

자동차는 이미 준비가 끝났고, 1분 후에는 마즈루와 돈 루이스를 태운 채, 알랑송으로 향하고 있었다.

"어디로 가는 겁니까, 두목?"

"역으로 가는 거네. 아무리 봐도 다음 두 가지야말로 신빙성 있는 사실이라고 생각하네. 첫째, 가스통 소브랑은 어젯밤 랑제르노 영감에 대해 마담 포빌이 진술한 내용을 최소한 오늘 아침에는 알고 있었다! 어떻게 알았는지는 차차 밝혀지겠지. 둘째, 마찬가지로 조만간 그 동기야 밝혀지겠지만, 놈은 오늘 랑제르노 영감의 영지 주변을 배회하다가 그 안으로 침입했다! 단, 추측하건대, 놈은 이곳까지 기차를 타고 왔을 것이므로, 돌아갈 때도 기차를 이용할 것이다!"

페레나의 이런 추측은 곧바로 사실임이 확인되었다. 역(驛) 주변을 수소문한 결과, 낮 2시경에 파리에서 온 한 쌍의 남녀가 근처 호텔에서 이륜마차를 임대해 어디론가 황급히 사라진 뒤, 다시 나타나자마자 방금 저녁 7시 40분발 급행열차를 잡아탔다는 것이었다. 물론 그 남녀의 인상착의는 영락없는 소브랑과 플로랑스의 그것이었다.

열차 시간표를 살펴보던 페레나가 말했다.

"당장 출발해야겠어. 현재 약 한 시간 정도 뒤처졌지만, 아마 르망 시(市) 정도에서는 놈을 따라잡을 수 있을 거야."

"그래요, 두목. 바로 거기서 놈을 요절내는 겁니다! 아차, 여자도 꿰차고 있다니까 둘 다 한꺼번에 일망타진이로군요!"

"그래, 둘이지. 다만……."

"다만 뭐요?"

돈 루이스는 차에 시동을 걸고 자리를 잡는 척하며 대답을 망설이더니, 툭 내뱉었다.

"다만 말일세, 자네가 여자는 그냥 놔주어야겠단 말이야."

"네? 아니, 그건 또 왜요?"

"그 여자가 누군지도 모르지 않나? 딱히 체포 영장이 있는 것도 아닐 테고."

"그야 그렇죠."

"그러니까 가만 놔두라는 거야!"

"하지만……."

"한마디만 더 해보게, 알렉상드르. 그대로 길가에 내려놓고 말겠어! 거기서 실컷 체포하고 싶은 대로 체포해보라고!"

마즈루의 입이 대번에 꾹 다물어졌다. 더구나 즉시 눈이 돌아갈 정도의 전속력으로 차가 달리는 바람에, 뭐라고 이의를 달 엄두도 나지 않았다. 그저 앞만 뚫어지게 바라보면서 장애물이 나타날까 봐 전전긍긍하기 바쁠 따름이었다.

양쪽 가로수들이 전조등 불빛 속에 언뜻 보이는가 싶다가는 어느새 저만치 뒤로 사라져갔다. 머리 위로는 나뭇잎들이 마치 넘실대는 파도처럼 시원한 소리를 뿌려주었고, 가끔 밤 짐승들이 질주하는 괴물 앞에서 혼비백산 뿔뿔이 흩어져 갔다.

참다 못한 마즈루가 감히 중얼거렸다.

"어차피 가는 인생, 굳이 이렇게 '기를 쓸 필요' 있습니까?"

그러자 더더욱 속도가 빨라졌고, 마즈루는 뚱하니 입을 다물었다.

마을들이, 평야가, 언덕들이 쏜살같이 달아나더니, 급기야 캄캄한 어둠 한복판에 대도시 불빛이 환하게 떠올랐다.

"역이 어디쯤인지 아는가, 알렉상드르?"

"네, 두목. 일단 우회전한 뒤, 곧장 직진입니다."

잔뜩 골이 난 마즈루에게 물었던 것이 잘못이었을까, 오히려 좌회전을 하는 것이 옳은 방향이었다. 결국 7~8분 정도 헤맨 끝에 지나던 행인이 정반대의 방향을 일러주었다. 마침내 자동차가 역 앞에 멈췄을 때는, 기차가 막 기적을 울려대고 있었다.

돈 루이스는 차에서 훌쩍 뛰어내리자마자 무작정 대합실로 쇄도했고, 문이 닫힌 것을 확인하자, 제지하며 막아서는 역무원들을 뿌리치고 후다닥 플랫폼으로 내달렸다.

기차 한 대가 방금 출발해서 저만치 달아나고 있었다. 그는 화물칸을 따라 맹렬하게 달리고 또 달려 마침내 구리로 된 손잡이를 와락 붙들었다.

"차표를 보여주십시오, 므슈! 차표가 없지 않습니까!"

역무원이 노발대발 악을 썼다.

하지만 돈 루이스는 아랑곳하지 않고 묘기를 부리듯 발판에서 발판으로 건너뛰며, 각 객실마다 창문을 통해 들여다보는 것이었다. 창가에 서 있어 방해가 되는 사람들은 거칠게 떠다밀면서, 그는 언제라도 두 일당이 눈에 띄기만 하면 당장이라도 안으로 뛰어들 태세였다.

그렇게 미친 듯이 찾아 헤맸지만 뒤쪽 칸들에는 거의 없는 듯했다. 순간, 기차가 한 차례 덜컹했고, 동시에 그의 입에서 외마디 비명이 솟구쳤다. 기적같이 두 남녀가 그의 시야에 포착된 것이었다! 객실에 단 둘이 있었다! 플로랑스는 의자에 축 늘어져 머리를 남자 어깨에 슬그머니 기댄 자세였고, 가스통 소브랑은 그런 그녀의 몸뚱어리를 두 팔로 감싸 안다시피 한 채, 살며시 고개를 숙이고 있는 것이었다!

울화통이 확 치미는 것을 느끼며 돈 루이스는 구리 걸쇠를 벗기고 손잡이를 움켜잡았다.

그리고 막 들이닥치려는 찰나, 갑자기 중심을 잃는가 싶더니, 고래고래 악을 써대는 역무원과 마즈루에게 덜미를 잡히고 말았다.

"아니, 정신 나갔습니까, 두목! 그러다가 기차 바퀴에 깔려 죽겠어요!"

"이런 바보 같으니! 저 안에 있단 말이다! 이거 놓으라니까."

그러는 사이 객차는 슬금슬금 지나쳐가고 있었다. 돈 루이스는 또 다른 발판으로 길길이 뛰어오르려고 했다. 하지만 두 사람이 악착같이 달라붙는가 하면, 어느새 역내 우체부들이 앞을 가로막았고, 이젠 역장까지 헐레벌떡 달려오고 있었다. 당연히 기차는 이미 저만치 훌쩍 멀어져가고 있었다.

돈 루이스는 버럭 소리를 질렀다.

"이 멍청한 것들! 바보! 천치! 등신들 같으니라고! 날 내버려두었어야 했단 말이다! 아! 이런 제기랄!"

그는 왼 주먹으로는 역무원을, 오른 주먹으로는 마즈루를 패대기친 뒤, 순식간에 나머지 사람들도 초개(草芥)처럼 뿌리치고는, 플랫폼을 잽싸게 내달려 짐을 쌓아놓는 대기실로 들이닥쳤다. 거기서도 겅중겅중 이런저런 가방들 위로 날다시피 건너뛰어 밖으로 빠져나온 돈 루이스, 세심하게도 자동차 엔진을 얌전히 꺼놓은 마즈루에 대해 억장이 무너지는 듯 소리쳤다.

"어이구, 이거야말로 갈수록 태산이로군! 언제든 바보짓 할 기회만 생기면 결코 빠뜨리는 법이 없다니깐!"

낮 동안 그의 차 모는 속도가 쏜살같았다고 한다면, 그날 밤부터는 가히 번개가 지나간다는 표현이 적당할 정도였다. 정말이지 일종의 광풍(狂風)이 르망 시(市)의 외곽을 몰아치는가 싶더니, 금세 널찍한 국도(國道)가 눈앞에 펼쳐졌다. 지금 그의 머릿속에는 오로지 단 하나의 생각, 단 하나의 목표밖에 없었다. 즉, 다음 기차역이 있는 샤르트르에 먼저 당도해 기다리고 있다가, 소브랑의 목덜미를 틀어쥐는 것! 눈앞에 어른거리는 것이라곤 단 하나, 플로랑스 르바쉐르의 연인을 이 두 손아귀에 움켜쥐고 그 헐떡거리는 면상(面相)을 지그시 내려다보는 자신의 모습!

"놈이 바로 애인이었어! 그녀의 애인이었다고! 그래, 그러고 보니 모든 게 명확해지는군! 둘이 작당해서 나머지 공범인 마리안 포빌에게 모든 걸 뒤집어씌운 거야. 결국 그 불행한 여자만 혼자서 끔찍한 죗값을 치르게 된 거지. 이제 와서는 그녀가 저 두 악당과 진정 한패인지도 불확실해졌어. 하긴 누가 알겠어? 저 두 악마 같은 커플이 포빌 기사와 그 아들을 살해하고 나서, 모닝턴의 유산상속을 가로막는 마지막 장애물인 마리안을 결정적으로 파멸로 몰아넣은 게 아니라고 누가 장담할 수 있겠느냐고? 그래 맞아! 모든 게 그런 가설에 착착 들어맞잖아? 편지가 당도하는 날짜 목록도 내가 직접 플로랑스의 책 속에서 발견하지 않았느냐고! 그건 결국 그 편지들이 플로랑스의 손에서 이리저리 옮겨 다녔다는 얘기가 아니겠냔 말이야! 가만, 그러고 보니 그 편지들은 가스통 소브랑도 고발하고 있었잖아? 하긴 아무려면 어때! 그는 더 이상 마리안이 아니라 플로랑스를 사랑하는걸. 플로랑스도 그를 사랑하고 말이야. 한마디로 그의 공범이자 여자 조언자이며, 곁에서 함께 살면서 그의 재산을 축내는 재미로 연명하겠지. 종종 마리안을 두둔하는 척하지만, 다 서푼짜리 연극에 불과해! 기껏해야 일종의 회한의 표시랄까? 자신의 연적(戀敵)에 대해 저지른 짓거리들과 그 가엾은 상대의 불행을 생각하다 보니 끔찍스러운 생각이 들어서 그러는 것일 뿐이지! 물론 그러면서도 어디까지나 소브랑을 마음에 두고 있었어. 그러니 한 치의 양보도 없이 싸움을 물고 늘어질 수밖에. 바로 그 때문에 나를 죽이려고 든 것이고 말이야. 난데없이 끼어든 이 훼방꾼의 총명함이 두려워서 말이지. 그 여잔 나를 증오해. 나를 미워한다고."

부릉거리는 자동차 엔진 소리와 스치듯 지나치는 가로수 속의 바람 소리에 취한 듯, 그는 두서없는 말을 중얼중얼 뱉어내고 있었다. 그러다가는 서로 다정하게 껴안고 있는 남녀의 모습이 떠오를 때마다 질투

섞인 고함을 질러대는 것이었다. 한마디로 그는 앙갚음을 하고 싶었다. 생애 처음으로 노골적인 살의(殺意)가 부글거리며 발효하는 그의 머릿속을 가득 채우고 있었다.

그는 갑작스레 버럭 소리쳤다.

"빌어먹을! 이놈의 엔진이 왜 이러는 거야! 마즈루! 마즈루 어디 있나?"

"어라? 아니, 두목! 제가 차 안에 있는지 어떻게 아셨습니까?"

마즈루는 푹 처박혀 있던 어둠 속에서 불쑥 튀어나오며 외쳤다.

"바보! 그럼, 세상 둘째가라면 서러울 머저리가 내 차 발판에 제멋대로 매달리는데, 주인인 내가 감쪽같이 모르고 있을 줄 알았나? 보아하니 거기서 아주 편한 모양이군그래!"

"괴로워 죽을 뻔했습니다. 이렇게 벌벌 떠는 것 좀 보세요."

"거 잘됐군! 뭔가 배우는 게 있겠어. 그나저나 휘발유는 어디에서 산 건가?"

"잡화점에서 샀는데요."

"도둑놈이로군. 아주 불순한 기름이야. 심지에 벌써 그을음이 덕지덕지 끼었잖은가!"

"그게 정말인가요?"

"노킹 현상일세! 소리도 안 들리는가, 자넨?"

아닌 게 아니라 자동차가 가끔씩 덜컹대며 멈칫거렸다. 하지만 그러다 다시 정상적으로 굴러가자, 돈 루이스는 대차게 가속기를 밟아대기 시작했다. 내리막길을 내려갈 때는 마치 심연으로 곤두박질이라도 치는 기분이었다. 그러던 중 전조등 하나가 나가버리는가 하면, 나머지 한쪽도 예전 같지 않은 밝기였다. 그러나 돈 루이스는 아랑곳하지 않고 광란의 질주를 계속했다.

또다시 노킹 현상이 일어났고, 한 차례 멈칫거리는가 싶었는데, 자동차는 마치 자신의 의무를 다하기 위해 스스로 안간힘을 쓰는 것처럼, 금세 정상 기능을 회복하는 것이었다. 그렇게 몇 차례를 반복하던 어느 한순간, 갑작스럽게 결정적인 고장이 일어났는지, 자동차가 길가에 주욱 미끄러지는가 싶더니 완전히 작동을 멈추는 것이 아닌가!

"맙소사! 드디어 이 꼴이 되었군! 완전히 망했어!"

버럭 악을 쓰는 돈 루이스.

"보세요, 두목. 수리를 하면 될 겁니다. 그래서 샤르트르가 아닌 파리에서 소브랑 그 작자를 접수하는 거예요."

"이런 한심한 친구 같으니라고! 1시간이면 되는 일이었어! 그다음에는 모든 걸 다시 처음부터 시작해야만 하는 거라고! 자넨 휘발유를 가져온 게 아니라, 그냥 기름때나 왕창 처발라온 거야!"

주위는 끝없이 펼쳐진 들판, 시커먼 하늘 가득 체를 친 듯, 무수한 별빛이 반짝이고 있었다.

돈 루이스는 분하고 원통해 발을 동동 구르는가 하면, 자동차에다 발길질이라도 해댈 참이었다.

딱한 마즈루는 자기 표현 그대로 '꾹 참고 견딜' 따름이었다. 그도 그럴 것이, 분을 참지 못한 돈 루이스가 부하의 어깨를 움켜잡고 마구 뒤흔드는가 하면, 온갖 욕설을 사정없이 퍼부으며 땅바닥에 동댕이치고는 증오심을 드러내면서 뇌까리는 것이었다.

"바로 그 여자였어, 마즈루. 내 말 알겠느냔 말이야. 소브랑의 여자 동반자가 모든 짓을 저지른 거였다고! 이제 내뱉는 얘기 말이야, 실은 나중에라도 내가 마음이 약해질까 봐 하는 말이라네. 그래, 난 지쳤어. 그 여자는 꽤 진지한 얼굴에다 아이 같은 눈동자를 하고 있지. 하지만 마즈루, 바로 그 여자였어. 내 집에 함께 살고 있다고. 왜, 자네도 플로랑스 르바쉐르라는 이름 기억하지? 자네가 기어코 그 여자를 체포해주 겠지? 왜냐면 나는 도저히 그럴 수가 없으니까. 그 여자를 쳐다보면 그 럴 용기가 감쪽같이 사라지고 만다고. 그렇다고 그 여자를 결코 사랑한 다는 얘긴 아닐세. 다른 여자들, 다른 여자들도 마찬가지였어. 그건 아 니야. 단지 모조리 장난이었을 뿐이라고. 과거는 기억하고 싶지도 않 아! 아무튼 플로랑스 그 여자를 체포해야만 하네, 마즈루. 그 여자의 시 선에서 나를 해방시켜달란 말일세. 그 여자의 시선이 나를 태워버린 단 말이야. 그건 차라리 독이라고! 자네가 날 해방시켜주지 않으면, 돌 로레스처럼 그 여잔 내 손에 죽을 거야. 아니면 내가 죽임을 당하겠지. 오! 나도 내 생각을 모르겠어. 요는, 다른 남자가 버티고 있다 이거지. 그녀가 사랑하는 소브랑 말일세. 아! 더러운 것들! 그들은 포빌 부자(父 子)는 물론, 랑제르노 영감과 헛간 속의 두 사람을 죽여버렸어. 어디 그 뿐이야? 코스모 모닝턴, 베로 형사, 그 밖에도 한참이지. 그들은 진짜 괴물이야. 특히 그 여자, 자네도 그 여자의 눈동자를 본다면……."

돈 루이스는 어느새 너무 나지막이 말을 하고 있었기 때문에, 마즈루 가 제대로 알아들을 수도 없었다. 그토록 경이적인 에너지와 통제력을 갖춘 인간으로서는 정말이지 의외로 낙담한 모습이었다.

반장은 두목의 축 처진 몸을 추스르며 말했다.

"이보세요, 두목, 그런 건 다 부질없는 얘기일 뿐이에요. 여자들이 다 그런 거죠 뭐. 저도 알 만큼은 안답니다. 웬만큼 겪을 건 다 겪었다고 요. 우리 마누라도 마찬가지고요. 아차, 두목이 없는 동안에 저 결혼했 어요. 마담 마즈루께서도 영 못 봐줄 정도였답니다. 제가 참 많이 힘들 었죠. 두목, 이 이야기는 언젠가 반드시 해드릴게요. 마담 마즈루께서 지금은 어떻게 내게 그 모든 잘못을 보상하고 있는지 말이에요."

그러면서 마즈루는 돈 루이스를 천천히 자동차로 끌고 가 뒷좌석에 털썩 앉혔다.

"푹 쉬세요, 두목. 밤이 그리 춥지는 않네요. 모피도 충분하고 말이에요. 지나가는 농부라도 있으면 이웃 도시에서 필요한 물건을 구해달라고 부탁을 할게요. 우선 배가 고파 죽겠으니 먹을 것 좀 구해오라고 해야겠군요. 하여튼 다 잘될 거예요. 여자들과도 잘 풀리게 될 거예요. 정 뭐하면 아예 내쫓아버리면 그만이지요. 그렇지 않으면 자칫 여자들이 먼저 선수 칠 수도 있거든요. 해서 마담 마즈루도……."

마담 마즈루가 그래서 어찌 되었는지 돈 루이스가 알 바는 아니었다. 아니 세상 어떤 난리가 벌어진다 해도 지금 이 순간 곤히 잠들어 있는 그에게는 간에 기별도 가지 않을 일이다. 그는 의자에 쓰러지자마자 이미 곯아떨어져 있었다.

다음 날 돈 루이스는 느긋하게 잠에서 깨어났다. 아침 7시가 되어서야, 마즈루는 자전거를 타고 샤르트르 방향으로 가던 사내 하나를 겨우 불러 세울 수 있었다.

그리고 9시, 드디어 출발했다.

평소의 냉정을 되찾은 돈 루이스가 반장에게 말했다.

"간밤에는 내가 너무 망발을 했네. 하지만 후회하진 않아. 나의 의무는 어디까지나 마담 포빌을 구하기 위해, 그리고 진짜 죄인을 붙잡기 위해 최선을 경주하는 것이니까. 어쨌든 그 과업이 나한테 부과된 이상, 결코 실패하고 싶지 않아. 오늘 밤 플로랑스 르바쉐르는 파리 경시청 유치장에서 잠을 청해야만 할 거야."

마즈루도 유난한 목소리로 맞장구를 쳤다.

"저도 돕겠습니다, 두목."

"아니야. 난 아무도 필요치 않네. 만약 그 여자 머리카락 한 올이라도 건드리기만 하면 자넨 내 손에 박살 날 줄 알아. 알겠는가?"

"알겠습니다, 두목."

"좋아, 그럼 얌전히 있게."

시간이 흐를수록 뤼팽의 분노는 또다시 되살아나기 시작했고, 자동차의 속도를 높이는 것으로 서서히 표출되고 있었다. 마즈루는 그 모든 것이 여전히 자신에 대한 화풀이처럼 느껴졌다. 샤르트르의 포장도로가 화끈하게 달아올랐고, 이어서 랑부예, 셰브뢰즈, 베르사유 등등 거치는 곳마다 사람들은 이쪽 끝에서 저쪽 끝까지 한순간에 질주하는 유성(流星)의 장관을 목격하는 듯했다.

계속해서 생클루, 불로뉴 숲.

마침내 콩코르드 광장에서 튈르리 공원 쪽으로 향하면서 마즈루가 대뜸 물었다.

"집으로 돌아가시는 거 아닙니까, 두목?"

"아니, 먼저 급한 일부터 처리해야지. 마리안 포빌한테 진범을 알아냈다는 걸 알려서, 하루빨리 자살의 망상에서 벗어나게 해주어야 해."

"그런 다음엔요?"

"그다음엔 경시청장을 만나봐야지."

"데말리옹 씨는 현재 자리에 없을 겁니다. 오후가 되어서야 들어오실 거예요."

"그렇다면 수사판사라도……."

"그 역시 정오까지는 법원에 나오지 않아요. 한데 지금은 11시라고요."

"그거야 두고 보면 알겠지."

마즈루의 말이 맞았다. 법원 청사에는 개미 한 마리 얼씬하지 않고 있었다.

돈 루이스는 근처에서 점심을 들었다. 따로 치안국에 들렀다 나온 마즈루가 그를 찾으러 와서 수사판사실이 늘어선 복도로 데리고 갔다. 두목에게서 심상치 않은 불안과 동요의 빛을 느끼자 그가 물었다.

"여전히 마음은 정하신 거죠, 두목?"

"두말하면 잔소리지! 점심을 들면서 신문들을 훑어보았네. 마리안 포빌은 두 번째 자살 시도 후에 의무실로 보내졌는데, 그곳에서도 벽에다 머리를 짓찧었다고 하더군. 그래서 이젠 아예 구속복을 입혀놓았다는 거야. 여자는 도통 음식물을 거부하고 있다는군. 내 의무는 그녀를 구하는 거야."

"어떻게 말입니까?"

"당연히 진범을 넘기는 걸로 말이지. 일단 수사판사에게 귀뜸을 해준 뒤, 오늘 밤 플로랑스 르바쉐르를 생사 불문하고 이곳에 데려오는 거야."

"소브랑은요?"

"소브랑도 조만간 같은 처지가 될 것이고. 다만……."

"다만 뭐요?"

"그 악당 놈을 내 손으로 먼저 처단하지 않는다면 말일세."

"두목!"

"이제 그만하지!"

어느새 몰려온 기자들이 근처에 웅성대고 있었다. 그들이 알아보자 돈 루이스가 말했다.

"여러분, 오늘부터 이렇게 기사를 쓰셔도 좋습니다. 이 돈 루이스 페레나는 마리안 포빌의 편에 설 것이며, 그녀의 석방을 위해 총력을 기울일 것이라고 말입니다!"

대번에 술렁이는 분위기였다. 마담 포빌을 체포하도록 만든 것이 바로 그였지 않은가! 그녀에게 불리한 증거들을 한 뭉텅이 경찰에 갖다 바친 것이 바로 그가 아니었던가 말이다!

그런 뒤숭숭한 분위기를 눈치챘는지 돈 루이스는 이렇게 덧붙였다.

"내가 지금까지 제공한 모든 증거를 지금부터 나 자신이 하나하나 파괴해가겠습니다. 마리안 포빌은 악랄하게 짜인 음모의 희생자일 뿐이며, 바로 그 음모의 주모자이자 이번 사건의 사악한 진범들을 나는 이제 곧 법의 심판대 위에 올릴 예정입니다."

"그럼 이는 어떻게 되는 겁니까? 이빨 자국 말입니다!"

"우연의 일치일 뿐이오! 절묘하기 그지없는 우연의 일치이지요. 이제 와서 얘기이지만, 내게 그것은 오히려 가장 강력한 결백의 증거로 보입니다. 분명히 장담하건대, 만약 마리안 포빌이 그 모든 범죄를 계획하고 저지를 만큼 교활한 인간이라면, 결코 자기 이빨 자국이 선명하게 새겨진 과일 따위를 흘리고 다니지는 않았을 거라는 게 나의 확신입니다."

"하지만……."

"그녀는 결백합니다! 지금 수사판사한테 가서 하려는 얘기도 바로 그겁니다. 그녀에게도 누군가 자신을 위해 애쓰고 있다는 사실을 알려야만 합니다. 그래서 당장 희망을 줘야 한단 말입니다. 그렇지 않으면 또 자살을 감행할 것이고, 자칫 그녀의 죽음이 여태껏 죄 없는 여인을 부당하게 몰아세우던 모든 이의 가슴을 짓누르게 될 것입니다. 따라서 반드시……."

갑자기 돈 루이스는 말을 멈췄다. 그의 시선은 다른 동료들과 약간 떨어져서 메모를 열심히 해가며 귀를 기울이고 있는 어떤 기자에게 꽂혀 있었다.

그는 얼른 마즈루에게 속삭였다.

"자네 혹시 저자의 이름을 아는가? 어디선가 마주친 친구인데, 그게 어딘지 통……."

　순간, 경비원이 수사판사의 방문을 활짝 열었고, 페레나가 미리 제출한 명함 덕분에 곧장 면담이 이루어졌다.

　그렇게 앞으로 걸어나가 집무실로 들어서려던 참이었다. 불현듯 마즈루를 돌아보면서 부들부들 떨리는 목소리로 외치는 돈 루이스 페레나.

　"그자야! 저기 저 친구, 바로 변장을 한 소브랑이란 말이야! 놈을 붙잡아라! 방금 꽁무니를 뺐어! 어서 따라잡아!"

　돈 루이스가 달려드는 쪽으로 마즈루와 신문기자들, 경비원들이 우르르 몰려갔다. 하지만 워낙 앞서 달리는 바람에, 한 3분쯤 후에는 뒤에 따라오는 사람들 인기척이 전혀 들리지 않을 정도로 거리가 벌어져 있었다. 그는 미결수 대기실 계단을 구르듯 내려와 재판정들을 서로 연결하는 지하 통로를 단숨에 건너뛰었다. 거기서 마주친 두 사람이 누군가 매우 빠른 걸음으로 달아나던 사람을 보았다고 알려줬다.

　하지만 이내 잘못된 정보였음이 드러났고, 그는 공연히 시간만 허비하며 이곳저곳을 뒤지고 다녔다. 그러다 마침내 결론을 내린 것은, 소브랑이 법원 앞 대로를 통해 이곳을 영영 빠져나가 버렸으며, 오를로주 둑길 부근에서 무척 예쁘장한 금발 여인, 즉 플로랑스 르바쉐르와 합류한 것이 틀림없다는 것이었다. 둘은 그 길로 생미셸 광장에서 생라자르 역까지 오가는 버스에 올라탔을 것이다.

　돈 루이스는 한 소년에게 차를 맡겨둔 어느 외딴 골목길로 발길을 돌렸다. 엔진에 시동을 걸자마자 그는 당연히 전속력을 다해 생라자르 역으로 돌진했다. 그곳 버스 사무소에서 새로운 족적을 발견했다고 생각한 그는 한 시간여를 헤맨 끝에 또다시 잘못된 정보임을 깨달았고, 다시금 역으로 돌아와 이번에는 플로랑스가 혼자 또 다른 버스에 올라 팔레 부르봉 광장으로 향했다는 확신에 도달했다. 결국 전혀 예상을 뒤엎으면서 그 맹랑한 아가씨는 태연하게 집으로 돌아갔다는 얘기가 된다.

그녀를 본다는 생각이 돈 루이스의 울화통을 다시금 들끓게 했다. 루아얄 가(街)를 따라 죽 가서 콩코르드 광장을 건너는 동안, 그는 온갖 저주와 복수의 다짐을 마구잡이로 토해냈고, 또 그 모든 것을 실행에 옮길 생각에 안달했다. 플로랑스를 거칠게 유린하고 갖은 욕지거리로 만신창이를 만들리라. 사악한 계집을 어떻게든 혼쭐내 주려는 신랄하고 고통스러운 욕구가 그렇게 가슴 한가득 치밀어 오르고 있었다.

그런데 팔레 부르봉 광장에 도착하자마자 그는 덜컥 자동차를 세웠다. 숙달된 시선으로 이미 좌우를 헤집어 대여섯 명의 직업이 뻔한 사내들이 부자연스럽게 흩어져 있는 것을 그는 감지했다. 그중 돈 루이스가 도착한 것을 눈치챈 마즈루는 얼른 핑그르르 돌아 마차 출입구 아래로 숨어들었다.

돈 루이스는 큰 소리로 불렀다.

"마즈루!"

영락없이 자기 이름이 불리자 화들짝 놀란 반장은 하는 수 없이 자동차로 주춤주춤 다가왔다.

"아, 두목이시군요!"

보아하니 얼굴 가득 워낙 난처한 기색이 역력한지라, 돈 루이스는 우려했던 상황이 점점 현실화되고 있음을 눈치채지 않을 수가 없었다.

"자, 어서 말해보게. 자네와 저 사람들이 나 때문에 이곳에서 저리 진을 치고 있는 것은 아닐 테지?"

"아이고, 그게 무슨 말씀입니까, 두목?"

역시 당황한 티가 역력한 대답이었다.

"두목한테는 경찰이 호의적이라는 거 잘 아시면서……."

순간, 돈 루이스는 펄쩍 뛰었다. 그제야 상황을 분명히 파악한 것이다. 역시 마즈루는 약속을 어겼다. 두목을 위험스러운 격정에서 끌어내기 위해서뿐만 아니라, 자기 스스로의 직업적 양심을 따르기 위해서라도 마즈루는 플로랑스 르바쉐르를 정식으로 고발하지 않을 수가 없었던 것이다.

돈 루이스는 속에서 부글부글 끓어오르는 노기(怒氣)를 억제하기 위해 혼신의 기(氣)가 빠져나갈 정도로 두 주먹을 불끈 쥐었다. 이거야말로 심각한 상황이 되어버린 것이다. 그는 전날부터 질투의 광란에 휩쓸려 자신이 얼마나 잘못된 실수를 범해왔는지, 그 결과가 앞으로 어떤 돌이킬 수 없는 지경으로 귀결될 것인지 순간적으로 직감했다. 사태를 통제하고 주도하는 권리가 이제 그의 손아귀에서 빠져나가 버린 것이다.

"영장은 가지고 왔나?"

그의 준엄한 추궁에 마즈루가 더듬거렸다.

"정말이지 우연히 이렇게 된 겁니다. 집무실로 돌아오는 경시청장과 저도 모르게 맞닥뜨렸지 뭐예요. 한데 이미 그 여자 일에 관해 알고 있더라고요. 알고 보니 그 사진 말이에요, 왜 경시청장이 두목한테 맡겼다는 그 사진 있죠? 글쎄, 두목이 거기에 위조를 한 걸 죄다 눈치챘더라고요! 그래서 내가 플로랑스라는 이름을 말했을 때, 얼른 그 사진 속의 이름이라고 기억해내더라니까요."

"영장은 가져왔느냔 말이야?"

돈 루이스의 목소리는 좀 더 드세어져 있었다.

"나 참, 어쩔 수 없잖습니까? 다른 도리가 없었다고요. 므슈 데말리옹도 그렇고 수사판사도……."

만약 팔레 부르봉 광장에 인적이라도 드물었다면, 돈 루이스는 마즈루의 턱주가리에다 멋들어진 휘감아치기 한 방을 날려서라도 분을 삭였을지 모른다. 그런 불상사를 예감한 마즈루는 되도록 두목으로부터 멀리 떨어져서, 그 무시무시한 분노를 조금이나마 달래기 위해 온갖 변명과 애원을 줄줄이 늘어놓는 것이었다.

"전부 두목을 위해서였다고요. 그럴 수밖에 없었단 말입니다. 생각 좀 해보세요! 저한테 그렇게 지시하셨잖습니까? '그 계집으로부터 나를 해방시켜주게! 난 지쳤어. 자네가 나 대신 그 여자를 체포해주겠지? 그 여자 눈동자가 나를 태워버릴 것만 같아. 그건 차라리 독이라고.' 이랬잖아요! 그런데 제가 달리 어쩌겠어요? 안 그래요, 두목? 거기다가 베베르 부국장도……."

"아니, 그럼 베베르도 이 일을 알고 있단 말인가?"

"그럼요! 사진 위조가 발각되고 나서는 경시청장도 두목을 다소 의심하게 되었단 말입니다. 아마 한 시간쯤 후엔 베베르도 증원 인력을 대동하고 들이닥칠 거예요. 제 생각에는 요즘 들어 뇌일리의 가스통 소브랑 집에 웬 금발 미녀가 드나들고 있다는 첩보를 부국장이 입수한 모양입니다. 왜, 있잖아요, 리샤르발라스 대로에 있는 그 집요. 그 여자 이름이 글쎄 플로랑스라는 거예요. 심지어 가끔가다 밤새도록 머물러 있기도 했답니다."

"거짓말! 거짓말이야!"

페레나는 이를 갈았다.

치밀어 오르는 증오심이 전신을 훑고 지나갔다. 그러고 보니 지금까지는 자신도 정확히 규정할 수 없는 의도를 가지고 플로랑스를 추격해 온 것이었다. 그런데 지금은 느닷없이 그녀를 완전히 지워버리고 싶은 욕구를 느끼고 있었다. 그것도 철저하게 말이다. 사실 그는 자신이 무슨 짓을 하고 있는지 더는 의식하지 못하는 상태였다. 말하자면 아무렇게나 되는대로, 온갖 격정에 이리저리 흔들리면서 행동하는 것과 별반

다르지 않았다. 글쎄 뭐랄까, 하나의 대상을 사랑하면서, 그를 위해 죽을 수 있는 것과 똑같은 이유로 바로 그 대상을 목 졸라 죽일 수도 있게 만드는 정신 나간 애정의 노리개가 되었다고나 할까?

마침 신문팔이가 지나가면서 『미디』지(紙) 특별판을 팔고 있었는데, 큼직한 활자로 이렇게 쓰여 있는 것이 눈에 들어왔다.

돈 루이스 페레나의 폭탄선언
마담 포빌은 결백하다!
진범 검거 임박!

순간 돈 루이스는 버럭 소리를 질렀다.

"그래 좋다! 이제 연극이 끝나가고 있어! 플로랑스는 죗값을 치러야겠지! 하는 수 없게 됐어!"

그는 자동차를 몰아 그대로 대문을 통과해 들어갔다. 곧이어 안뜰까지 나와 대령한 운전기사에게는 그가 내뱉었다.

"차고에 넣지 말고 계속 시동을 걸어놓으시오. 금세 다시 출발할 테니까."

차에서 훌쩍 뛰어내리자마자 그는 득달같이 급사장을 불러댔다.

"마드무아젤 르바쉐르는?"

"네, 므슈, 숙소에 있습니다."

"어제는 집을 비웠죠?"

"네, 시골 친척이 앓아누워 있다는 전보를 받고서 곧장 외출했습니다. 간밤에 돌아왔지요."

"그녀에게 할 말이 있으니 내게 보내시오. 기다리고 있겠소."

"서재로 보내드릴까요?"

"아니, 내 침실 옆방으로 올려 보내시오."

그곳은 3층에 자리한, 옛날 여인네가 쓰던 규방이었는데, 자신을 겨냥한 살해 기도가 있은 다음부터는 서재보다 더 애용하게 된 방이었다. 다른 어느 곳보다 호젓하고 아늑해서, 중요한 서류들은 꼭 그곳에 보관해오던 터였다. 3열로 홈을 파고 내부 용수철까지 장착된 그 방의 특수 열쇠는 수중을 떠나는 일이 결코 없었다.

마즈루가 안뜰까지 그의 뒤를 따라붙었는데, 거기까지만 해도 페레나는 전혀 의식하지 못한 듯했다. 그러더니 갑자기 반장의 팔을 붙잡고 현관 계단으로 데리고 가서 말했다.

"다 잘되어가고 있네. 난 또 플로랑스가 뭔가 수상한 낌새를 채고서 귀가하지 않은 줄 알고 걱정했지. 한데 내가 어제 자기를 봤다는 걸 전혀 모르고 있는 모양이야. 이제는 정말 독 안에 든 쥐라고."

두 사람은 현관을 통과해 안으로 들어갔고, 2층으로 내처 올라갔다. 마즈루는 잔뜩 기대를 품은 표정으로 손바닥을 문지르면서 말했다.

"이제 좀 괜찮아지신 건가요, 두목?"

"아무튼 나는 결심이 섰네. 결코 마담 포빌이 스스로 목숨을 끊는 건 원치 않아. 그런 파국을 막기 위해 단 하나밖에 방법이 없다면, 하는 수 없지. 플로랑스를 희생시키는 수밖에."

"마음 아프진 않습니까?"

"전혀 후회는 없을 거야."

"그럼, 저도 용서해주시는 거죠?"

"오히려 고마울 뿐이네."

순간, 강력하고도 깨끗하게 돈 루이스의 어퍼컷이 마즈루의 턱에 명중했다!

신음 한번 제대로 내지르지 못한 채 마즈루는 3층 계단에 정신을 잃고 쓰러졌다.

계단 중간쯤에는 일종의 다락처럼 사용하는 후미지고 어둑한 공간이 있었는데, 보통 하인들이 걸레나 가재도구 같은 것들을 보관하는 곳이었다. 돈 루이스는 마즈루를 그 안으로 끌어넣고 궤짝들에 등을 기대게 한 채 바닥에 편안한 자세로 앉혔다. 그리고 손수건을 입에 물려 행주로 친친 동여맨 뒤, 손목과 발목을 식탁보로 단단히 묶어 튼튼히 박힌 못대가리에 결박해놓았다.

마침 마즈루가 정신이 들자 그는 이렇게 속삭여주었다.

"이만하면 필요한 건 다 갖춰준 셈이겠지? 행주에다 식탁보에다, 손수건을 한 뭉치 입에 물고 있으니 배고플 틈도 없을 테고. 얌전히 그러고 있게나. 정 심심하면 낮잠이나 좀 자두고. 그러고 나면 싱싱한 장미꽃처럼 기분이 새로워질 거야!"

다락문을 닫고 나서 그는 시계를 보았다.

"앞으로 한 시간 정도는 여유가 있어. 그거면 완벽해!"

당장의 의도는 이런 것이었다. 우선 여자를 찾아가 잔뜩 혼쭐낸다. 다짜고짜 면상에다가 그녀가 저지른 온갖 범죄와 파렴치한 짓거리를 가차 없이 쏟아 뱉은 후, 글로든 말로든 자백을 받아낸다. 그런 다음, 마리안의 구명(救命)이 확실해지면, 그때 가서 두고 볼 것이다. 어쩌면 플로랑스를 무조건 자동차에 태운 뒤, 어딘가 은신처로 데리고 가서 인질로 삼고, 사법당국에 압력을 가할 수도 있을 것이다. 물론 궁하면 그럴 수도 있다는 얘기이다. 하지만 지금 당장은 이런저런 생각 안 하기로 했다. 일단 원하는 것은 전격적인 해명, 그 이상도 이하도 아니다.

그는 부리나케 3층 침실로 달려 올라간 뒤, 시원한 물에 얼굴을 담갔다. 지금까지 이토록 전 존재가 달아오르고 온갖 맹목적인 본능이 고삐 풀린 듯 날뛴 적도 없는 것 같았다.

"그 여자야! 오는 소리가 들려! 지금 저 계단 아래에 와 있다고. 드디어! 내 앞에 반듯이 서 있는 그녀와 단둘이 있게 되다니! 아, 얼마나 감미로운 순간인가!"

그는 얼른 정신을 가다듬고 규방 문 앞에 서서 호주머니 속의 열쇠를 꺼냈다. 잠시 후 문이 열렸다.

순간, 끔찍스러운 비명이 그의 입에서 뛰쳐나왔다.

가스통 소브랑이 눈앞에 떡 버티고 서 있는 것이 아닌가!

밀폐된 방 안에서 팔짱을 낀 채, 가스통 소브랑은 여태까지 돈 루이스가 오기만을 기다리고 있었던 것이다.

9
소브랑의 해명

가스통 소브랑!

돈 루이스는 본능적으로 뒤로 물러서면서 권총을 빼 들고 상대를 겨누었다.

"손 들어! 당장 손 들지 않으면 쏜다!"

하지만 소브랑은 전혀 동요의 기색이 없었다. 그저 고갯짓으로 저만치 떨어진 탁자 위의 권총 두 자루를 가리키며 툭 내뱉을 뿐이었다.

"내 무기는 저기에 있소. 난 싸우려고 이곳에 온 게 아니라, 이야기를 나눌까 하고 왔습니다."

그처럼 태연한 태도 때문에 돈 루이스는 더더욱 흥분했다.

"대체 이곳엔 어떻게 들어온 거요? 위조 열쇠라도 챙긴 건가? 그랬다 해도, 대체 무슨 수로?"

상대는 묵묵부답이었다. 돈 루이스는 쿵! 하고 발을 굴렀다.

"말하시오! 당장 입을 열지 않으면 그대로……."

순간 플로랑스가 후닥닥 달려왔다. 그녀는 미처 말릴 틈도 없이 가스통 소브랑의 품에 뛰어들면서 페레나의 존재엔 아랑곳하지 않고 이렇게 말하는 것이었다.

"대체 왜 여기 오신 거예요? 오지 않기로 약속했잖아요? 어서 나가세요!"

소브랑은 여자를 떼어내 억지로 의자에 앉혔다.

"내가 하는 대로 내버려둬, 플로랑스. 약속한 건 단지 당신을 안심시키기 위해 그런 것뿐이야. 그러니 내가 하는 대로 잠자코 있어."

하지만 여자는 더더욱 앙칼지게 물고 늘어졌다.

"싫어요! 절대로 그럴 순 없어요! 이건 미친 짓이라고요! 결코 당신 맘대로 단 한 마디라도 함부로 입을 놀리게 놔둘 순 없어요. 오, 제발 부탁이에요. 이러지 마세요!"

남자는 여자의 금발 머리를 가지런히 매만지며 이마를 쓰다듬었다.

"내버려둬, 플로랑스."

그렇게 나지막이 속삭이자, 그 아늑한 음성에 다소 마음이 가라앉은 듯, 여자는 비로소 입을 다물었다. 아울러 돈 루이스에겐 들리지 않게 뭔가 속삭였는데, 그 말이 결정적으로 여자를 안심시키는 것 같았다.

한편 남녀의 모습을 바라보며 돈 루이스는 꼼짝 않고 있었다.

그저 권총을 쭉 내뻗고 방아쇠에 손가락을 얹은 채로, 상대를 뚫어져라 쏘아볼 뿐이었다.

소브랑이 플로랑스에게 편히 말을 놓는 것을 보자, 돈 루이스는 머리 끝에서 발끝까지 부르르 몸서리가 치는 것을 느꼈고, 방아쇠에 얹은 손가락에도 심한 경련이 일어났다. 대체 어떤 기적의 힘으로 당기지를 않는 것인지? 온몸을 불사르는 질투의 격정을 무슨 초인적인 힘으로 잠재우고 있는 것인지? 저 소브랑이라는 작자가 플로랑스의 눈부신 금발 머리채를 감히 애무하고 있지 않은가 말이다!

돈 루이스는 권총을 든 팔을 천천히 내렸다. 좋다. 나중에, 나중에 죽여주리라. 독 안에 든 쥐 꼴로 눈앞에 대령해 있으니, 울분이든 앙갚음이든 얼마든지 풀어버릴 기회가 있을 터! 어디 무슨 영문인지나 알아보고 나서 결행해도 늦지는 않으리라.

그는 우선 소브랑이 가져온 권총 두 자루부터 수거해 서랍 속에 처넣었다. 그리고 문단속부터 하기 위해 문가로 다가갔다. 순간, 2층 층계참에서 무슨 소리가 들렸고, 얼른 난간까지 나와 보니, 쟁반을 한 손에 받쳐 든 채 급사장이 계단을 오르고 있었다.

"무슨 일이오?"

"므슈 마즈루에게 전해달라는 급한 편지가 있어서 가지고 왔습니다!"

봉투를 뜯자, 건물 주변에 잠복근무 중인 형사들 중 한 명이 연필로 휘갈겨 쓴 편지였다.

조심하십시오, 반장님. 집 안에 가스통 소브랑이 있습니다. 맞은편에 사는 두 사람의 증언에 의하면, 한 시간 반 전쯤, 우리가 근무를 서기에 앞서, 이곳 경리 담당으로 일하는 아가씨도 집 안에 들어갔다고 합니다. 여자는 자신이 숙소로 사용하는 별채 창가에 잠깐 모습을 나타냈다는데, 잠시 후, 별채 아래의 지하 저장고로 통한 쪽문이 분명 그녀에 의해 빠끔히 열렸다는군요. 그리고 거의 동시에 웬 사내가 불쑥 광장에 나타나는가 싶더니, 벽을 따라 죽 내려가다가 그 쪽문으로 슬그머니 기어들었답니다. 틀림없대요. 인상착의가 영락없는 가스통 소브랑이었습니다. 그러니 조심하십시오, 반장님. 여차하면 신호를 하세요. 우리가 당장 들이닥칠 테니까.

돈 루이스는 깊은 생각에 잠겼다. 저 악당 놈이 집 안까지 제멋대로 숨어들어, 여태껏 어떻게 추적을 따돌리고 안전하게 피신할 수 있었는지 이제야 알 만했다. 정말 어이없게도 가장 지긋지긋한 적이라고 공언해왔던 존재와 지금까지 한 지붕 아래에서 살고 있었다는 얘기이다!

'좋아, 이제 놈은 끝장이야. 그리고 놈의 여자도 마찬가지이지. 내 권총의 총알이든 경찰이 내미는 수갑이든, 둘 중 하나를 선택하라고 할 수밖에.'

그렇게 속으로 중얼거리면서 돈 루이스는 저 아래에 대기시켜놓은 자동차 생각일랑 꿈에도 하지 않았다. 즉, 플로랑스를 빼돌릴 생각은 흔적도 없이 사라지고 만 것이다. 이 손으로 직접 두 사람을 죽이지 않는다 해도, 법의 가차 없는 심판이 그들을 떠맡을 것이다. 사실, 그렇게 되는 것이 순리일 터, 저 두 죄인을 고스란히 넘겨, 사회가 직접 나서 벌을 주도록 할 일이다!

문을 잠그고 빗장까지 지른 다음, 그는 두 사람을 마주하고 의자에 앉아 소브랑을 향해 툭 내뱉었다.

"어디, 얘기해봅시다."

셋이 함께 있는 방의 크기는 그리 큰 편이 못 되었기에, 어쩔 수 없이 옹기종기 모여 있는 형국이었다. 덕분에 돈 루이스는 영혼 깊숙한 곳으로부터 증오해 마지않는 이 사내를 눈앞에 두고서, 여차하면 손길이라도 스칠 것 같은 끔찍한 기분을 억지로 참고 있어야 했다.

둘이 마주하고 앉은 의자들은 기껏해야 1미터 정도밖에 떨어져 있지 않았다. 책으로 뒤덮인 기다란 탁자가 있었고, 창문틀이 두꺼운 벽체 속을 파고든 양식은 고풍스러운 집에 어울리게 움푹 들어간 구석을 이루고 있었다.

플로랑스가 안락의자를 한껏 돌려놓는 바람에, 빛을 전혀 받지 못하는 그녀의 얼굴을 돈 루이스로선 감지하기가 어려웠다. 반면 가스통 소브랑의 얼굴은 환히 드러나 보였는데, 아직은 젊은 티가 물씬 풍기는 얼굴 윤곽과 표정 풍부한 입술, 그리고 매서운 눈빛에도 불구하고 꽤 아름다운 두 눈동자를 그는 강렬한 호기심과 함께 새록새록 일어나는 노기(怒氣)를 품은 채, 지켜보고 있었다.

"자, 어서 말해보시라니까! 우리 사이에 일종의 휴전을 받아들이겠단 말이오! 물론 불가피한 얘기 몇 마디 주고받을 만큼의 일시적인 휴전이오만. 왜, 막상 이러고 보니 두렵소? 여기까지 납신 게 후회스러워?"

또다시 위압적인 목소리로 몰아세우자, 사내는 차분한 미소를 띤 채, 천천히 입을 열었다.

"난 아무것도 두렵지 않습니다. 이곳에 온 것도 전혀 후회하지 않아요. 오히려 우리가 서로 분명히 통할 거라는 강력한 예감이 듭니다."

"통한다?"

돈 루이스는 온몸이 들썩일 정도로 기겁을 하며 소리쳤다.

"왜, 안 될 이유라도 있나요?"

"그러니까 당신과 내가 무슨 동맹이라도 맺자 이거요, 지금?"

"안 될 것도 없죠. 그런 생각은 이전부터 수차례 해왔습니다. 그러다가 좀 아까, 수사판사실 복도에서 좀 더 구체화된 뒤, 결정적으로는 신문 특별판에 실린 바로 이 기사를 보고 확고히 자리 잡게 되었답니다."

돈 루이스 페레나의 폭탄선언
마담 포빌은 결백하다!

가스통 소브랑은 의자에서 반쯤 몸을 일으킨 채, 절제된 제스처로 또박또박 끊어가면서 말했다.

"마담 포빌은 결백하다! 모든 문제는 바로 이 말 속에 있습니다! 당신이 공개적으로 밝힌 이 말이 정녕 당신이 생각하고 있는 바입니까? 정말로 지금은 당신의 온 신념을 다 바쳐서 마리안 포빌의 결백을 믿는 겁니까?"

돈 루이스는 어깨를 한 번 으쓱하며 대답했다.

"맙소사! 마담 포빌이 결백하냐 아니냐는 지금 이 상황과 아무런 상관이 없소이다. 지금 문제는 그 여자가 아니라, 당신 두 사람, 그리고 나입니다. 그러니 시간 낭비하지 말고, 어서 본론으로 들어갑시다. 그렇게 하는 게 나보다도 우선 당신들한테 이로울 거요."

"우리들한테 이롭다니요?"

어리둥절해하는 상대에게 돈 루이스는 버럭 소리를 쳤다.

"기사 제목을 끝까지 들여다보지 않은 거요? 나는 단지 마리안 포빌의 결백만을 선언한 게 아니라 다른 것도 호언장담했을 텐데. 이걸 다시 한번 좀 읽어보시지."

진범 검거 임박!

소브랑과 플로랑스는 순간적으로 동시에 벌떡 일어섰다.

"그럼 당신이 보기에는 진범이 누구라고 생각하는 겁니까?"

소브랑이 묻자 돈 루이스는 대차게 떠들어대기 시작했다.

"빌어먹을! 그건 나만큼 당신도 잘 알고 있는 사실이오. 이른바 흑단 지팡이의 사나이라고 불리는 자로서, 다른 건 몰라도 앙스니 경감을 살해한 것만은 부인 못할 작자이지. 또한 그자가 저지른 모든 범죄행각의 공범도 한 명 있을 테고. 그 두 범인은 아마도 쉬셰 대로에서의 총격 사건이라든가 우리 운전기사를 죽음으로 내몬 자동차 전복 사고 등등, 나를 상대로 저지른 살인미수 건들을 모른다고는 말 못할 것이오. 게다가 어제는……. 왜, 당신도 아마 알고 있을 거요, 유골이 매달려 있던 그 헛간. 그 헛간에서 누군가 내 목을 따려고 낫을 휘둘렀던 일을 아마 모른다고는 할 수 없을 거외다!"

"그래서 어쨌단 말입니까?"

"그래서 어쨌다니? 이런 젠장! 게임은 끝났다 이거지! 빚을 갚을 때가 왔고, 더군다나 제 발로 늑대의 아가리 속에 걸어 들어왔으니, 더욱 잘됐다 이 말이오!"

"난 도무지 영문을 모르겠습니다. 대체 무슨 말씀을 하는 건지 모르겠단 말입니다."

"좋아, 간단히 말하지. 플로랑스 르바쉐르의 정체는 이미 폭로된 상태이며, 당신이 이곳에 있다는 사실도 모두 알고 있고, 건물 전체가 포위된 데다, 치안 부국장 베베르가 이제 곧 들이닥칠 거란 말이오."

소브랑은 이 뜻밖의 위협에 다소 움찔한 기색이었다. 곁에 붙어 선 플로랑스의 얼굴도 납빛으로 변해갔다. 그녀는 점점 극심한 불안으로 표정이 일그러지면서 더듬거렸다.

"오, 안 돼! 안 된다고. 이럴 수는 없어."

여자는 돈 루이스에게 와락 달려들면서 노골적으로 떼를 썼다.

"비겁한 사람 같으니! 비겁한 남자 같으니라고! 당신이 우리를 경찰에 넘긴다고? 그렇지 않아도 사람 뒤통수치는 데엔 일가견이 있는 줄 알고는 있었지만! 아, 비겁한 인간! 그러니까 당신은 사람 잡는 백정이나 다름없어. 아, 끔찍해라! 어쩜 저리도 비정(非情)할까!"

여자는 탈진한 듯 그 자리에 털썩 주저앉더니, 한 손으로 얼굴을 가리고 흐느껴 울기 시작했다.

돈 루이스는 매몰차게 외면했다. 이상하게도 그의 마음속엔 일말의 동정심도 일지 않았고, 여자의 눈물과 원망이 아무리 애절해도, 마치 단 한 번도 그녀를 사랑해본 적이 없는 것처럼, 가슴 한구석 미동도 일지 않는 것이었다. 오히려 은근히 홀가분해진 마음을 즐기고 있었다. 여자의 만행으로 인해 그동안 사무쳤던 공포와 적개심이 애초의 애정을 압살(壓殺)시킨 모양이었다.

어쨌든 그런 기분으로 방 안을 이리저리 서성이다가 힐끗 돌아보는데, 고난 속에서도 서로를 지탱해주는 두 친구처럼 소브랑과 플로랑스가 손을 꼭 붙잡고 있었다. 순간, 갑작스러운 증오심이 또다시 솟구치는지 돈 루이스는 남자의 팔을 와락 붙들며 소리쳤다.

"그딴 짓은 용서할 수가 없어! 도대체 당신이 무슨 권리야? 이 여자가 당신 마누라라도 되나? 당신의 정부(情婦)야? 엉? 그런 거냐고?"

그렇게 내뱉는 돈 루이스의 목소리는 어딘지 흔들리고 있었다. 이처럼 불쑥 튀어나오는 발작적인 노기(怒氣)에 그 자신도 가슴이 철렁한 것이 사실이었다. 가슴속에서 차갑게 수그러들었다고 생각한 정염의 불씨가 갑작스레 기승을 부리며 건재함을 드러내는 것이 아니고 무어란 말인가! 가스통 소브랑은 어안이 벙벙한 표정으로 그런 돈 루이스를 물끄러미 바라보았고, 돈 루이스는 얼굴이 홍당무가 되었다. 필시 놈이 이 속마음까지 꿰뚫어 본 것이 틀림없었다.

기나긴 침묵이 이어졌고, 그동안 돈 루이스의 시선은 자신을 경멸과 거부감, 적의로 가득 차서 바라보는 플로랑스의 눈빛에 부닥치고 있었다. 아뿔싸, 그녀 역시 이 혼란스러운 마음을 읽고 있는 것일까?

그는 단 한 마디도 입 밖으로 낼 수가 없었다. 그저 소브랑이 얘기를 풀어나가기를 잠자코 기다리는 수밖에.

답답한 기다림 속에서 그의 머릿속에 그려지는 그림은, 사건에 얽힌 자초지종이나 언젠가는 해법을 찾아내고야 말 난제(難題)들, 앞으로 닥칠지 모를 또 다른 사건들에 관한 것이 결코 아니었다. 열에 들떠 부글부글 끓어오르는 그의 머릿속에는 오로지 단 하나, 이제 곧 저 플로랑스라는 여인의 진짜 감정과 과거 내력, 소브랑을 향한 그녀의 애정을 베일을 벗기듯 하나하나 알아갈 수 있을 거라는 기대만이 골똘히 떠오르는 것이었다. 오로지 그러한 문제만이 지금 그의 유일한 관심사였다.

마침내 소브랑이 입을 열었다.

"좋습니다. 나는 이제 잡힌 몸이에요. 결국 이렇게 될 운명이었나 봅니다! 하지만 그 전에 얘기는 좀 할 수 있겠죠? 이제 와서는 나도 그 욕심밖에는 없는 것 같습니다."

"얼마든지 얘기하시오. 문은 단단히 잠겨 있소. 내가 열고 싶을 때 열면 그만이오. 자, 어서 얘기를 털어놓아 보시오."

"뭐 길게는 하지 않겠습니다. 게다가 뭐 별로 아는 것도 많지 않고. 내 얘기를 모조리 믿어달라고는 부탁하지 않겠습니다. 다만, 얘기하는 동안만이라도 그게 진실일 수 있다는 생각으로 경청해주기를 바랍니다."

소브랑은 목소리를 가다듬더니 이렇게 시작했다.

"나는 여태껏 이폴리트 포빌과 마리안을 직접 만난 적이 없습니다. 다만—나와는 6촌지간이라는 것 기억하시죠?—서신을 교환하긴 했지요. 그러던 중, 몇 년 전, 쉬셰 대로에 새로 건물을 짓는 동안, 그들 부부가 겨울을 나기 위해 팔레르모에 왔을 때 우연히 만나게 되었답니다. 우린 근 다섯 달 동안을 매일같이 얼굴을 보다시피 하며 함께 지냈지요. 그때도 이폴리트와 마리안은 서로 사이가 썩 좋은 편은 아니었습니다. 그러던 어느 날 저녁, 부부가 몹시 다툰 연후에 혼자서 울고 있는 부인을 우연히 목격하게 되었지요. 하염없이 눈물을 흘리는 모습에 충격을 받은 나는 그만 마음속 비밀을 털어놓고야 말았습니다. 처음 마주친 바로 그 순간부터 나는 마리안을 사랑하고 있었던 것입니다. 그 후로도 계속해서 나의 애정은 무럭무럭 커져만 갔지요."

"거짓말!"

돈 루이스는 더는 듣고 있기 거북하다는 듯 버럭 소리쳤다.

"어제, 알랑송에서 오는 기차 안에서 당신들 둘이 어떻게 하고 있었는지 내가 못 본 줄 아시오?"

가스통 소브랑은 플로랑스를 지그시 바라보았다. 그녀는 주먹을 쥔 손으로 얼굴을 가리고 팔꿈치는 무릎에 기댄 채 입을 꼭 다물고 있었다. 사내는 돈 루이스의 일갈에는 아랑곳하지 않고 계속 얘기를 이어 갔다.

"마리안도 나를 사랑했습니다. 그렇다고 고백했어요. 하지만 가장 순수한 우정 이외의 그 어떤 것도 자기에게서 얻어내려고 시도하지 않겠노라 맹세를 시키더군요. 물론 나는 그렇게 했습니다. 그렇게 해서 몇 주 동안 비할 바 없는 행복감 속에서 함께 지낼 수가 있었지요. 그즈음 어느 여가수에게 홀딱 빠진 이폴리트 포빌은 장시간 집을 비우는 일이 잦아지고 있었습니다. 나는 건강이 다소 좋지 못한 어린 에드몽의 체육 교육에 심혈을 기울이고 있었지요. 한데 그 당시 우리 곁에는 또 한 명의 소중한 친구가 있었답니다. 애정 어린 친구이자 지극히 헌신적인 조언자였던 그 여자는 우리 두 남녀의 말 못할 상처를 따뜻하게 감싸주었고, 용기를 잃지 말라고 다독여주었지요. 그 여자는 자신의 힘과 고결함으로 우리 둘의 사랑을 더욱 돈독히 해주었습니다. 바로 그 여자가 지금 여기 있는 플로랑스랍니다!"

돈 루이스의 가슴이 아까보다 훨씬 더 다급하게 뛰고 있었다. 물론 가스통 소브랑이 줄줄이 늘어놓는 얘기 자체를 조금이라도 신빙성 있게 받아들이는 것은 전혀 아니었다. 다만 저 얘기의 이면에 도사린 진실의 핵심을 어떻게든 파고들 수 있기를 바라는 마음 때문에 조바심이 일었던 것이다. 그러면서도 어쩐지 가스통 소브랑이라는 존재의 어딘 가에 점점 경도되는 느낌을 지울 수가 없었다. 그만큼 이 사내의 진솔한 태도와 진지한 어조는 돈 루이스에게 꽤 뜻밖의 모습이었다.

소브랑의 얘기가 이어졌다.

"15년 전, 내 형인 라울 소브랑은 당시 정착해서 살고 있던 부에노 스아이레스에서 한 고아 소녀를 입양하게 되었답니다. 실은 죽은 친구 부부의 소생이었지요. 그러다 형 자신도 죽음을 목전에 두게 되자, 그 때 열네 살이었던 아이를 늙은 하녀에게 맡겼답니다. 그 하녀는 날 거의 키워주다시피 한 여인이었는데, 형을 따라 남아메리카로 떠났지요. 그녀는 아이를 내게 데리고 왔는데, 그만 프랑스에 도착해서 채 며칠이 지나지 않아 자신 역시 사고로 죽음을 맞게 되었답니다. 나는 아이를 이탈리아의 내 친구들 집으로 데리고 갔지요. 아이는 그곳에서 공부하고 성장해서 오늘날의 모습으로 컸습니다. 혼자의 힘으로 살아가기 위해 어떤 집의 가정교사로 들어가게 되었지요. 그러고 얼마 후, 나는 그녀를 내 6촌 형제인 포빌에게 소개시켜주었던 것이고, 결국 팔레르모에서는 에드몽의 가정교사로 일하는 옛날의 그 고아 소녀와 재회하게 된 것이랍니다. 아이도 무척이나 따랐을 뿐만 아니라, 특히 마리안 포빌에게는 없어서는 안 될 소중한 친구가 되어 있더군요. 그 화사하고 행복한 시절, 그녀는 나의 애틋한 동무이기도 했습니다. 하지만 어쩜 그리도 후딱 지나가던지! 정말이지 우리 세 사람의 행복은 너무도 어이없고 갑작스러운 방식으로 저물 운명이었던가 봅니다! 그즈음 매일 밤 나는 일기를 쓰고 있었지요. 나만의 일기장에다가 매일의 일상은 물론, 비밀스러운 속마음, 비록 희망도 미래도 없지만, 열정적이고 눈부신 빛으로 충만한 나의 감정을 고스란히 담았지요! 그 안에서 마리안은 마치 여신처럼 묘사되었답니다. 아예 일기를 쓸 때마다 무릎을 꿇은 채, 그녀의 아름다움을 줄줄이 칭송하는 글을 써 내려가곤 했으니까요. 그뿐만 아니라 상상 속에서나마 원(願)을 풀려는 듯, 그녀가 내게 해줄 수도 있었을 애정의 밀어(蜜語)들, 우리가 기꺼이 단념했던 온갖 희열의 장면들을 제멋대로 풀어내기도 했습니다. 한데 그 일기를 그만 이폴리트 포빌이 보고 만 것입니다! 얄궂은 운명의 장난이었는지, 어이없는 우연의 농간이었는지는 모르지만, 어쨌든 일기장이 그의 눈에 띈 건 사실이었습니다. 그는 당연히 무섭게 격노했지요. 우선 마리안부터 쫓아내려고 하더군요. 하지만 여자 쪽에서 결백을 밝힐 만한 증거들을 숱하게 들이대고, 결코 이런 어처구니없는 이혼을 수락하지는 않겠다고 당당하게 버티는가 하면, 다시는 나를 보지 않겠다고 공공연히 맹세를 하는 통에, 이폴리트는 가까스로 진정하지 않을 수가 없었답니다. 나야 물론 그 길로 떠났고요. 정신적으로는 거의 죽은 상태나 다름없었답니다. 아울러 플로랑스도 해고되어 떠나는 처지가 되었지요. 그 치명적인 순간 이후로는 결코, 결코 단 한 번도 나는 마리안과 한마디 말도 나눈 적이 없습니다! 하지만 우리 사이의 사랑의 감정은 예전보다 더욱 강건해진 힘으로 둘을 한데 묶어주었지요. 서로 떨어져 있는 거리나 속절없이 흐르는 시간은 그 힘을 결코 약화시키지 못했습니다."

소브랑은 잠시 말을 멈춘 뒤, 자기 얘기가 어떤 반응을 불러일으키는지 상대의 얼굴을 찬찬히 살폈다. 돈 루이스는 긴장하며 듣는 기색을 전혀 감추지 않았다. 무엇보다도 놀라운 점은, 이 내밀한 비극의 전모를 전혀 흥분하는 눈치 없이, 너무도 편하고 담백하게 털어놓고 있는 가스통 소브랑의 저 고요한 눈빛, 그 침착한 태도였다.

'대단한 배우 기질이로고.'

돈 루이스는 속으로 중얼거렸다.

그런 생각과 함께 문득 마리안 포빌에게서도 똑같은 인상을 받았다는 사실이 뇌리를 스치고 지나갔다. 그렇다면 또다시 처음의 신념으로 회귀해서, 마리안이야말로 이 공범이나 플로랑스처럼 배우 기질이 뛰어난 극악무도한 죄인으로 생각해야 하는 걸까? 그게 아니라면 정녕 이 사내에게 어느 정도의 진실성을 부여해야 할 것인가?

"그래서 어떻게 됐소?"

돈 루이스의 던지는 듯한 질문에, 소브랑은 침착하게 입을 열었다.

"나는 전시 동원령에 소집되었지요."

"마담 포빌은?"

"그녀는 파리에 새로 지은 집에서 생활했습니다. 물론 부부 사이에서 더는 과거가 문제 되는 일이 없었고요."

"그걸 당신이 어떻게 아나요? 그때도 편지를 주고받은 겁니까?"

"그건 아닙니다. 마리안은 의무를 비켜가는 그런 종류의 여자가 아닙니다. 그녀의 의무감은 완고할 정도로 강인한 면이 있어요. 결코 나에게 편지를 쓴다거나 하는 일은 없었습니다. 다만 이 집의 전 주인인 말로네스코 백작에게 받아들여져 그의 비서 겸 서기로 일하게 된 플로랑스와는 자주 만나곤 하였죠. 주로 그녀의 숙소인 별채로 마리안이 찾아가는 식이었지요. 물론 둘이 만나서도 내 얘기는 눈곱만큼도 비친 적이 없었답니다. 안 그런가, 플로랑스? 무엇보다 마리안이 그걸 허용하지 않았지요. 하지만 플로랑스, 그녀의 인생과 영혼 모두 우리의 사랑과 애틋한 추억으로 가득 차올라 있지 않았던가! 결국 그녀와 떨어져 지내는 데 지친 나는 동원령도 해제된 터라, 그만 파리로 돌아오고야 말았답니다. 요컨대, 우리의 파멸이 서서히 시작된 셈이지요. 아무튼 한 1년 전쯤에 나는 룰 가도에 아파트를 하나 빌려서 지극히 조용한 생활을 개시했습니다. 우선 내가 돌아온 것을 이폴리트 포빌이 알지 못하게 하기 위해서였고, 혹시라도 마리안의 편안한 생활이 흔들릴까 봐 걱정스러 웠기 때문이었죠. 단, 플로랑스만은 내가 온 사실을 알고 있었고, 이따금 집으로 놀러 오곤 하였답니다. 나는 외출도 되도록 삼갔고, 어쩌다 나갈 때면 날이 저물 무렵을 택해 인적이 드문 숲길로만 다니곤 했습니다. 그러다가 어느 날 밤 기어코—아, 가장 영웅적인 결단에는 그만한 대가가 따르기 마련이던가!—일이 터지고야 만 것입니다! 그때가 수요일 밤, 11시경이었지요. 어슬렁거리던 발길이 나도 모르는 사이에 어느덧 쉬세 대로로 향하고 있었던 겁니다. 걷다 보니 마리안의 저택 앞을 지나고 있더군요. 한데 마침 같은 시각에, 밤이 하도 아름답고 훈훈해서였는지, 마리안도 창문가에 나와 물끄러미 바깥 공기를 쐬고 있지 않았겠습니까! 그녀는 나를 보았고, 분명 누구인지 단번에 알아보았을 겁니다. 아, 그 순간 얼마나 강렬한 행복감이 몰아치던지, 그만 뒷걸음질을 치며 물러나는 동안에도 두 다리가 마구 후들거리는 것이었습니다! 그 후로는 매 수요일 밤, 나는 그 집 앞을 일부러 지나다녔고, 마리안 역시, 부인네들의 사교 생활이나 여흥, 그리고 남편의 위치상 자연스레 외출 기회가 잦아지면서, 그때마다 거의 매번 그 길목에 모습을 드러내 샘솟는 기쁨을 늘 내게 안겨다 주곤 했답니다.”

돈 루이스는 자기도 모르게 이야기 속에 흠뻑 빠져들었는지, 불쑥 다그쳤다.

“좀 더 빨리! 빨리 얘기를 털어놓으시오! 제발 뜸 좀 그만 들이고 어서 사실로 넘어가요!”

불현듯 얘기를 끝까지 듣지 못할 수도 있다는 생각에 마음이 다급해진 것이다. 그뿐만 아니라, 갑자기 가스통 소브랑의 말 한마디 한마디가 마치 엄연한 진실이기라도 하듯, 새록새록 마음속에 스며드는 것도 사실이었다. 아무리 저항을 하려고 해도, 상대의 언어는 그것을 거부하려는 의지보다 강했고, 진실에 근접하려는 설득력에서 일단 우위를 점하고 있었다. 받아들여지지 않은 애정과 질투에 괴로워 몸부림치는 가운데에도 돈 루이스는, 지금까지 가증스러운 연적(戀敵)에 불과했고, 이제는 플로랑스 앞에서도 마리안이 자기 애인이라고 떳떳이 선언하는 저 인간에게 점점 마음이 열리는 기분을 어찌할 수가 없었다.

"어서 얘기나 계속하시오! 시간이 얼마 없단 말이오!"

그런 마음을 애써 감추려는 듯 돈 루이스는 버럭 소리치며 다그쳤다.

하지만 소브랑은 침착하게 고개를 젓는 것이었다.

"아무리 그래도 전혀 서두를 생각은 없습니다. 내가 하는 모든 말은 입 밖으로 내기 전에 그 한마디 한마디가 충분히 숙고된 것들입니다. 어느 한 가지도 소홀히 흘려버려선 안 되는 얘기이죠. 왜냐면 얘기 속에 담긴 사실들을 중구난방으로 헤집어 본다고 해서 결코 이번 사건이 해결되는 게 아니며, 오로지 가능한 한 충실하게 갖춰진 이야기를 따르는 가운데 문제 해결이 가능할 것이기 때문입니다."

"그건 또 무슨 소리요?"

"다시 말해서 진실은 이야기 자체 안에 감춰져 있다는 말씀이지요."

"물론 그 진실이란 한마디로 당신이 결백하다는 것이겠고?"

"마리안이 결백하다는 사실이지요."

"그 점에 대해선 나도 이의가 없는걸!"

"그래봤자, 증명을 못한다면 무슨 소용이 있겠습니까?"

"아하, 그러니까 지금 당신이 그 증거를 내게 제공하겠다 이건가?"

"증거는 나한테도 없습니다."

"뭐, 뭐라고?"

"당신이 믿어주었으면 하고 내가 바라는 사실을 시원스레 증명할 만한 증거가 나한테도 역시 없다고 했습니다."

호랑이 이빨

돈 루이스는 짜증 섞인 목소리로 버럭 내질렀다.

"그렇다면 난 믿을 수가 없소! 천만에! 어림없는 소리지! 내게 확실한 증거를 제시하지 않고 앞으로 떠드는 얘기는 단 하나도 곧이듣지 않을 것이오!"

"하지만 내가 지금까지 한 모든 얘기를 이미 당신은 고스란히 받아들인 상태입니다."

소브랑의 대답하는 태도는 더없이 담백했다.

그에 대해 돈 루이스는 뭐라고 할 말이 없었다. 언뜻 플로랑스 르바쉐르 쪽으로 눈길을 돌렸는데, 아까보다는 훨씬 거부감이 덜한 표정이었다. 제발 있는 그대로의 느낌을 거스르지 말아달라는 눈길로 그를 쳐다보고 있었다.

"계속해보시오."

돈 루이스가 중얼거렸다.

한 사람은 자신이 하는 말 한마디 한마디에 무게를 실어가며 또박또박 내뱉고, 다른 한 사람은 그 하나하나를 저울질해가며 바짝 귀를 기울이는 광경은 보기에도 묘한 분위기를 연출하고 있었다. 두 사람 다 치밀어 오르는 격정을 애써 통제하고 있었고, 마치 양심의 문제에 대해 어떤 철학적인 해결책을 모색하기라도 하듯, 진중(鎭重)하기 이를 데 없는 분위기였다. 바깥에서 일어나는 사태는 둘 다 안중에도 없었고, 당장 무슨 일이 일어날지도 관심 밖이었다. 경찰력이 서서히 포위망을 좁혀오는 이때, 가만히 앉아만 있는 결과가 어떠할 것인지는 상관없이, 일단 한 사람은 이야기를 하고 다른 한 사람은 그것을 경청할 뿐이었다.

소브랑은 진지한 목소리로 얘기를 이어나갔다.

"이제부터는 가장 중대한 사건들을 이야기하겠습니다. 그 사건들을 바라보는 방식은 어쩜 당신한테는 생소할지 모르나, 무엇보다 진실에 정확히 부합하며, 마리안과 나, 그리고 여기 플로랑스의 진실성을 충분히 증명하고도 남을 것입니다. 아무튼 불로뉴 숲을 거닌다는 게 어쩌다 잘못해서 이폴리트 포빌의 사정권 안에 발을 들여놓게 된 다음, 나는 신중을 기해 거처를 옮기기로 작정했고, 결국 리샤르발라스 대로변의 자그마한 집으로 이사를 하게 되었지요. 그곳에도 플로랑스가 몇 차례 찾아온 바 있습니다. 심지어 나는 더더욱 자중하는 뜻에서 그러한 친구의 방문조차 나중에는 금했고, 국유치 우편을 통해서 말고는 서신 교환도 하지 않기로 했습니다. 그러고 나서야 마음의 안정이 이루어지더군요. 그때부터 나는 완벽한 평온과 안정 속에서 공부에만 매진할 수 있었습니다. 더 이상 마음속 기대를 깨끗이 버린 상태가 되자, 우리 두 사람을 위협하는 여하한 위험 가능성도 감쪽같이 사라져버리는 것이었어요. 그런데 말입니다. 정말이지 아주 흔하지만 이 경우엔 너무도 딱 들어맞는 말이 있는데, **마른하늘에 날벼락이 내리치는 것이었습니다!** 다름 아니라 파리 경시청장과 형사들이 내 집에 우르르 몰려와서는 다짜고짜 체포하겠다며 난리를 피우는 사태가 일어난 겁니다. 게다가 이폴리트 포빌과 에드몽이 살해당했고, 사랑하는 마리안이 검거되었다는 게 아니겠습니까!"

순간 돈 루이스는 또다시 울컥하는 기색으로 버럭 소리쳤다.

"말도 안 되는 소리! 도저히 그럴 수는 없어! 이미 보름이나 지난 사건을 그때 처음 알게 되었을 리가 없다고!"

"그렇지 않으면 누가 나한테 그런 얘기를 해주었겠습니까?"

"그야 당연히 신문이 있지 않소? 그리고 여기 이 아가씨도 있고 말이오!"

돈 루이스는 여자 쪽을 가리키며 외쳤다.

소브랑은 단호한 목소리로 대꾸했다.

"신문이라고요? 난 신문 따위엔 눈길조차 주지 않고 지냈습니다. 왜요, 믿어지지가 않습니까? 어리석은 정치 놀음이나 지저분한 사건들을 눈으로 섭렵하느라 매일 소중한 30분씩을 허비하는 게 그토록 불가피하고 필수적인 일일까요? 그 대신 과학 서적이나 잡지들만을 읽는 사람은 도저히 상상할 수조차 없다 이겁니까! 물론 드문 일일 수는 있겠죠. 하지만 흔치 않다고 해서 그런 경우가 있을 수 없다는 뜻은 아닐 겁니다. 게다가 범행이 일어난 바로 그날 아침, 나는 플로랑스에게 앞으로 3주 정도 여행을 다녀올 계획이라며 작별 인사를 한 바 있습니다. 그러다가 마지막 순간에 생각을 바꿨지요. 그걸 알 턱이 없는 플로랑스는 내가 여행을 떠난 줄로만 알고 있었기 때문에, 당일 벌어진 범행 사건과 마리안이 체포되었다는 사실, 그리고 좀 더 나중에 흑단 지팡이의 사내에게 혐의가 돌아가 결국 나에 대한 수사가 시작되었다는 얘기를 해줄 수가 없었던 겁니다."

"잠깐! 흑단 지팡이를 휘두르고 다니면서, 퐁뇌프 카페에까지 베로 형사의 뒤를 밟아 편지를 가로챈 그 사람이 당신이 아니라는 주장은 설마……."

그쯤에서 돈 루이스가 불쑥 나서자, 소브랑이 즉시 가로막았다.

"맞습니다. 나는 그 사람이 아닙니다!"

그리고 돈 루이스가 어이없다는 듯 어깨를 으쓱하자, 더더욱 강력한 어조로 몰아붙이는 것이었다.

"나는 그 사람이 아닙니다. 그야말로 터무니없는 오해가 생긴 겁니다. 나는 퐁뇌프 카페라는 곳엔 발길 한번 들여놓은 적이 없습니다. 맹세해요! 지금 이 말만은 엄정한 사실이라는 점을 당신도 받아들여야만 합니다. 나로 말하자면 지극히 완벽한 은둔자의 생활을 자의 반 타의

결정판 아르센 뤼팽 전집

반으로 해오고 있단 말입니다. 그리고 다시 말하지만, 나는 이번 일에 대해서는 아무것도 모르고 있었습니다. 그저 느닷없이 경찰이 들이닥치는 바람에 영문도 모르고 당한 거란 말입니다. 그땐 하도 충격이 커서 나 자신도 전혀 예상 못한 반응을 보였습니다. 진정한 천성과는 너무도 상반되는, 거칠고 원시적인 본능이 울컥 터져나온 것이죠. 생각해보십시오. 세상에 내가 가장 성스럽게 여기는 존재가 억울하게 유린을 당한 참입니다! 마리안이 감옥에 갇혀 있단 말이에요! 마리안이 이중의 살인을 범했다는 거 아닙니까! 내가 어찌 제정신일 수 있겠습니까? 하지만 일단 마음을 가다듬었지요. 그리고 경시청장 앞에서 적당히 연극을 꾸민 다음, 앙스니 경감을 쓰러뜨리고 마즈루 반장으로부터도 벗어나 창문으로 뛰어내렸던 겁니다. 그때 내 머릿속에는 오로지 단 하나의 생각밖엔 없었지요. 무조건 도망쳐야 한다! 그래서 일단 내 몸부터 자유가 된 뒤, 차차 마리안을 구해내리라! 그런 내 앞길을 누군가 막아선다? 그럼 나도 대응할 수밖에! 세상에서 가장 순결한 여인을 누가 감히 해코지하려고 든단 말인가! 그날은 어쩌다 사람 하나를 죽였지만, 마음 같아선 열 명이든 스무 명이든 얼마든지 해치울 수도 있었습니다! 대체 앙스니 경감의 목숨 따위가 무슨 대수이겠습니까? 그따위 비천한 것들의 목숨이 내게 무슨 의미가 있느냐 이겁니다! 그들은 어차피 마리안과 나 사이를 가로막고 선 장애물들일 뿐. 마리안이 감옥에 갇혀 있단 말입니다!"

가스통 소브랑은 점점 흔들리기 시작하는 심정을 추스르고자 얼굴 근육을 잔뜩 긴장시키고 있었다. 그렇게 가까스로 표정 관리에는 성공했지만, 목소리가 떨리는 것은 도저히 어쩔 수가 없었고, 온몸을 훑고 지나가는 열기도 감출 수만은 없었다.

그는 계속해서 열변을 토했다.

"아무튼 그때 어떤 거리로 접어들어 리샤르발라스 대로변의 경찰들을 웬만큼 따돌렸다 싶자, 플로랑스가 나를 발견하고 구해주었답니다. 그녀는 이미 보름 전부터 사태를 줄줄이 꿰고 있었더군요. 이중 살인이 벌어진 바로 다음 날 벌써 그 사실을 신문을 통해서 안 겁니다. 늘 당신 앞에서 읽어주면 그에 대한 당신의 친절한 논평이 따르곤 하던 신문들 말입니다. 그렇게 당신 곁에서, 당신이 하는 얘기에 귀를 기울이며 사태가 돌아가는 형국을 가늠하다 보니, 그녀로서도 이런 생각을 하지 않을 수가 없었던 거지요. 즉, 마리안의 유일한 적은 바로 당신이라는 사실 말입니다!"

"하지만 왜요? 도대체 왜 그런 생각이 들었단 말이오?"

소브랑은 더욱 목에 힘을 주고 외쳤다.

"왜냐면 당신이 어떤 입장인지를 보았으니까 그렇지요. 우선은 마리안과 그다음으로 내가 모닝턴 유산상속에 관여하지 않게 되면 다른 누구보다 가장 유리한 입장일 사람이 바로 당신이니까 말입니다! 그리고 또…….

"또 뭡니까?"

가스통 소브랑은 다소 망설이는 듯하다가, 툭 내뱉었다.

"필시 그녀 역시 당신의 본명을 알게 되었을 테니 말이죠. 그녀 얘기가, 아르센 뤼팽이라면 못할 일이 없을 거라는 겁니다!"

잠시 침묵이 흘렀는데, 이런 경우 침묵이란 얼마나 곤혹스러운 것인지! 돈 루이스가 지켜보는 가운데 플로랑스는 그저 덤덤할 뿐이었고, 그 철저하게 닫힌 표정 속에선 아무리 동요의 기미를 끌어내려 해도 소용이 없을 것 같았다.

가스통 소브랑의 얘기가 계속되었다.

"결국 마리안의 절친한 친구로서 마찬가지의 고통에 시달리고 있던 플로랑스는 과감하게 아르센 뤼팽과의 싸움에 뛰어들기로 한 겁니다. 당신이 우연히 원고를 발견한 그 기사 역시 그녀가 뤼팽의 정체를 폭로하기 위해 스스로 작성했거나, 다른 누군가에게 작성하도록 한 것이죠. 아울러 마즈루 반장과 통화하면서 나의 임박한 체포 소식에 들떠 있던 뤼팽의 얘기를 엿들은 것도 바로 그녀였습니다. 결국 그녀는 뤼팽으로부터 나를 구하기 위해 큰 사고가 날 것을 무릅쓰고 강철 셔터를 내렸고, 그 길로 자동차를 몰아 리샤르발라스 대로 모퉁이로 달려온 것입니다. 불행히도 그땐 이미 경찰이 집 안으로 난입한 뒤였지만, 이후의 추격을 무위로 끝나게 하는 덴 성공할 수 있었습니다. 당신에 대한 의혹과 극심한 증오를 그녀는 내게 거침없이 쏟아냈지요. 함께 20분가량 차를 타고 가며 경찰을 충분히 따돌리는 동안, 그녀는 사건의 커다란 얼개와 더불어 거기서 당신이 차지한 막중한 역할에 관해 간단하게 설명해주었답니다. 우리는 즉각 의기투합해서 당신에 대한 반격을 준비했고, 결국 사람들이 당신을 이번 사건의 유력한 공범으로 의심하도록 꾸며간 것입니다. 나는 경시청장에게 메시지를 보냈고, 그사이 플로랑스는 집으로 돌아가, 당신 디방의 쿠션 밑에 흑단 지팡이 토막을 숨겨놓았지요. 결과적으로는 불충분한 역습에 불과했고, 목적한 바를 이루는 데엔 실패했죠. 하지만 이미 결투는 시작된 거나 다름없었습니다. 나로선 필사적으로 뛰어들지 않을 수가 없었지요. 나의 그런 입장을 이해하기 위해서는 나라는 사람이 어떤 인간인지를 떠올려보기만 하면 될 겁니다. 홀로 고독하게 살면서 외곬으로 공부만 해온 데다가, 정열적으로 사랑에 사로잡힌 남자 말입니다. 나는 전 인생을 책만 파는 데 쏟아붓고, 오로지 운명에 바라는 거라곤 이따금 밤에 창가에 서 있는 마리안의 모습을 멀찌감치 바라보는 것밖에 없는 사람이었습니다. 그런데 바로 그 여인을 누군가 박해하는 순간, 내 안에서 전혀 다른 존재가 불쑥 솟아 나오더라 이겁니다. 비록 서툴기는 할지언정 행동에 뛰어드는 존재, 미숙하기는 하지만 모든 걸 각오한 남자, 마리안을 구해낼 방법은 모르지만, 그 대신 사랑하는 여자의 모든 불행을 초래한 원수를 어떻게든 제거할 생각밖에 없는 한 광인(狂人)이 들고일어났다 이 말입니다! 결국 당신을 해치기 위한 일련의 시도들이 이어졌지요. 우선 당신 호텔로 스며들었고, 플로랑스의 숙소에 몸을 은신한 채, 당신을 독살하려고 했지요. 장담하건대 이건 플로랑스도 모르고 있었던 일입니다. 아마 사전에 알았다면 그런 짓거리를 두고 볼 여자도 아닐뿐더러, 끝끝내 만류에 못 이겨 나 역시 뜻을 꺾었을 겁니다. 하나 다시 말하지만 나는 완전히 미친 사람이었고, 당신의 죽음이야말로 마리안의 구원이라고만 생각하고 있었습니다. 그러니 어느 날 아침에는 쉬셰 대로에서 당신을 미행하다가 무턱대고 총을 발사하기까지 한 것이죠. 아울러 그날 밤에는 자동차 사고를 빌미로 당신과 당신 패거리인 마즈루 반장까지 죽음으로 몰아넣으려 했고 말입니다. 그러나 역시 당신은 용케도 내 복수의 손길을 번번이 빠져나가더군요. 더구나 맨 마지막에는 죄 없는 운전기사가 당신 대신 희생되는 어처구니없는 일이 벌어졌고, 그 바람에 엄청난 충격에 빠진 플로랑스가 결사적으로 뜯어말리는 바람에 나는 모든 시도를 중지하고 무기를 버리기로 결심하게 된 것입니다. 하긴 지금까지 내가 저지른 행위들과 그로 인해 두 명이나 무고한 사람이 희생되었다는 자책감에, 나 자신도 끔찍한 생각이 든 게 사실이지요. 난 계획을 완전히 수정해서, 앞으로는 마리안의 탈옥 준비에만 골몰하기로 했습니다. 다행히 나는 부자랍니다. 우선 그녀를 담당하는 간수에게 뇌물을 잔뜩 먹여놓았지요. 물론 의도는 밝히지 않고 말입니다. 교도소의 소모품 공급자와 의무실 직원들과도 내통을 해놓았어요. 게다가 법원 출입 기자 신분증을 구한 다음, 매일같이 법원 청사로 출근해서 수사판사실

결정판 아르센 뤼팽 전집

이 모여 있는 복도를 어슬렁거렸답니다. 그러다 혹시 마리안과 마주칠 기회가 생기면, 눈빛이나 제스처를 통해 용기를 북돋아주고, 말 한마디라도 슬쩍 건네서 위안을 줄 생각이었지요. 그러는 가운데도 그녀의 수난은 계속되기만 했습니다. 그 이폴리트 포빌의 수수께끼 같은 편지 사태를 통해, 당신이 그녀에게 더없이 치명적인 타격을 가해온 것입니다. 대체 그 편지 나부랭이가 다 뭐란 말입니까? 그게 대체 어디서 불쑥 솟아났단 말입니까? 난데없는 편지들로 엄청난 쟁점을 불러일으킨 걸로 볼 때, 그거야말로 당신의 절묘한 작전이 아니라고 누가 장담할 수 있겠습니까? 플로랑스는 이후 밤낮으로 당신을 감시해왔습니다. 뭔가 상황을 좀 더 명확히 해명해줄 단서를 찾아 우리 둘은 식음을 전폐하다시피 헤매고 다녔지요. 그러던 중 어제 아침, 플로랑스의 시야에 마즈루 반장이 포착되었습니다. 하지만 그가 당신한테 뭐라고 했는지는 속속들이 듣지 못했다더군요. 다만 랑제르노라는 이름과 그가 살고 있다는 포르미니라는 마을 이름만은 분명히 엿들었다고 했습니다. 한데 그게 바로 이폴리트 포빌의 옛 친구 이름이었다는 사실이 퍼뜩 뇌리를 스치더라는 겁니다! 문제의 편지들이 그에게 보내졌던 것이며, 당신이 마즈루 반장과 함께 그자를 찾으러 갈 거라고 생각할 수밖에 없었죠. 30분후, 우리 역시 나름대로 조사를 할 작정으로, 알랑송행 기차에 오르게 되었습니다. 역에 내린 다음부터는 마차를 빌려 타고 포르미니 근방까지 가서, 최대한 조심스럽게 조사를 진행했지요. 그러던 중 당신도 분명히 알아냈을 랑제르노 씨의 죽음을 알게 된 우리는 그의 거처를 방문해보기로 결심했고, 우여곡절 끝에 그 안으로 잠입해 들어가는 데 성공했습니다. 바로 그때 그곳 영지를 가로지르는 당신이 플로랑스의 눈에 띄었던 겁니다. 그녀는 어떻게든 나와 당신이 마주치는 걸 피하게 만들요량으로, 나를 이끌고 잔디밭을 가로질러 무성한 덤불숲 뒤로 몸을 숨

졌답니다. 그런데 당신은 무심코 그곳까지 따라오더군요. 문득 헛간 하나가 나타나자, 우린 문 하나를 밀어 열고 그 안으로 숨어들었지요. 계속해서 캄캄한 어둠 속을 더듬은 끝에 잡동사니들 한가운데로 파고들었고, 우연히 맞닥뜨린 사다리를 기어올라 고미다락으로 피신해 들어갔습니다. 바로 그 순간, 당신이 헛간 안으로 들어왔지요. 다음은 당신도 잘 아는 그대로입니다. 당신이 두 구의 목맨 유골을 발견했고, 플로랑스가 부주의하게 움직인 탓에 관심이 고미다락 쪽으로 쏠렸으며, 당신의 도발에 대응하느라 나 역시 얼떨결에 손에 걸린 낫을 휘두른 것하며, 결국 당신 권총이 불을 뿜었고, 환기창을 통해 우리가 허겁지겁 달아난 일 등등 말입니다. 결국 우린 무사히 도망쳤지만, 그날 밤 기차를 타고 가면서 플로랑스는 그만 실신을 하고 말았지요. 그녀를 보살피는 가운데 나는 당신이 쏜 총알 중 하나가 여자의 어깨를 살짝 스친 걸 알아냈습니다. 그리 심한 상처가 아니라 통증을 느낀다기보다는, 연약한 여자의 날카로워진 신경을 심하게 자극했던 모양입니다. 당신이 우리 둘의 모습을 목격한 건,—아마도 르망 역(驛)이었지요?—내 어깨에 머리를 기대고 여자가 잠이 들었을 때였을 겁니다."

점점 잦아들면서도 깊은 진실의 숨결을 느낄 수 있는 이 모든 얘기를 돈 루이스는 단 한 번도 가로막지 않고 경청했다. 극도의 주의력을 다하면서 그는 소브랑의 말 한마디, 제스처 하나 놓치지 않고 머릿속에 입력시키고 있었다. 그러다 보니 저기 맥없이 앉아 있는 플로랑스와 더불어 지금까지 생각해온 것과는 전혀 다른 여성의 모습이 슬그머니 솟아오르는 느낌이었다. 즉, 사태의 추이에 대한 일방적인 믿음에 의거해서 자신한테 처발라진 온갖 오욕과 악행을 서서히 씻어버리면서 차츰 새롭게 태어나는 한 여인의 이미지 말이다.

물론 그렇다고 해서 아직 의혹이 완전히 가신 것은 아니었다. 플로랑스가 완전히 결백하다니, 그럴 수가 있을까? 지금까지 눈으로 직접 보고 이성적으로 판단해온 내용은 그러한 단정 앞에서 고개를 갸우뚱하게 만들 뿐이었다. 여태껏 머릿속에서 그려오던 그녀의 험한 이미지, 즉 음흉하고 잔혹하며, 피비린내 나고 괴기스러운 정체로부터 완전히 벗어났다고는 도저히 인정할 수가 없었다. 아니다. 그럴 리는 없다. 이 사내는 지금 기막힌 솜씨로 거짓말을 풀어내고 있을 뿐이다! 절묘한 기술을 발휘해 사태를 다른 각도로 보게 만들어서, 진짜와 가짜, 빛과 어둠을 어지럽게 뒤섞는 중인 것이다!

거짓말! 거짓말을 하고 있다! 아뿔싸, 하지만 그 거짓말 속에 이 어인 감미로움이란 말인가! 말 그대로 받아들여 상상해볼 때 얼마나 아름다운 여성이란 말인가! 해맑은 두 눈과 백옥 같은 손. 아무 회한 없이 가없고 인간적인 마음에서 일련의 행위들을 저질렀으나, 모든 죄악으로부터 전적으로 결백한 플로랑스. 그처럼 몽롱한 공상에 몸을 내맡긴다는 것 자체가 지고한 행복 아니겠는가!

가스통 소브랑은 옛 원수의 얼굴을 유심히 살피고 있었다. 돈 루이스의 얼굴을 바짝 들여다보면서, 도저히 숨기기 어려운 감정의 변화를 고스란히 느끼며 그가 중얼거렸다.

"내 말을 믿으시는 거지요?"

사내의 영향력에 휩쓸리지 않도록 스스로를 바짝 채근하면서 페레나는 더듬거렸다.

"아니, 아니요."

소브랑은 단박에 거칠게 소리쳤다.

"믿어야만 합니다! 내 사랑의 힘을 당신이 믿어주어야 한단 말입니다! 모든 사태의 근원에 바로 그것이 있어요! 마리안은 내 목숨이나 마찬가지입니다. 그녀가 죽으면 나 또한 죽을 수밖에 없습니다. 아, 오늘 아침, 그녀가 손목을 그었다는 기사를 읽었을 때 내 기분이 어땠는지! 그것도 이폴리트의 말도 안 되는 편지를 갖고 당신이 소동을 부려서 그렇게 된 거란 말입니다! 그 생각만 하면 당신을 목 조르는 것도 모자라, 아예 잔혹한 고문을 가하고 싶은 마음뿐입니다! 나의 가엾은 마리안이 당하고 있을 고통을 생각하면……. 당신 모습이 보이지 않은 오전 내내, 나와 플로랑스는 무슨 새로운 소식이라도 들을 수 있을까 마음 졸이면서 교도소 주변과 경시청사, 그리고 법원을 헤매고 다녔습니다. 그러던 중 수사판사실이 몰려 있는 복도에서 당신과 맞닥뜨렸던 겁니다. 그때 당신이 기자들을 앞에 놓고 마리안 포빌의 이름을 거론하는 걸 듣게 되었지요. 한데 뜻밖에도 마리안 포빌이 결백하다는 것이었습니다! 당신이 마리안을 위해 증언을 하고 나서겠다는 것이었어요! 아! 바로 그 순간, 내 안의 모든 증오심이 한꺼번에 수그러드는 걸 느꼈답니다! 한순간에 원수가 원군(援軍)으로, 아니 무릎을 꿇고 도움을 요청해야 할 주인으로 바뀐 것입니다! 말하자면 당신은 지금까지의 자신의 행적을 몽땅 철회하고, 마리안의 구원을 위해 뛰어드는 경탄할 만한 용기를 보여주신 셈입니다! 그 모습을 확인한 즉시, 나는 희망과 환희로 온몸을 떨면서 그곳을 빠져나와 플로랑스를 소리쳐 불렀지요. '마리안은 살았다! 그 사람이 그녀의 결백을 증언했어! 그 사람을 직접 만나봐야겠어! 그에게 이야기를 하고 싶단 말이야!'라며 실컷 호들갑을 떨었답니다. 우린 함께 이곳으로 돌아왔습니다. 사실 아직까지 전의(戰意)를 풀지 않은 플로랑스는, 당신이 좀 더 결정적인 행동으로 이번 사건에 대한 변화된 입장을 증명하기 전까지는, 내가 좀 자제하기를 바랐답니다. 일단은 나도 그렇게 하겠다고 약속은 했지요. 하지만 내 마음 깊은 곳에선 이미 결정이 난 상태였습니다. 게다가 신문에 실린 당신의 발언을 접하자 더더욱 의지가 굳어지더군요. 이제 더 이상 지체할 것도 없이 전격적으로 마리안의 운명을 당신 손에 맡기기로 했습니다. 이곳에서 당신이 돌아오기만을 기다리고 있었어요."

처음 얘기를 시작할 때 지극히 냉정한 태도를 과시하던 그 남자의 모습이 더는 아니었다. 지난 수 주일 동안 숨 가쁜 싸움에 힘을 쏟아부은 끝에, 이제는 심신(心身) 모두 기진맥진한 사내가 온몸을 부들부들 떨고 있을 뿐이었다. 그는 당당히 버티고 선 돈 루이스에게 다가와, 그 옆 안락의자에 한쪽 무릎을 걸친 채 더듬거렸다.

"제발 부탁입니다. 그 여자를 구해주세요. 당신에겐 그럴 능력이 있습니다. 네, 당신은 전능한 사람이에요. 그동안 티격태격하면서 당신이란 존재에 대해 많이 깨달았습니다. 내 공격을 막아낸 건 당신 자신의 재능만이 아니었습니다. 분명 기적 같은 행운이 당신을 집요하게 보호하고 있었습니다. 당신은 보통 남자들과 다릅니다. 처음부터 혹독하게 당신을 공략하던 나를 죽이지 않았다는 사실을 봐도, 또 우리 세 사람의 결백을 주장하는 말이 터무니없이 들릴 법도 한데 지금껏 경청해주었다는 사실만 보더라도, 분명 기적이나 다름없습니다! 나는 이곳에서 당신에게 할 얘기를 떠올리며 기다리는 동안, 정말이지 모든 것을 직관적으로 깨달았습니다! 자신의 이성(理性)이 아닌 다른 어느 것에도 휘둘리지 않을 어떤 사람이 마리안의 결백을 소리 높이 외치는 걸 내 이 두 눈으로 똑똑히 보았습니다. 그러니 오직 그 사람만이 여자를 구할 수 있을 것이며, 반드시 그렇게 되리라는 걸 깨달을 수밖에요. 아, 제발 여자를 구해주십시오. 지금 당장 말입니다. 그렇지 않으면 마리안은 불과 며칠밖에 살지 못할 거예요. 그 여자는 감옥 같은 곳에서는 도저히 살 수 없을 겁니다. 죽으려고 기를 쓰는 걸 당신도 보았지 않습니까? 이젠 그녀를 막을 방도가 없어요. 과연 죽기로 작정한 사람을 막을 수가 있을까요? 아, 그녀가 그렇게 죽는다면 얼마나 끔찍한 일이겠습니까! 아,

누구든 법정에 세울 죄인이 필요하다면, 원하는 대로 내가 자백을 하겠습니다. 모든 혐의를 내가 다 뒤집어쓰고 어떤 형벌이든 달게 받겠어요. 다만 마리안만 풀어주십시오! 그녀를 구해주세요. 나는 어떻게 해야 할지 몰랐고, 지금도 감을 잡을 수가 없답니다. 그러니 당신이 나서서 그녀를 감옥과 죽음에서 구해주세요. 그녀를 구해달란 말입니다. 제발, 그녀를 구해주세요!"

어느덧 고통으로 잔뜩 일그러진 그의 얼굴을 눈물이 하염없이 적시고 있었다. 그러고 보니 플로랑스 역시 허리를 푹 숙인 채 울고 있었다. 문득 페레나의 가슴속에 똬리를 틀고 있던 불안이 순식간에 잦아드는 느낌이었다.

따지고 보면 얘기가 처음 시작되었을 때부터 일말의 새로운 확신이라면 새로운 확신이 점진적으로 마음을 파고들고는 있었지만, 또렷하게 그것을 의식한 것은 지금 이 순간이었다. 소브랑의 얘기를 믿는 마음 어느 한구석에도 결코 께름칙한 느낌이 없었으며, 플로랑스도 예전에 상상하던 가증스러운 여자가 결코 아니라, 눈빛에 거짓을 담을 수 없는, 영혼도 얼굴만큼이나 아름다운 여성이라는 확신이 갑작스레 전 존재를 휩싸는 것이었다. 그런가 하면 지금 이 두 사람은 물론, 여태껏 그들이 그토록 서툰 싸움을 마다하지 않고 위해오던 마리안까지, 모두 다 자력(自力)으로는 결코 빠져나올 수 없을 철창 속에 한데 갇힌 처지라는 생각이 퍼뜩 뇌리를 스쳤다. 아직은 누군지 알 수 없는 정체불명의 존재에 의해 그들 주위로 둘러쳐진 이 치명적인 울타리를 지금까지 페레나는 더욱더 악착같이 죄고만 있었던 셈이다.

마침내 페레나의 입에서 장탄식이 새어나왔다.

"아, 너무 늦은 것만 아니기를!"

그는 마구 들끓기 시작하는 이런저런 생각과 감정이 버거운지, 약간

휘청거렸다. 확신과 기쁨, 놀람과 불안, 분노 등등, 그의 머릿속은 처참할 정도의 북새통을 이루고 있었다. 이미 현실화되고 있는 더없이 악몽 같은 상황과 내심 혈투를 벌이는 가운데, 벌써부터 플로랑스의 어깻죽지에 거칠게 얹힐 경찰의 투박한 손길이 피부에 닿는 느낌이었다.

돈 루이스는 별안간 펄쩍 뛰며 소리쳤다.

"빨리 떠나시오! 어서 여길 빠져나가야 합니다! 더 이상 지체하는 건 정신 나간 짓이오!"

"하지만 건물이 온통 포위되어서……."

소브랑이 더듬거렸다.

"그게 뭐가 어떻단 말이오? 그럼 내가 단 한순간이라도 이런 상황에 굴복하리라고 보는 거요? 천만에! 결코 그럴 수는 없소이다! 실은 아직 내 안에 일말의 의혹이 없는 건 아니오. 바로 그걸 당신들이 일소(一掃)

해주시오. 그때 우린 마담 포빌을 구해낼 수 있을 겁니다!"

"하지만 지금 당장은 경찰들이 우리를 에워싸고 있지 않습니까?"

"그들은 얼마든지 따돌릴 수 있습니다."

"베베르 부국장은요?"

"아직은 오지 않았소. 그가 현장에 없는 한 모든 책임은 내가 지는 걸로 되어 있습니다. 자, 날 따라오되 충분히 거리를 두시오. 그리고 내가 신호를 하면 그 순간……."

그는 빗장을 벗기고 문손잡이를 붙들었다. 한데 바로 그때, 누군가 밖에서 노크를 하는 것이었다.

급사장이었다.

"뭔데 방해하는 거요?"

"치안국 베베르 부국장께서 방금 도착하셨습니다, 므슈."

10
파국

돈 루이스도 예상은 하고 있던 돌발 상황이었다.

하지만 그 충격은 역시 엄청났고, 그는 몇 차례 황망하게 더듬거리고 만 있었다.

"아뿔싸! 베베르가 왔군. 베베르가 왔어."

그의 기세는 온통 장애물에 부닥친 느낌이었고, 마치 궤주(潰走)하던 군대가 겨우 위험을 모면했다 싶은 순간, 별안간 깎아지른 벼랑길에 맞 닥뜨린 형국이었다.

베베르가 현장에 도착하다니! 말하자면 저항과 공격을 주도해서 더 이상의 희망이 없도록 상황을 악화시킬 적의 수장(首長)이 와 있다는 애 기가 아닌가!

베베르가 경찰들을 지휘하는 한, 강제로 탈출구를 확보하기란 불가 능한 일이나 다름없다.

"그래 문은 따주었소?"

"열어주지 말라는 지시는 없으셔서…….."

"혼자입디까?"

"아뇨. 여섯 명을 대동하고 왔는데, 안뜰에서 기다리게 했습니다."

"본인은 어떡하고?"

"부국장은 2층에 올라가 계십니다. 주인님이 서재에 있는 줄 안 모양입니다."

"지금 내가 므슈 마즈루하고 마드무아젤 르바쉐르와 함께 있는 줄 알고 있겠군?"

"그렇습니다, 므슈."

페레나는 잠시 생각에 잠기더니 말했다.

"그에게 가서 내가 없다고 말하시오. 그래서 마드무아젤 르바쉐르의 숙소로 찾으러 갈 거라고 말이오. 그럼 아마도 같이 가겠다고 할 거요."

문을 닫고 돌아선 그의 얼굴에는, 방금 휘몰아친 내면의 혼란 따윈 흔적도 남아 있지 않았다. 무엇보다 행동이 필요한 이 순간, 모든 것이 위기로 치달은 이 시점에 그는 오히려 경탄할 만한 침착성을 되찾았으며, 결정적인 시기에 결코 그를 버리지 않을 냉정함으로 무장한 상태였다.

그는 뚜벅뚜벅 플로랑스에게 다가갔다. 그녀는 창백하게 질린 채, 조용히 울고 있었다.

"두려워할 필요 없습니다. 나만 적극적으로 따른다면 결코 두려워할 일이 없을 거요."

여자는 아무런 대답도 하지 않았다. 언뜻 보아도 여전히 마음의 벽을 허물지 않고 있음을 느낄 수 있었는데, 결국에는 자신을 따를 수밖에 없을 거라는 생각에 돈 루이스의 마음은 마냥 환해지는 것이었다.

그는 이번엔 소브랑을 돌아보며 말했다.

"내 말을 잘 들으시오. 만에 하나 내가 성공을 거두지 못할 경우를 대비해서, 아직 나한테 속 시원히 밝혀주어야 할 부분이 좀 있습니다."

"그게 뭡니까?"

한결같이 침착한 태도로 소브랑이 물었다.

돈 루이스는 머릿속 어지러운 생각을 통제하면서, 반드시 필요한 말만 할 것을 속으로 다짐한 뒤 말했다.

"범행이 일어난 날 아침, 흑단 지팡이를 소지하고 당신과 흡사하게 생긴 바로 그 미지의 사내가 베로 형사를 따라 퐁뇌프 카페로 걸어 들어갔을 그때, 당신은 어디 있었나요?"

"집에 있었습니다."

"분명 외출한 건 아니었습니까?"

"절대로 그렇지 않습니다. 존재조차도 모르는 그 퐁뇌프인가 뭔가 하는 카페에는 얼씬도 한 적이 없습니다."

"좋습니다. 또 한 가지. 이번 사건에 대해 모조리 파악하고 난 다음에는 왜 경시청장이나 수사판사를 만나볼 생각을 안 한 겁니까? 이처럼 불리한 싸움에 뛰어드느니, 다소 뒤늦더라도 정정당당하게 출두해서 정확한 진실을 밝히는 게 더 간단하지 않았을까요?"

"그렇게 하려고도 했지요. 하지만 나를 상대로 덧씌워진 음모가 워낙 정교하다는 판단이 들자, 단순히 진실을 떠들어대는 것으론 사법당국을 설득하기가 만만치 않아 보이더군요. 아무리 얘기해봤자 내 말을 곧이들을 리가 없었습니다. 일단 내가 들이댈 수 있는 증거가 무엇이겠습니까? 전혀 없지요. 반대로 우리를 압살하려는 증거들은 항변의 여지가 없을 정도로 수북이 쌓여 있는 상태였습니다. 일례로 그 이빨 자국만 해도 마리안의 유죄를 여실히 드러내는 것 아닌가요? 아울러, 내가 침묵을 지켜왔고, 실제로 도망쳤으며, 앙스니 경감마저 희생시킨 것은 그

호랑이 이빨

자체로도 범죄행위가 아니냔 말입니다! 안 될 말이지요. 마리안을 구하기 위해서는 일단 자유의 몸으로 남아야만 했습니다."

"그렇다면 마리안이라도 진실을 토로했을 수 있지 않을까요?"

"우리의 사랑을 공개하라고요? 여인네의 정조(貞操)를 고수하느라 그럴 수도 없었겠지만, 설사 얘기를 털어놓았던들 무슨 소용이 있었겠습니까? 오히려 혐의점만을 부각시킬 뿐이겠죠. 이폴리트 포빌의 편지가 쟁점으로 불거졌을 때 발생한 상황이 바로 그렇지 않습니까? 그 편지 하나하나가, 그때까지만 해도 아리송하던 범행 동기를 완전히 우리한테 전가하면서 사법당국에 제시되었지 않나요? 알고 보니 두 용의자가 서로 사랑하는 사이였더라! 이렇게 말입니다."

"그 편지에 대해서는 어떻게 해명하겠습니까?"

"난 아무 해명도 하지 않겠습니다. 포빌의 질투심에 대해 우린 모르고 있었습니다. 그는 팔레르모 이후에도 속으로 그런 마음을 남몰래 키우고 있었던 모양입니다. 대체 그가 왜 우리 둘을 그런 식으로 의심하고 있었을까요? 우리가 살인을 모의하고 있다는 생각을 누가 그의 머릿속에 불어넣었을까요? 그가 시달렸다는 그 공포와 악몽이란 대체 어디서 기인한 걸까요? 모든 게 수수께끼입니다. 그는 우리 사이의 편지들을 보관하고 있다고 썼더군요. 대체 무슨 편지를 말하는 겁니까?"

"그럼 그 이빨 자국은 어떻게 생각하시오? 마담 포빌이 남긴 이빨 자국인 것만은 틀림없지 않습니까?"

"모르겠습니다. 그 모든 게 도무지 이해할 수 없어요."

"그럼, 오페라극장에서 나와 자정에서 새벽 2시 사이에 그녀가 무엇을 했는지에 대해서도 당신은 전혀 모르고 있습니까?"

"전혀 모릅니다. 분명한 것은 그녀가 누군가 쳐놓은 함정에 걸려들었을 거라는 사실입니다. 하지만 어떤 식으로, 누구의 농간으로 그렇게 된 건지는 오리무중이지요. 도대체 그녀가 왜 그 시간대 자신의 행적을 밝히지 않는지도 수수께끼예요."

"그날 저녁, 즉 범행이 발생했던 날 저녁에 오퇴이유 역에서 당신을 목격했다는 증언이 있습니다. 거기서 무얼 한 겁니까?"

"그때 나는 쉬셰 대로를 거닐고 있었습니다. 그리고 마리안의 창문 아래를 지나가고 있었지요. 그때가 수요일이라는 거 기억하시죠? 수요일에는 어김없이 그곳에 들렀답니다. 참극이 일어난 줄도 몰랐고 마리안이 검거되는지도 까마득히 모르는 채 말입니다. 당신이 내가 사는 곳을 밝혀내고 마즈루 반장에게 귀띔을 해준 그 수요일 밤에도 역시 마찬가지였지요."

"그럼 또 하나 묻겠소이다. 모닝턴의 유산에 대해서는 알고 있었나요?"

"아뇨, 그에 대해서는 플로랑스도 전혀 모르고 있었습니다. 게다가 우리는, 마리안과 그녀의 남편도 그걸 모르고 있을 거라고 생각할 만한 충분한 근거를 가지고 있습니다."

"포르미니의 그 헛간 말입니다, 거기엔 그때 처음 들어간 겁니까?"

"물론 처음이었죠. 그 두 개의 유골 앞에서 우리 역시 당신 못지않게 기겁을 했답니다."

돈 루이스는 그쯤에서 입을 다물었다. 달리 질문할 것이 없나 잠시 생각을 헤아려보던 그가 말했다.

"그만하면 궁금한 얘기는 다 나온 것 같군요. 어떻습니까, 당신이 보기에는 필요한 얘기를 모두 털어놓은 것 같나요?"

"네."

"자, 지금이야말로 중대한 순간입니다. 어쩜 앞으로는 서로 대면할 기회가 없을지도 몰라요. 하지만 아직 당신은 지금까지의 얘기를 밑받

침할 만한 어떤 증거도 제시하지 않고 있습니다."

"나는 어디까지나 진실을 제공했습니다. 당신 같은 인물한테는 진실이면 족하다고 생각합니다. 나는 이제 패배한 사람일 뿐입니다. 싸움을 포기했으며, 오히려 이제는 당신의 지시를 따르려고 하는 처지입니다. 그저 마리안을 구해만 주십시오."

페레나는 진지한 목소리로 말했다.

"당신네 셋 모두를 구해낼 겁니다. 내일 밤은 그 수수께끼 같은 네 번째 편지가 나타나기로 한 때입니다. 그동안 일단은 우리끼리 좀 더 조율을 하고 사건을 근본적으로 재조명해볼 시간이 있는 셈이지요. 그때까지 우리가 새로이 규합한 진실의 요소들로 재무장한 채, 나는 그곳으로 갈 겁니다. 가서, 셋 모두의 결백을 증명할 만한 증거를 찾아내고야 말겠어요. 중요한 건, 5월 25일 그 자리에 반드시 참석해야만 한다는 사실입니다."

"오, 제발 마리안만은 잊지 말아주세요. 필요하다면 나 같은 건 희생시켜도 상관없습니다. 플로랑스조차 희생되어도 무방해요. 지금 나는 내 뜻과 하나도 다를 바 없는 플로랑스를 대변해서 한꺼번에 얘기하고 있는 겁니다. 당신 일에 조금이라도 방해되고 성공에 걸림돌이 된다면 우리 둘은 그냥 희생해도 괜찮습니다."

"다시 말하지만 셋 모두를 구한다고 했습니다!"

돈 루이스는 거듭 강변했다.

그는 문을 반쯤 열고 귀를 기울인 뒤, 두 사람을 향해 말했다.

"여기 꼼짝 말고 있으시오. 내가 다시 데리러 올 때까지 누구한테 어떤 명분으로도 문을 열어주어선 안 됩니다. 곧 돌아오겠소."

그는 문을 닫아 단단히 걸어 잠근 뒤 2층으로 내려갔다. 보통 때 같으면 대혈전을 앞두고 솟구쳤을 경쾌한 기분이 왠지 지금은 느껴지지 않왔다. 하긴 당장 문제인 것은 플로랑스! 싸움을 그르칠 경우, 결과는 그에게 죽음보다 더 괴로울 테니 바짝 긴장할 만도 했다.

층계참의 창문을 통해 안뜰에 경계를 서고 있는 경찰관들이 내려다보였다. 모두 해서 여섯 명이었다. 또한 서재의 창가에 기대선 채, 경찰관들과 소통이 용이하도록 안뜰을 예의 주시하고 있는 부국장이 보였다.

'빌어먹을! 아주 제자리를 꿰차고 있군. 골치깨나 썩이겠어. 저렇게 경계를 늦추지 않고 있으니. 어쨌든 한번 부딪쳐보는 수밖에!'

그렇게 속으로 중얼거리며 그는 거실을 가로질러 서재로 들어섰다. 베베르는 곧장 그를 알아보았고, 모처럼 숙적(宿敵)끼리 직면하는 상황이 벌어졌다.

결투가 시작되기 전 얼마간 침묵이 흘렀다. 일말의 빈틈이나 흐트러짐도 허용하지 않고, 신속하고 치열할 수밖에 없는 결투가 조만간 전개될 참이었다. 늦어도 3분 안에는 결판을 지어야 할 상황!

부국장의 얼굴에는 약간은 불안감 섞인 희열이 떠돌고 있었다. 처음으로 저 빌어먹을 돈 루이스와 한판 대결을 벌여도 좋다는 허가가 떨어진 것이다. 뿌리 깊은 원한을 도저히 달랠 길 없었던 저 원수! 게다가 지금 이 싸움에서 상수패란 상수패는 모조리 자기 손에 쥔 만큼 뿌듯하기도 한 반면, 돈 루이스는 플로랑스 르바쉐르의 사진을 위조한 것도 모자라 그녀를 싸고도는 것이 분명한 마당. 스스로 제 무덤을 판 것이나 다름없는 상황이렷다! 그런가 하면 베베르는 돈 루이스가 아르센 뤼팽이라는 사실 또한 잊지 않고 있었다. 그것은 아무래도 상당한 부담감으로 작용할 수밖에 없었다. 그는 아예 이런 생각을 굴리고 있었다.

'자칫 삐끗하면 당하고 만다!'

베베르는 은근한 농담조로 무기를 집어 들었다.

"이거 보아하니 당신 하인이 주장한 것처럼 마드무아젤 르바쉐르의 별채에 있다 오신 게 아닌 듯하구려."

"하인은 내 지시에 따라 얘기했을 뿐이라오. 난 저 위, 내 침실에 있었지요. 아래층으로 내려오기 전에 결말을 짓고 싶었습니다."

"그래서 마무리 지은 겁니까?"

"그렇소이다. 플로랑스 르바쉐르와 가스통 소브랑은 현재 이 집 안에 결박당하고 재갈이 물린 채로 있습니다. 당신은 그저 인도를 받으면 됩니다."

"가스통 소브랑이라! 그럼 역시 집 안으로 파고든 게 그자라 이겁니까?"

"그렇소. 알고 보니 아예 플로랑스 르바쉐르의 거처에서 기거하고 있었더군요. 서로 연인 관계였고 말입니다."

"아하, 연인 관계라!"

베베르 부국장은 한껏 빈정대는 투였다.

"그렇게 된 거요. 마즈루 반장이 하인들과 따로 떼어서 플로랑스 르바쉐르를 보자고 하자, 소브랑은 정부(情婦)가 검거될 것이라 내다보고는 대담하게도 불쑥 모습을 드러낸 것입니다. 여자를 우리 손에서 빼낼 생각으로 말이지요."

"그래서 놈을 단번에 꺾어놓았겠군요?"

"여부가 있겠소."

부국장은 돈 루이스가 하는 말을 눈곱만큼도 곧이듣고 있지 않는 것이 분명했다. 그는 이미 데말리옹 씨와 마즈루를 통해 돈 루이스가 플로랑스를 사랑하고 있으며, 그는 결코 사랑하는 여인을 경찰에 넘길 위인이 아니라는 것을 너무도 잘 알고 있었던 것이다. 그러니 오히려 얘기를 듣고서 경계심만 바짝 조였을 뿐이다.

"그러고 보니 엄청난 일을 해치우신 셈입니다. 당신 침실로 안내해주십시오. 아마도 대단한 난투극이었겠지요?"

"뭐 별로 그렇진 않습니다. 일거에 놈을 무장해제 시킬 수가 있었어요. 다만 마즈루가 칼끝에 약간 당했을 뿐입니다."

"심각합니까?"

"오, 그런 건 아니고요! 근처 약국으로 치료를 받으러 갔습니다."

순간 부국장은 펄쩍 뛰었다.

"아니, 그럼 마즈루가 지금 죄수들과 함께 방에 있는 게 아니란 말입니까?"

"난 그렇다고 말한 적이 없는데."

"그야 그렇지만, 하인 말로는……."

"오, 그럼 하인이 뭔가 착각을 한 모양이로군요. 마즈루는 당신이 도착하기 몇 분 전에 집에서 나간걸요."

"거참, 이상하군요. 우리 경관들은 모두 다 그가 여기 있는 줄 알고 있던데. 마즈루 반장이 나가는 걸 도통 보지 못한 모양이던데."

뚫어지게 쏘아보며 중얼대는 베베르에게 돈 루이스는 짐짓 불안해하는 기색을 내보이며 말했다.

"나가는 걸 못 봤답니까? 아니, 그럼 대체 어디에 있는 거지? 나한테는 붕대를 감아야겠다며 호들갑을 떨더니만."

부국장은 점점 더 미심쩍어하는 기색이었다. 필시 저 페레나라는 인물은 반장을 찾아 나서게 만듦으로써 이 베베르의 손아귀를 모면하려는 속셈일 것이다!

"당장 경관 한 명을 급파해야겠군요. 약국은 가깝습니까?"

"바로 옆이에요. 부르고뉴 가(街). 그러지 말고 전화를 한번 해보시죠."

"아, 전화가 되는군요!"

부국장은 머뭇거리며 중얼댔다.

이쯤 되자 그도 더 이상 영문을 모르겠다는 기색이었다. 그는 돈 루이스가 내뺄 수 없게끔 무작정 앞길을 가로막으며 천천히 전화기 쪽으로 다가갔다.

그 바람에 돈 루이스는 주춤주춤 덩달아 전화기까지 뒷걸음질을 칠 수밖에 없었고, 마침내 대뜸 수화기를 들었다.

"여보세요, 여보세요, 삭스 24-09번요."

그렇게 더듬거리면서도 수화기를 든 나머지 손으로는 은근슬쩍 벽을 짚는 척하면서, 용케 눈에 띄지 않고 탁자에서 집어 든 소형 집게로 전화선을 자르는 것이었다.

"여보세요, 24-09번 부탁합니다. 아, 약국인가요? 여보세요, 치안국 반장 마즈루께서 거기 계신지요? 네? 뭐라고요? 지금 무슨 말을 하는 겁니까? 세상에 이럴 수가! 그게 정말입니까? 상처에 독이 묻어 있다고요?"

순간 부국장은 다짜고짜 돈 루이스를 후닥닥 밀치고서 수화기를 낚아챘다. 덕분에 돈 루이스는, 실은 의도했던 대로, 철판 셔터가 설치된 바로 바깥쪽 벽에 동댕이쳐진 꼴이 되었다. 부국장은 마즈루의 상처에 독이 들었다는 얘기 때문에 거의 혼비백산한 상태였다.

"여보세요, 여보세요!"

그는 제스처를 사용해 돈 루이스더러 멀리 가지 말 것을 연신 지시하면서, 수화기에 대고 고래고래 소리치고 있었다.

"여보세요, 대체 어찌 된 거야? 나는 치안국 부국장 베베르라고 합니다! 여보세요, 진정 마즈루 반장이……. 여보세요! 이런 젠장, 말을 하라니까!"

별안간 수화기를 내려놓으며 그의 시선이 끊어진 전화선에 가 닿았다. 부리나케 돈 루이스 쪽으로 고개를 돌린 그의 표정에는 이런 생각이 역력하게 드러나 있었다.

'이제야 알겠군. 또 당한 거야!'

한편 페레나는 전화박스 입구 목재 벽에 태연히 기대선 채, 왼손은 슬그머니 등 뒤로 빼서 벽을 어루만지고 있었다.

그의 입가엔 어느새 미소가 번져 있었다. 아주 격의 없이, 사람 좋아 보이기만 한 미소였다.

"꼼짝 마시지!"

그는 오른손으로 제스처를 취하며 내뱉었다.

베베르는 거친 위협에 의한 것보다 그 수수께끼 같은 미소에 더욱 질겁하며 꼼짝달싹하지 않았다.

돈 루이스는 뭐라고 형언할 수 없는 목소리로 되풀이해 말했다.

"꼼짝 마! 그렇다고 두려워할 필요는 없어. 아야야! 하게 만들지는 않을 테니까. 말 안 듣는 아이에게 그저 한 5분 정도 깜깜한 방에 가둬놓는 벌을 주는 셈 치자고! 어때 준비는 됐겠지? 하나, 둘, 셋!"

후딱 비켜서는가 싶더니, 그는 손가락으로 강철 셔터를 작동시키는 단추를 얼른 눌렀다. 육중한 철판이 덜커덩하며 내려왔고, 부국장은 졸지에 갇힌 신세가 되고 말았다.

돈 루이스의 배배 꼬인 요설(饒舌)이 뒤를 이었음은 물론이다.

"자그마치 2억 프랑이 날아가 버리는구나! 역시 멋진 솜씨였긴 한데, 이번엔 좀 비싸게 먹혔는걸! 아듀, 모닝턴의 유산이여! 아듀, 돈 루이스 페레나여! 그리고 이제부터는 용감한 뤼팽이 나가신다! 베베르의 앙갚음을 피하려거든 뤼팽 자네도 정신 바짝 차리고 잽싸게 튀는 게 좋을 거야. 자, 하나, 둘. 하나, 둘. 쳇, 시시하군그래."

그렇게 연신 떠들어대면서 그는 거실에서 2층 층계참으로 통하는 문을 안에서 잠근 뒤, 다시 서재로 돌아와 그로부터 거실로 난 문마저 걸어 잠갔다.

그즈음 부국장은 죽어라고 셔터를 두드려대면서 고래고래 악을 쓰고 있었는데, 그 소리가 열린 창문을 통해 바깥까지 들릴지도 모를 지경이었다.

"아직은 소리가 멀었는걸, 부국장."

돈 루이스가 호기 있게 외쳤다.

그러고는 느닷없이 권총을 들고 세 발을 쏴댔는데, 그중 한 발이 창살을 부수고 말았다. 그는 투박해 보이는 쪽문을 통해 신속하게 서재 밖으로 나간 다음, 열쇠로 문을 잠갔다. 바깥은 서재와 거실을 에두르도록 나 있는 비상 통로였고, 층계참으로 향하는 또 다른 문이 맞닿아 있었다.

돈 루이스는 그 문을 활짝 열어젖히고는 문짝 뒤로 몸을 숨겼다.

한편 소란스러운 고함과 더불어 총성에 놀란 경찰관들은 벌써 현관과 계단을 연거푸 거치면서 안으로 들이닥치고 있었다. 마침내 2층까지 올라온 그들은 거실 문이 잠겨 있는 것을 확인했고, 입구라고는 단 하나, 예의 그 비상 통로뿐임을 감지했다. 때마침 그 통로 끄트머리쯤에서는 부국장이 난동을 부리는 소리가 어렴풋이 울리고 있었다. 여섯 명모두가 즉시 통로 안으로 뛰어드는 것은 당연했다.

마지막 경찰관이 구부러진 통로 모퉁이로 사라지자마자 돈 루이스는 문짝을 조용히 원상태로 돌리며 걸어 잠갔다. 이로써 부국장과 마찬가지로 여섯 명의 경찰관도 갇힌 신세가 되고 만 셈이었다.

"이만하면 병마개는 제대로 닫혔고, 상황 파악하고 닫힌 문 두드려서 그중 하나를 무너뜨리는 데에 5분 정도는 걸릴 테지. 그 5분이면 우린 멀리 달아나 있을 테고 말이야."

느긋하게 중얼거리던 돈 루이스는 기겁을 하며 달려온 운전기사와 급사장과 맞닥뜨렸다. 그는 조금도 당황하지 않고 1000프랑짜리 지폐 두 장을 던져주며, 그중 운전기사에게 말했다.

"자동차에 시동이나 걸어놓으시게, 친구. 공연히 방해가 되지 않도록 자동차 주변에는 사람 하나 얼씬하지 못하게 하고. 내가 차를 타고 멀찌감치 나갈 수 있게 되면 자네들 각자한테 2000프랑이 더 돌아갈 것이네. 그래, 멍청하게 굴어선 안 될 것이야. 무려 2000프랑씩이니까. 맘만 잘 먹으면 고스란히 자네들 몫이라고. 자, 어서 행동 개시해야지, 신사 양반들!"

그런 다음, 전혀 서두르는 기색 없이 평정을 유지한 채, 그는 3층으로 오르기 시작했다. 한데 마지막 계단을 밟는 순간, 난데없이 통쾌한 기분이 가슴에 복받치면서 버럭 소리를 치는 것이었다.

"이겼소이다! 이젠 탄탄대로입니다!"

바로 코앞에 나타난 문을 활짝 열어젖히며 그는 또다시 소리쳤다.

"우리가 이겼단 말이오! 그렇다고 머뭇거릴 시간은 없습니다. 나를 따라오시오!"

불쑥 안으로 들어서는 돈 루이스.

그러나 다음 순간 울컥 치미는 욕지거리가 목구멍에 걸렸다.

방이 텅텅 비어 있는 것이었다.

"이런 우라질! 이게 뭐야? 대체 어떻게 된 거지? 몽땅 사라졌잖아! 플로랑스……."

비록 현실성이 그다지 없는 가정이긴 했지만, 여태껏 소브랑이 위조 자물쇠를 소지하고 있을 거라고 막연히 추측은 하고 있었다. 하지만 바깥에서 진을 친 경찰관들 틈으로 두 남녀가 달아날 수 있으리라고는 도저히 생각할 수 없었다. 그는 주위를 유심히 둘러보았고, 곧바로 사태를 이해했다. 창문이 위치한 움푹 들어간 구석을 가만히 보아하니, 벽체 아랫부분이 마치 큼직한 궤짝처럼 생겨서, 그 위가 진짜 궤짝 뚜껑처럼 목재로 처리되어 있는 것이었다. 그 부분을 살짝 들어 올리자, 아니나 다를까 계단 사이마다 공간이 떠 있는 층계 머리가 언뜻 보이는 것이었다! 매우 비좁고 가파른 계단이었다.

돈 루이스는 짧은 순간 동안, 옛날 이 건물이 지켜보아야 했던 온갖 험난한 내력을 머릿속에 떠올렸다. 전 주인인 말로네스코 백작의 조모(祖母)께서 가택수사관의 수색을 피해 가문의 낡은 저택에 숨어들어 대혁명의 파고(波高)가 잠잠해질 때까지 견뎌왔다는 그 사실. 모든 상황이 알 만했다. 이 두꺼운 벽체 안으로 파서 만들어진 계단은 아마도 멀리 떨어진 지점으로 출구가 나 있을 것이다. 그 덕에 플로랑스는 호텔 여기저기를 자유자재로 오갈 수가 있었을 것이며, 가스통 소브랑도 안전하게 들고 날 수가 있었을 터였다. 물론 지금 이 방 안으로 잠입해 들어올 수 있었던 것도 이제는 환히 이해가 되었다.

'도대체 왜 아무 말도 없이 떠난 걸까? 아직도 마음의 벽이 남아 있는 거야.'

그렇게 속으로 중얼거리며 두리번거리는데, 문득 탁자 위에 덩그러니 남겨진 종이 한 장에 시선이 가서 멈췄다. 필시 떨리는 손으로 가스통 소브랑이 끄적인 메모였다.

당신한테 폐가 되지 않기 위해서 이만 자리를 피할까 합니다. 이러다 우리가 잡히면 하는 수 없지요. 중요한 건 당신의 운신이 자유로워야 한다는 것이니까요. 우리의 모든 희망은 당신한테 달려 있답니다.

그 아래에는 플로랑스가 적은 다음과 같이 간단한 글이 또렷이 자리잡고 있었다.

마리안을 구해주세요.

"아! 대체 왜 내가 하라는 대로 하지를 않는 거지? 이렇게 속절없이 헤어지다니!"

돈 루이스는 생각지도 못한 사태에 놀라는 한편, 어떻게 해야 할지 당장 판단이 서지 않아 그저 황망히 중얼거릴 뿐이었다.

그동안 아래층에서는 갇힌 경찰관들이 통로의 문을 부수고 있었다. 아직은 자동차에 몸을 실을 만큼의 여유는 있을지도 몰랐다. 하지만 돈 루이스는 왠지 플로랑스와 소브랑이 택한 길을 따르고 싶었다. 그래야 다시 만날 희망이 있고, 만약의 경우, 도움을 줄 수도 있지 않겠는가!

결국 그는 한쪽 발을 안으로 집어넣어 계단을 더듬어 디디고는 곧바로 내려가기 시작했다. 한 스무 단은 내려갔을까, 2층 중간쯤에 도달했다. 그쯤에서 손전등을 휘둘러가며 매우 나지막한 궁륭형의 천장이 이어진 터널로 접어들었는데, 언뜻 생각에 역시 벽체를 파고들어 만들어진 듯한 그 공간이 어찌나 좁은지, 어깨를 비스듬히 해야만 전진해 들어갈 수가 있었다.

한 30여 미터를 더 간 다음, 오른쪽으로 꺾이면서 또 다른 터널이 이어졌고, 역시 한참을 가다 보니 뚜껑 문을 통해 또 다른 계단이 펼쳐져 있었다. 도망친 남녀가 이곳을 통과했으리라는 것은 분명해 보였다. 그도 그럴 것이 저 아래를 훑어보자 밝은 빛이 느껴지는 것이었다. 알고 보니 활짝 터진 벽장으로 통해 있었고, 평상시에는 가려져 있을 휘장이 빼꼼히 열려 있는 것이었다. 벽이 움푹 들어간 곳을 거의 다 차지하는 침대가 훤히 굽어보였다. 돈 루이스는 바닥에 내려서서 그 비좁은 공간을 지나 칸막이로만 나뉜 옆방으로 건너갔고, 그곳이 플로랑스의 거실이라는 사실에 적잖이 놀랐다.

이제야 알 것 같았다. 팔레 부르봉 대로로 나 있으니 비밀 출입구라고도 할 수 없겠지만, 아무튼 무척이나 안전한 출입구를 통해 소브랑은 플로랑스가 끌어들일 때마다 언제든 제집 드나들듯 이곳을 들락거릴 수 있었을 것이다. 그는 건넌방을 가로질러 몇 개의 계단을 내려갔고, 찬방 바로 직전에서 호텔 건물의 지하 저장고로 통하는 계단을 구르듯 내려갔다. 캄캄한 어둠 속에서 나지막한 문을 통해 빛줄기가 새어 들어오고 있었는데, 문짝에 그 너머를 들여다볼 수 있도록 쇠창살이 세워진 자그마한 구멍이 나 있었다. 그는 더듬더듬 자물쇠를 찾았고, 드디어 답답한 여정의 종착역에 다다랐다는 기쁨과 함께 문을 활짝 열어젖혔다.

"이런 우라질!"

순간, 돈 루이스는 뒤로 흠칫 물러서면서 부랴부랴 자물쇠를 더듬어 간신히 문을 닫아걸었다.

제복 입은 경찰관 둘이 문 앞에서 기다리고 있었던 듯, 그가 나타나자마자 와락 덮치려고 했던 것이다.

대체 어디서 불쑥 나타난 놈들이란 말인가? 저들이 소브랑과 플로랑스가 도망치는 것마저 막았을까? 하지만 만약 그랬다면 어디선가 그 두 사람과 마주쳤을 것이었다. 분명 같은 경로를 따라 예까지 온 것은 확실할 테니까.

'그래, 아마도 감시가 이루어지기 전에 내뺐을 거야. 그나저나 일 한번 더럽게 꼬였군! 이젠 내가 도망칠 차례인데, 영 수월할 것 같지가 않단 말이야! 쳇, 토끼처럼 내 집 앞에서 붙잡히는 신세가 되어야 한단 말인가?'

그런 생각을 하면서 돈 루이스는 지하 저장고 계단을 거슬러 올랐다. 이렇게 된 바엔 차라리 정면 돌파를 할 터, 그는 부속 건물들의 복도를 통해 곧장 안뜰로 새어나가, 자동차로 퇴로(退路)를 밀어붙일 심산이었다. 하지만 정작 안뜰에 도착하려는 찰나, 저쪽 창고 근처에서 아까 통로에 가두어두었던 경찰관들 중 네 명이 한데 모여, 요란한 제스처와 함께 고함을 질러대는 것이 눈에 띄었다. 필시 대문 쪽, 그러니까 관리인이 사용하는 별채 근방에서 뭔지는 모르지만 일대 소란이 일어난 모양이었다. 수많은 사람 목소리가 어지러이 뒤섞이고 있었고, 매우 심하게 다투는 소리도 간간이 들렸다.

저 혼란을 틈타 밖으로 빠져나갈 수 있을 것 같았다. 자칫 눈에 띨지 모른다는 생각을 하면서도 그는 소란이 이는 쪽으로 과감하게 걸음을 옮겼다.

하지만 곧이어 그의 시야에 들어온 광경은 그만 철렁하는 가슴으로 발길을 멈추게 하기에 충분한 것이었다.

한편으론 경찰관들과 치안국 형사들에게 둘러싸이고, 얄궂은 벽을 등진 채, 수갑을 찬 가스통 소브랑이 온갖 욕설과 저주의 한복판에 무방비로 노출되어 있는 것이 아닌가!

결국엔 붙잡힌 것이었다. 저 지경이 되기까지 두 도망자와 경찰 사이에 또 얼마나 우여곡절이 많았을 것인가? 옥죄는 가슴을 달래며 돈 루이스는 좀 더 고개를 들이밀듯 기웃거렸다. 하지만 플로랑스의 모습은 없었다. 아마도 여자는 용케 빠져나간 모양이었다.

잠시 후, 현관 계단에 베베르가 모습을 드러내 몇 마디 말을 내뱉었는데, 돈 루이스의 희망을 확신으로 다져주는 내용이었다. 베베르는 좀 전 싸움에서 패하고 보기 좋게 갇혔던 기억이 미처 가시지 않았는지 몹시도 부아가 난 상태였다.

붙잡힌 죄인을 내려다보며 그가 소리쳤다.

"이런, 또 한 명뿐이잖아! 가스통 소브랑! 하지만 정말이지 값진 사냥감인 건 사실이야. 그래, 자네들, 어디서 놈을 잡은 건가?"

"팔레 부르봉 광장에서 덮쳤습니다. 지하 저장고 출구를 통해서 빠져나오다가 들킨 겁니다."

형사들 중 한 명이 대답했다.

"놈과 붙어 다니던 그 르바쉐르인가 하는 계집은?"

"그 여자는 놓쳤습니다. 아마도 먼저 빠져나간 것 같습니다."

"돈 루이스는? 놈을 호텔 밖으로 내빼게 놔두진 않았을 테지? 내가 그토록 각별히 당부했다!"

"놈은 그보다 5분 뒤늦게 마찬가지 출구로 빠져나오려고 했던 것 같습니다."

"누가 그러던가?"

"그쪽을 계속해서 지키고 있던 경찰관 중 한 명의 보고입니다."

"그래서 어떻게 됐나?"

"도로 안으로 들어갔다고 합니다."

베베르는 별안간 탄성을 토해냈다.

"아하, 이제야말로 독 안에 든 쥐다! 놈한테는 일이 더럽게 꼬인 셈이지! 경찰력에 대해 덜컥 도발을 해왔고, 범인 은닉까지 저질렀으니. 이제는 놈의 정체를 발가벗길 수 있게 되었어! 자, 모두들 내 말을 잘 듣길 바란다. 지금부터 두 명은 소브랑을 감시하고, 나머지 네 명은 팔레 부르봉 광장을 철통같이 방비한다. 모두들 권총을 움켜쥐고 말이다. 그리고 두 명은 지붕 위에서 대기하고, 나머지는 나를 따른다! 우선 르바쉐르의 방부터 시작하는 거야. 그런 다음, 놈의 침실 차례이다. 자, 모두들 행동 개시!"

한편 돈 루이스는 이미 현장에서 모습을 감춘 뒤였다. 경찰력의 동선(動線)을 이미 파악하자마자 그는 곧바로 몸을 빼, 귀신같이 플로랑스의 거처로 스며든 것이었다. 베베르가 부속 건물을 통한 지름길을 알 리가 없었기에, 그는 뚜껑 문의 기능이 완벽한지를 점검하고, 침대 머리맡 휘장 뒤로 비밀 벽장의 존재를 누구든 발견하기 쉽지 않다는 것을 확인할 여유가 있었다.

일단 벽 속으로 몸을 들이민 다음, 그는 재빨리 어둠 속 첫 번째 계단을 거슬러 올랐고, 벽체 안을 파고든 기나긴 통로를 따라가서 마침내 침실 옆방에 이르는 마지막 계단을 밟아 올라갔다. 그리고 그곳의 뚜껑 문이 아무도 눈치채지 못할 만큼 잘 닫히는지 확인한 뒤, 자기 머리 위로 끌어당겨 단단히 닫는 것이었다.

아니나 다를까, 몇 분이 채 지나지 않아 머리 위에서 방 안을 발칵 뒤집어놓듯 여기저기를 쑤시는 소동이 느껴졌다.

그렇게 해서 결국, 5월 24일 오후 5시의 상황은 이런 식으로 전개되고 있었다. 플로랑스 르바쉐르에게는 체포 영장이 발부된 상황이고, 가스통 소브랑은 마침내 검거되었으며, 마리안 포빌은 여전히 감옥에 갇힌 채, 이제는 음식을 거부하고 있었다. 한편 그 세 사람의 결백을 믿어 의심치 않고, 또한 그들을 구해낼 유일한 존재인 돈 루이스는 자기 소유의 호텔 내부에 틀어박힌 채, 스무 명에 달하는 경찰력의 추적을 받는 상황이었다.

물론 모닝턴 유산상속은 이미 물 건너간 것이나 다름없었다. 그 상속자가 이제는 드러내놓고 사회에 반기(反旗)를 든 위험인물로 낙인찍혔으니 말이다.

하지만 어둠 속에서 돈 루이스는 이렇게 빈정대고 있었다.

"따지고 보면 참 멋지게 된 거야! 사실 이거야말로 내게 익숙한 삶이 아닌가 말이야! 여러 가지 복잡한 것 같지만 실은 간단한 문제야. 호주머니에 단 한 푼도 없는 가난뱅이가 자기 소굴에서 한 발짝도 나오지 않고 스물네 시간 안에 어떻게 한몫을 휘어잡느냐 이거지! 아니면 무기도 병졸도 하나 없는 장군이 거의 패퇴해버린 전투를 어떻게 승리로 뒤바꿀 수 있을까 하는 문제이기도 해! 요컨대, 나 아르센 뤼팽이 내일 밤 쉬세 대로의 모임에 어떻게 참석해서 마리안 포빌과 플로랑스 르바쉐르, 그리고 가스통 소브랑을 구해낼 수 있는지, 더 나아가 내 훌륭한 친구, 돈 루이스 페레나의 명예도 회복시킬 수 있는지가 문제란 말씀이야!"

순간, 어디선가 둔탁하게 두드리는 소리가 들려왔다. 아마 지붕에서 수색을 하는 소리 같았다. 혹은 벽체 여기저기를 두드리고 있는지도 몰랐다.

돈 루이스는 바닥에 등을 대고 길게 드러누웠다. 양팔을 어긋나게 겹쳐 얼굴을 가린 채 눈을 질끈 감고 중얼거렸다.

"생각을 해보자."

⊰ ── 제2부 ── ⊱

플로랑스의 비밀

1
사람 살려!

나중에 아르센 뤼팽이 이 참혹한 모험의 에피소드를 나에게 들려줄 때에는 다소 뻐기는 태도로 이렇게 말했다.

"사실 그 당시에도 그렇지만 지금에 와서도 충분히 놀랍고 자랑스러워할 만한 일은, 그때 소브랑과 마리안 포빌의 결백을 즉각적으로 수용해서 문제를 여지없이 일단락 지을 수 있었다는 사실일세. 장담하건대 그거야말로 심리학적인 가치로나 범죄 해결의 관점에서 보나, 이 세상 가장 위대한 명탐정의 가장 유명한 추리를 훌쩍 능가하는, 일류 솜씨였다 해도 과언이 아니지. 결국 모든 것을 아무리 고려해보아도, 소송을 재심하도록 할 만한 새로운 사안은 눈곱만큼도 없었던 상황이었거든. 두 용의자에게 쌓인 혐의점들은 한결같이 심각한 것들이어서, 수사판사는 결정서에 서명하는 데 조금도 주저하지 않을 것이며, 모든 문제에 대해 긍정적인 의견을 표하는 배심원은 단 한 명도 없을 지경이었지. 마리안 포빌에 관해서는 이빨 자국 하나만 생각해도 움직일 수 없는 확신에 도달할 정도이니 말할 필요도 없을 테고, 빅토르 소브랑의 아들이자 코스모 모닝턴 유산의 상속자가 되는 가스통 소브랑은 결국 흑단 지팡이의 사나이이면서 앙스니 경감의 살해자이니, 남편 살해범으로 밝혀진 마리안 포빌의 죄목과 크게 다를 바가 없는 셈이었지. 한데 과연 무엇이 내 안에서 그런 돌발적인 변화를 불러온 것이겠냐고? 그토록 명백한 증거들과 왜 상반되는 발걸음을 내디뎠겠느냐 이 말일세! 도저히 믿을 수 없을 것 같은 사실을 믿게 된 이유가 과연 무엇일까? 인정할 수 없는 일을 인정한 이유가 무어냔 말일세! 글쎄, 아마도 그건, 정녕 소중한 진실이란 지극히 특수한 방식으로 마음을 두드려대기 때문이 아닐까? 한쪽에는 모든 증거와 사실, 모든 현실과 확신이 자리 잡고 있는 데 반해, 다른 한쪽에는 세 명의 용의자 중 하나가 떠들어대는 이야기, 즉 그 첫마디에서 마지막까지 으레 엉뚱한 거짓부렁이라 접고 들어갈 만한 이야기가 있었을 뿐이라네. 하지만 어디까지나 성실한 목소리에 실려 흐르는 소박하고 간명한 이야기였지. 사건의 처음부터 끝까지, 전혀 무리가 없고 복잡하지도 않게 일관성을 유지하면서 전개되는 이야기, 어떤 해답도 제시해주지 못하지만, 공평무사한 정신의 소유자로선 기존의 해법(解法)을 재고하지 않을 수 없게 만들 만큼 정직한 이야기 말일세. 난 바로 그 이야기를 믿은 걸세."

그 같은 뤼팽의 해명은 결코 완벽하지 못했다. 내가 물었다.

"플로랑스 르바쉐르에 대해서는 어떤가?"

"플로랑스 르바쉐르?"

"그래, 그 점은 마무리를 짓지 않았네. 그녀에 대한 자네 의견은 어떠했는가 말일세. 논리적으로 볼 때, 자네를 상대로 벌어진 모든 살해 기도에 그녀는 직간접적으로 참여한 혐의가 있네. 이건 비단 자네 시각에서뿐만 아니라 사법당국의 입장에서도 그럴 거야. 그녀가 리샤르발라스 대로의 가스통 소브랑 집에 은밀히 찾아가곤 했다는 사실은 누구나 다 알고 있지 않은가? 베로 형사의 수첩 속에서도 그녀의 사진이 발견되었고 말이야. 그리고 또……. 하여튼 그때까지 자네의 확신과 의문이 단지 소브랑의 얘기 하나로 몽땅 바뀌었다는 말인데……. 대체 자네가 보기에 플로랑스는 죄가 있는 건가 없는 건가?"

질문에 즉각적이고 솔직한 대답을 막 내뱉으려다가 멈칫하는 기색이었다. 왠지 속 시원히 털어놓지 못해 망설이던 그가 한참 만에 대답했다.

"정확히 말하자면, 어떤 '확신'을 가지고 싶었네. 행동에 나서기 위해서는, 비록 사건 여기저기 부분적으로 그림자를 드리운 부분이 있거나 마음에 께름칙한 의혹이 남아 있다고 해도, 되도록 충만한 확신 상태가 필요한 법이거든. 그래서 믿기로 한 거지. 그러고 나서는, 일단 자리 잡은 신념에 따라 행동에 돌입한 것이라네."

그렇다고는 하지만, 실제로 어둠 속에서 꼼짝 않고 누워 있는 동안 돈 루이스 페레나에게 행동이란, 사건 전반에 걸쳐 가스통 소브랑이 이야기한 내용을 속으로 거듭 되짚어보는 것이 고작이었다. 모든 세부 사항에 이르기까지 전체 이야기를 재구성하려고 애썼으며, 아무리 사소해 보이는 단어나 문장까지 죄다 규합하려고 머리를 쥐어짰다. 그렇게 문장 한 줄 한 줄, 단어 한 자 한 자에 이르기까지 가늠하고 파헤치면서, 속에 담긴 진실의 부분들을 추출해내려고 안간힘을 썼다.

분명 진실이 따로 있었기에 소브랑이 감히 입을 놀렸을 것이며, 돈 루이스는 그에 대해 전혀 의심하지 않았다. 모든 음산한 내력(來歷), 모닝턴 유산상속에 얽힌 사건 전모, 쉬셰 대로의 참극, 그리고 마리안 포빌에 대한 음모의 내막을 밝혀줄 요소들, 소브랑과 플로랑스의 파멸을 해명해줄 단서들, 그 모든 것이 다름 아닌 소브랑의 이야기 속에 있었

호랑이 이빨

325

다니! 이제 그것을 이해하기만 하면 될 일. 그러다 보면 마치 일련의 난해한 상징으로부터 어떤 명징한 개념이 도출되듯이, 진실이 그로부터 솟아날 것이었다.

단 한순간도 돈 루이스는 자신이 채택한 방법에서 비켜나지 않았다. 만약 조금이라도 자신의 정신 속에 반론의 여지가 틈입하면, 그는 회피하지 않고 즉각 이에 대응했다.

'좋아. 내가 착각을 할 수도 있고, 소브랑의 얘기가 내게 그 어떤 방향타도 제시해주지 못할 수도 있겠지. 혹시 진실은 그 바깥에 존재하고 있는지도 몰라. 하지만 그렇다고 해서 내가 그 진실에 다른 방법으로 도달할 수가 과연 있을까? 진실을 탐구하는 일종의 도구로서, 내가 가진 전부가 바로 가스통 소브랑이 남긴 이야기가 아니냔 말이다! 한데 그걸 사용하지 않고 어쩌겠는가?'

마치 타인의 발자취를 따라 길을 걷는 것처럼, 그는 소브랑이 경험한 이야기 속의 사건들을 되짚어가기 시작했다. 그 하나하나를 지금까지 자신이 상상해온 사건의 면모들과 비교해보았다. 그러자 각각이 서로서로 부닥치는 것이었는데, 그 충돌 속에서 일련의 섬광이 솟구치는 것을 느끼지 않을 수가 없었다.

그럴 때마다 속으로 중얼거렸다.

'이게 그가 말한 내용이고, 이건 내가 생각해온 내용이지. 여기서 나오는 차이점은 과연 무얼 의미할까? 이건 사실이고, 저건 사실처럼 보이는 모습이야. 만약 범인이라면 왜 하필 꼭 이런 식으로 사태를 보이게 하려고 했을까? 모든 의혹을 자신에게서 떼어놓으려고?'

숱한 질문이 그의 내면에서 북새통을 이루고 있었다. 그는 이따금 아무렇게나 생각나는 대로 이름과 단어를 떠올려가면서 그에 대한 대답을 시도했다. 마치 입에 걸리는 이름이 어쩌다 정확히 범인이 될 수도 있고, 막연히 떠오른 단어가 막막한 진실을 밝혀줄 수 있기라도 하듯 말이다.

또한 문법과 논리학 숙제에 골몰하는 초등학교 학생이 각 표현들을 일일이 체로 거르고, 각 구문(構文)들을 분해하며, 각 문장들을 그 기본 요소로 환원하듯이, 소브랑의 이야기를 머릿속에서 굴리고 또 굴리는 것이었다.

시간은 흐르고 또 흘러갔다.

그러던 중, 한밤의 어느 한순간, 그는 소스라치듯 벌떡 몸을 일으켰다. 얼른 시계에다 손전등을 비추자, 바늘이 11시 43분을 가리키고 있었다.

"드디어 밤 11시 43분에 내가 어둠의 한복판을 파헤친 거야!"

그는 버럭 소리를 쳤다. 넘치는 흥분을 다잡으려고 애를 썼지만, 깨달음의 충격이 너무도 강렬한 데다 신경까지 온통 곤두서는 바람에 속절없이 뜨거운 눈물만 주르륵 흘릴 뿐이었다.

마치 번갯불이 번쩍하는 사이 밤의 어떤 풍경을 얼핏 목도한 것과 같이, 그는 갑작스레 어마어마한 진실을 방금 엿보았던 것이다.

이처럼 어둠 속 깊이 파묻혀 오랜 시간 답답한 암중모색을 거친 끝에, 순간적인 섬광처럼 눈앞을 밝히는 계시는 세상 그 무엇보다도 격렬한 경험일 것이다. 게다가 이미 육체적으로 기진맥진한 상태에다 장시간 뭐 하나 입으로 들어간 음식물이 없기에, 그렇지 않아도 슬슬 고통스럽던 차였다. 하물며 워낙 전 존재를 강타하는 격정으로 순식간에 뒤흔들리다 보니, 그는 더 이상 머리를 쥐어짤 마음은 없이 그대로 깊고 깊은 잠 속에 빠져드는 것이었다. 마치 따뜻한 온수(溫水) 속으로 느긋하게 몸을 담그는 것처럼 말이다.

잠이 깼을 때는 동틀 무렵이었다. 잠자리가 그리 편한 편은 아니었음에도 생기를 회복한 그는 한밤중에 구축한 가설을 머릿속에 떠올리며, 본능적으로 허술한 점이 있는지 저울질부터 하기 시작했다. 한마디로 그리 오래 걸릴 일은 아니었다. 온갖 증거와 단서가 제 발로 우르르 달려와 그 가설을 도저히 항변할 수 없을 만한 확신으로 즉각 탈바꿈시키는 것이었다. 다른 어떤 것도 아닌 바로 이것이다 하는 그 느낌! 역시 예상했던 대로 진실은 소브랑의 이야기 속에 틀어박혀 있었다. 아울러 그 수수께끼 같은 편지들이 불쑥불쑥 튀어나오는 방식 자체가 이미 그를 진실의 길목으로 데려다준 것이나 다름없다고 마즈루한테 한 얘기 역시 틀린 얘기가 아니었다.

그리고 그 진실은 너무도 엄청난 것이었다!

언뜻 독살당한 베로 형사가 머릿속에 떠올랐다. 지금 그가 느끼는 당혹감은 죽어가면서 이렇게 중얼거리던 베로 형사의 끔찍한 심정과 조금도 다르지 않았다.

아, 무서워! 무서워라. 정말이지 어쩌나 지독한 방법으로 이 모든 일이 꾸며졌는지!

그렇다, 정말이지 지독한 방법이 아닌가! 돈 루이스는 도저히 인간의 머릿속에서는 움틀 수 없을 것만 같은 악행(惡行) 앞에서 어안이 벙벙할 따름이었다.

그로부터 두 시간을 더, 그는 상황의 모든 양상을 점검하는 데 쏟아부었다. 일단 끔찍한 비밀을 손아귀에 거머쥐었다고 판단되자, 결말에 대한 불안감은 별로 없었다. 이제는 이곳을 한시바삐 벗어나 오늘 밤 쉬셰 대로의 모임에 참석해, 만인이 보는 앞에서 범죄의 전모를 낱낱이 공개하기만 하면 되는 것이다.

하지만 일단 탈출 가능성을 타진해보기 위해, 어둠을 거슬러 계단 끄트머리까지 올라가자, 아직도 방 안에서 서성대고 있는 사람 목소리가 뚜껑 문을 통해 들려오는 것이었다.

'빌어먹을! 일이 복잡하게 되는군. 저놈의 떼거리를 따돌리려면 일단 이 감옥부터 벗어나야 할 텐데. 그러면 최소한 두 개의 출구 중 하나라도 무사해야 할 터!'

그렇게 속으로 중얼대면서 그는 다시 어둠 속을 파고들어 플로랑스의 거처로 향했고, 균형추 방식으로 움직이는 벽장의 개폐 장치를 작동시켰다.

아니나 다를까, 벽장의 판자가 스르륵 미끄러졌다.

일단은 굶어 죽을 걱정부터 해소해야겠다는 생각에 무턱대고 발을 내디디려 하는 찰나, 난데없는 발소리가 일거에 모든 동작을 중지시켰다. 누군가 하필 이때에 숙소 안으로 들어선 것이다.

"아, 마즈루, 당신이 이곳을 밤새 지키고 있었구려. 그래 별일은 없소이까?"

목소리만으로도 돈 루이스는 경시청장을 단박에 알아보았다. 얘기를 들어보니, 결박당한 채 감금되어 있던 캄캄한 공간에서 구출된 뒤, 마즈루는 지금까지 바로 이곳 옆방에 있었던 것이 분명했다. 다행히 벽장의 개폐 장치에서는 그 흔한 쇳소리 하나 나지 않았고, 그 덕에 돈 루이스는 두 사람의 대화를 마음 놓고 엿들을 수 있었다.

"네. 별일 없었습니다, 경시청장님."

마즈루의 대답이었다.

"거참, 이상하군. 그 몹쓸 인간이 어딘가에 있기는 있을 텐데. 아니면 지붕으로 이미 내뺀 건 아닐까?"

순간 돈 루이스는 필시 베베르 부국장일 것이 틀림없는 제3의 목소리를 간파했다.

"그럴 리는 없습니다! 놈이 날개를 단 게 아니라면 어제 벌써 우리 인원한테 발각되었을 겁니다."

"그래요? 어디 당신 의견을 들어봅시다, 베베르."

"제 생각에는 아직 이 건물 안 어딘가에 숨어 있을 거라고 봅니다. 보시다시피 이곳은 옛날에 지어진 낡은 건물입니다. 보나 마나 어딘가 안전한 은신처가 마련되어 있을 겁니다."

"그렇군. 과연 그래."

침대가 놓여 있는 후미진 곳 앞에서 이리저리 서성대며 중얼거리는 데말리옹 씨의 모습이 휘장 사이로 살짝살짝 보였다.

"당신 생각이 옳은 것 같소이다. 그렇다면 바로 그자 자신의 집에서 집주인을 낚아챈다는 얘긴데. 과연 반드시 그럴 필요가 있을까요?"

"경시청장님!"

"당신도 이 사안에 관한 한 내 의견이나 총리의 견해가 어떤지 다 아는 것 아니오? 뤼팽의 존재를 들춰낸다는 것, 그건 곧 지긋지긋한 질곡으로 자진해서 걸어 들어간다는 얘기이고, 자칫 낭패만 당하기 일쑤라는 사실 말이오. 더군다나 지금 그는 점잖은 신사가 되어 있고, 우리에게 유용할 뿐 별다른 해를 끼치는 것도 아니니…….."

"정녕 아무 해도 끼치지 않는다고 보십니까, 경시청장님?"

베베르가 뾰로통한 목소리로 반문하자, 데말리옹 씨는 호탕하게 웃음을 터뜨렸다.

"허허허허, 하긴 어제 그 전화 사건! 정말이지, 보통 우스꽝스러운 게 아니었소이다. 총리께서도 그 보고를 받고는 그만 포복절도를…….."

"맙소사, 제가 보기에는 뭐가 그리 우스운 일인지 통 모르겠습니다."

"그건 그렇지만……. 아무리 그래도 그 짓궂은 친구는 도대체 얌전

결정판 아르센 뤼팽 전집

히 당하는 법이 없다니깐! 우스꽝스럽건 아니건 간에, 어쨌든 대담하기 그지없는 속임수였소. 당신 코앞에서 전화선을 끊고, 그대로 강철 셔터 안에 가둬버리다니. 아무튼 마즈루, 당신이 이곳에 머물면서 경시청사와 연락이 닿게 하려면, 아침부터 부랴부랴 전화선이나 수리해놓아야 할 것이오. 그래, 여기 방 두 개는 이미 수색을 마친 거요?"

"네, 지시하신 대로 다 마친 상태입니다. 한 시간 전부터 부국장님과 제가 함께 매달렸습니다."

"음, 내가 보기에 그 플로랑스 르바쉐르, 참으로 알다가도 모를 여자인 것 같소이다. 분명 공범은 공범인 것 같은데, 대체 소브랑이나 돈 루이스 페레나와는 어떤 관계인 거요? 그 점을 밝혀내는 일도 대단히 중요한 과제일 듯하오만. 어떻소, 그 여자가 가진 서류들에서 뭔가 나온 건 없소?"

"없습니다. 사소한 계산서라든가 거래 상점들 관련 서류가 다입니다." 마즈루의 대답이었다.

"베베르, 당신은 어떻소?"

"저는 꽤 쓸 만한 걸 건졌습니다, 경시청장님."

베베르의 목소리는 의기양양한 기색이 넘쳐 있었다.

"다름 아니라 셰익스피어 전집 8권 말입니다. 보시다시피 다른 것들과 달리 안이 텅 비어 있지요. 장정은 겉만 그럴듯하고 속에는 잡다한 서류들을 간수할 수 있게 비밀 상자처럼 만들어놓은 겁니다."

"그렇군. 그래, 어떤 서류가 있는 거요?"

"여기 있습니다. 대부분 백지인데, 유독 세 장만 뭔가 기록되어 있지요. 그중 하나에는 저 수수께끼 같은 편지들이 출현하기로 된 날짜들이 적혀 있습니다."

그 말을 들은 데말리옹 씨는 얼굴이 갑자기 상기되었다.

"오호라! 그럼 플로랑스 르바쉐르에겐 엄청난 혐의가 돌아가겠군! 아울러 돈 루이스가 의문의 날짜들을 정확히 짚은 것도 다 이 목록 때문이었겠고."

페레나는 순간 가슴이 철렁했다. 그러고 보니 셰익스피어 8권에 관해서는 그동안 까마득히 잊고 있었던 것이다. 아울러 가스통 소브랑도 그 점에 대한 얘기는 눈곱만큼도 내비치지 않았다는 사실이 퍼뜩 뇌리를 스쳤다. 따지고 보면 그처럼 중요하고 괴이한 문제도 없는데 말이다. 도대체 플로랑스는 누구한테서 그 날짜 목록을 얻어낸 것일까?

"나머지 두 장에는 뭐라고 적혀 있소?"

데말리옹 씨의 질문에, 돈 루이스는 귀를 바짝 기울였다. 바로 이 방에서 플로랑스를 자신이 직접 추궁할 때, 그 나머지 두 장엔 그만 눈길 한 번 주지 않았던 것이다.

"이게 그중 하나입니다."

베베르가 내민 종이를 데말리옹 씨가 받아 들어 읽기 시작했다.

　폭발은 편지들과 상관없이,
　새벽 3시에 일어날 것임을 잊지 말 것.

데말리옹 씨는 어깨를 으쓱하며 외쳤다.

"아차, 그렇지! 돈 루이스가 예견한 그 유명한 폭발 얘기가 있었지! 여기 이 목록에도 나와 있다시피 다섯 번째 편지와 더불어 폭발이 일어난다고 했던가? 아직은 세 번째 편지밖에 안 들어왔으니, 그나마 여유가 좀 있는 셈이로군. 오늘 밤은 네 번째 편지 차례일 테고. 그런 다음 쉬셰 대로의 호텔 전체를 날려버리겠다 이건가? 빌어먹을, 그리 수월치는 않을 텐데. 이게 답니까?"

베베르는 마지막 한 장 남은 것을 건네 보이며 말했다.

"하나 남았습니다. 여기 이 연필로 그어댄 선들을 잘 살펴보십시오. 커다란 사각형 안에 그보다 작은 사각형들이 여럿 모여 있고, 각종 크기의 직사각형들이 즐비하지요. 어떻습니까, 이 건물의 도면(圖面)이 아닐까요?"

"정말, 그렇군."

베베르는 근엄한 티를 목소리에 가득 실으며 선언하듯 말했다.

"이건 지금 우리가 있는 이 건물의 도면입니다. 여기가 바로 안뜰이고 본채가 있지요. 이곳이 관리인이 사용하는 별채이고 여기가 마드무아젤 르바쉐르의 숙소입니다. 바로 이곳으로부터 붉은 색연필로 본채에 이르기까지 지그재그 점선이 연결되어 있는 걸 알 수 있습니다. 선의 출발점에는 자그마한 십자가 표시가 있는데, 다름 아닌 우리가 지금 있는 이 방을 가리키고 있지요. 아니지, 좀 더 정확히 말하자면 저기 저 침대가 놓인 움푹한 공간과 일치하지요. 그리고 여기 마치 굴뚝 자리처럼 그려놓은 곳이 있는데, 어떻게 보면 벽장을 묘사한 것도 같고……. 좌우간 침대 뒤편으로 무언가 파고 들어간 자리가 있고, 휘장 따위로 가려져 있음을 알 수 있습니다."

데말리옹 씨는 생각에 잠긴 표정으로 중얼거렸다.

"그렇다면 베베르, 지금 그 선은 이곳 별채로부터 본채에 이르는 어떤 통로를 의미하는 것 아니겠소? 어디 반대편은 어떤가 좀 봅시다! 어허, 거기에도 역시 붉은 색연필로 십자 표시가 되어 있군그래."

"그렇습니다, 경시청장님. 다른 십자가가 그려져 있지요. 과연 그곳은 어떤 자리에 해당하는 걸까요? 조금 있으면 확연하게 밝혀질 겁니다. 다만 지금으로선 그저 단순한 가설에 의거해서, 3층의 작은 방에 인원을 배치해두고만 있는 실정입니다. 바로 어제 가스통 소브랑과 플로랑스 르바쉐르, 그리고 돈 루이스 페레나가 최후의 밀담을 나누었던 바로 그 장소이죠. 어쨌든 이제 돈 루이스 페레나가 숨어든 곳이 어딘지는 알게 된 셈입니다."

잠시 침묵이 흘렀고, 부국장의 점점 더 근엄해지는 목소리가 들려왔다.

"경시청장님, 저는 어제 이 작자에게서 무자비한 도발을 당한 몸입니다. 제 부하들이 그 증인들입니다. 이곳 하인들 역시 다 아는 사실입니다. 머지않아 일반 대중에게도 훤히 알려질 일이지요. 게다가 그 작자는 플로랑스 르바쉐르를 도피시켰습니다. 가스통 소브랑도 그렇게 하려다 실패했지요. 놈은 한마디로 더없이 위험천만한 악당입니다. 경시청장님, 제 생각에는 설마 그 작자를 강제로 소굴에 몰아넣는 것조차 허락하지 않으시리라고는 생각지 않습니다. 만약, 만약에 그것도 만류하신다면 저는 도저히 사표라도 쓰지 않을 수가 없을 것입니다."

경시청장은 이에 대해 은근한 미소를 띠며 말했다.

"실은 좀 더 확실한 동기가 있어서 그렇겠죠. 그 강철 셔터의 충격을 아직도 소화시키지 못하고 있는 걸 거요. 좋소이다, 당신이 알아서 하시오! 어쨌든 돈 루이스만 골치 아프게 되었군요. 사실 자초한 면도 없지 않으니까. 마즈루, 전화가 수리되는 대로 경시청사로 새로운 소식을 전하도록 하시오. 그리고 오늘 밤에는 다 알다시피 쉬셰 대로의 포빌 호텔에서 회동이 있는 겁니다. 네 번째 편지가 나타나기로 한 사실 잊지 마시오."

순간, 베베르의 입에서 의외의 말이 튀어나왔다.

"경시청장님, 네 번째 편지는 아마 없을 겁니다."

"그건 또 무슨 소리요?"

"왜냐면 지금부터 돈 루이스는 발이 꽁꽁 묶인 거나 다름없으니까요."

"아! 역시나 돈 루이스의 소행이라고 보는 거로군요."

한편 장본인은 더 이상 얘기를 듣고 있지 않았다. 돈 루이스는 천천히 벽장 속으로 뒷걸음질을 쳐 조용히 판자를 원위치로 돌려놓았다.

이제 그가 숨어 있는 곳은 노출된 것이나 다름없었다!

"이런 우라질! 꽤나 힘들게 생겼군! 이런 걸 두고 진퇴양난이라고 하던가."

그렇게 중얼거리며 그는 어둠침침한 터널을 한 절반 정도 달려갔다. 그러나 다른 쪽 출구 생각이 이마를 스치자 자기도 모르게 다리에 힘이 빠지면서 주춤주춤 멈춰 서는 것이었다.

"아차, 이래봤자 소용없지! 그쪽 출구를 지키고 있잖아. 이렇게 잡히고 마는 건가? 가만, 가만있자……."

저만치 뒤에서는 나무판자를 마구 두드리는 소리가 요란하게 들려오고 있었다. 필시 여기저기 조사를 하다가 유독 안쪽이 텅 빈 판자에서 나는 소리가 부국장의 주의를 끈 모양이었다. 베베르에게는 돈 루이스처럼 침착하게 비밀 문의 작동 방식까지 신경 써가며 지체할 이유가 없었을 테니, 아마도 무작정 때려 부수고 있을 터, 시시각각 무시하지 못할 위협이 돈 루이스를 조여들고 있었다.

"제기랄! 제기랄! 이런 한심한 꼴이 있나! 어떡하지? 그냥 정면으로 돌파해버려? 아, 기운이라도 팔팔하다면!"

하지만 워낙 허기져 있는 상태였다. 다리는 사정없이 후들거리고, 머릿속은 서서히 평상시의 명철함을 잃어가고 있었다.

하지만 뒤로부터 몰아치듯이 들려오는 요란한 소음은 어쩔 수 없이 저 위쪽 출구로 발걸음을 재촉하게 만들었고, 돈 루이스는 처절한 심정으로 계단을 기어올라 손전등으로 돌벽과 뚜껑 문의 나무판자를 황망하게 비춰보는 것이었다. 그러다가 판자를 어깨로 슬쩍 밀어보았다. 하

호랑이 이빨

지만 바로 그 순간, 역시나 위에서 사람 발소리가 들렸다. 여전히 요지부동 지키고 있었던 것이다.

이제는 기력도 없는 데다 욱하는 오기도 발동해, 아예 부국장이 밀고 올라오기를 기다리기로 했다.

저 아래로부터 삐거덕거리는 소리가 기나긴 비밀 통로의 벽을 을씨년스레 울리며 접근하는가 싶더니, 어느덧 사람들 아우성치는 말소리가 귓전을 때리기 시작했다.

'드디어 오는군. 수갑에다, 감방에다, 정말이지 한심한 꼴이 되어버렸어! 이제 마리안 포빌의 목숨도 끝난 셈이겠지. 플로랑스는 또 어떻고. 아, 플로랑스!'

그런 생각에 몰리면서 그는 손전등의 스위치를 끄기 전에 마지막으로 주위를 한 번 더 비춰보았다.

한데 문득 무언가 눈길을 끄는 것이 있었다. 계단에서 약 2미터 정도 떨어진 곳, 한 4분의 3 정도 높이 돌벽에 큼직한 돌덩이 크기의 텅 빈 공간이 휑하니 뚫려 있는 것이 아닌가! 그만하면 어른 한 명이 능히 수그리고 들어가 있을 만한 공간이었다.

딱히 대단한 은신처라 할 정도는 아니었지만, 주의를 제대로 기울이지 않는다면 모르고 지나칠 수도 있을 후미진 구석이었다. 하긴 현재 돈 루이스로서는 달리 선택의 여지도 없었다. 그는 무조건 손전등부터 끈 뒤, 구멍 속으로 기어 올라가 몸을 잔뜩 구부린 자세로 자리를 잡았다.

얼마 지나지 않아, 베베르와 마즈루, 그리고 경찰관 몇 명이 요란스레 당도했다. 극성스레 흔들리는 등불에 가능한 한 포착되지 않으려고 돈 루이스는 구멍 깊숙이 몸을 웅크렸다. 참으로 엉뚱한 상황이 벌어진 것은 바로 그때였다. 몸을 잔뜩 밀착시키고 있던 돌덩이 하나가 슬금슬금 흔들리는가 싶더니, 마치 무슨 회전축이라도 작동하는 것처럼, 뒤쪽으로 홀러덩 넘어가면서 돈 루이스의 몸뚱어리가 또 다른 공간으로 나자빠지는 것이었다. 재빨리 사태를 파악한 그는 얼른 다리를 모았고, 스스로 움직여 새로운 공간을 열어준 돌덩이는 또다시 슬금슬금 움직여 원상태로 닫혔다. 그 대신 그와 더불어 벽 표면에서 우수수 떨어진 자갈들이 돈 루이스의 다리를 반쯤 뒤덮었다.

"허엇, 이것 봐라! 역시 하늘의 뜻이 임자를 알아본다는 말씀인가?"

그렇게 중얼대는데, 마즈루의 목소리가 돌벽 사이로 비집고 들어왔다.

"아무도 없어요! 통로는 여기가 마지막입니다. 계단 끝 뚜껑 문을 통해 우리 손아귀에서 이미 벗어난 게 아니라면⋯⋯."

그에 대해 베베르가 머리를 굴리며 대꾸했다.

"지금까지 올라온 경사도로 미루어보건대, 뚜껑 문은 아마 3층으로 통하겠지. 그렇다면 도면의 두 번째 붉은 십자가는 3층의 돈 루이스 침실 바로 옆방쯤을 가리키고 있을 테고. 역시 내가 예상했던 그대로군 그래. 그곳에다 세 명을 따로 붙여놓기를 잘했지. 이쪽으로 도망치려고 했다면 그대로 덜미를 잡혔을 거야."

마즈루는 눈동자를 반짝이며 맞장구를 쳤다.

"그럼 이제 이 부근을 두드리기만 하면 되겠네요. 바깥에서 지키는 사람들이 뚜껑 문의 위치를 알아내서 문을 열어줄 겁니다. 그렇지 않으면 또 무턱대고 부수겠죠."

그렇게 해서 다시금 쿵쾅거리는 소음이 일어났고, 한 15분은 족히 걸려 뚜껑 문이 제대로 열림과 동시에 여러 사람 목소리가 베베르와 마즈루의 음성과 더불어 뒤섞였다.

그동안 돈 루이스는 무척이나 비좁은 공간이나마 이리저리 둘러보았다. 잘해봐야 간신히 가부좌를 틀고 앉아 있을 수 있을 공간이었다. 글쎄, 어찌 보면 무슨 통로 같기도 했는데, 길이가 전부 다 해서 약 1.5미터 정도밖에 안 되는 일종의 도관(導管) 끄트머리에는 좀 더 좁다란 구멍이 벽돌들로 막혀 있었다. 그러고 보니 도관 내벽도 벽돌로 되어 있었고, 그중 몇몇 이가 빠진 부분도 있었으며, 약간의 충격에도 쉽사리 무너질 것 같은 형상을 띠고 있었다. 아닌 게 아니라 실제로 바닥에는 떨어져 나온 벽돌 조각들이 여기저기 흩어져 있었다.

'젠장! 이거 맘대로 움직이지도 못하겠군! 자칫 잘못하다가는 이대로 생매장당하게 생겼어. 정말이지 꼴 한번 좋군!'

그런 걱정이 아니라도 일단 소리가 날까 봐 꼼짝 못하는 상황이었다. 그가 현재 있는 위치는 실제로 경찰관들이 포진하고 있는 두 개의 방에 매우 근접했다. 우선은 침실 바로 옆방이 그랬고, 또한 서재도 가까웠다. 3층의 침실 옆방은 2층 서재 중에서도 전화박스가 위치한 지점 바로 위였던 것이다.

한데 거기까지 생각이 미치자 문득 예기치 않았던 또 다른 생각이 떠오르는 것이었다. 그렇지 않아도 곰곰이 생각해볼 때마다, 말로네스코 백작의 조모가 엉겁결에 숨어버린 그 강철 셔터 뒤에서 과연 무슨 수로 목숨을 부지할 수 있었는지는 자못 궁금한 의문점이었다. 한데 이제 와서 보니, 현재 전화박스가 있는 곳과 이 비밀 통로가, 사람이 지나다닐 정도는 아니지만, 적어도 환기(換氣)는 가능할 정도로 연결되어 있을 거라는 확신이 드는 것이었다. 물론 비밀 통로가 발각될 것을 우려해 그 연결 부위 상단은 아까 본 바와 같이 돌덩이로 절묘하게 막아놓은 상태일 테고, 아래쪽도 말로네스코 백작이 서재의 목재 패널 벽을 다시 설치할 때, 꼼꼼하게 벽돌 공사를 해놓은 것이리라.

결국 두꺼운 벽체 속에 완전히 갇힌 상태. 하지만 일단은 그렇게나마 경찰의 조여드는 포위망을 탈피해야겠다는 생각밖에 없었고, 그런 상태에서 시간만 속절없이 흐르고 있었다.

굶주림과 갈증으로 점점 탈진해가는 몸으로 그는 악몽이 불쑥불쑥 고개를 내미는 무거운 잠 속으로 빠져들었다. 어찌나 괴로운지 꿈속에서나마 모든 것을 각오하고 냅다 뛰쳐나가고도 싶었지만, 늪같이 온몸을 휘감는 잠은 저녁 8시 이전까지는 그의 의식을 놓아주지 않았다.

겨우 정신이 들었을 때는 온 심신이 녹초가 되어 있었고, 별의별 끔찍한 생각과 더불어 현재 처지에 대한 명확한 자각이 뒤통수를 후려쳤다. 이제 그에게 갑작스러운 심경의 변화가 일어났고, 이 답답한 은신처를 박차고 나가 차라리 경찰 앞에 나서리라 결심하게 되었다. 여기서 뛰쳐나간다 한들, 설마 지금까지 겪은 고통이나 앞으로 닥칠지 모를 위험한 사태보다야 나을 거라는 생각이 드는 것이었다.

그런데 몸을 돌려 이곳으로 들어서게 된 입구의 돌덩이를 움직이려고 해보았으나 왠지 꿈쩍도 하지 않는 것이었다. 그토록 부드럽게 넘어가던 개폐 장치가 아무리 이리저리 누르고 밀어보아도 미동조차 하지 않았다. 한참 애를 써봤지만 허사였다. 돌덩이는 그야말로 요지부동이었다. 오히려 안간힘을 쓸 때마다 내벽 상단으로부터 자잘한 석재가 떨어져 나와 바닥에 쌓이면서 운신의 폭만 점점 더 좁아지게 할 뿐이었다.

어쩔 줄 몰라 당황하는 마음을 오기로 잠재우면서 그가 농담조로 중얼거렸다.

"완벽하군! 이러다가는 이 아르센 뤼팽이 경찰한테 도움을 요청하게 생겼어! 별수 없이 저 멍청한 친구들에게 살려달라고 애걸해야 할 형편이란 말이야. 그렇게라도 하지 않으면 생매장 가능성만 차츰차츰 불어가겠지. 그래, 이대로 가다가는 십중팔구 생매장이야."

그러더니 갑자기 불끈 주먹을 쥐었다.

호랑이 이빨

"빌어먹을! 나 혼자 힘으로 나갈 거야! 도움을 요청한다고? 아, 천만의 말씀!"

그는 안간힘을 다해 생각을 집중하려고 발악했다. 하지만 이미 지칠 대로 지친 그의 두뇌는 서로 이렇다 할 연관도 없는 희미한 사념만 자아내고 있을 뿐이었다. 우선 플로랑스의 이미지가 떠오르는가 하면, 마리안의 모습도 흐늘흐늘 어른거렸다.

'오늘 밤 그들을 구해야 하는데. 그들은 죄가 없기 때문에 내가 반드시 구해낼 거야. 게다가 지금 나는 진범이 누구인지를 알고 있잖은가! 아, 하지만 무슨 수로……'

어렴풋하게 경시청장의 얼굴이 떠올랐고, 쉬셰 대로, 포빌 기사의 저택에서 있을 모임이 생각났다. 모임이 시작되면 경찰이 건물에 겹겹이 포진할 것이다. 거기까지 생각이 미치자, 문득 그 셰익스피어 8권에서 베베르가 발견해 경시청장이 읽었던 메시지가 오롯이 머릿속에 떠올랐다.

폭발은 편지들과 상관없이,
새벽 3시에 일어날 것임을 잊지 말 것.

아울러 데말리옹 씨의 추론을 곰곰이 따져보는 가운데 돈 루이스는 이런 생각에 도달하고 있었다.

'가만있자, 열흘마다 한 번씩이었지. 아직 편지가 세 차례만 나타났을 뿐이고, 다시 또 열흘이 지난 오늘 밤 네 번째 편지가 나타날 것이고, 다섯 번째 편지와 더불어 폭발이 일어날 것이니……. 열흘이 지나면…….'

그는 계속해서 생각을 전개해갔다.

결정판 아르센 뤼팽 전집

'열흘이 지나서……. 다섯 번째 편지라……. 그렇지, 열흘이 지나
서…….'

순간, 갑작스럽게 온몸을 부르르 떠는 돈 루이스! 뭔가 끔찍하면서도
더없이 현실적인 그림이 그의 머릿속을 쿵 하고 치면서 지나가는 것이
었다.

다름 아닌 바로 오늘 밤 폭발이 일어날 것이다!

이미 깨달은 사실로 보든, 이제는 명료한 상태로 돌아온 정신력으
로 추론하든, 지금 머릿속에 떠오른 가설은 너무도 확실하게 느껴졌다.
즉, 현재까지 어둠 속에서 솟아난 수수께끼 같은 편지들은 물론 세 장
인 것이 맞다. 다만 한 번은 돈 루이스도 잘 알고 있는 어떤 이유 때문
에 편지 전달이 여의치 않게 되어 부득이 열흘이 더 늦어진 셈이니, 원
래는 지금까지 모두 네 차례의 편지 전달식이 이루어진 것이나 다름없
는 셈이다! 사실 지금 문제는 이런 복잡한 계산에 있는 것이 아니다. 편
지와 날짜 따위나 이리저리 맞추어본다고 해서 확고한 진실에 도달할
수 있는 게 아닌 것이다. 현재 상황을 지배하는 원리는 매우 간단한 한
문장 안에 고스란히 들어 있다. 즉, '**폭발은 편지들과 상관없이 일어날 것
임을 잊지 말 것!**' 그런데 애당초의 진행대로라면 폭발 시점이 5월 25일
에서 26일로 넘어가는 밤중이므로, 결국 오늘 새벽 3시에 폭발이 일어
나고야 말 거라는 얘기가 된다!

"도와줘요! 도와주시오!"

그는 다짜고짜 고함을 질러대기 시작했다.

이제 더는 주저할 때가 아니었다. 지금까지는 캄캄한 공간 속에 갇힌
채 뭔가 기적이 일어나기만을 꾹 참고 기다릴 오기가 있었다면, 이제는
경시청장과 베베르, 마즈루, 그리고 숱한 경찰관을 참혹한 운명에 내맡
겨 버리기보다는, 차라리 혼자서 수난을 당하고 여하한 징벌도 감내할

것이라는 용기가 솟구치는 것이었다.

"도와주시오! 도와달란 말이오!"

지금부터 길어야 서너 시간 후에는 포빌 기사의 호텔은 흔적도 없이 날아가 버릴 것이다. 그 사실을 그는 더없이 확고하게 알고 있었다. 수수께끼 같은 편지들이 온갖 장애에도 불구하고 정해진 시점에 꼬박꼬박 도착한 것만큼이나 폭발도 정해진 시각에 정확히 일어날 일이었다. 이 저주받은 과업을 고안하고 뒤에서 조종하는 지독한 기술자의 바람이 그랬다. 새벽 3시, 포빌 호텔이 있던 자리에는 살아 숨 쉬는 생물이 하나도 남아 있지 않게 될 것이다.

"도와주시오! 도와줘요!"

기적적으로 기력이 회복되었는지 그가 결사적으로 내지르는 고함 소리는 돌벽과 패널 벽을 타고 제법 쩌렁쩌렁 울리고 있었다.

그러다가 왠지 반응이 신통치 않다고 느낀 돈 루이스는 소리를 죽이고 한참 동안 가만히 귀를 기울여보았다.

아무런 소리도 들리지 않는 완전한 적막.

별안간 엄청난 두려움이 몰려왔고, 온몸에서 식은땀이 흘렀다. 혹시 사람들이 위층 경계를 포기하고 밤을 보내기 위해 모두 1층으로 내려간 것이 아닐까?

돈 루이스는 미친 사람처럼 벽돌 조각을 하나 집어 들고, 만에 하나 벽을 타고 호텔 어딘가로 소리가 흘러들지 모른다는 기대로, 있는 힘껏 입구의 돌덩이를 두드리기 시작했다. 하지만 그 즉시 충격으로 우수수 떨어지는 석재 더미가 무더기로 몸을 덮치는 바람에, 또다시 뒤로 벌렁 나자빠지면서 더더욱 운신만 어려워지고 마는 것이었다.

"사람 살려! 사람 살려요! 제발 도와달란 말이오!"

그러나 침묵은 여전히 완강하고 거대했다.

"살려줘요! 살려줘."

아무래도 고함 소리가 이 숨 막힐 것 같은 벽체를 통과하지 못하는 모양이었다. 아울러 목소리도 점점 기운이 빠지는 듯, 둔탁한 신음 소리로 잦아들고 있었고, 갈수록 헐떡거리는 숨소리에 뒤섞여 메마른 목구멍 속으로 잠기는 것이었다.

그는 다시금 입을 다물고 전전긍긍 귀를 기울였다. 마치 석관(石棺)을 봉하듯이 엄청난 적막이 사방을 압박하는 가운데, 무기력하게 누워 있는 형국이었다. 아무 소리도 희망도 없어 보였다. 이 세상 그 누구도 그를 도우려고 손을 내밀지 않을 것 같았다.

그런가 하면 플로랑스의 이름과 이미지가 끊임없이 머릿속에 떠올랐고, 구해주기로 약속한 마리안 생각도 났다. 하지만 지금 그녀는 자진해서 굶어 죽어가는 상황. 결국 그 여자와 가스통 소브랑, 그 밖에 많은 사람과 조금도 다름없이, 돈 루이스도 이 지긋지긋한 사건의 희생자로 사라져야 할 운명이런가!

설상가상으로, 그나마 어둠의 공포나 달랠까 하고 켜놓았던 손전등마저 깜박깜박하더니 아예 꺼져버리고 말았다. 때는 밤 11시.

현기증이 온통 휘감아서 정신이 멍해지는가 하면, 이미 탁해질 대로 탁해진 공기는 숨을 턱턱 막히게 했다. 머릿속도 지끈지끈하면서, 집요하게 출몰하는 환영들이 아예 뿌리를 박고 파고드는 느낌이었다. 즉, 플로랑스의 아름다운 얼굴과 함께 마리안의 창백한 얼굴이 번갈아 뇌리를 쑤시고 들어오는 것이었다. 그런 어지러운 환영과 망상 속에서, 마리안이 단말마의 숨을 헐떡이는가 하면, 포빌 호텔이 산산조각 폭파되는 환청이 들렸고, 죽거나 사지가 절단된 채 비명을 질러대는 경시청장과 마즈루의 몰골이 언뜻언뜻 스쳐 지나갔다.

이제는 전신이 무감각해지고 있었다. 일종의 실신 상태 속에 빠져들면서도 그의 헤벌어진 입에서는 이런 중얼거림이 연거푸 새어나오고 있었다.

"플로랑스…… 마리안…… 마리안……."

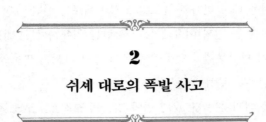

2
쉬셰 대로의 폭발 사고

수수께끼 같은 네 번째 편지! 신문에서 묘사된 표현을 빌리자면, '악마가 부쳐서, 악마가 배달해준다는' 바로 그 편지! 지금도 그때 그 당시, 5월 25일에서 26일로 넘어가는 밤이 다가오면서 사람들을 온통 휩쓸었던 광분 상태를 생각하면…….

실은 일련의 새로운 변수가 발생하는 바람에 가뜩이나 부글거리는 대중의 호기심이 단번에 극대화된 것이었다. 즉, 소브랑의 체포 소식과 더불어, 공범이자 돈 루이스 페레나의 비서인 플로랑스 르바쉐르의 탈출 소식, 그리고 여전히 아르센 뤼팽일 거라고 생각되는 그 페레나라는 인물의 불가해한 잠적 소식 등등이 차례차례 전해지는 바람에, 대중의 불안 심리가 더더욱 어수선하게 급변했던 것이다.

아울러, 참극의 장본인들을 거의 대부분 장악한 상태이겠다, 앞으로의 탄탄대로에 자신이 있었던 경찰은 서서히 입이 가벼워졌고, 이런저런 신문기자들에게 공개된 사안들이 자꾸 쌓이다 보니, 이제 돈 루이스의 갑작스러운 태도 변화와 플로랑스 르바쉐르를 향한 그의 연정, 그가 경찰에 반기를 든 진짜 이유 등등이 사람들 입에 심심찮게 오르내리기 시작했고, 이 황당무계한 인물이 새롭게 걸고 나서는 싸움 앞에서 모두가 흥분을 감추지 못하게 된 셈이다.

대체 그는 어쩌자는 것일까? 만약 경찰의 추적으로부터 정녕 마음속의 여성을 빼돌리고, 마리안과 소브랑을 구하고자 하는 것이라면, 무엇보다 오늘 밤 벌어지는 사태에 어떤 식으로든 개입해야만 할 것이다! 예컨대, 네 번째 편지의 보이지 않는 전달자를 이참에 아예 엮어 넣든가, 확고부동한 해명을 마련함으로써 세 명의 용의자가 무죄임을 적나라하게 증명해야 하는 것이다. 문제는, 그러려면 무엇보다 본인 자신이 오늘 밤 현장에 나타나야 하는 법! 이 얼마나 흥미진진한 상황인가 말이다!

그런가 하면 마리안에 관해서는 연이어 좋지 못한 소식이 떠돌고 있었다. 즉, 여전히 악착같은 고집으로 자살 계획을 밀어붙이고 있다는 얘기였다. 하다 못해 지금은 인위적인 방식까지 동원해 음식물을 공급하는 실정이며, 생라자르 교도소의 의무실 담당 의사들은 하나같이 우려할 만한 상황을 입에 담기 시작하고 있었다. 이런 상황에서 과연 돈 루이스 페레나는 제때에 역할을 다할 수 있을 것인지…….

마지막으로 네 번째 편지가 전달된 열흘 후, 포빌 기사의 저택 건물이 폭파되고 말 것이라는 협박도 대중의 심기를 혼비백산하게 만든 요인이었다. 이는, 미지의 존재가, 항상 정해진 시각에 정확히 벌어질 일들만 예고했다는 사실을 상기할 때, 정말이지 소름 끼치는 협박이 아닐 수 없었다. 비록 재앙이 일어나려면 아직은 열흘이 남았지만—적어도 그렇게 믿고 있었지만—이 사건 전체를 바라보는 사람들의 시각은 그만큼 암울하고 불안해질 수밖에 없었다.

호랑이 이빨

그 때문에 그날 밤, 뮈에트와 오퇴이유를 거쳐 쉬세 대로로 몰려든 인원은 비단 파리에서뿐만 아니라, 외곽 지대와 저 면 시골에서까지 규모를 짐작하기 어려울 정도였다. 그렇게 사람들은 하나같이 뭔가 장관(壯觀)을 기대했고, 사태가 어떻게 전개될지를 알고자 했다.

하지만 이미 경찰이 건물 좌우측으로 약 100미터 거리를 두고 방책을 설치했으며, 맞은편 비탈에 올라가 장사진을 친 군중은 성벽 지역을 에워싼 외호(外濠) 지대까지 몰아냈기 때문에, 멀리서 사태의 추이를 지켜볼 수밖에 없었다.

하늘에는 무거운 구름이 덕지덕지 껴서 우중충한 분위기였고, 그 사이사이 창백한 달빛이 을씨년스럽게 내비치고 있었다. 멀리서는 천둥과 번개가 가끔가다 쌍을 이루며 포효했고, 사람들은 스스로 분위기를 돋우려는 듯 노래를 불러댔다. 그런가 하면 짐승 울음소리를 열심히 흉내 내는 개구쟁이 꼬마들도 여럿 눈에 띄었다. 벤치나 보도 위에는 삼삼오오 모여 앉아, 먹고 마시며 토론을 벌이는 사람들 천지였다.

하지만 정작 그런 대중의 열기엔 아랑곳하지 않고 조용한 밤 시간만 사뭇 흘러갔다. 여기저기서 슬슬 지루해하기 시작했고, 이럴 바엔 일찌감치 돌아가 편히 잠이나 청하는 게 낫지 않겠느냐는 웅성거림도 일었다. 막상 소브랑이 검거된 상황이니 어쩌면 그 네 번째 편지는 물론, 다른 수수께끼 같은 사태도 이만 잠잠해지지 않겠느냐는 생각이었다.

그러면서도 막상 발길을 돌리는 사람은 거의 없었다. 적어도 돈 루이스 페레나는 나타날 것이 아니겠는가!

한편 포빌 기사가 살해당한 널찍한 방 안에는 밤 10시부터, 파리 경시청장과 사무국장, 치안국장과 베베르 부국장, 그리고 마즈루 반장과 다른 두 명의 경찰관이 옹기종기 모여 앉아 있었다. 그뿐만 아니라, 또 다른 경찰관 열다섯 명이 나머지 방들에 나누어 포진했고, 스무 명에

결정판 아르센 뤼팽 전집

달하는 추가 인원이 지붕과 건물 전면(前面), 정원 등을 지키고 있었다.

그 전 오후 내내 한 번 더 집 안 전체를 이 잡듯 수색했고, 역시 아무런 성과를 얻어내지 못한 상태였다. 그러다 내친김에 집 안 전역에 걸쳐 모든 인원이 그대로 남아 밤샘에 동참하기로 한 것이었다. 만약 네 번째 편지가 약속된 장소 어딘가에 나타나기만 해준다면, 누구의 소행인지 반드시 잡아낼 태세였다. 적어도 경찰의 사전에 기적이란 없는 법!

자정 무렵이 되자, 데말리옹 씨는 경찰 전원에게 커피를 돌리게 했다. 또한 그 자신은 두 잔씩이나 연거푸 들이켰으며, 방 안을 끊임없이 서성대는가 하면, 계단을 올라 에드몽이 쓰던 다락방까지 올라가 보았고, 바깥 통로와 현관을 이리저리 넘나들곤 했다. 아울러 되도록 최적의 조건에서 감시가 이루어질 수 있도록, 모든 방문을 활짝 열어두었고, 모든 조명을 밝게 켜놓았다.

물론 마즈루는 그러한 조치에 이의(異意)를 제기했다.

"편지가 전달되려면 어두워야만 합니다. 지난번에도 똑같은 시도가 있었을 때, 편지가 나타나지 않은 걸 잊으셨습니까?"

"이번에도 그런지 어디 한번 봅시다."

그렇게 대답하는 데말리옹 씨의 심정은, 사실 돈 루이스가 개입하는 걸 지레 걱정해서, 아예 그럴 가능성을 차단하자는 쪽이었다.

아무튼 밤이 깊어갈수록 모든 사람의 마음은 초조해지고 있었다. 만반의 임전 태세가 갖춰졌고, 비등(沸騰)하는 전투력을 쏟아부을 사태만 목이 빠져라 기다리는 형국이었다. 너 나 할 것 없이 간절하게 귀를 기울이고, 미친 듯이 두리번거렸다. 그렇게 새벽 1시. 모두가 어느 정도 신경이 곤두섰는지를 여실히 드러내는 웃지 못할 사태가 일어난 것은 바로 그때였다. 2층에서 총성이 한 발 울렸고, 곧이어 엄청난 소동이 벌어진 것이다. 나중에 알고 보니, 두 명의 경찰관이 서로 복도 모퉁이에서 마주쳤고, 상대를 몰라본 그중 한 명이 경계신호 삼아 공중에 총을 발사해 동료들에게 알린 것이었다.

북새통이나 다름없는 안쪽 사정과는 달리, 데말리옹 씨가 정원 문을 빼꼼히 열어 본 바깥은 비교적 한산한 편이었다. 그는 다소 여유 있는 지시를 하달해서, 보도블록을 침범하지 않는 선에서 구경꾼들의 접근을 허용했다.

그것을 보고 마즈루가 말했다.

"오늘 밤 폭발이 일어나지 않는 게 천만다행입니다, 경시청장님. 그렇지 않으면 저 선량한 시민들도 우리와 더불어 세상을 하직해야 할 텐데 말이죠."

"오늘 밤 편지가 나타나지 않는 걸 보니, 아마 열흘 뒤에도 폭발은 일어나지 않을 것 같은데."

데말리옹 씨는 어깨를 으쓱하며 대꾸하더니, 이렇게 덧붙였다.

"그래도 그날이 오면 물론 단호한 조치는 취해놓아야겠지만."

이제 시계는 새벽 2시 10분을 가리키고 있었다.

그리고 새벽 2시 25분. 경시청장이 시가 한 대를 피워 물자, 치안국장이 슬그머니 웃으며 말했다.

"다음에는 그런 건 아예 가지고 오지 않는 게 좋을 것 같습니다, 경시청장님. 너무 위험할 테니까요."

"다음에는 경계를 서느라 아까운 시간을 축내지도 않을 생각이오. 정말이지 멍텅구리 같은 편지 따위는 이제 물 건너갔다는 생각이 슬슬 들기 시작하고 있소이다."

데말리옹 씨의 대답에 마즈루가 은근히 중얼거렸다.

"그래도 누가 아나요?"

그렇게 몇 분이 더 흘러갔고, 데말리옹 씨는 드디어 의자에 털썩 걸 터앉았다. 나머지 사람들은 제자리를 그대로 지킨 채, 아무 말도 하지 않았다.

그러던 어느 한순간, 모두 똑같이 기겁을 한 표정으로 거의 동시에 자리에서 벌떡 일어서는 것이었다!

난데없는 벨 소리가 요란하게 울린 것!

벨 소리라니. 그럴 리가?

어디서 나는 벨 소리인지는 금세 파악되었다.

"전화가 왔네."

데말리옹 씨가 중얼거렸다.

포빌 기사의 저택에 아직도 전화가 연결되어 있다고는 누구도 생각지 못했기에, 모두가 혼비백산할 정도로 놀라는 것은 당연했다.

경시청장은 전화기 앞으로 뚜벅뚜벅 다가갔고, 그사이에 한 번 더 요란한 벨 소리가 울렸다.

그가 내뱉었다.

"아마 경시청사에서 온 전화일 거요. 급한 용건이 있겠지."

또다시 세 번째 벨 소리.

데말리옹 씨는 얼른 수화기를 들었다.

"여보세요, 무슨 일입니까?"

뭔가 대답하는 목소리가 있긴 있었는데, 워낙 감이 먼 데다 희미하기 그지없어서, 도무지 알아들을 수가 없었다.

"좀 더 크게 말씀해보시오! 뭐라고요? 누구십니까? 전화 거는 분이 누구신가요?"

목소리는 몇 마디 말을 흘린 것 같았고, 데말리옹 씨는 순간 당황한 기색이었다.

"여보세요! 무슨 말씀인지 통 모르겠는데, 다시 한번 말씀해보시오. 여보세요, 누구시라고요?"

그제야 비교적 똑똑하게 들리는 목소리가 내뱉었다.

"돈 루이스 페레나요."

"뭐? 뭐라고? 돈 루이스…… 페레나!"

경시청장은 당장이라도 수화기를 내려놓을 기세로 으르렁거렸다.

"웬 터무니없는 소리야? 어느 미친놈이 장난하는 거로군!"

하지만 자기도 모르게 다시금 수화기를 갖다 대며 퉁명스레 이러는 것이었다.

"도대체 무슨 소리 하는 거요? 당신이 돈 루이스 페레나라고?"

"그렇소이다."

"그래서 용건이 뭐요?"

"지금이 몇 십니까?"

"몇 시라니!"

경시청장은 발끈하는 제스처를 취했는데, 이 엉뚱하기 이를 데 없는 질문 때문이라기보다는, 이번에야말로 틀림없이 돈 루이스 페레나의 목소리를 알아들었기 때문이었다.

그는 간신히 스스로를 자제하며 대답했다.

"그게 다요? 대체 이건 또 무슨 장난을 하자는 겁니까? 지금 어디 있는 거요?"

"내 집에 있습니다. 강철 셔터 바로 위 지점, 서재 천장에 갇혀 있습니다."

경시청장은 완전히 어리둥절한 표정이 되었다.

"천장에 갇혀 있다고?"

"그렇소이다. 솔직히 약간은 진이 빠져 있는 상태요."

"그럼 곧 구해드려야겠군!"

데말리옹 씨는 아예 슬슬 장난기를 섞어가며 대꾸하기 시작했다.

"그건 나중에 하고……. 경시청장님, 먼저 어서 대답부터 좀 해주시오. 빨리요. 앞으로 내 기력이 얼마나 버틸지 모른단 말이오. 지금이 몇 시입니까?"

"아, 이거야 원!"

"제발 대답을……."

"3시 20분 전이외다!"

"3시 20분 전!"

버럭 외치는 소리로 보아, 갑작스럽게 없던 힘까지 울컥 치솟는 모양이었다. 위태위태한 목소리에 조금씩 힘이 실렸고, 위압적이다가 처절하게 떨리는가 하면, 간절한 뉘앙스를 풍기다가도 문득 상대에게 영향을 미칠 확실한 어조로 지시하는 것이었다.

"당장 거기를 벗어나시오. 모두 다 당장 떠나요. 건물 밖으로 빠져나가란 말이오. 3시가 되면 건물 전체가 날아가 버릴 겁니다. 틀림없어요. 내가 장담하리다. 네 번째 편지 이후 열흘이 지난 시점은 바로 오늘 밤을 얘기하는 거였습니다. 원래 전달되기로 한 시점에서 열흘이 결과적으로 늦춰졌기 때문이에요. 새벽 3시, 바로 지금인 겁니다. 아침에 베베르 부국장이 찾아낸 메시지 생각 안 납니까? 폭발은 편지들과 상관없이, **새벽 3시에 일어날 것임을 잊지 말 것**이라고 하지 않았습니까? 바로 오늘 새벽 3시를 말하는 겁니다, 경시청장님! 아, 어서 거길 떠나야 합니다. 아무도 그 안에 남아 있으면 안 돼요. 내 말을 믿어야만 합니다. 이번 사건의 진실을 나는 죄다 알고 있습니다. 협박은 그대로 이루어지게 되어 있습니다. 어서 떠나요. 벗어나란 말입니다. 아! 무서운 일이야. 아무래도 내 말을 믿지 않는 것 같군요. 아, 나도 점점 힘이 떨어져 갑니다. 모두 다 그곳을 벗어나요."

그리고 나서도 데말리옹 씨가 분간 못할 몇 마디 말이 더 이어졌다. 잠시 후 난데없는 비명 소리와 더불어 통화가 완전히 두절되었는데, 마치 수화기가 이미 입에서 멀어진 다음에 터져나오는 비명 소리처럼 아득하게 들렸다.

데말리옹 씨는 수화기를 내려놓고, 빙그레 웃으며 말했다.

"여러분, 지금 시각이 3시 17분 전입니다. 앞으로 17분 후에 폭발이 일어나면서 우리 모두가 박살 날 거라고 하는군요. 적어도 우리의 잘나신 친구인 돈 루이스 페레나가 그렇게 단언했답니다."

모두가 그 말을 장난 삼아 받아넘기는 척하면서도, 왠지 전체적으로는 께름칙한 분위기였다. 마침내 베베르 부국장이 입을 열었다.

"정말 돈 루이스 맞았습니까?"

"그 사람 맞았소. 현재 서재 위, 건물 어느 구석에 처박혀 있다던데, 굶주림과 피로로 상당히 몸 상태가 안 좋은 것 같더군요. 이보시오, 마즈루, 당신이 가서 접수하도록 하는 게 낫겠소. 제발 이번만은 무슨 술수를 쓰는 게 아니기만을 바랄 뿐이오. 그나저나 영장은 가지고 있겠죠?"

그런데 마즈루 반장은 얼굴이 온통 창백하게 질린 채, 데말리옹 씨 앞으로 뚜벅뚜벅 걸어오더니 이러는 것이었다.

"경시청장님, 그 **사람**이 분명 우리 모두가 박살 날 거라고 말했습니까?"

"아, 글쎄, 그렇다니까! 부국장이 셰익스피어 책 속에서 발견한 쪽지 얘기까지 해가며 그러더라니까! 폭발이 오늘 밤 안으로 일어날 거랍디다!"

"새벽 3시에 말이지요?"

"정확히 3시라고 했소. 그러니까 딱 15분이 남은 셈이지."

"그런데도 청장님은 이곳에 남으시겠다고요?"

"그야 두말하면 잔소리지. 반장은 그럼 그자의 변덕에 멋대로 놀아나야 된다고 생각하는 거요?"

마즈루는 가까스로 태연한 척하려고 했지만, 결국에는 참지 못하고 버럭 외쳤다.

"경시청장님, 그건 결코 변덕이 아닙니다! 전 돈 루이스와 함께 일을 해본 경험이 있는 사람입니다. 그자를 잘 알아요. 그가 뭔가 단언했으면 반드시 그럴 만한 이유가 있는 겁니다."

"잘못된 이유이겠죠."

이제 마즈루는 점점 더 흥분을 감추지 못하면서 거의 애원조로 말하고 있었다.

"그게 아니라고요. 장담하건대 그의 말을 들어야 합니다. 그가 분명 새벽 3시라고 했다면, 호텔이 폭발할 거라고 했다면, 이제 고작 몇 분밖에 남지 않은 겁니다. 여길 벗어나야 합니다, 경시청장님."

"그러니까 결국 도망치자 이거요?"

"도망친다기보다는 안전을 기하자는 것입니다. 공연한 위험을 부담할 필요는 없는 겁니다. 청장님 자신을 생각해서라도……."

"그만 됐소이다."

"하지만 돈 루이스가 말했다면……."

"그만 됐다니까!"

데말리옹 씨는 매몰차게 잘라 말했다.

"정 그렇게 겁이 나거든 내가 아까 지시한 걸 핑계로 당신이나 어서 돈 루이스의 집으로 줄행랑치면 될 것이오!"

호랑이 이빨

그러자 마즈루는 발뒤축을 척! 하고 모으더니 옛 군인 스타일로 거수 경례를 깍듯하게 붙이며 이러는 것이었다.

"전 도망치지 않습니다, 경시청장님!"

그리고 제자리에서 핑그르르 뒤로 돌아, 따로 저만치 떨어진 자기 자리로 돌아갔다.

한동안 침묵이 흘렀다. 데말리옹 씨는 뒷짐을 진 채 이리저리 서성대다가, 치안국장과 사무국장을 돌아보며 말했다.

"당신들은 어떻소? 나와 동감이오?"

"물론입니다. 경시청장님."

"사실이 그렇지 않소? 우선 그 터무니없는 가정(假定) 자체가 전혀 진지한 근거를 갖고 있지 않소. 그리고 또 이곳은 철통같은 방비가 이루어져 있소이다! 폭탄이라는 게 난데없이 머리 위에서 떨어지는 것도 아니지 않소? 누군가 폭발물을 던지기라도 해야 할 텐데, 어떻게, 어디서 그런 일을 저지를 수 있단 말이오?"

"편지를 쑥 내밀었듯이 폭탄을 내미는 게 아닐까요?"

사무국장이 얼떨결에 내뱉었다.

"뭐요? 그럼 당신도 역시?"

사무국장은 거기서 아무 대꾸도 하지 않았고, 데말리옹 씨도 그쯤에서 입을 다물었다. 사실은 그 자신도 다른 사람들과 마찬가지로, 시간이 흐를수록 뭔가 거북한 느낌에 시달리고 있었고, 점점 괴롭고 견디기 힘들 만큼 초조해지고 있었다.

새벽 3시라! 자꾸만 그 말 몇 마디가 집요하게 정신의 끝자락을 물고 늘어지는 느낌이었다. 두 번씩이나 그는 시계를 보고 또 보았다. 아직 12분이 남아 있었다. 그리고 10분. 과연 악마적일 정도로 강력한 의지만으로 멀쩡하던 건물이 한순간에 폭발해버릴 수가 있을까?

"어리석은 소리! 어리석은 소리야!"

그는 발을 쿵 구르면서 냅다 소리를 질렀다.

하지만 좌중을 한번 쓱 훑어보자 하나같이 일그러진 얼굴들이 여간 마음에 걸리는 것이 아니었으며, 자신도 가슴 한구석이 기분 나쁘게 조여드는 느낌이었다.

그렇다고 겁이 나거나 하는 것은 결코 아니었고, 그것은 나머지 사람들도 마찬가지였다. 다만, 경찰 총수로부터 일개 말단 경관에 이르기까지 돈 루이스 페레나의 영향권 안에 어느 정도 경도되어 있을 뿐이었다. 그만큼 이번 수수께끼 같은 사건 속에서 그가 일궈낸 성과와 기적 같은 활약상은 모든 사람의 귀감이 될 만한 것이었다. 의식적으로든 무의식적으로든, 원하든 원치 않든, 그들 모두는 이 인물을 뭔가 특별한 능력을 가진 예외적 존재로 생각하려는 경향이 있었고, 저 대범한 전설과 천재성, 초인적인 혜안을 두루 갖춘 아르센 뤼팽을 함께 떠올리지 않고는 결코 생각하기가 어려워진 존재로 치부(置簿)하고 있었다.

그러고 보면 그들에게 지금 도망치라고 독려하는 자는 다름 아닌 뤼팽인 셈이었다. 추격을 당하다가 옴짝달싹 못하게 된 처지에서, 그는 지금 모든 이에게 위험을 경고하기 위해 자신을 경찰에 넘기겠다는 것과 다름없다. 그리고 지금 그 위험은 바로 코앞까지 다가와 있다. 이제 7분, 6분만 지나면 호텔 건물이 폭발해버리는 것이다!

마즈루는 그만 무릎을 털썩 꿇더니 성호를 긋고는, 무턱대고 나지막한 소리로 기도하기 시작했다. 그 동작이 어찌나 처절하게 보였던지 사무국장과 치안국장은 호소하는 눈빛으로 동시에 경시청장 쪽을 돌아보는 것이었다.

하지만 데말리옹 씨는 얼른 외면한 뒤, 계속해서 방 안을 이리저리 거닐었다. 물론 그러면서도 마음속 깊은 곳으로부터는 알 수 없는 불안이 솟구치고 있었고, 전화상으로 들었던 말이 귓가를 맴돌았다. 필시 위압적인 의지와 간절한 애원, 그리고 절절한 확신이 한꺼번에 엿보였던 페레나라는 자의 그 태도가 마음을 뒤흔들긴 흔들었던 모양이었다. 예전에도 페레나가 한번 한다면 하는 모습은 얼마든지 본 적이 있다. 과연 그만한 인물이 일부러 경고한 내용을 여하한 경우라고 해도 소홀히 취급할 수 있는 것일까?

급기야 그의 입에서 이런 말이 새어나왔다.

"여길 빠져나갑시다."

어찌나 덤덤하게 뱉어진 말인지, 그것을 들은 사람들은 지극히 분명하고도 평범한 상황의 당연한 귀결이라는 생각만 들 뿐이었다. 사람들은 자리를 떠나되, 결코 우왕좌왕 도망치는 기색이 아니라, 어떤 신중한 지시를 질서 정연하게 이행하듯 움직였다.

그리고 문턱에 이르러서는 모두들 경시청장에게 앞길을 양보하는 것이었다.

"아니, 먼저 가시오. 나는 나중에 따라가리다."

데말리옹 씨는 그렇게 맨 마지막으로 불 켜진 방을 벗어났다.

현관에서 그는 치안국장더러 호각을 불어 건물 전체에 신호를 보내도록 지시했다. 실내에 있던 경찰관들이 모두 집합하자 그는 모두 건물 밖으로 내보내고 관리인마저 내보낸 뒤, 자기도 나와 문을 닫았다.

다음으로는 대로변을 지키고 있던 경찰관들을 향해 외쳤다.

"모두들 건물에서 되도록 멀리 떨어지되, 구경꾼들도 가능한 한 멀찌감치 떼어놓도록 하시오. 될 수 있는 한 신속을 기하도록! 그리고 지금으로부터 15분 뒤, 다시 건물로 돌아올 것이오."

"경시청장님도 물론 피하실 거죠?"

마즈루가 중얼거리자, 그는 활짝 웃으며 대답했다.

"오, 그야 당연하오. 어차피 우리의 친구 페레나의 얘기를 따르기로 했으니, 끝까지 가보기는 해야겠지!"

"그나저나 2분도 채 남지 않았습니다."

"우리의 친구 페레나는 어디까지나 3시라고 했지, 3시 2분 전이라고는 하지 않았소."

마침내 그는 치안국장과 경시청 사무국장, 그리고 마즈루를 대동하고 대로를 가로지른 다음, 맞은편 비탈을 걸어 오르기 시작했다.

"지금부터는 몸을 낮추는 것이 좋을 겁니다."

마즈루의 말에 경시청장은 여전히 반쯤 농을 하는 기분으로 대꾸했다.

"까짓, 그럽시다! 하지만 만약 폭발이 일어나지 않으면 나는 머리에 총알을 박아 넣고 조용히 이 세상을 하직할 것이오. 너무도 망신스러워서 고개를 들고 살 수가 없을 테니까."

"분명히 폭발이 일어날 겁니다."

"허허, 이거 우리 친구 돈 루이스에게 당신 정말이지 홀딱 빠진 것 같군그래."

"경시청장님도 그리 다르진 않으실 텐데요."

데말리옹 씨와 마즈루 반장은 둘 다 입을 굳게 다문 채, 가슴을 조여오는 불안감과 싸우며 사태의 추이를 기다리고 있었다. 심지어 심장박동 수에 맞춰 1초, 1초 시간을 재기도 했지만, 그럴수록 끝 모를 답답함만 더해갈 뿐이었다.

어디로부터인가 새벽 3시를 알리는 종소리가 어렴풋이 들려왔다.

순간 목소리부터 달라진 데말리옹 씨가 빈정댔다.

"그것 보라니까! 아무 일도 일어나지 않았소. 하느님 감사합니다!"

그러더니 또 연신 투덜대기 시작하는 것이었다.

"나 참, 창피해서 원! 멍청이 같으니라고! 어찌 이런 일이 버젓이 일

어날 수 있단 말인가!"

멀리 또 다른 괘종시계가 같은 시각을 울렸고, 이웃 건물 꼭대기에서
도 마찬가지 종소리가 들려왔다.

그렇게 마지막 세 번째 종소리가 미처 다하기 직전이었다. 뭔가 우지
끈하는 소리가 들리는가 싶더니, 아니나 다를까, 전격적이고도 신속한
폭발이 일어났다! 엄청난 화염과 함께 사방으로 솟구친 큼지막한 돌덩
이들과 파편들이 제멋대로 흩어지는 가운데, 마치 거대한 불꽃놀이를
보는 듯했다. 그러고는 끝. 화산 하나가 폭발한 셈이었다.

"어서 전화를! 빨리 소방차부터 부르고, 어서!"

경시청장은 호들갑을 떨면서 마즈루의 팔을 와락 끌어 잡았다.

"저기서 100여 미터 떨어진 곳에 내 차가 있으니, 지금 당장 달려가
차를 몰고 돈 루이스의 집으로 가시오. 가서 그를 찾거든 빨리 구해내

서 이리로 데려오도록."

"체포 영장을 집행하라는 말씀이십니까?"

"체포 영장이라니! 당신 미쳤소?"

"하지만 베베르 부국장이⋯⋯."

"베베르는 빠지라지! 자, 그는 내가 알아서 할 테니, 어서 가기나 하시오!"

직업적 의무에 늘 충실한 마즈루는 그 임무가 설사 돈 루이스를 잡아들이라는 지시였다 해도 신속히 이행은 했을 것이나, 그렇지 않은 이번만큼은 솔직히 다른 때보다 흥겨운 기분으로 뛰어들 수 있었다. 언제나 두목으로 불러왔던 상대를 겨냥한 싸움에 임할 때마다 눈에 눈물이 글썽일 정도로 심난했던 것이 사실이었다. 하지만 이번에는 구원자로서 그를 찾아가는 것이니 어찌 흥겨움이 없겠는가 말이다.

한편 지난 오후, 돈 루이스의 탈출이 거의 확실시된 데다, 데말리옹 씨의 지시에 의해 더 이상의 호텔 수색도 중단된 뒤부터는, 건물 전체를 통틀어 경찰관 셋만 보초를 서고 있었다. 마즈루는 1층의 한 방에서 돌아가며 교대로 밤을 새우는 그들과 맞닥뜨렸다. 몇 가지 질문에 그들은 미세한 소음조차 들리지 않았다고 했다.

그는, 두목과의 재회를 다른 사람 눈앞에 노출시키지 않으려고 혼자 2층으로 올라가, 거실을 가로질러 서재로 들어섰다.

방에 전등을 켜고 힐끗 둘러보는데, 아무도 보이지가 않자, 덮어놓고 불안한 마음부터 앞섰다.

"두목! 어디 계신 겁니까?"

여러 차례 그렇게 불러댔다.

하지만 묵묵부답.

'전화를 한 걸 보면 이곳밖에 있을 곳이 없는데⋯⋯.'

호랑이 이빨

실제로 저만치 전화 수화기가 내려져 있는 것이 눈에 띄었고, 좀 더 가까이 다가가자 벽돌 조각과 회반죽 덩어리가 양탄자 위에서 발에 밟혔다. 그는 전화박스로 들어가 얼른 불을 켰고, 머리 위 천장이 갈라진 채 그 사이로 맥없이 비어져 나온 사람의 팔과 맞닥뜨렸다. 기껏해야 어깨까지만 노출된 상태라 얼굴은 보이지 않았다.

마즈루는 부랴부랴 의자 위에 올라서서 손부터 만져보았는데, 다행히도 아직 온기가 느껴졌다.

그때였다. 무척 멀게만 느껴지는 목소리가 중얼거렸다.

"마즈루, 자넨가?"

"네, 접니다, 두목! 어디 다치신 건 아닙니까? 심각한 상태인가요?"

"아닐세. 단지 기운이 좀 없고 멍할 뿐이야. 내 말 잘 듣게."

"듣고 있습니다."

"내 책상으로 가서 왼쪽 두 번째 서랍을 열어보게. 거기……."

"뭐가 있습니까, 두목?"

"오래된 초콜릿 조각이 있을 거야."

"네?"

"일단 가보라니까, 알렉상드르. 지금 무지 배가 고프단 말일세."

그러다가 문득 기운이 좀 나는지 생기 도는 목소리로 덧붙였다.

"아니, 좀 견딜 만은 하군. 그냥 부엌으로 달려가 빵하고 물 좀 갖다 주게."

"곧 돌아오겠습니다, 두목!"

"이쪽으로 말고 플로랑스 르바쉐르의 방으로 가 비밀 통로를 이용하게. 마지막에 계단 있는 데까지. 그 위로 뚜껑 문이 있을 거야."

그러고는 하마터면 비참한 최후를 맞는가 싶었던 이 토굴의 입구 돌덩이를 움직이는 방법을 자세하게 설명해주었다.

결정판 아르센 뤼팽 전집

일이 이루어지는 데엔 다 합쳐봤자 10분 정도 걸렸을 뿐이다. 마즈루는 입구를 개방한 뒤 돈 루이스의 다리를 붙잡고 답답한 공간으로부터 끌어냈다.

마즈루는 걱정스러운 표정으로 한숨을 내쉬었다.

"세상에! 두목, 아니 어떻게 그러고 있었어요? 대체 어찌 된 겁니까? 아, 그러고 보니 알겠군요. 납작 엎드린 상태로 앞을 파고든 거예요. 조금만 더, 조금만 더 하면서 말이죠! 그토록 허기진 몸으로 정말 대단한 용기예요!"

돈 루이스는 결국 침실로 빠져나와 빵을 두세 조각 집어삼키고 물을 벌컥벌컥 들이켠 뒤 말했다.

"정말이지 더럽도록 용기가 필요했다네! 머리가 멍해지면서 온갖 망상이 빙글빙글 맴돌 때는, 맹세컨대 그저 죽어버리고 싶은 생각밖에 없게 되지. 더군다나 공기가 부족해 숨이 턱턱 막혀봐. 하지만 자네가 보았듯이 나는 파 들어갔네. 반쯤 잠이 든 악몽 같은 상태에서도 악착같이 파 들어갔어. 이것 좀 보게나. 손톱이 모두 뭉그러졌어. 오로지 그놈의 폭발 얘기밖에는 생각이 없었다네. 어떠한 일이 있어도 그 사실을 자네한테 알려야만 했고, 나는 계속해서 맨손으로 파 들어간 것일세! 그것도 보통 일이 아니더군! 한데 갑자기 허공이 느껴지면서 손이 쑥 빠져나가는 게 아니겠나! 곧장 팔 전체가 빠져나가더군. 여기가 어딘가 했지! 알고 보니 전화기 바로 위이더군. 벽을 더듬더듬 만져보다가 전선이 잡히기에 '아, 그렇구나!' 하고 깨달았지. 하지만 정작 전화기에 손이 닿기까지는 약 반 시간가량 온갖 잔꾀를 동원해야만 했네. 내 팔 길이로선 어림도 없었거든. 구두끈으로 올가미를 만들어 겨우 수화기를 걸어 올릴 수가 있었지. 일단 입 가까이, 그래봤자, 한 30센티미터까지만 끌어 올릴 수 있었을 뿐이야. 결국 있는 힘껏 소리를 질러댔다네!

그야말로 목이 터져라 고함을 쳐댄 거지! 견딜 수 없을 만큼 숨이 가빠오더군! 게다가 설상가상으로 그만 끈이 끊어지는 거야. 완전히 기진맥진했지. 어쨌든 자네 쪽에서는 사실을 통고받은 셈이니, 적절한 조치를 취하느냐 아니냐는 이제 그쪽 사정이다 싶었지."

그는 고개를 쳐들어 마즈루를 힐끗 보고는, 마치 대답을 짐작하지 못하겠다는 듯 진지하게 물었다.

"폭발은 일어났겠지?"

"네, 두목."

"3시 정각에?"

"네."

"물론 므슈 데말리옹은 호텔을 비웠을 테고?"

"그렇습니다."

"마지막 순간까지 버티다 그랬겠지?"

"네, 마지막까지 고집을 부렸지요."

돈 루이스는 히죽 웃었다.

"그자가 공연히 앙탈을 부릴 줄 알았지. 끝까지 버티다가 결국엔 승복할 거라고 생각했어. 당연히 내 말을 철석같이 믿었을 자네 같은 사람만 지긋지긋한 최후의 15분에 시달렸겠군그래?"

돈 루이스는 말을 하면서도 연신 빵 조각을 삼켰고, 그럴수록 점점더 예의 그 활기찬 태도를 갖추어갔다.

"아, 정말이지 배고픔이라는 거, 참 대단한 것이더군! 자칫 무시하다가는 그대로 사람 혼을 빼놓을 수도 있어! 그래서 앞으로는 배고픔에나도 좀 익숙해지는 훈련을 해야 할 것 같네."

"하지만 두목, 언뜻 봐선 48시간 가까이나 굶주린 사람 같아 보이진 않는걸요?"

"맙소사! 아직은 배 속에 남아 있는 게 좀 있어서 그럴 거야. 하지만 30분도 못 되어 하나도 남아나지 않을 것이네. 목욕 좀 하고 면도 끝낼 시간이면 그만이지."

그렇게 해서 몸단장부터 한 뒤, 돈 루이스는 마즈루가 애써 차려놓은 달걀이며 고기 식단 앞에 마주하고 앉았다. 허기를 충분히 채운 뒤 그는 자리에서 벌떡 일어나며 외쳤다.

"자, 이제 출발하세!"

"별로 급할 건 없습니다, 두목. 다만 몇 시간이라도 눈 좀 붙이세요. 경시청장은 얼마든지 기다릴 겁니다."

"정신 나간 소리! 그동안 마리안 포빌은 어떡하고?"

"마담 포빌요?"

"세상에, 그럼 자넨 내가 소브랑과 그녀를 감옥에 그대로 놔둘 거라고 생각했나? 조금도 지체할 시간이 없어, 이 친구야!"

이제 와서 마리안과 소브랑을 구해내겠다니, 무슨 요술 지팡이라도 휘두르겠다는 말인가! 저러다 또 큰일을 겪지. 마즈루는 두목의 정신 상태가 아직은 정상이 아니라고 생각하면서, 경시청장의 자동차가 세워진 곳까지 안내했다. 이제 그와 함께 있는 이 남자는 마치 편안한 침대에서 늘어지게 쉬다가 나온 사람처럼, 다시금 씩씩하고 쾌활한 사나이로 돌아온, 새로운 돈 루이스 페레나나 다름없었다!

그는 마즈루에게 연신 떠벌리고 있었다.

"경시청장께서 내 전화 통지를 받고 나서 그토록 주저하더니, 기어코 최후의 순간까지 버티다가 마지못해 복종했다는 사실은 정말 내 자존심을 살살 긁는 일 아닌가 말이야! 아무튼 그 점잖으신 신사 양반들을 그저 내 손가락 하나 까딱하는 걸로 일사불란 움직이게 만들려면, 역시 모두 다 손아귀에 쥐고 흔들어야 한다니까! '큰일 났습니다, 여러분! 지옥으로부터 전화가 걸려왔습니다! 모두 큰일 났어요! 새벽 3시에 폭탄이 터집니다!' '아니, 그럴 리가 있나?' '정말이라니까요!' '그걸 당신이 어떻게 압니까?' '그냥 아니까 아는 거지요!' '증거라도 있소?' '내가 얘기한다는 것 자체가 증거요!' '하긴 당신이 그렇게 말하는 이상…….' 그러고 나선 3시 5분 전에야 우르르 빠져나갔겠지. 아, 난 요즘 너무 온건해서 탈이라니까!"

둘은 자동차로 쉬세 대로까지 왔는데, 군중이 너무도 많이 운집한 상태로 초입에서부터 차에서 내려야 했다. 마즈루는 호텔로 접근하는 것을 막는 경찰 저지선을 넘어서 돈 루이스를 맞은편 비탈 위로 안내했다.

"여기서 좀 기다리십시오, 두목. 곧 경시청장님께 알리겠습니다."

새벽의 창백한 하늘, 아직도 어두운 구름이 채 가시지 않은 아래로 폭발에 의한 파손 정도가 고스란히 드러나 보였다. 언뜻 겉에서 보기에는 생각보다 그리 심각한 것 같지는 않았다. 그리고 횅하게 입을 연 깨진 창문 안으로 완전히 내려앉은 지붕의 잔해가 훤히 들여다보임에도 불구하고, 건물 자체는 여전히 버티고 서 있었다. 심지어는 포빌 기사의 작업실은 별로 훼손된 것 같지도 않을뿐더러, 이상한 것은, 경시청장이 나오면서 켜둔 전등이 그대로 빛을 발하고 있는 것이었다. 정원과 보도 위로 부서진 가구 파편들이 나뒹굴고 있었고, 그 주변을 헌병들과 경찰관들이 지키고 있었다.

"이리로 따라오시죠, 두목."

돌아온 마즈루는 돈 루이스를 포빌 기사의 작업실 쪽으로 안내했다.

바닥 일부가 허물어졌고, 좌측 외벽도 군데군데 깨져나간 데다, 천장을 지탱하기 위해 일꾼 두 명이 근처 목공소에서 급조해온 들보 몇 개를 세우고 있었다. 하지만 전체적으로는 폭발을 준비했던 자가 기대한 만큼의 피해가 일어나지 않은 것만은 확실해 보였다.

데말리옹 씨는 밤새 그곳을 지키던 모든 이와 더불어 이제는 검찰청의 몇몇 중요 인사까지 대동한 채, 현장을 둘러보고 있었다. 베베르 부국장은 방금 전까지 그곳에 있다가 혼자 자리를 피했다고 했다. 이런 상황에서 원수와 마주치고 싶지 않았던 모양이다.

돈 루이스가 나타나자 금세 분위기가 술렁거렸다. 경시청장은 곧바로 다가서서 말을 건넸다.

"정말로 감사합니다. 당신의 선견지명은 뭐라고 칭송해야 할지 모를 정도입니다. 우리 모두의 목숨을 구해주셨다는 사실을, 이번에는 대내외적으로 가능한 한 번듯하게 천명할 생각입니다. 나로 말하자면 이번이 두 번째로 신세를 진 셈이지요."

돈 루이스는 이렇게 대꾸했다.

"실은 내게 감사를 표할 가장 간단한 방법이 하나 있습니다, 경시청장님. 즉, 내가 맡았던 일을 끝까지 수행할 수 있도록 해주는 것이죠."

"당신이 맡았던 일요?"

"그렇습니다. 간밤의 일은 그 시작에 불과한 것입니다. 마무리는 마리안 포빌과 가스통 소브랑의 석방일 것이고요."

데말리옹 씨는 어이없다는 표정으로 실소를 흘렸다.

"허허, 그것참."

"왜요, 지나친 요구인가요?"

"글쎄올시다. 요구하는 건 언제든 환영입니다만, 그 요구가 이왕이면 상식에 어긋나지 말았으면 합니다. 더구나 내 마음대로 그 사람들이 죄가 있다 없다 할 수도 없는 노릇이니."

"그야 그렇지요. 하지만 내가 당신께 그들의 결백을 증명해 보인다면, 그땐 문제가 달라지겠죠."

"당신이 내게 이론의 여지가 없는 방법으로 결백을 입증만 해준다면 야 여부가 있겠소!"

"이론의 여지가 없는 방법이라!"

실은 다른 어느 때보다도 지금 돈 루이스의 확신 어린 태도는 데말리옹 씨의 마음을 은근히 들뜨게 만들고 있었다. 그래서 그런지 경시청장의 입에서 이런 말이 나왔다.

"우리가 그동안 조사한 결과가 아마 조금 도움이 될 수 있을 것이오. 지금으로선 폭탄이 설치된 곳이 여기 이 대기실 입구, 바닥 판때기 밑일 거라는 게 거의 확실해 보입니다."

하지만 돈 루이스는 툭 던지듯 대꾸했다.

"그런 건 하등 소용이 없습니다. 그래봤자 부차적인 문제일 뿐이에요. 현재 무엇보다도 중요한 것은 당신이 이미 진실의 전모를 잘 알고 있었다는 사실입니다."

경시청장이 바짝 다가들었고, 나머지 사법관과 경찰관들 역시 호들갑스럽게 에워쌌다. 그들은 열에 들뜬 조바심을 애써 달래가며 돈 루이스의 말 한마디 제스처 하나하나를 예의 주시했다. 일련의 체포를 수행하는 동안 그 중요성을 숱하게 강조해왔음에도 불구하고 아직은 요원하게 느껴지기만 한 사건의 진실이 정녕 이미 알려져 있는 내용이란 말인가?

지극히 엄숙한 분위기였고, 모두 옥죄는 가슴을 쓰다듬고 있었다. 폭발을 예고한 돈 루이스가 앞으로 어떤 얘기를 하든 이미 확인된 사실을 얘기하는 것이나 다름없었다. 끔찍한 재앙으로부터 이번에 목숨을 건진 모든 이는, 그처럼 대단한 인물의 입에서 나오는 아무리 황당무계한 이야기도 엄연한 현실로 받아들일 마음 자세를 어느 정도는 갖추고 있었다.

마침내 그가 입을 열었다.

"경시청장님, 간밤에 이곳에서 네 번째 편지가 나타나기를 기다렸던 건 모두 허사였습니다. 그 네 번째 편지는 정말로 예기치 못한 기적과 더불어 이제 곧 우리 눈앞에 나타날 것입니다. 그러면 지금까지의 모든 범행이 단 한 사람의 손에 의해 저질러졌다는 사실을 아마 아시게 될 겁니다. 누구의 소행인지 알게 될 거예요."

그러고는 마즈루를 돌아보며 소리쳤다.

"이봐요, 반장! 미안하지만 이 방을 좀 어둡게 해주시겠소? 덧창이 없으니 창문마다 커튼이라도 치고, 문짝들도 꼭꼭 닫아주시기 바랍니다. 그리고 경시청장님, 여기 전등을 켜둔 것도 별다른 뜻이 있어 그런 건 아니겠죠?"

"지금이라도 꺼드리지요."

"잠깐! 여러분 중 누구 손전등을 가지고 있습니까? 아니면……. 됐습니다, 없어도 될 것 같군요. 더 적당한 게 여기 있네요."

그러고 보니 나뭇가지 모양의 큰 촛대에 양초가 하나 있었다. 그는 그것을 빼 들어 불을 붙였고, 즉시 방 안의 전등을 껐다.

졸지에 어스름한 정도의 밝기가 자리 잡았고, 촛불은 공기의 흐름을 타고 몹시도 흔들거렸다. 돈 루이스는 손바닥으로 불꽃을 보호하면서 탁자로 다가갔다.

"그리 오래 기다릴 필요도 없을 것입니다. 내 예측대로라면 불과 몇 초 후에는 사실들이 스스로 제 모습을 드러낼 수밖에 없을 겁니다."

아무도 입 한번 뻥긋하지 않고 흘러간 그 몇 초 동안을 사람들은 아직도 잊지 못하고 있다. 나중에 데말리옹 씨는 어떤 인터뷰에서 자조(自嘲) 섞인 어조로 당시를 회고한 바 있는데, 간밤의 소란과 새벽의 긴장으로 피로가 누적된 머릿속에서는 정말이지 엄청난 사건이라도 일어날 거라고 잔뜩 상상을 했다는 것이다. 예컨대 누구든 중무장을 하고 건물 안으로 난입해 들어온다든가, 아니면 유령이라도 출몰할 거라는 둥.

그때 그는 잔뜩 호기심을 품고 돈 루이스를 지켜보았다고 했다. 그도 그럴 것이, 탁자 모서리에 걸터앉은 돈 루이스가 고개를 약간 뒤로 젖히고 시선은 멍하니 허공에 띄운 채 빵 조각을 우물우물 삼키는가 하면, 납작한 초콜릿을 덥석 깨물어 먹고 있었던 것이다. 무척 배가 고픈가 싶으면서도 대단히 편한 기색이었다고 했다.

반면 나머지 사람들은 극도의 육체적 무리가 있을 경우에나 취하는 긴장된 태도였다. 다들 잔뜩 구겨진 얼굴이었다. 앞으로 닥칠 일에 대한 불안감도 불안감이지만, 간밤 폭파 사고의 악몽이 채 가시지 않은 분위기였다. 그런 가운데 벽에는 사람들의 그림자가 어른거리고 있었다.

돈 루이스 페레나가 말한 것보다 오랜 시간인 30~40초가 끝이 없을 것처럼 흐르고 있었다. 페레나는 양초를 약간 치켜들면서 말했다.

"드디어 나타나시는군요."

그 말과 동시에 모두의 눈에 똑똑히 보이고 있었다. 난데없는 편지 한 장이 천장에서 내려오고 있는 것이 아닌가! 그것은 마치 바람 잔잔한 어느 가을날 나무에서 떨어지는 낙엽이기라도 하듯, 하늘하늘 천천히 허공을 맴돌며 내려오고 있었다. 편지는 돈 루이스를 살짝 스치면서, 그대로 탁자의 다리 두 개 사이에 안착(安着)했다.

돈 루이스는 그것을 집어 들어 데말리옹 씨에게 건네며 말했다.

"이게 바로 간밤에 나타나기로 예고되었던 네 번째 편지입니다."

3
증오의 화신

데말리옹 씨는 영문을 모르겠다는 표정으로 편지와 천장을 번갈아 바라보았다.

이윽고 페레나가 말했다.

"무슨 환영을 보신 게 아닙니다. 저 위에서 누가 편지를 던진 것도 아니고, 천장에 구멍 같은 게 뚫려 있는 것도 아닙니다. 사실 설명은 지극히 간단합니다."

"오, 지극히 간단하다?"

데말리옹 씨의 눈동자가 반짝였다.

"그렇습니다. 이 모든 게 언뜻 보면 무척 복잡하고도 또 장난스러운 요술처럼 느껴지기도 하지만, 실은 대단히 간단한 현상이랍니다. 아울러 엄청나게 처절한 일이기도 하지요. 마즈루 반장, 미안하지만 방에 커튼을 모조리 열어서 환하게 만들어주시겠소?"

마즈루가 지시를 깍듯이 이행하고 데말리옹 씨가, 사실 내용은 지난

번 편지들과 크게 다르지 않아 별로 중요하다고 할 수 없는 이번 편지를 힐끗거리는 사이, 돈 루이스는 아까 일꾼들이 구석에 놔두고 간 접이식 사다리를 방 한가운데로 가져와 오르기 시작했다.

맨 위 칸에 걸터앉은 그는 손만 뻗으면 천장에 설치된 전등이 닿을 위치였다.

금칠을 한 구리 테가 둥글게 에워싸고, 그 아래로 수정 장식이 얼기설기 늘어뜨려진 등(燈)이었다. 안쪽으로 세 개의 전구가 매달려 있는데, 전선을 감춘 삼각형 모양의 구리판 각 꼭짓점에 하나씩 전구가 배치된 식이었다.

그는 우선 전선을 끌어내 자르고 난 뒤, 전등을 떼어내기 시작했다. 작업을 좀 더 가속화하기 위해 그는 아예 망치를 사용해서, 전등을 지탱하는 갈고리 주위의 천장을 조금씩 두드려 깼다.

"미안하지만 손 좀 빌려주시겠소?"

그는 마즈루에게 도움을 요청했고, 마즈루는 얼른 사다리를 기어올랐다. 떼어낸 전등은 두 사람이 함께 힘을 합쳐 들고 내려와, 탁자 위에 조심스레 올려놓았다. 보기보다는 상당히 무거운 편이었는지, 둘이서도 꽤나 힘겨워 보였다.

아닌 게 아니라 아래에선 안 보이던 전등 윗부분은 가로세로 약 20센티미터가량 되는 금속 상자가 차지하고 있었는데, 그것이 바로 갈고리에 꽉 물린 채 천장에 거의 밀착되도록 설치되어 있는 바람에, 아까 망치까지 사용해 공사를 벌여야만 했던 것이다.

"아니, 이게 대체 뭡니까?"

데말리옹 씨가 어안이 벙벙해져 외쳤다.

"직접 한번 열어보시지요, 경시청장님. 뚜껑이 있을 겁니다."

페레나의 대답이었다.

데말리옹 씨는 더듬더듬 뚜껑을 열었다. 상자 안에는, 톱니바퀴며 용수철이며, 마치 시계의 부품들처럼 정교하게 배열된 장치가 들어앉아 있었다.

"어디 좀 볼까요?"

돈 루이스는 상자를 슬쩍 자기 쪽으로 끌어당기며 말했다.

그가 눈앞의 장치를 들어 올리자 그 아래로 또 다른 장치가 나타났는데, 처음 것과는 두 개의 톱니바퀴로만 연결되어 있는 것이, 언뜻 보면 흡사 전신용 테이프를 풀어내는 자동 장치를 연상시켰다.

그런가 하면 상자 깊숙이 반원(半圓) 형태의 가느다란 홈이 파여 있었는데, 그 위치가 결국 천장에 밀착되다시피 할 금속 밑면과 일치했다. 한데 그 홈에 완전히 봉인된 편지 하나가 끼여 있는 것이었다.

"다섯 번째 편지입니다. 잘 보시면 아시겠지만, 원래 전등은 중앙에 네 번째 전구를 가지고 있었습니다. 하지만 편지 내보낼 구멍을 만들어 내기 위해 의도적으로 제거되었지요."

돈 루이스는 목소리를 가다듬으며 좀 더 정확한 설명을 덧붙였다.

"그러니까 지금까지 모든 편지는 바로 이 속에 감춰져 있었던 겁니다. 그것을 하나하나 마치 시계 장치의 작동 원리에 의하듯, 정해진 시각에 정확히 한 장 한 장 끌어내어, 여기 이 홈을 통해 밀어낸 겁니다. 물론 다른 전구들과 수정 장식에 가려 겉으로는 잘 드러나지 않는 홈 밖으로, 편지는 마치 허공에서 솟아나듯 유유히 떨어졌던 셈이지요."

돈 루이스 주위로 모여든 사람들이 하나같이 입을 다물고 있었는데, 아마도 환상이 여지없이 깨져 다소간 충격을 받은 모양이었다. 물론 예기치 못한 희한한 장치인 것만은 사실이나, 그런 기계나 속임수 말고 좀 더 근사한 무엇을 기대했던 모양이었다.

"여러분, 조금만 참으십시오. 이래 봬도 상상을 초월하는 끔찍한 선물을 약속한 몸입니다. 결코 실망하진 않을 것이오."

돈 루이스의 호기로운 말에, 경시청장이 대꾸했다.

"좋소이다. 여기로부터 편지들이 출현했다는 건 인정하겠소. 하지만 아직 모호한 점들이 많은 데다, 유독 알 수 없는 사실이 하나 있어요. 대체 범인이 무슨 수로 전등에다 이런 수작을 해놓을 수 있단 말입니까? 시도 때도 없이 경찰들이 지키는 건물에다, 밤낮으로 감시하고 있던 방에서, 어떻게 발각되지도 않고 이런 작업을 준비했겠느냐 이겁니다!"

"대답은 쉽습니다. 건물이 경찰에 접수되기 전에 모든 걸 갖춰놓은 것이죠."

"그럼 범행 이전을 말하는 겁니까?"

"범행 이전이죠."

"그렇다는 증거라도 있어서 하는 말이오?"

"경시청장님 자신이 말씀하신 그대로가 바로 증거나 다름없지요. 즉, 범행 이전이 아니고서는 이런 작업을 할 수 없다는 사실 말입니다."

"그러지 말고 어서 속 시원히 털어놔 보시오!"

데말리옹 씨는 안달하는 제스처로 외쳤다.

"뭔가 중요한 사실을 공개할 거라면서 뭐하러 그렇게 뜸을 들이는 거요?"

"왜냐면 내가 밟았던 경로를 그대로 따라서 진실에 접근하도록 하는 게 훨씬 낫기 때문입니다. 편지의 비밀을 알게 된 이상, 이미 그 진실은 생각보다 훨씬 가까이 다가온 셈입니다. 또한 범행의 끔찍한 면모 때문에 차마 혐의를 둘 수 없는 사정만 아니었다면, 아마 진범의 이름이 벌써 당신 입에서 튀어나왔을지도 모릅니다."

데말리옹 씨는 상대를 뚫어져라 바라보았다. 현재 페레나가 내뱉는 말 한마디 한마디가 얼마나 중요한지 느껴졌고, 그에 따라 섬뜩한 불안감이 등줄기를 타고 엄습하는 것이었다.

"그럼 당신 얘기는 마담 포빌과 가스통 소브랑을 고발하는 편지들이 실은 그 두 사람을 고의적으로 파멸시키기 위해 작성된 것이란 말이오?"

"그렇습니다, 경시청장님."

"그리고 그 편지들이 범행 발생 이전에 미리 이곳에 준비되어 있었다면, 마찬가지로 그 두 사람을 엮어 넣으려는 음모 역시 범행 이전에 꾸며진 거라는 말씀이오?"

"그렇지요. 모든 게 범행 이전에 사전 조작된 것입니다. 아울러, 마담 포빌과 가스통 소브랑의 결백을 인정하기만 하면, 현재 모두가 그 두 사람을 단죄하는 것 역시 일련의 의도된 상황에 의해 유도된 결과라는 걸 깨닫지 않을 수가 없지요. 예컨대, 범행 당일 마담 포빌이 외출했다는 사실. 음모입니다! 범행이 일어나는 동안 그녀가 무얼 하고 있었는지 대기가 어렵다는 사실. 역시 음모의 결과입니다! 뮈에트 구역을 배회했다는 그녀의 이해할 수 없는 설명이라든가 호텔 주변을 어슬렁거렸다는 소브랑의 얘기. 그 역시 음모에 의한 것이죠! 능금에 찍힌 이빨 자국, 바로 마담 포빌 자신의 이빨 자국. 개중에서도 가장 극악무도한 음모랍니다! 분명히 말씀드리지만, 모든 게 사전에 일일이 저울질되고 준비되었으며, 순서까지 매겨져 착착 진행된 음모이자 조작의 결과일 뿐입니다. 각 사건들은 미리 지정된 시각에 정확히 일어났지요. 어느 것 하나 우연에 내맡겨진 게 없습니다. 그야말로 일류 기술자나 감히 넘볼 수 있을 정교한 조작에 의해 이루어진 하나의 작품이며, 너무도 견고하게 짜여서 외적인 요인이 결코 교란시킬 수 없는 완벽한 걸작이라고 해도 과언이 아닙니다. 바로 오늘에 이르기까지 전체 장치가 한 치의 오차 없이 정확하게 작동되어온 걸 보면, 어쩜 이 상자 속의 시계 장치 같은 기계의 움직임이야말로 이번 사건의 가장 완벽한 상징이자 가장 적절한 해명으로 이해될 수도 있을 겁니다. 범행이 발생하기도 전에, 범행을 저지를 사람을 미리 고발하는 편지들이 제날짜 제시간에 제각각 수거되어온 걸 보십시오."

한참 동안 말없이 생각에 잠기던 데말리옹 씨가 불쑥 이견을 표했다.

"하지만 편지들에는 분명 므슈 포빌이 자신의 아내를 고발하고 있습니다."

"물론이지요."

"그렇다면 아내를 고발하는 남편이 옳든지, 편지 자체가 거짓이든지, 둘 중 하나일 수밖에 없지 않겠습니까?"

"편지들은 가짜가 아닙니다. 전문가 감정 결과는 하나도 예외 없이 므슈 포빌의 친필 서한이라는 결론을 내린 바 있습니다."

"그렇다면?"

"그렇다면……."

돈 루이스는 일부러 대답을 마무리하지 않았고, 데말리옹 씨는 진실의 기운이 자신을 휩싸고 도는 듯한 느낌을 점점 더 또렷하게 느끼기 시작했다.

나머지 사람들 역시 그와 다름없이 잔뜩 긴장한 채 잠자코 있었다. 한참 만에 데말리옹 씨가 중얼거렸다.

"이해할 수가 없군."

"아닙니다. 당신은 이해하고 있어요. 이 같은 편지질이 마담 포빌과 가스통 소브랑을 겨냥한 음모의 일환이라는 얘기는 곧 편지의 내용 또한 그 두 사람을 파멸시키기 위해 사전에 작성된 거라는 얘기 아니겠습니까?"

"아니, 가만있자, 지금 대체 무슨 소리를 하려는 거요?"

"이미 했던 말을 다시 하고 있을 뿐입니다. 두 사람이 결백한 이상, 그들을 고발하는 모든 시도는 죄다 음모의 일환으로 이루어지는 거란 말씀이죠."

또다시 기나긴 침묵이 흘렀다. 이제 경시청장은 불편한 심기를 전혀 숨기지 않았다. 돈 루이스의 두 눈을 똑바로 응시하며 그는 천천히 또박또박 얘기했다.

"범인이 누구이든 간에, 이처럼 끔찍한 증오의 공작(工作)은 예전에 미처 본 적이 없소이다."

페레나는 점점 더 상기된 어조로 말을 받았다.

"아마도 당신은 상상조차 할 수 없을 정도로 기상천외한 공작일 겁니다. 그리고 소브랑의 고백 내용을 모르는 당신으로선, 얼마나 지독한 증오가 도사린 건지도 아마 가늠하기 어려울 겁니다. 나는 그자의 기나긴 얘기를 들으면서 아주 피부에 와 닿을 정도로 그 증오를 느꼈답니다. 그 후부터는 바로 증오라는 감정에 초점을 맞추고 내 모든 사고가 진행되어왔지요. 과연 그런 지독한 증오심을 품을 수 있을 만한 사람이 누구일까? 마리안과 소브랑은 과연 얼마나 악착같은 저주의 희생자가 되었던 것일까? 어떤 상상을 초월하는 존재가 있어, 그 병적인 재주를 동원해서 두 희생자를 저토록 막강한 올가미에 엮어 넣은 것일까? 그리고 또 하나, 이번 사건에서 내 사고력을 이끌어온 생각이 하나 있습니다. 비교적 오래전부터 집요하게 머리를 떠나지 않는 생각이었는데, 마즈루 반장한테도 언젠가 귀띔을 한 적 있었지요. 즉, 편지들이 무척이나 수학적인 방식으로 제시되고 있다는 생각 말입니다. 한데 곰곰이 머리를 굴려보니, 그처럼 중대한 증거물은 어떤 특별한 이유에 의해서 그럴 수밖에 없는 경우가 아니라면, 일정한 시기마다 균일하게 심리(審理)에 첨부되기 어렵다는 결론이 나오더군요. 예컨대 어떤 이유가 있을까요? 만약 사람이 적극 개입한 경우라면, 적어도 사법당국이 이 사건을 거머쥐고 편지 전달식에도 일일이 촉각을 곤두세운 다음부터는, 어딘가 불규칙한 양상이 틈입해야 마땅한 게 아닐까요? 한데 숱한 장애 요인이 있었음에도 불구하고 편지는 마치 그렇게 나타나지 않으면 안 되기라도 하듯, 꾸준한 양상으로 날아드는 것이었습니다. 그러다 보니 편지가 그런 식으로 찾아드는 이유에 대해 차츰 감이 오기 시작하더군요. 즉, 한 번에 모조리 정해져서 그다음부터는 단순한 물리적 법칙에 따라 진행되기만 할 뿐인 어떤 알 수 없는 방식이, 편지들을 기계적으로 날려 보낸다는 사실 말입니다. 다시 말해, 그 어떤 지성도 의지도 개입하지 않고, 그저 맹목적인 물리법칙만이 작용하고 있다는 얘기이지요. 바로 이상 두 가지 생각, 즉 무고한 남녀를 벼랑으로 내모는 증오에 대한 생각과 그 '증오의 화신'이 꾸민 음모에 철저하게 이용되는 기계적인 방식에 관한 생각, 이 두 생각이 한동안 서로 부딪치면서 난데없는 불꽃이 번쩍하고 튀는 것이었습니다! 바로 그 순간, 내 머릿속에 둘이 서로 결합하면서 어떤 기억이 구체화되었는데, 다름 아니라 이폴리트 포빌이 기술자였다는 사실이었습니다!"

모두들 돈 루이스의 얘기를 일종의 거부감 속에서 듣고 있었다. 점점 적나라하게 드러나는 사건의 전모가 사람들의 불안을 말끔히 해소하기는커녕, 더욱더 고통스럽게 뒤집어놓고 있었던 것이다.

데말리옹 씨가 당장에 발끈했다.

"편지가 정해진 날짜에 나타난 건 사실이지만, 시각(時刻)은 모두 제각각이었다는 사실을 주목하십시오!"

"좀 더 정확히 말하면, 우리의 감시가 이루어진 게 어둠 속이냐 아니냐에 따라 변화가 있었던 것이죠. 바로 그 점 때문에 실은 수수께끼의 해답을 거머쥘 수 있었습니다. 물론 이제 와선 다 밝혀진 것이지만, 당연히 조심을 기하느라 편지들이 어둠을 틈타서만 전달되는 거라면, 불이 켜졌을 때는 전달될 수 없도록 하는 어떤 장치가 존재할 것이며, 그 장치는 반드시 전등을 통제하는 스위치에 의해 동력을 부여받을 게 틀림없다는 생각이 뇌리를 스친 겁니다. 그 외에 다른 설명은 불가능해 보였습니다. 분명 어떤 자동 전달 장치가 있긴 있을 터! 시계 장치의 작동 원리에 의해 움직일 것이며, 고발 편지들을 미리 정해진 날짜의 밤 시간대에, 그것도 전등 스위치가 내려진 동안에만 내보내는 것이다. 이거였습니다! 그 장치가 지금 바로 당신 앞에 있는 이것입니다. 모르긴 몰라도, 이 방면의 전문가라면 장치의 정교함에 혀를 내두를 것이며, 내 의견에 적극 동조할 게 틀림없습니다. 자, 그렇다면 문제의 장치가 이 방 천장에서 발견되었고, 그 안에서 므슈 포빌이 작성한 편지가 발견된 것만 보더라도, 이제는 전기기술자인 므슈 포빌이야말로 이 장치를 직접 만들어낸 장본인이라고 말해도 괜찮지 않을까요?"

그렇게 또다시 포빌 씨가 거명되었고, 마치 강박관념처럼 이름이 불릴 때마다 뭔가 그 의미가 점점 더 또렷하게 규정되어가는 느낌이었다. 즉, 처음에는 단순히 포빌 씨였다가, 다음에는 기술자 포빌 씨, 그리고 이제는 전기기술자 포빌 씨, 이런 식으로 말이다. 물론 그러는 가운데, 돈 루이스의 표현대로 '증오의 화신' 이미지는 점점 더 분명한 윤곽을 갖춰갔고, 가뜩이나 기기묘묘한 범죄유형에 길이 들어 있는 사람들 마음에 전혀 뜻밖의 전율을 불러일으키고 있었다. 이제 진실은 그들 주변을 더 이상 배회하는 정도가 아니었다. 마치 보이지는 않으면서 우리의 목을 조르고 바닥에 패대기치는 상대와 힘겨운 싸움을 벌이듯이, 이미 사람들은 진실과의 일대 격전에 휘말리고 있었다.

잠시 후 경시청장은 불편한 심정을 목멘 음성에 실어 내뱉었다.

"그러니까 결국 므슈 포빌이 자기 아내와 그 아내를 사랑하는 남자를 파멸시키기 위해 이 편지들을 작성했다는 얘기입니까?"

"네."

"그렇다면……."

"그렇다면 뭐죠?"

"자기 자신이 살해 위협을 받는 상황에서, 언제든 그 위협이 현실화될 경우 다른 사람보다 자기 아내와 친구가 단죄받기를 바랐다 이겁니까?"

"그렇습니다."

"그 두 남녀의 사랑에 대해 복수를 하고 증오심을 해소하기 위해서, 모든 확실한 사실이 총동원되어 그 두 사람을 자신을 겨냥한 살인 사건의 범인들로 몰아가도록 했다 이거지요?"

"네."

"그렇다면 결국, 므슈 포빌은 자신의 저주스러운 공작(工作)을 통해서……. 글쎄, 뭐랄까? 자기를 죽인 장본인의 공범 역할을 해준 거나 마찬가지가 되는 거로군요. 정작 죽음 앞에서 그토록 겁에 질리고 몸부림을 치더니만. 결국에는 어차피 죽을 바에는 쌓인 원한이라도 해소하자는 식이라 이건가. 바로 그런 거라 이거죠? 네, 그렇다는 얘기 아닙니까?"

"거의 그렇다고 할 수 있습니다, 경시청장님. 지금까지 당신은 내가 걸어왔던 경로를 그대로 따라온 거나 같습니다. 그리고 이제는 역시 나처럼, 마지막 진실 앞에서 망설이고 있는 겁니다. 이 사건에 온통 불길하면서 비인간적인 색채를 부여하게 될 적나라한 진실 앞에서 말입니다."

경시청장은 마침내 두 주먹을 불끈 쥐고 탁자를 거세게 내리치면서까지 격렬하게 발끈했다.

"말도 안 돼! 정말로 어이없는 가설이란 말이오! 죽음의 위협에 시달리는 므슈 포빌이 그토록 음흉한 끈기를 가지고 아내의 파멸을 계획하고 있었다니. 이보시오! 당신도 보았겠지만, 죽기 전에 내 집무실로 들이닥쳐, 오로지 죽기 싫다는 단 하나의 생각에 매달리던 사람이었소! 오로지 죽음이라는 유일한 강박관념에 시달리던 불쌍한 사람이었단 말이오! 인간이라면 도저히 그런 상황에서 이처럼 복잡한 기계를 만지작거리고, 끔찍한 덫이나 만들어놓을 수는 없는 법이라오. 특히 자신이 살해당하지 않으면 그 덫이 아무런 소용도 없는 판에 말이오. 이것 보세요, 지금 얘기대로라면 므슈 포빌은 극한 상황 속에서도 이 시계 장치를 열심히 만들었고, 무려 석 달 전부터 용의주도하게도 친구를 수신인으로 한 일련의 편지들을 작성했다가, 다시 가로채 시계 장치 안에 넣어두었으며, 자기 아내가 살인 누명을 뒤집어쓰도록 일련의 사태를 주도했다는 말인데……. 그러고는 '자 됐다! 이제는 내가 설사 살해당한다 해도 안심이야! 마리안이 범인으로 체포될 테니까.' 뭐 이랬다는 겁니까? 천만에요! 세상에 그 정도로 지독하게 용의주도한 사람은 없는 법입니다. 아니면, 아니면……. 자신이 살해당할 거라는 분명한 확신이 있었을지도 모르지요. 즉, 살해당할 것을 받아들이고, 살인자와 합의를 보았다고나 할까? 자진해서 목을 대주는 것과 같지요. 따라서 결국은……."

　마치 자신이 방금 한 말에 놀라기라도 하듯 그는 말을 멈추었다. 나머지 사람들도 어리둥절한 표정은 마찬가지였다. 그들 모두는 방금 그 말 속에서, 아직도 애매하기만 한 어떤 결론을 떠올리고 있었다.

　돈 루이스는 경시청장의 눈동자를 똑바로 쏘아보았다. 그는 피해갈 수 없는 말이 순순히 튀어나오기만을 잠자코 기다렸다.

　마침내 데말리옹 씨가 중얼거렸다.

　"이보시오, 설마하니 그가 자신의 죽음에 합의를 보았다고 주장하려는 건 아니겠죠?"

"난 아무것도 주장한 바 없습니다. 당신은 그저 논리적이고 자연스러운 사고 경로를 따라 지금 도달한 그 지점까지 가 있는 것입니다."

"그래요, 그래. 그건 나도 압니다. 다만 나는 당신의 그 어처구니없는 가설의 맹점을 지적하고자 하는 것뿐이오. 정확히 얘기해서, 마리안 포빌의 결백을 믿을 수 있으려면, 므슈 포빌이 자신을 상대로 한 살인 행각에 동참했다는 얘기가 되는데. 그야말로 실소(失笑)가 터져나올 만한 이야기 아니오?"

그러면서 실제로도 웃었는데, 어딘지 거북하고 부자연스러운 웃음이 분명했다.

"결국, 그런 결론에 이르고야 만다는 걸 부인하지는 못할 거외다."

"부인하지 않습니다."

"뭐요?"

"므슈 포빌은, 당신이 얘기한 그대로, 자신을 상대로 한 살인 행각에 동참했습니다."

너무도 평이하게 내뱉어진 말이었지만, 동시에 어찌나 확신 어린 분위기가 담겨 있는지, 누구도 이의를 제기하고 나설 생각을 하지 못했다. 치밀한 가정들과 추론의 과정을 듣는 사람들에게 하나하나 제시해가며 도달해온 결론이라, 모두가 막다른 골목에 봉착한 기분이었고, 조금이라도 거기서 빠져나오려다가는 심각한 난관에 부닥칠 것만 같았다. 이제 이 사건에서 므슈 포빌의 적극적인 가담은 의심의 여지가 없는 사항이 되고 말았다. 하지만 무엇을 어떻게 가담했다는 것인지? 이 피비린내 나고 음산하기 그지없는 참극에서 그가 담당한 역할이 대체 무엇인지? 결국 자신의 목숨마저 내놓아야 했던 그 역할을 과연 기꺼이 수행한 것인지, 아니면 어쩔 수 없이 떠맡은 것인지? 살해의 공범이

결정판 아르센 뤼팽 전집

되었든, 집행자가 되었든, 도대체 누가 있어 그의 죽음을 거들었단 말인지?

이러한 문제들이 데말리옹 씨와 나머지 사람들의 머릿속을 떠들썩하게 들쑤시고 있었다. 이제 그것들만 속 시원히 해결해주기만 하면 되는 상황. 돈 루이스는 자신이 제시할 해법이 이미 반 이상 받아들여진 것이나 진배없다는 확신을 가지고 있었다. 지금부터는 어떤 반박도 개의할 필요 없이 지난 일들을 내처 털어놓기만 하면 된다. 그는 마치 요점만 짚어내는 보고서를 낭독하듯, 간단명료하게 얘기를 시작했다.

"범행 발생 석 달 전, 므슈 포빌은 친구인 므슈 랑제르노에게 일련의 편지를 쓰기 시작했습니다. 한데 마즈루 반장이 아마 보고를 올렸을 테지만, 므슈 랑제르노는 수년 전에 이미 사망한 사람이며, 므슈 포빌도 그것을 모를 리가 없었지요. 그 편지들은 모두 우체국에 부쳐졌지만, 일련의 수단에 의해 중간에 가로채어졌습니다. 어떤 수단이 활용되었는지는 지금 별로 중요하지가 않고 말이죠. 므슈 포빌은 다시 수거해온 편지 겉봉의 수신인 주소와 소인 등을 지우고 나서, 특별 제작한 기계 안에 차곡차곡 넣어두었습니다. 첫 편지가 자신이 죽고 나서 보름 후에 빠져나오도록, 그리고 연이어서 열흘마다 나머지 편지들도 하나씩 빠져나오도록 기계를 조작해놓았지요. 그때까지만 해도 그는 자신의 계획이 지극히 세밀한 부분까지 완벽히 짜였다고 확신했습니다. 우선 자기 아내를 향한 소브랑의 애정을 간파한 데다, 그자의 일거수일투족을 감시해온 터. 틀림없이 그는 질색하는 연적(戀敵)이 매주 수요일, 호텔 창문 앞을 지나치며, 그때마다 마리안 포빌이 창가에 기대선다는 사실을 눈치챘을 겁니다. 사실 그건 무척이나 중대한 사실이며, 내게도 대단히 소중한 단서를 제공한 데다 여러분에게도 거의 결정적인 물증이나 다름없는 가치를 가진 거라고 할 수 있습니다. 다시 말하지만 매주 수요일, 소브랑은 호텔 주변을 어슬렁거렸습니다. 여기서 일단 다음과 같은 점들에 유념하시길 바랍니다. 첫째, 므슈 포빌이 계획한 범행이 일어난 시점이 바로 수요일 밤이라는 점. 둘째, 마담 포빌이 그날 밤에 외출해서 오페라극장과 마담 데르생제의 무도회에 참석한 건 순전히 남편의 권유에 의한 것이라는 점."

돈 루이스는 잠시 뜸을 들인 후, 내처 얘기를 진행했다.

"결국 수요일 새벽에는 모든 준비가 갖춰진 상태였죠. 즉, 그 치명적인 시계 장치에 태엽이 감겼고, 고발 기계는 기막히게 작동을 시작해서, 지금 당장 주어질 단서들을 앞으로 차근차근 제시될 증거들이 점점 더 확고하게 해줄 예정이었습니다. 거기에 더해 경시청장님 앞으로는 므슈 포빌을 위협하는 음모에 대해 그 자신이 두려움을 호소하는 편지가 배달되었지요. 거기서 그는 다음 날 아침, 그러니까 자신이 죽고 난 다음, 음모의 증거를 넘기겠다는 얘기까지 내비치고 있습니다! 이런 식으로 모든 일이 그 '증오의 화신'이 계획한 바대로 착착 진행될 것 같은 상황에서, 별안간 모든 걸 뒤틀리게 만들 만한 사건이 하나 발생하고 맙니다. 다름 아닌 베로 형사가 전면에 불쑥 등장한 것이죠. 경시청장님이 직접 코스모 모닝턴 유산상속에 관해 조사를 지시한 민완 형사 말입니다. 과연 그 두 사람 사이에 무슨 일이 있었던 걸까요? 아마 그에 관해선 누구도 알 수 없을 겁니다. 둘 다 이미 저세상 사람이 되었기에, 비밀도 영원히 묻혀버린 꼴이니까요. 다만 그럼에도 불구하고 확언할 수 있는 건, 베로 형사가 분명 이곳에 온 적이 있을 것이며, 최초로 호랑이 이빨 자국을 확인한 납작한 초콜릿을 가져온 것도 바로 이곳이라는 사실입니다. 아울러, 역시 우리에겐 베일에 가려져 있는 일련의 상황을 거치면서, 베로 형사는 므슈 포빌의 계획에 대해 어느 정도 눈치챈 것이 틀림없습니다. 우리가 그 사실을 아는 건, 물론 베로 형

결정판 아르센 뤼팽 전집

사 본인이 너무도 절실하면서 고뇌 어린 표현으로 증언을 해주었기 때문이지요! 범행이 바로 그날 밤 일어날 거라는 사실도 그의 증언이 아니었다면 몰랐을 겁니다. 비록 도중에 가로채어졌지만, 베로 형사가 작성한 편지 안에는 아마도 그 정보가 낱낱이 기록되어 있었겠지요. 물론 포빌 기사는 그것을 간파하고 있었습니다. 갑자기 나타나서 자신의 계획을 가로막는 만만치 않은 적수를 제거하기 위해 독살이라는 수단을 동원한 걸 보면 알 수 있지요. 그뿐만 아니라, 독 기운이 너무 완만하게 퍼지자, 그는 대범하게도 가스통 소브랑의 인상착의를 흉내 내 변장을 함으로써 언젠가는 그 사람에게 혐의가 돌아가게끔 한 상태로, 퐁뇌프 카페까지 베로 형사를 미행한 뒤, 문제의 편지를 슬쩍 가로채고는 아무 내용도 없는 백지로 바꿔치기했습니다. 아울러 지나는 행인에게 소브랑의 거처가 있는 뇌일리행 지하철역을 물음으로써 적절한 증인까지 만들어놓는 치밀함을 보였답니다! 므슈 포빌은 바로 그런 자였습니다, 경시청장님!"

돈 루이스는 점점 신념이 묻어나는 열정적인 말투로 목소리를 높여갔다. 그의 논고는 어찌나 논리 정연하고 엄격한지, 현실 그 자체를 그대로 펼쳐 보여주는 느낌이었다.

그는 다시 말을 이었다.

"바로 그런 악당이었지요. 당시 자신이 처한 상황이 그만큼 절박했고, 베로 형사의 폭로에 대한 걱정이 대단했기에, 그는 정작 끔찍한 짓을 저지르기 전에 미리 경시청사로 찾아와 유력한 증인의 목숨이 끊어졌는지, 그래서 더는 걱정할 필요가 없는지 확인하기까지 했던 겁니다. 아마 지금도 그때 그자가 보여준 당혹한 태도와 공포에 찌든 표정을 기억하실 겁니다만, 자신은 내일 죽을 운명이라면서 보호해달라고 간청했지요. 내일이라면, 즉 자신이 도움을 요청했던 바로 다음 날인 셈이지요. 사실은 그날 당일 밤에 모든 일이 끝날 거라는 걸 알고 있었고, 다음 날 아침에는 경찰들이 몰려와 범행 현장을 확인하고는, 자신이 이미 면밀하게 혐의점들을 만들어왔던 두 사람을 강력한 용의자로 바라보게 될 거라고 예상을 했던 것입니다. 나와 마즈루 반장이 그날 밤 9시경에 불시에 방문했을 때 그가 적잖이 당황한 것도 다 그 때문이었습니다. 도대체 웬 불청객들인가 했을 거예요. 자신의 계획을 엉망으로 만들지도 모른다고 여겼겠죠. 그러다가 특단의 보호 조치를 역설하는 우리의 끈질긴 설득도 설득이지만, 스스로 곰곰이 생각해봐도 크게 걱정할 일은 없다는 판단이 들었을 겁니다. 하긴 이제 와서 우려할 게 뭐겠습니까? 워낙 치밀하게 짜인 작전인지라 아무리 감시를 하고 경계를 한다고 해도 결코 달라지거나 폭로될 리가 없을 텐데 말이죠. 어차피 일어날 일은 우리가 현장에 있다고 해도 결국에는 쥐도 새도 모르게 벌어질 것이었습니다. 그 자신이 불러들인 죽음은 끝내 그 몫을 해내고야 말 것이었죠. 그리고 드디어 연극이, 아니 하나의 처절한 비극이 펼쳐지게 됩니다. 그 자신이 오페라극장으로 내보내기로 한 마담 포빌이 인사를 하러 왔습니다. 또한 하인은 과일을 담은 정과 그릇 등, 먹을 것을 좀 가지고 들어왔지요. 그러고 나서 끔찍한 죽음을 앞둔 한 인간의 고뇌와 공포의 발작이 이어지게 됩니다. 한마디로 그럴듯한 거짓 연극 한 판이 벌어진 셈인데, 거기서 그는 금고를 보여주며, 음모의 전모가 기록되어 있다는 회색 공책을 힐끗 내비칩니다. 그때부터는 이미 정해진 각본대로 일이 진행되는 거나 다름없었습니다. 마즈루와 나는 방을 나와 문을 닫았고, 안에서는 포빌 기사 혼자서 마음껏 행동할 수 있게 되었지요. 이 세상 무엇도 그 순간 그의 의도를 막아설 장애물이 없는 셈이었습니다. 밤 11시, 마담 포빌은 오페라극장을 나섰고, ─아마도 낮에 므슈 포빌은 소브랑의 필체를 흉내 낸 편지를 아내에게 보냈을 겁니다. 아내는 그걸 받아 읽고는 곧장 찢어버렸겠지요. 편지는 보나 마나 라넬라그에서 한번 보았으면 한다는 내용이었을 거고요―마담 데르생제의 연회에 참석하기 전에, 약 한 시간 정도 호텔 주변을 산책하며 시간을 보냈습니다. 그런가 하면 그로부터 약 500여 미터 떨어진 맞은편 지점에서는, 소브랑이 수요일마다 수행하는 성스러운 순례를 거행하고 있었답니다. 바로 그즈음, 건물 안에서는 끔찍한 살인 행각이 저질러지고 있었고 말이죠. 상황이 그러할진대, 므슈 포빌이 은근히 암시한 때문이든, 퐁뇌프의 카페 사건 때문이든, 어느새 경찰의 주목을 끄는 처지가 되어 있던 남녀가 속 시원히 공개할 만한 알리바이도 없는 상황에서, 범행의 유력한 혐의자로 부각되지 않을 수가 과연 있겠습니까? 그래도 혹시나 그들이 표적을 빠져나갈 희박한 경우를 생각해서, 움직일 수 없는 결정적 증거가 하나 므슈 포빌의 손에 의해 조작되는데, 다름 아닌 마리안 포빌의 이빨 자국이 찍힌 능금이었습니다! 아울러 그로부터 몇 주가 지나고 나서부터는, 열흘마다 어김없이 수수께끼 같은 편지들이 나타나서 완벽한 상황 다지기에 들어가게 된 겁니다. 결국 모든 게 착착 맞아떨어진 셈이지요. 지극히 사소한 요소까지도 미리부터 지독하리만치 명석한 조작이 가해졌던 것입니다. 왜, 경시청장님도 기억하시죠? 내 반지에서 떨어져 나와 금고 속에서 발견된 터키석 말입니다. 당시 그걸 발견해서 주워 들었을 사람은 단 네 명뿐이었죠. 물론 므슈 포빌도 그중 한 명이었습니다. 한데도 우리는 그를 처음부터 고려 대상에서 제외했지요. 실은 벌써부터 위험스럽다고 판단한 내게도 약간의 혐의점을 덧씌워, 일찌감치 사건에서 떼어놓기 위해 그자야말로 적절한 기회를 틈타 터키석을 금고 속에 집어넣은 장본인인데 말입니다! 어쨌든 이제 과업은 완성된 거나 다름없었습니다. 운명이 제 갈 길을 가는 일만 남았지요. '증오의 화신'과 그 먹잇감 사이에는 한 발짝이면 건너뛸 거리만이 남았을 뿐입니다. 그리고 그 거리는 므슈 포빌 자신이 죽음으로써 메워졌지요."

돈 루이스는 거기서 입을 다물었다. 꽤 기나긴 침묵이 뒤를 이었는데, 방금 내뱉은 기상천외한 이야기가 청중으로부터 압도적인 감탄을 불러일으키고 있는 것이 분명했다. 더는 왈가왈부하지 않았고, 모두가 그 상태 그대로 믿는 눈치였다. 그래도 돈 루이스가 믿어달라고 요청한 이야기가 너무도 믿기 힘든 진실인 것만은 사실이었다.

데말리옹 씨는 마지막으로 질문을 내밀었다.

"그 당시 당신은 마즈루 반장과 더불어 복도로 나와 있었습니다. 밖에는 경찰관들이 있었고요. 당신 말대로 므슈 포빌이 누군가 그날 밤 자신을 살해할 거라는 걸 알고 있었다 치죠. 하지만 과연 그 시간에 누가 그 부자(父子)를 진짜로 살해할 수 있었겠습니까? 방 안에는 개미 새끼 한 마리 얼씬하지 않았을 텐데 말입니다!"

"왜요. 므슈 포빌이 있었지요."

순간, 여기저기서 어처구니없다는 탄식이 마구잡이로 솟구쳤다. 갑작스럽게 베일이 찢기고 보니, 돈 루이스가 만들어놓은 그림은 공포와 더불어 격렬한 불신감을 솟구치게 했고, 지금까지 너그럽게 베풀어주기만 한 관심과 열정을 단번에 철회할 만큼 지독한 거부감을 불러일으키는 것이었다.

경시청장이 버럭 내뱉은 말은 그러한 좌중의 분위기를 간결하게 요약하고 있었다.

"이제 그만하시구려! 그만 넘겨짚자고요! 지금까지 제아무리 논리적으로 왔다 해도 이처럼 어처구니없는 결론에 이를 바에야, 아예 관두는 게 낫겠소이다!"

"겉으로 봐선 어처구니없을지도 모르지요. 하지만 므슈 포빌의 행위가 아무리 상상을 초월해도, 자연스러운 이유로는 절대 설명이 되지 않는다는 보장이 어디 있습니까? 물론 누군가에게 복수를 한다는 생각 하나만으로는 기꺼이 제 목숨을 버리는 게 불가능할지도 모르지요. 다들 보셨겠지만, 므슈 포빌은 워낙 깡마르고 혈색이 납빛에 가까운 게, 무슨 치명적인 병에 걸린 환자처럼 보였습니다. 만약 자신이 어차피 죽을 운명이라는 걸 알고 있었다면……."

"그만하라니까요!"

경시청장은 다시금 버럭 소리를 질렀다.

"당신은 오로지 추측에 의해서만 얘기를 하고 있소! 한데 내가 요구하는 건 바로 증거요, 증거! 우리 모두가 원하는 것은 오로지 증거란 말이오!"

"그 증거가 여기 있습니다, 경시청장님."

"뭐? 뭐라고? 지금 뭐라고 했소?"

"아까 회벽으로부터 전등을 떼어낼 때, 금속 상자 위에서 따로 봉인된 봉투를 하나 찾아냈습니다. 전등의 위치가 아들이 사용하는 다락방 바로 밑에 해당하니까, 분명히 므슈 포빌은 그 다락방 마루 판자를 약간 들어 올려 기계의 상단에 손을 댈 수 있었을 겁니다. 결국 최후의 밤 시간 동안에 그는 봉인된 봉투를 그곳에 놓아두었을 것인데, 거기에는 보시다시피 범행이 일어난 당일 날짜와 서명이 이렇게 적혀 있답니다."

3월 31일 밤 11시
이폴리트 포빌

데말리옹 씨는 눈 깜짝할 사이에 봉투를 낚아채고는 부랴부랴 뜯어 보았다. 얼추 훑어보던 그가 별안간 몸서리쳤다.

"아! 이런 나쁜 놈! 이런 파렴치한이 있나! 세상에 이런 지독한 괴물이 있을 수 있단 말인가! 오, 끔찍해라!"

너무도 기겁을 하는 바람에 자꾸만 잠겨 드는 목소리로 천천히 내용을 읽어갔다.

목적은 달성되었고, 나에게도 최후의 시간이 도래했다. 에드몽은 내가 잘 재운 뒤, 독 기운이 퍼지게 해 무의식 상태 그대로 죽어갔다. 이제부터는 나의 고통이 시작되는 셈이다. 지금 이 시간, 지옥의 모든 고통이란 고통은 죄다 겪는 기분이다. 이제 조금만 있으면 내 이 손으로 마지막 그림이 다 그려진다. 아, 괴롭다. 괴로워. 하지만 또한 나의 행복은 얼마나 광활한 것이냐!

이 행복은 지금으로부터 넉 달 전, 에드몽과 함께 영국으로 여행을 갔을 때부터 시작된 것이다. 그때까지만 해도 내 인생은 지독히도 끔찍한 것이었다. 나를 싫어하고 다른 남자를 사랑하는 아내에 대한 증오심을 애써 감추면서, 결국 건강도 상하고, 하루하루 불치의 병으로 쩌들어가는 걸 느끼면서 말이다. 그뿐만 아니라 늘 허약해빠지고 비실비실한 아들놈 모습을 지켜보는 것도 더없는 고역이었다. 한데 어느 오후, 용한 의사를 면담한 결과, 더 이상 의심할 여지가 없는 사실을 깨닫게 되었다. 즉, 암(癌)이 내 인생을 좀먹어 들어가고 있다는 사실! 아울러 내 아들 에드몽 역시 나와 마찬가지로 죽음에 이르는 길을 걷고 있다는 걸 알게 되었다. 녀석도 결핵 말기로 영락없이 죽어야 할 운명이었던 것이다.

그날 저녁 내게는 더할 나위 없이 멋들어진 복수의 아이디어가 퍼뜩 떠올랐다.

정말이지 대단한 복수극이 될 전망이었다! 서로 못 잊어 죽고 못 사는 남녀에게 무시무시한 누명을 보기 좋게 씌워주는 것이다! 감옥살이!

중죄재판소! 강제 노동과 교수대! 도움의 가능성도 없고, 싸울 의지도, 도망칠 희망도 없는 절체절명의 궁지로 두 사람을 몰아넣는 것! 어마어마한 증거들이 무수히 쏟아져 나와 결백한 사람이 스스로의 결백을 의심할 정도가 되고, 결국에는 입을 다물어버려, 무기력하게 쓰러지는 상황! 이 얼마나 멋진 복수극이란 말인가! 얼마나 통쾌한 징벌인가! 너희를 고발하는 사실들, 너희 둘이 죄인이라고 소리치는 현실에 맞서 아무리 발버둥을 쳐봐야 하등 소용이 없게 만들어줄 테다!

나는 그런 즐거운 생각을 하며 모든 것을 준비해왔다. 매번 새로운 사실에 눈을 뜨고, 기발한 요소를 고안해낼 때마다 내 안에선 멈출 수 없는 폭소가 터져나왔다. 오, 신이시여, 그동안 얼마나 행복했는지! 너희는 암 때문에 내가 고통스러워한다고 생각하겠지? 천만에! 천만의 말씀이고말고! 영혼이 환희로 들끓는 사람이 몸이 아파 비명을 지르는 것 보았는가? 지금 이 시각에도 내가 독의 매서운 맛을 느낄 거라고 생각하나?

나는 행복하다. 내가 나 스스로에게 쥐여주는 이 죽음은 곧 그들의 새로 시작되는 고통인 셈이다. 그러니 어차피 죽을 목숨, 미련하게 앉아 기다림으로써 그들에게 차분히 행복을 시작할 수 있도록 만들어줄 이유가 무엇이겠는가? 또한 에드몽도 조만간 죽을 텐데, 길고 지루한 고통을 이쯤에서 면하게 해주는 것도 나쁠 것 없지 않겠는가? 게다가 녀석의 죽음으로 마리안과 소브랑의 죄가 그만큼 무거워진다면 환영할 만한 일이 아니겠는가 말이다!

이제 다 끝났다! 고통에 굴복했으면 벌써 중단했을 것인데, 지금 무척이나 평온하다. 정말이지 조용하구나! 호텔 안팎으로 경찰관들이 결국 내가 저지를 범행을 감시하고 있다. 여기서 그리 멀지 않은 곳에는, 내가 보낸 편지를 받고 나간 마리안이 애인이 오지도 않을 모처로 신이 나서 달려가고 있을 것이다. 아하, 모두가 내 손아귀에서 놀아나는 꼭두각시들이지! 덩실덩실 춤을 추어라! 펄쩍펄쩍 뛰어오르란 말이다! 오, 신이시여, 어쩜 이리도 재미나는지! 신랑 각시 할 것 없이 모조리 목에 줄을 매단 채, 이리 가라면 이리 가고 저리 가라면 저리 가는 형국이로고! 여보시오, 신사 양반, 아침에 베로 형사에게 독침을 놓고서, 그것도 모자라 퐁뇌프 카페까지 따라간 그 얄궂은 흑단 지팡이의 사나이가 바로 당신 아니시던가? 아, 그렇군, 바로 당신이었어! 그리고 밤에는 아리따운 숙녀께서 자기 남편인 이 몸과 죄 없는 의붓아들을 잔인하게 독살하지. 증거? 바로 이 능금입니다요, 마담! 당신은 결코 입을 댄 적도 없지만, 그럼에도 불구하고 거기엔 당신의 이빨 자국이 담겨 있지! 어때, 멋진 연극이지 않은가! 펄쩍펄쩍 뛰고 덩실덩실 춤추어라!

그리고 또 편지가 있지! 고인이 되어버린 랑제르노에게 보낸 편지들 말이야! 그거야말로 내 솜씨가 유감없이 발휘되는 대목이라고! 아, 정말이지 내가 만든 고 맹랑한 기계를 생각하면 얼마나 기분이 좋아지는지! 기막히게 절묘한 장치가 아닌가! 정교하고 맵시 넘치는 기적의 솜씨가 아닌가 말이다! 일단 정해진 날짜에 짜잔! 첫 번째 편지 출현이오! 그다음 열흘 뒤에 또다시 짜잔! 두 번째 편지 납시오! 자, 그러니 내 딱한 친구들이여, 그대들은 굳이 손 움직일 필요도 없소이다. 얌전히 앉아 두 분 자신들에게 망조(亡兆)가 찾아드는 거나 감상하면 될 일! 춤추고 뛸 수밖에!

지금도 사실 은근히 웃고 있지만, 사람들이 온통 어리둥절할 거라는 걸 생각하면 재미나 죽을 지경이다. 마리안과 소브랑이 범인이라는 것은 누구도 의심하지 못할 것이다. 그러나 그 사실만 넘어서면 완전히 오리무중일 뿐이다. 아무도, 아무도 천지 분간을 못할 것이야. 몇 주가 지나 두 죄인의 파멸이 완전히 기정사실화되고, 편지들도 사법당국에 몽땅 넘어가고 나면, 5월 25일, 아니 26일 새벽 3시를 기해 내 작품의 모든 흔적은 엄청난 폭발과 더불어 송두리째 사라져버리고 말 테니까 말이다. 이미 폭탄이 장착되어 있다. 전등과는 완전히 별개로 움직이는 장치가 정해진 시간에 그걸 터뜨릴 것이다. 폭탄 옆에는 소위 일기라고 적어놓은 회색 공책과 함께, 독이 든 약병, 내가 사용한 독침들, 흑단 지팡이, 그리고 베로 형사가 작성했던 두 장의 편지 등등, 두 죄인의 구명에 사용될 수 있는 모든 것을 한데 욱여넣었다. 그러니 누가 어떻게 진실을 알아낼 수 있단 말인가? 천만에, 아무도 모를 것이다. 누구도 내막을 알 수 없을 것이다.

다만, 다만 뭔가 기적 같은 일만 일어나지 않으면 된다. 이를테면 폭탄이 이 천장과 벽체를 철저하게 무너뜨리지 못하는 바람에, 결국 신기(神技)에 가까운 지성과 직관력을 갖춘 천재적인 사람이 나타나 내가 형클어뜨린 실타래를 말끔히 풀어내 수수께끼의 해답을 찾아낸다거나, 수개월 동안 거듭된 수색을 통해 이 최후의 편지를 찾아내지만 않는다면 말이다.

실은 그런 인물은 존재하지도 않을 거라는 걸 잘 알지만, 그래도 혹시나 하는 장난기에, 바로 그런 인물을 염두에 두고 지금 이 글을 쓰는 것이다. 하긴 설사 있다 해도 문제이겠는가? 마리안과 소브랑은 그때쯤이면 이미 파멸의 심연 속에 처박혀 있을 테고, 어쩌면 벌써 저세상 사람이 되어 있을 텐데 말이다. 그러니 지금 이처럼 내 증오의 기록을 우연의 손에 맡긴다 해도, 나로선 하나 잃을 것이 없는 셈이다.

이제 정말로 끝이다. 서명하는 일만 남았다. 내 손이 점점 떨리고 있다. 이마에서는 진한 땀방울이 뚝뚝 떨어지고 있다. 마치 사형수처럼 괴로운 심정이다. 그러면서 동시에 신처럼 행복하다! 아, 친구들, 모두 내 죽음을 기다리고 있군그래! 아, 마리안, 경솔한 친구 같으니! 몰래 슬금

슬금 내 눈치를 보던 그 눈동자 속에서, 병든 환자를 즐겁게 바라보는 당신 마음을 내가 못 읽었을 줄 아나? 너희 둘 다 장래에도 그럴듯한 모습으로 지낼 수 있을 거라고 잔뜩 확신하고 있겠지? 그래, 이제 내가 죽어주마! 내가 죽고 나면 내 무덤 위에서 너희 둘이 결합하는 거야. 든든한 강철 수갑을 반지 대신 차고 말이야! 마리안, 그대는 내 친구 소브랑의 배필이 될지어다! 소브랑, 그대에게 내 아내를 주노라! 둘은 이제 부부로 맺어질지어다! 수사판사가 결혼 서류를 작성해줄 것이고, 사형집행인이 혼례 미사를 집전해주겠지. 아, 생각만 해도 희열이 솟구치는구나! 아, 괴롭다. 너무 환상적이야. 죽음마저 아름답게 치장해주는 참으로 선량한 증오심이 아닌가 말이야. 죽는다는 게 참으로 행복하구나. 마리안은 교도소에 처박히고! 소브랑도 사형수 감방에서 탄식을 하는구나! 자, 문을 열어라. 오, 무서워라! 검은 옷을 입은 사람들이야. 침대로 저벅저벅 걸어오고 있어. "가스통 소브랑, 당신의 청원은 기각되었소. 용기를 잃지 마시오." 아! 싸늘한 아침 공기. 교수대가 저만치 서 있구나! 오, 이제 당신 차례로군, 마리안. 애인이 죽고 나서도 목숨을 부지할 줄 알았는가? 소브랑은 죽었어. 이젠 당신 차례라고! 자, 여기 밧줄이 있어. 어때, 독약이 더 나은가? 어쨌든 죽어줘야겠어, 아가써. 불꽃 속에서 죽으라고. 자네를 증오하다 간 바로 나처럼 말이야. 증오하다가, 증오하다가 간 나처럼…….

데말리옹 씨는 모두가 아연실색한 가운데 뚝 그쳤다. 특히 마지막 몇 줄은 가까스로 더듬더듬 읽었는데, 그만큼 나중으로 갈수록 글씨는 엉망이었고 알아보기 힘들었다.

마침내 그는 종이에서 눈을 떼지 않고 나지막한 목소리로 말했다.

"이폴리트 포빌. 분명히 서명이 되어 있군요. 마지막으로 힘이 솟았는지 서명 하나는 확실하게 했습니다. 마치 자신의 파렴치한 정체를 누가 의심이라도 할까 봐 이런 건지…… 하긴 누가 이럴 줄 상상이나 했겠습니까?"

그러고는 돈 루이스를 돌아보며 덧붙였다.

"어쨌든 이렇게 되고 보니, 정말이지 탁월한 혜안과 마땅히 칭송받아야 할 능력이 아니었으면 언감생심 꿈도 못 꿀 결과가 아닐 수 없습니다. 진심으로 감사드리는 바입니다. 이 미친 자가 줄줄이 토해낸 자초지종은 그동안 당신이 놀랍도록 정확하게 예견해낸 내용에 한 치의 오차 없이 부합합니다!"

돈 루이스는 깍듯이 고개를 숙이며, 대답 대신 이렇게 말했다.

"말씀하신 대로 이자는 정말 미친 자입니다. 그것도 가장 위험한 종자(種子)이지요. 미쳤으되 명석한 두뇌를 가지고 있고, 다른 무엇에도 개의치 않으면서 오로지 하나의 생각에만 매달리니까요. 그는 경이로운 집념으로 자신의 생각을 밀어붙였을 뿐만 아니라, 타고나게 정교한 정신적 능력으로 상황을 장악해갔습니다. 보통 사람 같았으면 거칠고 무식하게 살인을 저질렀을지도 모르는 일입니다. 하지만 기계처럼 정밀하기 이를 데 없는 그의 사고력은 오랜 단계를 거쳐 서서히 살인 행각을 진행시켜왔습니다. 마치 자기가 발견한 사실의 우수성을 확실하게 증명하기 위해 오랜 시간 암중모색을 마다하지 않는 과학자처럼 말이죠. 결국 사법당국도 덫에 걸려들고, 마담 포빌은 곧 죽을지도 모르는 상황이니, 그의 기도가 성공을 해도 너무 성공한 셈입니다."

데말리옹 씨는 결단을 내린 듯했다. 이런저런 얘기는 모두 과거사일 뿐, 앞으로 수사가 재개되면서 차차 적나라하게 밝혀지면 될 일이고, 지금 중요한 것은 단 하나, 마리안 포빌의 목숨을 구하는 일이다!

"맞는 말이오. 더 이상 낭비할 시간이 없는 것 같구려. 마담 포빌한테

이 사실을 한시바삐 전하는 게 급선무입니다. 아울러 당장 수사판사를 소환해 면소(免訴) 판결을 내리도록 할 것이오."

그는 수사를 전격 재개할 것과 돈 루이스가 제시한 가설들을 전면적으로 검증해나갈 것을 신속하게 지시했다. 그리고 돈 루이스를 향해 덧붙였다.

"자, 같이 가십시다. 마담 포빌이 자신의 구원자에게 감사의 뜻을 표하고 싶어 할 게 뻔하오. 마즈루도 동행하시오."

회합은 그렇게 끝났다. 결국 이번 모임에서는 돈 루이스가 화려하기 그지없는 방식으로 천재성을 발휘한 셈이었다. 좀 더 멋지게 표현하자면, 저승으로 이미 넘어간 세력과의 일대 혈전에서 그는 죽음을 겪어 비밀이 저절로 드러나게끔 한 것이다. 어둠 속에서 고안되고 무덤 속에서 실현된 희대의 복수극을 그는 마치 현장에 있었던 것처럼 적나라하게 폭로했다.

이에 대해 데말리옹 씨는 과묵한 표정과 약간의 고갯짓을 통해, 내심 감탄하고 있음을 슬쩍슬쩍 내비쳤다. 한편 페레나로서는, 대략 반나절 전만 해도 경찰의 집요한 추격에 시달리다가 지금은 그 총수의 차량에 느긋한 자세로 동석해 있는 상황을 묘한 쾌감으로 즐기는 것이었다. 사건 해결을 주도해온 자신의 능력과 성과에 대해 경찰이 얼마나 큰 중요성을 부여하는지 충분히 실감할 수 있었다. 돈 루이스의 협조가 얼마나 고마웠는지, 지난 이틀간의 이런저런 일들은 더 이상 생각조차 하지 않는 분위기였다. 결과적으로 베베르 부국장의 원한은 이제 돈 루이스 페레나에게 아무런 장애가 되지 못하는 상황이었다.

데말리옹 씨는 새롭게 부각된 해결책을 빠르게 되짚어보더니, 그래도 몇 가지 점을 거론하면서 이렇게 결론지었다.

"그래, 그렇게 된 거였어. 더 이상 일말의 의혹도 있을 수가 없군. 드디어 우리 사이에 의견 일치가 이루어진 것 같소. 다른 결론은 아무리 생각해도 없는 것 같아요. 한데 그래도 몇 가지 애매한 구석이 있소이다. 무엇보다 그 이빨 자국 말이오. 마담 포빌이 부인한 데다 이제는 남편의 자백이 있음에도 불구하고 우리 경찰 입장에서는 도저히 묵과할 수 없는 단서가 바로 그것이오."

"그에 대한 설명도 극히 간단하리라 믿습니다. 조만간 필요한 증거들이 수집되는 대로 그에 대한 해명을 제시하겠습니다."

"알겠소이다. 그런데 하나가 더 있소. 어제 아침 베베르 부국장은 그 폭발에 관련한 서류를 어떻게 해서 마드무아젤 르바쉐르의 방에서 발견할 수가 있었는지?"

돈 루이스는 빙그레 웃으며 말했다.

"아울러 나 역시 어떻게 편지 전달식이 거행되는 날짜 목록을 그곳에서 발견했느냐 이거죠?"

"그럼 결국 당신도 나와 같은 의견인가요? 이번 사건에서 마드무아젤 르바쉐르의 역할이 심히 의심된다는 사실 말이오."

"모든 건 하나도 남김없이 밝혀지고야 말 것입니다, 경시청장님. 지금으로선 마담 포빌과 가스통 소브랑을 신문해보시는 걸로도 그 마지막 의문점들이 환하게 밝혀질 것입니다. 마드무아젤 르바쉐르의 혐의점은 깨끗이 가시고 말 거예요."

하지만 데말리옹 씨는 그래도 여전히 석연치 않은 점에 매달렸다.

"그러고도 내게는 영 찜찜한 사실이 하나 있습니다. 아까 그 고백에서 말인데요, 이폴리트 포빌의 입에서는 모닝턴 유산에 관해서는 단 한마디도 나오지 않았습니다. 도대체 이유가 뭘까요? 과연 그에 대해서 전혀 몰랐을까요? 이 일련의 살인 행각과 유산상속이 전혀 무관하며, 단지 우연의 일치일 뿐이라고 추정해야 할까요?"

"그 점에 대해서는 경시청장님과 내 의견이 정확히 일치합니다. 솔직히 나 역시 유산상속 건에 관해 이폴리트 포빌이 침묵으로 일관한 점은 적잖이 의아합니다. 하지만 그럼에도 불구하고 나는 그 문제는 비교적 가볍게 보려고 합니다. 중요한 건 포빌 기사의 유죄와 다른 수감자들의 결백이니까요."

돈 루이스의 기쁨은 글자 그대로 순수한 마음에서 오는 것이었고, 그 어떤 제약도 인정하고 싶지 않은 것이었다. 그의 관점에서 보자면, 이번의 험악한 사건은 포빌 기사의 자필 고백이 발견된 것으로 그 완전한 종막을 고한 것이나 다름없었다. 그 몇 줄의 글귀만으로는 설명되지 않는 부분이 있다 해도, 추후에 마담 포빌과 플로랑스 르바쉐르, 그리고 가스통 소브랑이 제공할 진술 내용을 통해 완전히 밝혀질 것이다. 어쨌든 그는 이제 이 사건에서 어느 정도 관심을 떼어낸 상태였다.

드디어 생라자르. 처연하고 더러운 몰골의 오래된 감옥은 아직 적막 속에 휩싸여 있었다.

하지만 경시청장이 자동차에서 내리자, 곧장 출입구가 열렸다.

그는 수위에게 툭 내뱉었다.

"소장은 계신가? 어서 부르게. 급한 일이라고."

하지만 이내 마음이 달아올라 견딜 수가 없는지, 다짜고짜 의무실로 통하는 복도를 향해 부랴부랴 걸음을 서두르는 것이었다. 그러다가 2층 층계참에 다다랐을 때, 마침 내려오는 교도소장과 맞닥뜨리고 말았다.

"마담 포빌은 좀 어떻소? 지금 당장 보아야만 하겠소이다."

하지만 교도소장이 워낙 당혹스러워하는 태도인지라, 데말리옹 씨는 그 자리에서 멈칫할 수밖에 없었다.

"아니, 왜 그러시오? 무슨 일이 있소?"

소장은 황망한 표정으로 더듬거렸다.

"겨, 경시청장님, 그, 그럼 아직 모르시고 계십니까? 청사로 전화를 드렸는데요."

"뭔지 어서 말해보시오! 뭡니까? 무슨 일이냐고요?"

"마담 포빌이 글쎄 오늘 새벽에 그만 숨지고 말았습니다. 기어코 중독 자살을……."

데말리옹 씨는 교도소장의 팔을 와락 붙들고는 의무실로 쏜살같이 내달렸고, 그 뒤를 페레나와 마즈루가 황급히 따라갔다. 아니나 다를까, 여러 병실 중 한 곳에 젊은 여자가 나른하게 뻗어 있었다.

백지장 같은 얼굴과 어깨에 갈색 반점들이 피어 있는 것이, 베로 형사와 이폴리트 포빌, 그리고 에드몽의 몸에서 목격한 것과 유사한 모습이었다.

경시청장은 완전히 혼비백산해서 중얼거렸다.

"중독이라니. 대체 독약이 어디서 난 거야?"

"베개 밑에서 이 약병하고 주사기가 발견되었습니다."

"베개 밑에서? 아니, 그런 것들이 어떻게 거기 들어가 있단 말이오? 어떻게 그런 것들을 가지고 있을 수가 있느냔 말이오? 누가 넣어준 겁니까?"

"아직은 파악이 안 되고 있습니다, 경시청장님."

데말리옹 씨는 난감한 표정으로 돈 루이스를 바라보았다. 그렇다면 이폴리트 포빌의 자살로써 연속된 살인이 그 종지부를 찍은 것이 결코 아니라는 얘긴데……. 그자의 만행이란 마리안의 파멸만을 초래하는 데서 끝나는 게 아니라, 기어이 이 불쌍한 여인의 독살까지 이끌어내야 했다는 말인가! 이런 일이 과연 가능할까? 죽은 자의 복수극이 이처럼 정체를 알 수 없도록 자동적으로 계속 추진될 수가 있는가? 혹시 어둠 속에서 여전히 대담무쌍하게, 포빌 기사의 악마적인 작업을 이어가고 있는 수수께끼 같은 무엇이 아직 존재하고 있다는 뜻일까?

그런가 하면 그다음다음 날 또 다른 엄청난 사건이 터졌다. 가스통 소브랑이 자신이 수감된 감방에서 단말마의 숨을 헐떡이고 있는 것이 발견된 것이다. 이불을 사용해서 목을 맸던 것. 목숨을 건지려는 각고의 노력은 그만 허사로 돌아갔다.

그의 곁, 탁자 위에는 누군가 몰래 들여 넣어준 대여섯 장의 신문이 쌓여 있었다.

모두가 마리안 포빌의 죽음에 관한 기사를 게재하고 있었다.

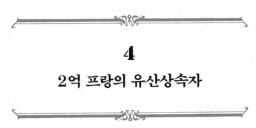

4
2억 프랑의 유산상속자

어이없는 참사가 벌어진 후 나흘째 되는 날 밤, 웬 승합마차의 늙은 마차꾼이 넉넉한 망토를 뒤집어쓴 채, 페레나의 저택 문 초인종을 누르고 주인에게 전해달라며 편지 한 장을 쓱 내밀었다. 그는 곧장 2층 서재로 안내되었는데, 안에 들어서서 망토를 벗자마자 덮어놓고 돈 루이스에게 달려들어 이러는 것이었다.

"이번엔 영락없게 되었습니다, 두목! 더 이상 장난할 때가 아니에요. 당장 짐을 꾸리고 몸을 피하셔야만 합니다! 빨리요!"

넓쩍한 안락의자에 느긋하게 앉아 조용히 담배를 피우고 있던 돈 루이스는 그 자세 그대로 대꾸했다.

"뭐가 더 좋은가, 마즈루. 시가 아니면 궐련?"

마즈루는 발끈했다.

"아니, 두목, 신문도 안 보신 겁니까?"

"유감스럽게도 그렇다네."

"신문을 봤다면 저나 다른 모든 사람처럼 상황 돌아가는 게 여실히 느껴졌을 텐데. 사흘 전, 그러니까 그 이중의 자살, 아니 마리안 포빌과 가스통 소브랑에 대한 이중 살인이 일어난 이후, 매번 신문이 나올 때마다 항상 등장하는 문구가 있어요! '이제 므슈 포빌과 그의 아들, 아내, 그리고 6촌지간인 가스통 소브랑마저 사망했으니 코스모 모닝턴의 유산과 돈 루이스 페레나 사이를 가로막을 수 있는 것은 아무것도 없는 셈이다.' 모든 기사가 죄다 이런 식이란 말입니다! 뭘 얘기하는 건지 이해하시겠죠? 물론 사람들은 쉬셰 대로의 폭발 사건과 포빌 기사의 사후 고백에 대한 얘기도 심심찮게 하고, 가증스러운 포빌에 대한 거부감과 두목의 공덕(功德)을 논하기도 합니다만, 여전히 대화든 토론이든 단골 메뉴로 떠오르는 주제는 따로 있더란 말입니다. 루셀 가문의 세 가지가 잘려나간다면, 이제 남는 건 누구냐 이거지요. 답은 항상 돈 루이스 페레나였습니다. 혈연으로 맺어진 상속자가 아니라면, 이제 누가 그 엄청난 유산을 상속하느냐는 겁니다. 역시 어딜 가나 답은 돈 루이스 페레나, 돈 루이스 페레나뿐이었습니다!"

"허허, 그거 누구신지 억세게 운 좋은 작자로군그래."

"사람들 생각은 그 정도가 아니란 말입니다, 두목! 지금까지의 참혹한 연쇄살인은 결코 우연의 소산일 수가 없으며, 코스모 모닝턴의 살해에서 시작해 결국 2억 프랑의 탈취에서 끝날, 뭔가 수미일관한 의지의 존재를 암시한다 이겁니다. 그리고 그 의지를 거론하면서는 그저 마음 내키는 대로 말을 하는 겁니다. 즉, 누군가 대단한 인물일 것이며, 어딘지 신비스럽고 애매모호한, 신출귀몰하고 전지전능한 존재일 텐데, 코스모 모닝턴과는 절친한 친구일 것이고, 시작부터 사건을 주도하는 가운데, 사람을 고발하고 용서하며, 검거하고 석방하면서, 한마디로 상속과 관련한 이번 사건 전체를 들었다 났다 하는 장본인일 거라는 둥. 그리고 마지막에는 자신의 이해관계에 의거해 사태를 진전시키다가, 결국 2억 프랑이라는 거금을 단번에 꿀꺽할 거라는 겁니다! 물론 그 장본인은 돈 루이스 페레나, 다시 말해서 그처럼 엄청난 사건을 감안할 때 머릿속에 떠오르지 않으면 오히려 바보 취급을 당할 저 위험인물, 아르센 뤼팽이더라 이겁니다!"

"이거 감사할 일이로군!"

"다시 말하지만 사람들 생각이 이래요. 만약 마담 포빌과 가스통 소브랑이 살아 있다면, 포괄 유산상속자와 예비 상속자로서의 두목의 자격 같은 건 그리 큰 고려 대상이 못 될 거라는 겁니다. 한데 공교롭게도 그 두 사람 모두 사망했다 이거예요. 그러니 어떻겠습니까? 우연치고는 지나칠 정도로 집요하게 유독 돈 루이스 페레나의 상속권만이 보호되고 있는 지금 상황에 주목하지 않겠느냐고요! 왜, '범죄로 득을 보는 사람이 범죄를 저지른다'라는 이 바닥의 격언 모르세요? 루셀 가문의 모든 상속인이 사라지고 나면 과연 득 볼 사람이 누구이겠냔 말입니다! 다름 아닌 돈 루이스 페레나이지요!"

"거 누군지 몰라도 도둑놈일세!"

"도둑놈! 바로 그 말을, 베베르 부국장이 경시청사와 치안국 복도를 두루 돌아다니며 고래고래 소리 질렀다는 거 아닙니까! 지금 두목은 '도둑놈'이 되어 있습니다! 플로랑스 르바쉐르는 공범이고요! 누가 반론을 제기하려 해도 소용없는 짓이 되어버렸단 말입니다. 경시청장요? 그의 목숨을 두 번씩이나 구해주었고, 사법당국에 값으로 매길 수 없는 봉사를 해주어서 누구보다 힘써줄 거라고 아무리 기대를 해봤자 다 허사예요. 공공연하게 두목을 비호하는 걸로 알려진 발랑글레 총리께 탄원을 해도 별 소득이 없을 겁니다. 경시청장만 바라보거나 국무총리에게만 기대한다고 해결될 문제가 아니란 말입니다! 버젓이 치안국이 있고, 검찰청이 있고, 수사판사가 있고, 언론이 있으며, 무엇보다도 여론! 늘 신경 써야만 하는 여론이 있단 말입니다. 아시다시피 대중은 죄인을 요구하고, 끊임없이 죄인이 출현해주기를 기다린단 말이에요! 한데 이제는 그 죄인이 두목 아니면 플로랑스 르바쉐르가 될 단계란 말입니다. 혹은 그 둘 다가 될 수도 있고요."

돈 루이스는 눈썹 하나 까딱하지 않았다. 마즈루는 한 1분 정도 잠자코 반응을 기대했지만 아무 대답도 나오지 않자, 다급한 제스처로 소리쳤다.

"이거 보세요, 두목, 지금 제가 어떤 지경에 몰려 있는지 아십니까? 제 의무를 저버리게 되어 있다고요! 제 말 좀 들어보세요. 내일 아침에 두목한테 수사판사의 소환장이 배달될 겁니다. 그러면 신문의 결과 여부에 상관없이 일정 절차를 마치자마자 두목은 곧장 파리 경시청 유치장에 수감될 예정이라고요. 구속영장에도 이미 서명이 끝난 상태입니다. 두목을 노리는 세력이 벌써 거기까지 손을 써놓은 상태라고요."

"저런!"

"그게 다가 아닙니다. 앙갚음을 하려고 잔뜩 독이 오른 베베르가 지금 당장 이곳을 감시할 수 있도록 허가를 요청한 상태예요. 플로랑스 르바쉐르처럼 두목이 잠적해버릴까 봐 그러는 겁니다. 앞으로 한 시간 내에 사람들을 이끌고 이곳에 당도할 거예요. 대체 어쩌실 겁니까, 두목?"

돈 루이스는 느긋한 자세 그대로 마즈루에게 가까이 오라는 손짓을 했다.

"이보게 반장, 저기 두 창문 사이에 있는 긴 의자 밑을 살펴보게."

왠지 말하는 폼이 진지했다. 마즈루는 즉시 지시를 따랐고, 의자 밑에 가방이 하나 있는 것을 발견했다.

"반장, 앞으로 10분 후 내가 하인들에게 잠자리에 들라고 이른 뒤, 자네가 그 가방을 들고 리볼리 가(街) 2구역 143번지로 가주어야겠네. 거기 내가 므슈 르코크라는 이름으로 마련해둔 아파트가 있거든."

"아니, 그렇다면?"

"실은 지난 사흘 동안 믿을 만한 사람이 곁에 없기에 자네가 나타나주기만을 내내 기다리고 있었어."

"아하, 그럼 그렇지!"

"아하, 뭐가 그럼 그렇지야?"

"그렇지 않아도 도망칠 생각을 하고 계셨던 거 아닙니까?"

"그야 당연하지! 다만 굳이 서두를 필요까지야 있겠는가? 내가 자네를 치안국에 집어넣었을 때는 그 안에서 나를 상대로 벌어지는 작전을 간파하도록 하기 위해서가 아닌가? 한데 위험이 닥친 걸 알았으니, 이제 슬슬 움직일 수밖에."

그는 점점 더 기막혀하는 마즈루의 어깨를 툭툭 두드리며 근엄한 목소리로 타일렀다.

"이보게 반장, 자넨 마차꾼으로 변장을 할 필요도, 자네 의무를 배반할 필요도 없네. 아니, 절대로 의무를 저버려선 안 되지. 항상 양심의 소리에 귀를 기울이게. 그러면 자네가 어떻게 해야 할지 합당한 답이 나올 거라고 난 확신하네."

돈 루이스의 말은 사실이었다. 마리안과 소브랑의 갑작스러운 죽음이 상황을 얼마나 반전시킨 것인지 모를 리 없는 그는 일단 몸부터 피하는 게 상책이라고 이미 판단하고 있었던 것이다. 다만 미리부터 움직이지 않은 것은, 혹시라도 플로랑스 르바쉐르에게서 편지나 전화로 소식이 당도하지 않을까 하는 기대 때문이었다. 하지만 얄궂은 아가씨는 끝내 침묵을 유지했고, 이제 여러 돌아가는 상황으로 볼 때 주변을 옥죄어오는 체포 위험을 한시라도 무릅쓸 필요가 없어진 것이다.

결국 이번에도 예견은 적중한 셈이었다. 다음 날 마즈루는 아주 명랑한 기분으로 리볼리 가의 아담한 아파트에 도착했다.

"멋지게 탈출하셨습니다, 두목! 오늘 아침 새가 날아간 걸 뒤늦게 깨달은 베베르의 표정을 보셨어야 해요! 여간 길길이 날뛰는 게 아니었습니다. 아무튼 그래도 상황이 점점 어려워지고 있어요. 지금 경시청은 완전히 요지경 속이 되어 있다고요. 이제는 플로랑스 르바쉐르를 계속 추적해야 할지 말아야 할지조차 분간을 못하고 있어요. 아차, 그건 아마 두목도 신문을 통해 알고는 계시겠군요! 수사판사의 소견은, 포빌이 자살했고 에드몽도 그의 손에 죽었으니, 그 점에 관해서는 플로랑스 르바쉐르가 아무 관련이 없다는 쪽입니다. 그에 의하면 사건이 그로써 일단락된 셈이지요. 정말이지 그 수사판사, 너무 제멋대로 아닙니까? 가스통 소브랑의 살해 건만 보더라도 나머지 일들과 마찬가지로 플로랑스가 개입한 게 불 보듯 뻔한 사실 아니냐고요! 편지 소동이라든가 폭발 사건 등등 므슈 포빌의 작전에 관한 문서가 셰익스피어의 책 속에서 발견된 것도 모두 그녀의 숙소에서 벌어진 일 아니겠습니까? 게다가……."

순간, 마즈루는 돈 루이스의 따가운 시선을 접하고 그만 입을 뚝 다물었다. 그 어느 때보다도 젊은 여인에게 신경을 곤두세우고 있는 두목의 심기를 눈치챘던 것이다.

"좋아요, 그만하죠. 나중에 시간이 지나면 제 말이 옳다는 걸 두목도 수긍하시게 될 겁니다."

며칠 동안 아무 일 없이 시간만 흘러갔다. 그동안 마즈루는 가능한 한 자주 들렀고, 전화상으로도 종종 생라자르와 상테 교도소에서 이루어지는 조사 활동의 이모저모를 상세하게 보고하는 것이었다.

물론 짐작하는 대로 조사는 무위로 끝날 뿐이었다. 천장의 전등과 수수께끼 같은 편지의 자동 공급에 관한 돈 루이스의 명쾌한 해명은 정확한 것으로 확인이 되었지만, 그 후에 발생한 이중의 자살 사건만큼은 아무리 조사를 해봐도 오리무중이었다. 기껏해야 검거되기 전부터 가스통 소브랑이 의무실 납품업자의 중개로 마리안과의 연결을 꾀해왔다는 사실이 밝혀졌을 뿐이었다. 그렇다고 과연 독약이 든 약병과 주사기가 그 경로를 통해 유입되었다고 추정해야 할까? 그것을 증명하기란 불가능하다. 또한 마리안의 자살 소식을 다룬 신문들이 어떻게 가스통 소브랑의 감방 안까지 들어올 수 있었는지도 오리무중이다. 그뿐만 아니라 최초의 수수께끼, 즉 과일에 찍힌 이빨 자국도 여전히 미궁 속에 남아 있다! 물론 므슈 포빌이 사후에 남긴 문서를 통해 마리안의 결백은 입증된 것이나 다름없다. 그러나 능금에 찍힌 자국은 분명 마리안의 이빨 자국이 틀림없는 것이다! 소위 호랑이 이빨의 주인공이 바로 그 여자란 얘기이다! 그러니 대체 어떻게 되어가는 걸까?

어쨌든 마즈루가 전하는 대로 사람들은 도무지 갈피를 못 잡고 있었다. 한편 유언장에 따라 유언자의 사망 이후 빠르면 석 달, 아무리 늦어도 넉 달 안에 모닝턴 유산상속자 회의를 열도록 해야 한다는 사명을 가지고 있는 경시청장은 다음 주 중으로, 즉 6월 9일에 그 회의를 소집하기로 했다. 사법당국으로서는 혼선과 의혹만을 실컷 경험한 이 지긋지긋한 사건을 그로써 마무리 짓는다는 것이 그의 계산이었다. 이후 유산상속 문제는 상황에 따라 신축성 있게 결정을 보면 될 것이다. 그런 다음 예심을 마감하리라. 머지않아 모닝턴 유산상속과 관련한 피비린내 나는 대량 학살극도 차츰차츰 대중의 침묵 속에 묻히고 말 터. 아울러 호랑이 이빨의 수수께끼도 차차 잊혀갈 것이고…….

한데 묘한 것은, 대개 격전을 앞둔 날들이 그러하듯,—사실 이 최종적인 상속 회의를 모두들 엄청난 전투처럼 생각하고 있었다—무척이나 흥분되고 초조할 법도 한 최근 며칠 동안을, 돈 루이스는 리볼리 가의 아담한 발코니에 내놓은 안락의자에 느긋하게 앉아 담배를 피우든가, 비눗방울을 만들어 튈르리 공원 쪽으로 부는 바람에 실려 보내면서 한가로이 소일하고 있다는 사실이었다.

마즈루는 아연실색한 얼굴로 그런 두목을 물끄러미 바라보곤 했다.

"이보세요, 두목. 정말 기막히군요. 어쩜 그리도 태연하고 무심하게 있을 수가 있지요?"

"기분이 그런 걸 난들 어떡하나, 알렉상드르."

"아니, 어떻게? 이번 일엔 아예 관심을 놓은 겁니까? 마담 포빌과 소브랑의 한을 풀어줄 생각은 아예 단념한 거예요? 지금 두목을 공개적으로 성토하고 난리인데, 비눗방울 놀이나 하고 있다니요!"

"이보다 더 흥미로운 일도 없는걸, 알렉상드르."

"좋아요, 제가 어디 한번 맞혀보죠. 벌써 수수께끼를 푼 거죠?"

"글쎄, 누가 알겠는가?"

정말이지 아무것도 더는 돈 루이스를 흥분시키는 것이 없는 듯했다. 시간이 흐르고 또 흘렀지만 그는 발코니에서 도무지 움직일 줄을 몰랐다. 이제는 참새까지 날아들어 그가 무료하게 던져주는 빵 조각들을 받아먹고 있었다. 정말이지 누가 보았다면 정녕 사건이 마무리된 듯싶었고, 모든 일이 최선으로 진행되고 있다고 생각할 법했다.

하지만 막상 회의가 있는 날이 오자, 마즈루는 편지 한 장을 손에 쥔 채 헐레벌떡 들이닥치는 것이었다.

"두목한테 온 겁니다! 우선 저한테 전달된 건데, 안을 보니 두목 이름으로 또 다른 봉투가 있지 않겠어요? 대체 어떻게 된 거죠?"

결정판 아르센 뤼팽 전집

"그야 간단하지, 알렉상드르. 적은 이미 우리 둘 사이의 끈끈한 관계를 간파한 거야. 그리고 내 주소를 모르니까."

"적이라니, 누굴 말씀하시는 거죠?"

"오늘 저녁 얘기해주지."

돈 루이스는 봉투를 뜯고 붉은 잉크로 쓰인 다음 문장들을 읽었다.

아직은 시간이 있다, 뤼팽. 전투에서 손을 떼어라. 그렇지 않으면 자네도 죽을 거야. 자네가 목표에 도달했다고 생각하는 순간, 그리고 나를 향해 감히 공세를 취하든지, 승리의 함성을 지르려고 입을 여는 바로 그 순간, 자네 발밑에서 엄청난 심연이 아가리를 쩍 벌릴 것이네. 자네가 죽어야 할 곳은 이미 정해진 상태야. 그럴듯한 함정이 준비되었으니, 조심하는 게 좋을 것이네, 뤼팽.

돈 루이스는 빙그레 웃었다.

"좋았어! 드디어 슬슬 정체를 드러내시는군."

"누군지 알아내신 겁니까, 두목?"

"그야 당연하지. 그나저나 이 편지는 누가 가져다주던가?"

"아하, 이번에는 우리가 운이 좋은 모양입니다! 원래는 테른 가도(街道)에 사는 경시청의 어떤 형사한테 전해진 건데, 마침 편지를 전해온 사람 바로 옆집에 살고 있거든요. 그 사람과 좀 안면이 있다고 했습니다. 어때요, 이만하면 운이 따르는 거죠?"

돈 루이스는 얼굴이 환해지면서 비로소 의자를 박차고 일어났다.

"지금 뭐라고 했나? 어서 죄다 털어놓게! 분명 아는 게 있으렷다!"

"테른 가도에 위치한 진료소에서 일하는 하인이랍니다."

"어서 가세나! 한시도 허비할 수가 없어!"

"좋아요, 두목! 이제야 본모습이 나오는군요!"

"아무렴! 뭐 별로 달리 할 일도 없고 해서, 그저 오늘 저녁이 오기만을 기다리고 있었지. 대단히 격렬한 싸움이 될 것을 내다보았기에 그때까지 가급적 편히 쉬려고 했던 것일세. 한데 상대가 고맙게도 실족(失足)을 하는 바람에 이제 추적할 빌미가 생겼으니 더 이상 기다리고만 있을 필요가 없는 거지. 자, 내가 앞장설 테니, 어서 호랑이 사냥에 나서자고, 마즈루!"

돈 루이스와 마즈루가 테른 가도의 진료소 앞에 도착했을 때는 오후 1시였다. 아니나 다를까 하인이 맞이했는데, 순간 마즈루는 돈 루이스의 옆구리를 팔꿈치로 슬쩍 찔렀다. 분명 편지를 전해준 자일 거라는 뜻이었다. 반장의 추궁에 그는 그날 아침 경시청사에 갔던 사실을 순순히 시인했다.

"누구 부탁을 받은 것이오?"

마즈루가 날카롭게 다그쳤다.

"원장 수녀님의 지시였습니다."

"원장 수녀라니?"

"네. 이곳 진료소에는 요양원도 포함되어 있는데, 그곳은 수녀님들이 관리하고 있거든요."

"원장 수녀와 얘기 좀 할 수 없겠소?"

"그야 가능하죠. 하지만 지금은 곤란합니다. 출타 중이시거든요."

"돌아오시긴 하겠죠?"

"물론이죠. 곧 돌아오실 겁니다."

하인은 두 사람을 대기실로 안내했고, 거기서 한 시간 반 정도 기다림이 이어졌다. 둘은 무척이나 고무되어 있었다. 갑작스럽게 출현한 이 수녀의 개입을 과연 어떻게 이해해야 하는가? 대체 이 사건에서 그녀가 차지하는 역할이 무엇인가?

일군의 사람들이 들어와 곧장 치료 중인 환자들이 있는 곳으로 안내되는가 하면, 밖으로 나가는 사람들도 있었다. 수녀 몇 명이 조용히 지나다녔고, 허리춤을 잔뜩 조여 맨 백의(白衣)의 옷자락을 끌며 간호사들도 이리저리 분주히 돌아다녔다.

"여기서 이렇게 죽치고 앉아 있을 순 없어요, 두목."

마즈루가 중얼대자, 돈 루이스는 툭 쏘아붙였다.

"뭐가 그리 급한가? 어디서 애인이라도 기다려?"

"시간만 축내고 있지 않습니까?"

"난 안 그런데. 경시청사에서의 약속은 오후 5시가 아닌가?"

"아니, 지금 무슨 말씀을 하시는 거예요? 농담이겠죠? 설마 그 자리에 기어이……."

"왜 안 될 이유라도 있나?"

"하지만 이미 영장이……."

"영장? 그깟 휴지 조각이야……."

"하지만 사법당국을 끝내 자극하다가는 휴지 조각이 실제 상황으로 바뀔 수도 있다고요! 그곳에 나타나시면 분명 도전으로 간주할 겁니다."

"그 대신 나타나지 않으면 죄를 인정하는 걸로 받아들여지겠지. 자고로 2억 프랑을 상속받는 자가 하필 복(福) 터지는 날에 종적을 감추는 법이란 세상에 없다네. 더군다나 내 권리가 박탈당할 위기에 처했는데, 당연히 회의에 참석해야지. 난 갈 것이네."

"아, 두목……."

바로 그때였다. 문득 바로 앞에서 숨죽인 비명 소리가 들리는가 싶더니, 방을 가로질러 지나던 간호사 한 명이 냅다 달려가, 칸막이용 휘장을 걷고 안으로 사라지는 것이었다.

돈 루이스는 벌떡 일어나 잠시 머뭇거리더니 느닷없이 그 휘장 쪽으로 달려갔다. 그리고 계속해서 그 너머 복도를 달려가고는, 가죽을 댄 두툼한 문짝에 맞닥뜨리자, 손을 부들부들 떨며 넋 나간 표정으로 또 몇 초를 주저하는 것이었다.

마침내 문을 활짝 열자, 하인용 뒤쪽 계단이 깎아지르고 있었다. 과연 올라가야 할까? 보아하니 우측으로도 똑같은 계단이 이번에는 지하실로 뻗어 있었다. 그는 일단 그쪽 계단을 택해 내려가 부엌으로 들이닥친 뒤, 요리사를 붙잡고 다짜고짜 으름장을 놓았다.

"방금 웬 간호사 한 명이 이쪽에서 뛰어나왔을 텐데?"

"마드무아젤 제르트뤼드 말인가요? 신참인데……."

"그렇소. 맞아요. 지금 저 위에서 찾고 있소이다."

"누가 말인가요?"

"아, 제기랄! 그냥 어디로 갔는지나 얘기해주시오!"

"여기, 이쪽 문인데요."

돈 루이스는 부리나케 몸을 날려 비좁은 출입구를 뛰쳐나갔고, 어느새 테른 가도 위에 서 있었다.

한편 뒤늦게 따라붙은 마즈루가 헐떡이며 말했다.

"오늘 달리기 한번 대차게 하는군요."

돈 루이스는 길거리를 뚫어져라 두리번거렸다. 바로 이웃하는 생페르디낭 광장에서는 버스가 막 출발하고 있었다.

"바로 저기 있어. 이번에는 절대 놓치지 않는다!"

그는 얼른 택시를 잡아 세우며 외쳤다.

"기사 양반, 약 50여 미터 거리를 두고 저 버스를 미행하시오."

그러자 마즈루가 불쑥 물었다.

"플로랑스 르바쉐르 맞죠?"

"응."

"그 여자 참 질기기도 하군!"

고개를 돌리며 투덜대던 반장은 갑자기 욱하는 어조로 이랬다.

"이봐요, 두목, 정녕 이다지도 모르시겠습니까? 사람이 이 정도까지 눈이 멀기도 쉽지 않겠어요!"

돈 루이스는 아무 대꾸도 하지 않았다.

"플로랑스 르바쉐르가 이 진료소에 있었다는 얘기는, 결국 1＋1＝2라는 식으로 생각해도, 하인한테 협박 편지를 들려 보낸 장본인이 바로 그녀라는 답이 충분히 나오는 겁니다. 틀림없어요! 플로랑스 르바쉐르가 모든 일을 꾸미고 있었던 거예요! 두목도 잘 알지 않습니까? 지난 열흘 동안 분명 두목은 모든 불리한 증거에도 불구하고 오로지 여자에 대한 사랑 하나 때문에 끝내 그녀를 결백한 걸로 생각했을 겁니다. 그러다 오늘에 와서야 진실에 맞닥뜨린 거예요. 틀림없이 그럴 겁니다. 어때요, 제 생각이 정확하죠? 두목도 인정하시는 거죠?"

이번에는 정말 돈 루이스도 아무런 이의를 표하지 않았다. 그저 잔뜩 인상을 찌푸리고 눈빛을 이글거리면서, 이제 막 오스망 대로변에 멈춰 서는 버스를 노려보고 있었다.

그러더니 운전기사를 향해 냅다 소리쳤다.

"멈추시오!"

버스에서 여자가 황급히 내리는 모습이 보였다. 과연 간호사 복장 너머로 플로랑스 르바쉐르의 용모를 똑똑히 알아볼 수 있었다. 혹시나 미행하는 사람이 있는지 주변을 두리번거리던 그녀는 얼른 마차를 잡아 타고 대로를 따라 달리다가, 곧장 페피니에르 가(街)로 접어들어 생라자르 역으로 직행했다.

돈 루이스는 멀찌감치 거리를 둔 채, 여자가 계단을 걸어 올라가 역전(驛前) 로마 소(小)광장으로 진입하는 것을 지켜보았고, 로비로 파고들어 매표소 앞에 서는 것까지 목격했다.

"서두르게, 마즈루. 자네의 그 치안국 신분증을 내밀고 매표원한테 물어보라고. 여자가 방금 어디로 가는 기차표를 구했는지 말이야. 어서, 괜히 다른 여행객 땜에 걸리적거리기 전에!"

마즈루는 후닥닥 달려가 지시대로 한 뒤 곧장 돌아와 보고했다.

"루앙행(行) 이등칸으로 샀답니다."

"같은 걸로 하나만 구하게."

반장은 시키는 대로 했다. 알고 보니 이제 막 출발하는 특급열차였다. 플랫폼에 당도했을 때는 이미 플로랑스가 중간쯤의 객실 문을 열며 들어가고 있었다.

기차의 기적 소리가 귓전을 두드렸다.

돈 루이스는 되도록 모습을 감추면서 말했다.

"어서 타게, 마즈루. 루앙에 도착해서 전보를 치게나. 오늘 밤에 내가 합류할 테니까. 정신 바짝 차리고 감시해야 하네. 여자가 달아나지 못하게 말이야. 자네도 알다시피 보통내기가 아니니 긴장을 늦춰선 안 돼!"

"두목은 왜 안 가십니까? 그게 훨씬 나을 텐데요?"

"갈 수가 없으니 그렇지. 루앙 이전에 기차가 설 리가 없는데, 그러면 오늘 밤이 되어서야 돌아올 수가 있어. 경시청사에서의 모임은 오후 5시이고 말이야."

"결국에는 끝까지 거기에……."

"두말하면 잔소리지! 자, 어서 타기나 하게!"

그러면서 돈 루이스는 마즈루를 기차 꽁무니에 밀어 태웠다. 기차는 덜컹거리며 움직이기 시작하더니 금세 터널 속으로 사라졌다.

돈 루이스는 대합실 중 한 곳으로 들어가 벤치에 몸을 던진 뒤, 신문을 읽는 척하며 두 시간 동안을 가만히 앉아 있었다. 신문을 본다고는 하지만 머릿속을 점령한 난감한 문제 하나에 골몰하면서 시야마저 회부옇게 가려지는 듯했다. 과연 플로랑스가 범인일까?

정각 5시, 데말리옹 씨의 집무실 문은 다스트리냑 백작과 르페르튀 선생, 그리고 미국 대사 서기관 앞에 활짝 열렸다. 바로 그 순간, 누군가 경비원실로 불쑥 들어서며 명함 한 장을 내놓았다.

고급 명함 용지를 힐끗 쳐다본 경비원은 저만치 몰려 있는 사람들 쪽을 힐끗 돌아보더니, 다시금 낯선 사내에게 물었다.

"초청장은 안 가지고 계십니까?"

"그런 거 필요 없소이다. 그냥 돈 루이스 페레나가 왔다고만 전해주시오."

몰려 있던 사람들 사이에서 순간적으로 전기 충격 같은 소동이 일었고, 그중 하나가 성큼성큼 다가왔다. 다름 아닌 베베르 부국장이었다.

두 사내는 잠시 서로의 눈동자 깊숙한 곳을 뜨겁게 노려보았다. 돈 루이스는 곧 친근한 웃음을 띠었고, 베베르는 창백하게 질린 얼굴에 입술마저 부들부들 떨어, 누가 보더라도 스스로를 자제하려고 안간힘을 쓰는 것이 역력했다.

그의 곁으로 신문기자 둘을 제하고도, 치안국 형사 넷이 달라붙었다.

돈 루이스는 속으로 중얼거렸다.

'빌어먹을! 이 신사 양반들은 필시 나 때문에 와 있는 거겠지. 그러면서도 질겁을 한 표정들을 보면, 정말로 내가 나타나리라고는 기대하지 않은 모양이야. 날 체포하려 들까?'

꼼짝 않고 있던 베베르는 마침내 얼굴 가득 만족한 표정이 피어올랐는데, 마치 이런 생각을 하고 있는 듯했다.

'아하, 이 친구야, 자넨 이제 내 손안에 있어. 결코 빠져나갈 수는 없을걸!'

결국 경비원이 다시 나서서, 아무 말 없이 입구로 안내했다.

돈 루이스는 베베르의 앞을 쓱 지나치면서 깍듯한 인사를 건넸고, 늘어선 형사들한테도 애교 있게 목례를 던진 다음, 곧장 안으로 들어갔다.

다스트리냑 백작이 손을 내밀며 다가왔다. 외인부대 용사 페레나를 향한 마음이 잡다한 인사치레로는 결코 표현될 수 없다는 태도였다. 반면 경시청장은 자중하는 빛이 역력했다. 그는 좀 전부터 훑어보고 있던 서류철을 계속 넘기는가 하면, 서기관과 공증인과 더불어 나지막한 음성으로 얘기를 나누고 있었다.

돈 루이스는 연신 속으로 중얼거렸다.

'뤼팽 이 친구야, 이제 이곳에서 누군가 한 명은 수갑을 찬 채로 방을 나가게 될 거야. 그게 진범이 아닐 경우엔, 바로 자네가 그 신세로 전락하는 거라고. 내 말 명심해.'

그러면서 이번 사건이 벌어지자마자 포빌 기사의 작업실에 포진해 있던 사법관들을 상대로 일장 연설을 풀어내던 때를 머릿속에 떠올렸다. 당장에 체포될지도 모를 상황에서 보란 듯이 범인을 사법당국에 넘겼던 그때 그 일. 그리고 보니 처음 시작부터 마지막까지 전혀 보이지 않는 정체불명의 적을 상대로 계속 혈전을 벌이면서, 사법당국의 연이은 도전에도 일일이 대응해야만 하는 처지였던 것이다. 그 어느 싸움이든 철저한 승리 외에는 스스로를 방어할 길이 없었다. 사방에서 끊임없이 몰아치는 공세에 시달리는 가운데, 그는 마리안과 소브랑이라는 두 무고한 희생자를 비정한 싸움의 법칙에 이미 내바친 상태이다. 바야흐로 명실상부한 진범의 멱살을 붙들어 꿇어앉히느냐, 아니면 결정적인 순간을 맞아 이번에는 스스로를 희생 제물로 바치느냐의 갈림길을 앞둔 것이나 다름없었다.

별안간 알 수 없는 미소를 지으며 손바닥을 문지르는 돈 루이스. 데말리옹 씨는 그를 힐끔 쳐다보았다. 뭔가 티 없는 기쁨을 음미하는 태도에, 갈수록 즐거우면 즐거웠지 그 밖의 가능성은 안중에도 없는 기색이었다.

경시청장은 계속해서 묵묵히 바라만 보고 있었다. 기발한 인간이 또 무얼 가지고 저리 즐거워하나 생각하다가, 다시금 서류로 눈길을 내린 경시청장이 입을 열었다.

"두 달 전과 마찬가지로, 지금 우리는 코스모 모닝턴의 유언에 관한 문제를 결정짓기 위해 이 자리에 다시 모였습니다. 페루 공사관 소속이신 므슈 카세레스는 부득이 이 자리에 참석하지 못하셨습니다. 방금 이탈리아에서 날아온 전보에 의하면 현재 중병을 앓고 있다고 하는군요. 하긴 그가 참석하는 것은 굳이 필수 사항에 들지는 않습니다. 따라서 현재 이 자리에는 더 이상 빠진 사람이 없는 거나 같습니다. 아, 물론 이번 회합이 결국에는 상속권을 위임하게 될 코스모 모닝턴 유산상속자들을 제하고 그렇다는 얘기이지요."

"빠진 사람이 한 명 있는걸요, 경시청장님."

데말리옹 씨는 고개를 번쩍 들었다. 아니나 다를까 돈 루이스가 내뱉은 말이었다. 경시청장은 잠시 주저하더니, 이내 결심이 선 듯 물었다.

"누구 말이오? 그 빠진 사람이 누구입니까?"

"모닝턴 유산상속자들을 살해한 진범 말입니다."

이번에도 역시 돈 루이스는 좌중의 주의력을 점(點) 하나로 모았다. 아무리 거부하려고 해도 모두들 그의 존재를 중시하지 않을 수 없었고,

그가 순간순간 내뿜는 영향력에 경도될 수밖에 없었다. 입만 열면 터져 나오는 것은 해괴망측한 소리들뿐이지만, 다른 사람이 아닌 바로 그의 입에서 나온다는 점 하나만으로도 신빙성 있게 여겨지는 사실들과 모두 또 한 차례 씨름을 해야 할 처지가 된 것이다.

돈 루이스는 차분하게 운을 뗐다.

"경시청장님, 우선 작금의 상황에 의해 발생한 사실들을 일목요연하게 짚어볼까 합니다만? 이는 곧 쉬셰 대로의 폭발 사건 이후 우리가 서로 나눴던 얘기의 자연스러운 귀결이기도 합니다."

돈 루이스는 데말리옹 씨가 아무 만류도 하지 않는 것을 일단 허락하는 뜻으로 읽었고, 본격적으로 얘기를 시작했다.

"그리 길지는 않을 것입니다. 이유는 다음 두 가지. 우선, 포빌 기사의 자백은 아직도 유효하며, 이번 사건에서 그가 담당한 괴물 같은 역할에 대해 우리 모두 확실하게 인정하고 있다는 점. 아울러, 이건 덤으로 얘기하는 건데, 진실은 제아무리 복잡해 보인다 해도 근본적으로는 무척 간단하기 마련이라는 점입니다. 요컨대 진실은 쉬셰 대로의 파손된 호텔을 나서면서 경시청장님이 내게 직접 제기한 의문점에 전적으로 달려 있다고 할 수 있습니다. 요지는 이런 것이었지요. '이폴리트 포빌의 고백에서 어쩌면 그렇게 코스모 모닝턴의 유산에 관한 얘기가 단한 마디도 나오지 않을 수가 있느냐?' 이 말입니다. 모든 비밀이 바로 그 안에 있어요. 그렇습니다, 경시청장님. 이폴리트 포빌은 실제로 유산에 관해서는 일언반구 내비친 적이 없습니다. 그리고 그가 아무 언급도 안 했다면, 그건 그가 모르고 있다는 얘기밖에 안 됩니다. 반면, 만약 가스통 소브랑이 자신의 비참한 내력을 내게 이야기하면서 마찬가지로 유산에 관해 일언반구도 내뱉지 않은 것은, 바로 그 유산이 그에게는 하등의 중요성도 지니고 있지 않기 때문이지요. 물론 그 역시 사건이 일어나기 전에는 유산에 대해 까마득히 모르고 있었고, 그건 마리안 포빌이나 플로랑스 르바쉐르도 마찬가지입니다. 어쨌든 이폴리트 포빌의 정신을 사로잡고 그의 삶을 이끈 건 오로지 절대적인 현실, 즉 복수에 대한 열망뿐이었습니다. 그렇지 않았다면 코스모 모닝턴의 엄청난 재산이 자신의 몫으로 돌아올 것임에도 불구하고 그처럼 일을 저지르지는 않았겠죠. 유산상속에 대해 알고, 그것을 향유할 생각이 있었다면, 절대로 자신의 목숨을 버리면서까지 복수에 매달리지는 않았을 겁니다. 그렇다면 이제 확실한 사실이 하나 떠오르지요. 유산상속 문제는 이폴리트 포빌의 결심과 행위에 전혀 아무런 영향을 미치지 않았다는 사실 말입니다. 문제는, 살인이 일어나는 것이 어쩜 그리도 질서 정연하게, 모닝턴 유산의 상속이 이루어지는 순서에 맞추어 차례차례 진행되었느냐 하는 점입니다. 맨 먼저 코스모 모닝턴 본인이 죽었고, 그 다음으로 이폴리트 포빌과 에드몽 포빌, 다음으로 마리안 포빌이 죽었으며, 그다음 가스통 소브랑이 죽었단 말입니다! 우선 재산의 소유자가 세상을 뜨자, 그가 생전에 수유자(受遺者)로 지명한 사람들이 약속이나 한 듯, 차례차례 죽은 겁니다. 분명 유언장에서 유산에 대한 권리 주장을 허용한 순서 그대로 말입니다! 참으로 기이한 현상 아닙니까? 이를 두고, 뭔가 일관되게 주관하는 배후의 존재를 어찌 의심하지 않을 수 있겠습니까? 이 유산상속 앞에서는 온갖 끔찍한 갈등도 기를 펴지 못하는 데다, 파렴치한 포빌의 질투와 증오마저 저 위에서 물끄러미 굽어보는 더 막강한 존재가 있다는 것을 어떻게 인정하지 않을 수 있겠느냐 이겁니다! 지극히 구체적인 목표를 향해 모든 일을 조종하고, 줄을 당겼다 놓았다 하면서 이 비극의 넋 나간 꼭두각시들을 차근차근 죽음으로 몰아넣는 보이지 않는 손이 있다는 것을 말입니다! 경시청장님, 일반 대중의 생각도 아마 나와 같을 것입니다. 베베르 부국장이 지휘하는 일부 경찰 세력 역시 나와 마찬가지의 방식으로 추정하고 있을 테고요. 요컨대, 그와 같은 미지의 존재는 현재 모든 이의 상상 속에 이미 확고하게 자리를 잡은 셈입니다. 누군가 모든 일을 주관하는 입장에 있어야 할 것이고, 의지와 에너지의 화신이 존재해야 마땅할 것입니다. 지금까지는 그게 바로 나였습니다! 하긴 왜 아니겠습니까? 나야말로 코스모 모닝턴의 수유자 중 한 사람으로서, 일련의 살인극으로 직접적인 이득을 보는 데 없어서는 안 될 조건을 구비한 입장이 아니던가요? 뭐 굳이 부인하지는 않겠습니다. 경시청장님께도 어떤 외부적인 압력이 있을 수 있을 것이고, 상황 때문에 어쩔 수 없이 나에 대한 정당치 못한 조치를 취할 수도 있을 겁니다. 그렇다 해도 나는, 지난 두 달 동안 당신 스스로 평가해온 바 있는 사나이를 두고, 여하한 몹쓸 짓도 저지를 수 있는 존재로 의심하는 것에 대해 아무런 탓도 하지 않을 것입니다. 여하튼 나를 문제 삼는 대중의 본능적인 생각은 그리 틀리다고 할 수 없습니다. 포빌 기사를 제쳐두고도 어차피 치명적인 범인은 있는 것이며, 그 범인은 코스모 모닝턴의 유산을 결정적으로 상속받도록 되어 있는 게 사실이니까요. 한데 나는 범인이 아니므로, 현재 틀림없이 코스모 모닝턴의 또 다른 유산상속자가 있는 게 분명합니다. 바로 그자를 나는 지금 고발하려는 것입니다. 지금 우리 앞에 펼쳐지는 흉악한 사건 속에는, 한때 우리가 믿어 의심치 않은 것과는 달리, 죽은 자의 의지만 있는 게 아닙니다. 지금까지 나 역시 늘 죽은 자와 실랑이를 벌여온 것만은 아니었으며, 가끔씩은 산 자의 가쁜 숨결이 얼굴에 훅훅 불어대는 것을 느끼곤 하였답니다. 종종 나를 갈가리 찢어발기려고 호시탐탐 노리는 호랑이 이빨의 존재를 느껴왔지요. 비록 이번 사건의 많은 부분을 죽은 자가 이뤄놓은 게 사실이지만, 그렇다고 모든 게 다 죽은 자의 소행인 것만은 아닙니다. 심지어 죽은 자가 저지른 것 가운데에서도 과연 그

혼자 해냈을지 의심 가는 대목도 한둘이 아니랍니다. 정녕 내가 지금 염두에 두고 얘기하는 존재는 자신의 뜻을 스스로 집행한 자일까요, 아니면 단지 공범으로서 손을 빌려준 것일까요? 그건 나도 모르는 일입니다. 다만 확실한 것은, 누군가 살아남아서, 분명 자기가 영감을 불어넣었을 작업을 계속 맡아 하고 있으며, 자신의 이익에 맞게끔 살짝 비틀어서, 과단성 있게 정리할 건 정리하고, 극단에 이르기까지 그 작업을 추진해가고 있다는 사실입니다. 그리고 이 모든 건 오로지 그 자신이 코스모 모닝턴의 유언 내용을 알고 있기 때문에 가능한 것이지요. 바로 그자를 지금 나는 고발하려 하고 있는 겁니다, 경시청장님! 적어도 이폴리트 포빌의 소행으로 돌릴 수 없는 악행에 대해서만큼은 그를 고발하는 바입니다. 예컨대, 코스모 모닝턴의 공중인인 르페르튀 선생이 유언장을 놔둔 책상 서랍을 강제로 뜯어낸 행위가 그의 소행임을 고발합니다. 코스모 모닝턴의 아파트로 잠입해 그의 주사약으로 쓰이는 카코딜산염소다가 담긴 앰풀을 독극물이 담긴 앰풀로 바꿔치기한 행위가 그의 소행임을 고발합니다. 코스모 모닝턴의 임종을 확인하러 온 의사로 슬쩍 변장해서 가짜 소견서를 발부한 것도 그의 소행임을 고발합니다. 이폴리트 포빌에게 독극물을 제공해서, 결국 베로 형사와 에드몽 포빌, 그리고 자기 자신을 죽음으로 몰아넣도록 한 행위가 그의 소행임을 고발합니다. 가스통 소브랑에게 무기를 쥐여주고 사주해서 세 번씩이나 내 목숨을 노리게 하는가 하면, 급기야 우리 운전기사를 저세상으로 보내버린 것 역시 그의 소행임을 고발합니다. 가스통 소브랑이 마리안 포빌과 소통하기 위해 의무실에 뇌물을 먹여놓은 걸 악용해서, 가엾은 여인이 자살을 시도할 수 있게끔 독약과 주사기를 반입해준 행위가 그의 소행임을 고발합니다. 무슨 수단을 썼는지는 모르겠지만, 분명한 의도를 가지고 가스통 소브랑의 감방 안에 마리안의 자살 소식이 게재된 신문들을 집어넣어 준 행위도 그의 소행임을 고발합니다. 요컨대 나는 여타 다른 범행은 차치하고라도—예컨대 베로 형사와 우리 운전기사를 죽인 것—코스모 모닝턴과 에드몽 포빌, 이폴리트 포빌, 마리안 포빌, 가스통 소브랑 등등, 엄청난 유산과 그 자신 사이를 가로막는 모든 사람을 가차 없이 죽음으로 내몬 죄로 그를 고발하는 바입니다! 경시청장님, 내가 방금 내뱉은 마지막 말이야말로 지금 내 머릿속 생각을 분명하게 표현한 것입니다. 만약 한 인간이 상당한 액수의 돈을 거머쥐기 위해 같은 인간의 목숨을 다섯 번이나 제거한다면, 분명 그는 그렇게 함으로써 확고부동하게 그 재산이 자기 수중에 떨어지는 걸 확신한다는 얘기가 됩니다. 요컨대 백만장자를 죽이고 그 유산을 상속받을 네 명의 대상도 눈 하나 깜짝 않고 차례차례 제거할 수 있는 사람이라면, 필시 그 자신이 백만장자의 다섯 번째 상속자일 것이며, 조만간 이곳에 나타날 것입니다!"

"뭐라고요?"

경시청장은 자기도 모르게 버럭 소리를 질렀다. 상대가 방금 내뱉은 말이 하도 충격적이라, 지금까지 그토록 강력한 논리로 줄줄이 풀어내던 논증은 뇌리에 가물가물할 정도였다. 돈 루이스가 덧붙였다.

"지금까지 내가 고발한 내용은 그 장본인이 이 자리에 모습을 나타낸다는 사실로 엄정한 결론에 이르는 셈입니다. 코스모 모닝턴의 유언장에서 확실하게 못 박고 있는 조항을 기억하십니까? '유산상속권은 해당 상속자가 오늘의 이 모임에 참석할 경우에만 유효하다!'"

"하지만 만약 오지 않는다면 어떻게 되는 것이오?"

경시청장은 또다시 돈 루이스의 신념 앞에서 의혹이 차츰차츰 수그러드는 것을 느끼면서 외쳤다.

"반드시 오고야 말 것입니다. 만약 그렇지 않으면 이 사건은 더 이상 그 어떤 의미도 없게 됩니다. 포빌 기사의 상궤를 벗어난 범죄행각으로만 귀결될 것이고, 결국에는 어느 미친 사람의 엉뚱한 광란으로 정리되고 말겠죠. 마리안 포빌과 가스통 소브랑의 죽음에 이르기까지 추진되어온 걸 보면, 이번 사건의 결말은 생테티엔의 루셀가(家) 최후의 자손이자 명실상부한 유산상속인인 그 장본인이 이곳에 나타나서, 그토록 끔찍한 값을 치르고 탈취한 2억 프랑의 유산을 요구하는 것으로 귀결될 것이 틀림없습니다."

하지만 데말리옹 씨는 여전히 흥분이 가시지 않은 듯, 같은 질문을 반복하는 것이었다.

"그래도 나타나지 않는다면 어찌 되는 거냐고요?"

"그렇다면 내가 범인이 되는 셈이고, 당신은 나를 체포하기만 하면 그만이겠죠. 분명히 말하지만, 오늘 오후 5시에서 6시 사이에, 당신은 바로 이 방에서 모닝턴의 유산상속자 살해범을 두 눈으로 똑똑히 목격하게 될 것입니다. 그렇게 되지 않는다는 건 인간의 힘 안에서는 도저히 불가능합니다. 결과적으로 어떤 경우이건 사법당국으로서는 밑질 것 없는 셈입니다. 그자 아니면 나라도 걸려들 테니까요. 지극히 간단한 선택이지요."

데말리옹 씨는 입을 다물었다. 그는 풍성한 콧수염 끄트머리를 초조한 태도로 질경이면서, 사람들이 비좁게 둘러앉은 안쪽으로 책상을 한 바퀴 돌았다. 그런 과감한 추론에 대해 거부감이 불쑥불쑥 치밀고 있는 것이 뻔했다. 마침내 그는 혼잣말처럼 중얼거렸다.

"아니야. 아니라고. 그자가 자신의 상속권을 요구하기 위해 지금까지 잠자코 기다려왔다는 걸 어찌 설명할 수 있겠어?"

"어쩌다 보니 그렇게 되었다고도 볼 수 있고……. 일련의 장애에 가로막혀 어쩔 수 없이 그런지도 모르죠. 혹은 누가 압니까? 좀 더 극적

(劇的)인 흥분을 노리려는 병적인 욕구 때문일 수도 있겠죠. 그나저나 이번 사건이 얼마나 세밀하고 정교한 장치에 의해 조작되었는지 잊으셨습니까? 매 사건들이 포빌 기사에 의해 사전에 설정된 시각에 맞춰 정확히 발생했지요. 하물며 지금까지도 버티고 있는 그의 공범이 마지막까지 그 같은 영향을 이어받아서, 최후의 순간에 맞춰 자신의 모습을 드러내리라고 보지 못할 이유가 없지 않겠습니까?"

데말리옹 씨는 발끈하며 외쳤다.

"천만에! 말도 안 되는 소리! 결코 그럴 리는 없소이다! 정녕 이처럼 주도면밀한 살인 행각을 지금껏 무사히 저질러온 존재가 있다면, 이제 와서 자신을 노출하는 바보짓을 범할 리가 없어요!"

"아, 물론 이곳에 출두하면서 그는 전혀 위험이 있을 거라는 생각은 하지 못할 것입니다. 무엇보다도 이곳의 누가 자신의 존재를 추정하리라고는 꿈에도 생각지 못하고 있을 테니까요. 게다가 그가 걱정해야 할 일이 뭐가 있겠습니까?"

"걱정할 일이 없다니? 실제로 그 모든 살인 행각을 저질렀다면……."

"그가 저질렀다고 보기는 어렵습니다, 경시청장님. 저지르도록 만든 것이죠. 분명 다른 얘기입니다. 이젠 그자의 예기치 못할 강점(強點)이 무엇인지 대강 아시겠죠? 그는 절대 스스로 나서서 행동하지 않는다는 점입니다! 진실의 정체가 처음 내 눈앞에 떠오른 날부터 나는 차츰차츰 그의 행동 방식을 간파해나가기 시작했습니다. 그가 조작하는 상황의 톱니바퀴를 까발리고, 애용하는 술수를 파고들어 가기 시작한 거지요. 그는 결코 직접 행동에 나서지는 않습니다! 그게 곧 그의 방법이지요. 지금까지의 모든 살인 사건에서 확인할 수 있는 사항입니다. 겉으로 보기에 코스모 모닝턴은 주사를 잘못 놔서 사망한 것으로 되어 있지요. 하지만 사실은 누군가 치명적인 주사로 바꿔치기를 해놓은 것입니다. 겉으로 보기에 베로 형사는 이폴리트 포빌에 의해 살해당한 것으로 되어 있지요. 하지만 사실은 **누군가** 포빌에게 그래야만 할 필요성을 제시했을 것이고, 결국에는 일을 저지를 수밖에 없도록 유도한 것입니다. 마찬가지로 겉으로만 봐선 포빌이 자기 아들을 죽이고 스스로도 자살한 데다, 마리안도 자살했고, 가스통 소브랑도 자살한 걸로 되어 있지요. 하지만 사실은 **누군가** 그들의 죽음을 바란 나머지 자살하지 않을 수 없도록 몰아넣었고, 그 수단들을 일일이 제공한 것입니다. 그것이 바로 범행 방식이었고, 범인의 정체를 말해주는 셈입니다."

그는 한층 목소리를 낮춰, 마치 중대한 요점을 경고하듯 덧붙였다.

"솔직히 고백해서, 지금까지 살아오며 수많은 인물 군상과 마주쳐온 몸이지만, 이처럼 악마적인 재주와 선견지명을 갖춘 상대는 처음 겪는 것 같습니다."

돈 루이스의 말은 그곳에 모인 사람들 마음에 점점 걷잡을 수 없는 흥분을 불러일으키고 있었다. 이제는 보이지 않는 미지의 존재를 바로 눈앞에 보는 기분이었다. 머릿속에서는 이미 몸집까지 만져질 듯한 그 수수께끼 같은 존재를 그들은 숨을 죽인 채 기다렸다. 두 번에 걸쳐 돈 루이스는 문 쪽으로 몸을 돌려, 귀를 기울였다. 마치 그러한 태도 자체가 막상 나타날 존재를 불러들이는 느낌이었다.

"직접 행동에 나섰건, 뒤에서 조종했건, 정의가 그를 덮치는 순간, 모든 것이 낱낱이 밝혀질⋯⋯."

데말리옹 씨가 두고 보자는 투로 말하자 돈 루이스가 냉큼 되받았다.

"글쎄요, 이번에는 정의가 무척 고전(苦戰)하긴 할 겁니다. 그 정도 되는 존재라면 자신이 표적이 되어, 체포될 가능성에 대한 만반의 준비가 되어 있을 것입니다. 그렇다면 사법당국에서 그의 신병을 확보한다

해도, 심증(心證)에 의한 기소를 할지언정 확실한 물증은 대지 못할 것입니다."

"그럼 어떻게 합니까?"

"일단은 그의 얘기를 전적으로 수용하는 척해야 할 겁니다. 경계심을 갖지 않도록 하는 거죠. 일단은 정체를 파악하는 게 중요하니까요. 실제로 그의 가면을 벗기는 일은 좀 더 나중에—별로 오래 걸리진 않을 테지만—얼마든지 가능할 것입니다."

경시청장은 계속해서 책상 주위를 맴돌았다. 다스트리냑 장군은 놀랄 만큼 침착한 태도로 앉아 있는 페레나를 감탄 어린 눈으로 바라보았다. 그런가 하면 공증인과 대사 서기관은 무척이나 흥분한 기색이었다. 실제로 현재 그들 모두의 머릿속을 사로잡고 있는 생각만큼 황당무계한 것은 없었다. 가공할 살인범이 이제 경시청사의 총수 집무실로 태연하게 들어설 것이라는 생각 말이다.

"조용히!"

갑자기 걸음을 멈춘 경시청장이 말했다.

아닌 게 아니라 누군가 대기실을 건너오고 있었다.

이어서 들리는 노크 소리.

"들어오시오!"

경비원이 문을 열고 나타났다. 손에는 쟁반을 들고 있었다.

그 위에는 편지와 함께 으레 방문자 성함과 방문 목적을 적어 넣는 용지 한 장이 얹혀 있었다.

데말리옹 씨는 성큼 다가섰다.

용지를 향해 손을 내밀다 말고 잠시 주춤하던 그는 무척이나 창백한 안색으로 머뭇거리더니, 마침내 덥석 집어 들었다.

"오!"

그는 몸까지 들썩일 정도로 놀라는 눈치였다.

별안간 돈 루이스 쪽을 홱 돌아보더니 잠시 생각에 잠기다가, 이번엔 편지를 집어 들고 경비원에게 말했다.

"이 사람 거기 있소?"

"네, 대기실에 있습니다, 청장님."

"내가 호출 벨을 울리면 그때 들여보내도록."

경비원은 나가면서 문을 닫았다.

데말리옹 씨는 책상 앞에 똑바로 선 채 꼼짝도 하지 않았다. 또다시 돈 루이스는 그의 시선과 마주쳤는데, 왠지 불안감이 엄습하는 것을 느꼈다. 대체 무슨 일이 벌어지고 있는 것일까?

경시청장은 손에 든 봉투를 후닥닥 뜯고는 편지를 꺼내 읽기 시작했다.

모두들 그의 미세한 동작 하나하나, 표정 구석구석을 살피고 있었다. 과연 페레나가 예견한 그대로 사태가 진행될 것인가? 다섯 번째 유산상속자가 정말로 자신의 권리를 요구하러 온 것일까?

처음 몇 줄을 읽던 데말리옹 씨가 고개를 들어 돈 루이스를 바라보더니 중얼거렸다.

"당신 말이 맞았소. 상속권을 요청하는 편지요."

"누구입니까?"

돈 루이스도 덥석 묻지 않을 수 없었다.

데말리옹 씨는 아무런 대답도 하지 않고 편지를 마저 읽어 내려갔다. 그러고 나서도 글자 하나하나를 저울질하는 것처럼, 잔뜩 집중한 채 다시 한번 눈으로 훑는 것이었다. 마침내 그는 소리 내어 편지를 읽기 시작했다.

경시청장 귀하

지극히 우연한 기회에 루셀 가문의 알려지지 않은 상속자가 있다는 사실을 알게 되었습니다. 그의 신분 확인에 필요한 증거들을 오늘에서야 확보할 수 있었으며, 몇몇 예기치 못한 장애 때문에 마지막 순간에 와서야 바로 제가 수집한 증거들을 그 증거와 관련된 장본인의 손에 들려 보낼 수 있게 되었습니다. 저와는 무관한 비밀을 존중하는 뜻에서, 또 우연한 기회에 관여하게 되었을 뿐인 사건에 되도록 휘말리지 않기 위해서, 이 편지 말미에 서명을 하지 않았으니, 아무쪼록 너그러이 양해해주시기 바랍니다.

이렇게 해서 결국 페레나의 선견지명이 증명되었고, 사태는 그가 예견한 방향으로 여지없이 움직여갔다. 지적한 시한에 맞춰 누군가 모습을 드러내면서 상속권을 요청하고 있었다. 과연 정확한 시간에 맞춰 일이 진행되는 방식 자체가 사건 전반을 주름잡는 정교한 과정을 상기시키기에 충분했다. 이제 가장 중요한 문제만 남은 셈이다. 도대체 이 잠재적인 상속권자이자 결국 여러 명의 목숨을 앗아가게 만든 장본인은 누구란 말인가? 누군지는 몰라도 지금 건넌방에서 기다리고 있는 인물이 바로 그자일 터! 벽 하나를 사이에 두고 모습을 감춘 존재. 이제 곧 등장할 것이다. 눈앞에 나타날 것이다. 그 정체가 이제 만천하에 공개될 순간이 온다!

경시청장이 불현듯 벨을 울렸다.

초조한 시간이 몇 초 더 흘렀다. 이상한 것은 데말리옹 씨의 시선이 돈 루이스를 좀처럼 떠나지 않고 있다는 것. 그러나 조금도 동요하는 기색이라고는 없는 돈 루이스. 다만 마음 저 깊은 곳에서는 약간의 거북한 느낌을 지울 수 없었다.

드디어 슬그머니 문이 열렸다.
경비원이 누군가에게 길을 터주었다.
플로랑스 르바쉐르였다.

5
베베르, 복수하다

돈 루이스는 잠시 넋이 나간 상태였다. 플로랑스가 이곳에 있다니! 마즈루의 감시하에 기차에 앉아 있을 플로랑스가, 저녁 8시 이전에는 결코 파리로 돌아온다는 것이 물리적으로 불가능할 그녀가 지금 이렇게 눈앞에 나타나다니!

엉망으로 헝클어진 듯한 머릿속을 순간적으로 추스르며 그는 끝내 상황을 파악했다. 자신이 추적당하고 있음을 눈치챈 플로랑스는 일단 생라자르 역까지 추적자들을 유도한 뒤, 기차에 오름과 동시에 반대편 통로로 내린 것이고, 우리의 유능한 마즈루 반장은 있지도 않은 여자 승객을 감시하느라 기차에 저 혼자 실려가 버린 것이다!

어쨌든 현재 상황은 너무도 끔찍한 의미로 그에게 다가왔다. 플로랑스는 지금 상속권을 주장하러 이곳에 나타났고, 이는 곧 돈 루이스 자신이 가장 가증스러운 범죄의 증거로서 예견한 일이 아닌가 말이다!

도저히 감정을 억누를 수 없었는지, 돈 루이스는 벌떡 일어나 여자에

결정판 아르센 뤼팽 전집

게 다가갔고, 그녀의 팔뚝을 붙잡으며 으르렁거렸다.

"이곳엔 뭐하러 온 겁니까? 무엇하러 이곳에 나타났느냔 말입니다! 왜 나한테 아무 소식이 없었소?"

데말리옹 씨가 즉시 제지하고 나섰지만, 돈 루이스는 뿌리치지도 않고 연신 소리쳤다.

"경시청장님, 지금 이게 단순한 착오라는 것, 모르시진 않겠죠? 내가 예고한 사람, 우리가 기다리던 장본인은 결코 이 여자가 아닙니다. 늘 그렇듯 이번에도 뒤에 숨어 장난질을 하는 자가 따로 있다 이겁니다. 플로랑스 르바쉐르가 설마하니⋯⋯."

경시청장은 단호한 음성으로 되받았다.

"나로 말하자면 마드무아젤에 대해 어떠한 선입견도 가지고 있지 않습니다. 다만 내 직책상 그녀의 방문이 어떤 취지로 이루어진 것인지 몇 가지 질문을 해야 할 따름입니다. 결코 그것마저 생략할 수는 없는 노릇이지요."

그러면서 여자를 따로 데려가 의자에 앉혔다. 그는 다시 책상 앞으로 돌아가 자리를 잡았는데, 여자의 출현이 얼마나 충격인지는 얼굴만 봐도 훤히 알 수 있었다. 이것으로써 돈 루이스의 추론은 더없이 화려하게 증명된 셈이나 마찬가지였다. 지금 이 시점에서 상속권을 주장하며 새로운 인물이 등장한다는 얘기는, 약간의 논리적인 지성을 가진 사람이 보아도, 자신을 고발하는 증거들을 소지한 채, 범인이 제 발로 출두하는 거나 다름없는 것이다. 그것을 모를 리 없는 돈 루이스는 이제부터 경시청장의 표정만을 뚫어져라 노려보고 있었다.

한편 플로랑스는, 이 모든 상황이 그저 어리둥절하기만 한 듯, 두 사람을 번갈아 바라보았다. 그럼에도 불구하고 여자의 검은 눈동자 깊은 속에는 여느 때와 다름없는 고요한 빛이 감돌고 있었다. 물론 간호사 복장은 아니었고, 장식 없는 간결한 회색 의상이 조화로운 몸매를 고스란히 드러내고 있었다. 그녀의 태도는 의상과 어울리게 진중하고 조용했다.

데말리옹 씨가 입을 열었다.

"자, 어디 설명해보시죠, 마드무아젤."

하지만 여자의 대답은 이랬다.

"딱히 설명할 용건이 있는 건 아닙니다, 경시청장님. 저로서는 정확한 의미를 알 수 없이 떠맡은 어떤 일 때문에 이렇게 찾아뵙게 된 겁니다."

"그게 무슨 말씀입니까? 정확한 의미를 알 수 없이 떠맡다니요?"

"제가 평소 깊이 신뢰하고 너무도 존경하는 어떤 분이 경시청장님께 일부 서류를 전해달라며 제게 부탁을 해오셨답니다. 아마 오늘 이 회합의 목적과 연관된 서류들인 것 같습니다만."

"코스모 모닝턴 유산 배분에 관한 문제 말입니까?"

"네, 경시청장님."

"혹시 유산상속권 신청이 이번 회합 내에서 제기되지 않으면 아무 효력이 없게 된다는 사실은 아십니까?"

"저는 서류를 전달받은 즉시 왔을 뿐입니다."

"왜, 한두 시간쯤 앞당겨 전달받았으면 더 좋았을 텐데요?"

"제가 부재중이었거든요. 현재 살고 있는 집에서 서둘러 뛰쳐나와야 할 일이 있어서요."

페레나는 플로랑스를 도망치도록 자극해서 결국 적의 계획에 차질을 초래한 장본인이 자신이라는 사실을 의심치 않았다.

경시청장의 질문이 계속되었다.

"아무튼 그 서류들을 당신에게 맡긴 이유는 모른다 이 말씀이죠?"

"네."

"그럼 그 서류들이 어떤 점에서 당신과 연관이 있는지에 대해서도 당연히 모르시겠군요?"

"저와는 관련이 없는 걸로 압니다, 경시청장님."

데말리옹 씨는 갑자기 빙그레 웃으며 플로랑스에게서 시선을 떼지 않고 말했다.

"여기 함께 보내온 편지에 의할 것 같으면 그 서류들은 당신과 직접 관계가 있다고 합니다. 다시 말해서 그 서류들은 당신이 루셀 가문의 자손 중 한 명이며, 코스모 모닝턴의 전체 유산상속에 대해 권리가 있음을 증명할 거라는 얘기지요."

"제, 제가요?"

버럭 내지른 비명에 가까운 목소리에는 분명 놀람과 거북함이 배어 있었다.

"제가 유산상속권이 있다고요? 그럴 리가요! 전혀 말도 안 되는 소립니다! 전 므슈 모닝턴을 알지도 못하는걸요. 대체 이게 다 무슨 소리입니까? 뭔가 오해가 있는 거예요."

어찌나 흥분하면서 솔직한 태도로 말을 하는지, 경시청장이 아니었다면 벌써 마음이 흔들렸을 법했다. 하지만 그는 방금 전까지 돈 루이스가 제시한 현란한 추론을 명심하고 있었고, 이 회합에 나타날 인물에 대한 그의 예리한 분석과 사전 고발을 아직도 잊지 않고 있었다.

"어디 일단 그 서류들 좀 봅시다."

여자는 작은 가방에서 봉인되지 않은 푸른색 봉투를 꺼냈는데, 그 안에는 여기저기 찢어지고, 접은 부분이 닳아빠진 누르스름한 종이 몇 장이 있었다.

쥐 죽은 듯 고요한 가운데 그는 서류들을 이리저리 들춰서 훑어보았으며, 돋보기까지 동원해서 서명이며 숱하게 찍힌 인장을 면밀히 관찰하는 것이었다.

마침내 그가 툭 내뱉었다.

"보아하니 인장이며 서명 모두 진짜인 것 같습니다."

"그럼 이제 어찌 되는 거죠?"

플로랑스의 목소리는 가늘게 떨리고 있었다.

"굳이 말씀드리자면, 당신이 모르고 있다고 한 아까 그 말은 좀처럼 신뢰할 수가 없어 보입니다."

그러더니 경시청장은 공증인 쪽을 돌아보며 말했다.

"이 서류들에 담긴 내용을 요약하자면 이렇습니다. 코스모 모닝턴의 4순위 유산상속자가 되는 가스통 소브랑에게는 다들 아시다시피, 아르헨티나 공화국에 거주하는 라울이라고 하는 손위 형제가 한 명 있었지요. 그 형은 죽기 전에 늙은 유모 손에 한 아이를 맡겨 유럽으로 보냈습니다. 당시 다섯 살이었던 아이는 실은 그의 딸이었는데, 나중에는 부에노스아이레스에 정착해 살고 있던 프랑스인 여교사 마드무아젤 르바쉐르에게서 난 사생아로 알려집니다. 이게 바로 그 출생증명서입니다. 아이 아빠가 직접 쓰고 서명한 선서가 여기 있군요. 늙은 유모가 직접 확인한 내용도 첨부되어 있습니다. 그뿐만 아니라 당시 부에노스아이레스에서 명성을 날리던 사업가 친구 세 명의 증언도 실려 있군요. 그리고 아이 부모의 사망증명서도 있고. 이 모든 서류는 프랑스 영사의 봉인이 찍혀 공식적으로 보증된 자료들입니다. 따라서 새로운 지시가 없는 한, 나로선 이 서류의 진위를 의심할 근거가 전혀 없으며, 플로랑스 르바쉐르를 라울 소브랑의 딸이자 가스통 소브랑의 질녀라고 인정해야만 하겠습니다."

"가스통 소브랑의 질녀라니…… 질녀라니!"

플로랑스는 황망한 얼굴로 더듬거렸다.

자기로선 알지도 못하는 아버지 얘기에는 그저 덤덤한 반응이었던 그녀는, 가스통 소브랑이라는 이름 앞에서는 더없이 서글프게 흐느껴 울기 시작했다. 그만큼 가스통 소브랑은 그녀에게 애틋한 정이 든 인물이었고, 너무도 각별한 유대감으로 맺어진 사이였던 것이다.

하지만 과연 진실한 눈물일까? 아니면 지극히 미세한 부분까지 자신의 역할에 충실하려는 여배우의 과장된 눈물일까? 정녕 이제 와 비로소 깨달은 사실들일까? 아니면 그런 사실들이 공개될 경우 어울릴 만한 감정 상태를 그저 흉내 내고 있는 것일까?

더 이상 여자 쪽은 신경도 쓰지 않고 돈 루이스는 그저 데말리옹 씨를 주시하며 무슨 결정을 내리려는지 탐색하고 있었다. 그러다가 어느 한순간, 가장 끔찍한 흉악범을 마땅히 검거하는 것처럼, 플로랑스의 체포가 기정사실화되었음을 감지한 돈 루이스는, 얼른 여자 쪽으로 다가가 중얼거렸다.

"플로랑스……."

여자는 눈물이 그렁그렁한 눈을 들어 남자를 힐끗 쳐다보았을 뿐, 아무 대꾸도 하지 않았다.

남자는 천천히 얘기를 시작했다.

"지금 당신은, 자신도 모르는 사이에, 스스로를 방어해야 할 입장에 처해 있습니다. 따라서 일련의 사태로 인해, 현재 처하게 되어버린 끔찍한 상황을 이제 이해해야만 합니다. 이봐요, 플로랑스, 지금 경시청장께선 사태의 추이를 그대로 따른 결과, 방금 전 이 방에 들어오되, 유산상속권이 확실하다고 판명되는 인물이 다름 아닌 모닝턴의 유산상속자들을 살해해온 범인이라는 신념을 갖게 되었답니다. 그런데 바로 당신이 들어왔고, 알고 보니 당신은 코스모 모닝턴의 확실한 유산상속자로 밝혀진 것입니다."

여자는 머리끝에서 발끝까지 부르르 몸서리를 치면서 죽은 사람처럼 얼굴이 창백하게 질렸다. 그러면서도 별다른 말 한마디, 제스처 하나 하지 않고 가만히 앉아 있었다.

남자는 말을 이었다.

"고발 내용은 이미 확고하게 정리된 상태입니다. 뭐라고 하실 말씀이 없습니까?"

한참 동안 말없이 있던 여자가 불쑥 입을 열었다.

"대꾸할 말이 없군요. 모든 게 어처구니가 없을 뿐입니다. 제가 뭐라고 대답하길 바라세요? 이토록 어리둥절한 상황에서 뭘 어떻게……."

그런 여자를 바라보며 돈 루이스는 초조함에 떨리는 음성으로 더듬거렸다.

"그게, 전부요? 이대로, 받아들이겠다고?"

잠시 후, 여자는 반쯤 목소리를 낮추며 말했다.

"부탁인데 제게 차근차근 설명 좀 해주세요. 제가 아무런 대응도 하지 않으면 결국 체포를 받아들이는 거와 같다는 말씀을 하시려는 건가요?"

"그렇습니다."

"그런 다음에는요?"

"체포되고 나서는, 감옥에 가겠죠."

"감옥이라!"

여자는 극심한 괴로움에 시달리는 표정이었다. 난데없이 휘몰아친 두려움으로 얼굴은 일그러질 대로 일그러졌다. 그녀에게 감옥이란, 마리 안과 소브랑이 극도의 고통 속에서 죽어간 장소나 다름없었다. 그건 달리 말해 절망과 수치와 죽음이었고, 마리안과 소브랑도 결코 피할 수 없었던, 그리고 이제는 그녀 몫으로까지 돌아온 끔찍한 수난을 의미했다.

엄청난 중압감에 압도당한 여자의 입에서 신음이 흘러나왔다.

"이젠 너무도 지쳤습니다! 더는 무얼 어떻게 해야 할지 모르겠어요! 온통 시커먼 어둠뿐이로군요. 아! 뭐가 어찌 된 건지 조금이라도 이해할 수만 있다면!"

또다시 기나긴 침묵이 이어졌다. 데말리옹 씨는 그런 여자에게 살짝 몸을 숙인 채, 온 정신을 집중해서 관찰하고 있었다. 급기야 여자가 울음을 그치자, 그는 손을 뻗쳐, 세 번 연거푸 벨을 눌렀다.

돈 루이스는 열에 들뜬 눈동자를 플로랑스에게 고정시킨 채, 꼼짝도 하지 않았다. 그의 내부에서는, 여자를 믿고자 하는 애정 어린 본능적 감정과 자꾸만 의혹의 시선을 던지려는 이성 사이에서 치열한 전투가 진행되고 있었다. 결백한 것일까? 아니면 죄가 있는 것일까? 솔직히 알 수가 없었다. 모든 것이 그녀에게 불리하기만 한데, 대체 그는 왜 아직도 사랑을 멈출 수 없는 것일까?

그때였다. 베베르가 부하들과 함께 들어왔다. 데말리옹 씨가 플로랑스를 가리키며 그와 몇 마디 얘기를 나누었고, 베베르는 이내 여자에게 접근했다.

"플로랑스!"

돈 루이스가 다시 한번 떨리는 목소리로 불렀다.

여자는 얼른 그를 쳐다보았고, 베베르와 사내들까지 황망한 눈으로 바라보았다. 곧이어 무슨 일이 벌어지는지 눈치챈 듯 비틀비틀 뒷걸음질을 치더니, 그만 돈 루이스의 팔에 쓰러지듯 안겼다.

"아! 절 구해주세요! 절 구해줘요! 제발 부탁입니다."

온몸을 내맡기는 절절한 음성은 결백한 처녀의 처절한 심정을 고스란히 담고 있었다. 돈 루이스는 무엇에 뒤통수를 얻어맞은 기분이었다.

열렬한 믿음이 그의 내부에서 무섭게 치솟았다. 여태까지 모든 의혹과 께름칙했던 기분, 망설임과 고민이 거대한 파도처럼 일어나는 확신의 위세에 밀려 흔적도 없이 수그러드는 것이었다. 그가 버럭 외쳤다.

"경시청장님, 이건 아닙니다! 이럴 순 없어요! 도저히 이해할 수 없는 문제들이 있습니다."

그는 얼른 플로랑스를 보듬었는데, 어찌나 단단히 끌어안았는지 누구도 감히 여자를 떼어놓을 엄두를 내지 못했다. 둘은 얼굴을 바싹 접근한 상태로 서로를 마주 보았다. 온통 파르르 떨면서, 그토록 연약하고 처량할 수 없을 만큼 위축된 여자를 가슴으로 느끼며, 돈 루이스는 부르르 몸서리를 쳤다. 그는 여자만이 들을 수 있는 작은, 그러나 열정이 뚝뚝 묻어나는 목소리로 빠르게 속삭였다.

"당신을 사랑하오. 당신을 사랑해. 아, 플로랑스, 내 마음속에 일어나는 일을 당신이 알 수만 있다면……. 지금 이 순간, 얼마나 괴롭고도 행복한지. 아, 플로랑스, 플로랑스, 당신을 사랑합니다."

경시청장의 손짓으로 베베르는 멀찌감치 떨어졌다. 데말리옹 씨는 돈 루이스 페레나와 플로랑스 르바쉐르, 이 두 남녀의 전혀 예기치 못한 충격적인 처지를 그대로 잠시 지켜보고 싶었던 것이다.

돈 루이스는 끌어안았던 팔을 풀고 여자를 안락의자에 가만히 앉혔다. 그는 두 손으로 여자의 양어깨를 짚고 조용히 내려다보며 속삭였다.

"당신은 비록 영문을 모르겠지만, 나는 이제야 상황이 어떻게 돌아가는지 깨닫기 시작했소. 벌써 이 캄캄한 암흑 속에서 누가 당신을 몰아세우고 있는지 거의 알 것 같아요. 플로랑스, 내 말을 잘 들으시오. 당신이 저지른 일들이 결코 아닐 것이오. 당신 뒤에, 당신보다 위에 또 다른 누가 반드시 있어요. 그자가 당신을 조종한 것입니다. 물론 당신은 그가 누구인지 전혀 모릅니다. 어때요, 내 말이 맞죠?"

"아무도 저를 조종하지 않아요. 대체 무슨 말씀을 하시는 건지? 자세히 설명을 좀 해주세요."

"그러죠. 당신은 인생을 혼자 살아오지 않았습니다. 당신이 한 많은 행동은 누군가 그렇게 하라고 해서 한 것이며, 그 결과가 어떠할지는 전혀 모른 채, 그저 올바른 일이라고 생각해서 행한 것입니다. 자, 대답해보세요. 지금 당신은 전혀 구속된 몸이 아니고, 자유롭습니까? 누구한테 어떤 영향도 받지 않고 있어요?"

그제야 여자는 다소 정신을 추스른 듯, 예의 그 침착한 표정을 얼굴 가득 띠기 시작했다. 하지만 돈 루이스의 질문은 여전히 아리송하기만 한 모양이었다.

"전혀요, 전혀 구속 같은 건 없어요. 아무리 생각해도 그런 건 아니에요."

남자는 좀 더 목소리에 힘을 주며 다그치듯 말했다.

"아니요! 당신은 충분히 생각지 않고 대답하는 거요. 그런 대답을 들으려는 게 아니었소. 필시 당신이 의식하지 못하는 새, 누군가 당신을 지배하고 있을 겁니다. 곰곰이 생각을 해보세요. 당신은 지금 코스모 모닝턴의 유산상속자입니다. 확신하건대 당신에겐 관심 밖의 일이겠지만, 엄청난 재산의 상속자란 말입니다. 한데 바로 그 재산을 만약 당신이 원하지 않는다면, 누가 그 주인이 되겠습니까? 어서 대답해보세요. 당신이 부자가 되면 자신에게 유리할 거라고 믿는 누군가 있습니까? 이건 아주 중대한 문제입니다. 당신의 삶이 혹시 다른 누구의 인생과 밀접하게 연관되어 있나요? 당신의 남자 친구라든가 혹은 약혼자?"

여자는 대번에 펄쩍 뛰었다.

"저런, 천만의 말씀이에요! 당신이 말하는 그 사람은 결코……."

순간, 돈 루이스는 질투심에 아찔한 기분으로 외쳤다.

"아! 고백을 하시는군요. 결국 내가 얘기하는 그런 존재가 있긴 있는 거예요! 아! 내가 장담하건대 그 나쁜 놈을 당장에⋯⋯."

돈 루이스는 더 이상 감정을 자제할 생각도 없이, 증오심에 잔뜩 찡그린 얼굴로 데말리옹 씨를 돌아보았다.

"경시청장님, 드디어 목적지까지 왔습니다! 앞으로 나아가야 할 길은 내가 훤히 압니다. 오늘 밤 들짐승 하나를 포획하는 줄 아세요. 아무리 늦어도 내일입니다. 이보세요, 경시청장님, 그 서류들과 함께 당도한 편지 있지 않습니까? 서명이 없는 그 편지요. 그거, 테른 가도의 진료소를 운영하는 원장 수녀가 작성한 겁니다! 지금 당장 그 진료소부터 수색하고, 원장 수녀를 여기 이 마드무아젤과 대질한 채 신문을 진행하다 보면, 결국 진범의 존재로까지 거슬러 올라갈 수 있을 겁니다. 이제 더 이상 지체할 시간은 없어요. 조금이라도 더 늦으면, 짐승은 달아나고야 말 겁니다!"

걷잡을 수 없이 흥분한 상태였다. 누구도 그의 확신을 거스를 수 없었다.

데말리옹 씨가 중얼거렸다.

"마드무아젤이 좀 더 설명을⋯⋯."

"그녀는 결코 말하려고 하지 않을 겁니다. 아니면 최소한 그자의 가면이 벗겨져 나가 정체가 드러난 다음에야 말을 할 거예요. 아, 경시청장님, 제발 다른 때처럼 내 말을 믿어주십시오. 지금까지 내 약속이 단한 번이라도 지켜지지 않은 적 있습니까? 제발 믿으세요. 그리고 더는 의심하지 마세요. 불과 얼마 전 온갖 무거운 혐의가 무작정 쏟아지다 보니, 전혀 죄가 없음에도 불구하고 마리안 포빌과 가스통 소브랑이 어떻게 파멸해갔는지를 기억해보세요! 과연 정의(正義)가, 여기 이 플로랑스 르바쉐르도 그 두 사람처럼 억울하게 희생되기를 바랄까요? 더구나 지금 내가 요구하는 건, 여자를 무턱대고 풀어달라는 게 아니고, 단지 스스로를 방어할 수단이나 제공하자는 겁니다. 그저 한두 시간 정도 유예를 해주자 이거죠. 베베르 부국장더러 여자를 지키라고 하십시오. 우리에겐 부하들 몇 명만 따라붙으면 됩니다. 여기 와 있는 인원들하고 약간만 더 조달해주십시오. 사상 유례없이 끔찍한 살인범의 소굴을 급습하는 데 그 정도는 되어야 할 테니까요."

데말리옹 씨는 얼른 대답하지 않았다. 잠시 후, 그는 베베르를 따로 떼어내 한동안 뭔가 쑥덕거렸다. 사실 그는 돈 루이스의 이런 요구에 그리 썩 마음이 내키지 않는 입장이었다. 한데 베베르는 이렇게 얘기하고 있었다.

"뭐 걱정할 건 없습니다, 경시청장님. 위험할 거 하나도 없어요."

결국 데말리옹 씨는 생각을 바꿨다.

얼마 후, 돈 루이스 페레나와 플로랑스는 베베르와 다른 두 명의 형사와 함께 자동차에 오르고 있었다. 경찰관들이 우르르 올라탄 또 다른 자동차가 함께 가기로 되어 있었다.

진료소 건물은 글자 그대로 경찰력으로 주변이 도배되다시피 했고, 베베르는 포위 작전에 만전을 기하도록 부하들을 독려했다.

따로 그곳에 당도한 경시청장은 하인의 안내로 현관을 거쳐 대기실에 들어섰다. 곧장 호출된 원장 수녀는 부랴부랴 경시청장을 맞이했고, 돈 루이스와 베베르, 플로랑스까지 입회한 상태에서 단도직입적인 질문이 쏟아졌다.

"수녀님, 여기 경시청사로 오늘 배달된 편지가 있습니다. 유산상속에 관련한 서류들이 있음을 알리는 내용이고요. 현재 입수된 정보에 의하면 필체까지 일부러 변조된 이 익명의 편지를 수녀님이 작성했을 거라고 합니다. 사실이 그런지요?"

단호한 표정에 기세등등하게 보이는 원장 수녀는 조금도 당황하지 않고 대답했다.

"그렇습니다, 경시청장님. 외람된 편지를 드리면서, 뭐 사소한 이유들 때문에, 굳이 제 이름을 올리지는 않았습니다. 중요한 건 서류들을 제대로 전달하는 것뿐이니까요. 하지만 어차피 저에게까지 추적을 하신 것 같으니, 무엇이든 기꺼이 답변을 드리도록 하겠습니다."

데말리옹 씨는 플로랑스의 얼굴을 똑바로 쏘아보며 말을 이었다.

"우선 여쭙고 싶은 건, 여기 이 마드무아젤을 아시느냐 하는 겁니다."

"네, 압니다. 플로랑스는 몇 해 전, 간호사의 자격으로 6개월가량 우리와 함께 지냈습니다. 그때 너무도 맘에 들었던 아가씨라 일주일 전에 다시 들어오고 싶다고 했을 때, 무척이나 반가웠죠. 한데 최근 신문을 통해 그녀의 사연을 알고 난 다음에는, 이름을 바꾸는 게 어떻겠냐고 했죠. 결국 신참 자격으로 새로 들어와 일하게 된 셈입니다. 어쨌든 이곳은 그녀에게 더없이 안전한 피난처가 되어준 셈이지요."

"신문을 보셨다니 말씀인데, 그녀를 둘러싼 혐의 사실들에 대해서도 그럼 알고 계셨다는 얘긴가요?"

"플로랑스를 아는 사람한테는 그런 혐의 사실 같은 건 하등의 중요성도 없답니다. 그녀는 제가 지금껏 만나본 그 어떤 사람보다도 고귀한 영혼과 존엄한 양심의 소유자입니다."

경시청장은 계속해서 다음 질문으로 넘어갔다.

"이제 서류들에 관해 얘기해봅시다, 수녀님. 그것들은 어디서 났습니까?"

"어제 제 방에 웬 통지서가 하나 있기에 들여다보니까 마드무아젤 플로랑스 르바쉐르와 관련한 자료를 맡겼으면 한다는 내용이더라고요."

"아니, 그녀가 이곳에 있다는 걸 어떻게 알았단 말인가요?"

데말리옹 씨가 불쑥 가로막았다.

"그건 저도 모릅니다. 그저 약간의 서류들이 모일(某日)─그러니까 오늘 아침이었습니다─베르사유에 제 이름으로 된 국유치 우편으로 도착해 있을 거라고만 했거든요. 아울러 다른 누구에게도 절대로 함구하되, 오늘 오후 3시까지 플로랑스 르바쉐르에게 직접 서류 일체를 전달하면서, 즉시 그것들을 가지고 파리 경시청장을 찾아뵙도록 해달라는 것이었습니다. 그리고 또 편지 한 장을 마즈루 반장에게도 전해달라고 부탁했습니다."

"마즈루 반장에게요? 거참, 이상하군요."

"그 편지도 아마 똑같은 문제에 관련된 내용인 것 같았습니다. 보시다시피 전 플로랑스를 지극히 아낀답니다. 그래서 일단 그 편지부터 보냈고, 오늘 아침 베르사유로 가보았지요. 거짓은 아니더군요. 과연 서류들이 와 있었습니다. 한데 부랴부랴 그것들을 챙겨 돌아와 보니 플로랑스가 자리에 없는 거예요. 그래서 돌아오는 걸 기다렸다가 전해주다 보니, 결국 오후 4시가 다 되었지 뭡니까."

"그 서류들 발신 주소가 어디로 되어 있던가요?"

"파리로 되어 있었습니다. 봉투를 보니 니엘 가도(街道)의 우체국 소인이 찍혀 있더라고요. 여기서 아주 가까운 우체국이죠."

"애초에 그 통지서인가 뭔가 하는 쪽지가 방에 있는 걸 보고 이상하다는 생각은 안 드셨습니까?"

"물론 이상했죠. 하지만 이번 사건 자체가 워낙 괴이한 일들 천지라서……."

"하지만……. 하지만 말입니다."

데말리옹 씨는 플로랑스의 창백해진 얼굴을 찬찬히 뜯어보면서 말했다.

"누군가로부터의 세세한 지시 사항들이 바로 이 방에서 이루어진 데다 그 내용 역시 이곳에 머무는 사람에 관련된 것으로 볼 때, 혹시 그 사람이야말로⋯⋯."

"그러니까 플로랑스가 나 몰래 내 방에 들어와서 이런 일을 꾸미진 않았겠느냐 이 말씀이죠?"

원장 수녀는 버럭 소리를 쳤다.

"이보세요, 경시청장님, 플로랑스는 그럴 리가 없는 사람입니다."

여자는 잠자코 있었지만, 표정만큼은 속이 다 뒤집히는 당혹감으로 일그러져 있었다.

돈 루이스가 천천히 다가가 속삭였다.

"점점 어둠이 걷히고 있습니다, 플로랑스. 그리고 상황이 당신한테 안 좋게 돌아가고 있어요. 대체 누가 원장 수녀의 방에 쪽지를 놓아두었느냔 말입니다! 당신은 그가 누구인지 알죠? 이 모든 작태를 누가 주도했는지 아시지 않습니까?"

하지만 여자는 여전히 묵묵부답이었다. 경시청장은 부국장을 돌아보며 말했다.

"이봐요, 베베르, 마드무아젤이 사용하는 방을 한번 둘러봐 주시겠소?"

수녀가 제지하려고 하자, 그는 대뜸 못을 박았다.

"마드무아젤이 저처럼 고집스레 입을 다무는 한, 그 이유를 반드시 밝혀내야만 하는 우리로선 어쩔 수 없는 절차입니다, 수녀님."

하는 수 없다 싶었는지 플로랑스는 자진해서 길을 안내하기 시작했다. 그런데 막상 베베르가 따라나서려는 순간, 돈 루이스가 외쳤다.

"조심하시오, 부국장!"

"조심하라니, 왜 그러시오?"

어쩐지 플로랑스의 태도가 불안하게 느껴지면서도 그 이유를 알 수가 없는 돈 루이스는 그저 더듬거릴 수밖에 없었다.

"그, 글쎄, 이유는 잘 모르겠소. 다만 경고하니 조심하시오."

베베르는 어깨를 한 번 으쓱하고는, 원장 수녀를 대동한 채 밖으로 나갔다. 경찰관 두 명이 더 따라붙었고, 플로랑스는 앞장서서 길을 안내했다. 일행은 계단을 올라가 양쪽으로 방들이 늘어선 기나긴 복도를 걸어갔는데, 한 번 꺾이자 무척이나 비좁은 복도가 또 하나 이어져 마침내 어떤 문 앞에서 끝나 있었다.

바로 그곳이 플로랑스 르바쉐르가 거하는 곳이었다.

문은 안쪽이 아니라 바깥쪽으로 열리도록 되어 있었다. 그 때문에 플로랑스는 약간 뒤로 물러서며 문을 당겨 열었는데, 그 바람에 바로 뒤에 서 있던 베베르도 주춤주춤 뒤로 물러서지 않을 수 없었다. 여자는 바로 그 틈을 타, 후다닥 안으로 뛰어들었고, 곧장 부리나케 문을 잠가 버렸다. 워낙 눈 깜짝할 사이에 벌어진 일이라, 부국장이 손을 내밀었을 때는 이미 문짝이 단단히 닫힌 뒤였다.

그는 벌컥 화를 내며 내뱉었다.

"앙큼한 계집 같으니! 증거를 태워 없애려는 수작이야!"

그러고는 수녀를 돌아보며 물었다.

"이 방에 다른 출입구가 있습니까?"

"없습니다."

열려고 발버둥을 쳐봤지만, 열쇠와 빗장으로 잠긴 문은 꿈쩍도 하지 않았다. 하는 수 없이 부하 중 덩치가 산만 한 친구에게 길을 터 주었고, 거한(巨漢)은 주먹질 한 방으로 문짝 한 곳을 우그러뜨리는 데 성공했다.

그다음은 베베르의 차례였다. 그는 다시 앞으로 나서 부서진 판자 틈새로 팔을 집어넣어 빗장부터 풀고, 열쇠를 움직여서 문을 여는 데 성공했다.

하지만 플로랑스는 이미 어디에도 보이지 않았다.

다만 맞은편 작은 창문이 활짝 열려 있어 빠져나갈 구멍 역할을 하고 있었다.

"이런 빌어먹을 일이 있나! 보기 좋게 도망쳤잖아!"

그는 부리나케 계단 쪽을 돌아보며 벽력같이 소리쳐 지시했다.

"모든 출구를 단단히 지켜라! 나타나기만 하면 가차 없이 덮쳐!"

데말리옹 씨가 헐레벌떡 달려왔다. 부국장과 마주치자마자 간략한 상황 보고를 들은 뒤, 곧장 플로랑스의 방으로 들이닥쳤다. 열린 창문은 알고 보니 작은 안뜰로 향해 있었는데, 건물의 일부 방들에 그나마 신선한 공기를 제공해주는 쉼터인 듯했다. 내려다보니 여러 개의 도관이 아래로 뻗어 있었는데, 플로랑스는 필시 그것에 매달려 내려간 것이 분명했다. 참으로 냉정하고 침착한 데다 불굴의 의지력으로 그 같은 도주를 감행했다고 볼 수밖에 없었다!

벌써부터 경찰관들이 주변에 쫙 깔려서 사방으로부터 도망자가 나타날 만한 길목 길목을 차단하고 있었다. 하지만 뒤늦게 밝혀진 사실은 기를 턱 막히게 하는 것이었다. 즉, 1층과 지하실을 샅샅이 뒤지며 헛수고만 하는 동안, 플로랑스는 안뜰에서 자기 방 바로 아래에 위치한 원장 수녀의 방으로 다시 잠입해 들어온 뒤, 수녀복으로 갈아입어 완벽한 위장을 갖춘 다음, 떠들썩한 사람들 틈을 유유히 헤집고 밖으로 달아났던 것이다!

모두들 우르르 밖으로 달려나갔다. 하지만 이미 컴컴한 어둠이 내린 뒤. 가뜩이나 사람들이 조밀하게 살아가는 동네에서 수색이 효과를 거둘 리 없었다.

경시청장은 대놓고 불만을 토로했다. 마찬가지로 여간 낭패감에 사무친 것이 아닌 돈 루이스도 베베르의 실책을 탓하지 않고는 배기질 못했다.

"내가 분명히 경고했지 않소. 조심해야 할 거라고 말이오! 마드무아젤 르바쉐르의 태도에서 이미 충분하게 예견된 일이었소. 그녀는 틀림없이 범인을 알고 있는 데다, 필시 그를 만나려고 도망쳤을 것이오. 그래서 자초지종을 해명해달라고 조르겠지. 또 누가 압니까, 그러다가 도리어 설득당해 범인을 돕게 될지. 그렇게 되면 대체 둘 사이에 또 어떤 사태가 벌어지겠소? 정체가 탄로 난 걸 알게 된 악당 놈이 무슨 짓은 못하겠느냔 말이오?"

데말리옹 씨는 또다시 원장 수녀를 물고 늘어졌고, 이내 플로랑스 르바쉐르가 일주일 전 이곳으로 은신하기에 앞서, 이틀 동안 생루이 섬(센강 유역에 있는 작은 섬—옮긴이)에 위치한 아담한 호텔에서 지냈다는 사실을 알아냈다.

비록 그리 대단한 정보는 아닐지언정, 지금은 그 어느 것도 소홀히 볼 수 없는 처지였다. 플로랑스를 향한 의혹의 고삐를 전혀 늦출 기색이 없는 데다, 그녀를 사로잡는 것에 대단한 중요성을 내심 부여하고 있는 경시청장은 즉시 베베르와 부하 형사들에게 문제의 족적을 추적하라고 지시했다. 물론 돈 루이스도 부국장과 동행하기로 했다.

얼마 지나지 않아 경시청장의 판단이 효험 있다는 것이 증명되었다. 과연 플로랑스는 생루이 섬의 어느 초라한 호텔에서 가명(假名)을 사용해 방을 빌린 것이다. 한데 막 짐을 풀기가 무섭게 웬 꼬마가 호텔 프런트에 나타나더니 여자를 불러내 함께 나갔다고 했다.

일행은 문제의 방으로 달려 올라갔고, 신문지로 싼 꾸러미 속에 수녀복이 담겨 있는 것을 확인했다. 이제야말로 그 어떤 실수도 용납될 수 없었다.

좀 시간이 지나, 저녁때엔 베베르가 그 꼬마를 찾아내는 데 성공했다. 알고 보니 그 구역에 사는 관리인의 아들이었다. 대체 그 조그만 아이가 플로랑스를 어디로 데려갔단 말인가? 다그쳐 물어보았지만, 아이는 자신을 그토록 믿어주고 눈물을 흘리면서 안아준 아줌마를 결코 배신할 수는 없다며, 딱 잡아떼는 것이었다. 엄마가 얼러보았고, 아빠가 윽박질러 보았지만 아이의 고집은 꿈쩍도 하지 않았다.

아무튼 그것만으로도 플로랑스는 현재 생루이 섬을 떠나지 않았든지, 기껏해야 섬 인접 지역에 있을 것이라는 결론을 내릴 수 있었다.

모두들 저녁 시간 내내 고집스럽게 섬을 뒤지고 다녔다. 베베르는 어떤 카바레를 본부 삼아 진을 치고는 떠도는 정보를 채집했고, 주기적으로 돌아오는 형사들에게 그때그때 상황을 봐가며 지시를 내렸다. 그뿐만 아니라 그곳과 경시청사 사이에는 어느새 긴밀한 연락망이 이루어져 있었다.

밤 10시 반, 경시청장이 별도로 보낸 경찰대가 부국장의 관할로 신속하게 편입되었다. 그 안에는 루앙까지 갔다가 헛물만 켠 채, 플로랑스에게 이를 갈며 돌아온 마즈루도 끼어 있었다.

수색은 계속되고 있었다. 아니나 다를까, 시간이 흐를수록 돈 루이스는 점점 그중에서도 주도권을 차지하고 있었고, 베베르조차 그의 샘솟는 영감에 의존해, 이 집 문을 두드릴지, 저 사람에게 물어야 할지 결정을 내리는 판국이었다.

밤 11시, 사냥은 여전히 지지부진한 상태였다. 극심한 불안감이 돈 루이스를 바짝바짝 침이 마르게 했다.

그러다가 자정이 조금 지난 시각, 한 차례 날카로운 호각 소리가 모든 인원을 섬의 동쪽 끝, 앙주 둑길로 모여들게 했다. 그곳에는 경찰관

둘이 행인들에게 둘러싸인 채 기다리고 있었다. 사정인즉슨 좀 더 멀리 앙리 4세 둑길, 그러니까 섬 바깥쪽에 있는 어느 건물 앞에 영업용 차량이 하나 정차해 있었는데, 뭔가 말다툼하는 소리가 들리더니, 자동차가 곧장 뱅센 방향으로 사라졌다는 것이다.

모두 앙리 4세 둑길 쪽으로 우르르 달려갔음은 물론이다. 문제의 건물은 금세 확인이 되었는데, 1층 문이 곧바로 보도로 통해 있었다. 좀 더 자세하게 파악된 내용은 다음과 같았다. 택시 한 대가 그 문 앞에서 몇 분 동안 대기하고 있었는데, 1층에서 두 사람이 나왔다는 것이다. 한 명은 분명 여자였고 남자의 손에 끌려가다시피 하고 있었다. 자동차의 문이 닫히자 남자의 외침 소리가 차 밖으로 새어나왔다고 했다.

"어이, 기사 양반, 생제르맹 대로로 갑시다! 강둑길로 쭈욱! 그리고 곧장 베르사유 도로로 빠집시다!"

그런가 하면 여자 관리인이 제공한 정보는 훨씬 더 정확했다. 딱 한 번, 그것도 밤에, 샤를이라는 서명이 담긴 어음으로 집세를 계산할 때 밖에는 도통 얼굴을 본 일이 없는 데다 이후로도 한참이 지나서야 집에 돌아온 하숙인에게 꽤나 호기심이 생긴 그녀는, 관리실이 1층 그 집과 바로 붙어 있다는 점을 이용해, 안에서 남녀가 서로 다투는 소리를 엿들었다는 것이다. 어느 순간 유난히 남자 목소리가 커졌다는데…….

"나와 함께 갑시다, 플로랑스. 제발 그래주었으면 하오. 내일 아침이면 내가 결백하다는 증거를 모두 제시하겠소. 그래도 내 여자가 되기를 거부한다면 그땐 미련 없이 배를 타겠소. 이제 나도 할 만큼은 다 했소!"

그러더니 잠시 후 웃음을 터뜨리고는, 또다시 큰 소리로 이랬다는 것이다.

"뭐가 두렵다는 거요, 플로랑스? 내가 당신을 죽일까 봐? 천만에! 그럴 일은 없을 테니 안심하구려."

관리인이 들은 내용은 거기까지였다. 하긴 그것만으로도 지금까지의 모든 우려가 정당화되기엔 충분했다.

돈 루이스는 부국장의 팔을 덥석 부여잡고 말했다.

"어서 출발합시다! 내가 알기론 그자는 무슨 짓을 저지를지 모를 위인이오! 놈은 호랑이란 말이오! 끝내는 그녀를 죽일 거요!"

그는 거기서 500여 미터 떨어진 곳에 세워둔 경시청 소속 차량으로 무작정 부국장을 잡아끌다시피 하며 달려갔다. 하지만 마즈루가 얼른 만류하려고 했다.

"일단 건물을 뒤져서 무슨 단서가 없나 살펴보는 게 나을 것 같은데요."

돈 루이스는 발걸음을 더욱 빨리하며 악을 써댔다.

결정판 아르센 뤼팽 전집

"건물이든 단서든 나중에 살펴보면 될 일이고. 그자는 이미 유리한 고지를 점령한 상태요. 플로랑스를 데리고 있다고. 그녀를 죽이고야 말 거요. 뭔가 음흉한 흉계가 있는 거란 말이오. 틀림없어."

그렇게 밤하늘 가득 고래고래 악을 써가면서 그는 막강한 완력으로 두 남자를 잡아끌었다.

그럭저럭 어느새 목적지에 다가가고 있었다.

자동차가 시야에 들어오자마자 그는 버럭 소리쳤다.

"시동을 거시오! 운전은 내가 직접 할 테니!"

돈 루이스가 운전석에 오르려는데, 베베르가 안쪽으로 밀치며 말했다.

"그럴 필요까지야……. 이 운전기사도 제 할 일은 알아서 합니다. 그게 훨씬 더 빠를 거요."

결국 돈 루이스, 부국장, 그리고 두 명의 경찰관은 안으로 처박혔고, 마즈루가 운전기사 옆에 앉았다.

"베르사유로 출발!"

돈 루이스가 외쳤다.

자동차가 부르릉거리는 동안 그는 계속해서 뇌까렸다.

"놈을 반드시 붙잡는다! 이런 기회는 다시 없을 것이오. 놈도 신속하게 이동은 하겠지만, 추적당하고 있는 걸 모를 테니, 굳이 무리는 하지 않을 것이오. 아! 나쁜 놈, 어디 두고 보자. 이보시오, 운전기사, 좀 빨리 갑시다! 대체 왜 꾸역꾸역 탄 거야? 부국장과 나 단둘만 있어도 될 것을. 어이, 이보시오, 마즈루, 당신은 내려서 다른 차를 타면 안 되겠소? 그렇지 않소, 부국장? 이건 좀 심하잖아."

그런데 어느 순간, 분위기가 이상해지면서 그가 입을 다물었다. 뒷좌석, 그것도 베베르와 경찰관 사이에 끼여 앉은 채로 힘겹게 문밖을 내다보던 그가 한참 만에 중얼거렸다.

"아니 이런! 이 멍텅구리 같은 차가 대체 어디로 가는 거야? 이 길이 아닌데. 이보시오, 이게 대체 무슨 짓이오?"

대찬 너털웃음이 대답 대신 튀어나왔다. 베베르가 너무도 즐거워하며 발까지 구르는 것이었다. 돈 루이스는 터져나오는 욕지거리를 억지로 참으며, 자동차 밖으로 뛰쳐나가려고 안간힘을 썼다. 하지만 손이 무려 여섯 개나 달려들어 우악스럽게 제지했다. 부국장은 아예 목을 움켜잡았고, 다른 경찰관들은 수족을 꼼짝 못하게 붙들었다. 워낙 비좁은 공간이라 마음 놓고 활개를 칠 수도 없는 노릇, 문득 관자놀이에 차가운 총구까지 느껴졌다.

"너무 잘난 척하지 마! 그러다 혼쭐나는 수가 있다고, 이 양반아! 오호호, 그러고 보니 이런 건 전혀 예상하지 못한 모양이지? 바야흐로 베베르의 복수다 이거야!"

페레나가 계속해서 몸부림을 치자, 그는 위협하듯 덧붙였다.

"하는 수 없겠군. 셋을 세겠다. 하나, 둘……."

"대체 이게 뭔가? 왜 이러는 거냐고?"

돈 루이스는 이를 갈며 으르렁댔다.

"경시청장님의 지시일세. 조금 전에 하달됐지."

"지시라니? 무슨?"

"그 플로랑스인지 뭔지 하는 계집이 생루이 섬에서도 추적을 따돌릴 경우, 자네를 경시청 유치장으로 모시라는 지시일세."

"영장은 가지고 있나?"

"당연하지!"

"그래서 어떡할 셈이냐?"

"그야 뭐 별거 있겠나? 일단 상테 교도소행일 테고, 예심이 이루어지겠지."

"이런 우라질 일이 있나! 그동안 호랑이는 꽁무니를 뺄 거란 말이다! 안 돼! 이건 정말 아니야! 이런 바보 천치 같은 짓이 있나. 모두 얼빠진 놈들 아니야? 아, 이런 빌어먹을!"

길길이 날뛰던 그의 시야에 경시청 유치장의 안마당이 들어오자, 그는 잔뜩 몸을 경직시키는가 싶더니 부국장의 무기를 와락 낚아채는 동시에, 경찰관 중 한 명을 그대로 가격해 기절시켰다.

하지만 이젠 10여 명의 경관이 우르르 차 문에 달라붙는 것이었다. 이만하면 더 이상 저항해봐야 소용이 없었다. 그것을 알기 때문에 그의 분노는 더더욱 하늘을 찌를 듯했다.

"이런 한심한 것들!"

그는 사람들에게 둘러싸여 기록실로 끌려가면서 고래고래 악을 써 댔다.

"너절한 것들! 이 멍청한 훼방꾼들 같으니라고! 어떻게 일을 이따위로 그르칠 수 있단 말이냐? 손만 뻗으면 악당 놈을 잡을 수 있는 마당에 멀쩡한 사람을 가두고 있으니. 그 틈에 진짜 나쁜 놈은 줄행랑치는 걸 모르겠어? 아, 플로랑스, 플로랑스!"

경찰관들에게 겹겹이 에워싸여 전등 불빛을 한 몸에 받는 가운데, 그는 기는 펄펄 살아 있으되 꼼짝달싹할 수 없는 처지가 되어 있었다.

사람들은 그를 질질 끌고 갔다. 하지만 순간적으로 가공할 괴력을 발휘하여 그는, 마치 지친 짐승의 몸뚱어리를 물고 늘어지는 사냥개 무리를 떨쳐버리듯이, 우악스럽게 경찰관들을 동댕이쳤고 베베르마저 제친 뒤, 마즈루에게 훌쩍 다가서서 진지하고도 위압적인 목소리로 속삭이는 것이었다. 갑자기 반말 투로 바뀐 그의 어투 속엔, 마치 터져나오려는 울화통을 안으로 삭이듯, 절제와 긴장이 물씬 배어 있었다.

"마즈루, 즉시 경시청장에게 달려가라! 그래서 발랑글레에게 전화를 하도록 해. 그래, 국무총리에게 말이야. 내가 좀 보잔다고 하라고. 그에게 알려라, 바로 나라고. 카이저를 마음대로 농락했던 게 바로 나라고 말이다(『813』참조—옮긴이). 내 이름? 그건 그도 알고 있을 것이다. 만약 기억하지 못하거든, 상기시켜주어라."

잠깐 뜸을 들인 뒤, 그는 좀 더 가라앉은 목소리로 내뱉었다.

"아르센 뤼팽! 당당하게 그 이름을 대고 말하는 거야. 아르센 뤼팽이 지극히 중대한 용건으로 국무총리와 면담을 하고자 한다! 즉시 전화를 넣어야만 한다. 국무총리께서도 내 요구가 뒤늦게 전달된 걸 나중에 알면 매우 격노할 것이다. 가거라, 마즈루! 그리고 놈의 흔적을 다시 찾아봐."

한편 수감 명부를 들추는 유치장 소장에게 돈 루이스가 툭 던지듯 말했다.

"내 이름은 이렇게 적으시오, 소장 나리. 아르센 뤼팽이라고!"

소장은 씩 웃으며 대꾸했다.

"다른 이름이었다면 꽤 당황했을 거외다. 그렇지 않아도 영장에, 아르센 뤼팽. 일명 돈 루이스 페레나, 이렇게 되어 있거든!"

그 말에 돈 루이스는 약간 움찔했다. 아르센 뤼팽의 검거를 예상했다는 얘기는, 훨씬 심각한 상황까지 고려하고 있었음을 의미하는 것이었다.

"아하, 그러고 보니 아예 작정을 하고 덤빈 모양이로군."

돈 루이스가 중얼거리자, 베베르는 의기양양해하며 대꾸했다.

"그야 물론이지! 우린 이참에 정면 돌파를 하려 했거든. 뤼팽의 면상에 그대로 한 방 먹이기로 말이야. 어때, 꽤 대담한 작전이었지? 오, 하지만 아직은 멀었어."

돈 루이스는 아무런 대꾸도 하지 않았다. 단지 마즈루 쪽을 돌아보며 거듭 일러둘 뿐이었다.

"내 지시 잊지 말게, 마즈루."

그러나 베베르의 말대로, 충격적인 일은 그것으로 끝난 것이 아니었다. 돈 루이스의 다짐에도 불구하고 반장은 전혀 반응을 보이지 않는 것이었다.

돈 루이스는 눈살을 잔뜩 찌푸려 그를 노려보고는 또다시 움찔하고 말았다. 알고 보니 마즈루 역시 경찰관들에게 에워싸인 채 옴짝달싹 못하고 있는 것이었다. 가엾은 반장의 눈가에는 눈물이 그렁그렁 고여 있었다.

베베르는 더더욱 신이 나서 호들갑을 떨었다.

"그만은 무사히 빠져나가기를 바랐나 보지? 자네의 똘마니이기도 한 마즈루 반장은 설사 교도소까진 가지 않는다 해도 당분간 유치장 신세는 져야 할걸."

돈 루이스는 발끈하며 외쳤다.

"아! 마즈루도 가두겠다는 얘긴가?"

"이 또한 경시청장의 지시일세. 물론 정식 영장도 발부된 상태이고."

"아니, 무슨 명목으로?"

"그야 아르센 뤼팽의 공범이지."

"내 공범이라……. 이보게, 그보다 더 정직한 사람도 없어!"

"그야 맞는 말이지. 하지만 그렇다고 해서 자네에게 갈 편지가 그를 통해 전달되지 말라는 법은 없거든. 보아하니 자네의 은신처를 속속들이 알고 있는 것 같더군. 그 밖에도 설명을 대라면 부지기수로 많아, 뤼팽. 앞으로 재미있을 일이 한두 가지가 아닐 거라고."

"가엾은 마즈루……."

돈 루이스는 잇새로 중얼거리다가, 갑자기 버럭 소리 질렀다.

"울지 마라, 친구! 그래봤자 하룻밤 자고 나면 끝날 일이야! 아무렴, 어차피 자네를 내 일에 끌어들인 이상, 조만간 우리 함께 보란 듯이 승리를 거둘 거야! 그러니 울지 말라고! 지금보다 멋지고, 당당하면서, 특히 벌이가 훨씬 나은 일자리가 준비되어 있으니까 걱정 마! 내겐 자네가 필요해. 자네도 내가 깜빡했다고 생각하겠지만, 나 역시 어처구니가 없군그래! 하지만 자넨 내가 어떤 사람인지 잘 알겠지? 그러니 내일이면 난 자유의 몸이 될 것이야. 그러고 나면 정부가 자넬 석방하게 될 것이고, 곧이어 연대장쯤으로 갑작스레 임명하면서 원수급의 대우를 해주게 될 거야. 그러니 울지 말라고, 마즈루."

그런 다음 그는 베베르를 돌아보며, 마치 조금의 이의도 허용치 않을 명령이라도 되듯, 노골적인 윗사람의 어투로 지시를 내리는 것이었다.

"그리고 당신, 내가 마즈루에게 위임했던 임무를 성의를 다해 수행토록 하시오. 먼저 경시청장에게 가서 지극히 중대한 일로 내가 총리를 만날 일이 있다는 사실을 알리는 것하고, 그다음 당장 오늘 밤 내로 베르사유로 가 호랑이의 흔적을 찾아내는 일! 나는 당신 장점을 충분히 알고 있소. 당신의 그 근면함과 열정을 믿어보겠소이다. 그럼 내일 정오에 다시 봅시다."

마찬가지로 훈시를 마친 대장의 걸음걸이로 돈 루이스는 감방을 향해 발걸음을 떼었다.

현재 시각은 오전 1시 10분 전. 한편 약 50분 전부터 적은 마치 금방이라도 잡아먹을 먹잇감처럼 플로랑스를 태운 자동차로 대로를 신나게 달리고 있을 것이었다.

마침내 감방 문이 빗장까지 곁들여 단단히 잠겼다.

돈 루이스는 잠시 생각을 굴렸다.

'설사 경시청장이 발랑글레에게 전화를 넣기로 한다 해도, 오늘 아침이나 되어서야 결정할 것이다. 그럼 내가 풀려나기까지 최소한 여덟 시간이라는 여유를 놈에게 베푸는 꼴이야. 여덟 시간을 말이다. 빌어 먹을!'

그는 좀 더 곰곰이 생각을 정리하고는 일단 기다리는 것 말고 방법이 없음을 시인하듯 어깨를 으쓱한 뒤, 침상에 벌렁 드러누우며 중얼거렸다.

"그만 코하자꾸나, 뤼팽."

6
열려라, 참깨!

원하는 만큼 잠에 빠져드는 천부적인 능력에도 불구하고 돈 루이스는 어쩐 일인지 세 시간밖에 눈을 붙일 수가 없었다. 워낙 극심한 불안에 시달리는 데다 제아무리 수학적으로 엄밀한 행동 계획이 수립되었다 해도, 너무도 많은 장애 요인이 훤히 내다보이는지라 좀처럼 안정이 안 되는 것이었다. 베베르는 분명 시킨 대로 데말리옹 씨에게 말을 전하기는 할 것이다. 하지만 과연 데말리옹 씨가 발랑글레에게 전화를 넣을까?

돈 루이스는 쿵 하고 발을 구르며 중얼거렸다.

"반드시 전화할 거야! 전화 한 통화 한다고 해서 어려울 것도 없는 반면, 그러지 않는다면 상당히 불안해야 할 테니까. 일단 그렇게 내 체포건에 관한 논의가 이루어지고, 현재 일어나고 있는 일들에 관해 발랑글레가 자세한 설명을 접하기만 한다면…… 그러기만 한다면……."

과연 발랑글레가 어떤 결정을 내릴지 그는 곰곰이 저울질하기 시작했다. 이른바 내각의 수반이라는 인물이 이 아르센 뤼팽 선생의 요청에 귀를 기울이러 이곳까지 납시고, 결국 그의 계획에 적극적으로 동참하리라고 기대해도 좋을까?

돈 루이스는 집요한 희망을 품은 채 소리쳤다.

"반드시 나타날 것이야! 발랑글레는 격식이랄지 부질없는 객설 따위엔 신경 쓰지 않는 타입이니까. 아무렴, 반드시 오고말고! 최소한 호기심이 발동해서라도 올 거야. 내가 무슨 얘기를 할지 궁금해서라도 말이지. 게다가 그는 이미 나라는 사람을 잘 알고 있어. 별 이유 없이 세상을 시끄럽게 만드는 타입은 아니라는 걸 말이야. 나와 면담을 하면 항상 얻는 게 있다는 걸 모를 리 없지. 그는 나타날 거야!"

하지만 그와 동시에 또 다른 문제가 떠올랐다. 발랑글레가 나타난다는 사실이 막 바로 페레나의 제안이 수용된다는 것을 의미하지는 않는다는 사실! 그런가 하면 설사 돈 루이스가 가까스로 설득에 성공한다해도, 얼마나 많은 위험이 도사리고 있을 것인가! 아직은 의문점들이 부지기수이고, 실패할 가능성도 다분하지 않은가 말이다! 그나저나 베베르는 도망치는 자동차를 적절하게 추적이나 하고 있는 것인지. 과연 꼬리를 밟을 수 있을지. 밟았다 해도 다시 놓치는 것은 아닌지.

그리고 비록 기대하는 만큼 운이 따라준다 해도, 이제 너무 늦은 것은 아닐까 하는 우려도 없지 않았다. 설사 지금은 야수를 뒤쫓으며 몰아세우고 있다고 치자. 하지만 당장이라도 놈이 먹잇감을 덮쳐버린다면? 모든 것이 좌절되었다는 생각을 하다 보면, 지금까지의 악행에 한 가지를 더 보탠다고 해서 불안해할 녀석이 아니지 않은가?

사실 돈 루이스에게는 바로 그 점이야말로 가장 걱정되는 사태였다. 그의 끈질기게 낙관적인 상상 속에서 웬만한 장애들은 어렵잖게 극복되었지만, 오로지 이 끔찍한 생각, 그것 하나만큼은 눈앞을 캄캄하게 만드는 것이었다. 즉, 유린당하는 플로랑스, 싸늘한 시체로 변한 플로랑스 말이다!

"오, 끔찍하구나! 나만이 그걸 막을 수 있을 텐데 이렇게 가둬놓다니."

안타깝게 중얼거리는 가운데 그는, 데말리옹 씨가 무슨 이유로 갑자기 생각을 바꿨는지, 무엇 때문에 그를 체포하는 데에 동의했으며, 사법당국이 결코 상대하기 꺼리던 이 골치 아픈 아르센 뤼팽이라는 존재를 뭐하러 이제 와 들쑤시고 나온 것인지에 대해서는 전혀 신경 쓸 마음이 없었다. 그렇다. 현재 그런 문제들은 조금도 안중에 없었던 것이다. 오로지 플로랑스만이 중요했다. 시간이 점점 흘러가는데, 그 일분 일초가 플로랑스를 점점 벼랑 가까이 내모는 것만 같았다.

그는 몇 년 전에 경험한 비슷하게 초조했던 시간을 떠올렸다. 이제나 저제나 감옥 문이 열리면서 독일 황제가 나타나주기만을 기다렸던 바로 그때(『813』 참조―옮긴이). 하지만 지금의 이 시간이 훨씬 더 준엄하게만 느껴지는 것이었다! 그 당시에는 어디까지나 자기 일신(一身)의 자유가 문제였지만, 지금은 플로랑스의 목숨이 운명의 저울 위에서 기우뚱거리고 있지 않은가 말이다!

"플로랑스! 플로랑스!"

그는 처절하게 여인의 이름을 울부짖고 있었다.

그녀가 결백하다는 점은 조금도 의심하지 않았다. 아울러 어떤 타인 역시 그녀를 사랑하고 있으며, 그래서 납치한 거라고 철석같이 믿는 것이었다. 그 불한당의 입장에서 보면 여자는, 엄청난 재산을 보증해주는 존재일 뿐만 아니라 사랑의 전리품이자 만약 애정이 받아들여지지 않을 경우 아예 없앨 수도 있는 대상이나 마찬가지인 셈이다.

"플로랑스! 플로랑스!"

심상치 않은 위기감이 그의 전 존재를 휩쓸고 있었다. 이러다가는 완전 파멸에 치달을 수밖에 없을 것 같았다. 플로랑스를 뒤쫓아, 살인마의 뒷덜미를 낚아챘다고? 언감생심 꿈도 못 꿀 일이 아니지 않은가! 지금 있는 곳은 사방이 막힌 감방. 게다가 아르센 뤼팽이라는 이름으로 붙잡힌 이상, 이제는 얼마 동안이나 갇혀 있어야 할지 아득할 따름이다. 글쎄, 몇 달이 될까, 아니면 몇 년이 걸릴까?

플로랑스를 향한 자신의 사랑이 어떤 것인지 명료한 개념이 떠오른 것은 바로 그때였다. 문득 그녀가 자신의 삶 속에서, 여태껏 다른 그 무엇도 넘보지 못한 엄청난 자리를 독차지하고 있음을 깨달은 것이다. 부(富)를 향한 욕구랄지, 권력을 향한 욕망이랄지, 싸움에서 느끼는 씩씩한 통쾌감이랄지, 그 밖의 온갖 야망과 원한 등등, 그 어느 것도 지금 한 여인을 향한 열정만큼 절실하지 못했다. 그러고 보니 지난 두 달 동안의 싸움은 오로지 그녀를 얻기 위한 투쟁에 불과한 느낌이었다. 죄인을 벌주는 따위의 진실을 추구하는 행위조차, 사실은 플로랑스를 위험에서 구해내는 한 가지 방편일 따름이었다. 따라서 적의 손아귀에서 플로랑스를 구해내기에 시간이 너무 늦고, 결국 여자가 죽어야만 한다면, 차라리 이대로 영원히 감옥에 갇혀 지내는 편이 나을 것이다! 생의 마지막 순간까지 구속되어 있는 아르센 뤼팽이라! 그것이야말로, 진정으로 사랑하는 여인에게서조차 사랑을 받을 수 없었던 한 사나이의 비루한 인생에 딱 맞는 최후가 아닐까?

하지만 그런 위기감은 잠시 후 가라앉았다. 돈 루이스 같은 인물의 성격과는 너무도 판이한 심리 상태라, 잠깐 들끓는 듯하다가는 금세 수그러들었다고나 할까? 결국 약간의 의혹이나 불안도 틈입할 수 없을 만큼 확고한 신념으로 똘똘 뭉친 정신 상태가 자리를 잡았다. 어느새 동이 터 있었다. 감방 내부는 차오르는 빛으로 그득했다. 돈 루이스는 보보 광장의 총리 관저로 발랑글레가 등청(登廳)하는 시각이 대략 아침

8시쯤 된다는 사실을 떠올렸다.

이제 그의 마음은 절대적인 평정이 차지하고 있었다. 앞으로 벌어질 사태는 마치 속과 겉이 완전히 뒤집어지기라도 한 듯, 현저히 달라진 양상으로 다가오기 시작했다. 싸움은 손쉽게 느껴졌고, 현실은 단순 명료해 보였다. 이미 석방 지시가 수행되기라도 한 것처럼, 그는 자신의 뜻은 받아들여질 수밖에 없다고 확신했다. 부국장은 경시청장에게 상세한 보고를 올렸음에 틀림없고, 경시청장은 동이 트자마자 발랑글레에게 이 아르센 뤼팽의 요구를 전달했음에 틀림없으며, 발랑글레는 아르센 뤼팽과의 옥중(獄中) 면담에 기꺼이 응할 것이 틀림없다. 그리고 급기야 그 면담 중에 아르센 뤼팽이 발랑글레의 동의를 이끌어낼 것이 틀림없는 것이다! 이 모든 것은 단순한 가설이 아니라 확신이었으며, 해결해야 할 문제가 아니라 이미 해결되어 나온 답이었다. 요컨대, 출발점 A가 주어진 한, 점 B와 점 C를 거치다 보면 싫든 좋든 점 D에 도달하고야 마는 법!

돈 루이스는 기분 좋게 너털웃음을 터뜨렸다.

"하하하하, 이것 보게나, 아르센! 자넨 므슈 호엔촐레른을 저 브란덴부르크의 궁전 구석에서 끌어낸 적이 있었어! 하물며 발랑글레는 그렇게 멀리 있는 것도 아니지 않은가! 필요하다면 자네가 직접 움직일 수도 있겠지. 좋아, 까짓 내가 첫발을 내딛지 뭐! 내가 므슈 드 보보 (Monsieur de Beauvau. 즉, 총리 관저가 보보 광장에 있음을 빗댄 표현―옮긴이) 를 방문하겠다 이거야! 총리 각하, 인사를 받으소서."

그는 장난스럽게 감방 문 앞까지 다가가, 마치 금방이라도 문이 열리면서 알현을 할 것처럼, 몸가짐을 다듬었다.

어찌 보면 어린애 장난 같은 그런 짓을 무려 세 번씩이나 반복했는데, 아예 깃털 장식이 달린 펠트 모자를 손에 쥔 척 우아하게 팔을 저으며, 깊숙이 허리를 숙여 늘씬하게 인사하는 연습까지 곁들이는 것이었다.

그러면서 연신 입안에서는 중얼중얼.

"열려라, 참깨!"

그렇게 네 번째 반복했을 때였다. 마침내 감방 철문이 열리면서 간수가 들어왔다.

돈 루이스는 한껏 태깔을 부린 어투로 점잖게 말했다.

"설마 국무총리 각하를 너무 오래 기다리게 한 건 아닌지요?"

복도에는 형사 네 명이 서 있었다.

"저 신사분들은 에스코트 겸 와 계신 건가? 자, 갑시다. 부디 에스파냐 국왕 폐하의 친척이자 대(大)귀족인 아르센 뤼팽이 듭신다고 어서 전해주시구려. 내가 그대들 뒤를 따르리다. 아차, 이보게 간수, 그동안 수고한 값으로 여기 금화 한 닢!"

그러나 복도로 나서자마자 심상치 않은 분위기에 멈칫하며 너스레를 떠는 돈 루이스.

"어렵쇼! 이런! 그러고 보니 장갑도 안 끼고 수염도 그대로인걸."

이미 형사들이 바짝 에워싸고는 거칠게 밀어붙였다. 그는 잽싸게 그중 둘의 팔뚝을 신음이 터져나오도록 비틀며 내뱉었다.

"어허, 점잖게 굴어야지! 설마 무방비 상태인 나를 해코지하라는 명령을 받은 건 아닐 텐데? 수갑을 채우라는 지시도 없었을 테고? 자, 서로 얌전히 지내자고, 젊은 친구들."

그제야 헐레벌떡 나타나는 소장에게 돈 루이스가 일갈했다.

"멋진 밤이었소, 소장. 당신네 '관광 클럽'(Touring Club. 1890년에 국제적으로 설립된 협회. 당시 프랑스 '관광 클럽'에서는 실제로 '추천할 만한' 호텔 목록을 발간한 바 있음—옮긴이) 지정(指定) 객실들, 정말로 추천할 만하더군. 경시청 유치장 호텔에 점수 좀 많이 줘야겠어. 수감 명부에 내가 확인은 해야겠죠? 뭐요, 필요 없다고? 내가 다시 돌아올 거라고 생각하는 거요? 저런! 이봐요, 소장, 너무 기대는 마시구려. 이 몸은 대단히 중대한 용무가 있으셔서."

마당에는 자동차가 대기하고 있었다. 경찰관 넷과 함께 돈 루이스는 차에 올랐다.

"자, 보보 광장으로 갑시다!"

그가 시침 떼고 운전기사에게 지시하자, 경찰관 중 한 명이 곧바로 정정했다.

"비너즈 가(街)로!"

"오호! 각하의 사저(私邸)로 직행하는 겁니까? 각하께서는 나를 은밀히 맞고 싶은 모양이로군요! 좋은 징조이지. 그나저나 지금이 몇 시쯤 됐습니까?"

질문은 대답 없이 허공에 맴돌았다. 게다가 커튼을 쳐놔서 길가의 공공 시계탑을 볼 수도 없었다.

트로카데로 근처 건물, 발랑글레 총리가 사는 아담한 1층에 들어서고 나서야 겨우 시계를 볼 수가 있었다.

"7시 반이로구나! 그만하면 시간은 꽤 절약한 셈이로군그래. 뭔가 되어가는 느낌인걸!"

발랑글레의 서재는 새장이 즐비한 정원 층계를 향하고 있었다. 책들과 그림들로 방 안은 제법 어질러져 있었다.

호출 벨이 울렸고, 동행한 경찰관들은 나이 많은 하녀의 안내로 돈 루이스만 홀로 남겨둔 채, 모조리 밖으로 나갔다.

여전히 침착하면서도, 내심 약간의 껄끄러운 기분과 뭔가 몸이 근질근질한 느낌 속에서, 그의 시선은 어쩔 수 없이 또 추시계 쪽으로 쏠렸다. 큼직한 바늘은 왠지 유난히 생동감 있게 움직이는 듯했다.

누군가 문을 열었고, 또 다른 한 사람과 함께 들어섰다.

발랑글레와 경시청장이었다.

'드디어 내 손아귀로 들어오시누먼!'

그는, 노(老)총리의 깡마른 얼굴에서 풍기는 어렴풋한 공감대를 읽으며 재빨리 머리를 굴렸다. 총리의 태도 어디에서도 공연한 거드름이나 잘난 체하는 기미는 보이지 않았다. 정부 고위 인사와 신분이 애매모호한 인물 사이를 가로막는 장벽은 전혀 없는 것처럼 보였다. 오히려 어딘지 쾌활한 분위기와 활짝 핀 호기심, 그리고 정감 어린 공감대가 두 사람 사이를 떠돌고 있었다. 그렇다, 적어도 발랑글레는 상대를 향한 호감(好感)을 숨기려 한 적이 없었고, 아르센 뤼팽이 죽었다는 소식에도 이 유명한 협객에 관해 틈만 나면 이야기를 늘어놓으면서, 그와 함께했던 묘한 인연을 은근히 자랑 삼아 떠벌리곤 했다.

총리는 돈 루이스를 한참 동안 살펴보더니 말했다.

"하나도 변하지 않았군요. 약간 그을린 피부에, 관자놀이에는 어느덧 흰 머리카락이 살짝살짝 보이는 정도. 그게 다로군요."

그러고는 단도직입적인 사람답게 툭 내뱉었다.

"자, 그래 무엇을 원하는 거요?"

"총리 각하, 먼저 속 시원한 답변을 부탁드립니다. 간밤에 저를 경시청 유치장에 처박은 베베르 부국장이 플로랑스 르바쉐르를 납치한 자동차를 추적하기로 했는데, 어찌 되었는지요?"

"그 자동차는 베르사유에서 일단 멈췄다고 합니다. 거기서 다른 자동차로 바꿔 타고 낭트로 향했다네요. 자, 그다음은 또 뭡니까?"

"자유로운 통행권을 보장해주십시오."

"물론 지금 당장 말이죠?"

발랑글레는 빙그레 웃으며 되물었다.

"최소한 40~50분 안에는 확보되어야 합니다."

"그러니까 8시 반까지 말이로군요?"

"아무리 늦어도 그때까지는 가능해야 합니다."

"그래, 그걸 요구하는 이유는 뭡니까?"

"코스모 모닝턴과 베로 형사, 그리고 루셀 가문의 살해범을 잡아들이기 위해서입니다."

"당신 혼자 할 수 있다는 거요?"

"그렇습니다."

"하지만 이미 경찰도 만반의 태세를 갖춘 데다, 각 지역으로부터 무선전신이 가동되고 있소. 범인은 이제 프랑스를 빠져나가기가 불가능하게 되어 있어요. 결코 우리의 손아귀에서 벗어날 수가 없을 겁니다."

"하지만 색출해내는 건 또 다른 문제입니다."

"우리가 해낼 것이오."

"만약 경찰이 나서면 플로랑스 르바쉐르의 목숨이 위태롭습니다. 자칫 일곱 번째 희생자가 나올 수 있어요. 그걸 원하십니까?"

발랑글레는 잠시 뜸을 들인 후, 말했다.

"당신 얘기는, 지금까지의 모든 정황과 경시청장이 제기하는 그럴듯한 의혹들에도 불구하고, 그 플로랑스 르바쉐르라는 여인이 끝내 결백하다 이겁니까?"

"오, 더없이 결백합니다, 총리 각하!"

"그리고 죽음의 위협을 겪고 있다고 생각하고요?"

"자칫 살해당할 수도 있습니다."

"당신, 플로랑스 르바쉐르를 사랑하시오?"

"그녀를 사랑합니다."

순간 발랑글레의 얼굴이 환해졌다. 사랑에 빠진 뤼팽이라! 사랑에 흔들려, 고백을 하는 뤼팽이라! 아, 얼마나 멋진 일이란 말인가!

총리는 차분하게 얘기를 시작했다.

"나 역시 매일 모닝턴 사건을 추적해오고 있는지라, 웬만한 사항은 모르는 것이 없는 입장이오. 당신은 정말이지 기적 같은 일들을 이번에도 해냈더군요. 당신이 아니었다면 이 사건은 최초의 캄캄한 미궁으로부터 단 한 발짝도 벗어나지 못했을 것이오. 하지만 그럼에도 불구하고 몇 가지 미진한 부분들은 짚고 넘어가지 않을 수가 없더군요. 평소 당신의 명성을 생각해보건대 사실 그런 부분들이 있다는 것 자체가 내게는 너무도 의외였소. 물론 당신의 행동 목적과 원리가 그 '사랑'이라는 감정에 있다고 하니, 이젠 어느 정도 이해되기도 합니다. 그러나 아무리 당신이 강변을 한다 해도, 유산상속자의 자격이라든가, 진료소를 그런 식으로 이탈해간 것 등등, 플로랑스 르바쉐르의 행동거지는 이번 사건에서 그녀의 역할에 대해 상당 부분 의혹을 불러일으키는 것 또한 사실입니다."

돈 루이스는 추시계를 가리키며 약간 짜증스레 다그쳤다.

"총리 각하, 시간이 흐르고 있습니다."

발랑글레는 털털하게 웃음을 터뜨렸다.

"허허허, 참으로 까다로운 사람이로군요! 돈 루이스 페레나, 이럴 땐 내가 전능한 절대권자가 아니라는 게 그저 아쉽습니다. 당신은 마치 비밀경찰의 총수라도 되고자 하는 것 같군요."

"그건 전직(前職) 독일 황제께서 옛날에 제안했던 직책입니다."

"오, 저런!"

"하지만 내가 거절했지요."

발랑글레는 한바탕 또 웃음을 터뜨렸고, 이제 시계는 7시 45분을 가리키고 있었다. 더더욱 초조함을 드러내는 돈 루이스는 아랑곳하지 않고 발랑글레는 의자에 앉은 뒤, 진지한 목소리로 곧장 본론을 꺼냈다.

"돈 루이스 페레나, 당신이 처음 모습을 다시 드러냈을 때, 그러니까 쉬셰 대로의 살인 사건이 발생했던 바로 그때부터 경시청장과 나는 당신의 정체에 대해 신경을 곤두세우고 있었소. 페레나는 분명 뤼팽이었지요. 우리가 왜 죽은 당신의 정체를 굳이 집적대지 않고, 일종의 보호막을 설치해주었는지 그 이유는 아마 당신도 모르는 바는 아닐 것이오. 그 점에 관해서 경시청장은 전적으로 나와 동감이었소이다. 당신이 하는 일은 어디까지나 공공의 이익과 정의에 부합한 것이었고, 이번 사건에서 당신의 협조가 너무도 소중했기에, 우린 되도록 불안을 야기하지 않으려고 애써왔습니다. 요컨대 돈 루이스 페레나가 선전(善戰)을 이끄는 한, 우린 아르센 뤼팽을 어둠 속에 놓아두려고 했던 것이죠. 하지만 유감스럽게도……."

발랑글레는 다시 한번 뜸을 들이더니 터놓고 말했다.

"유감스럽게도, 어젯밤 경시청장 앞으로 당신이 아르센 뤼팽임을 지극히 상세한 증거를 대가며 고발하는 투서가 당도했답니다."

돈 루이스는 펄쩍 뛰었다.

"그럴 리가! 그건 이 세상 어느 누구도 증명할 수 없는 문제입니다. 아르센 뤼팽은 공식적으로 죽은 몸이란 말입니다."

"그럴지도 모르죠. 하지만 그렇다고 돈 루이스 페레나가 살아 있는 실존 인물임이 증명되는 건 아닙니다."

"돈 루이스 페레나는 지극히 합법적으로 살아 있는 실존 인물입니다, 총리 각하!"

"글쎄요, 하지만 누군가 제동을 걸고 나왔단 말입니다."

"그게 누구입니까? 사실 딱 한 사람 있긴 있는데, 날 고발하면 자신도 함께 망할 운명이란 말입니다! 아무렴 그 정도로 어리석으리라곤 보지 않습니다."

"어리석은지 어떤지는 모르겠으나, 음흉한 건 사실입니다."

"그럼 정녕 페루 공사관원인 카세레스 선생을 얘기하는 겁니까?"

"그렇습니다."

"하지만 그는 지금 여행 중인 걸로 아는데요!"

"정확히 말해 도피 중에 있지요. 공사관 금고에 손을 댔거든요. 한데 외국으로 도망치기 직전 서명한 서류가 어젯밤에 우리 쪽에 입수된 겁니다. 당신한테 돈 루이스 페레나라는 이름으로 호적 일체를 위조해주었다는 내용이더군요. 아울러 당신이 그에게 보낸 편지와 증거로 채택될 만한 모든 서류도 동봉되어 있었습니다. 그저 훑어보기만 해도 사정이 훤하게 눈에 들어올 만했습니다. 첫째, 당신은 돈 루이스 페레나가 아니며, 둘째, 당신의 진짜 정체는 아르센 뤼팽이다, 이거지요."

돈 루이스는 발끈하며 외쳤다.

"그놈의 카세레스라는 작자는 하수인에 불과합니다! 분명 다른 누가 그를 매수하고 뒤에서 조종한 겁니다. 바로 그 악당 놈이에요! 놈이 개입한 냄새가 납니다. 이번에야말로 나를 완전히 제거하려는 속셈이에요!"

총리는 얼른 말을 받았다.

"나 역시 그렇게 생각하는 바이오. 하지만 우리한테 들어온 서류들은 몽땅 사본입니다. 동봉한 편지에 의할 것 같으면, 오늘 아침을 기해 당신이 체포되지 않을 경우, 그 원본이 오늘 저녁에 파리의 주요 일간지에 보내질 예정이라는 겁니다. 그렇게 되면 경찰로서도 어쩔 수 없이 고발을 접수할 수밖에 없게 돼요."

"하지만 총리 각하, 현재 카세레스는 외국에 있고, 서류를 산 악당 놈도 그따위 위협을 실행해 옮기기에 앞서 멀리 도망치기 바쁠 텐데, 굳이 서류들이 신문사에 넘어갈까 봐 겁먹을 필요 있겠습니까?"

"그건 모르는 일이지요. 만반의 조치를 취해놓았을지 누가 압니까? 공범이 있을 수도 있겠지요."

"공범은 더 이상 없습니다."

"알 수 없지요."

돈 루이스는 그렇게 툭 내뱉는 발랑글레를 유심히 바라보며 말했다.

"대체 지금 무슨 생각을 하시는 겁니까, 총리 각하?"

"사실 우리로선 카세레스 선생의 서류 때문에 마음이 급한 형편에도 불구하고, 플로랑스 르바쉐르의 진짜 역할을 가능한 한 명확히 규명하고 싶은 바람이 간절합니다. 경시청장이 어젯밤 당신의 작전을 방해하지 않았던 것도 바로 그 때문이지요. 한데 그 작전이 아무 소득 없이 끝난 지금에 와서는, 최소한 돈 루이스 페레나의 신병이 확보된 걸 기화로 아르센 뤼팽이나마 검거해보자는 게 경찰의 입장이오. 결국 이번에도 그를 놔준다면 서류들이 신문에 게재될 것이고, 그러면 우리 경찰이 대중 앞에서 또 얼마나 우스꽝스럽고 난처한 입장에 처할지는 당신도 잘 아시리라 보오. 하필 이러한 때에, 당신은 지금 아르센 뤼팽을 비합법적이고도 임의적인 방식으로 풀어달라는 요청을 하고 있는 겁니다. 따라서 나로서는 도저히 그 요청에 귀를 기울일 수가 없는 형편이오. 결국 거절할 수밖에."

그는 잠시 말을 멈추고 생각에 잠기더니 중얼거렸다.

"다만……."

"다만 뭡니까?"

돈 루이스가 덥석 물고 늘어졌다.

"실은 내가 바라는 건 말이오, 아르센 뤼팽을 무리하게 풀어줌으로써 겪게 될 곤경을 무릅쓰더라도 당신 요청을 받아들이지 않을 수 없을 만큼, 엄청나고 특별한 무엇을 우리에게 제공해주겠다고 약속을 한다면 또 모르겠습니다."

"하지만 제 생각에는 이번 사건의 진범을 잡아 대령하는 것만으로도 충분히……."

"사실 그 일이라면 굳이 당신 도움이 필요하진 않소이다."

"그렇다면 일단 그 일부터 해치운 뒤 다시 돌아와 의연하게 감옥으로 들어가겠다고 이 자리에서 맹세를 드린다면 어떻겠습니까?"

발랑글레는 어깨를 한 번 으쓱했다.

"그러고 나서는요?"

잠시 침묵이 흘렀다. 두 사람 사이의 공기가 다소 긴장되고 있었다. 발랑글레 같은 노회(老獪)한 인물이 그저 입으로 남발하는 약속에 만족할 리는 없었다. 그보다는 뭔가 좀 더 구체적이고 현실적인 보장이 필요한 눈치였다.

돈 루이스는 다시금 말을 이었다.

"총리 각하, 정 그러시다면 제가 조국을 위해 그동안 봉사한 실례(實例)들을 좀 고려해달라고 청해도 되겠는지요?"

"어디 한번 들어볼까요?"

돈 루이스는 방 안을 한 차례 서성거린 다음, 다시 발랑글레 앞으로 돌아와 얘기를 시작했다.

"1915년 봄, 해 질 무렵이었습니다. 센 강 기슭, 파시 제방의 어느 모래 더미 옆에 세 남자가 모여 있었지요. 당시 경찰은 몇 달 전부터 무려 3억 프랑어치에 달하는 황금 자루의 행방을 찾아 헤매고 있었습니다. 다름 아닌 국가의 공적(公敵)이 그동안 몰래 모아오다가 이제 막 국외로 반출하려던 보물이었죠(『황금삼각형』 참조―옮긴이). 그들 중 두 사람의 이름은 발랑글레와 데말리옹이었습니다. 나머지 세 번째 사람이 그 두 사람을 불러 모은 자리였는데, 거기서 그는 발랑글레 장관에게 지팡이를 모래 더미에 쑤셔 넣어보라고 했지요. 황금은 바로 그곳에 있었습니다. 그로부터 며칠 뒤, 프랑스와 동맹을 맺기로 결정한 이탈리아는 4억 프랑어치의 황금을 선급으로 보장받기에 이릅니다."

발랑글레는 적잖이 놀란 기색이었다.

"아니, 그건 아무도 모르는 이야기인데! 대체 어디서 들었소?"

"바로 그 세 번째 남자에게서 직접 들었지요."

"그, 그 사람이 대체 누구였습니까?"

"돈 루이스 페레나였지요."

"뭐, 뭐라고!"

발랑글레가 버럭 소리쳤다.

"당신, 그때 은닉처를 발견해낸 게 바로 당신이었단 말이오? 당신이 그 자리에 있었어요?"

"네, 바로 저였습니다. 그때 저더러 무엇으로 보상을 하면 좋을지 물으셨지요. 그때 그 보상을 오늘에 와서야 청하는 바입니다."

대답이 튀어나오기까지 오래 걸리지는 않았다. 다소 비트는 듯한 웃음에 이어 발랑글레가 말했다.

"오늘에 와서야 보상을 청한다고요? 그러니까 무려 4년이 지난 다음에 말이죠? 이거 너무 늦은 거 아닙니까? 이미 모든 상황이 정리된 다음인걸요. 전쟁은 끝났소이다. 옛날이야기는 그냥 묻어두자고요."

돈 루이스는 다소 당황한 눈치였지만, 여전히 포기하지 않고 얘기를 이어갔다.

"그럼, 1917년 사레크 섬에서 아주 끔찍한 사건이 발생했지요(『서른 개의 관』 참조—옮긴이). 그에 관해서는 아마 총리 각하도 들어 아실 겁니다. 하지만 사건 해결에 돈 루이스 페레나가 깊숙이 개입했다는 사실은 모르고 계실 겁니다. 아울러 그가 마련한 계획이……."

순간, 발랑글레는 주먹으로 탁자를 쿵 두드리며, 한껏 목소리를 높여 상대를 불렀는데, 그 어투가 품위를 잃지 않으면서도 상당히 격의(隔意)가 없게 느껴졌다.

"이보시오, 아르센 뤼팽! 우리 좀 더 정정당당하게 놀아봅시다! 정녕 게임에 이기고 싶다면 그만한 대가를 치르세요! 당신은 계속해서 과거의 공적(功績) 이야기나, 아니면 미래의 약속만 남발하고 있습니다. 소위 아르센 뤼팽이나 된다는 사람이 고작 그런 걸로 이 발랑글레의 마음을 사려고 한단 말이오? 이런, 맙소사! 당신이 아무리 여러 얘기를 늘어놓아도, 간밤에 벌어진 상황을 놓고 볼 때, 플로랑스 르바쉐르와 당신은 대중 앞에서 이번 사건의 최종 책임자로 부각될 것이고, 이미 그렇게 된 면도 없지 않습니다. 글쎄, 뭐랄까? 유일한 진범으로 지목되어 있다고나 할까? 그런 와중에 플로랑스가 뺑소니를 친 데다, 이제는 당신마저 통행 자유를 보장해달라고 하고 있소! 좋아요! 까짓 그럽시다! 다만 머뭇거리지 말고 값을 지불하란 말이오, 값을!"

돈 루이스는 다시금 서성대기 시작했다. 지금 그의 내면에선 마지막 갈등이 들끓고 있었다. 바야흐로 패를 공개하기에 앞서, 최후의 망설임이 발목을 붙잡는 셈이었다. 급기야 다시 총리 앞에 우뚝 선 돈 루이스 페레나. 어차피 대가를 치를 바에는 화끈하게 치르리라고 마음먹었다.

돈 루이스는 얼굴이나 태도 모두 더없이 진실한 분위기로 입을 열었다.

"정 그렇다면 구차한 흥정 따윈 하지 않겠습니다, 총리 각하. 지금 제가 내놓으려고 하는 대가는 각하께서 상상조차 할 수 없을 만큼 특별하고 어마어마한 것입니다. 플로랑스 르바쉐르의 목숨이 경각에 달려 있는 만큼, 아마도 값으로 칠 수 없을 만한 대가이어야 할 것입니다. 사실 가급적이면 덜 불리한 거래를 하려고 했습니다만, 각하의 말씀이 제게서 그럴 희망을 깨끗이 앗아가버리더군요. 좋습니다! 바라시는 대로 이제 제가 가진 패를 몽땅 펴 보여드리겠습니다. 이미 저는 결심이 섰습니다!"

그제야 노회한 총리의 분위기가 들썩했다. 뭔가 특별하고 어마어마한 대가라니! 도대체 그게 무엇이란 말인가? 어떤 것을 제공하기에 그 정도로 대단한 수식어를 붙일 수 있단 말인가?

"어서 말해보시오."

돈 루이스 페레나는 서로 동등한 입장의 두 사람이 마주하듯, 발랑글레 앞에 자리를 잡고 앉았다.

"간단히 말씀드리지요. 조국의 국무총리 앞으로 제가 제안하는 거래는 단 한 줄의 문장으로 요약될 수도 있을 겁니다."

"단 한 줄의 문장이라……."

"그렇습니다."

돈 루이스는 발랑글레의 눈동자를 뚫어져라 바라보면서 한마디, 한마디 또박또박 끊어가며 얘기를 풀어갔다.

"더도 말고 딱 24시간의 자유를 보장해준다는 조건으로, 아울러 내일 아침까지 플로랑스와 함께 돌아와 저의 결백을 증명하든지, 아니면 그녀를 못 데리고 올 경우 다시 저 혼자 수감되는 조건으로……."

그는 잠시 뜸을 들인 후, 진지한 목소리로 내뱉었다.

"저는 하나의 왕국을 조국에 바칠 것을 서약합니다, 총리 각하!"

그야말로 터무니없고 익살스럽기까지 하며, 하도 어이가 없어 저절로 어깨를 들썩일 만한 소리 아닌가! 정신 나간 사람이거나 약간 바보가 아니라면 감히 입에 올릴 얘기가 아니었다.

결정판 아르센 뤼팽 전집

발랑글레는 잠자코 상대를 지켜보았다. 지금 같은 상황에서 농이나 던질 인물이 아님을 그는 잘 알고 있었다. 보안이 중시되는 정치적인 사안임을 본능적으로 감지한 그는 경시청장을 힐끗 돌아보았다. 데말리옹 씨의 존재가 방해가 될 것이라는 눈치였다.

하지만 돈 루이스는 계속 말했다.

"바라옵건대 경시청장님도 지금부터 하는 얘기를 귀담아들어 주셨으면 합니다. 그 누구보다 제가 하는 얘기의 가치를 높이 평가해주실 것이며, 일부 대목에서는 그 정확성을 보장해주실 적임자가 바로 경시청장님이기 때문입니다. 물론 얘기를 다른 곳에 유출해서 저의 기대를 저버리는 일은 없을 거라고 확신하는 바입니다."

발랑글레는 지그시 웃지 않을 수 없었다.

"그에게도 도움을 준 적이 있는 모양이죠?"

"바로 그렇습니다, 각하."

"그래요? 그게 무언지 무척이나 궁금하군요."

데말리옹 씨가 고개를 갸우뚱하며 끼어들었다.

"정 그러시다면 말씀드리죠. 역시 지금으로부터 4년 전, 파시 제방에서 우리가 회동했을 때 일입니다. 당시 하위 공무원 신분에 불과했던 므슈 데말리옹에게 저는 파리 경시청장의 직책에 오르게 해드릴 것을 약속했죠(『황금삼각형』 참조―옮긴이). 물론 그 약속을 지켰고 말입니다. 당신을 그 자리에 임명하기까진 내가 영향력을 행사하는 현직 장관 세 명의 강력한 추천이 작용했습니다. 그들을 일일이 거명해볼까요?"

순간 발랑글레는 활짝 웃는 얼굴로 가로막았다.

"그럴 필요까지야! 그만하면 알아듣겠소이다. 당신의 능력이 어느 정도 대단한지 충분히 이해하겠어요. 그리고 데말리옹 당신도 그런 뚱한 얼굴은 하지 마시구려. 이만한 인물의 은혜를 조금 입었기로서니 그리 께름칙할 일은 아니잖소? 자, 뤼팽, 어서 본론이나 털어놓아 보시오."

이제 발랑글레의 호기심은 끝없이 치솟고 있었다. 심지어 뤼팽의 제안이 현실적인 결과로 이어질지는 별로 문제가 되지 않을 정도였다. 아니, 근본적으로 그런 것은 믿지도 않았다. 단지, 이 기발한 인물이 과연 어디까지 대담무쌍하게 나올 수 있으며, 얼마나 새롭고도 황당무계한 무용담을 저토록 태연자약하게 떠벌리려고 하는 것인지, 속 시원히 알고 싶은 마음뿐이었다.

"잠깐 실례하겠습니다."

돈 루이스는 자리에서 일어나 벽난로 쪽으로 걸음을 옮겼다. 맨틀피스 위에 가지런히 쟁여 있던 지도 중 북아프리카 지역 소형 지도를 찾아 책상 위에 쫙 펼치더니, 네 귀퉁이에 무거운 물건들을 얹어놓았다.

"실은 경시청장님이 대단한 관심을 가졌던 문제가 하나 있습니다. 제가 알기로는 그 문제에 관해 상당한 조사까지 벌였던 걸로 알고 있고요. 이른바 아르센 뤼팽이 지난 3년 동안, 그러니까 외인부대에 있었을 당시, 무슨 일을 하며 소일했는가 하는 문제 말입니다."

"잠깐, 그 조사라면 실은 내가 특별히 지시해서 이루어진 것입니다."

발랑글레가 말을 가로막았다.

"그래서 성과는 있었나요?"

"전혀요."

"그러니까 결국 전쟁 중 저의 행적에 관해서는 전혀 모르신다 이거죠?"

"그렇소이다. 아주 캄캄하오."

"바로 그에 관해서 말씀드리려는 것입니다, 총리 각하. 누구보다도 헌신적이었던 조국의 아들이 나라를 위해 무슨 일을 했는지 프랑스는

결정판 아르센 뤼팽 전집

반드시 알아야만 합니다. 만약 그러지 않는다면, 언제든 나에게 전선(戰線) 복무를 회피하고 어디론가 숨어버렸다고 몰아세울지 모를 텐데, 그거야말로 부당한 처사라고 아니할 수 없지요. 총리 각하께서도 기억하시겠지만, 제가 외인부대에 지원한 건, 엄청난 내면적 비극을 겪고 나서 자살까지 시도했다가 여의치 않자 결행한 일이었습니다. 당시 저는 그저 죽고 싶은 생각뿐이었으며, 모로코 병사가 쏘는 총탄이, 그토록 갈망하는 안식을 제게 선사해주리라 기대했던 겁니다. 하지만 운이 닿지 않아서인지 그나마 뜻대로 되지 않았습니다. 아마도 명(命)이 다하지 않았던 모양입니다. 어쨌든 인생이란 다 그렇고 그런 건가 봅니다. 슬슬 죽음이 나를 피해가다 보니, 왠지 모르게 삶의 욕구가 다시금 샘솟기 시작하는 것이었습니다. 몇 차례 신나는 무공(武功)을 쌓다 보니까 나 자신한테 사라졌던 자신감도 다시 붙었고, 행동에 대한 열망이 서서히 불 지펴지더군요. 새로운 꿈이 내 안을 파고들었고, 새로운 이상이 내 정신을 사로잡았습니다. 날이 갈수록 내게는 더 광활한 공간이 필요했고, 더 많은 재량권과 더 넓은 지평이 요구되었습니다. 더욱 참신하고 개성적인 감각을 향한 욕구가 불쑥불쑥 치미는 것이었습니다. 한데 외인부대는, 아무리 그 영웅적이고도 정감 넘치는 집단에 대한 내 애정이 크고 강렬하다고 해도, 좀 더 다양하고 강렬한 행동과 모험을 향한 내면의 욕구를 채워주기엔 부족했습니다. 그러던 중 1914년 11월 유럽은 전쟁의 도가니로 곤두박질쳤고, 그때 나는, 아직 확실하게 분간은 되지 않았지만, 수수께끼 같은 마력으로 전 존재를 빨아들이는 뭔가 대단한 목표를 향해 한발 한발 전진해가고 있었습니다. 그 당시 내게는 에스파냐 왕실에 매우 강력한 영향력을 지닌 친구들이 좀 있었습니다. 그때 마침 마드리드와 파리 사이에는 모종의 협상이 진행 중이었고, 마드리드 측의 요청에 응해서 나는 비밀 임무를 띠고 파리로 파견되기에 이르렀지요. 거기에 내 목표가 있다면 있었다고도 하겠습니다. 과연 나 자신이 프랑스의 이익을 위해 무슨 일을 할 수 있는지를 당장 확인해보고 싶었으니까요. 그 후, 나는 서너 건에 달하는 중대한 일을 성공적으로 해냈습니다. 3억 프랑의 황금에 관련된 사건도 그중 하나였지요. 결국 그렇게 해서 이탈리아의 참전에 한몫 거든 셈이니까 말입니다. 하지만 어느 한순간 그 모든 것이 웬지 별 볼 일 없는 것으로 느껴지는 것이었습니다. 뭔가 더 시도할 과업이 있고, 마침내 그게 무엇인지 깨닫게 되었다고나 할까요? 프랑스가 열등하게 몰릴 수 있는 약점을 간파해낸 것입니다. 그동안 찾아 헤매온 목표가 눈앞에 여실히 드러나는 것 같았지요. 어쨌든 임무를 마친 다음, 나는 모로코로 돌아갔습니다. 그리고 한 달 뒤, 남쪽 지방으로 파견되었지요. 거기서 나는 베르베르족이 쳐 놓은 함정에 스스로를 내던졌습니다. 물론 그 정도 싸워서 헤쳐나오는 거야 문제도 아니었지만, 그냥 순순히 붙잡히는 쪽을 택했답니다. 정작 제가 하려는 이야기는 바로 거기부터 시작됩니다, 총리 각하. 포로로 붙잡힌 상황이었지만, 실은 자유로웠습니다. 뭔가 다른 삶, 간절히 원했던 삶이 펼쳐졌지요. 자칫 독(毒)이 될 뻔한 모험이기도 했어요. 내가 속해 있던 40~50여 명에 이르는 베르베르족은, 아틀라스 중앙 산맥에 분포한 지역을 돌아다니며 약탈을 일삼는 주요 유목민에서 떨어져 나온 집단이었는데, 우선 우두머리의 아녀자들이 머무는 야영지 몇 군데에 들러, 짐을 챙겨 떠났습니다. 일주일의 강행군이 이어졌는데, 팔이 뒤로 묶인 채, 말 타고 가는 사람들을 따라가야 하는 내 입장은 여간 고된 게 아니었습니다. 그렇게 가다가 멈춘 곳은 깎아지른 듯한 바위투성이 비탈이 굽어보는 어느 고원지대였는데, 여기저기 돌 틈에서 사람 뼈다귀와 프랑스군의 칼이나 무기 파편들이 흩어져 있는 걸 볼 수 있었습니다. 그들은 그곳에다 말뚝을 박고 나서 나를 묶었습니다. 이런저

결정판 아르센 뤼팽 전집

런 행동이나 간간이 들리는 말소리로 미루어볼 때, 내 죽음이 결정되었음을 느낄 수 있었죠. 이제 귀와 코, 혀가 잘려나갈 테고, 당연히 내 머리를 자를 참인 게 분명했습니다. 하지만 우선은 자기들 식사부터 준비하더군요. 근처 우물가로 가더니 실컷 배부르게 먹고 마시면서, 이따금 깔깔대면서 조롱을 던질 때만 빼고는, 내겐 전혀 신경도 쓰지 않는 눈치였습니다. 그렇게 하룻밤이 그대로 지나가버렸습니다. 저들에게는 좀 더 맘에 드는 시간대인 아침으로 처형이 미루어진 셈이지요. 실제로 동틀 무렵이 되자, 그들은 나를 에워싸고 온갖 고함을 질러댔는데, 개중에는 여자들이 꽥꽥대며 비명을 지르는 소리도 섞여 있었습니다. 한데 전날, 모래 위에 자기들이 그려놓은 선을 내 그림자가 가리자, 갑자기 조용해지더니 그들 중 나에게 가할 외과 시술을 맡은 한 명이 다가와서 혀를 쑥 내밀라고 하는 것이었습니다. 나는 순순히 따랐죠. 그는 두건 달린 외투 끝자락으로 내 혀를 붙잡고 다른 손으로는 칼집에서 단도를 빼 들었답니다. 마치 새를 붙잡아 다리와 날개를 부러뜨리며 좋아하는 악동(惡童)과도 같은 그 눈빛, 잔혹하면서도 순박한 즐거움이 묻어나는 그 눈빛을 나는 한순간도 잊은 적이 없습니다. 아울러 막상 뽑아 든 칼이 뭉뚝한 손잡이와 반 토막도 안 되는 칼날밖에 안 남아서 전혀 위해(危害)를 끼칠 수 없을뿐더러 모습 또한 우스꽝스럽게 변해버렸다는 걸 알고는 얼마나 멍청한 표정을 지었는지도 전혀 잊지 못할 겁니다. 벽력같이 화를 내더니 옆의 동료에게 덤벼들다시피 다가가 그자의 단도를 빼앗아 들더군요. 하지만 아연실색한 건 마찬가지였습니다. 그 두 번째 단도 역시 손잡이만 남고 완전히 동강 나버린 것이었습니다. 일순간에 소란이 일었고, 모두들 저마다 칼집에서 칼을 빼 들어 살펴보기 시작했습니다. 기겁을 하며 너 나 할 것 없이 호들갑을 떨더군요. 모두 합해 마흔다섯 명의 장정이 있었는데, 마흔다섯 자루의 칼이 모두

부러져 있으니 그럴 만도 하지요. 우두머리가 내게 와락 달려들었습니다. 마치 그처럼 불가해한 현상의 책임이 나에게 있다는 투였죠. 덩치가 꽤 큰 노인이었는데, 깡마르고 약간 꼽추일 뿐만 아니라 애꾸눈이라 보기에 여간 흉한 몰골이 아니었습니다. 그는 다짜고짜 큼직한 권총을 내게 덜컥 겨누었는데, 어찌나 꼴사납던지 나는 그만 대차게 웃음을 터뜨리고 말았답니다! 그는 그대로 방아쇠를 당겼는데 그만 불발이었습니다. 두 번째 당겼을 때도 웬일인지 총알은 발사되지 않았습니다. 곧바로 소란이 일었고, 모두들 내가 묶여 있는 말뚝 주위를 펄쩍펄쩍 뛰는 가운데 장총, 권총, 기병총, 낡은 에스파냐식 나팔총 등등 온갖 무기를 들이대는 것이었습니다. 한동안 빈 격발 소리가 따다다닥 울렸지요. 역시나 그 어느 것도 불을 내뿜지는 못했습니다. 정말이지 기적이었어요! 그때 그들 얼굴 표정이 다들 어땠는지! 장담하건대 그때처럼 내가 대차게 웃어본 적도 별로 없는 것 같은데, 그 바람에 그들은 더욱 혼비백산했지요. 일부는 막사로 달려가 화약을 다시 재는가 하면, 일부는 총알에 문제가 있나 해서 부랴부랴 재장전을 하더군요. 하지만 또다시 실패를 맛볼 뿐이었습니다! 그로써 나는 완전히 불사(不死)의 존재가 된 셈이었죠. 나는 웃고 또 웃어댔습니다! 하지만 그 상태 그대로 방치할 수만은 없었습니다. 나를 처형하기 위한 스무 가지 방법 정도는 더 있었으니까요. 맨손으로 목을 조를 수도 있을 것이고, 총의 개머리판으로 사정없이 두드려 팰 수도 있었을 겁니다. 그런가 하면 돌팔매질을 할 수도 있었겠지요. 인원만 마흔 명이 넘으니 그중 무엇을 동원해도 확실한 사형 집행이 되었을 겁니다! 늙은 우두머리는 얼굴 가득 증오의 빛을 뿜어대며 내게 다가왔습니다. 그는 다른 두 명의 졸개와 함께 힘을 합쳐 엄청난 바윗덩어리를 내 머리 위로 번쩍 치켜들었다가, 그대로 떨어뜨리는 것이었습니다. 하지만 거의 동시에, 딱한 늙은이에게는 정말

결정판 아르센 뤼팽 전집

이지 넋이 나갈 정도의 광경이 펼쳐지고 말았답니다. 눈 깜짝할 사이에 결박을 풀고 뒤로 훌쩍 물러선 나는, 한 서너 발짝 정도 거리를 둔 채, 놈들이 나를 붙잡았을 때 몰수해간 권총 두 자루를 불쑥 내밀었던 것입니다! 모두 합쳐 몇 초도 안 되는 동안 벌어진 상황이었지요. 한데 이번에는 우두머리가 내가 웃었듯이 껄껄대며 웃어대는 것이었습니다. 뒤죽박죽된 그 머릿속에서는 내가 들이댄 두 자루의 권총 역시 자기네 무기들과 마찬가지일 수밖에 없지 않겠느냐는 생각인 것 같았습니다. 그는 서슴없이 큼직한 돌멩이를 집어 들어, 내 얼굴을 향해 던질 준비를 했습니다. 다른 두 놈 역시 같은 포즈를 취하는가 싶더니, 이내 나머지 모두가 일제히 그들을 흉내 내는 것이었습니다. 나는 버럭 소리쳤죠. '꼼짝 마라! 안 그러면 쏜다!' 우두머리가 후딱 돌을 던졌습니다. 나는 얼른 고개를 숙임과 동시에 세 발을 연속적으로 뿜어댔죠. 우두머리와 두 졸개가 그대로 쓰러졌습니다. 남은 인원은 마흔둘. 내 권총에 남은 총알은 모두 열한 발이었습니다. 모두들 기겁을 해서인지 꼼짝도 못하고 있는 동안, 나는 권총 한 자루를 겨드랑이에 끼고 호주머니에서 얼른 두 개의 작은 탄약통, 그러니까 쉰 개의 총알을 꺼내 보였습니다. 아울러 허리띠에서는 끝이 날카롭고 가느다랗게 다듬은 고기 써는 칼 세 자루를 맵시 있게 빼 들었지요. 그제야 놈들의 약 절반가량이 항복의 표시를 하고서 내 뒤로 모여 섰습니다. 나머지 절반이 머리를 조아리는 데엔 그리 오래 걸리지 않았습니다. 전투는 그렇게 끝난 것이죠. 다 해서 4분도 채 안 걸린 싸움이었습니다."

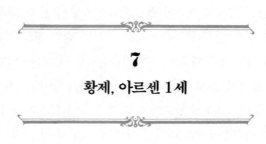

7
황제, 아르센 1세

거기서 돈 루이스는 입을 다물었다. 장난기 어린 미소가 입가에 엷은 주름을 만들고 있었다. 바로 그 4분 동안의 일을 머릿속에 떠올리는 것 자체가 한없는 즐거움을 선사하는 모양이었다.

발랑글레와 경시청장은 이미 각오를 한 터라 크게 놀란 기색은 아니었지만, 다소 어리둥절한 침묵 속에 상대를 뜯어 살피고 있었다. 과연 한 인간이 저런 터무니없는 경지에 이르도록 영웅주의를 추구할 수 있는 걸까?

돈 루이스는 다시 벽난로로 다가가, 이번에는 벽에 걸린 프랑스의 도로 지도를 가리키며 말했다.

"악당 놈이 탄 자동차가 베르사유를 떠나 낭트로 향했다고 하셨지요?"

"그렇소이다. 놈을 붙잡을 만반의 조치가 이미 갖춰진 상태요. 도로 상에서든, 낭트에서든, 아니면 놈이 종착지로 삼았을 법한 생나제르에서든 말이오."

  돈 루이스는 프랑스를 가로지르는 도로를 꼼꼼히 짚어가면서, 몇 차
례의 예상 기착점과 단계별 추이를 짚어보기 시작했다. 지극히 인상적
인 태도가 아닐 수 없었다. 따져보면 다급하기 그지없는 상황 속에서도
침착성과 안정을 잃지 않는 그 모습이 마치 시간과 사태를 손바닥 안에
이미 장악한 사람 같아 보였다. 누가 보면 살인범이 제아무리 도망 다
녀도 끊어지지 않는 실 끄트머리에 매달려 있을 뿐, 그 다른 한쪽은 돈
루이스의 손아귀에 쥐어져 있어서, 그가 약간만 잡아당겨도 덜컥덜컥
멈추어야만 할 것같이 느껴지는 것이었다. 지도를 굽어보면서 그는 단
지 하나의 종잇장을 들여다보는 것이 아니라, 강력한 의지에 따라 좌지
우지되는 자동차를 눈으로 좇으며, 도로망 자체를 지배하는 절대자와
도 같았다.

  그는 다시 책상으로 돌아와 말했다.

  "어쨌든 싸움은 그걸로 끝났습니다. 다시 재발할 가능성은 전무한 셈
이었죠. 40여 명의 베르베르족에게 나라는 인간은 완력이나 술책으로
훗날을 기약할 수 있을 만큼 단순한 싸움 상대가 아니라, 초자연적인
위력으로 자신들을 정복해버린 신비스러운 존재가 되어 있었던 겁니
다. 그들이 직접 겪은 도저히 설명할 수 없는 사실들을 적절하게 해명
해줄 방도가 없었던 것이죠. 나는 마법사였고, 도사(道士)였으며, 예언
자였답니다."

  발랑글레는 지그시 웃으며 대꾸했다.

  "그들이 그런 식으로 생각하는 것도 크게 무리는 없는 것 같군요. 내
가 생각해도 정말 기적처럼 보이는 속임수가 감쪽같이 사용된 것 같으
니까요."

  "총리 각하, 혹시 『사막의 열정』이라는 발자크의 기이한 소설을 읽으

신 적이 있습니까?"

"그렇소만."

"수수께끼의 해답이 바로 그 안에 있습니다."

"뭐라고요? 무슨 뜻인지 모르겠군요. 당신이 암호랑이와 대적한 것은 아니지 않습니까? 길들여야 할 암호랑이가 있었던 것이 아니잖아요?"

"그건 그렇지만, 그 대신에 여자들이 있었지요."

"뭐요? 지금 무슨 얘기를 하는 겁니까?"

돈 루이스는 쾌활한 어투로 털어놓았다.

"총리 각하를 당혹스럽게 할 뜻이 있는 건 결코 아닙니다. 다만 아까도 말씀드렸다시피, 일주일 전부터 나를 끌고 다니던 무리 가운데엔 여인네들도 다수 포함되어 있었다는 얘기를 하고 싶을 뿐입니다. 여자들이란 자고로 발자크가 묘사한 암호랑이 같은 면이 적지 않지요. 길들이기 나름인 존재라 이겁니다. 유혹하든지, 말랑말랑하게 녹여서 결국에는 얼마든지 동지(同志)로 만들 수가 있지요."

발랑글레는 잔뜩 재미있어하며 중얼거렸다.

"그건 그렇지. 옳은 소리입니다. 하지만 그러려면 시간이 필요하죠."

"제겐 일주일이라는 시간이 있었지요."

"행동도 자유로워야 할 것이고……."

"오, 그건 아닙니다, 총리 각하. 일단 눈빛 하나로 충분하지요. 눈빛은 공감대를 불러일으키고, 흥미와 애착과 호기심을 움트게 만듭니다. 더 나아가 눈빛 이외의 방식으로 서로를 알고자 하는 욕구를 창출하지요. 일단 거기까지만 성사되면, 그다음엔 운이 문제랍니다."

"그래, 운이 따라주던가요?"

"네, 어느 날 밤이었어요. 나는 여느 때와 다름없이 꽁꽁 묶여 있었죠. 엄밀히 얘기해서 묶여 있는 걸로 다들 알고 있었다고 해야겠군요.

문득 가까운 막사 안에, 우두머리의 애첩이 홀로 남아 있는 걸 알게 되었습니다. 나는 그리로 슬금슬금 잠입했죠. 약 한 시간 뒤에 거기서 나왔고요."

"그래, 암호랑이는 고분고분하던가요?"

"물론이죠. 발자크의 암호랑이처럼, 다소곳하고, 맹목적일 정도로 복종하더군요."

"하지만 여자들이 한둘이 아니었을 텐데?"

"압니다. 그래서 좀 어려웠죠. 서로 시샘할까 봐 말입니다. 하지만 의외로 순조롭게 풀렸답니다. 애첩은 전혀 질투 같은 걸 내보이지 않고 오히려 그 반대였습니다. 다시 말씀드리지만, 거의 절대적인 복종심을 보였답니다. 결국 그렇게 해서 다섯 명의 동지를 확보하기에 이르렀죠. 하나같이 무엇이든 감행할 태세가 되어 있으며, 그 누구한테도 의심받을 염려가 없는, 그야말로 보이지 않는 동맹군인 셈이지요. 마지막 기착 지점에 당도하기 전부터 나의 계획은 서서히 실행에 들어가 있었습니다. 밤새도록 다섯 명의 심부름꾼들은 모든 무기를 수거해왔습니다. 우선 단도들부터 땅속에 쑤셔 박고 부러뜨렸지요. 아울러 총기류의 모든 총알을 제거하거나 화약 가루에 물을 듬뿍 적셔놓았지요. 이제 막(幕)만 오르면 되는 상황이었습니다."

발랑글레는 고개를 의젓하게 숙이며 말했다.

"정말 대단하외다! 보통 수완이 아니에요! 방법 자체도 참으로 구미가 당겼을 테고. 보나 안 보나 다섯 명 모두 미모가 빼어났을 게 아니겠소?"

돈 루이스는 장난기가 듬뿍 묻어나는 표정이었다. 아주 뿌듯한 듯 눈을 지그시 감으며 잠시 뜸을 들이더니, 툭 내뱉었다.

"못 봐주겠던데요!"

그 한마디로 방 안 가득 폭소가 터졌다. 하지만 서둘러 얘기를 마무리 짓기 위해 돈 루이스는 금세 말을 이었다.

"어찌 됐든 여자들 덕에 목숨을 건진 건 사실입니다. 고 귀여운 것들은 이후에도 나를 배신하지 않았어요. 무기 하나 없는 마흔두 명의 베르베르족은 시시각각 함정이 입을 벌려 죽음의 위협이 도사리는 고립 속에서 잔뜩 겁에 질린 채, 마치 진정한 보호자가 나타난 것처럼 내 주위로 모여들었습니다. 결국 이들이 원래 속해 있던 부족의 주류(主流)와 합류할 시점에선, 내가 진짜 이들의 대표자로 행세했습니다. 그 후 공동으로 대처해야 할 위기 상황이 수차례 닥쳤고, 그때마다 내 조언에 따라 적의 매복을 무위로 돌리고, 나의 지시하에 공세와 약탈이 성공을 거두면서, 나는 명실상부한 부족 전체의 수장이 되기에 이르렀답니다. 나는 그들의 언어로 이야기하고, 그들의 종교를 받아들였으며, 그들의 의상을 걸친 채, 그들의 풍습에 적응해갔지요. 이미 아내를 다섯이나 거느린 것만 봐도 알 만하지요? 그때부터 나의 꿈은 실현 가능한 것이 되어 있었습니다. 나는 충복(忠僕) 중 한 명을 골라 편지 60장을 소지하고 프랑스로 떠나게 했습니다. 60명의 서로 다른 수신인을 향해 부치는 편지였는데, 그 모든 이의 이름과 주소를 달달 외우게 했지요. 60명의 수신인은 다름 아닌 아르센 뤼팽의 동지들로서, 저 카프리의 절벽 꼭대기로부터 몸을 날리기 전에 각자 제 갈 길을 찾게끔 정리했던 친구들이었습니다. 그들 모두는 단 한 명도 예외 없이 10만 프랑의 현찰과 함께 소박한 점포라든가 경작지를 받아 일선에서 물러난 상태였지요. 어떤 친구들한테는 담배 가게를 내주었고, 또 다른 이들한테는 공원의 관리인 자리를, 또 다른 친구들한테는 정부 부처 내의 한직(閑職)을 알선하기도 했습니다. 한마디로 모두가 나무랄 데 없는 정직한 시민으로서 잘 살고 있다는 얘기지요. 공무원, 농장주, 시의원, 식료품 장수, 유명

인사, 성당지기 등등, 그 모두에게 나는 똑같은 편지에 똑같은 제안을 담아 보냈답니다. 그중 제안을 받아들이는 사람을 위해 또 똑같은 지시 사항들을 첨부했고요. 총리 각하, 사실 저는 그 60명 중에 기껏해야 10 내지 15명 정도 합류해주겠거니 생각했답니다. 한데 60명 전원이 와주었어요! 더도 덜도 아닌 정확히 60명이 말입니다! 미리 지정한 약속 장소에 60명 전원이 와 있더라 이겁니다! 정해진 날, 정해진 시각에 이들이 재(再)구입한 나의 옛 순양함 '쿠오논데센담?'호(號)(Quo-non-descendam? '어디든 내리지 못할쏘냐?'라는 의미로 루이 14세 시절, 부패한 국세청장이었던 니콜라 푸케(Nicolas Fouquet, 1615~1680)의 유명한 좌우명 '쿠오논아센담?(Quo-non-ascendam? '어디든 오르지 못할쏘냐?')'을 패러디한 것임. 니콜라 푸케는 끝없는 야심과 오만으로 왕의 노여움을 사 중벌을 받게 되지만, 그의 이 좌우명은 오늘날까지 젊은이의 야망을 북돋는 경구로 널리 회자되고 있음—옮긴이)가, 대서양 연안 눈 갑(岬)과 주비 갑(岬) 중간쯤 되는 곳의 드라아 강 하구에 정박해 있더란 말입니다. 두 대의 상륙용 대형 보트가 번갈아 오고 가며 내 친구들과 함께, 탄약이랄지 야영 시설물들, 기관총과 대포, 자동차, 식량 및 통조림, 그리고 일상용 화물, 유리 세공품 및 금이 든 금고까지 부지런히 실어 날랐습니다! 그렇게 나의 60명에 이르는 충복들은 과거의 정(情)을 잊지 않고 있었으며, 자신들의 두목으로부터 받았던 총 600만 프랑의 자금을 새로운 모험에 기꺼이 쏟아붓기로 했던 것입니다. 굳이 더 이상의 이야기를 해야만 할까요, 총리 각하? 아르센 뤼팽 같은 지도자가 이상에서 본 것처럼 피가 펄펄 끓는 의리의 사나이 60인의 호위를 받으며, 만여 명에 이르는 광신적인 모로코 군대를 이끌었다 하면, 과연 어떤 일을 도모할 수 있었을지 굳이 이야기해야겠습니까? 그가 도모한 일은 물론 미증유의 대과업이었지요. 열다섯 달 동안 아틀라스 산맥의 정상과 사하라의 지옥 같은 황야를 두루 휩쓸며 우리가 헤쳐온 여정에 비견될 만한 무용담은 아마 세상에 없을 것입니다. 그야말로 가장 극적인 영웅주의와 더불어 초인적인 고통과 환희, 기아(飢餓)와 갈증, 처절한 패배와 눈부신 승리의 대서사시를 몸으로 살아왔다고 해도 과언은 아닐 것입니다. 나의 60명의 충복들은 기꺼운 마음으로 이 모험에 뛰어든 겁니다. 아! 얼마나 용맹한 사람들인지! 총리 각하께서도 그들 중 몇몇을 알고 있습니다. 경시청장께서는 그들을 상대로 싸움을 치러오셨습니다. 아! 빌어먹을! 기억을 떠올릴라치면 아직도 눈에 눈물이 고입니다. 그중에는 랑발 공작부인의 보석관 사건 때 유명해진 샤롤레와 그 아들들도 있었습니다(모리스 르블랑의 1908년 희곡 「아르센 뤼팽, 4막극」에 등장하는 사건. 샤롤레는 『기암성』에서도 뤼팽을 도와 잠수함 탈출을 감행했고, 『813』에서도 아들과 함께 돌로레스 케셀바흐를 지키는 임무를 맡기도 한 충복 중의 충복임―옮긴이). 그런가 하면 케셀바흐 사건으로 유명한 마르코와 총리 각하가 그토록 아꼈던 수석 경비원 오귀스트도 끼어 있었답니다(이상 둘은 『813』 참조―옮긴이). 그뿐만 아니라 수정마개를 찾아 사방을 헤집고 다녔던 시절의 그로냐르와 르발뢰도 버티고 있었지요. 또 있습니다. 제가 아작스 형제(호메로스의 『일리아드』에 등장하는 트로이 전쟁의 영웅이자 형제 용사―옮긴이)라고 부르곤 하던 뵈즈빌 형제도 있지요(여기서 뵈즈빌 형제는 『813』에서 활약한 두드빌 형제를 아르센 뤼팽이 혼동하여 잘못 이름을 댄 것이라는 것이 뤼팽 연구가들의 중론임. 실제로 뵈즈빌과 두드빌은 노르망디 지방에 흔한 성(姓)임―옮긴이). 이들 말고도 부르봉 왕가보다 고귀한 혈통인 필립 당트락하고 껃다리 피에르, 애꾸눈이 장, 빨강 머리 트리스탕, 그리고 새내기 조셉이 있었지요(이상은 다른 작품 속엔 등장하지 않는 뤼팽의 부하들임―옮긴이)."

"그리고 또한 아르센 뤼팽이 있었겠지요."

너무도 거창하게 열거하는 통에 덩달아 열에 들뜬 발랑글레가 덜컥 끼어들었다.

"그렇습니다, 아르센 뤼팽도 있었지요."

돈 루이스의 듬직한 목소리였다.

그는 가볍게 웃으며 고개를 한 차례 끄덕이고는, 목소리를 낮춰 계속 이어나갔다.

"총리 각하, 저는 그에 관해서는 아무 얘기도 하지 않겠습니다. 오히려 제 이야기 전체를 신뢰하지 않으실 것 같아서, 그에 관한 내용은 생략하도록 하겠습니다. 실로 외인부대에 지원해 들어간 정도는, 그 후에 벌어진 일들에 비하면 어린애 장난에 불과합니다. 외인부대 안에서 뤼팽은 일개 병사에 지나지 않았지요. 하지만 모로코 남부 지방에서 그는 장군으로 통했답니다. 그곳에서야 비로소 자신의 역량을 제대로 발휘했다고나 할까요? 정말이지 잘난 척해서 하는 얘기가 아니라, 저 자신도 의식하지 못하는 사이 그렇게 되어버린 겁니다. 공적(功績)으로만 보자면 저 전설 속의 아킬레우스도 그만은 못했을 겁니다. 일궈낸 성과로 본다면 한니발과 카이사르도 그 이상은 아닐 것입니다. 그저 열다섯 달 사이에 아르센 뤼팽은 프랑스의 두 배에 달하는 왕국을 정복했다는 사실만 알아두십시오! 모로코의 베르베르족과 기세등등한 투아렉족, 알제리 남단 쪽의 아랍인들, 세네갈에 넘쳐나는 흑인들, 그리고 대서양 연안 지대에 분포한 무어인들, 이른바 열사(熱砂)의 평원과 지옥을 종횡무진으로 오가며, 모리타니라고 불리는 사하라 지방의 절반에 걸친 영역을 정복해버렸던 것입니다! 늪지와 사막의 왕국일 뿐이라고요? 글쎄요, 부분적으로는 그럴지도 모르죠. 하지만 엄연한 왕국입니다. 오아시스와 샘물, 하천과 숲, 값으로 칠 수 없는 보화가 잠재한 곳, 1000만 인구와 10만에 이르는 전사(戰士)를 보유한, 명실상부한 왕국이란 말입니다! 바로 그 왕국을 프랑스에 바치고자 합니다, 총리 각하!"

발랑글레는 아연실색한 표정이 역력했다. 방금 접한 엄청난 사실에 어안이 벙벙한 채, 그는 아프리카 지도를 두 손에 움켜쥐고 상대를 골똘히 바라보며 속삭였다.

"좀 더 자세히, 좀 더 자세히 설명을 해보시오."

돈 루이스의 얘기가 계속되었다.

"총리 각하, 저는 지난 수년간의 사건들은 굳이 상기시켜드리지 않겠습니다. 아마 저보다 더 잘 기억하고 계실 테니까요. 전쟁 중에 모로코인들의 봉기로 인해 프랑스가 얼마나 곤욕을 치렀는지 말입니다. 그곳에서 소위 성전(聖戰)을 부르짖는 소리가 얼마나 대단했고, 약간의 불씨만으로도 온 아프리카 해안 지대와 알제리 전체, 즉 프랑스와 영국의 보호령에 속한 엄청난 회교도들이 얼마나 열화와 같이 일어날 수 있었는지 잘 알고 계실 겁니다. 우리 연합국의 정부 인사들이 그토록 전전긍긍했고, 반대로 적국(敵國)에서는 호시탐탐 집요하게 부추겨왔던 그 재난의 위험을, 그동안 나 아르센 뤼팽이 안전하게 관리했던 셈입니다. 프랑스 영토 안에서 전쟁을 치르고, 모로코 북쪽 지역에서 싸움을 벌이는 동안, 나는 그보다 남쪽에서 반란의 기미가 있는 부족들을 오로지 나에게 집중시켜, 결국 그들을 굴복시키고 무력화(無力化)시켰으며, 새로운 병력으로 재편성해 저 먼 다른 지역, 다른 정복 전쟁으로 기수를 돌려놓았던 것입니다. 요컨대 원래 프랑스를 향해 대들려던 그들을 오히려 프랑스를 위해 봉사하도록 유도했던 셈이지요. 그리하여 내 정신 속에서 차츰차츰 고개를 들던 아득하고도 위대한 꿈을 나는 오늘의 현실로 만들어놓은 것입니다. 즉, 프랑스는 세계를 구하고, 나는 프랑스를 구한 것이죠. 프랑스는 용맹을 발휘하여 결국 옛날 잃었던 지방들을 되찾았고(알자스로렌 지방을 뜻함—옮긴이), 나는 모로코에서 세네갈에 이르는 지역을 단숨에 연결시켰습니다. 그 결과 오늘날 가장 거대한 영역에 이르는 아프리카 대륙 내(內) 프랑스가 존재하게 된 것입니다. 내 힘으로 역대 가장 견고하고 푸짐한 블록이 형성된 셈이지요. 수백만 제곱킬로미터에 이르는 이 광대한 지역, 튀니지에서 콩고에 이르는 지역이, 일부 별 볼 일 없는 내륙국들을 제하고는 수천 킬로미터에 달하는 단일해안선을 따라 한 덩어리의 영토로 버티고 있습니다. 이것이 바로 제가 이뤄낸 과업입니다, 총리 각하. 그 밖에 나머지 것들, **황금삼각형** 사건이라든가, **서른 개의 관** 같은 사건들은 이에 비하면 허튼 장난 정도에 불과하지요! 바로 전쟁으로 일궈낸 나의 작품입니다! 자, 어떻습니까. 지난 5년 동안 과연 제가 허송세월을 한 걸까요, 총리 각하?"

"그야말로 환상이 따로 없소이다! 유토피아가 따로 없어요!"

발랑글레는 당치 않다는 듯 소리쳤다.

"엄연한 진실입니다."

"맙소사! 그 정도를 이루어내려면 적어도 20년이라는 시간은 필요할 것이오!"

돈 루이스는 참지 못해 몸을 들썩이며 외쳤다.

"단 5분이면 됩니다, 총리 각하! 제가 제공하려는 것은 정복 전쟁이 아니라, 이미 정복이 끝나서, 이제는 잘 다스려지고, 생기 있게 일하며 살아가는 제국입니다. 미래의 일이 아니라, 바로 지금, 이 아르센 뤼팽의 현재를 말하는 것이죠. 다시 말씀드리지만 저는 원대한 꿈을 품었습니다. 온 생애를 힘들게 노력하며 살아왔고, 세상 모든 풍파 속에서 뒹굴다가는 또 그 정상까지 치솟아보기도 했답니다. 세상 모든 재화(財貨)가 곧 내 것이기에 크로이소스(기원전 6세기 리디아의 왕이자 갑부로 유명함—옮긴이)보다 부자였고, 모든 것에 질린 나머지 전 재산을 뿔뿔이 나누어준 다음엔 욥처럼 가난하기도 했지요. 마침내 불행도 행복도 모두가 지긋지긋해지고, 온갖 삶의 자잘한 열정과 쾌락, 흥분에 지쳤을 때,

나는 지금 이 시대에 길이 남을 비상한 무엇을 이루길 원했습니다. 즉, 제왕으로서 군림하는 일 말입니다! 그리고 그게 이루어진 다음엔, 즉 죽었던 아르센 뤼팽이 새로 부활해 **천일야화**의 술탄으로 등극해서, 법을 만들고 나라를 다스리며 종교의식까지 주관해온 다음에는, 좀 더 어마어마한 일을 생각하고 있었습니다. 이른바 모로코 북쪽에서 프랑스의 진을 빠지게 하고 있는 저 반란의 부족들 뒤에서 조용히 혼자만의 왕국을 건설하고 있었던 바로 이 내가, 느닷없이 그 베일을 적나라하게 찢고 등장하는 것입니다! 그리고 서로 동등한 권위와 위력을 가진 입장에서 정정당당히 마주한 채, 내가 프랑스를 향해 이렇게 외치는 겁니다! '나, 아르센 뤼팽이 여기 있다! 왕년의 사기꾼이자 괴도신사가 돌아온 것이다! 아드라르의 술탄, 이귀디의 술탄, 엘드주프의 술탄, 투아렉의 술탄, 아와부타의 술탄, 브라크나의 술탄, 프레르존의 술탄(이상은 모두 모리타니의 지역 이름임—옮긴이), 한마디로 모든 술탄의 술탄이 바로 나다! 마호메트의 손자이자 알라의 아들인 나, 나, 아르센 뤼팽이란 말이다! 그리고 프랑스에 나의 왕국을 양도한다는 내용의 평화협정서 및 증여 문서에다, 카이드, 파샤, 마라부(이상 모두 회교국 고유의 고관 명칭임—옮긴이) 등등 우리 고관대작들의 연서(連署)하에, 나 자신의 합법적인 서명을 할 것이다. 전능한 의지로 나의 검(劍) 끝에서 일궈낸 당당한 그 이름, **모리타니 황제, 아르센 1세**라고 말이다!'"

그렇게 돈 루이스는 열정이 넘치지만 결코 과장하지는 않는 목소리로 일장 연설을 했다. 그 목소리에는 대단한 일을 해냈고, 또 자신이 해낸 일의 가치를 충분히 인식하고 있는 자의 흥분과 자긍심이 그대로 묻어나 있었다. 그런 연설에 대해서는, 웬 정신 나간 사람이냐는 식으로 어깨만 그저 으쓱하든지, 아니면 숙연하게 경청하는 식의 침묵으로 대응하는 수밖에는 없을 것 같았다.

결정판 아르센 뤼팽 전집

국무총리와 경시청장은 후자 쪽인 듯했다. 다만 서로의 눈빛만은 내심 무슨 생각을 하는지 은근히 드러내고 있었다. 이를테면, 정말로 예외적인 한 인간을 앞에 두고 있으며, 상상을 초월하는 행동을 위해 존재하고, 초자연적인 숙명을 스스로 만들어가는 괴인(怪人)과 상대하고 있다는 생각이 마음속 깊은 곳에서 웅얼거리는 것이었다.

돈 루이스는 다시 말을 이었다.

"어떻습니까? 이만하면 그럴듯한 결말 아니겠습니까, 총리 각하? 이 정도면 대단히 바람직한 걸작의 피날레가 아닐까요? 실은 이런 식으로 귀결되었으면 하는 희망을 늘 가지고 있었습니다. 옥좌에 앉아 왕홀을 높이 치켜든 아르센 뤼팽. 꽤 그럴싸한 광경이지요. 모리타니의 황제이자 프랑스의 은인인 아르센 1세! 정말 대단한 영예 아니겠습니까? 하지만 신들이 그런 장관은 원치 않은 모양입니다. 아마 시샘을 한 거겠지요. 짐(朕)을 옛날에 데리고 놀던 신하들 수준으로 격하시키고, 이처럼 귀향 온 임금으로 만들다니 말입니다. 쳇, 신들 뜻대로 하라지요! 이젠 고(故) 모리타니 황제에게 평안을 빌 수밖에요. 그야말로 장미꽃 같은 삶을 살다 간 셈입니다. 이로써 아르센 1세는 묻혀버리고, 프랑스는 만세라고나 할까요! 자, 총리 각하, 이쯤에서 다시 저의 제안을 확인시켜 드리는 바입니다. 현재 플로랑스 르바쉐르는 생명이 위협받는 상황입니다. 오직 나만이 괴물의 손아귀에서 그녀를 구해낼 수 있습니다. 그러기 위해서는 단 스물네 시간이 저에게 필요합니다. 그 스물네 시간의 자유를 허락받는 대신에 모리타니 제국을 내놓겠습니다. 자, 받아들이시겠습니까, 총리 각하?"

발랑글레는 활짝 웃는 얼굴로 대답했다.

"그야 여부가 있겠소! 받아들이겠소이다. 데말리옹, 당신도 그렇지요? 뭐 그다지 정상적이라고는 볼 수 없지만, 하긴 파리도 이만하면 잔치 한번 벌일 만도 한 데다, 모리타니 정도라면 푸짐한 상(床)이 될 수 있겠지. 어디 한번 해봅시다!"

돈 루이스의 얼굴에는 금세 천진한 기쁨이 활짝 피어났다. 거기엔, 한 인간으로서 꿈꾸고 실현시킬 수 있는 가장 환상적인 꿈을 저 심연 속으로 내팽개치고 왕관을 단념해야 한다는 사실에 대해서는 전혀 떨떠름한 눈치가 없고, 오로지 신나는 승리를 거둔다는 생각만이 듬뿍 담겨 있었다.

돈 루이스는 불쑥 물었다.

"그래, 어떤 보증이 필요하십니까, 총리 각하?"

"전혀 필요 없소."

"협정서라든가, 증빙서류 같은 걸 제출할 수도……."

"필요 없소이다. 이 일에 관해서는 내일 다시 얘기하기로 합시다. 오늘은 이걸로 끝냅시다. 자, 어서 가보시오. 당신은 자유요!"

가장 절실했으면서도, 도저히 가능할 것 같지 않았던 말이 드디어 튀어나왔다.

돈 루이스는 몇 걸음 문 쪽으로 내달리다가, 덜컥 멈추고 말했다.

"한마디만 더 하겠습니다, 총리 각하. 저의 옛 동료들 중에 자신의 취향과 능력에 어울리는 자리에 이미 올랐던 친구가 한 명 있습니다. 그 친구의 직책상 언젠가는 유용하게 써먹을 수 있을 것 같아, 아프리카로는 부르지 않았죠. 다름 아닌 치안국 반장, 마즈루 형사 말입니다."

"마즈루 반장이라면, 카세레스 선생이 아르센 뤼팽의 공범으로 고발하면서 확고한 증거까지 제공한 인물이오. 지금은 감옥에 수감되어 있소이다."

"마즈루 반장은 직업적으로 귀감이 될 만한 재목입니다. 그의 도움을 받은 것도 오로지 내가 경찰 업무를 지원하는 데 한해서였습니다. 그것도 경시청장께서 어느 정도 묵인하는 조건으로만 말입니다. 그러면서도 법적으로 저촉되는 일에 관해서만큼은 사사건건 내게 제동을 걸어왔습니다. 아마도 상부 지시만 있었더라면 서슴없이 나를 체포했을 겁니다. 따라서 그에게도 선처가 내려질 수 있기를 바랍니다."

"허허, 그것참."

"총리 각하, 지금 제 요청을 허락해주시는 건 필시 정의의 뜻에 정확히 부합할 것입니다. 제발 부탁드립니다. 마즈루 반장을 석방함과 동시에 프랑스를 떠나, 식민지 감찰관 자격으로 모로코 남쪽 지방의 비밀 임무를 수행할 수 있도록 정부 측에서 정식으로 배려해주시기 바랍니다."

"그렇게 하지요."

발랑글레는 환한 표정으로 대답하고 나서, 데말리옹 씨를 돌아보며 덧붙였다.

"이보시오 경시청장, 원래는 정도(正道)를 벗어나면 갈피를 못 잡는 법이오. 하지만 뜻이 있는 곳에 길이 있다고, 결국 목적은 이 지긋지긋한 모닝턴 사건을 끝장내는 것 아니겠소이까?"

"바로 오늘 밤 내로 그렇게 될 것입니다."

돈 루이스가 맞장구를 쳤다.

"그러길 바라겠소. 이미 우리 인원이 추적도 하고 있으니."

"물론 그러고는 있습니다만, 도시면 도시, 마을이면 마을에 닿을 때마다 사람들한테 묻고 다니고, 자동차가 옆길로 새지 않았을지 일일이 점검을 하느라 시간을 많이 지체하고 있을 게 분명합니다. 하지만 저는 곧장 놈에게 달려갈 수가 있지요."

"아니, 어떻게 말이오?"

"그건 비밀입니다, 총리 각하. 각하께서는 오로지 제 계획대로 일을 추진하기에 조금도 불편함이 없도록, 저와 관련한 모든 기존의 규제 사항을 일거에 철회하라는 지시를 경시청장께 내려주시기만 하면 됩니다."

"그럽시다. 그 외에 뭐 더 필요한 거라도?"

"이 프랑스 지도가 필요합니다."

"가져가시오."

"브라우닝 권총 두 자루도 마련해주십시오."

"경시청장이 금방이라도 형사들이 소지한 권총 두 자루를 건네받아 당신에게 맡길 것이오. 자, 이게 다입니까? 돈도 좀 필요하겠죠?"

"말씀이라도 고맙습니다. 하지만 늘 비상금으로 5만 프랑은 지참하고 있습니다."

순간, 경시청장이 불쑥 끼어들었다.

"그럼 유치장까지는 같이 가주셔야겠군요. 내가 알기론 당신이 검거될 당시 지갑도 그곳에 압류되었을 테니까요."

하지만 돈 루이스는 빙그레 웃으며 대꾸했다.

"경시청장님, 내 몸에 누군가 손을 대서 뺏을 수 있는 물건들은 하등의 중요성도 없는 것들입니다. 지갑이야 물론 유치장에 압류되어 있지요. 하지만 돈은……"

그러면서 왼쪽 다리를 들어 구두 바닥을 양손으로 붙잡은 뒤, 뒷굽을 살짝 돌렸다. 그러자 딸깍하는 소리와 함께, 2중으로 된 두꺼운 밑창의 일부가 마치 비밀 서랍처럼 쏙 비어져 나오는 것이었다. 과연 두 다발의 은행권 지폐가 있었고, 그 밖에도 나사송곳 및 시계태엽, 알약 몇 가지 등등 자그마한 크기의 물건들이 촘촘히 들어 있었다.

"소위 탈출용품과 생존용품 등 없는 게 없지요. 총리 각하, 그럼 이만 물러나겠습니다."

결정판 아르센 뤼팽 전집

데말리옹 씨는 현관에서 대기 중인 형사들에게 길을 터주라고 지시했다.

돈 루이스가 마지막으로 던지듯 물었다.

"경시청장님, 혹시 베베르 부국장이 악당 놈의 자동차에 관한 정보를 알려온 게 있습니까?"

"그렇지 않아도 베르사유에서 전화가 당도했답니다. 코메트 회사에서 임대한 오렌지빛 자동차라고 합니다. 운전기사는 좌측에 착석하고 검은색 챙이 달린 회색 모자를 착용한다고 하는군요."

"고맙습니다!"

둘은 함께 밖으로 나섰다.

이렇게 해서 도저히 불가능할 것만 같던 일이 성사되었다. 돈 루이스가 풀려난 것이다. 불과 한 시간도 채 되지 않은 담판을 통해서 그는 다시금 행동에 나서서 최후의 전투에 뛰어들 기회를 얻은 것이다.

밖에는 경시청 소속 자동차가 대기 중이었다. 돈 루이스와 데말리옹 씨는 나란히 자리를 잡았다.

"이시레물리노(파리 남서쪽에 있는 소도시로 1890년에 건설된 비행장이 유명했음—옮긴이)! 전속력으로!"

돈 루이스가 버럭 외쳤다.

자동차는 파시 제방을 그대로 지나쳐 센 강을 건넜다. 10분 후 자동차는 이미 이시레물리노의 비행장으로 다가가고 있었다.

때마침 바람이 무척 거센 편이었기에 비행기 모습은 한 대도 보이지 않았다.

돈 루이스는 차에서 내리자마자 격납고로 후닥닥 달려갔다. 문 앞에는 여러 이름이 새겨져 있었다.

"다반이라! 이번엔 날 좀 도와줘야겠어."

돈 루이스는 이름 하나를 주시하며 중얼거렸다.

격납고의 문은 곧 활짝 열렸다. 작고 통통한 체격에다 길쭉하고 불그스레한 얼굴의 사내 하나가 담배를 한 대 꼬나물고 있었고, 기술자들이 쌍엽기(雙葉機) 주위에 몰려서서 정비에 열을 올리고 있었다. 바로 그 자그마한 사내가 다름 아닌 저 유명한 비행사, 다반이었다.

워낙 신문에서 떠들어댄 인물이라 금세 상대를 알아본 돈 루이스는 얼른 그를 한쪽으로 데려가더니 가져온 지도를 펼치면서, 단도직입적으로 얘기를 꺼냈다.

"지금 내가 사랑하는 여인을 자동차로 납치해 낭트 방향으로 내빼고 있는 불한당 녀석이 한 명 있소이다. 나는 지금 그를 쫓으려고 하오. 납치가 일어난 시각은 자정께였소. 그리고 지금은 오전 9시요. 일반 임대용 자동차인 데다 운전기사도 굳이 위험을 무릅쓸 이유가 없으니, 평균 시속 한 30킬로미터 정도로 간다고 칩시다. 중간중간 잠깐씩 멈추는 것도 감안해서, 12시간이 지난 정오쯤 되었을 때 놈은 필시 360킬로미터는 가 있을 것이고, 그러면 아마도 앙제와 낭트 중간 어디쯤, 바로 이쯤에까지 와 있을 것이오."

잠자코 듣고 있던 다반이 얼른 덧붙였다.

"레 퐁드드리브가 되겠군요."

"바로 그렇소! 그럼 이번에는 이곳 이시레물리노에서 오전 9시에 이륙한 비행기가 시속 120킬로미터로 난다고 치자고요. 물론 중간 어디에서도 착륙하지 않고 곧장 3시간을 내처 난다면, 정오쯤엔 정확히 자동차가 지나칠 즈음에 맞춰 바로 그 레 퐁드드리브에 당도할 수 있을 겁니다.

"정확히 그런 결론이 나오지요."

"의견이 서로 같으니 잘됐습니다. 당신 비행기에 승객이 탈 수 있겠죠?"

"경우에 따라서는요."

"자, 출발합시다!"

"오, 안 됩니다. 허가가 필요해요."

"허가는 이미 내려진 거나 다름없소. 여기 경시청장님께서 직접 와 계실 뿐만 아니라, 국무총리와도 얘기가 된 상태요. 이번 이륙에 대한 책임을 직접 지신답니다. 자, 어서 갑시다. 비용은 얼마면 되겠소?"

"그야 천차만별이지요. 한데 댁은 누구시오?"

"아르센 뤼팽이라 하오!"

다반은 화들짝 놀라며 소리쳤다.

"맙소사!"

"그렇소, 아르센 뤼팽. 아마 당신도 신문을 통해 요즘 떠들썩한 사건에 관해 익히 알고 있을 거요. 툭 털어놓으리다. 간밤에 납치되었다는 여자는 바로 플로랑스 르바쉐르요. 나는 그녀를 구하려는 겁니다. 자, 얼마면 되겠소?"

"필요 없습니다."

"오, 그렇게까지!"

"괜찮아요. 그런 모험이라면 대환영입니다. 오히려 내 쪽에서 영광인 걸요!"

"좋소! 단 내일까지 이 일을 누구에게도 발설해선 안 됩니다. 그때까지 아예 비행기를 사는 걸로 하겠소. 자, 여기 2만 프랑이오."

그로부터 10분 후, 돈 루이스는 특수 복장에 비행사 모자와 보안경을 착용한 상태였다. 비행기는 기류를 피하기 위해 800미터 상공으로 상승했다가, 센 강 위를 활공하면서 프랑스 서쪽 지방으로 기수를 꺾었다.

그렇게 눈 아래 펼쳐지는 곳은 베르사유, 맹트농, 샤르트르…….

사실 돈 루이스는 비행기를 타보는 것이 지금이 처음이었다. 그가 외인부대에 복무하며 사하라 사막에서 싸우고 있을 때, 프랑스는 이미 공중을 누비고 있었다. 그런데 아무리 새로운 감각에 민감한 그였지만, 처음 지상을 훌쩍 벗어나 허공을 훨훨 날아다니는 사람으로서 충분히 느낌 직한 희열을 그는 도무지 맛볼 수가 없었다. 지금 그의 머릿속을 독차지하면서 신경을 곤두서게 하고, 전 존재를 흥분시키는 것은, 오로지 도망치고 있는 자동차의 모습이 언제나 시야에 들어오나 하는 초조감뿐이었던 것이다.

저 아래로 굽어보이는 숱하게 북적거리는 사물과 엔진 및 날개에서 유발되는 엄청난 소음, 그리고 탁 트인 지평선과 끝없는 창공. 하지만 이 중에서 그의 눈동자가 찾는 것은 단 하나, 보이지 않는 자동차의 모습이었고, 귀 기울여 안타까이 들으려고 하는 것 역시 들리지 않는 자동차의 부르릉대는 소리였다. 그야말로 달아나는 사냥감을 추격하는 사냥꾼의 강인하고 격한 감정이 전신을 들끓게 하고 있었다. 그는 길 잃은 들짐승을 절대로 놓치지 않는 맹금류의 모습 그대로였다.

계속해서 저 아래로는 노장르로트루, 라페르테베르나르, 그리고 르망.

두 사람은 비행 중 단 한 마디도 서로 말을 나누지 않았다. 페레나는 정면에 그저 다반의 통통한 목덜미와 넓직한 등짝만을 대하고 있을 뿐이었다. 하지만 고개를 약간 돌리면 저 아래로 광활한 공간이 펼쳐졌는데, 그중에서도 도시에서 도시로, 마을에서 마을로 마치 새하얀 리본처럼 이어진 길밖에 눈에 들어오지 않는 것이었다. 그 길은 마치 일부러 잡아당겨진 것처럼 이따금 팽팽하게 뻗어 있기도 했고, 때로는 하천이랄지 성당 건물 같은 장애물로 뚝뚝 끊기거나 구불구불 헝클어진 모습이기도 했다.

바로 그 리본 위, 점점 가깝게 다가오고 있을 어느 지점에 바로 플로랑스와 납치범이 열심히 달려가고 있으리라!

그 사실만큼은 의심의 여지가 없었다! 오렌지빛 자동차는 대담하고도 꾸준한 여정을 아등바등 고집하고 있을 터였다. 그런 식으로 평야지대에서 협곡으로, 들판에서 숲으로, 가고 또 가다 보면 머지않아 앙제가 나타날 것이고, 더 나아가 레 퐁드드리브에 당도할 것이며, 결코 도달해선 안 될 리본의 끝인 낭트와 생나제르, 그리고 결국 출항하는 선박에까지 이를 것이었다. 그렇게 되면 악당 놈의 결정적인 승리나 다름없을 터.

돈 루이스는 입가에 은근한 미소를 흘렸다. 그와 같은 상황과는 사실 정반대되는 상황, 즉 먹잇감에 대한 매의 승리를, 기어 다니는 자에 대한 나는 자의 승리를 마음속에 떠올렸던 것이다! 단 한순간도, 적이 다른 샛길로 빠지리라는 생각은 전혀 하지 않았다. 거기엔 사실과 맞먹는 확신이 버티고 있었다. 어찌나 강력한 확신인지, 상대가 어쩔 수 없이 그렇게 하지 않으면 안 될 것만 같은 느낌마저 들었다. 자동차는 낭트를 향해 간다. 평균 시속 30킬로미터. 이제 이 비행기가 시속 120킬로미터로만 계속 날아가 준다면, 정해진 시각 정해진 장소, 즉 정오에 레 퐁드드리브에서 두 상대는 마주치고야 말 것이다!

가옥들이 올망졸망 모여 있고, 거창한 성곽이 망루들과 종탑들을 과시한 채 모습을 드러내기 시작했다. 바로 앙제였다.

돈 루이스는 다반에게 시간을 물었다. 돌아온 대답은 12시 10분 전. 그새 벌써 앙제는 저만치 사라져가는 아득한 도시가 되어 있었다. 또다시 다채로운 빛깔로 줄줄이 수놓아진 들판이 펼쳐졌고, 그 전체를 가로

지르고 있는 도로.

바로 그때였다. 도로 위에 오렌지빛 자동차 한 대가 점처럼 보였다.

오렌지빛 자동차라……. 그렇다면 악당 놈의 자동차? 플로랑스 르바쉐르를 태운 자동차란 말인가?

돈 루이스는 뛸 듯이 기뻤지만, 그리 놀란 눈치는 아니었다. 반드시 이렇게 될 거라는 사실을 자신하고 있었던 것이다!

다반은 뒤를 슬쩍 돌아보며 소리쳤다.

"다 온 거죠?"

"그렇소. 슬슬 내려가 봅시다."

비행기는 허공을 급강하하면서 자동차에 접근해갔다. 따라잡는 것은 금방이었다.

다반은 차츰 속도를 줄여 지상 한 200미터쯤으로 고도를 유지했고, 약간 뒤쪽에서 자동차를 따르기 시작했다.

가만 내려다보니 모든 것이 눈에 들어왔다. 역시 운전기사는 좌측에 착석했고, 까만 가죽 챙 달린 회색 모자를 쓰고 있었다. 물론 코메트 회사 소속의 차량이었다. 추적 중인 자동차가 분명했고, 플로랑스가 범인과 함께 타고 있었다.

'드디어 잡았어!'

돈 루이스는 속으로 쾌재를 불렀다.

한결같은 거리를 유지한 채 오랜 시간 비행이 이어졌다.

다반은 이렇다 할 추가 지시가 떨어지기를 기다렸지만, 막상 돈 루이스는 왠지 느긋하기만 할 뿐. 자부심과 증오심, 자신의 능력에 도취한 기분을 마음껏 즐기기만 하는 것이었다. 지금 이 순간, 그는 정녕 한 마리 독수리였고, 헐떡거리는 살점을 파고들기에 앞서 부르르 떠는 발톱을 가다듬으며 고요히 활공하고 있었다. 강제로 처박혔던 새장에서 빠

호랑이 이빨

져나와, 결박한 끈들도 몽땅 끊어버리고 나서, 이제 그는 한 번의 날갯짓으로 저 아래 세상을 떠나 무기력한 먹잇감을 도도하게 굽어보는 처지가 되어 있는 것이다!

그는 좌석에서 살짝 몸을 일으켜 다반에게 필요한 지시 사항을 전했다.

"너무 가깝게 날지만 마십시오. 저쪽에서 자칫 총이라도 쏘면 큰일 날 수도 있습니다."

잠시 그대로 시간이 흘렀다.

문득 전방 약 1킬로미터 정도를 내다보니 길이 세 갈래로 갈라지면서 너른 교차로를 형성하고 있는 것이 눈에 들어왔다. 그곳은 두 군데 삼각형 모양 잡초 밭이 세 갈래 길의 교차 지점부터 죽 펼쳐져 있었다.

"어떡할까요?"

다반이 뒤를 돌아보며 물었다.

아닌 게 아니라 주변은 꽤 한산한 편이었다.

"좋소. 저리로 갑시다!"

돈 루이스가 외쳤다.

비행기는 마치 걷잡을 수 없는 힘에 의해 앞으로 던져지는 것처럼, 흡사 탄도를 따라 목표물로 날아드는 것처럼 허공을 뚫고 날아갔다. 자동차로부터 약 100미터쯤 상공을 지나치는가 싶더니 갑자기 다시 균형을 바로잡은 비행기는, 도착 지점을 면밀히 가늠하면서, 마치 밤새처럼 조용히 나무들과 말뚝들을 피해 교차로의 잡초 밭 위로 사뿐히 내려앉았다.

돈 루이스는 후닥닥 비행기에서 뛰어내려 곧장 자동차가 다가오는 길목으로 달려갔다.

자동차는 무척이나 빠른 속도로 접근해오고 있었다.

그는 길 한복판에 떡 버티고 선 채, 권총 두 자루를 모두 내뻗고 소리
쳤다.

"정지! 안 그러면 쏜다!"

기겁을 한 운전기사는 급제동을 걸었고 차체는 요란한 소리와 함께
정지했다.

돈 루이스는 문 쪽으로 냅다 달려들었다.

순간,

"빌어먹을!"

버럭 소리를 지르며 공연히 애꿎은 창문에다 총 한 방을 발사하는 돈
루이스.

안에는 아무도 없었던 것이다.

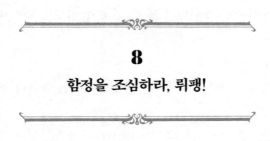

8
함정을 조심하라, 뤼팽!

한번 싸움에 뛰어들어 승리를 향해 매진하는 돈 루이스의 기세는 어찌나 격렬하고 드센지, 어떤 경우에도 섣부른 중단을 스스로에게 용납하지 않았다. 온갖 좌절과 분노, 자책과 불안 모두가 한데 용해되어 오로지 열정적인 행동과 새로운 예지(銳智), 그리고 끝까지 추격하려는 의지에 대한 욕구로 둔갑해버리는 것이었다. 그 밖에 대해서는 더없이 간단하게 해결될, 별로 신통치 않은 사건으로 치부할 따름이었다.

혼비백산해서 꼼짝달싹하지 못하고 있는 운전기사는, 난데없는 비행기 소리를 듣고 멀리 농장으로부터 달려오는 농부들을 황망하게 바라보았다. 돈 루이스는 운전기사의 멱살을 부여잡고 총구를 관자놀이에 들이댄 다음 말했다.

"알고 있는 대로 불어라. 아니면 죽은 목숨이다."

불쌍한 운전기사가 덮어놓고 우는소리부터 해대려고 하자, 그는 좀더 확실히 윽박질렀다.

"그래봤자 소용없다. 도움을 기대해봐야 허사야. 여기까지 당도할 땐 이미 늦었을 테니 말이다. 그러니 목숨을 부지하는 길은 딱 하나. 있는 대로 부는 거다. 간밤에 파리에서 베르사유까지 차를 몰고 온 사람이 자기 차는 거기다 놔두고 자네 차를 빌렸겠지?"

"그렇습니다."

"그자는 여자와 함께였고?"

"그렇습니다."

"자네더러 낭트까지 운전해달라고 했겠지?"

"네, 그렇습니다."

"한데 여기까지 오는 도중 갑자기 생각이 변한 그자가 차에서 내렸 겠지?"

"그렇습니다."

"그래, 어느 도시에서 내렸나?"

"르망에 도착하기 전이었어요. 우측으로 조그만 샛길이 나 있었는데, 한 200보 정도 들어가서 일종의 창고 같은 게 있었습니다. 거기서 둘 다 내렸습니다."

"그리고 자넨 계속 운전을 했고?"

"그렇게 하도록 돈을 지불해주었으니까요."

"얼마 주던가?"

"2000프랑이었습니다. 저더러 곧장 낭트로 가 또 다른 승객을 태우 고 파리로 돌아가라고 하더군요. 그러면 3000프랑을 받게 될 거라면서 말이죠."

"정말 태우고 갈 승객이 있다고 믿는 건가?"

"아니죠. 저더러 낭트까지 그대로 가라고 해서 누군가 뒤쫓는 사람 들을 따돌리는 거라고 생각합니다. 그동안 자신은 옆길로 새고 말이죠.

하지만 이미 요금을 받았으니 어쩔 수 있나요?"

"그들을 놔두고 다시 떠났을 때, 혹시 무슨 일인지 궁금해서 뒤돌아 살펴볼 생각도 하지 않았단 말인가?"

"전혀요!"

"이봐, 조심하는 게 좋을걸! 내가 손가락 하나만 까딱하면 자네 두개골이 날아가 버릴 수가 있어. 자, 솔직히 말해봐."

"조, 좋습니다. 사실, 잠깐 벗어나는 척했다가 걸어서 되돌아가, 나무가 우거진 근처 비탈 뒤로 가보았습니다. 남자가 창고 문을 열더니 소형 리무진 한 대에 시동을 걸고 있더군요. 여자가 타지 않으려고 해서 둘 사이에 말싸움이 심하게 일어났습니다. 남자가 여자에게 위협도 하고 애원도 하더군요. 하지만 들리지는 않았습니다. 여자가 몹시 지친 기색이었어요. 남자가 창고 맞은편 샘물 수도꼭지에서 따른 물을 한 잔 가져다주더군요. 여자는 결국 마음을 정했는지 순순히 차에 올랐고, 남자는 문을 닫은 다음, 운전석에 앉았습니다."

순간, 돈 루이스가 황급하게 말을 막았다.

"물 한 잔이라고 했나? 그 안에 혹시 뭔가 섞지는 않던가?"

운전기사는 갑작스러운 질문에 화들짝 놀라며 대답했다.

"그러고 보니, 호주머니에서 뭔가 꺼내는 것 같기도⋯⋯."

"여자가 모르게 말인가?"

"네, 볼 수가 없는 위치였거든요."

돈 루이스는 이를 악물었다. 하지만 악당 놈이 플로랑스를 그런 곳에서 그런 식으로 독살했을 리는 없어 보였다. 일단 그렇게 서두를 이유가 없는 것이다. 그보다는 차라리 마취제나 그와 유사한 약물을 사용해서 플로랑스의 의식을 몽롱하게 만들어, 어떤 길로 접어드는지, 어떤 도시를 거쳐 가는지 분간할 수 없게 만들려는 의도임이 분명했다.

"그래, 여자가 순순히 오르더라 이거지?"

"네. 아까 말씀드린 대로 문을 닫고 남자도 자리에 앉는 것까지만 보고, 저도 돌아섰습니다."

"그들이 어느 방향으로 가는지 알기도 전에 말인가?"

"네, 전 그 전에 돌아나왔어요."

"혹시 함께 차를 타고 거기까지 오는 동안, 그들이 미행을 당한다고 생각하지는 않던가?"

"웬걸요! 틈만 있으면 고개를 쑥 빼고 뒤를 감시하더라고요!"

"여자는 얌전했나?"

"네."

"그 남자의 인상착의를 알아보겠는가?"

"아니요, 전혀 모르겠어요. 베르사유에서는 캄캄한 밤이었습니다. 그리고 오늘 아침에는 아시다시피 거리가 너무 떨어져서……. 이상한 건, 처음 느낌은 덩치가 꽤 큰 사내 같았는데, 오늘 아침에 봤을 때는 마치 절반으로 깎인 것처럼, 무척이나 왜소하더라 이겁니다. 정말이지 모를 일이더군요."

돈 루이스는 잠시 생각에 잠겼다. 이만하면 웬만한 질문은 죄다 짚어본 것 같았다. 게다가 말 한 필이 터덜터덜 끄는 이륜마차 한 대가 난데없이 교차로 쪽으로 다가오는 것이었다. 보아하니 뒤에도 다른 두 대가 따르고 있었다. 일군의 농부들이 그렇게 모여들고 있었다. 아무래도 이쯤에서 마무리를 지어야 할 것 같았다.

그는 운전기사에게 다짐하듯 내뱉었다.

"자네 얼굴을 보아하니 여기저기 나에 대해서도 마구 떠벌리고 다닐 것 같아. 하지만 그러지 않는 게 좋을 걸세, 친구. 결국 좋지 않은 짓이 될 테니까. 자, 여기 1000프랑을 주겠다. 입을 뻥긋하는 날엔 쥐도 새도 모르게 갈 줄 알아. 내 말 명심하라고."

돈 루이스는 슬슬 교통을 방해하기 시작하고 있는 비행기 쪽으로 돌아가, 기다리던 다반에게 말했다.

"곧 이륙할 수 있겠지요?"

"명만 내리십시오. 어디로 모실까요?"

사방에서 몰려드는 사람들은 조금도 아랑곳하지 않고, 돈 루이스는 프랑스 지도를 활짝 펼쳐 눈으로 훑었다. 거미줄처럼 복잡하게 얽혀 있는 도로들 앞에서 그는 잠시 난감한 심정에 빠져들었다. 악당 놈이 플로랑스를 데리고 숨었을 만한 곳이 얼른 봐도 한두 군데가 아니었다. 하지만 그럴수록 그는 아랫배에 잔뜩 힘을 주었다. 머뭇거리는 것도, 생각에만 골몰하는 것도 그는 마음에 들지 않았다. 단번에 파악하고 싶었고, 순식간에 깨닫고만 싶었다. 별다른 단서라든가 모호한 추론에 의존하는 것이 아니라, 인생의 중대한 순간마다 갈 길을 가르쳐주었던 그 놀라운 직관력 한 방으로 일사천리 꿰뚫기만을 원했다.

더욱이 다반의 질문에 조금이라도 머뭇거린다는 것은 자존심이 도저히 허용하지 않았다. 찾고 있던 자들이 잠시나마 사라졌다는 사실 때문에 조금이라도 위축되는 자체를 그는 잠시도 인정할 수가 없었다.

시선을 지도 위에 고정시킨 그는 한 손가락으로 파리를, 다른 손가락으로 르망을 짚었다. 그러자 왜 그 악당 놈이 하필 파리-르망-앙제 노선을 도주로로 선택했는지, 서서히 그림이 그려지기 시작했다. 순간 번쩍하는 불꽃처럼 솟구치는 도시 이름 하나! 그렇다, 알랑송! 동시에 일련의 기억이 밝아오면서 그는 캄캄한 심연 속 깊숙이 파고들었다.

잠시 후 돈 루이스는 다반에게 말했다.

"어디로 가느냐고요? 뒤로 돌아갑시다."

"정확한 목적지는요?"

"알랑송이오!"

"알겠습니다. 일단 좀 도와주셔야겠습니다. 저쪽이 아무래도 이륙에 좀 더 용이할 것 같습니다."

돈 루이스가 농부 몇 명과 함께 거들었고, 이륙 준비는 신속하게 이루어졌다. 다반은 엔진을 점검했다. 모든 것이 놀랄 만큼 척척 진행되고 있었다.

바로 그때였다. 꼭 어뢰처럼 생긴 경주용 자동차 한 대가 사나운 짐승처럼 경보 사이렌을 울려대며 앙제 방향에서 돌진해오더니, 급정거를 하는 것이 아닌가!

세 명이 후닥닥 내려서 오렌지빛 자동차의 운전기사에게 다짜고짜 달려들었다. 다들 돈 루이스의 눈에 낯익은 자들이었다. 베베르 부국장과 간밤에 파리 경시청 유치장으로 자신을 끌고 들어간 경찰관들 중 두 명이었다. 경시청장이 범인을 추적하라고 보낸 인원이 이제야 당도한 것이다.

그들은 운전기사를 붙들고 몇 마디 얘기를 나누자마자 아연실색한 분위기였다. 과장된 제스처를 써가며 운전기사를 다그치는가 하면, 시계와 도로 지도를 번갈아 살펴보았다.

돈 루이스가 그들에게 저벅저벅 다가갔다. 비행모를 뒤집어쓴 데다 보안경까지 착용한 터라, 얼굴을 알아보기는 어려웠다. 내친김에 그는 목소리까지 바꿔 말을 건넸다.

"먹이가 날아가 버렸다오, 베베르 부국장!"

베베르는 기겁을 하며 상대를 바라보았다.

돈 루이스는 더욱 빈정대는 투로 말했다.

"영락없이 날아가 버렸어요. 생루이 섬의 그 녀석, 제법이지 않습니까? 이로써 세 번째 자동차로 갈아탄 셈이니 말이오. 간밤에 베르사유에서 목격했다는 저 오렌지빛 자동차 다음으로 르망에서 또 다른 차로 바꿔 타셨답니다. 목적지는 물론 모르고요."

부국장의 눈은 점점 더 휘둥그레졌다. 새벽 2시에 전화상으로 파리 경시청에만 보고해 올린 사실을 대체 누구이기에 이처럼 정확히 읊을 수 있단 말인가? 그는 더듬더듬 물었다.

"도, 도대체 누구시오?"

"아니, 나를 못 알아본단 말이오? 세상에, 아무리 철석같이 약속을 해도 소용이 없군그래. 정확히 대려고 수단과 방법을 안 가렸건만! 한데 고작 누구시냐고? 이보게, 베베르, 솔직히 말해보게. 자네, 억지로 그러는 거지? 내 얼굴을 햇빛 아래서 적나라하게 봐야 정신 차리겠다 이건가? 좋아, 까짓, 보여주지!"

돈 루이스는 얼굴을 가리고 있던 모든 것을 홀러덩 벗었다.

"아르센 뤼팽!"

베베르는 펄쩍 뛰었다.

"그저 불러만 주시게나! 수단과 방법을 안 가리고 언제라도 대령할 테니. 그럼 이만, 아듀."

불과 열두 시간 전에 파리 경시청 유치장에 직접 가두어놓은 저 아르센 뤼팽이, 무려 400여 킬로미터나 떨어진 이곳 바로 눈앞에서 활보하고 있자 베베르는 혼비백산한 표정이었다. 그 꼴이 어찌나 통쾌한지, 돈 루이스는 다반에게 다가가면서도 속으로는 이렇게 중얼거리고 있었다.

'멋지게 한 방 먹였어! 몇 마디 뇌까리고 나서 배때기에다 훅 한 방을 날리니까 그대로 녹아웃이로군! 뭐 그리 급할 건 없지. 10초가 세 번만 지나고 나면 항복! 하고 소리칠 테니까.'

다반은 이미 이륙 준비를 갖춘 상태였고, 돈 루이스도 비행기에 올랐다. 농부들이 있는 힘껏 바퀴를 밀기 시작하자, 비행기가 서서히 땅을 차고 올랐다.

"방향은 북북동(北北東). 시속 150킬로미터로! 1만 프랑 드리겠소."

"현재 맞바람이 불고 있습니다!

돈 루이스의 말에 다반이 대답하자, 또다시 돈 루이스의 재치 있는 대꾸가 튀어나왔다.

"그 바람 몫으로 5000프랑 더 내놓겠소."

약간의 장애조차 용납할 수가 없었던 것이다. 그만큼 포르미니에 가 닿으려는 그의 마음은 다급했다. 이제야 모든 사건이 환하게 머릿속에 들어왔다. 아울러 근원부터 차근차근 따져보자, 헛간에서 발견된 두 목매단 시체와 모닝턴 유산상속으로 초래된 일련의 살인 사건을 왜 진작부터 한데 놓고 검토하지 않았는지 어이가 없었다. 애당초 포빌 기사의 죽마고우라는 랑제르노 영감의 살해 가능성으로부터 왜 필요한 정보를 충분히 이끌어내지 않았는지. 사건의 매듭은 바로 거기에 있었는데 말이다. 옛 친구인 랑제르노 영감에게 직접 써 보냈다는 고발 편지들을 도대체 누가 나서서 바로 포빌 기사 자신을 위해 가로챌 수 있었겠는가? 그 마을 사람이거나 이전에 그곳에 살던 사람이 아니라면 과연 누가?

생각이 거기까지 미치자 모든 것이 시원스레 해명되었다. 이미 그 악당 놈은 범행 초기부터 랑제르노 영감과 드데쉬라마르 부부를 살해한 것이었다. 물론 방법은 이후의 범행과 마찬가지. 직접 살인에 나서기보단 익명성의 살인 방법을 택했으리라. 미국인 모닝턴이나 포빌 기사, 마리안, 가스통 소브랑 등과 마찬가지로, 랑제르노 영감은 쥐도 새도 모르게 제거되었을 것이며, 드데쉬라마르 부부 역시 자기들도 모르는 사이 자살로 내몰려, 헛간으로 기어 들어가게 된 것이리라.

그러고 나서 호랑이는 파리로 잠입해 포빌 기사와 코스모 모닝턴의 존재를 확인한 뒤, 슬슬 유산상속의 비극을 꾸며냈을 것이었다.

지금 그자는 처음 범행을 시작했던 바로 그곳으로 돌아가고 있는 셈!

그 점에는 추호의 의혹도 있을 수 없었다. 무엇보다 플로랑스에게 마취제를 사용했다는 사실 자체가 부인할 수 없는 증거였다. 결국 알랑송과 포르미니의 경치라든가, 그녀가 가스통 소브랑과 함께 두루 살펴보았던 그 오래된 성채를 알아보지 못하게끔 잠을 재우려는 수작이 아닌가 말이다! 그런가 하면 르망-앙제-낭트로 이루어진 여정 또한 경찰의 추적을 따돌리기 위함일 뿐만 아니라, 애당초 알랑송으로 가고자 하는 사람에게는 르망에서 샛길로 벗어날 경우, 길어야 한두 시간만 돌아가면 해결되는 일이 아닌가 말이다! 다 떠나서, 대도시 주변에 있었다는 그 창고와 그 안에 기름까지 다 채워진 채 대기 중이었다는 리무진만 보더라도, 르망에서 일단 멈췄다가 곧장 랑제르노 영감의 버려진 영지로 직행하려는 속셈을 미리부터 가지고 있었던 것이 아니고 무엇이겠는가? 결국 그날 오전 10시, 그는 자신의 소굴로 들어가는 데 성공했다. **물론 축 늘어진 채 깊은 잠에 곯아떨어진 플로랑스 르바쉐르와 함께 말이다.**

대체 그자는 플로랑스 르바쉐르를 어쩌려고 하는 것일까? 돈 루이스의 머릿속에선 계속해서 그처럼 끔찍한 우려가 집요하게 난동을 부리고 있었다.

"좀 더 빨리! 좀 더 빨리 갑시다!"

돈 루이스는 안타깝게 고함을 쳐댔다.

일단 놈이 숨어들 장소가 파악되자, 그자가 꾸미고 있을 흉계에 대한 걱정이 무시무시한 양상을 뒤집어쓰고 떠오르는 것이었다. 스스로 추적당하고 모든 것이 뒤틀려버렸다고 느낀 데다, 현실에 눈을 뜬 플로랑스에게도 이제는 증오와 두려움의 대상이 되고 만 그 악당 놈으로서는,

늘 그래왔듯 결국엔 살인 말고는 달리 계획이 없지 않겠는가?

"좀 더 빨리요! 이거 계속 제자리걸음만 하는 것 아니오? 빨리 좀 갑시다, 빨리!"

돈 루이스는 계속해서 악을 썼다.

플로랑스가 살해된다니! 아마도 아직 거기까지 나아가지는 않았을 것이다. 그렇다, 아직은 아니다. 살인을 하려면 어느 정도 시간 여유가 필요하다. 그 전에 몇 마디 말이 오갈 것이고, 이런저런 제안과 협박, 하소연 등등, 이루 형언하지 못할 불쾌한 일들이 선행(先行)할 것이다. 하지만 결국에는 모든 준비가 마무리되고, 플로랑스는 죽음의 길로 들어설 것이다!

아뿔싸, 플로랑스는 자신을 사랑하는 악당 놈의 손에 목숨을 잃을 것이다. 여자에 대한 그자의 기괴한 사랑을 돈 루이스는 벌써부터 직감하고 있었다. 자고로 그처럼 비뚤어진 애정은 고통과 피비린내 속에서 종말을 고하려고 기를 쓰는 법!

사블레, 시예르기욤.

대지가 둘이 탄 비행기 아래로 쏜살같이 달아났고, 도시들과 가옥들이 그림자처럼 미끄러져 지나갔다.

그리고 드디어 알랑송!

그곳과 포르미니 중간에 위치한 초원 지대에 착륙했을 때의 시각은 오후 1시 30분을 넘지 않았다. 돈 루이스가 조사한 바로는, 포르미니 도로를 지나간 자동차들 중, 어떤 남자가 운전하는 소형 리무진이 한 대 있긴 있었는데, 곧장 지름길로 빠져나갔다는 것이었다.

아니나 다를까, 그 지름길은 랑제르노 영감의 낡은 성곽 뒤편의 숲으로 통하는 길이었다.

이제 돈 루이스의 확신은 바위처럼 단단해졌다. 그는 다반에게 작별을 고한 뒤, 비행기가 이륙할 수 있도록 거들었다. 이제 다반은 물론, 어느 누구의 도움도 필요하지 않았다. 최후의 일대일 결투가 시작된 것이다.

흙먼지 위에 남아 있는 타이어 자국을 따라, 그는 지름길을 달리고 또 달렸다. 한데 놀랍게도 그 길은, 몇 주 전 그 목매단 유골이 있던 헛간에서 빠져나올 때 타고 나왔던 경사진 담벼락 쪽으로 향하는 것이 아니었다. 돈 루이스는 일단 숲을 건너 경작되지 않은 너른 들판으로 나왔다. 길은 거기서 다시 영지 쪽으로 돌아들어, 쇠창살과 철판 등으로 차단된 낡은 문짝 앞에까지 이르고 있었다.

리무진은 그곳을 지나갔음이 분명했다.

'무슨 일이 있어도 저길 지나가야만 해. 조금도 지체해선 안 돼. 어디 비집고 들어설 틈새라든가 딛고 넘을 나무라도 찾아내야 한다고.'

그렇게 속으로 중얼거렸지만, 그쪽 담벼락은 높이만 4미터가 넘었다.

하지만 돈 루이스는 그곳을 무사통과했다. 어떻게 했느냐고? 또 무슨 기발한 용을 쓴 거냐고? 사실 그 자신조차 일을 치르고 난 후에야 어떤 식으로 성공했는지 정리가 될 정도였다. 어쨌든 다반이 빌려준 단도 끝을 담벼락 돌 틈에 박아 넣고, 우툴두툴한 표면에 매달려 가면서 결국엔 해내고야 만 것이다.

안쪽으로 넘어가고 나자, 다시 타이어 자국이 좌측의 어떤 구역으로 이어져 있었다. 가만 살펴보니, 다른 곳보다 훨씬 더 울퉁불퉁한 지형에 낮은 구릉들이 불쑥불쑥 솟아 있고 여기저기 산재한 폐허 위로 송악이 골고루 덮여 있었다. 다른 곳과 마찬가지로 황량하게 방치된 가운데 야생의 분위기가 좀 더 짙게 풍겼다. 그런가 하면 쐐기풀과 나무딸기가 무성하고 쥐오줌풀, 모예화(毛蕊花), 독당근, 디기탈리스, 안젤리카가 큼직한 야생화 군집을 이루면서 월계수 산울타리와 회양목 담이 무작

위로 솟아 있었다.

오래된 소사나무 가로수 길을 돌아들자 구석에 일부러 숨긴 것이 분명한 리무진 차체가 돈 루이스의 시야에 포착되었다. 문은 활짝 열어젖혀진 상태였다. 디딤판에까지 늘어진 깔개와 깨진 유리창, 제멋대로 흩어진 쿠션 등 어지러운 내부는 플로랑스와 악당 놈 사이에 벌어진 심한 몸싸움을 증언하고 있었다. 틀림없이 잠든 틈을 타 여자를 결박했을 테고, 자동차가 도착한 다음에는 리무진 밖으로 꺼내려고 하다가 극심한 저항에 부닥쳤을 것이다.

가설의 타당성은 곧바로 확인되었다. 잡초가 여기저기 돋아난 비좁은 오솔길을 따라 완만한 비탈을 걸어 올라가면서, 무참하게 훼손되고 짓밟힌 주변의 풀들이 돈 루이스의 눈에 끝없이 들어오는 것이었다.

'아, 나쁜 놈! 여자를 안고 간 것도 아니고, 질질 끌고 간 모양이야.'

그렇게 속으로 곱씹는 돈 루이스. 만약 가슴속 본능에만 귀를 기울인다면, 당장이라도 요란을 떨며 쫓아가 요절이라도 내려 했을 것이다. 하지만 무엇을 해야 하고, 무엇을 하지 말아야 하는가에 대한 속 깊은 생각은 그런 경솔함을 피하라고 조용조용 타이르는 것이었다. 약간의 수상쩍은 낌새나 소음만으로도 호랑이는 먹잇감의 목을 조르려고 들 것이 뻔하다. 절대로 그와 같은 불상사를 피하기 위해서는, 상대를 불시에 기습해, 단 한 차례의 결정타로 모든 것을 끝장내는 것이 필수이다.

돈 루이스는 마음을 다잡고 나서 조심조심 비탈을 오르기 시작했다.

오솔길은 돌 더미와 무너진 석재 덩어리들 사이로 이어지며, 너도밤나무와 참나무 몇 그루가 굽어보는 관목 숲을 끼고 뻗어 있었다. 주변을 둘러본 결과, 이곳 영지의 이름이 되어버린 옛 봉건시대 고성(古城)이 바로 이 부근에 위치했던 것이 틀림없고, 저 꼭대기쯤이야말로 악당 놈이 둥지를 틀고 있는 장소가 분명했다. 처참하게 누워 있는 잡풀들은 그대로 족적으로 남아 있는 것이나 다름없었다. 문득 반짝거리는 물체 하나가 풀 위에 떨어져 있는 것이 눈에 들어왔다. 금테에다 미세한 진주알 두 개가 달려 있는 매우 가늘고 자그마한 반지였는데, 플로랑스의 손가락에서 자주 보았던 것이었다. 한데 심상치 않은 무엇이 그의 주의력을 바짝 긴장시켰다. 풀잎 하나가 그 반지를 세 차례에 걸쳐 돌돌 감고 있는 것이 아닌가! 마치 누군가 일부러 띠를 두르듯이 감아놓은 것 같았다.

'확실한 징표로군. 분명히 악당 놈은 이곳에서 잠시 쉬었을 거야. 꽁꽁 묶인 상태이지만 손가락만은 자유로웠을 플로랑스가 이곳을 지나쳤다는 표시를 재치 있게 남긴 거라고.'

페레나는 속으로 중얼거렸다.

결국 여자는 아직 희망을 버리지 않고 있다는 뜻일 터. 필시 지금쯤 간절하게 누군가의 도움을 바라고 있을 것이다. 그 바람이 혹시 자신을 향한 것일지 모른다는 생각에, 돈 루이스의 가슴은 사납게 뛰었다.

한 50보 정도 더 걸어 올라갔다. 또다시 쉬어야 할 정도로 피로를 느꼈다는 것이 이상하지만, 어쨌든 악당 놈이 한 번 더 걸음을 멈췄다는 증거가 그쯤에서 또렷이 보였다. 아울러 여자가 남긴 두 번째 표시도 역시 남아 있었는데, 이번에는 그 가녀린 손으로 하나하나 잎새를 뜯어냈을 깨꽃이 처량한 몰골로 떨어져 있는 것이었다. 그다음에는 흙 속에 다섯 손가락을 찔러 만든 다섯 개의 구멍이랄지, 돌멩이를 집어 들어 그렸을 십자 문양 등등, 고난의 행로를 되짚어 추적할 수 있도록 적당한 간격마다 일련의 표시들이 즐비하게 이어지고 있었다.

그렇게 최후의 정착지가 다가오고 있었다. 비탈의 경사도 점차 급해졌고, 무너진 돌 더미도 더욱 자주 발길에 차였다. 문득 우측을 돌아보니 두 개의 고딕식 홍예문이 푸른 하늘을 배경으로 옛 예배당의 흔적을 그럴듯하게 드리우고 있었다. 그런가 하면 좌측으로는 맨틀피스가 딸린 벽체 일부가 덩그러니 서 있었다.

스무 발짝을 더 걸어나갔을 때였다. 언뜻 들리는 소리에 돈 루이스는 얼른 걸음을 멈추었다.

가만히 귀를 기울여보았다. 역시 착각은 아니었다. 다시금 시작된 소리는 분명 웃음소리였는데, 흡사 악마가 심술궂게 웃어대는 것처럼, 여간 날카롭고 귀에 거슬리는 것이 아니었다! 글쎄, 실성한 여자의 웃음소리라고나 할까.

잠시 침묵이 도래하는가 싶더니 금세 또 다른 소리가 들렸다. 이번에는 누군가 무슨 도구를 사용해 땅을 두드리는 소리였다. 다시금 침묵.

얼추 한 100여 미터는 떨어진 듯한 거리감이 느껴지는 소리였다.

오솔길은 흙을 파서 만든 계단 세 개로 끝나 있었다. 그 위로는 매우 널찍한 평지가 형성되어 있었고, 마찬가지 돌 더미와 폐허의 잔해로 어수선한 분위기 속에서, 정면 중앙에 반원형으로 돌아가며 심어진 거대한 월계수 장막이 둘러쳐져 있었다. 짓밟힌 잡초의 흔적은 바로 그곳까지 이어져 있었다.

워낙 틈이 없을 만큼 빽빽하게 들어찬 나무의 장막이라 돈 루이스는 어리둥절한 심정으로 천천히 다가가 보았다. 자세히 보니 언젠가 누가 뚫고 들어간 흔적이 나 있었으며, 다시금 가지들끼리 뒤엉켜 우거진 형세였다.

그래서 그런지 가지들을 헤치고 들어서기가 그리 힘들 것 같지는 않았다. 필시 악당 놈도 이런 식으로 들어섰을 것이고, 그리 멀지 않은 지점에서 뭔가 무시무시한 일을 벌이고 있을 것이다.

아니나 다를까, 가까운 곳에서 비꼬는 듯한 웃음소리가 곧 허공을 찢었고, 돈 루이스는 화들짝 놀랐다. 흡사 그가 개입할 것을 뻔히 알고 악당 놈이 실컷 비웃는 것 같았다. 별안간 붉은 잉크로 휘갈겨 쓴 편지가 머릿속에 떠올랐다.

아직은 시간이 있다, 뤼팽. 전투에서 손을 떼어라. 그렇지 않으면 자네도 죽을 거야. 자네가 목표에 도달했다고 생각하는 순간, 그리고 나를 향해 감히 공세를 취하든지, 승리의 함성을 지르려고 입을 여는 바로 그 순간, 자네 발밑에서 엄청난 심연이 아가리를 쩍 벌릴 것이네. 자네가 죽어야 할 곳은 이미 정해진 상태야. 그럴듯한 함정이 준비되었으니, 조심하는 게 좋을 것이네, 뤼팽.

무시무시한 협박조의 편지 내용은 그의 머릿속에서 잡힐 듯이 펼쳐졌다. 그는 온몸 가득 몸서리가 치는 것을 느꼈다.

하지만 돈 루이스가 과연 두려움 따위로 주춤할 사람일까? 그는 두 팔을 뻗어 나뭇가지를 움켜쥐고는 지그시 비집고 안으로 들어갔다.

순간, 이내 발길을 멈추지 않을 수 없었다. 곧바로 또다시 잎사귀들로 우거진 일종의 방책이 둘러쳐져 있는 것이었다. 그는 눈높이에서 한 움큼 살짝 헤집어보았다.

드디어 무언가 보였다.

무엇보다도 먼저 눈에 띈 것은 플로랑스. 한 30여 미터 전방에 홀로 결박당한 채 길게 뻗어 있었는데, 머리를 슬그머니 움직이는 것으로 봐서 아직은 살아 있는 것이 틀림없었다. 그는 뛸 듯이 기뻤다. 제때에 당도한 셈이었다. 플로랑스는 단순히 숨만 붙어 있는 것이 아니었고, 시름시름 죽어가는 중도 아니었다. 지금으로서 그보다 더 중요한 사실은 이 세상 어디에도 없었다. 플로랑스는 살아 있는 것이다!

일단 가장 중요한 문제부터 확인한 후, 그는 찬찬히 주변을 둘러보았다.

그의 좌우로 월계수 장막이 마치 원형경기장처럼 좌르륵 펼쳐져 있는데, 다듬은 지 오래된 듯한 원추형 주목(朱木)들 가운데 각종 기둥들과 주두(柱頭) 장식들, 아치와 돔 지붕의 잔해들이 뉘어 있었다. 분명 옛날 누대(樓臺)의 자리에 가지런히 배열해서 일종의 정원처럼 구획을 꾸미려고 한 것이 틀림없었다. 원형으로 된 정중앙의 공터로는 좁다란 길이 두 개 닿아 있었다. 하나는 돈 루이스가 지금까지 쫓아온 바로 그 길로, 여전히 사람이 밟고 지나간 흔적이 역력했고, 나머지 길은 직각으로 꺾여 월계수 장막의 양 끝에 맞닿아 있었다.

바로 정면에는 무너진 석재 더미와 자연석들이 아무렇게나 어울려 진흙으로 한데 이겨진 데다, 뒤틀린 나무뿌리들로 얼기설기 엮인 채, 하나의 얕은 동굴로 조성되어 있었다. 동굴이라고는 하지만 엉성하기 짝이 없는지라 햇살이 숭숭 뚫린 틈새로 훤하게 비쳐 들었고, 바닥에는 기껏해야 평평한 판석 서너 개가 어중간하게 깔려 있는 것이 전부였다.

바로 그 안에 플로랑스 르바쉐르가 온몸이 꽁꽁 묶인 채 누워 있는 것이었다!

짐작건대 바로 그곳을 제단 삼아 여자를 제물로 한 일종의 신비스러운 희생 제의가 준비 중인 모양이었다. 그러고 보니, 수 세기의 풍진(風塵)이 쌓인 유구한 폐허 더미가 지켜보는 가운데 거창한 월계수 장막이 원형경기장처럼 에워싼 고색창연한 정원하며, 뭔가 심상치 않은 비교(秘敎)의 의식이 벌어지기에는 안성맞춤인 분위기였다.

제법 거리가 되었는데도, 돈 루이스는 여자의 창백한 얼굴, 그 미세한 표정까지 자세히 읽을 수가 있었다. 비록 고통으로 다소 일그러지긴 했지만, 아직은 내면의 침착함이 배어나는 얼굴이었고, 마지막 순간까지 기적의 가능성을 믿으며 삶의 희망과 기대를 놓지 않은 표정이었다. 재갈이 물린 것이 아닌데도, 웬일인지 입을 벌려 도움을 호소할 생각은 없는 듯했다. 소용없다고 생각한 걸까? 소리를 질러봤자 악당 놈이 곧장 제지할 것이 뻔하고, 차라리 지금까지 표시를 남겨둔 길에 기대를 거는 편이 낫다고 여기는지도 몰랐다. 한 가지 이상한 점은, 여자의 시선이 그가 몸을 숨기고 있는 바로 그 지점에 집요하게 고정되어 있다는 사실이었다. 혹시 구원자가 이미 당도해 있음을 짐작하고 있는 것은 아닐까? 그가 불쑥 나타날 것을 예상하고 있는 걸까?

돈 루이스는 느닷없이 권총 한 자루를 움켜쥐고 반쯤 팔을 들어 겨눌 준비를 했다. 희생 제물이 누워 있는 제단에서 그리 멀지 않은 곳에, 의식 집행자, 무시무시한 사형집행인이 모습을 드러낸 것이다.

그는 나무딸기 덤불이 간격을 가리고 있는 두 바윗덩어리 사이에서 불쑥 튀어나왔다. 기다란 팔이 땅에 질질 끌릴 정도로 허리를 푹 숙이고 기다시피 걸어오는 것으로 봐서는 출입구가 대단히 비좁고 얕은 모양이었다.

그는 동굴 쪽으로 다가가 가증스럽게도 이렇게 빈정대기 시작했다.

"저런, 아직도 거기 있었는가? 구원자가 미처 나타나지 못한 모양이지? 메시아께서 꽤나 늦는군그래. 웬만하면 좀 서두르시지!"

목소리 자체가 워낙 카랑카랑한 편이라 돈 루이스는 모든 말 한마디 한마디를 빠뜨리지 않고 들을 수 있었다. 정말이지 인간미라고는 전혀 느껴지지 않을 만큼 괴이한 느낌과 역겨움이 물씬 풍기는 말투였다. 돈 루이스는 권총을 잔뜩 움켜쥐고, 약간의 수상쩍은 동작만 취해도 곧장 발사할 태세를 갖추었다.

놈은 계속해서 비아냥대고 있었다.

"서두르지 않고 뭘 하시는 걸까? 정 안 나타나면, 5분 후에는 만사가 끝나 있을 텐데. 당신도 잘 알다시피 내가 보통 주도면밀한 사람인가, 안 그래, 내 사랑 플로랑스?"

그러고는 바닥에서 무엇을 집어 들었는데, 목발 모양을 한 막대기였다. 그것을 왼쪽 겨드랑이에 끼우고 나서 그는 마치 혼자 힘으로는 제대로 버티고 설 힘도 없는 사람처럼, 잔뜩 상체를 숙인 채, 위태위태하게 걷기 시작했다. 그런가 하면 갑자기 벌떡 몸을 곧추세우고 이번에는 목발을 지팡이처럼 짚으며 걸었는데, 도무지 왜 태도를 이랬다저랬다 하는 것인지 이유를 알 수가 없었다. 이제 그는 동굴 주위를 천천히 돌아다니면서, 뭔가 목적을 알 수 없는 조사에 골몰하기 시작했다.

알고 보니 키는 훤칠한 편이었다. 그제야 돈 루이스는, 방금과 같은 완전히 상이한 두 가지 모습 사이에서 헷갈렸을 오렌지빛 자동차 운전기사가, 악당 놈의 덩치가 큰지 작은지 제대로 묘사하지 못한 이유를 이해할 것 같았다.

하나 확실한 것은, 놈의 두 다리가 무척이나 연약하고 후들거려서 오래 서 있거나 걷는 일이 여의치 않다는 점이었다. 아니나 다를까, 곧장 바닥에 쓰러지듯 주저앉았다.

사실 그는 극도로 깡마른 데다 구루병을 앓아서 거동이 불편한 환자였다. 게다가 툭 튀어나온 광대뼈와 푹 꺼진 관자놀이, 누렇게 뜬 안색하며, 영락없이 피가 모자라 쩔쩔매는 폐결핵 환자의 몰골이기도 했다.

조사를 마친 뒤 그는 다시 플로랑스에게 다가가 말했다.

"물론 당신은 착하게도 얌전히 있었고 소리를 지르려고도 하지 않았지만, 그래도 만전을 기하는 뜻에서, 이제부터는 편리한 재갈의 도움을 구하는 것도 나쁘진 않겠지?"

그는 여자 앞으로 몸을 숙여 넉넉한 목도리로 얼굴 아랫부분을 두른

다음, 좀 더 바짝 얼굴을 갖다 대어 귀엣말로 뭔가 속닥거렸다. 하지만 그것도 잠시, 갑작스레 터져나오는 웃음 때문에 귀엣말이 중단되었는데, 무척이나 듣기 거북한 웃음소리였다.

위험이 임박했음을 직감한 돈 루이스는, 느닷없이 독침을 찌른다든가 하는 갑작스러운 동작을 취할까 봐 예리하게 주시하면서, 권총을 겨누고 숨을 죽였다.

대체 무슨 일을 벌이고 있는 걸까? 어떤 얘기를 건넨 걸까? 또 파렴치한 거래라도 플로랑스 르바쉐르에게 제안한 것일까? 여자가 무사히 풀려나려면 대체 얼마나 치욕스러운 대가를 치러야 하는 걸까?

별안간 놈은 울컥 고함을 내지르며 황급히 몸을 일으켰다.

"완전히 졌다는 사실을 그래도 모르겠어? 이제 더 이상 내겐 두려워해야 할 상대도 없어! 내 뜻대로 휘둘리며 예까지 따라온 주제에, 대체 무얼 더 기대하는 거야? 혹시라도 내가 마음을 굽힐까 봐 그래? 열정이 다시 불붙기라도 할까 봐? 아하, 착각도 자유로군그래! 네가 죽어 나자빠지는 거? 나한테는 사과 한 알 썩어 떨어지는 것만도 못해! 일단 죽고 나면 나한텐 아무런 중요성도 없다고. 오호라, 설마하니 내가 반병신이라서 널 없앨 힘조차 없다고 생각하는 거야? 오, 플로랑스. 널 내 손으로 죽이는 게 아니지! 천만의 말씀이야! 결코 그런 일은 일어나지 않아! 난 살인을 저지르기에는 너무 연약하고 겁이 많거든. 아마 벌벌 떨려서라도 그러진 못할걸. 아니야, 아니라고. 난 네 몸엔 손끝 하나 대지 않을 거야, 플로랑스. 다만 일이 어떻게 돌아가는지 좀 생각해보라고. 조만간 깨닫게 되겠지. 아, 내가 잘하는 방식대로 일이 꾸며지는 거야. 두려워할 건 없어, 플로랑스. 이건 그저 예고편에 지나지 않으니까 말이야."

그렇게 뇌까린 다음, 그는 자리를 떠나, 나뭇가지를 부여잡고 매달려가며 동굴의 우측 상단으로 기어올랐다. 거기서 일단 무릎을 꿇고 앉았는데, 옆에는 소형 곡괭이가 놓여 있었다. 그는 곡괭이를 움켜쥐고 번쩍 치켜들더니, 앞부분의 돌무더기를 연속적으로 세 차례 내려쳤다. 돌덩이들이 우르르 무너져 내렸다.

순간, 돈 루이스는 버럭 고함을 내지르며 달려나가지 않을 수 없었다. 단번에 사태를 파악한 것이다. 온갖 석재와 화강암 돌덩이를 아무렇게나 뭉뚱그려 쌓아놓은 동굴의 구조는, 약간의 충격으로도 전체 균형이 심각하게 파손되도록 지어져 있었다. 결국 저대로 두었다가는 언제 전체가 허물어져 여자를 깔아뭉갤지 모르는 상황이다. 지금 중요한 것은 악당 놈을 처치하는 것보다 플로랑스를 빨리 끄집어내는 것이다.

눈 깜짝할 사이에 중간 지점까지 달려온 돈 루이스. 순간, 어떤 생각 하나가 전광석화처럼 이마를 치고 지나갔다. 언뜻 보니 잡초가 밟힌 흔적이 처음 이해했던 대로 중앙의 공터 자리를 곧장 지나가는 것이 아니라, 그곳을 살짝 에두르도록 나 있는 것이었다. 도대체 이유가 뭘까? 본능적인 조심성 속에서 그런 의문이 떠올랐지만, 지금은 차분하게 추론해볼 시간적 여유가 없었다. 돈 루이스는 계속해서 달려갔고, 바로 그 공터에 발을 들여놓기가 무섭게, 엄청난 재앙이 발생하고 말았다!

마치 허공을 밟은 것처럼, 도저히 어찌해볼 도리도 없이 그대로 곤두박질치는 돈 루이스. 그의 발 아래는 푹 꺼진 구덩이. 얼기설기 얹어서 위장해놓은 잡풀들이 한꺼번에 무너져 내리면서 그의 몸뚱어리는 속절없이 나뒹굴고 말았다.

그가 떨어진 구멍은 지름이 기껏해야 약 1미터 50센티미터도 안 되는 우물로서, 지면과 똑같은 높이에 아가리만 쩍 벌리고 있는 형국이었다. 한 가지 다행인 것은, 워낙 빠른 속도로 달리던 중인지라, 관성(慣性)에 따라 몸이 맞은편 내벽에 그대로 부닥치면서 가까스로 손끝이 우

물 가장자리에 걸렸다는 점이었다. 얼떨결에 돈 루이스는 비어져 나온 식물 뿌리를 그러쥐고 악착같이 매달릴 수 있었다.

기운이 없는 것도 아닌 그로서, 손목 힘만으로도 난국을 타개하기는 그리 어렵지 않을 것이었다. 하지만 이미 낌새를 눈치챈 악당 놈이 부랴부랴 이 불청객을 맞으러 달려왔으며, 열 발짝쯤 떨어진 곳에까지 다가와 권총을 뽑아 들고는 윽박지르는 것이었다.

"꼼짝 마라. 여차하면 대갈통을 날려버리겠어!"

돈 루이스는 적의 총구 앞에서 꼼짝달싹 못하는 신세가 되고 말았다.

잠깐 동안 두 사람의 시선이 마주쳤다. 놈의 눈빛은 병든 환자의 비정상적인 열기로 들끓고 있었다.

그는 돈 루이스의 미세한 움직임도 놓치지 않으려는 듯, 시선을 고정시킨 채 조심조심 우물가로 다가와 쭈그리고 앉았다. 팔을 뻗어 권총을 겨눈 그는 또다시 지옥 같은 웃음을 터뜨렸다.

"뤼팽이다! 뤼팽이야! 뤼팽이라고! 우헤헤헤헤, 드디어 이렇게 되었군! 우물에 빠진 뤼팽이라! 뤼팽이 바보 천지가 되셨나 보지? 내가 분명 핏빛 잉크로 경고했을 텐데? 기억하는가? '자네가 죽어야 할 곳은 이미 정해진 상태야. 그럴듯한 함정이 준비되었으니 조심하는 게 좋을 것이네, 뤼팽.' 이렇게 썼지. 그럼에도 불구하고 이 꼴이 되고 말았어! 그나저나 자네, 감옥에 있어야 하는 것 아닌가? 이번에도 역시 용케 모면한 거야? 하여튼 잘난 친구라니까. 나도 미리 내다보고 조심성 있게 방비를 했으니 망정이지, 결국엔 계획대로 된 것 아니겠어? 그렇지 않아도 생각하고 있었지. '경찰이 죽어라고 내 뒤를 밟을 것이다. 하지만 나를 따라붙을 만한 능력을 가진 자는 오로지 단 하나, 뤼팽뿐이지. 그러니 아예 길을 가르쳐주자. 희생 제물이 몸으로 훑고 지나간 길을 따라 끈에 매여오듯이 따라올 수 있도록 말이야.' 그래서 여기저기 교묘하게 표시들을 뿌려놓았어. 변덕맞은 아가씨의 반지를 풀잎으로 동여매 놓는가 하면, 잎새를 따버린 꽃을 놓아둔다든가, 좀 더 가서는 다섯 손가락으로 앙증맞게 구멍을 후벼 파놓고, 더 나중에는 아예 십자가 표시까지……. 이만하면 길 잃을 염려는 없는 거 아니겠어? 플로랑스에게 엄지 동자(Petit Poucet. 샤를 페로(1628~1703)의 동화. 여섯 형제와 더불어 길을 떠난 꼬마가 미리 떨구어놓은 하얀 자갈들을 되짚어 무사히 집으로 돌아온다는 일화를 빗댐—옮긴이) 노릇을 하게끔 여유를 줄 정도로 자네가 나를 어벙하게 본 바로 그 순간부터, 자넨 우물의 아가리 속으로 곤두박질칠 운명이었던 거야. 지난달 이처럼 횡재할 걸 예상해서 내가 그 위에다 잡풀로 살짝 위장을 해놓았거든. 그래 내가 뭐랬느냐고! '그럴듯한 함정이 준비'되었다고 했잖은가. 이거야말로 내 식대로 만든 함정에, 통째로 걸려든 뤼팽이 아닌가 말이야! 나의 즐거움이 뭔지 아나? 바로 사람들의 힘을 이리저리 빌려서 그 자신들을 깨끗하게 제거하는 일이야! 모두들 착한 친구들처럼 협조하게 되어 있지. 자네도 이미 감을 잡았겠지, 물론? 난 내가 직접 움직이지 않아. 저들이 제멋대로 움직이고, 목을 매달고, 엉터리 주사를 맞고 그런 거지. 하지만 최소한 뤼팽 자네처럼 제 발로 우물 속에까지 기어 들어가지는 않았어! 우헤헤헤헤! 이보게, 자네 도대체 어쩌자고 그 지경에 이른 건가? 저런, 그렇다고 그런 우거지상을 쓰면 되나! 플로랑스, 네 애인의 이 볼썽사나운 낯짝 좀 보지 그래!"

총을 든 팔이 후들거릴 정도로 껄껄대며 웃음을 터뜨린 그는, 상스럽기 그지없는 표정을 한 채 두 다리를 제멋대로 뒤흔들며 춤을 추었는데, 그 꼴이 마치 줄 끊어진 꼭두각시 같았다. 한편 그를 바로 코앞에서 지켜보는 돈 루이스는 점점 힘이 빠져나가는 것을 느꼈다. 그럴수록 더욱 용을 썼지만, 아무 소용이 없었다. 처음에는 그래도 잡풀의 뿌리라도 거머쥐고 있던 손이 슬슬 미끄러지면서 우물 가장자리의 돌부리들로 옮겨가 안타깝게 매달렸고, 그럴수록 몸뚱어리는 점점 더 아래로 무거워져만 갔다.

여전히 병적인 환희에 들뜬 악당 놈은 경련을 일으키는 얼굴로 계속해서 더듬거렸다.

"하여튼 잘됐어! 실컷 웃으니까 기분이 한결 낫군그래! 특히 요즘은 웃을 일이 정말 없던 차에 말이야. 아니지, 이러면 안 되지! 난 원래 우울한 사람이거든! 장의사(葬儀社)나 마찬가지란 말이야! 안 그런가, 플로랑스? 어때, 너도 내가 웃는 거 한 번도 본 적 없지? 하지만 이번엔 너무 웃겼어. 뤼팽은 구덩이 속에, 플로랑스는 동굴 안에, 누구는 심연을 내려다보며 덩실덩실 춤을 추는데, 누구는 아직 산에 오르기도 전부터 헐떡거리고, 꼴좋다 이거야! 자, 뤼팽, 너무 용쓰지 말게나. 왜 그렇게 몸을 사리는 거지? 이제 영원(永遠)이 두려워진 건가? 현대판 돈키호테! 자네처럼 점잖은 인물이 왜 이래? 자, 그냥 떨어지라고. 우물 속이라고 해봐야 질척거릴 물도 없단 말이야. 그저 미지의 공간을 향해 깨끗이 미끄럼이나 탄다고 생각해. 돌멩이를 던져보았는데도 바닥에 떨어지는 소리가 나지 않더라니까! 방금 전에는 종이 뭉치에 불을 붙여 그 안으로 던졌는데, 그만 캄캄한 어둠 속으로 훅 하고 사라져 보이지도 않더라고! 으으, 등골이 다 오싹하더군. 자, 그래도 용기를 가져봐. 그저 눈 한번 질끈 감으면 되는 일이야. 이런 일쯤 수없이 겪어온 자네 아닌가? 브라보! 이제 거의 다 된 것 같군그래! 서서히 자네 운명을 받아들이고 있어. 어이, 뤼팽! 뤼팽, 이 사람아! 작별 인사도 안 할 참인가? 웃어주지도 않고, 감사하단 말도 없어? 좋아. 그럼 또 보세, 뤼팽. 또 보자고."

그는, 기발한 솜씨로 준비해서, 한 치의 오차도 없이 차근차근 진행되어온 이 사태의 끔찍한 결말을 이제는 조용히 지켜보기 시작했다.

그리 오래 걸릴 것 같지도 않았다. 먼저 양어깨가 밑으로 가라앉았고, 다음으로 턱이, 그다음에는 고통으로 경련을 일으키는 입술이 우물 가장자리 너머로 가라앉았다. 이어서 공포심으로 부옇게 뜬 두 눈동자가 사라지더니, 이마와 머리카락, 급기야 머리 전체가 그만 보이지 않게 되었다!

악당 놈은 얼굴 가득 야만적인 희열을 담고서 황홀해하는 눈빛으로 그 광경을 지켜보았다. 혹시라도 이 극적인 적막과 미칠 듯한 증오심이 흩어질까 봐 숨소리까지 죽이면서……

심연의 가장자리에 모습이 남아 있는 것은 이제 손뿐이었다. 마지막 안간힘을 다해 악착같이 매달려 있는 저 손! 아직은 질긴 숨이 붙어 있지만, 점점 죽음의 기세에 몰리면서 안타깝게 주춤주춤 미끄러지고 있는, 그래서 언제든 아예 놓아버릴지 모르는 저 맥 빠진 손!

호랑이 이빨

그렇게 주르륵 빠져 달아나는가 하는 어느 한순간, 마치 짐승의 발톱처럼 덜컥 손가락에 힘이 들어갔다. 그 모양이 어찌나 초인적이고 처절한지, 굴복하지 않고 있는 것은 오로지 저 손가락뿐이며, 그것이야말로 이미 어둠 속에 묻혀버린 시체를 차츰차츰 빛 속으로 끌어 올려 소생시키려는 것처럼 느껴질 정도였다. 하지만 아뿔싸, 그것도 잠시. 이젠 그 손가락들마저 슬금슬금 뒤로 물러나는 듯하더니, 갑작스럽게 모든 것이 자취도 없이 사라지고 마는 것이었다. 더 이상 아무것도, 아무 소리도 들리지 않았다.

　광인(狂人)은 그제야 긴장이 풀린 듯 펄쩍펄쩍 뛰면서 소리쳤다.

　"꽈당! 드디어 끝났어! 뤼팽이 지옥 속으로 곤두박질쳤다고. 밑도 끝도 없는 진짜 모험을 즐기게 되셨단 말이야. 꽈당! 쿵! 쾅!"

　그는 플로랑스 쪽으로 돌아서서 또다시 그 역겨운 춤사위를 이어갔다. 허리를 곧추세웠다가는 다시금 풀썩 웅크리면서, 흡사 허수아비의 너덜거리는 팔다리를 흔들듯 빈약한 다리를 이리저리 후들거렸다. 목이 터져라 노래를 부르고, 휘파람을 부는가 하면, 더러운 욕지거리를 토해내고, 온갖 독설을 마구 뱉어냈다.

　그러더니 휑하게 뚫린 우물 구멍 쪽으로 다가가 가래침을 퉤퉤퉤 세 차례나 뱉었는데, 아직도 뭔가 두려운지 어느 정도 거리 이상으로는 접근하지 않는 것이었다.

　그런 지저분한 난행(亂行)으로도 악랄한 증오심은 좀처럼 충족되지 않는 모양이었다. 마침, 땅바닥에 이런저런 조각상의 파편 덩어리들이 나뒹굴고 있었다. 그는 그중 두상(頭像) 하나를 얼른 집어서 데굴데굴 굴려가더니 구멍 속으로 냉큼 밀어 넣었다. 그런가 하면 좀 더 떨어진 곳에 오래되어 형편없이 녹슨 쇠공들이 뒹굴고 있었는데, 그것들 역시 낑낑대며 굴려 캄캄한 심연 속으로 떨구어버렸다. 다섯 개, 열 개, 열다섯 개. 쇠공들은 줄줄이 구멍 속으로 곤두박질쳤고, 내벽에 부닥칠 때마다 을씨년스러운 메아리를 마치 멀어져 가면서 포효하는 천둥소리처럼 바깥세상으로 연신 토해내는 것이었다.

"어서어서 그것들을 붙잡아봐, 뤼팽! 그동안 나를 참 지긋지긋하게도 귀찮게 굴더니만, 에잇, 지겨운 놈! 이놈의 더러운 유산상속 하나 놓고 정말 악착같이 물고 늘어지더니만 말이야! 자, 이것도 받아라. 이것도 붙잡아봐. 배가 고플 테니 이거나 먹고 떨어지라고! 더 줄까? 그래그래, 실컷 처먹어, 이 친구야!"

제풀에 지쳤는지 그는 별안간 휘청하면서 쭈그려 앉았다. 기운이 빠진 모양이었다. 하지만 또다시 발작적으로 몸을 일으키더니 구멍 가장자리로 기다시피 다가들고는, 무릎을 꿇고 어둠 속을 들여다보며 헐떡거렸다.

"어이, 시체 양반, 아직 지옥의 문턱까지 가버린 건 아니겠지? 조금만 기다려. 어떤 얄궂은 계집이 곧 합류할 테니까 말이야. 정확히 20분 후, 오후 4시에 말이야. 자네도 알다시피 내가 보통 정확한 사람인가. 정각 4시에 그녀와 만나게 될 거라고. 아차, 잊을 뻔했군. 왜, 그 유산 있지 않나. 모닝턴의 2억 프랑 말이야. 그거 내가 꿀꺽하겠네. 당연하지. 이미 내 쪽에서 모든 조치를 취했을 거라고 자네도 생각하겠지? 전후 사정은 플로랑스가 조만간 죄다 이야기해줄 것이네. 아주 기막히게 짜인 각본이었지. 이제 알게 될 거야. 알게 될 거라고."

그는 말을 제대로 이을 수가 없었다. 마지막 뱉어낸 말은 차라리 딸꾹질에 가까웠다. 진땀이 이마와 머리카락을 축축하게 적셨고, 마치 단말마의 고통을 치르는 환자처럼, 숨을 헐떡거리면서 풀썩 거꾸러졌다.

그렇게 몇 분 동안 그는 얼굴을 두 손에 묻고 부들부들 떨면서 꼼짝않고 있었다. 모든 근육조직이 제멋대로 꼬이고 신경이 뒤틀리면서, 골수까지 사무친 고통으로 괴로워하는 것 같았다. 잠시 후, 멍한 상태에서 기계적으로 그러는 것처럼, 거친 숨을 몰아쉬며 손으로 몸 여기저기를 더듬는가 싶더니, 호주머니 속에서 작은 약병 하나를 꺼내 두세 모금 꿀꺽꿀꺽 삼키는 것이었다.

그러더니 곧장 생기가 돌았고, 열정과 원기가 샘솟는 듯했다. 광기로 이글대던 두 눈빛은 이미 차분하게 안정되었고, 입술 한끝에는 교활한 미소가 물려 있었다. 그는 플로랑스를 홱 돌아보며 외쳤다.

"너무 좋아하지 마, 아가씨! 아직은 때가 아니니까. 아무럼 너를 손봐줄 시간이야 있고말고. 더구나 이제부터는 더 이상 나를 괴롭힐 귀찮은 일도 없고, 복잡한 계산이나 싸움도 더는 없어. 이제는 느긋하게 안락한 삶이 펼쳐지는 거야! 적어도 2억 프랑의 돈이라면 애지중지하며 살 만하지 않겠어? 자, 이젠 차차 나아질 거라고."

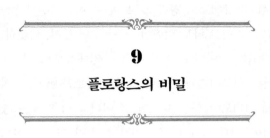

9
플로랑스의 비밀

이제 말하자면 2막이 펼쳐질 시간이었다. 돈 루이스 페레나의 시련이 끝났으니, 이제는 플로랑스의 시련이 치러질 차례인 것이다. 이 병든 불구자이자 끔찍한 인간 백정(白丁)은, 마치 도살장에서 짐승을 처치하는 것처럼, 아무런 동정심도 없이 한쪽에서 다른 쪽으로 죽음의 광란극을 벌일 참이었다.

아직은 휘청거리는 몸을 질질 끌다시피 하며 그는 여자 쪽으로 다가갔고, 광택 나는 담뱃갑에서 담배 한 대를 꺼내 피워 물고는, 잔인할 정도로 천연덕스럽게 중얼거렸다.

"이 담배가 다 타들어가면 그땐 플로랑스, 바로 네 차례야. 그러니 담배 끝에서 눈을 떼지 말라고. 시시각각 재로 변해가는 이 담배만큼만 네 목숨이 남은 거라고 생각하면 맞아. 그러니까 시선을 떼지 말고, 차분히 생각을 해봐. 플로랑스, 이것만은 분명히 이해해야만 해. 지금 네 머리 위를 굽어보고 있는 돌 더미와 바윗덩어리들은 이 영지의 역대 소유주들, 특히 저 랑제르노 영감조차도 언제 허물어질까 늘 궁금해하던 골칫덩이였어. 그리고 나도 말이야, 지난 수년 동안, 적절한 때가 올 거라고 예상하고는 그야말로 지치지 않는 인내심으로 빗물이며 바람이 이걸 야금야금 허물어가는 과정을 즐겨 지켜보곤 했지. 솔직히 말해 지금도 어떻게 이처럼 균형을 유지한 채 버티고 서 있을 수 있는지 의아할 정도라니까. 한데 이제 보니 이해가 전혀 안 가는 건 아니더라고. 모든 것엔 다 때가 있는 법 아니겠어? 내가 조금 아까 가한 곡괭이질은 그저 예고편에 불과하다고 했지? 하지만 정식으로 제대로 된 지점에 한 대만 더 가격하고, 두 개의 돌 더미 사이에 끼워진 자그마한 벽돌 하나만 빼내면 말이야, 그러면 이 모든 것이 마치 카드로 쌓은 성(城)처럼 일시에 와르르 무너지게 되어 있지. 내 말 알겠어, 플로랑스? 그저 작은 벽돌 하나야. 우연히 그곳으로 굴러들어 박힌 고놈이 지금까지 이 미련한 구축물을 지탱해오고 있었던 셈이라고! 벽돌 하나만 빠지면 두 개의 돌 더미가 와장창, 재앙이 일어나는 거야."

그는 잠시 숨을 고른 뒤, 말을 이었다.

"그다음은 어떻게 되느냐고? 바로 이렇게 되는 거지, 플로랑스. 그야말로 돌사태가 일어나 네 죽은 몸뚱어리를 그 누구도 찾을 수 없게 된다거나—하긴 누가 여기까지 널 찾으러나 오겠어?—아니면 일부 몸뚱어리가 바깥으로 드러나 보이겠지. 단 후자의 경우에는, 너를 묶었던 끈을 모조리 잘라버려야 할 거야. 그러면 어떻게 되는 거냐고? 플로랑스 르바쉐르는 사법당국으로부터 끈질긴 추격을 받은 나머지 이 외딴 동굴 속으로 파고들었고, 동굴이 무너지는 바람에 그만 즉사했다, 마침표! 이로써 다 정리되는 거라고. 조신(操身)하지 못했던 한 아가씨의 영혼을 위한 짤막한 위령기도가 있은 다음, 모두가 까마득히 잊고 말겠지. 그럼 난 어떻게 하느냐. 나로 말할 것 같으면, 할 일 다 끝내고 사랑하는 애인도 죽어버렸으니, 이젠 가방을 싸야겠지. 여기저기 눌린 잡풀들을 일으켜 세우면서 흔적을 말끔히 정리한 뒤, 자동차를 끌고 사라지는 거야. 그렇게 한 몇 년 쥐 죽은 듯 조용히 살다가, 짜잔! 하면서 나타나 2억 프랑을 요구하는 거지!"

그는 혼자 히죽대며 웃더니 담배 연기를 두세 모금 더 빨아들인 뒤, 느긋하게 덧붙였다.

"그 2억 프랑은 내가 요구하기만 하면 몽땅 내 차지로 들어오게 되어 있어. 사실 이 부분이 가장 기막힌 대목이지. 이유야 물론 그럴 만한 권리가 내게 있기 때문이고. 뤼팽 선생께서 덮어놓고 들이닥치기 전에 내가 자세히 설명했다시피, 네가 숨이 끊어지는 바로 그 순간부터 나야말로 가장 합법적이고 이론의 여지가 없는 유산상속권을 차지하게 되는 거야. 왜냐하면 인간의 한계로서는 도저히 내게 반기를 들 만한 증거를 찾을 수 없을 테니까 말이야. 누구도 나를 걸고넘어질 수가 없지. 물론 애매한 의혹이랄지, 심증 따위야 얼마든지 있을 수 있겠지만, 물리적인 증거는 절대로 없어. 일단 목격자가 없거든. 누구는 키 큰 사람으로 봤는데, 누구는 땅딸보로 봤을 뿐이지. 내 이름 역시 아는 사람이 없어. 모든 범행도 어디까지나 익명으로 저질러졌고 말이야. 살인 사건이 죄다 자살이거나 자살로 유추될 수 있기 때문에, 이 점에 관한 한 사법당국은 속수무책이라니까! 뤼팽도 죽었고, 플로랑스 르바쇠르도 죽을 테니, 세상에 내게 불리한 증언을 할 사람은 하나도 안 남은 셈이지. 만에 하나 나를 검거한다 해도, 이내 면소 판결로 풀어줄 수밖에 없을 거야. 어쩌면 나를 의심하는 사람들의 비난이 쏟아질지 모르고, 온갖 저주와 증오의 대상이 되면서, 심지어는 희대의 악당에 버금갈 정도로 구설수에 오르내리게 될지 모르지. 하지만 난 어쨌든 2억 프랑 유산상속의 주인공이 되는 거야. 그걸로 점잖은 인사(人士)들의 우정이야 얼마든지 사들일 수가 있지! 다시 말하지만 뤼팽과 너만 사라지고 나면 만사 끝이라고! 다만 내가 그나마 마음이 약해서 아직까지 지갑 속에 간직하고 있는 몇 가지 서류와 사소한 물건들만 남을 뿐인데, 자칫 내 목을 달아나게 만들 수도 있는 것들이지. 물론 그것들도 곧 하나하나 깨끗하게 태워서 저 우물 속에 재를 뿌려버릴 테지만 말이야. 자, 이제 너도 내가 얼마나 빈틈없는 준비를 해놓았는지 감을 잡을 수 있을 거야. 요컨대 이제 너는 동정심이든 구원이든 기대할 수가 없는 상황이야. 동정심이야 네가 죽음으로써 2억 프랑이 내 손아귀에 굴러 들어오니까 전혀 고려할 수 없는 것이고, 구원도 여기 네가 끌려온 걸 아는 사람이 하나도 없는 데다 아르센 뤼팽도 죽었으니 도저히 기대할 수가 없는 거지. 자, 상황이 이러하니, 플로랑스, 이제 네가 선택하는 일만 남았어. 이 드라마가 어떤 결말을 맺을지는 전적으로 너한테 달렸단 말이야. 어쩔 수 없이 그냥 죽어버리든가, 아니면, 아니면…… 나의 사랑을 받든지 말이야! '네', '아니요', 둘 중 하나만 골라. 고갯짓 하나로 운명이 결정되는 거야. 만약 '아니요'면 넌 죽어. 하지만 '네'로 대답이 나오면 널 풀어줄 테고, 우린 함께 떠나는 거야. 그리고 나중에―내가 이건 책임지지― 너의 혐의가 완전히 벗겨지면, 그때 가서 넌 합법적으로 내 아내가 되는 거야. 어때, 이 정도면 '네'라고 할 만하지, 플로랑스?"

그렇게 다그쳐 물으면서, 불안한 심정과 자꾸만 불거져 나오는 심술을 억지로 자제하느라 그의 목소리는 심하게 떨리고 있었다. 그는 동굴 바닥에 무릎을 질질 끌면서 다가와, 청을 들어달라며 애원인지 위협인지 모를 태도로 매달리는가 하면, 제발 거부해주었으면 하는 마음을 슬쩍슬쩍 내비치기도 했다. 그만큼 악행을 향한 그의 천성적 욕구는 자제가 잘 안 되는 모양이었다.

"'네' 맞지? 고개만 살짝 끄덕이면 되는 거야! 그럼 나는 무조건 널 믿을 거야. 너는 결코 거짓말을 안 할 테니까. 네 약속이야말로 신성하기 그지없지. 어때, '네'라고 할 거지, 플로랑스? 아, 플로랑스, 제발 대답 좀 해봐. 이럴 때 망설이는 건 정말 바보짓이야! 내가 한번 울컥하면 네 목숨은 끝장이라고. 대답해! 이것 봐, 내 담배가 지금 꺼져 있어. 이제 버릴 거야, 플로랑스. 고갯짓 하나면 돼. '네'야, '아니요'야?"

그는 여자에게 몸을 숙여 원하는 '고갯짓'을 억지로라도 끌어내려는 듯, 어깨를 부여잡고 흔들어댔다. 하지만 또 그 걷잡을 수 없는 광기가 치미는지, 벌떡 몸을 일으키며 소리 지르는 것이었다.

"울고 있잖아! 울고 있어! 감히 울고 있다고! 이런 빌어먹을 년, 네가 왜 우는지 내가 모를 것 같아? 네 속마음은 내가 다 알아. 네 그 눈물이 죽음에 대한 두려움과는 하등의 상관이 없다는 거, 다 안다고! 너라는 사람은 두려워하는 게 하나도 없어! 아무렴, 이건 전혀 다른 문제야. 내가 네 그 속마음을 알아맞혀볼까? 아니야. 난 할 수 없어. 정말 그건 못해. 그걸 내 입으로 말하다가는 입술이 그대로 타버릴 거야. 오, 가증스러운 년 같으니라고! 내가 그럴 줄 알았다니까! 플로랑스, 그렇게 우는 걸 보니, 넌 필시 죽기로 작정한 거야! 죽으려고 환장한 거라고."

줄곧 그렇게 떠벌리면서 그는 기어코 끔찍한 짓을 준비하고 있었다. 플로랑스에게 아까 꺼내 보여주었던 서류가 든 지갑은 땅에 떨어져 있었는데, 일단 그것부터 주워 호주머니에 집어넣었다. 그리고 계속 부들부들 떨면서 웃옷을 벗어 옆에 있는 관목에다 걸쳐놓은 다음, 곡괭이를 가지고 동굴 위 낮은 돌 더미 위로 기어올랐다. 거기서 그는 발을 구르며 고래고래 소리쳤다.

"네가 죽고 싶다고 한 거야, 플로랑스. 이젠 너를 살려낼 수 있는 방법이 하나도 없어. 여기서는 설사 뒤늦게 고갯짓을 한다고 해도 보이지가 않아. 너무 늦은 셈이지! 네가 원했으니 할 수 없어. 아, 울다니! 감히 그 대목에서 울다니! 미쳐도 한참 미쳤지!"

그는 이제 완전히 동굴 우측 상단 높이까지 올라서 있었다. 증오심으로 온몸을 꼿꼿이 일으키고, 혹독한 잔인성이 번득이는 눈동자를 벌겋게 부라리면서, 그는 곡괭이 끝을 벽돌이 끼어 있는 두 개의 돌 더미 사이로 살며시 가져갔다. 자신의 몸은 옆으로 물러서서 안전한 가운데, 그는 벽돌을 향해 한 번, 두 번 곡괭이를 휘둘렀다. 세 번째 곡괭이질이 가해지는 순간, 요란하게 튀어나가는 벽돌!

다음 상황은 그야말로 순식간에 벌어진 것이었다. 온갖 잡동사니와 돌 더미로 이루어진 피라미드가 어찌나 급격하게 허물어지는지, 조심하고 있었음에도 불구하고 불구자는 그 속에 휩쓸릴 수밖에 없었고, 그대로 풀밭 위로 나가떨어졌다. 다행히 큰 불상사는 아니었기에, 툭툭 털고 일어서며 그는 덮어놓고 더듬거렸다.

"플로랑스! 플로랑스!"

그처럼 용의주도하게 준비해왔고, 그토록 가차 없이 해치운 참극이었지만, 일단 그 결과에 맞닥뜨리자 적잖이 당혹스러운 모양이었다. 황망한 눈빛으로 그는 여자를 찾아 미친 듯이 두리번거렸다. 두꺼운 먼지가 일어나 휘날리는 참사의 현장을 그는 거의 기다시피 하며 이리저리 훑었다. 무너진 돌무더기의 틈새를 샅샅이 들여다보았지만, 여자의 모습은 어디에도 보이지 않았다.

이미 예상한 그대로, 플로랑스는 그만 돌무더기 아래 완전히 매장되어 죽은 것이었다.

"죽었다! 죽었어! 플로랑스가 죽었다고!"

그는 얼빠진 듯한 표정으로 눈을 휘둥그레 뜬 채 중얼거렸다.

잠시 후, 완전히 낙담한 듯 털썩 주저앉더니, 다리를 차례차례 구부

결정판 아르센 뤼팽 전집

리고 납죽 엎드려 꼼짝도 하지 않았다. 방금 전까지 모두 두 차례에 걸쳐 눈앞에서 벌어진 참극에 쏟은 노고(勞苦) 때문인지, 그의 몸에 남아 있던 기력이 몽땅 쇠진한 것 같았다. 아르센 뤼팽도 더 이상 존재하지 않으니 증오도 따라 없어진 데다, 플로랑스도 세상에서 사라지고 없으니 사랑도 존재하지 않게 된 지금, 그는 삶의 이유조차 상실한 사람처럼 보였다.

맥없는 입술이 두 번 더 플로랑스의 이름을 그렸지만 소리는 들리지 않았다. 이제 와서 그녀의 죽음을 아쉬워한다는 것인가? 끔찍했던 악행의 종지부를 찍고 나니, 시체들로 즐비한 그동안의 피비린내 나는 파노라마가 눈앞에 아스라이 펼쳐지기라도 하는 걸까? 아니면 일말의 양심이라도 눈뜨는 일이, 혹시 이 짐승 같은 자의 영혼 속에서도 일어나는 것일까? 그것도 아니라면, 보통 살코기를 포식하고 피 냄새에 취한 야수가 늘 그렇듯이, 기분 좋은 포만감을 즐기느라 잠시 나른하고 멍한 상태에 빠져버린 것일까?

플로랑스의 이름을 다시금 부르며, 그의 두 볼에는 분명 눈물이 흐르고 있었다.

한동안 웅크리고 꼼짝 않던 그는 또 예의 그 약병을 꺼내 몇 모금 들이켜더니, 거의 기계적인 동작으로 다시금 작업에 들어갔다. 이번에는 아까처럼 흐느적거리는 다리로 펄쩍펄쩍 뛰어다닌다든가, 마치 놀이라도 즐기듯 살인을 저지르는 따위의 흥분된 태도라고는 볼 수 없었다.

그는 일단, 처음 뤼팽의 눈에 띄었던 그 나무딸기 덤불이 있는 쪽으로 돌아갔다. 바로 그 너머에는 부삽이랄지, 쇠스랑, 장총, 밧줄 꾸러미, 철사 등등 무기와 잡다한 연장들이 가득 쌓여 있는 일종의 아지트가 마련되어 있었다.

그는 몇 차례에 걸쳐 그것들을 몽땅 끌어내어 우물가로 갖다 놓았다.

이곳을 아주 뜨면서 죄다 그 안에 던져버릴 요량이었다. 그러고 나서 예까지 오르는 비탈길을 샅샅이 살피며 사람 지나다닌 흔적을 말끔히 제거하는 것이었다. 아울러, 마지막 일감을 남겨둔 우물가로 이르는 길만 빼고, 평지의 풀밭 전체에도 같은 점검이 이루어졌다. 눕혀진 잡초들을 일으켜 세웠고, 파인 흙은 조심스레 다독여놓았다.

그러는 동안도 내내 불안한 심기가 엿보였는데, 머리로는 딴것을 생각하면서 그의 행동 하나하나에는, 자신이 해야 할 일을 무의식적으로 알고 있는 타고난 범죄자의 자연스러움이 그대로 묻어나고 있었다.

문득 어떤 사소한 점이 그의 주의를 끌었다. 상처 입은 제비 한 마리가 근처에 떨어져 있는 것이었다. 그는 조금도 지체하지 않고 왈칵 집어 들더니 그대로 비틀어, 휴지 조각처럼 마구 뭉개버렸다. 손바닥을 붉게 물들인 짐승의 피를 물끄러미 바라보며, 그의 눈동자엔 야만스러운 희열이 번득였다.

형체를 알아볼 수 없게 망가진 짐승의 몸뚱어리를 그는 덤불숲 속으로 힘껏 내던졌다. 바로 그때였다. 웬 금발 머리카락 한 올이 덤불숲 가지에 걸린 채 하늘하늘 반짝이고 있는 것이 아닌가! 순간 느닷없이 플로랑스의 기억이 복받쳐 올랐고, 다시금 찢어질 듯한 고뇌가 몰려왔다.

그는 무너진 동굴 앞으로 다가가 무릎을 꿇었다. 그리고 나뭇가지를 둘로 꺾어 십자가를 만들어 돌무더기 앞에 놓았다.

순간, 조끼 주머니에서 작은 손거울이 떨어져 그만 자갈에 부닥쳐 깨지고 말았다.

거울이 깨지다니, 불길한 전조가 아닐 수 없었다. 그는 주변을 매섭게 둘러보았다. 마치 보이지 않는 어떤 힘 앞에서 위협을 당하고 있는 것처럼, 그는 온몸을 부들부들 떨며 중얼거렸다.

"거 기분 나쁘군그래. 그만 떠나야겠어. 빨리 이곳을 벗어나자."

시계를 들여다보니 오후 4시 반이 되어 있었다.

그는 관목 위에 벗어놓았던 웃옷을 집어 들어 허겁지겁 껴입고는 오른쪽 호주머니를 뒤졌다. 문제의 서류들을 넣어두었던 밤색 가죽 지갑을 찾는 것이었다.

별안간 당황한 목소리가 그의 입가로 비어져 나온 것은 바로 그때였다.

"어럽쇼! 분명 여기에…….."

이번엔 왼쪽 호주머니를 뒤져보았고, 위 주머니를 까보고는, 점점 더 어쩔 줄을 몰라 하며 급기야 속주머니까지 뒤집어보았다.

하지만 지갑은 없었다. 더더욱 어이가 없는 일은, 웃옷 호주머니에 있을 것에 대해 추호도 의심할 이유가 없었던 나머지 물건들, 즉 담뱃갑이랄지 성냥갑이랄지, 수첩 따위가 몽땅 자취를 감춘 것이었다.

갑자기 아찔한 기분이 들었다. 얼굴이 잔뜩 우그러지면서 알아들을 수 없는 말이 튀어나오는 가운데, 더없이 끔찍한 생각이 머릿속을 비집고 들어오기 시작했다. 떠오르자마자 하나같이 확실한 사실처럼 느껴지는 생각이었다. 즉, **고성(古城)**의 심장부에 누군가 숨어 있을 거라는…….

그렇다! 분명 누군가 이곳에 있다! 누군가 이곳 폐허 근처, 아니 이 폐허 안에 몸을 숨기고 있는 것이다! 그렇다면 지금까지 모든 것을 보고 있었을 터! 아르센 뤼팽과 플로랑스 르바쉐르가 죽는 현장을 직접 목격했을 것이 아닌가! 게다가 아까 증거품들에 관해 무심코 떠들어댄 얘기를 죄다 엿듣고는, 주의가 산만한 틈을 타, 웃옷 주머니들을 몽땅 털어버렸다는 얘기가 아닌가 말이다!

어느덧 그의 얼굴에는, 남몰래 나쁜 짓을 벌이다가 문득 누군가의 눈에 들킨 사람의 허둥대는 표정이 그대로 묻어나 있었다. 몰래 저질러왔다고 믿은 혐오스러운 행동이 남의 눈에 죄다 포착되고 있었다는 사실,

전혀 정체를 드러내지 않았다고 생각했지만, 실은 그렇지 못하다는 사실에 비로소 눈을 뜬 사람의 난감한 표정이라고나 할까? 마치 밤새를 허둥대게 만드는 햇살처럼 이토록 사람을 혼비백산하게 만드는 시선이 과연 어디로부터 새어나오고 있는 것일까? 그저 우연히 이곳을 지나치다 들어서게 된 자의 시선일까? 아니면 적의(敵意)를 품고 의도적으로 잠입한 자의 시선일까? 아르센 뤼팽의 도당일까? 플로랑스의 친구일까? 경찰의 끄나풀일까? 누군지는 모르겠지만, 그저 전리품만으로 만족하려는 걸까? 아니면 정식으로 한번 붙어보겠다는 걸까?

불구자는 그 자리에 선 채 꼼짝도 하지 않았다. 완전히 노출된 장소에서, 언제 어디서 어떻게 들이닥칠지 모르는 공격 가능성 앞에 완전히 무방비 상태로 방치된 채 말이다.

하지만 어떤 위협이 임박해 있다는 생각 자체가 마침내 일종의 오기를 불어넣어 주었다. 여전히 뻣뻣하게 굳은 자세로 그는, 개미 새끼 한 마리 놓치지 않을 만큼 예리한 눈빛으로 주변을 두루두루 훑었다. 어지러이 흩어진 잔해 더미 사이이건, 덤불숲 뒤이건, 거창한 월계수 장막 너머이건 간에, 아무리 희미한 상태라도 사람의 윤곽이 있었으면 금세 그의 눈에 띄었을 것이다.

하지만 아무도 보이지 않았고, 그는 비로소 걸음을 옮겼다. 목발을 짚고 걸었는데, 아마도 고무로 밑을 대서 그런지 목발 짚는 소리도 발을 내딛는 소리도 전혀 나지 않았다. 그러면서도 권총을 든 오른손은 죽 내뻗고 방아쇠에 가볍게 손가락을 걸고 있었다. 지극히 순간적인 본능의 지시만 떨어져도 총알은 요란하게 발사될 것이고, 미지의 훼방꾼은 명운(命運)을 달리하리라!

우선 좌측 방향으로 걸어갔다. 그쪽으로는 월계수 장막 끄트머리와 무너진 바윗덩어리들 사이에 좁다란 벽돌 길이 나 있었는데, 아마도 땅

속에 파묻힌 어느 담벼락 상단일 듯싶었다. 그 위로 잠입해 들어왔다면 윗옷을 벗어놓은 관목에 이르기까지 별다른 발자취를 남기지는 않았을 터, 그는 일단 그 길을 따라가 보기로 했다.

앞길을 방해하는 월계수의 잔가지들을 그는 가차 없이 제치고 나아갔다.

이어서 덤불숲이 앞길을 가로막았고, 그것을 피하느라 자연스레 경사진 지형을 우회했다. 그는 계속해서 큼직한 바위를 빙 둘러 몇 걸음 더 걸었다.

바로 그때였다. 갑작스레 뒤로 흠칫 물러서면서 그는 거의 몸의 균형조차 잃을 뻔했다. 그뿐만 아니라 목발은 물론, 손에 쥐고 있던 권총까지 떨어뜨리고 마는 것이었다!

방금 목격한 것이야말로 상상할 수 있는 가장 끔찍한 광경임이 틀림없었다. 지금 그의 면전에, 한 열 발짝 정도 떨어진 정면에 서 있는 것은 인간이 아니었다! 두 손을 호주머니 속에 찔러 넣고 다리를 느긋하게 교차시킨 채, 한쪽 어깨를 옆의 바위 벽에 살짝 기대 비스듬히 서 있는 저자는 결코 인간일 리가 없었다. 왜냐면 이 불구자가 알기로는, 도저히 인간으로선 빠져나올 수 없는 죽음 속에 곤두박질친 처지이기 때문에……. 저것은 하나의 유령일 뿐! 저승에서 솟아난 환영(幻影)이, 심신이 지칠 대로 지친 이 불구자의 공포심을 극단으로 치닫게 하는 것일 터!

그는 온몸을 부들부들 떨면서, 신열에 휩싸여 다시금 휘청거렸다. 두 눈은 지금 도저히 이해할 수 없는 현상 앞에서 튀어나올 듯이 휘둥그레져 있었다. 그렇지 않아도 악마주의적인 미신과 미몽(迷夢)에 잔뜩 침윤되어 있는 그의 넋은, 쳐다보면 쳐다볼수록 공포심만 증가할 뿐인 엄청난 광경 앞에서 잔뜩 주눅이 들고 있었다. 도망칠 수도 없고 대항할 수도 없는 몸뚱어리는 그만 무릎을 털썩 꿇었다. 미처 한 시간도 지나기 전에 밑도 없는 우물 속에 처넣고 나서 돌멩이와 쇠공 따위로 든든하게 염(殮)까지 해버린 존재로부터 그는 단 한순간도 눈을 뗄 수가 없었다.

아르센 뤼팽의 유령이라니!

만약 살아 있는 사람이라면 총으로 겨누고 방아쇠를 당겨서 죽이면 그뿐이리라. 하지만 유령이라면? 실재하지도 않으면서 온갖 초자연적인 능력을 제멋대로 휘두르는, 그런 존재라면? 있지도 않은 그 무엇의 지옥 같은 농간에 맞서 힘겨루기를 해본들 무슨 소용이 있겠는가? 지금이라도 떨어뜨린 무기를 집어 들어 저 아르센 뤼팽의 허깨비를 향해 덜컥 총구를 들이댄다 한들 무슨 효과가 있겠는가 말이다!

도저히 이해할 수 없는 장면은 그것이 다가 아니었다. 유령은 천연덕스럽게 호주머니에서 손을 빼냈는데, 그중 한 손에 들려 있는 담뱃갑이 그토록 찾아 헤맸던 바로 그 광택 나는 금속제 갑이었던 것이다! 그러니 웃옷을 뒤진 바로 그 존재가 지금 저렇게 담뱃갑을 열고, 담배를 한 개비 집어 들고는, 성냥을 그어대고 있다는 사실을 어찌 곧이곧대로 받아들이지 않을쏜가! 물론 저 성냥조차 불구자의 성냥갑 속에 가지런히 채워져 있던 바로 그 성냥이 아닌가 말이다.

기적이었다! 성냥 대가리에서 뿜어져 나오는 저 불꽃! 기상천외한 기적이 아니고 과연 무어란 말인가! 담배 끄트머리로부터 피어오르는 저 소용돌이 꼴 연기! 그로부터 스멀스멀 풍겨나는, 코에 익은 이 아스라한 향기!

불구자는 곧장 두 손에 얼굴을 파묻었다. 더 이상 보고 싶지가 않았던 것이다. 유령이든, 환영이든, 저승에서 튀어나온 이상(異常) 현상이든, 회한에 사무치다 보니 실재처럼 떠오른 허깨비이든, 더 이상 이 고통 받는 두 눈에 담아두기가 싫었다.

하지만 소리는 어쩌랴! 그의 귓가에는 어슬렁대며 지나다니는 발소리가 점점 또렷하게 들려오는 것이었다. 뭔가 낯선 인기척이 주변을 서성거리는 것이 느껴졌다! 그러다가 문득 팔이 뻗쳐오는 것이 감지된다! 손 하나가 강력한 완력으로 살집을 쥐어뜯듯 움켜잡는다! 그리고 몇 마디 말이, 틀림없이 살아 있는 사람인 아르센 뤼팽의 목소리에 실려서 또박또박 들려오고 있는 것이다.

"자, 친애하는 신사 양반, 지금 우리가 어떤 상황인 것 같소? 아, 물론 내가 이렇게 불쑥 되살아난다는 것 자체가 무척이나 불경스럽고 무례한 태도라는 건 잘 알고 있소. 사람을 지나치게 놀라게 해서는 안 되는 건데 말이오. 그렇지 않아도 이보다 훨씬 더 괴상망측한 일들을 어디 한두 번 겪은 우리요? 예컨대 여호수아가 태양의 운행을 정지시켰다든지(『구약성서』 「여호수아서」 10장 12~13절―옮긴이), 그보다 더 충격적인 참사로는 1755년 리스본의 대지진(1755년 11월 1일 포르투갈, 에스파냐, 아프리카 북부 지역을 강타한 대지진. 포르투갈의 리스본이 최대 피해 지역―옮긴이)이랄지 말이오. 자고로 현자(賢者)란 어떤 사건에 직면해도 그 규모와 무게를 적절하게 가늠해야만 하는 법. 단지 그것이 자기 일신(一身)에 미치는 영향에 따라 판단할 게 아니라, 세상의 안녕에 미치는 반향에 유념할 일! 고로 당신의 그 조잡스러운 불행 정도야 극히 개인적인 일일 뿐이고, 이 지구의 평온과 균형에는 하등의 악영향을 미치지 않는다는 사실을 인정해야 할 것이오. 아셰트 판 84페이지에 보면, 마르쿠스 아우렐리우스가 이르기를……(『명상록』을 말함. 아셰트(Hachette)는 프랑스 굴지의 출판사로 아르센 뤼팽 시리즈를 계속해서 출판해오던 피에르 라피트(Pierre Lafitte) 출판사를 전쟁 초기에 사들여, 이후의 뤼팽 시리즈를 독점 출간함―옮긴이)."

불구자는 가까스로 용기를 내어 고개를 들어보았다. 이제는 너무도 또렷한 현실감과 더불어 눈앞에 다가온 광경을 그는 더 이상 의심하고 부정할 수가 없었다. 아르센 뤼팽은 죽지 않았던 것이다! 저 깊은 땅속으로 떨어뜨리는 것도 모자라, 쇠망치로 곤충 한 마리를 뭉개버리듯, 철두철미하게 으깨버렸던 아르센 뤼팽이 죽지 않았다니!

도대체 어떻게 이처럼 어처구니없는 일이 가능한지 그는 스스로에게 질문을 던져볼 엄두도 나지 않았다. 중요한 것은 이것 하나, 아르센 뤼팽이 죽지 않았다는 사실! 지금 아르센 뤼팽의 눈과 입은 살아 숨 쉬는 사람의 그것과 하나도 다르지 않게 반짝이고 움직거리면서 보고 말하지 않는가 말이다! 아르센 뤼팽은 죽지 않았다. 그는 숨을 쉬고 있고, 미소를 짓고 있으며, 말을 하고 있다. 그는 살아 있는 것이다!

이렇듯 눈앞에 보이는 것이 펄펄 살아 숨 쉬는 생명체이고 보니, 워낙 생명 자체를 증오하기도 하려니와 천성적인 변덕이 발끈했는지, 이 불구의 악당은 별안간 몸을 납죽 엎드려 권총을 집어 들고는 잽싸게 방아쇠를 당기는 것이었다.

하지만 한 수 늦은 동작이었다. 날아오는 총탄을 살짝 몸을 비켜 피한 돈 루이스는 그대로 발길질을 휘둘러 상대의 무기를 저만치 날려 보내고 말았다.

악당 놈은 잇새로 악을 쓰면서 허겁지겁 호주머니 속을 뒤지기 시작했다.

"이걸 찾으시는 건가?"

돈 루이스는 누르스름한 액체가 담긴 주사기를 들어 보이며 말했다.

"부디 양해해주시구려. 혹시라도 잘못 움직이다가 당신 자신이 찔릴까 봐 걱정이 되더군요. 그나저나 이거 치명적인 주사 아니오? 오, 그냥 놔두었다가 당신한테 큰일이라도 생겼다면 나 스스로를 용서할 수 없었을 거외다."

그로써 불구의 악당은 완전히 무장해제가 된 셈이었다. 하지만 상대가 왠지 거세게 몰아칠 기색이 아닌 것을 알고는, 어리둥절하면서도 뭔가 그 틈을 노릴 만한 게 없나 우물쭈물하고 있었다. 그의 작고 반짝이는 눈동자는 무엇이든 무기 삼아 던질 만한 것이 있나, 주위를 빠르게 두리번거렸다. 그러더니 문득 어떤 생각이 떠올랐는지, 점점 자신감 있는 표정이 퍼지면서 난데없는 웃음을 귀가 따갑도록 터뜨리는 것이었다.

"우헤헤헤헤헤, 플로랑스가 있었지! 우리 플로랑스를 잊지 말자고! 결국 그 일로 자네를 끌어들인 거니까 말이야! 내가 비록 총도 빗나가고 독약도 빼앗긴 몸이지만, 자네를 쓰러뜨릴 또 다른 방법이 아직 있단 말이야. 그것도 아주 확실한 방법이지! 자네 설마 플로랑스 없이도 살 수 있는 건 아니겠지? 플로랑스가 죽었다면, 자네에게도 거의 사형선고나 다름없지 않은가? 플로랑스가 죽었다면, 아마 자네 목에 밧줄이라도 걸려고 하지 않겠느냔 말일세! 어때? 그렇지 않겠어?"

"실제로 플로랑스가 죽었다면 나도 더 살 생각이 없겠지."

돈 루이스의 대답에, 악당 놈은 그제야 무릎을 딛고 상체를 벌떡 일으키고는 신이 나 소리쳤다.

"여자는 죽었어! 죽었다고! 글자 그대로 죽었다 이 말이야! 아니지, 죽은 것보다 사실 더하지! 자고로 죽음이란 잠깐 동안은 산 자의 형상을 그대로 간직하기 마련이지만, 이번에는 그보다 훨씬 근사하게 됐다고! 시체조차 없거든, 뤼팽! 살점이나 뼈다귀 하나 남아 있질 않아요! 어마어마한 돌무더기가 여자 몸 위로 와르르 무너져 내렸다 이 말씀이야! 여기서도 보이지 아마? 정말 멋진 장관이었지! 자, 이제 자네가 떠날 차례야. 어때 밧줄 좀 줘? 우헤헤헤! 이거야 배꼽이 빠질 노릇 아닌가! 내가 얘기했지, 뤼팽. 지옥의 문턱에서 볼일이 있다고 말이야. 어서

서둘러야겠어. 자네 애인이 기다리고 있다고. 왜, 내키지 않는 건가? 아니, 그 예스러운 프랑스식 예법은 다 어디 간 거야? 숙녀를 기다리게 할참인가? 어서, 뤼팽! **플로랑스가 죽었단 말이야!**"

그는 진짜 희열에 들떠 지껄여댔는데, 마치 이 마지막 말이야말로 가장 맘에 든다는 투였다.

눈썹 하나 까딱하지 않은 채 잠자코 듣고 있던 돈 루이스. 잠시 후 천천히 고개를 가로저으며 툭 내뱉었다.

"저런, 안됐군!"

불구자는 가슴이 덜컥했다. 좋아 어쩔 줄 모르던 태도와 기고만장해우쭐대던 모습은 온데간데없이 사라졌다. 그는 이렇게 더듬거렸다.

"엉? 뭐라고? 지금 뭐라고 했나?"

돈 루이스는 여전히 평정을 잃지 않고 존대를 고수하는 세련된 태도로 말했다.

"이보시오 므슈, 내 말은, 당신이 정말로 좋지 못한 일을 저질렀다는 얘기입니다. 나는 여태껏 마드무아젤 르바쉐르만큼 고결하고 품위 있는 존재를 만나본 적이 없답니다. 그 비할 데 없는 아름다움과 우아함, 균형 있는 몸매와 싱싱한 젊음은 이 세상에서 좀 더 나은 대접을 받을만했다는 얘기지요. 정말이지 그와 같은 신의 걸작이 이제 더 이상 존재하지 않는다는 건 서글픈 일이 아닐 수 없습니다."

불구의 악당은 멍한 표정이었다. 돈 루이스의 고요한 자세가 여간 당혹스러운 것이 아니었다. 마침내 맥없는 목소리로 중얼거렸다.

"다시 말하지만 여자는 더 이상 이 세상 사람이 아니란 말이다. 정녕동굴을 못 봤단 말인가? 플로랑스는 더 이상 살아 있지 않다고!"

여전히 느긋한 돈 루이스의 목소리가 따라나왔다.

"하지만 나는 왠지 믿고 싶지가 않군요. 만약 일이 그렇게 되었다면

이 세상 온갖 사물이 지금과는 다르게 돌아갈 테니까요. 우선 저 하늘에 구름이 잔뜩 끼어 있을 것입니다. 새들의 노랫소리도 더는 들리지 않을 테고, 모든 자연 풍광이 상(喪)을 당한 분위기가 되어 있을 겁니다. 한데 보세요. 하늘은 푸르고, 새들은 노래하며, 모든 삼라만상이 제자리를 지키고 있지 않습니까? 게다가 착한 사람은 버젓이 살아 있고, 악당 녀석은 그 앞에서 절절매고 있지 않나요? 그러니 어떻게 플로랑스가 죽었을 수 있겠어요?"

긴 침묵이 뒤를 이었다. 두 사람은 세 발짝 정도 거리를 둔 채, 서로를 바라보고 있었다. 돈 루이스는 여전히 조용한 분위기였고, 불구자는 미칠 듯한 불안감에 휩싸여 있었다. 그러는 가운데 괴물의 머리는 서서히 회전하고 있었다. 진실이 아무리 몇 겹의 베일을 두르고 있다 해도, 이제 그는 더할 나위 없는 확실성 속에서 그 선명한 모습을 감지할 수 있을 것 같았다. 플로랑스 르바쉐르 역시 살아 있다는 사실! 인간적으로나 물리적으로 도저히 있을 수 없는 일이다. 하나 돈 루이스가 되살아난 것 역시 가능한 일이 결코 아님에도 불구하고 저렇게 멀쩡히 살아 있지 않은가 말이다! 어디 긁힌 자국 하나 없는 저 얼굴과 찢기거나 더럽혀진 흔적 한 군데 없는 저 복장.

괴물은 이제 서서히 패배를 느끼고 있었다. 지금 자신을 강력한 힘으로 움켜잡고 있는 저 남자는 끝없는 능력을 지닌 존재이다. 죽음의 마수에서조차 무사히 벗어나는 자이며, 자기가 보호하기로 한 대상마저 죽음의 손아귀에서 당당하게 끌어낼 수 있는 존재인 것이다.

괴물은 무릎을 질질 끌면서 좁은 벽돌 길로 슬금슬금 뒷걸음질을 치고 있었다.

그는 계속해서 뒷걸음질을 쳤다. 동굴이 있던 자리에 쌓인 엄청난 돌무더기 앞을 지나치면서도 그쪽으로는 눈길 한번 주지 않았다. 플로랑스가 그 끔찍한 돌무덤으로부터 말짱하게 빠져나왔다는 것을 조금도 의심하지 않는 눈치였다.

그는 여전히 뒷걸음질을 쳤다. 돈 루이스는 벌써 그로부터 눈을 뗀 채, 땅에서 주운 밧줄 꾸러미를 슬슬 풀고 있었다. 더는 불구자의 행보에 관심을 두지 않는 분위기였다.

그는 그렇게 뒷걸음질을 치고 있었다.

그리고 문득 상대의 그런 분위기를 확인하고는, 후닥닥 몸을 돌림과 동시에 허약한 다리로 후딱 일어서서 우물이 있는 방향으로 죽어라 달리는 것이었다!

한 20보 정도 떨어져 있었을까? 그는 금세 절반 정도 다가가는가 싶더니, 어느새 4분의 3까지 근접했다. 그때부터 이미 우물의 구멍이 시야에 들어오고 있었다. 그는, 마치 다이빙을 하듯, 두 팔을 쭉 펼친 채, 그대로 목표를 향해 몸을 날렸다.

하지만 무엇에 덜컥 걸리고 마는 몸뚱어리! 난데없이 두 팔을 몸통에 붙인 채, 그는 꼼짝달싹 못하고 뒤로 벌러덩 나자빠졌다.

안 보는 척하면서도 상대를 한시도 시야에서 놔주지 않고 있던 돈 루이스. 그새 올가미를 만들고 있었던 것이며, 놈이 몸을 날리는 바로 그 순간 완성된 올가미를 잽싸게 던져 맵시 있게 온몸 그대로 낚아챈 것이다.

불구의 악당은 잠시나마 버둥거려보았다. 하지만 그럴수록 올가미의 매듭은 애꿎은 살집만 사정없이 조일 뿐이었다. 더 이상 움직일 수가 없었고, 그것으로 모든 것이 끝나버렸다.

그제야 밧줄의 다른 한끝을 붙들고 있던 돈 루이스 페레나는 포획물에게 다가와 나머지 끈으로 더욱 정성껏 묶어나갔다. 작업은 매우 꼼꼼하게 이루어졌다. 돈 루이스는 몇 차례에 걸쳐 다시 풀었다 제대로 묶기를 반복했고, 악당 놈이 애당초 우물가에 갖다 놓았던 노끈 꾸러미까지 이용해 더없이 철저하게 동여매는가 하면, 손수건을 꺼내 입까지 단단히 틀어막았다. 그러면서도 다른 한편으로는 짐짓 예의를 차린 어투로 미주알고주알 털어놓는 것이었다.

"그러고 보면 사람들이란 항상 지나친 확신 때문에 실족(失足)을 하는 모양입니다그려. 그들은 때로 자신들의 적수가 자기들이 지니지 못한 특별한 수단들을 가지고 있다고는 상상조차 하지 못하는 것 같아요. 당신도 마찬가지지요. 당신이 마련해둔 함정 속으로 나를 떨구었을 때 말입니다, 도대체 나 정도 되는 인간이, 이 아르센 뤼팽 같은 인간이, 그것도 우물 가장자리에 일단 팔을 걸치고 다리는 안쪽 내벽에 디딘 자세로, 어떻게 애송이 초보자처럼 안으로 굴러떨어질 거라고 생각하셨는지요? 그때 당신은 한 15에서 20여 미터 떨어져 있었지요. 더군다나 당장의 문제가 플로랑스 르바쉐르를 구하고 나 자신의 생명도 돌봐야 하는 그때, 과연 단번에 우물 밖으로 솟구쳐 오를 힘이라든가 당신이 들이댄 총구를 대면할 용기가 내게 없었을지 한번 생각해보십시오! 이제 와서 딱한 양반한테 장담하건대, 아마 약간만 힘을 쏟았어도 충분했을 겁니다. 한데 당장 그러지 않은 건 다름 아니라 그보다 훨씬 더 나은, 백배 천배 더 나은 방법이 있었기 때문이지요! 만약 당신이 그걸 알고 싶어 한다면 얘기를 해줄 수도 있습니다. 어때요, 알고 싶나요? 그래요? 좋습니다, 알려드리지요. 우물 안쪽 벽에 무릎과 발을 바짝 지탱하다가 보니 웬 석고판 조각이 우수수 떨어지는 것이었습니다. 알고 보니 옛날에 우물 안쪽 벽 바로 그 부근에 구멍을 팠다가 메운 자국이 떨어져 나간 것이지 뭡니까. 정말 행운 아니겠습니까? 주어진 상황을 전환시킬 절호의 기회였지요. 순간적으로 머릿속에 계획이 척 서더군요! 즉, 조만간 심연으로 곤두박질칠 딱한 신사의 역할을 하기로 한 겁니다. 더할 나위 없이 혼비백산한 얼굴 표정에, 눈은 금방이라도 튀어나올 것처럼 휘둥그레 뜨고, 입을 끔찍하게 비죽거리면서, 실은 다리로는 구멍을 점점 넓혀가고 있었던 것입니다. 석고 부스러기들을 가능하면 내 안쪽으로 떨어지게 해서 소리가 나지 않도록 신경 쓰면서 말이죠. 마침내 시기가 무르익었고, 맥 빠진 나의 얼굴이 당신 시야에서 서서히 사라짐과 동시에, 내 몸뚱어리는 간단하면서도 난도가 높은 허리반동을 이용해 날렵하게 그 뜻하지 않던 피난처로 뛰어들게 된 겁니다. 드디어 살아난 거죠. 실제로 그 구멍 난 위치가 바로 당신이 걸어오는 방향이었기에 망정이지, 만약 맞은편 내벽에라도 나 있었다면 다 보였겠지요. 더구나 구멍을 통해 새어 드는 빛이 있는 것도 아니어서 캄캄한 우물 속 어디도 탄로 날 염려가 없었답니다. 그러니 나는 그저 잠자코 기다리기만 하면 됐습니다. 위에서 당신이 떠드는 소리가 다 들리더군요. 잠자코 앉아서 당신이 마구잡이로 떨어뜨리는 돌덩이들도 멀뚱히 지켜보았지요. 한참 있으니 당신이 플로랑스에게 돌아가는 게 느껴졌고, 그제야 나는 은신처로부터 빛의 세계로 나와, 당신을 덮칠 채비를 차리기 시작한 겁니다."

돈 루이스는 마치 소포를 꾸릴 때처럼, 불구자의 역겨운 몸뚱어리를 후딱 뒤집고는, 계속 말을 이어갔다.

"혹시 노르망디 지방 센 강 유역에 위치한 탕카르빌의 옛 봉건시대 성곽을 둘러본 적이 있으신지요(탕카르빌(Tancarville)은 중세 봉건시대의 유적으로 유명한 마을. 1911년부터 모리스 르블랑의 여동생 부부가 그곳 성채에 살게 되어, 작가는 자주 그곳을 방문했고, 뤼팽 시리즈에 등장하는 수많은 성곽의 모델이 되기도 했음. 현재도 탕카르빌은 전 세계 뤼피니앵들의 순례지가 되고 있으며, 모리스 르블랑의 이름을 그대로 딴 거리도 존재함―옮긴이)? 만약 그렇다면 그곳 성의 주루(主樓) 바깥으로, 옛날 우물들이 대개 그렇듯, 두 개의 구멍을 갖춘 우물이 하나 있다는 걸 알 것입니다. 하나는 보통 우물처럼 하늘을 향해 나 있는 구멍이고, 다른 하나는 내벽을 파 들어간 구멍인데, 성채 안 주루의 어느 방으로 연결되어 있지요. 탕카르빌의 성채에는 오늘날 그 두 번째 구멍이 쇠창살로 막혀 있답니다. 한데 이곳을 보니 쇠창살 대신 자갈과 석고 반죽으로 막혀 있더군요. 그래서 나는 머릿속으로 바로 그 탕카르빌의 성채를 떠올리며 진득하게 기다릴 수 있었습니다. 더구나 4시쯤 되어서야 플로랑스를 저승에 보내 나와 합류시키겠다고 당신 입으로 실컷 떠벌리는 소리를 들었으니, 나로선 급할 것도 없었지요.

나는 내가 숨어든 은신처를 면밀히 조사하기 시작했습니다. 그러고 보니 내가 위치한 곳이 오늘날에는 완전히 허물어진 건축물의 지하실 위치에 해당한다는 사실을 직감적으로 깨닫게 되었지요. 바로 그 잔해 위에 지금의 이 정원이 조성된 것이고요. 나는 더듬더듬 기어나갔지요. 짐작건대 구멍은 문제의 동굴이 위치한 곳을 향해 뚫려 있을 것 같았습니다. 역시 예상이 빗나가지는 않았더군요. 웬 계단 아랫부분에 맞닥뜨리는가 싶더니, 위에서 햇살이 아련하게 새어 들어오는 것이었습니다. 아니나 다를까, 그 틈으로 당신의 역겨운 목소리까지 비집고 들어오더군요."

돈 루이스는 입으로는 계속 뇌까리면서, 불구의 몸뚱어리를 부산하게 이리저리 뒤치고 있었다.

"강조하건대 애당초 지상(地上)으로 달려들어 직접 당신을 요절냈어도 아마 결말은 크게 다르지 않았을 거요. 한데 당장 그렇게 하지 않은 건, 솔직히 우연의 힘이 많이 작용한 탓입니다. 지금까지 우리 사이의 대결에서는 그놈의 우연 때문에 안 할 고생도 참 많이 했지만, 이번 만큼은 전혀 불만이 없었습니다. 왠지 운이 상당히 좋은 편이라고 느끼면서부터는, 일단 이와 같은 지하 통로도 우연히 발견한 마당에 제대로 된 출구로 나오지 못하라는 법 또한 없을 거라는 자신감이 드는 것이었습니다. 실제로 나는 석재 부스러기들로 이루어진 별것 아닌 장애물들을 내 앞으로 살살 끌어내는 것만으로도 잠시 후, 누대의 잔해 가운데로 움직여 나올 수가 있었습니다. 더욱이 당신의 목소리가 좋은 길 안내 역할을 해주어서, 나는 돌들 사이를 비집고 나아가, 마침내 플로랑스가 누워 있는 동굴 바닥에 이를 수가 있었지요. 어때요, 참 재미있는 일 아닙니까? 당신은 우스꽝스럽게도 한창 헛소리만 늘어놓고 있더군요! 이렇게 말이죠. '네인지 아니요인지 대답해, 플로랑스! 고갯짓 하나로 네 운명이 결정될 거야. 만약 네면 널 살려주겠고, 아니요면 넌 죽어. 그러니 어서 대답해, 플로랑스. 고갯짓 하나면 돼. 네야, 아니요야?' 동굴 위로 올라가서 고래고래 소리를 지르던 피날레도 꽤 그럴듯했습니다! '죽으려고 작정한 건 플로랑스 바로 너야! 네가 선택한 거라고! 정 그렇다면 하는 수 없지!' 생각해보세요. 얼마나 웃기는 일입니까? 바로 그 순간에는 동굴 속에 이미 아무도 없었는데 말이에요! 단박에 나는 플로랑스를 내 쪽으로 끌어내려 안전하게 보호하고 있었단 말입니다. 결국 당신의 그 멋지고 웅장한 돌사태가 깔아뭉갠 건 고작 거미 한두 마리와 동굴 바닥에서 선잠이나 자고 있던 파리들밖에 더 되었겠어요? 아무튼 한바탕 요술이 벌어졌고, 희극은 끝난 겁니다. 1막은 「살아난 아르센 뤼팽」이고, 2막이 「살아난 플로랑스 르바쉐르」라면, 3막은 「엿 먹은 괴물 선생」이라고나 할까요?"

돈 루이스는 자신이 소포처럼 꾸린 '작품'을 뿌듯한 눈길로 내려다보았다.

그러고는 상대에게 대찬 반말조로 걸쭉한 입담을 풀어내는 본래의 버릇으로 돌아가 신나게 외쳐대는 것이었다.

"자네 그러고 있으니 꼭 순대 덩어리 같군그래! 정말 영락없는 순대야! 그리 퉁퉁한 편도 아니고. 가난한 가족을 먹이기엔 리옹산(産) 소시지가 제격이지! 그나저나 전혀 멋은 안 부리나 보지? 그나마 지금 이대로가 평소 자네 모습보다는 훨씬 보기가 좋아. 어쨌든 내가 자넬 위해 아주 적당한 실내 체조를 하나 추천해주지. 이제 곧 알게 될 거야. 정말 기막힌 아이디어가 하나 떠올랐거든. 조금만 기다려봐."

그는 악당 놈이 갖다 놓은 장총 중 하나를 집어 들어 그 중간쯤에다 약 12~15미터 길이의 밧줄 끄트머리를 묶은 다음, 밧줄의 반대편 끝은 놈의 등 쪽, 결박하고 있는 밧줄에다 연결했다.

그러고 나서 포로를 끌어안아 우물 위에 대롱대롱 매달려 있게끔 붙들었다.

"현기증이 나면 눈을 감아도 좋아. 무엇보다 두려워해선 안 된다고. 난 꽤 신중한 편이니까. 자, 준비됐는가?"

그는 밧줄 한쪽을 부여잡고, 불구의 몸뚱어리를 구멍 속으로 미끄러져 들어가게 했다. 그러면서 우물 내벽에 부닥치지 않게끔 조심조심 주의를 기울였다. 한 10여 미터 아래로 내려가자 반대편 밧줄 끝에 매어둔 장총이 우물 입구에 가로놓였고, 그렇게 걸쳐진 상태로 저 아래 몸뚱어리는 캄캄한 심연 속에 대롱대롱 매달린 상태가 되었다.

돈 루이스는 종이를 몇 개의 뭉치로 만들어 하나하나 불을 붙여 안으로 떨어뜨렸고, 빙글빙글 회전하면서 떨어지는 불꽃은 내벽 여기저기에 으스스한 빛을 뿌려주었다.

마지막으로 한마디 하고 싶은 유혹을 이기지 못해, 그는 악당 놈이 그랬던 것처럼 우물 안으로 고개를 들이밀고 뇌까렸다.

"최소한 이곳은 자네가 코감기에 걸리지 않도록 특별히 선택된 장소인 것 같네. 자, 뭘 해줄까? 내가 돌봐줄게. 플로랑스에게는 자네를 죽이지 않겠다고 약속한 상태라네. 프랑스 정부 당국에도 가능하면 산 채로 자네를 넘기기로 했지. 하지만 어차피 내일 아침까지는 기다려야 할 테고, 딱히 자넬 어떻게 다뤄야 할지 판단도 안 서니까, 이렇게 신선한 상태로 보관이나 해두려는 거야. 어때, 괜찮은 아이디어지? 더구나 자네의 방식에도 부합하니까 결코 심심하지는 않을 것이네. 아무렴, 잘 좀 생각해보게. 이 장총은 양쪽 끄트머리가 약 2~3센티미터만 우물 가장자리에 아슬아슬하게 걸쳐 있을 뿐이라고. 다시 말해서 자네가 조금만 법석을 떤다거나 꼼지락거리기만 해도, 아니 숨만 좀 방정맞게 쉬어도, 총신이나 개머리판이 순간적으로 삐끗해서, 그대로 추락하고 말 것이네. 그땐 나도 속수무책이 되는 거지! 결국 자네는 스스로 목숨을 끊게 되는 셈이야. 그러니 그저 나 죽었소 하고 꼼짝하지 않으면 괜찮을 거야, 친구. 요 앙증맞은 장치의 장점이라면 말이지, 자네 목이 달아날 최후의 시간에 앞서 미리 캄캄한 고뇌의 어둠 속을 잠깐 맛보기로 느끼게 해준다는 거야. 이제부터 자네는 양심이랄까, 뭐 그런 게 있다면 말이지만 영혼 같은 거와 일대일로 마주하고, 아무도 방해하지 않는 가운데서 기나긴 면회 시간을 좀 가져보는 거라고. 어때, 이 정도면 나도 꽤 배려를 많이 해준 셈이지? 자, 그럼 이제 난 자리를 피해주겠네. 꼭 명심하게, 움직여서도 안 되고, 숨을 쉬어서도 안 되고, 눈꺼풀을 깜박거려서도 안 되고, 심장이 뛰어서도 안 되고. 아무튼 까불면 안 돼! 공연히 까불대다간 보기 좋게 풍덩이야! 그냥 골똘히 생각만 해. 그게 자네가 할 수 있는 최선이야. 생각하고 기다려. 그럼 또 보세, 친구!"

돈 루이스는 자신의 일장 연설에 뿌듯해하며 중얼거렸다.

"이 정도면 선처를 베푼 셈이지. 적어도 나는 외젠 쉬(Eugène Sue. 1804~1857. 뒤마와 발자크 등과 함께 19세기를 주름잡은 대중소설의 대가—옮긴이)처럼 흉악범은 눈을 파버려야 한다고까진 말하지 않잖아! 하지만 약간의 정신적 고통이 따르는 체벌쯤은 필요하겠지. 그래야 공평할 뿐만 아니라, 정신적·신체적 건강에도 도움이 될 테니까 말이야."

그는 다시금 폐허의 돌 더미를 에두르는 벽돌 길로 온 길을 되돌아갔고, 계속해서 성벽 잔해를 따라 죽 이어진 오솔길로 접어들어 플로랑스를 안전하게 피신시켜둔 전나무 숲을 향해 다가갔다.

여자는 아직도 그동안의 충격에서 미처 회복되지는 않은 초췌한 얼굴로 기다리고 있었다. 하지만 어느 정도 안정에 들어가기 시작한 마음은, 돈 루이스가 불구자를 간단히 요리했을 거라는 점에는 별 의심을 하지 않는 눈치였다.

돈 루이스는 여자에게 다가가자마자 툭 내뱉었다.

"끝났습니다. 내일 사법당국에 넘기기만 하면 되오."

여자는 잠시 움찔했지만, 돈 루이스 페레나의 조용한 시선을 의식하고는 가만히 입을 다물었다.

숱한 우여곡절을 겪는 동안 원수처럼 서로 해코지하며 지내오다가 얼마 만에 단둘이 마주하는 것인지! 돈 루이스는 감정이 복받쳐 오른 나머지, 속에서 부글부글 끓는 생각과는 전혀 상관없는 허튼소리만 줄줄이 늘어놓았다.

"이 담벼락을 따라가다가 좌측 길로 꺾어지면 자동차 있는 곳에 도달할 겁니다. 거기까지 걸어가는 데 피곤하진 않겠소? 차에 타는 즉시 알랑송으로 직행하는 거요. 중앙 광장 근처에 아주 조용하고 편안한 호텔이 하나 있어요. 일단 그곳에 가서 사태가 당신한테 호의적으로 바뀔 때까지 기다리면 될 겁니다. 진범이 잡혔으니 그리 오래 걸리지는 않을 것이오."

"그럼 어서 가요."

여자가 중얼거렸다.

돈 루이스는 감히 부축을 하겠다는 말이 나오지 않았다. 더군다나 여자는 우아한 허리선과 절묘하게 어우러지는 상체를 나긋나긋 움직이면서, 전혀 흐트러짐 없는 걸음걸이를 보여주는 것이었다. 또다시 돈 루이스의 마음속에는 여자를 향한 찬탄과 열정이 불쑥불쑥 솟아올랐다. 하지만 기적적인 분발(奮發)을 다해 정작 여자의 목숨을 구해주었건만, 지금보다 더 그녀가 멀게 느껴진 적이 없는 것 같았다. 고맙다는 말 한마디는 고사하고, 천신만고의 노력을 보상하는 부드러운 눈길 한 번 줄 생각이 없는 듯했다. 여전히 그녀는 처음 보았을 때처럼 베일에 가린 속마음을 도저히 알 수 없을 수수께끼 같은 여자였고, 그토록 끔찍한 사건들의 풍파를 거쳐오면서도 그 정체에 대해서는 전혀 감이 잡히지 않는 존재였다. 대체 무슨 생각을 하고 있는 걸까? 무얼 원하는 걸까? 추구하는 게 무엇일까? 당최 풀리지 않을 것 같은 문제들. 이대로 가다가는 서로 간에 분노와 앙심밖에 기억에 남을 게 없을 것 같았다.

어느새 차 있는 곳에 이르러 여자가 리무진에 착석하는 동안, 돈 루이스는 속으로 중얼거렸다.

'안 돼. 이런 식으로 헤어질 순 없어. 우리 사이에 반드시 나눠야 할 얘기가 있으면 이대로 입을 다물어선 안 돼. 원하든 원치 않든 상관없이 난 그녀가 쓰고 있는 저 베일을 갈가리 찢어버릴 거야.'

길은 그리 멀지 않았다. 알랑송 호텔에 도착해, 돈 루이스는 여자를 플로랑스가 아닌 다른 이름으로 숙박하게 했고, 일단 혼자 두고 나왔다가, 한 시간쯤 지나 객실 문을 두드렸다.

하지만 역시나 이번에도 마음먹은 문제를 곧장 꺼내놓을 용기가 당최 나지 않았다. 게다가 그보다는 당장에 해결해야 할 또 다른 요점들이 머릿속에 떠오르는 것이었다.

"이봐요, 플로랑스, 저 인간을 경찰에 넘기기 전에, 우선 그가 당신한테 어떤 존재인지를 알고 싶습니다."

여자는 서슴없이 대답했다.

"친구예요. 불쌍한 친구죠. 저는 그를 동정했습니다. 근데 이제 와서 생각해보니 왜 그런 괴물 같은 인간을 애틋하게 여겨왔는지 이해가 안 되는군요. 하지만 몇 년 전 그를 처음 알았을 때는 그 허약함이랄지 신체적인 불구, 그리고 이미 엿보이기 시작한 죽음의 징후들을 접하면서 어쩔 수 없이 그에게 정을 주게 되었답니다. 그 역시 이따금 내게 도움을 줄 기회가 있었는데, 왠지 숨어서 삶을 연명하는 그의 생활 방식이 영 께름칙하면서도, 부지불식간에 그의 영향력이 내 삶에 틈입해 들어오고 있다는 걸 인정하지 않을 수 없었답니다. 그때만 해도 그의 지극히 헌신적인 태도에 신뢰를 가지고 있었고, 모닝턴 사건이 터졌을 때도, 이제 와 생각해보니, 나나 가스통 소브랑에게 이렇게 해라 저렇게 해라 지도를 해준 건 다름 아닌 그였던 것 같아요. 마리안의 구원을 위해 자신이 헌신적으로 노력하고 있다면서, 내게 거짓말을 하고 연극을 하라고 조언을 해준 것도 바로 그였지요. 당신을 의심의 눈초리로 보게 만든 것도 그였고, 자신에 관해서는 철저히 침묵을 지키라고 종용한 것도 그였습니다. 심지어 하도 그 점을 강조하는 바람에, 당신과 면담을 했을 때도 가스통 소브랑은 감히 그자에 관해서는 입도 뻥긋 못할 정도였죠. 내가 왜 그 정도까지 맹목적이었는지, 도저히 모르겠습니다. 어쨌든 일이 그렇게 된 거예요. 그땐 어느 것도 내게 시원한 해명을 해주는 게 없었어요. 생의 절반 이상을 병원이나 진료소를 전전하며 온갖 수술을 받아오는 가운데, 누구 하나 해칠 줄 모르고 살아온 그 병자를 단 한순간이라도 의심할 수 있게 만드는 건 아무것도 없었단 말입니다. 심지어 아주 가끔 나에 대한 자신의 애정을 드러낼 때조차도 그는 감히 그 이상을 넘볼 수는 없는 처지였기에……."

호랑이 이빨

플로랑스는 차마 말을 잇지 못했다. 시선이 돈 루이스와 마주쳤는데, 그가 지금 나오는 얘기를 전혀 듣고 있지 않다는 게 가슴 깊이 느껴지는 것이었다. 그는 단지 여자의 얘기하는 모습을 뚫어져라 바라보고 있을 뿐이었다. 얘기는 그대로 허공중에 흩어지고 있었다. 돈 루이스의 입장에서 보자면 이번 사건 자체에 관한 그 어떤 말도 하등의 중요성이 없었다. 오로지 자신을 향한 플로랑스의 베일에 싸인 생각, 거부감과 경멸로 일관하는 저 생각의 이면만이 그에게는 관심의 대상이었다. 그것 이외의 모든 말은 공허하고 지루할 따름이었다.

그는 여자에게 다가가 나지막한 목소리로 말했다.

"이봐요, 플로랑스. 당신을 향한 나의 감정을 정녕 모르겠소?"

여자는 방금 그 질문이야말로 전혀 예상치 못했다는 듯 홍당무처럼 안색이 변하면서 어쩔 줄 몰라 했다. 그러다가 상대의 눈을 들여다보며 대꾸하는 것이었다.

"알고 있습니다."

남자는 좀 더 힘주어 다그쳤다.

"하지만 그 깊이가 어느 정도인지는 아마 모르겠죠? 나의 삶에 당신 이외의 목표가 없다는 것은 모르겠죠?"

"그것도 알고 있어요."

"당신이 그 모든 것을 알고 있다니 얘기인데, 나에 대한 당신의 적개심의 원인이 바로 거기에 있다는 결론을 내릴 수밖에 없겠군요. 처음부터 나는 당신의 친구였고 오로지 당신을 보호하기 위해 동분서주했을 뿐입니다. 하지만 그러면서도 항상 나는 당신한테 의식적이든 무의식적이든 혐오의 대상일 뿐이라는 느낌이 들곤 했어요. 당신의 눈빛 속에서는 늘 냉기(冷氣)와 거북함, 경멸과 거부감만을 엿볼 수 있었습니다. 생명과 자유가 걸린 위기 상황에 부닥쳐서도 당신은 내 도움을 받아들이기보다는 온갖 섣부른 짓을 감행하곤 했습니다. 그동안 나는 항상 당신의 적이었고 말이죠. 기껏해야 두려움과 경계의 대상일 뿐이었습니다. 한마디로 그게 바로 증오심 아니었던가요? 그런 당신의 태도는 증오로 해석할 수밖에 없지 않겠습니까?"

이번에는 플로랑스의 즉각적인 대꾸가 따라나오지 못했다. 흡사 입술 끝까지 솟구쳐 감도는 말이 억지로 도로 감아 들어가는 듯했다. 그러면서도 피로와 불안으로 초췌해진 얼굴이 왠지 차츰차츰 부드러워지고 있었다.

결국 그녀의 입술이 열렸다.

"아닙니다. 해석할 수 있는 길이 단지 '증오'뿐인 건 아니에요."

돈 루이스는 어안이 벙벙한 눈치였다. 도무지 그 대답 속에 깃든 의미를 이해할 수 없었고, 여자의 목소리에 담긴 묘한 억양만이 한없는 불안으로 마음을 몰고 가는 것이었다. 문득 자신을 바라보는 플로랑스의 눈동자에 평상시 같은 무관심과 경멸의 그림자가 사라지고, 따뜻한 미소와 더불어 우아한 빛이 감도는 것이 느껴졌다. 어느새 돈 루이스 앞에서 여자는 처음으로 웃음을 짓고 있었다.

"얘기해주시오! 제발 부탁입니다. 어서 얘기해주세요!"

"제가 하고 싶은 말은, 냉정함과 의심과 두려움과 적의(敵意) 따위가 겉으로 드러난다 해도, 그걸 설명할 수 있는 또 다른 감정 상태가 존재한다는 얘기입니다. 사람이 기겁을 하며 누군가에게서 도망친다고 반드시 그를 싫어하는 것은 아닙니다. 오히려 스스로가 두렵고, 부끄러우며, 자기 자신이 싫고, 저항하고 싶고, 잊고 싶고, 또 감히 엄두가 나지 않아서……."

여자는 또다시 입을 다물었다. 마지막 말을 마저 끌어내기 위해 남자가 안타깝게 두 팔을 벌리고 애원의 눈빛을 반짝였지만, 여자는 고개를 설레설레 저을 뿐이었다. 굳이 더 이상 주섬주섬 얘기를 꺼내놓지 않더라도, 자신의 영혼 깊숙한 비밀, 그 속에 감춰둔 애정을 꿰뚫어 볼 정도는 충분히 될 거라는 분위기였다.

돈 루이스는 가벼운 현기증을 느꼈다. 난데없이 솟구치는 행복감에 도취할 뿐만 아니라, 그 터질 듯한 뿌듯함에 가슴 한구석이 뻐근할 정도였다. 고성(古城)을 둘러싼 인상적인 분위기 속에서 방금 전까지 전개되었던 갖은 고초를 고스란히 겪은 끝에, 갑작스레 이처럼 평범하기 그지없는 호텔 방 안에 틀어박혀 지고의 행복감에 도취될 수 있다는 것 자체가 그에게는 정신 나간 발상처럼 느껴졌다. 이런 기분이라면 의당 탁 트인 공간으로 나가, 숲과 산들에 둘러싸여, 휘영청한 달빛이랄지 저무는 태양의 장엄함이랄지, 아무튼 이 세상의 모든 아름다움과 시심(詩心)이 총동원된 가운데 만끽해야 하는 것 아니겠는가! 순식간에 그는 행복의 정상에 오른 기분이었다. 두 남녀가 처음 마주쳤던 그 순간부터, 불구의 악당이 꽁꽁 묶인 여자의 그렁거리는 눈물을 보고 다음과 같이 고래고래 악을 쓰던 처참한 순간에 이르기까지, 여자가 혼자 가슴속에 묻어두었을 은밀한 삶의 순간순간이 돈 루이스의 가슴속에 잡힐 듯이 떠오르는 듯했다. '울고 있잖아! 울고 있어! 감히 울고 있다고! 미쳤군! 네 마음속 비밀을 내가 모를 것 같아? 플로랑스! 지금 너 울고 있어! 플로랑스, 아예 죽으려고 작정을 한 거야!'

처음 마주친 바로 그 순간부터 돈 루이스를 향해 여자의 전 존재를 뒤흔들다시피 했던 애정과 정열의 비밀스러운 위력은, 동시에 엄청난 두려움과 혼돈을 불러일으켰고, 그 자체만으로도 마리안과 소브랑에 대한 용서 못할 배신으로 여겨졌으리라. 당당한 영웅적 태도와 성실함으로 너무나도 존경스럽고 사랑스러운 남자로부터 억지로 멀어져야만 하고, 또한 동시에 어쩔 수 없이 이끌리기도 하는 상황을 번갈아 겪으면서, 플로랑스는 들끓는 열망과 함께 마치 죄를 짓는 듯한 회한으로 갈기갈기 찢기는 심정이었을 것이다. 그러다 보니 결국에는 이러지도 저러지도 못하는 자포자기적 심정으로, 교활하기 그지없는 악당 놈의 악마적인 영향력 앞에 모든 것을 내맡기고 만 것이었다.

모든 사정을 알아버린 돈 루이스는 어떻게 해야 할지, 무슨 말로 자신의 열망을 표현해야 할지 난감했다. 그의 입술은 파르르 떨렸고, 두 눈에는 그렁그렁 눈물이 고였다. 본성이 명하는 대로 한다면, 아마 그는 여자를 와락 끌어안고 뜨거운 키스라도 퍼부었을 것이었다. 하지만 상대를 지나치게 존중하는 점잖은 마음 때문에 그는 꼼짝할 수도 없었다. 하지만 그것도 잠시. 들끓는 감정을 주체할 수 없었는지, 그만 여자의 발 앞에 털썩 무릎을 꿇고 사랑과 존경의 밀어(蜜語)를 더듬더듬 뱉어내는 것이었다.

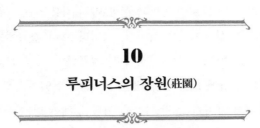

10
루피너스의 장원(莊園)

다음 날 아침, 9시가 조금 못 된 시각. 자택에서 경시청장과 얘기를
나누던 발랑글레가 불쑥 물었다.

"그러니까 나와 같은 의견이죠, 데말리옹? 그가 올 거다 이거지요?"

"의심할 여지가 없을 겁니다, 총리 각하. 이번 사건 자체가 원래 그렇
듯, 정확한 절차에 따라 모습을 나타낼 겁니다. 그것도 정각 9시가 땡!
하면 잔뜩 멋을 부리며 올 거예요."

"정말 그렇게 생각하오? 정말?"

"총리 각하, 그자는 제가 지난 몇 달 동안 죽 겪어보았습니다. 플로랑
스 르바쉐르가 사느냐 죽느냐 하는 실정에서 지금까지 진행되어온 사
태로 미루어보건대, 만약 그가 쫓고 있는 악당을 쓰러뜨리지 못하고,
꽁꽁 묶어서 대령하지 못한다면, 상황은 뻔한 겁니다. 즉, 플로랑스 르
바쉐르는 죽었을 테고, 아르센 뤼팽 역시 저세상 사람이 되어 있겠죠."

그러자 발랑글레는 씩 웃으며 대꾸했다.

결정판 아르센 뤼팽 전집

"오, 뤼팽은 죽지 않습니다! 아무튼 당신 말이 맞을 것 같군요. 전적으로 동감이외다. 만약 정시(定時)에 우리 훌륭한 친구가 이곳에 나타나지 않는다면 아마 나보다 더 놀랄 사람도 또 없을 것이오. 그나저나 어제 앙제로부터 전화 연락이 왔다고요?"

"네, 총리 각하. 우리 요원들이 돈 루이스 페레나를 목격했다고 합니다. 비행기로 자기들을 훨씬 앞질렀다고 하더군요. 그리고 나서 르망에서 다시 전화를 했는데, 이번에는 버려진 어느 창고를 조사했다는 보고였습니다."

"아마도 그 조사는 뤼팽 역시 했을 게 틀림없소. 이제 곧 그 결과를 알 수 있겠군. 자, 드디어 9시로군요."

아니나 다를까, 바로 그 순간 밖에서 자동차 소리가 들리는가 싶더니, 집 앞에 정차함과 동시에 곧장 경적부터 울렸다.

즉각 지시가 떨어졌고, 방문객을 맞을 준비가 부산하게 이루어졌다. 마침내 문이 열렸고, 돈 루이스 페레나가 모습을 드러냈다.

오히려 지금의 반대 경우라면 몹시 당혹할 형편이었기에, 발랑글레나 경시청장 모두 덤덤하게 대처하는 것이 당연한 상황이었다. 하지만 두 사람 다, 인간의 한계를 훌쩍 뛰어넘는 광경 앞에서나 취함 직한 놀라는 태도를 어쩔 수 없이 내보이는 것이었다.

"그래 어찌 되었소?"

발랑글레는 외치듯이 물었다.

"잘됐습니다, 총리 각하."

"결국엔 악당을 붙잡은 거요?"

"그렇습니다."

"세상에! 당신 정말 대단한 사람이야."

발랑글레는 입이 다물어지지 않는다는 듯 중얼거렸다.

"그래 어떤 작자였소? 물론 우락부락하고 거칠기 그지없는 자이 겠지?"

"불구자였습니다, 총리 각하. 글쎄요, 일종의 지체 장애랄까. 그래 도 어쨌든 이번 사건의 주범인 건 분명합니다. 다만 의사 소견으로는 온갖 면책(免責)거리가 제기될 수도 있을 겁니다. 척수 질병이랄지 결 핵이랄지……."

"아니, 그런 인간을 플로랑스 르바쉐르가 사랑했다는 말입니까?"

돈 루이스는 펄쩍 뛰듯이 대답했다.

"오, 천만에요! 플로랑스는 그 비참한 인간을 전혀 좋아한 게 아니었 습니다. 그저 죽음을 코앞에 둔 사람으로서 동정했을 뿐입니다. 그러다 보니 그 흉악한 놈은 어쩜 여자가 결혼까지 해줄 수도 있겠다고 흑심을 품었던 거죠. 왜 여성 특유의 동정심이라는 게 있지 않습니까, 총리 각 하. 게다가 이번 사건에서 그자의 역할에 대해서는 눈곱만큼도 모르고 있었으니, 충분히 이해가 가죠. 그저 정직하고 헌신적인 데다 꽤 똑똑 한 사람이려니 하고서, 마리안 포빌을 구해내려는 일련의 투쟁 중 그자 에게 이런저런 조언을 구했던 겁니다."

"확실합니까?"

"그렇습니다. 그뿐만 아니라 다른 사실들도 모두 확실하게 밝혀졌다 고 말씀드릴 수 있습니다. 증거를 확보했으니까요."

돈 루이스는 곧장 본론으로 들어갔다.

"총리 각하, 일단 놈의 신병(身柄)을 인수하고 나면, 그 살아온 궤적 을 낱낱이 밝혀내는 건 식은 죽 먹기일 겁니다. 하지만 지금 이 자리에 서, 모닝턴 유산상속과 관계없이 저질러진 세 건의 살인 사건은 차치 하고서라도, 일단 범죄로 얼룩진 놈의 괴물 같은 삶을 요약하자면 이렇 습니다. 알랑송에서 태어나 므슈 랑제르노의 보살핌으로 성장한 그의 이름은 장 베르노크. 우연한 기회에 드데쉬라마르 부부를 알게 된 그는 그들의 재산을 감쪽같이 빼앗았고, 미처 들고일어날 틈도 주지 않은 채, 포르미니의 어느 한적한 헛간으로 유인해 약을 먹인 뒤, 몽롱한 데다 자포자기 상태에 빠져 목을 매달게 만들었습니다. 그 헛간은 장 베르노크의 후원자인 므슈 랑제르노 소유의 **고성**(古城)이라고 불리는 영지 안에 있지요. 당시 므슈 랑제르노는 와병(臥病) 중에 있었답니다. 나중에 병석을 털고 일어난 그는 엽총을 소제하던 중, 오발 사고로 하복부에 관통상을 입고 맙니다. 분명 비어 있던 총에 누군가 모르게 장전을 해놓았던 것이죠. 과연 누구 짓이었을까요? 물론 장 베르노크였답니다. 그뿐만 아니라 바로 그 전날 밤 자기 후원자의 금고를 몽땅 턴 장본인 역시 바로 그자였죠. 그런 식으로 긁어모은 알량한 재산을 갖고 파리로 들어온 장 베르노크는 같이 어울려 다니던 패거리 한 명한테서, 루셀 가문과 빅토르 소브랑의 유산에 대한 플로랑스 르바쉐르의 권리와 출생 관련 서류 일부를 우연히 돈 주고 사게 되었습니다. 다름 아닌 아메리카 대륙에서 플로랑스를 데리고 온 늙은 유모가 지니고 있다가 언젠가 도난당했던 바로 그 서류였죠. 그때부터 장 베르노크는 여기저기 쑤시고 다닌 끝에, 우선 플로랑스의 사진을 구하는 데 성공했고, 급기야 플로랑스와 안면을 트게 되었답니다. 그는 여자에게 몇 차례 도움을 주었고, 꽤나 헌신적인 척하면서, 나중에는 인생을 아예 바치는 시늉까지 해 보였습니다. 사실 그때까지만 해도 훔친 서류들은 물론, 젊은 처녀와의 관계를 통해 얼마나 대단한 이득이 자신에게 돌아올 수 있는지 별로 감을 못 잡고 있었죠. 한데 갑작스레 모든 상황이 변하게 된 겁니다. 공증인 사무소 서기의 방정맞은 입을 통해 르페르튀 선생 책상 서랍 속에 있는 유언장에 대해 알게 되자, 장 베르노크는 1000프랑짜리 지폐 하나를 주고 그 서기로부터(그 후에 종적을 감췄습니다만) 유언장을 손에 넣는 데 성공했답니다. 바로 코스모 모닝턴의 유언장이었지요. 내용인즉 코스모 모닝턴이 루셀 자매와 빅토르 소브랑의 후손에게 막대한 재산을 물려줄 거라는 것이었죠. 장 베르노크는 이게 웬 횡재냐 싶었을 겁니다. 자그마치 2억 프랑에 달하는 유산이었으니까요! 그걸 손에 넣는다는 것은 곧 엄청난 재산과 권력뿐만 아니라, 전 세계의 내로라하는 의료진을 통해 건강도 회복할 수 있고, 육체적 힘을 사들일 수 있다는 걸 의미했습니다. 그걸 얻기 위해서는 유산과 플로랑스 사이를 가로막고 있는 인물들을 모조리 제거한 뒤, 엄청난 상속자가 된 플로랑스와 정식으로 혼례를 올리기만 하면 된다는 게 그의 계산이었습니다. 장 베르노크는 곧장 작전에 착수했습니다. 그는 이폴리트 포빌의 죽마고우이기도 한 랑제르노 영감의 서류함 속에서 루셀가(家)와 포빌 부부의 순탄치 않은 결혼 생활에 대한 정보를 속속들이 파악했습니다. 요컨대, 걸리적거리는 대상은 모두 해서 다섯 명이라는 결론이 나왔지요. 당연히 제일 첫째는 코스모 모닝턴 자신이었을 테고, 그다음으로는 상속 우선순위로 따져, 포빌 기사, 그의 아들 에드몽, 부인 마리안, 그리고 6촌지간인 가스통 소브랑이 그들이었지요. 코스모 모닝턴은 비교적 쉬운 대상이었습니다. 의사 행세를 하고 미국인의 집에 들어서는 데 성공한 그는 주사약으로 쓸 앰풀에다가 독극물을 살짝 흘려 넣으면 되었으니까요. 하지만 이폴리트 포빌한테는 약간 까다로운 방법을 동원했습니다. 일단 랑제르노 영감이 보내서 왔다는 식으로 자신을 소개한 뒤, 신속하게 포빌 기사의 마음을 파고든 그는, 한편으로는 부인에 대한 증오심을, 다른 한편으로는 포빌 자신이 불치병을 앓고 있다는 사실을 악용하기로 했지요. 호시탐탐 기회를 엿보던 그는 런던에서 용하다는 전문의(專門醫)의 소견을 듣고 나온 포빌의 흔들리는 마음속에, 다들 아시다시피, 음모로 배배 꼬인 엄청난 자살의 발상을 몰래 심어 넣기에 이르렀습니다. 그런 식으로, 그야말로 자기는 손 하나 까딱하지 않고, 심지어 포빌 본인조차 자신에게 어떤 일이 벌어지고 있는지 의식하지 못하는 사이, 장 베르노크는 포빌 부자(父子)와 함께 마리안과 소브랑마저 일거에 제거하는 쾌거를 이룩한 셈이지요. 앞의 두 명은 목숨을 잃게 만들었고, 뒤의 두 명은 그 죽음의 책임을 지도록 만들었으니까요. 물론 이 세상 어느 누구도 그 사건과 장 베르노크라는 인물을 연결시킬 생각일랑 꿈에도 할 수 없게 말입니다! 바야흐로 계획이 그렇게 깔끔히 달성되는가 싶었을 겁니다. 단, 당장에 문제가 된 건 베로 형사의 개입이었고, 결국 그로 인해 베로 형사는 목숨을 내놓아야 했지요. 그다음, 거의 유일한 위협일 수 있는 건, 나 돈 루이스 페레나의 개입이었습니다. 물론 베르노크는 코스모 모닝턴이 포괄 유산상속자로 지명한 내가 어느 정도 얼쩡거릴 거라는 점은 예상했을 겁니다. 그 위협을 그는 우선 팔레 부르봉 광장 옆의 호텔을 내게 제공하고 비서로 플로랑스 르바쉐르를 내세움으로써 은근슬쩍 피해가려고 했습니다. 더 나중에는 가스통 소브랑을 부추겨서 네 차례나 나를 없애려고도 했지요. 그런 식으로 사건 전체를 뒤에서 조종하고 있었던 겁니다. 내가 살고 있는 집의 원주인이자, 플로랑스와 소브랑에게 엄청난 영향력을 행사하는 막후 인물로서, 그는 강력한 의지력과 민완하기 그지없는 수완으로 차근차근 목표에 접근해가고 있었습니다. 그러다 내 노력으로 마리안 포빌과 가스통 소브랑의 결백이 입증될 위기에 처하자 가차 없이 그 두 사람 또한 죽음에 이르도록 했지요. 결국 모든 게 그에게는 즐겁게만 진행되는 것이었습니다. 나하고 플로랑스마저 경찰에 쫓기는 신세가 되었지만, 그를 혐의 선상에 올려놓으려는 시도는 어디에도 없었으니까요. 그렇게 시간은 흘러, 어느덧 유산상속이 결정되는 날이 다가오게 된 것입니다. 바로 그저께였지요. 장 베르노크는 마지막 결정타를 은밀히 준비하고 있었습니다. 워낙 환자의 몸이나 다름없었기에 그는 테른 가(街)의 진료소 겸 요양원에 어렵지 않게 받아들여졌고, 거기서 플로랑스 르바쉐르를 면밀히 조종하는 가운데, 베르사유를 발신지로 원장 수녀에게 배달된 편지들을 통해서 사건을 주도해나가기 시작했습니다. 원장 수녀의 지시를 받은 플로랑스는, 자기가 무슨 짓을 하는지도 모르는 채, 스스로를 궁지로 몰아넣을 서류들을 가지고 경시청사로 출두하게 됩니다. 그러는 사이 장 베르노크 자신은 요양원을 나와 생루이 섬 근처에 숨어들었고, 사건의 결말을 느긋하게 기다리고 있었답니다. 만에 하나 일이 잘못되더라도 플로랑스만 다칠 뿐, 자신에게는 아무런 혐의도 돌아오지 않도록 철저하게 조작된 사건의 결말을 말입니다. 다음의 사정은 총리 각하께서도 잘 알고 계시리라 믿습니다. 자신이 그동안 무의식적으로 맡아왔던 역할과 더불어 장 베르노크의 끔찍한 정체를 갑작스레 깨달은 플로랑스는 아연실색한 가운데, 원장 수녀와의 대질신문차 와 있던 진료소 문을 박차고 도망쳐 버립니다. 당시 그녀에겐 오로지 하나의 생각밖에 없었지요. 장 베르노크를 만나서 이 모든 사태에 대한 해명을 들어야겠다, 뭔가 이해할 만한 말을 그의 입으로 직접 확인해야겠다, 이거지요. 한데 바로 그날 저녁, 자신의 결백을 증명해 보이겠다는 핑계로 장 베르노크는 여자를 자동차로 납치합니다. 결국 그렇게 된 거지요, 총리 각하."

발랑글레는 사상 최악의 천재적 악당이 종횡무진 날뛰며 벌인 이 음험한 이야기를 잠자코 듣고 있었다. 기분이 그리 어둡지는 않은 것이, 이야기를 들으면 들을수록 악한(惡漢)의 재주보다는 그에 맞서 싸워 승리를 거둔 자의 밝고 경쾌하며 순발력 넘치는 재능이 훨씬 실감 나게 와 닿는 것이었다.

"그래서 그 두 사람을 결국 찾아냈고 말이죠?"

결정판 아르센 뤼팽 전집

그는 궁금해하는 눈빛을 반짝이며 조르듯 물었다.

"어제 오후였습니다, 총리 각하. 아주 아슬아슬하게, 아니 다소 뒤늦게 찾아냈다고 말씀드릴 수 있겠군요. 찾아내자마자 장 베르노크의 마수에 걸려들어 나는 바닥 모를 우물에 빠지고, 플로랑스는 돌 더미 아래 깔려야 했으니까요."

"허허, 그럼 당신은 죽은 거요?"

"또 죽은 셈이죠."

"그나저나 왜 그 악당 놈이 플로랑스 르바쉐르까지 없애려고 했답니까? 여자가 죽으면 결혼하려는 계획도 무산되는 거 아닙니까?"

"결혼도 손뼉이 마주쳐야 하는 것 아닌가요, 총리 각하? 한데 플로랑스가 완강히 거절했거든요."

"그래서요?"

"장 베르노크는 예전에 이미 자신에게 속한 모든 것을 플로랑스 르바쉐르에게 물려준다는 편지를 쓴 적이 있었답니다. 이에 대해, 항상 그 인간을 향한 애틋한 연민에 휩싸여 있던 플로랑스는 자신이 하는 행동의 중요성을 전혀 모르는 채, 마찬가지로 똑같은 내용의 편지를 써서 그에게 보냈지요. 바로 그 편지가 장 베르노크에게는 더없이 고마운 유언장 구실을 할 수 있는 셈이었습니다. 그저께 있었던 회합에 루셀가(家)와의 혈연관계를 증명할 서류를 지참하고 나타난 것만으로 이미 코스모 모닝턴 유산의 합법적 최종 상속자가 된 플로랑스가 이번에는 또 다른 합법적 최종 유산상속자를 지명하며 모든 권리를 양도한 것이니까 말입니다. 장 베르노크가 모든 것을 차지하는 데에 이의를 제기할 방도가 없게 되는 것이죠. 설사 혐의가 씌워져서 일단 검거된다 해도 마땅한 증거가 없을 터이기에, 경찰은 그를 곧 풀어줄 수밖에 없고, 그다음으로는 어디 조용한 곳으로 가서 편안한 여생을 즐길 생각이었을 겁니다. 열네 건의 살인에 대한 부담은(내가 일일이 세어보았습니다) 양심 속에 다소 남아 있겠지만, 호주머니만은 2억 프랑의 현금으로 두둑한 가운데 말이죠. 자고로 그런 괴물 같은 놈한테는 하나가 다른 하나를 충분히 상쇄하고도 남는 법입니다."

"한데 그 모든 사실을 증명할 확실한 증거는 가지고 있는 겁니까?"

발랑글레가 다시 외치듯 묻자, 페레나는 불구자의 웃옷 주머니에서 빼둔 밤색 가죽 지갑을 꺼내 보이며 말했다.

"바로 이겁니다, 총리 각하. 대개 한몫한다 하는 범죄자들이 다 그렇듯, 쓸데없는 호기(豪氣) 삼아 이 악당 놈 역시 중요한 서류들과 편지들을 차곡차곡 모아두고 있었답니다. 자, 여기 이게, 팔레 부르봉 광장의 호텔을 판다는 사실을 내가 처음 접했던 바로 그 광고지 원본입니다. 그리고 이건 랑제르노 영감에게 보낸 포빌의 편지들을 가로채기 위해 장 베르노크가 알랑송으로 여행할 때 끄적여둔 메모입니다. 그리고 이 메모는 베로 형사가 포빌과 베르노크의 대화 내용을 엿들은 사실을 입증하고 있으며, 또한 플로랑스의 사진을 슬쩍했다는 것과 포빌로 하여금 그녀의 뒤를 밟게 했다는 사실이 적혀 있습니다. 그리고 여기 이 메모는 셰익스피어 8권 속에 있던 두 장의 메모를 그대로 옮겨 적은 것입니다. 이로써 그 책의 임자인 장 베르노크가 포빌의 계획에 관해 속속들이 파악하고 있었다는 사실이 확인됩니다. 또 아주 흥미로운 메모도 있는데, 플로랑스에 대한 그자의 영향력이 어떤 심리적 메커니즘을 따르고 있는지 적나라하게 보여주고 있지요. 아울러 페루인 카세레스와 오고 간 편지들하고 각 신문사와 마즈루 반장에게 보낸 나에 대한 고발 편지도 있습니다. 그리고 또……. 뭐 이 자리에서 더 열거할 필요 있겠습니까? 아무튼 모든 자료가 완벽하게 갖춰졌다는 점만 말씀드리고 싶군요. 사법당국은 이 자료들을 통해 그저께 내가 경시청장님께 제기한 내용이 한결같이 정확하다는 사실을 충분히 확인할 수 있을 겁니다."

발랑글레는 흥분을 감추지 못하고 외쳤다.

"그자는! 그자는 어디 있는 거요?"

"저기 자기 자동차 안에 있습니다."

"우리 경찰관들한테 얘기는 해둔 거겠죠?"

데말리옹 씨가 불안한 표정으로 끼어들었다.

"물론입니다. 경시청장님. 더군다나 아주 정성껏 결박을 해놓은 상태입니다. 걱정할 거 없어요. 도망치는 건 불가능합니다."

마침내 발랑글레가 말했다.

"그러고 보니 당신이 정녕 모든 것을 정확하게 예견한 셈이로군요. 이만하면 이번 사건은 어느 정도 정리가 된 것 같습니다. 다만 한 가지, 실은 사람들의 궁금증을 가장 많이 유발한 문제가 하나 남은 듯한데요, 다름 아니라 그 능금에 찍힌 이빨 자국 말입니다. 소위 호랑이 이빨 자국이라고들 했지요. 마담 포빌의 자국이라고 했지만, 결국 결백하다는 게 밝혀졌지 않습니까? 경시청장 얘기로는 그 문제도 당신이 해결했다고 하던데요?"

"그렇습니다. 장 베르노크의 서류 중에서도 제 생각이 옳다는 증거가 나오더군요. 따지고 보면 지극히 간단한 문제입니다. 분명 능금에 찍힌 건 마담 포빌의 이빨 자국이 맞지만, 마담 포빌 자신이 그 능금을 직접 깨문 건 아니었습니다."

"허허, 그것참!"

"총리 각하, 므슈 포빌이 공개적으로 그 문제를 언급하면서 암시하듯 남긴 말도 거의 그런 정도뿐입니다."

"므슈 포빌은 미친 사람이었소."

"맞습니다. 하지만 명철한 광인(狂人)이었죠. 끔찍할 정도로 논리 정연하게 사고할 줄 아는 광인이었단 말입니다. 몇 년 전 팔레르모에 머물 때였습니다. 마담 포빌이 잘못 넘어지다가 그만 대리석 콘솔에 이를 부딪치는 사고를 당했습니다. 그 바람에 상하 치아 일부가 흔들거릴 정도가 되었지요. 결국 몇 달 동안 입에 끼고 있을 금제(金製) 보철기를 제작하기 위해서 치과 의사가 부인의 정확한 치형(齒型)을 떠야만 했지요. 바로 그때 떠놓은 치형을 므슈 포빌은 아무 생각 없이 보관하고 있다가, 자신이 죽던 날 밤 능금에다 아내의 이빨 자국을 남기는 데 사용하게 된 겁니다. 베로 형사 역시 확실한 물증을 챙긴다는 뜻에서, 바로 그 치형을 살짝 훔쳐다가 초콜릿에 이빨 자국을 떠놓은 것이었습니다."

돈 루이스의 해명이 끝나자 잠시 침묵이 흘렀다. 아닌 게 아니라 너무도 간단한 내막에 총리는 놀라움을 금할 수가 없었다. 마리안과 가스통 소브랑을 절망과 파멸에 빠뜨린 비극의 시발점이 그토록 보잘것없는 치형 하나에서 비롯되었다는 사실을, 그동안 호랑이 이빨의 수수께끼에 열광하고 골몰하던 수많은 사람이 과연 꿈엔들 짐작이나 했겠는가 말이다! 호랑이 이빨이 그런 것이었다니! 따지고 보면, 사람들은 일견 나무랄 데 없을 것 같은 추론만을 고집스레 내세웠을 뿐이었다. 즉, 능금에 찍힌 이빨 자국과 포빌 부인의 이빨 자국이 정확히 일치한 데다, 이 세상에는 똑같은 이빨 자국을 공유하는 사람이 둘 이상 있을 수 없기 때문에, 결국 포빌 부인이 범인이라는 식으로. 그 추론 방식이 어찌나 엄정하게 다가왔는지, 포빌 부인의 결백이 확인된 다음인데도 그 문제만큼은 일단 보류 상태로 놔둔 채, 이빨 자국이 실제 능금을 물지 않고 생길 수도 있다는 사실을 누구 하나 제기하지 않았던 것이다.

마침내 발랑글레가 씁쓸히 웃으며 툭 내뱉었다.

"이거야 완전히 콜럼버스의 달걀이로군! 왜 그 생각을 못했을꼬."

"맞는 말씀입니다, 총리 각하. 그것만큼은 생각을 못한 거죠. 비슷한 예가 또 있습니다. 외람되지만 왕년에 아르센 뤼팽이 동시에 므슈 르노르망과 폴 세르닌 공작 행세를 했던 때를 떠올려보시기 바랍니다(『813』 참조—옮긴이). 당시 그 누구도 폴 세르닌(Paul Sernine)이라는 이름이 아르센 뤼팽(Arsène Lupin)의 철자 바꾸기에 지나지 않는다는 사실을 눈치채지 못하고 있었지요. 실은 오늘에 와서도 마찬가지입니다. 루이스 페레나(Luis Perenna)라는 이름 역시 아르센 뤼팽의 철자를 뒤섞어 만든 것이죠! 같은 글자들로 두 개의 그럴듯한 이름이 탄생된 것입니다. 더도 덜도 아니고 딱 그 글자들이 동원된 것이죠. 이번이 두 번째인데도 사람들은 그 간단한 글자 바꿔치기 한번 시도해보려고 하지 않았습니다. 역시 콜럼버스의 달걀인 셈이죠. 충분히 생각할 수 있는 문제인데 말입니다!"

발랑글레는 어이없다는 표정이었다. 아무래도 이 엄청난 인간은 마지막 순간까지 더할 나위 없이 충격적인 사실들을 줄줄이 토해내 결국 사람 넋을 빼버릴 작정인 듯했다. 방금 전의 폭로만 하더라도, 품격과 뻔뻔스러움을 동시에 버무려놓은 듯, 교활하면서도 순수하고 유머러스하면서도 껄끄러운 이 기상천외한 인간의 매력을 얼마나 극적으로 드러내 보여주는가! 엄청난 모험들을 치르면서 숱한 왕국을 정복한 영웅이 고작 어린애 장난 같은 글자 바꿔치기로 대중을 골탕 먹이고 즐거워하다니!

어느덧 면담은 종국을 향해 치닫는 분위기. 발랑글레가 페레나를 향해 말했다.

"아무튼 당신은 이번 사건에서도 참으로 기적 같은 활약을 많이 보여준 끝에, 마침내 약속을 지키고 범인을 우리 경찰 손에 넘겨주었습니다. 그러니 이번에는 내가 약속을 지킬 차례로군요. 이제 당신은 자유의 몸입니다!"

"감사합니다, 총리 각하. 한데 마즈루 반장은요?"

"오늘 오전 중으로 석방할 계획입니다. 경시청장이 손을 써놨기 때문에, 당신들 두 사람이 체포되었다는 사실은 대중에게 전혀 알려지지 않은 상태입니다. 당신은 돈 루이스 페레나요. 앞으로도 그렇지 않을 이유는 하나도 없습니다."

"그럼, 플로랑스 르바쉐르는 어찌하실 생각입니까?"

"그 여자 스스로 수사판사 앞에 출두해야 할 겁니다. 물론 면소 판결이 내려질 거고요. 완전한 자유의 몸이자 모든 혐의와 의혹으로부터도 깨끗이 벗어나서, 코스모 모닝턴의 합법적 유산상속자로 정해질 것이며, 2억 프랑의 재산가가 되겠지요."

"하지만 그녀는 돈에 손끝 하나 대지 않을 겁니다."

"그게 무슨 소리요?"

"플로랑스 르바쉐르는 그 돈을 원치 않고 있습니다. 너무도 끔찍한 범죄들이 다 그 때문에 일어났다면서요. 그녀는 그 돈을 두려워하고 있습니다."

"그럼 어떻게 한다?"

"2억 프랑의 돈은 모로코 남부와 콩고 북부 지방에 학교를 세우고 길을 닦는 데 전액 투입될 것입니다."

발랑글레는 환하게 웃으며 대꾸했다.

"당신이 우리에게 제공한다던 바로 그 모리타니 제국에 말이죠? 거참 고상한 발상이군요! 기꺼이 동의하는 바입니다. 제국에다가 제국의 막대한 개발 예산까지 제공하신다니! 이로써 돈 루이스는 조국에 대한 빚을 완전히 다 갚은 셈입니다그려. 아르센 뤼팽이 진 빚을 말입니다!"

그로부터 일주일 후, 돈 루이스 페레나는 프랑스에 올 때 타고 왔던

결정판 아르센 뤼팽 전집

요트에 마즈루와 함께 다시 올랐다. 그의 곁에는 다소곳한 모습의 플로랑스 르바쉐르가 있었다.

출항하기 직전, 장 베르노크의 사망 소식을 들었는데, 그렇지 않아도 온갖 조심을 다했음에도 불구하고 결국 독약으로 자살을 하고 말았다는 것이었다.

목적지에 도착한 돈 루이스 페레나는 다시금 모리타니의 술탄으로서 옛 동료들과 재회했고, 마즈루를 천거해 고관으로 등용하도록 했다. 그리고 자신의 왕위 이양과 프랑스에 의한 제국의 재편에 따르는 여러 사안을 정리하는 차원에서, 그는 우선 모로코 국경 지대로 가, 현지 프랑스 군대 사령관인 로티 장군(실제로 당시 모로코 내 반란 사태에 대한 평화 중재자로 이름을 날린 집정관 위베르 리요테(1854~1934) 장군이 모델—옮긴이)과 수차례 비밀 회담을 가졌고, 그 와중에 모로코 통치를 훨씬 수월하게 해줄 만한 제반 정책들에 합의를 보았다. 이제부터는 확실하고 안정적인 미래가 펼쳐질 전망이다. 그래서 언젠가 때가 되면 일부 지역에 걸친 반란 부족들의 전선(戰線)이 걷힐 것이고, 결국 질서를 갖춘 제국, 균형 있게 개발되고 도로와 학교와 재판소가 즐비하게 들어선, 그야말로 펄펄 살아 숨 쉬는 제국의 위용이 드러나리라!

어쨌든 자신이 할 일을 다 마친 돈 루이스는 왕위를 내놓고 프랑스로 귀국했다.

그와 플로랑스 르바쉐르의 결혼으로 인해 얼마나 세간이 떠들썩했는지는 굳이 이 자리에서 되짚을 필요가 없을 것이다. 또다시 별의별 논쟁이 들쑤시듯 일어났고, 당장 아르센 뤼팽을 체포해야 한다는 요구도 몇몇 신문에서 제기되었다. 하지만 과연 누가 나설 수 있겠는가? 설사 이제는 그의 진짜 정체에 대해 의혹의 여지가 없고, 아르센 뤼팽이라는 이름과 루이스 페레나라는 이름이 같은 글자들의 바꿔치기일 뿐이라는 사실을 누구나 알고 있다 해도, 합법적으로 아르센 뤼팽은 사망했으며, 합법적으로 돈 루이스 페레나는 생존해 있는 상태. 이 세상 그 누구도 죽은 아르센 뤼팽을 살려낼 수 없고, 살아 있는 돈 루이스 페레나를 죽일 수는 없었다.

오늘날 그는 와즈 강변으로 내리 뻗은 근사한 협곡들을 끼고 위치한 생마클루라는 마을에 살고 있다. 화려한 꽃들이 만개한 정원 한구석, 초록빛 덧창들로 예쁘장하게 장식된 그 장밋빛 아담한 집을 모르는 사람이 과연 있을까? 일요일만 되면 사람들은 재미 삼아 주변을 어슬렁거리면서 혹시라도 딱총나무 산울타리 너머, 아니면 마을 광장에서라도 그 유명한 아르센 뤼팽이라는 자의 모습을 흘낏 볼 수 있지 않을까 마음을 졸이는 것이다.

그렇다. 항상 젊음을 잃지 않는 청년 같은 자태로 그는 그곳에 살고 있다. 플로랑스 역시 우아한 몸매와 후광처럼 빛나는 금발 머리, 과거의 어두운 기억이라곤 전혀 찾아볼 수 없는 해맑은 얼굴로 그의 곁을 지키고 있음은 물론이다.

가끔 손님이 찾아와 자그마한 목제(木製) 방책을 허겁지겁 두드리는 일이 있는데, 이 은둔한 대가(大家)의 도움을 필요로 하는 불운한 주민이 거의 다이다. 핍박받고, 희생당하고, 삶의 열정을 상실한 사회적 약자들. 그들 모두에 대해 돈 루이스는 한결같이 애틋한 마음을 가지고 있다. 그는 자신의 명철한 지성과 자상한 조언, 경험과 힘을 그들과 함께하고, 필요하다면 직접 시간을 할애해 자기 스스로 나서주기도 한다.

아울러 파리 경시청의 밀사(密使)라든가 현지 경찰서 말단 형사들이 종종 찾아와 도저히 골치만 아픈 사건을 맡기기도 한다. 물론 그 방면에서도 돈 루이스는 전혀 고갈되지 않은 정신력을 유감없이 보여준다. 그런가 하면, 오래된 철학 서적들에 둘러싸여 기분 좋은 독서삼매에 빠질 때를 제외하고는, 집 밖으로 나와 정원을 가꾸는 것도 빠뜨릴 수 없는 일과이다. 그렇게 손수 가꾼 꽃들은 언제나 그의 마음을 들뜨게 하고 자부심으로 설레게 한다. 특히 빨강과 노랑 꽃잎이 번갈아 피는 삼중(三重) 패랭이꽃으로 마을 화훼 전시회에서 좋은 성적을 거둔 일은 내내 사람들 입에서 회자되고 있다. 아마 '아르센의 패랭이꽃'이라고 이름 붙였다는데…….

하지만 정작 그가 심혈을 기울인 것은 여름철에 피는 큼직큼직한 꽃들이다. 7월에서 8월에 걸쳐 정원의 3분의 2가량과 텃밭 전체가 그 꽃들로 가득 찬다. 훤칠한 맵시로 마치 깃대처럼 우뚝우뚝 솟은 줄기 위에 푸른빛, 보랏빛, 장밋빛, 흰빛이 서로 교차하면서 어우러진 꽃차례의 화려한 장관은 그가 왜 이곳을 '루피너스의 장원'이라고 명명했는지 수긍할 수 있게 한다.

크뢱샹스 루피너스('크뢱샹스'라는 이름은 모리스 르블랑이 임의로 지어낸 이름임—옮긴이), 알록달록한 루피너스, 향기가 기막힌 루피너스 등등, 그야말로 모든 루피너스의 변이 종이 총집합했다고 볼 수 있는데, 뭐니 뭐니 해도 최근에 개발해낸 뤼팽의 루피너스를 최고로 손꼽을 만하다(학명이 루피너스인 이 꽃은 일명 층층이부채꽃(lupin)이라고 불리기도 하는데, 그 이름 철자가 뤼팽(Lupin)의 철자와 동일한 데서 착안한 장면임—옮긴이).

그 모든 녀석이 하나같이 당당한 풍채를 뽐내면서, 마치 중무장한 병사들처럼 대열을 이룬 채, 제각각 질세라 태양을 향해 더 나은, 더 화려한 꽃차례를 선보이려고 경연이라도 벌이는 듯하다. 또한 녀석들이 총천연색으로 운집한 곳에 이르는 길목에는 호세 마리아 드 에레디아의 아름다운 소네트 중 한 구절(에레디아(1842~1905)는 19세기 말 프랑스 고답파의 대표적인 시인. 문제의 시구는 그의 대표 시집 『트로페(Trophées)』 중 「빌룰라(Villula. 시골 별장)」라는 시의 한 구절임—옮긴이)을 그대로 따온 좌우명이 멋스러운 창기(槍旗)에 다음과 같이 수놓아져 있다.

　나만의 텃밭에는 루피너스가 한창이라네.

　글쎄, 이 정도면 노골적인 고백이라고 봐도 좋지 않을까? 하긴 왜 아니겠는가? 최근 그가 응한 한 인터뷰 기사에도 이런 발언이 실리지 않았는가 말이다.

　"그 사람을 아주 잘 알고 지냈지요. 나쁜 사람은 결코 아니었습니다. 뭐 그렇다고 그를 그리스의 칠현(七賢)에 비유한다든가, 미래의 세대한테 일종의 귀감으로까지 치켜세우지는 않겠습니다. 다만 그에 관한 평가를 우리는 좀 더 관대하게 내려줘야 할 거라는 점만은 말씀드리고 싶군요. 그의 선행은 끝없는 데 반해, 악행이라고 해봐야 적당한 수준에 불과합니다. 그로 인해 고통을 겪었던 사람들은 의당 받아야 할 벌을 받은 셈이며, 그가 선수를 치지 않았더라도 언젠가는 하늘이 그들을 따끔하게 혼내주었을 일입니다. 못돼먹은 졸부들 가운데서 희생 제물을 고르는 뤼팽과 약자들을 비참에 빠뜨리고 착취하는 여타 재산가 중에서 누가 더 나은가 하면, 당연히 뤼팽이지 않겠습니까? 그뿐만 아니라 적극적으로 나선 선행만 해도 얼마나 됩니까? 그 청렴하고 관대한 태도를 증명할 만한 사례가 어디 한둘이냐고요! 도둑이라고요? 그야 그렇지요. 사기꾼요? 뭐 부정하지는 않겠습니다. 다 맞는 얘기이니까요. 하지만 그는 그 모두를 뛰어넘는 다른 무엇이기도 합니다. 아울러 그가 자신의 재주와 재치로 구경꾼들을 즐겁게 해준다면, 또 다른 무엇으로는 열광하게 하기도 하는 겁니다. 도둑으로서 그가 자잘한 재주를 부릴 때 사람들은 기분 좋게 웃어젖히지만, 용기백배한 모습을 보이고, 과감하면서 위험을 모르는 모험 정신을 과시할 때는 더할 나위 없이 열광하는 것이지요. 냉정하고 침착하면서 명석한 사고력과 더불어 유머러스한 기질과 역발산(力拔山)의 호탕한 기개를 두루 갖추고, 그야말로 인류 역사상 가장 활력 넘치는 미덕이 힘차게 들끓던 시대, 자동차와 비행기가 탄생한 영웅적인 시대, 전쟁 이전의 펄펄 살아 숨 쉬는 시대(벨에포크. Belle Époque—옮긴이)를 종횡으로 주름잡은 화려한 모습에 우리는 아낌없는 박수를 쳤던 것이지요!"

그러자 기자가 물었다.

"당신은 과거의 그에 관해 말씀을 하시는군요. 그렇다면 오늘날 그의 모험은 이로써 일단락되었다는 얘기인지요?"

"오, 천만의 말씀입니다. 아르센 뤼팽에게 모험이란 삶 그 자체와도 같습니다. 살아 있는 한, 그는 온갖 파란만장한 활극의 중심과 종착점에 서 있을 겁니다. 언젠가 그도 말했지요. '내 무덤 위에 이렇게 새겨주길 바라네. 협객, 아르센 뤼팽 이곳에 잠들다(『813』참조—옮긴이).' 그저 통 큰 소리 같지만 엄연한 진실입니다. 그는 정녕 모험의 대가라고 할 만하지요. 물론 옛날에는 모험이 그로 하여금 남의 호주머니를 뒤지는 방향으로 너무 자주 몰아가기도 한 게 사실입니다. 하지만 그뿐만 아니라 열심히 싸워 이긴 승자에게 누구도 넘볼 수 없는 영예를 안겨주는 치열한 전쟁터로 이끌어가기도 했지요. 바로 거기서 그는 자기 몫을 다 했습니다. 우리는 그런 장면에서 행동하고 분발하며 죽음과 운명마저 분연히 딛고 일어서는 그의 진짜 모습을 보아야 하는 겁니다. 또한 바로 그렇기 때문에 우리는 이따금 경찰서장을 두드려 패고 가끔은 수사 판사의 시계를 슬쩍했던 그를 용서해주어야 하는 거죠. 자, 이제 우리의 박력 교수(迫力敎授)에게 너그러워져야 할 때가 된 겁니다."

그러고 나서 돈 루이스는 의미심장하게 고개를 끄덕이며 말을 맺었다.

"그리고 마지막으로 또 한 가지 결코 간과해선 안 될 그만의 미덕이

있지요. 지금처럼 침울한 시대에는 더더욱 그에게 고마워해야 할 부분
인데, 바로 멋진 웃음 말입니다!"

**결정판
아르센 뤼팽
전집
4**

1판 1쇄 발행 2018년 7월 2일
1판 5쇄 발행 2024년 5월 1일

지은이 모리스 르블랑 **옮긴이** 성귀수
펴낸이 김영곤 **펴낸곳** (주)북이십일 아르테
디자인 김형균
문학팀 김지연 원보람 권구훈
해외기획실 최연순 소은선
출판마케팅영업본부장 한충희
마케팅2팀 나은경 정유진 백다희 이민재
출판영업팀 최명열 김다운 권채영 김도연
제작팀 이영민 권경민

출판등록 2000년 5월 6일 제406-2003-061호
주소 (우 10881) 경기도 파주시 회동길 201(문발동)
대표전화 031-955-2100 **팩스** 031-955-2151

ISBN 978-89-509-7564-7 04860
      978-89-509-7560-9 (세트)

아르테는 (주)북이십일의 문학 브랜드입니다.

(주)북이십일 경계를 허무는 콘텐츠 리더

아르테 채널에서 도서 정보와 다양한 영상자료, 이벤트를 만나세요!
인스타그램 instagram.com/21_arte **페이스북** facebook.com/21arte
포스트 post.naver.com/staubin **홈페이지** arte.book21.com